L'AUBERGE DES DILIGENCES

DU MÊME AUTEUR

Deux Journées à Bassora, Milan
Le Deuil de l'image, Philippe Olivier
Le Vent mauvais, Lucien Souny
Les Eaux profondes (*La Folie des justes*), Lucien Souny
Les Caramels à un franc, Lucien Souny
Les Encriers de porcelaine, Albin Michel ; GLM
Le Domaine de Rocheveyre, Presses de la Cité ; GLM ; Pocket
Les Vignerons de Chantegrêle, Presses de la Cité ; GLM ; Pocket
Jours de colère à Malpertuis, Presses de la Cité ; GLM
Quai des Chartrons, Presses de la Cité ; GLM ; France Loisirs ; Pocket
Les Compagnons de Maletaverne, Presses de la Cité ; GLM ; France Loisirs
Le Carnaval des loups, Presses de la Cité ; GLM ; France Loisirs ; Pocket
La Tradition Albarède :
   1. *Les Césarines*, Presses de la Cité ; GLM ; France Loisirs ; Pocket
   2. *Grand-mère Antonia*, Presses de la Cité ; GLM ; France Loisirs ; Pocket
Une maison dans les arbres, Presses de la Cité ; GLM ; France Loisirs ; Pocket
Une reine de trop, Presses de la Cité ; GLM ; France Loisirs
Une famille française, Presses de la Cité ; GLM ; France Loisirs
Le Crépuscule des patriarches, Presses de la Cité ; France Loisirs
La Rosée blanche, Presses de la Cité ; GLM ; France Loisirs
L'Homme qui rêvait d'un village, Presses de la Cité ; GLM

Jean-Paul Malaval

L'AUBERGE DES DILIGENCES

Roman

Production Jeannine Balland
Romans Terres de France

Le Code de la propriété intellectuelle n'autorisant, aux termes de l'article L. 122-5, 2e et 3e a), d'une part, que les « copies ou reproductions strictement réservées à l'usage privé du copiste et non destinées à une utilisation collective » et, d'autre part, que les analyses et les courtes citations dans un but d'exemple et d'illustration, « toute représentation ou reproduction intégrale ou partielle faite sans le consentement de l'auteur ou de ses ayants droit ou ayants cause est illicite » (art. L. 122-4).
Cette représentation ou reproduction, par quelque procédé que ce soit, constituerait donc une contrefaçon, sanctionnée par les articles L. 335-2 et suivants du Code de la propriété intellectuelle.

© Presses de la Cité, un département de place des éditeurs, 2009
ISBN 978-2-258-07733-1

Prologue

Meyssenac est un gros bourg de deux mille âmes bâti sur un « cingle » de la Sévère, une rivière au cours paisible qui prend naissance sur le plateau limousin. Les origines de la cité corrézienne remontent au temps où les Lémovices occupaient les points d'eau propices à la vie sédentaire d'une population de pêcheurs et de chasseurs. Ce rude peuple, qui tint la dragée haute à César lui-même, puisait dans les fonds sablonneux de la Sévère pépites et paillettes, avant de se décider à exploiter dans les collines voisines des mines où quérir l'or caché dans les filons de quartz. Cette activité non négligeable, dont les origines remontent à l'âge du fer, fut poursuivie jusqu'à l'époque gallo-romaine, au point qu'on en fit commerce jusqu'à Bordeaux par la Vézère et par la Dordogne jusqu'à la mer... Si vénérée, la fameuse Sévère, qu'on la fête chaque été, vers le 15 août. Un mélange de religieux et de paganisme... Culte des eaux et culte des saints...

Au moment où César entreprit sa fameuse guerre des Gaules, les tribus gauloises s'entre-déchiraient pour la possession des terres fertiles jouxtant la Sévère. Les ambitions du dictateur de Rome finirent par réconcilier les frères ennemis, et ils allèrent livrer bataille sur la colline de Gergovie, avec le succès que l'on sait.

Meyssenac connut donc des occupations diverses, passant d'un chef à l'autre, et se fortifia dans les luttes intestines, au point de devenir au fil du temps une cité rebelle. Au Moyen Age, la famille de Bassonpierre y établit son fief et marqua son empreinte sur le paysage en érigeant un fier château sur le sommet de la colline. Cette famille connut ses heures de gloire en donnant un écuyer à Charles VI, ainsi qu'une ribambelle de chevaliers belliqueux au temps des guerres contre les Anglais. L'un des Bassonpierre avait même commandé une croisade à Constantinople, où il commit tant de massacres qu'à son retour il fit édifier une abbaye et devint si cagot qu'on ne le vit plus qu'en pénitent, se flagellant sur les chemins. Par la suite, le château fut détruit pour avoir abrité des protestants. Les Bassonpierre revinrent en grâce à la prise de pouvoir du bon roi Henri. Et une partie du château fut reconstruite en une confortable gentilhommière. Les Bassonpierre vécurent alors du travail de leurs paysans, sans excès ni tyrannie, selon l'avis des historiens. Du reste, on ne connut à Meyssenac aucune jacquerie digne d'être rapportée. La noble famille arborait sur son blason quatre quartiers et une devise qui entra dans la mémoire locale et que les habitants adoptèrent après la Révolution : *En la dolce Cocagne.*

La Révolution, précisément, mit un terme à l'histoire des Bassonpierre. Le château fut détruit et ses pierres dispersées dans le voisinage. En se promenant dans les ruelles étroites, on trouve parfois quelques traces de ces vestiges dans les murs des habitations, comme si chaque famille de Meyssenac avait voulu s'approprier quelque chose des dépouilles de cette gloire ancienne. Le blason devint républicain et orne désormais le papier officiel de la mairie. Et l'abbaye, pillée lors des émeutes de 1793 mais sauvée des flammes par on ne sait quel sursaut de bon sens, accueille désormais l'hôtel de ville.

Cette histoire somme toute assez banale nous dit peu de choses sur ce que fut la vie des habitants de Meyssenac-en-la-Douce-Cocagne – comme voulurent la bien nommer les membres d'une association savante, mais cet insigne privilège leur fut refusé par les services préfectoraux. Pourtant, qui est-il, le Meyssenacois ? En quoi diffère-t-il des habitants des bourgades voisines ? Son esprit est singulier : un mélange de calcaire et de grès, de dureté et de douceur, à l'image de la roche qui forme la terre où il est né. Sérieux et facétieux... docile et rebelle... Voici donc la société qu'il forme, ce Meyssenacois. Mais c'est précisément ce petit monde qui va nous occuper. L'histoire des hommes n'en finit jamais.

1

Un horizon qui n'est plus ce qu'il était. — Une photographie qui fera date. — Chien et chat en cuisine. — La poussière sur le brougham.

— De ces remparts, par temps clair, nous pourrions distinguer les hauts de Millevaches, dit Antoine-Joseph au garçonnet qui se tenait près de lui.

Savin se dressa sur la pointe de ses sandalettes. Clignant des yeux, il ne vit sur l'horizon qu'un paysage brouillé dans son jus bleuté. Alors son regard s'accrocha aux collines proches, aux mamelons, aux crêtes boisées et au jaune des pâturages.

— C'est trop loin, grand-père, ce que tu me demandes de voir.

Le vieil homme leva sa canne en l'air, de dépit.

— De mon temps, on voyait les Monédières, mais c'était de mon temps. Peut-être qu'aujourd'hui on n'y voit plus jusqu'à là-bas. Comment savoir ?

Le garçonnet avait posé son menton contre la pierre chaude du muret. Elle sentait la mousse et les vieilles pluies. Il aurait pu dire aussi la pierre à briquet, s'il avait su ce que cela signifiait. Il aurait pu dire encore la vieille cave où l'on remise le vin. Car tout le pays fleurait bon la pierre, le doux calcaire qui retient la fraîcheur des nuits et le souvenir des orages.

— Peut-être que les yeux d'aujourd'hui ne sont pas aussi bons que ceux de ton temps, grand-père.

Le vieux Marquey grommela en se sentant pris à son propre piège. C'était une manie chez lui de répéter que le bon vieux temps, celui de sa jeunesse, et mieux encore de son enfance, était supérieur à l'époque présente. Mais Antoine-Joseph était encore assez lucide, bien qu'il perdît souvent la mémoire et qu'elle lui jouât parfois de mauvais tours, pour mesurer sa rouerie en la matière. Il aimait à se raconter des histoires sur ce qu'il était jadis, à s'attribuer des exploits qui n'étaient point les siens, quitte à les inventer de toutes pièces.

Si je veux rester présent dans la mémoire de mon petit-fils, bien longtemps après que je ne serai plus, ne me faut-il pas me prêter quelques traits dignes de l'éblouir ? se demandait-il souvent.

Et à ce jeu, Antoine-Joseph Marquey était passé maître. « N'oublie pas d'aller te confesser ! » disait la grand-mère Anatoline à chacun de ses mensonges. C'était tout. Une phrase comme cela, sèche comme un coup de trique, avait de quoi faire réfléchir.

— Moi, je te dis, à ton âge, reprit le vieux, je voyais les Monédières, et le mont Bessou. Ne sais-tu pas ce qu'est le mont Bessou ?

Savin se tourna vers son grand-père en se tortillant comme un ver.

— Non, je ne sais pas.

— Qu'est-ce qu'on t'apprend à l'école ?

Le garçon se mit à sourire.

— Tu ne vas pas dire aussi que les maîtres d'aujourd'hui ne sont pas aussi bons que ceux de ton temps...

Antoine-Joseph rajusta son chapeau de paille à la mode coloniale. Il flaira le piège, cette fois. A force d'appuyer toujours sur la même manette, on finit par radoter, pensa-t-il. Et là, bon Dieu, il y a de quoi briser la statue.
— J'en conviens. Les maîtres d'aujourd'hui sont bien meilleurs que les anciens. C'est une évidence. Mais ils nous apprenaient à comprendre notre pays, au lieu de s'égarer dans les contrées exotiques... Le point le plus élevé de la Corrèze, ajouta-t-il en prenant un air docte.
— Quoi donc ?
— Le mont Bessou !
Savin vérifia de nouveau l'horizon, cherchant à quoi pourrait bien ressembler la fameuse montagne. Mais il ne vit qu'un paysage modérément ondulé, absorbé par le bleu du ciel comme un trait d'encre sur un buvard.
Le vieux fit trois ou quatre pas le long des remparts, jusqu'à l'endroit où le muret formait une saillie sur le vide.
— Anastase dit que notre village est au centre du monde. Tu comprends ça, toi ?
Antoine-Joseph ricana doucement. A ses yeux, le cocher n'avait été, sa vie durant, qu'un farfelu, un inventeur d'idées loufoques, comme pendant ce fameux été 1900, où il avait entraîné tous les Nemrod du pays dans une chasse au dahu, cette bête faramineuse sortie des vieilles légendes.
— Anastase est un idiot ! s'enflamma le vieux. Comment situer le centre du monde sur une sphère ? Cela pourrait être partout à la fois, et chacun serait en droit d'en revendiquer la situation.
Et il fit le geste de caresser un globe. Savin l'observait avec attention.
— Meyssenac n'est rien qu'un point minuscule sur la terre. Pour le Chinois, le Turc ou l'Américain, nous n'existons pas, puisque chacun d'eux ignore l'existence de notre village, comme nous ignorons l'existence du leur.

Pourtant, oui, cela fait réfléchir à ce que nous sommes, nous, petit point minuscule sur la sphère. Ils ignorent, les malheureux, comment chez nous le pain de Batilleau est le meilleur du monde. Et ses clafoutis ? Savent-ils leur saveur ? Je ne crois pas.

— Tu veux dire, grand-père, qu'il n'y a que nous qui savons que Meyssenac est le centre du monde ?

Le vieil homme parut réfléchir. Il sentait la profondeur de cette réflexion enfantine, si naïve et troublante à la fois.

— Il y a un fond de vérité dans ce que tu dis, mon petit Savin. De ce point de vue, en effet, notre village est au cœur du monde. Mais il ne faut pas le dire trop fort, car tous les habitants de la Terre nous envieraient et viendraient vivre à Meyssenac, et nous perdrions le bonheur.

Antoine-Joseph arpentait le trottoir de long en large, en tapant de la canne sur les petits galets noirs qui le tapissaient. Pour calmer ses douleurs aux genoux, il aimait à marcher à petits pas.

La rue des Remparts était ce qu'il possédait de mieux. Le galet y était assez égal pour un vieil homme empâté par l'âge et, en cas de difficulté, il pourrait prendre appui sur le muret. C'était là toutes les limites de son royaume : cent pas suspendus au bord du ciel. Du reste, il avait toujours vécu ici, dans le voisinage du relais de diligences, dont les larges portes cintrées s'ouvraient sur le plus somptueux des panoramas. Naître dans un paradis est un sacré inconvénient, se disait-il souvent. On n'est jamais tenté de le quitter. On ne peut se résigner à aller voir au bout du monde s'il est un plus bel endroit sur la terre. Et de fil en aiguille, on demeure sa vie entière un voyageur immobile.

Le destin m'eût posé dans un vilain trou, évidemment, je n'aurais eu qu'un souci, fuir. Et peut-être y aurais-je trouvé des avantages. Quand on naît du mauvais côté du mur, on ne peut se reprocher de l'escalader. Mais moi, je n'ai jamais eu de bonnes raisons, puisque j'ai toujours été du bon versant. Et peut-être aurais-je dû tenter, quand même, l'expérience ? Qui sait ? Il est sans doute un lieu sur la terre où la vie serait plus belle qu'à Meyssenac. Mais d'où aurais-je tiré, jadis, le courage d'en partir ?

Nul n'eût pu soupçonner qu'Antoine-Joseph était traversé par autant de regret et de ressentiment contre lui-même, tellement il parvenait à cacher le fond de sa pensée. Du reste, c'était une manière d'être, hautaine et fière, chez lui, dont les origines remontaient à son enfance, il n'exprimait jamais la moindre émotion. Les secrets de l'âme, il les dissimulait sous une bonhomie trompeuse. En soixante ans de vie commune, Anatoline n'avait jamais su qui était vraiment son mari, la sorte d'homme qu'elle avait épousé.

— Qu'est-ce qui te rend si triste, grand-père ? demanda Savin.

Le vieil homme était chaque fois plus étonné par la sensibilité intuitive de son petit-fils. Cela tenait-il à la nouvelle génération, plus délurée que la précédente ? Peut-être n'était-ce qu'une impression sans grand fondement, sachant qu'il est de nature de considérer les années nouvelles plus évoluées que les anciennes. La religion du progrès. Antoine-Joseph avait élevé trois fils : Octave, Michel, et enfin Maxence. Jamais il n'avait repéré en eux la sensibilité de Savin. Par exemple, Octave lui avait donné du fil à retordre. Un mauvais garçon, à ses yeux, attiré par tous les vices de la terre. A la longue, il avait fini par se détacher de lui, jusqu'à ne plus entretenir la moindre relation. Son second fils, Michel, était devenu ouvrier à Brive. Garçon sans caractère ni relief. Quant à Maxence, son troisième fils, il était tout à ses yeux, puisqu'il avait repris son relais de diligences et en avait assuré la prospérité. Seul accroc dans le parcours de son garçon, un mauvais mariage. Antoine-Joseph ne prisait guère Ameline, sa bru.

Il lui reprochait ses manières bourgeoises, ses fréquentations douteuses. Elle aimait paraître plus qu'elle n'était, porter de belles robes, se soustraire au travail, courir les magasins de Brive. Mais comme son mari l'adulait, Antoine-Joseph se résignait donc à cacher ses ressentiments et ses colères pour ne point se brouiller avec son fils.

Entre elle et moi, se disait-il, Maxence aurait vite choisi...

L'Auberge des Diligences. L'enseigne avait été repeinte à neuf. Cette décision avait fait l'objet de longues palabres dans la famille Marquey. Antoine-Joseph aurait souhaité que l'ancienne appellation demeure envers et contre tout. Tradition oblige. Et c'est avec une vive émotion qu'il avait vu disparaître le mot *Relais* sous le pinceau du peintre. Pourtant, on avait choisi de conserver la graphie originelle, des lettres déliées avec de belles boucles amples et généreuses. Mais cette précaution n'avait pas suffi à rassurer le vieil homme. « Nous y perdrons la moitié de notre clientèle », avait-il protesté. Cette crainte avait amusé Ameline, car elle approuvait son mari dans sa volonté de rafraîchir la façade du commerce. A ses yeux, ce n'était pas suffisant. « Pourquoi conserver aussi le mot "Diligences" ? avait-elle dit. Nous n'y sommes plus, à l'époque des diligences. Ne voyez-vous pas que nous entrons dans l'ère du chemin de fer et de l'automobile ? » Maxence avait observé son père, attentivement, guettant sans doute une vive réaction. Contre toute attente, le vieil homme était resté coi. Maxence pouvait deviner dans une inflexion du visage la moindre de ses pensées. Et pour montrer à son père qu'il tenait fermement les rênes de la boutique, il se fit l'avocat du diable : « Tu exagères, Ameline. Je ne te suivrai pas sur cette pente. Nous possédons la plus belle collection d'hippomobiles à cent lieues à la ronde. Voilà ce qui fait notre originalité, faire découvrir les beautés de notre région dans une voiture à cheval. »

Ameline se sentait trop étrangère dans la famille Marquey pour résister effrontément. Elle avait compris que la tradition serait toujours plus forte, plus forte que le progrès auquel on tentait ici de s'opposer. Chez les Marquey, de tous ces trésors surannés on se faisait une religion, baignant dans une douce insouciance, à l'image de Meyssenac, qui semblait se repaître de la douceur du temps. Ce n'était donc pas une pièce rapportée, comme Ameline, qui allait faire vaciller ce que les années avaient mis si longtemps à conforter. Par un hochement de tête, Antoine-Joseph montra alors qu'il était satisfait de son fils, qu'il se comportait tel le digne héritier des Marquey.

La nouvelle enseigne fit l'objet d'une petite fête à laquelle on convia tous les voisins de la rue des Remparts : Batilleau le boulanger, avec ses filles jumelles flanquées de leur mère exubérante, les Libert père et fils, bouchers de leur état, des gens taciturnes et un brin sauvages, mais aussi le maire, Victor Loriot, en grande tenue et chapeau melon, le président du Comité d'hivernage de Meyssenac, Jacques Frazier, arborant sa rosette des Arts et des Lettres dont il était si fier, Auguste Combet, le distingué majoral de la confrérie savante La Douce Cocagne, et nombre d'autres personnalités formant la bonne société villageoise.

Pour la circonstance, on avait sorti les tables sur la rue des Remparts. Un bon petit vin rosé des coteaux voisins coulait à flots dans des verres ballons. Hyacinthe, la cuisinière de l'auberge des Diligences, avait préparé des assiettes de cochonnailles. Le jambon sec du père Bénézet, l'un des plus réputés dans le pays, connaissait un franc succès. Anastase, cocher et homme à tout faire de l'auberge, n'avait de cesse de découper avec force délicatesse les tranches moelleuses et odorantes.

Au milieu de ce beau monde excité et rieur, Maxence Marquey, drapé dans son tablier blanc de maître cuisinier et coiffé de sa toque, incitait les invités à emplir leurs verres. C'était son jour de générosité. Le propriétaire entendait bien que la renaissance du relais fût mémorable. Sa grosse moustache noire, roulée en pointes à la Napoléon III, frémissait d'allégresse. Son épouse Ameline s'était mise à l'écart sous le tilleul pour fuir les éclats de voix et les gestes outranciers des hommes. Le vin commençait à produire ses effets, le vin et le reste. L'épouse du maire ne tarda pas à la rejoindre. Pierrette Loriot était une belle femme élégante, dont l'aspect extérieur détonnait singulièrement dans le paysage local. Son mari jouissait d'une confortable situation dans le commerce des biens immobiliers, ce qui l'autorisait à faire montre d'une distinction sociale. Entre elles deux une complicité féminine s'était nouée depuis qu'Ameline était venue vivre à Meyssenac. Elles partageaient des goûts communs qui les conduisaient à de fréquentes escapades à Brive. On les appelait les « renardes » – ce qui n'était pas des plus délicat –, à force de les voir ensemble, unies comme les doigts de la main, et prêtant fâcheusement l'impression de chasser loin de leurs terriers. Meyssenac, hélas, était aussi le pays des ragots et des médisances, lorsque se profilaient dans le paysage des figures atypiques.

Jeanne Frazier, l'épouse du distingué président du Comité d'hivernage, ne tarda pas à les rejoindre sous le tilleul. Elle avait passé l'âge de ses robes, trop excentriques, mais se morfondait de paraître la bonne cinquantaine. Les renardes la tenaient à l'écart, car Jeanne avait une langue de vipère. Si bien qu'à son approche les deux jeunes femmes prirent un air faussement inspiré.

— Je ne sais pas si j'irai poser pour la photographie, se demanda Jeanne Frazier.

— Votre mari ira, je n'en doute pas, affirma Pierrette. Nous ne verrons même que sa rosette de chevalier des Arts et des Lettres.

Jeanne était coutumière des saillies verbales de madame le maire, comme on disait à Meyssenac. Il lui était égal d'avaler des couleuvres. Au contraire, ces méchancetés étaient le signe que son mari faisait plus envie que pitié. Car Pierrette avait le goût de l'indifférence pour tout ce qui ne la touchait pas de près. Mériter ses sarcasmes, n'était-ce pas déjà une preuve d'intérêt ?

— Comment, madame Frazier ? insista Ameline. Vous ne pourriez manquer cet événement : être sur la photographie. Et rien n'interdit de vous placer au troisième rang, comme nous du reste, n'est-ce pas, Pierrette ?

Madame le maire se mit à rire. Un rire un peu nerveux, forcé, obligé. Un rire de circonstance. Ameline entoura son invitée de ses bras graciles, comme pour apaiser la contrariété qu'on lui avait causée.

— Ne faites pas attention à Pierrette. Elle n'est pas aussi méchante qu'elle en a l'air.

— Je le sais bien, dit Jeanne.

— Ses mauvais jeux d'esprit ne font que porter tort à son mari, poursuivit Ameline. Elle voudrait lui faire perdre des suffrages qu'elle n'agirait pas autrement.

Jeanne pouffa de rire derrière ses petites mains potelées qu'elle avait portées à son visage. Elle voulait ainsi cacher le feu aux joues qui s'était déclaré.

— La distinction de mon mari a fait beaucoup jaser. Mais cela m'amuse, en vérité. Vous me comprenez, n'est-ce pas ?

Pierrette affichait un air bougon. Elle n'aimait pas qu'on la plaisante. Seule Ameline pouvait se le permettre sans encourir ses foudres. C'était un jeu entre elles, une coquetterie de femmes.

— Comment peux-tu dire ça ? releva Pierrette. Je me fiche de ce qui peut advenir à Victor. Et s'il doit être éjecté de son siège aux prochaines élections, je serai la première à m'en réjouir.

— Menteuse ! ironisa Ameline.

Madame Frazier baissait la tête, soucieuse de ne pas montrer sa jubilation intérieure.

— Que nous importent à nous, les femmes, ces histoires d'hommes, conclut Ameline malicieusement. Puisque nous ne votons pas. Laissons-les accomplir leurs petites affaires entre eux.

Un peu plus loin, l'inquiétude puis l'angoisse, enfin, s'emparèrent de Maxence Marquey. Il voulait que la photographie fût tirée avant que le désordre gagnât ses invités. C'était de sa faute, après tout, tant de vin partagé sans rime ni raison.

— J'avais conseillé à cet idiot d'Anastase de faire poser nos invités avant les agapes, dit-il à Hyacinthe. Mais on ne m'écoute pas...

— Faites-moi confiance, répondit-elle, je vais les faire obéir, moi.

Et pour montrer de quoi elle était capable, la cuisinière poussa d'une voix féroce :

— Tout le monde en rang ! Allez !

La matrone, forte de ses cent kilos, fit son content de bousculades. En un rien de temps, les invités, même les plus dissipés d'entre eux, se regroupèrent devant la façade de l'auberge des Diligences. Maxence observait ce prodige, les mains sur les hanches.

— C'est pas Dieu possible, maugréait-il. Que ferais-je sans elle, ma chère Hyacinthe ?

Anastase, qui portait déjà la casquette de travers, alla s'affairer derrière son appareil. Il bataillait avec le drap noir. Et par des gestes désordonnés, il faisait signe aux invités de se rapprocher les uns des autres afin d'être dans le cadre. La cérémonie dura tant et tant que Hyacinthe avait les plus grandes difficultés à dompter son troupeau.

Quand l'instant crucial fut avancé, Anastase se décoiffa du drap noir et, prenant un pas de recul, un peu chaloupé il est vrai, ordonna aux invités de ne plus bouger.

— Attends ! s'écria Maxence en sortant du groupe. Il manque ma mère !

« Ah, la mère, la bonne mère ! » poussèrent en chœur les bonshommes. Puis on se mit à appeler Anatoline, de-ci de-là, jusqu'à ce que le cri fût unanime, et bientôt scandé, comme s'il s'était agi d'un rappel de théâtre, dont l'auberge des Diligences serait devenue, soudain, le fond de scène. Anatoline condescendit enfin à apparaître sous les applaudissements.

— Je ne voulais pas, se défendit la petite vieille. A mon âge, on ne s'affiche plus. On se cache, oui.

Mais Anatoline avait eu la malice de venir avec son chapeau de paille tressée, aussi noir que sa tenue, aussi austère que son visage. Elle ne voulait point que son image de petite vieille fût rendue à l'immortalité sur une plaque sensible. Néanmoins, elle alla se mettre près de son Antoine-Joseph, au premier rang à droite.

— Nous faisons un triste spectacle, dit-elle à son mari.

Il la prit par les épaules pour qu'elle se rapprochât de lui.

— Je t'en prie, se défendit-elle. Nous n'avons plus l'âge...

La crainte d'Antoine-Joseph, de voir fondre la clientèle après la petite révolution que constituait le changement d'enseigne, ne se vérifia pas. La fréquentation demeura identique, ni plus ni moins. Cependant, avec sa mauvaise foi habituelle, le vieux Marquey crut y voir un signe prémonitoire de ce qu'il avançait. Contrairement à l'usage, lui qui ne descendait plus aux cuisines depuis sa retraite, depuis qu'il avait déposé le tablier pour le confier à son fils, s'y rendait presque chaque matin. Comme sa visite se déroulait aux aurores, au moment où les deux petits marmitons préparaient viandes et légumes, Antoine-Joseph pouvait maugréer son aise.

Ce matin-là comme les autres, il fit le décompte rapide des pièces de boucherie ou de volaille.

— Aujourd'hui encore, nous ne dépasserons pas les soixante-dix couverts, déplora-t-il.

Les marmitons n'avaient pas le droit de répondre. Du reste, la réflexion ne leur était pas adressée. Elle concernait son fils, occupé à l'écurie. Sachant qu'il ne pourrait lui répondre, le grand-père se sentait d'autant plus sarcastique. Moi, de mon temps, pensait-il, nous en avons fait, ici, au relais, jusqu'à cent cinquante. Et encore, c'était un jour ordinaire. Je ne parle pas des banquets, lorsque les trois salles étaient pleines : deux cents, trois cents... Il se mit à ricaner en retournant une ou deux casseroles pour vérifier qu'elles étaient bien récurées.

— Et les cuivres, vous les faites, les cuivres, comme je vous l'ai montré, avec du vinaigre blanc, du sel d'oseille ? Pourquoi du sel d'oseille ? En avez-vous seulement la moindre idée ?

Il poussa un soupir. Décidément, le vieux maître des « Diligences », comme on nommait l'établissement à Brive, où il s'était acquis une honorable réputation, aimait à montrer sa supériorité professionnelle comme d'autres leurs biceps.

Les marmitons baissaient la tête. Ils le savaient, eux, que les cuivres restaient l'affaire de Hyacinthe, son domaine réservé. Ustensiles trop précieux pour les confier à des mains aussi peu expertes. A vouloir trop récurer, on lamine les fonds, surtout avec des tampons abrasifs. Car la collection du relais, comme disait Antoine-Joseph, se refusant toujours à parler d'« auberge », vilain mot qui lui suggérait chaque fois la mauvaise taverne, le tournebride, était aussi impressionnante qu'inaccoutumée pour un restaurant de campagne. Trois à quatre générations de cuisiniers, tous des Laverdois et des Marquey, les avaient culottées, ces bassines, daubières, chaponnières, poissonnières, braisières, toutes fabriquées chez des dinandiers belges.

— C'est pas Dieu possible... Mon bon Antoine, sans vous vexer, les cuivres de la maison, vous n'avez pas dû les gratter souvent ! s'écria Hyacinthe au sortir de la buanderie.

Le vieux se détourna en maugréant. Il s'était cru seul, sans autres témoins que les gâte-sauces, souffre-douleur tout désignés. Entre le grand-père et la cuisinière, c'était une vieille histoire, comme entre chien et chat. Antoine-Joseph avait vu grandir la petite Ferron, qui dès ses quatorze ans, toute mignonnette, après la mort de sa mère, sans soutien ni argent, était entrée à son service. Une longue histoire. Elle avait appris la cuisine avec Anatoline et gravi l'échelle des savoirs du plus bas au plus haut. De fil en aiguille, malgré son mauvais caractère, ses airs frondeurs, ses manières indisciplinées, elle s'était accommodée au relais, ou plutôt les Marquey l'avaient prise en amitié. Hyacinthe devait tout à Antoine-Joseph, bien qu'elle eût tant de choses à lui reprocher.

— Tu mériterais des coups de canne, bougresse, releva le père Marquey.

— J'ai les fesses trop rebondies pour cela, Antoine. Ça me ferait ni chaud ni froid.

Pourtant, jadis, la petite Hyacinthe en avait reçu, des coups sur les doigts, et des gifles magistrales, et des punitions mémorables. Le vieux Marquey n'avait pas toujours été tendre avec elle. Un vilain patron, colérique, tyrannique et vindicatif. Mais après ses années d'apprentissage, elle avait enfin gagné un brin de considération ; on avait commencé à lui confier des responsabilités importantes, comme de tenir seule la boutique quand les propriétaires se mettaient en tête de voyager. Aujourd'hui, c'était elle, la patronne, dans sa cuisine. Elle régnait sur les fourneaux sans partage. Après la prise de pouvoir de Maxence, vers 1895, sa vie avait changé du tout au tout. Le fils Marquey, n'étant pas des plus courageux, s'était reposé sur elle pour assurer le quotidien. « Le sang vient à mentir parfois », disait-elle ouvertement pour fustiger ses incartades, au point de se demander de qui le pauvre Maxence pouvait bien être le fils, car on avait du mal à croire qu'il fût le descendant d'Antoine et d'Anatoline.

— Je fais pâle figure sur mes pauvres jambes, reconnut Antoine-Joseph. Les années ont fini par avoir raison de moi. Et j'enrage quand tu me regardes avec ces yeux-là, pleins de fougue et d'ironie féroce. Crois-tu que je ne devine pas ce que tu penses ?

— Ah oui ! Et qu'est-ce que je pense, Antoine ?

Marquey se détourna avec lassitude, comme s'il ne voulait plus qu'on l'observe dans sa vieille peau tannée, qu'on guette en lui le signe de défaillance par lequel s'annonce le naufrage. C'était du reste l'une de ses réflexions favorites : « La vieillesse est un naufrage. »

— Je ne répondrai pas, tu serais trop contente, biaisa Antoine-Joseph.

Hyacinthe pouffa de rire. Elle ne mesurait pas ce qu'il y avait de cruel dans ce rire, mais chaque âge de la vie a ses quartiers d'insouciance. Pour l'heure, elle baignait dans une sorte de bonheur intense. Elle n'éprouvait que dégoût pour son enfance, qui ne lui avait apporté que des larmes. Enfin, dans la force de l'âge, elle se sentait utile à elle-même. Et le vieux Marquey devinait que Hyacinthe, qu'il avait tellement méprisée dans sa vie, comme on peut mépriser un domestique, une enfant sans argent ni famille, lorsqu'on est dépourvu de la moindre compassion – ce qui était son cas, visiblement –, avait atteint une sorte de souveraineté intérieure. C'était cela qui lui était devenu insupportable, cette hauteur d'âme dépourvue d'esprit de vengeance ou de haine, qu'elle portait avec grâce dans le feu du regard et l'éclat de son rire.

Le vieil homme chercha une chaise et alla s'attabler. Il suspendit sa canne au rebord de la table, si maladroitement qu'elle faillit tomber sur le carrelage, mais il la récupéra de justesse. Sans cela, malheur de malheur, il lui eût fallu demander de l'aide.

C'est la somme de ces petites humiliations qui rend la vie comme un enfer, pensa-t-il.

Hyacinthe lui apporta une assiette creuse et une cuillère. Machinalement, le vieux en essuya le fond avec son mouchoir. La cuisinière haussa les épaules.

— J'ai les mains aussi propres que les vôtres, Antoine. Et je n'ai plus l'âge de cracher dans le potage.

Marquey éclata de rire. La réflexion lui avait remis en mémoire une vieille histoire. Jadis, quand le relais des Diligences n'était pas encore l'auberge des Diligences, et que la petite Hyacinthe faisait ses corvées d'épluchage, elle se vengeait en crachant dans la soupière. La rebelle. La petite peste. La souillon. On ne manquait pas de vocabulaire pour qualifier ses vices. Ça envenimait les conversations.

L'un des marmitons apporta une miche de pain de Batilleau. Le vieux en huma la croûte et planta ses doigts crochus dans la mie tendre. Il vérifiait ainsi sa cuisson. Si on pouvait en faire de petites boules, c'était signe qu'il avait été retiré du four trop vite. Mais il s'émietta correctement. Marquey hocha la tête, satisfait. Petits plaisirs intenses de l'existence, se dit-il. On se raccroche à tout, à de minuscules détails. Sinon, à quoi bon vivre ?

Minutieux, Antoine tailla à la suite de fines tranches. Parfois, son geste se faisait imprécis et la lame du couteau glissait sur la miche sans succès. Mais le temps ne comptait pas pour ces instants de ravissement. Il savait ce que coûte une soupe bien trempée, une soupe de ferme à la mode ancienne, où le pain doit être ciselé dans la tourte, les tranches fines comme de la dentelle pour absorber le liquide et s'imprégner des sucs.

En bout de table, les mains sur les hanches, sa large poitrine en avant, Hyacinthe attendait la fin du cérémonial. Pourquoi s'en étonner ? C'était ainsi chaque matin, à l'heure où le coq chante ; Antoine-Joseph Marquey venait déguster une soupe campagnarde dans la cuisine. Pour rien au monde il n'aurait changé ses habitudes. Au contraire, il fallait que ce fût Hyacinthe qui la versât, délicatement, par petites louches. Jamais plus de quatre. Et, en complément, du légume en morceaux : carotte, chou, pomme de terre, poireau...

Il la dégusta en silence, les narines se repaissant aussi du fumet. Personne ne réussissait mieux la bréjaude que Hyacinthe. Aux Diligences, on s'en était fait une spécialité, de cette soupe typiquement limousine.

— Divine, Hyacinthe, fit-il en s'essuyant les babines.

La cuisinière demeura de marbre. Elle ne s'émouvait pas pour si peu, surtout venant d'Antoine Marquey. L'un des aides apporta un pichet de vin gris. Le vieil homme hésita à faire son chabrot. Pourtant, il avait conservé au fond de son assiette creuse de quoi accueillir le vin. D'un coup de cuillère tournante, il eût vite fait de le diluer. Mais pour que le vin exsudât le goût inimitable du chabrot, il fallait que le fond de soupe fût chaud, et ce n'était plus le cas. Cela ne lui disait rien, au reste, de le prendre ainsi attiédi. Hyacinthe devança son hésitation et vint verser une louche de bouillon brûlant. Marquey y adjoignit une forte rasade de vin rubis comme du sang de bœuf. Aussitôt, il but à même son écuelle, d'un seul coup, sans abandonner à la porcelaine une seule goutte.

— Je sais ce que vous allez me dire, Antoine, dit la cuisinière.
— Quoi donc?
— Allez, ne faites pas l'enfant.
— Pourtant, c'est la vérité. J'en suis inconsolable. Surtout avec mon vieil âge.

Hyacinthe alla vérifier le feu dans le fourneau. Elle remisa aussitôt avec sa pince les cercles de la cuisinière. Le vieux repoussa son assiette et ferma son couteau.

— Chaque fois, j'ai une petite larme pour ma chère mère, dit Antoine d'une voix cassée. Je la revois là où tu es, Hyacinthe, près de sa cuisinière, en train de goûter. Elle me faisait préparer le lard, guidant ma main sur le couteau lorsque je l'incisais. Car il fallait que la couenne soit travaillée pour que le jus du gras descende dans l'eau frémissante. Ça cuisait une heure, pas moins. Puis nous retirions le lard de son bain de cuisson pour l'écraser patiemment à la fourchette, jusqu'à la couenne. Et tout ce bon lard émietté, nous le mettions dans un bol avec une poignée de gros sel. C'était ça, le fameux tour de main, qui faisait la bréjaude avec ses haricots, ses navets, son chou, ses carottes, ses poireaux, ses pommes de terre... Mon Dieu, voilà le goût de mon enfance. Mère Irénée aura tenu cette maison d'une poigne ferme. Et moi, quoi qu'on en dise, qui ai tout appris d'elle, j'ai couru sur ses brisées. Je n'ai fait que reproduire toutes ses recettes. Et je les ai transmises à mon fils, qui les transmettra à Savin. Ainsi se forge une tradition. Le relais des Diligences...

Il soupira, les yeux mouillés. C'était son moment de spleen, car il songeait amèrement qu'il devrait un jour, assez proche en vérité, quitter tous ces plaisirs, tous ces rêves, tous ces souvenirs, pour entrer dans la froide raideur de l'oubli.

Au-dehors, par la fenêtre ouverte sur la rue des Remparts, l'aube se dessinait sur la courbe des collines, avec ses bleuissements sur le puy de Merliac, puis, là où le soleil allait se lever, ses rayons teintaient d'ambre la ligne du ciel.

— Ce sera un beau dimanche, dit-il rêveusement. Mais je n'irai pas à la messe. Je m'y ennuie. L'odeur d'encens me donne la nausée. Les femmes chantent comme des paniers percés. Les sermons de ce pauvre Terrieux sont d'une niaiserie à faire pleurer un enfant de chœur. Crois-tu, ma pauvre Hyacinthe, que notre désir d'immortalité ait besoin de ces simagrées ? Si Dieu existe, il nous accueillera tels que nous sommes, avec nos défauts, nos vices, nos lâchetés. Et que lui importent nos péchés, nos fautes, nos remords... Le Jugement dernier, ce ne sera pas, comme on l'imagine, un interrogatoire. Mais une porte ouverte sur l'infini, où les âmes iront se dissoudre dans un océan. Finissez d'entrer, et hop !

Hyacinthe ne se préoccupait guère de ces questions. Il n'était que les marmitons, occupés à l'épluchage des carottes et des pommes de terre, pour ricaner dans leur coin. Elle écoutait Antoine, sans l'entendre, le regard dans le vide. Un petit vent frais courait d'une fenêtre à l'autre, traînant avec lui des odeurs de fumée. Le feu ronflait dans le fourneau. Bientôt, il faudrait glisser dans l'antre infernal les volailles bardées de lard, les rôtis tapissés de graisse.

— Moi, je sais depuis mon plus jeune âge, dit Hyacinthe avec une moue grave qui lui déformait le visage, que le bon Dieu n'est pas de mon côté. Il aurait pu m'éviter ça, au moins.

— Quoi donc ?

— Me jeter sur la terre. Pour quoi faire ? Un Dieu juste ne devrait accorder le bon de sortie qu'à ceux qu'il a choisis. Ce serait plus simple. Le meilleur de l'homme pour un monde parfait. Voilà mon idée.

Antoine-Joseph l'observa avec attention, puis son regard s'amollit. Il reprit sa canne et se hissa sur ses jambes.

— Je vais aux écuries, dit-il.

Hyacinthe commanda aux marmitons de mettre les pommes de terre épluchées dans une bassine d'eau. Le dimanche, on faisait des pommes rissolées à la graisse d'oie, des gratins dauphinois pour les becs les plus délicats, de la purée pour les enfants. C'était une habitude depuis que le relais des Diligences existait.

Au moment où le vieil homme quittait la cuisine, Hyacinthe lui toucha l'épaule. Il se retourna vers elle.

— Dites-moi, Antoine, pourquoi un homme fier comme vous, si assuré de sa personne, s'est-il résolu à être sur la photographie ? Ça ne vous ressemble pas. Au moins, Natoline a résisté un peu. Mais vous ? A croire qu'il y a trop de vanité... Vous vous dites : il faudra bien que les générations futures sachent à quoi ressemblait le vieux Marquey, s'il était de bonne figure, s'il portait fièrement ses quatre-vingts ans. C'est ça, n'est-ce pas ? Oh je sais bien que vous aimez vous faire plaindre, mais qu'attendez-vous ? Durant votre vie, vous n'avez montré de bonté pour personne, sinon pour vous-même.

Antoine-Joseph haussa les yeux à hauteur du visage de la cuisinière. Qu'espérait-elle ? Qu'il lui parle ? Qu'il condescende à s'abaisser dans des réponses vaseuses ? Il la toisait ferme. Cela lui suffisait pour toute réplique, un regard hautain qui était devenu une arme de défense.

Maxence se levait aux aurores, seulement le dimanche. Le jour du Seigneur, il n'aimait pas flemmarder au lit. Par pur esprit de contradiction. Le reste des jours, surtout le lundi, où un homme courageux aime bien attaquer sa semaine d'un bon pied, il faisait grasse matinée, se reposant sur ses employés : Hyacinthe, surtout, et Anastase, enfin, à qui l'on avait attribué le titre de cocher.

A peine le visage rafraîchi par un broc d'eau fraîche, il s'était dépêché de descendre aux écuries, les bretelles pendantes sur sa culotte de grosse toile grise à rayures claires. En le voyant apparaître, ainsi, en négligé, comme sorti précipitamment du lit, la chemise de coton blanche fripée, Anastase le plaisanta :

— Décidément, vous ne changerez pas, patron.

— Pourquoi changerais-je, animal ? J'ai ce goût de la liberté qui ne t'effleure jamais.

— Quand on voit votre père, le port de tête altier, l'élégance de sa mise, malgré son vieil âge, on s'étonne qu'il ne vous ait jamais légué ses bonnes manières...

— Tu es insolent, Anastase. Et tu me tues, avec tes réflexions. N'est-ce pas suffisant d'entendre ma femme ? Elle aussi me serine ses impertinences à l'oreille. Ce que ma chère Ameline n'a pu obtenir de moi, après quinze ans de vie conjugale, crois-tu y parvenir, présomptueux ?...

Il est vrai que le cocher était déjà rasé de frais, la peau du visage fleurant bon l'eau de Cologne. Quant à sa mise, elle était impeccable : costume repassé et tiré à quatre épingles, leggings cirées, bleuet à la boutonnière. Anastase était un petit homme sec, le visage anguleux, foncé de peau. Il portait la moustache finement taillée, et non pas broussailleuse, comme celle de son maître. Il se faisait un point d'honneur de se différencier du fils Marquey, bien qu'il fût son employé, au point que la clientèle parfois, ne sachant à qui elle avait affaire, au patron ou au domestique, lui montrait plus de déférence. Cette méprise bien compréhensible avait l'art de mettre Maxence dans tous ses états. Il y voyait quelque malice du destin, ou la duplicité de son employé. Toutefois, Maxence se refusait à chercher en lui-même, dans son négligé, son débraillé, les raisons de ses humiliations journalières. Il se complaisait dans sa nature, s'y roulait à ses aises, et n'eût voulu changer pour rien au monde.

Ricanant des réflexions de son factotum, Maxence alla visiter ses chevaux. Anastase les avait bouchonnés, étrillés, brossés, peignés. Il eût bien voulu trouver une raison de critiquer son employé, histoire de passer sa mauvaise humeur, mais il n'y parvint pas. Les sabots des juments étaient cirés comme pour une revue de détail. Anastase était un modèle d'employé, fidèle, ponctuel, régulier, qui pouvait s'autoriser quelque liberté dans la maison Marquey.

— Tu attelles Marjolaine au brougham, commanda-t-il.

— Au brougham ? Diable ! Ça fait six mois qu'on ne l'a pas sorti. Je ne sais pas si les essieux ne méritent pas un peu de graisse. Et les ressorts aussi.

— Fais donc, insista Maxence.

— Il me faut aussi brosser les velours. Ça demandera un peu de temps.

Maxence l'écoutait, les mains au fond des poches. Il savait que son cocher n'aimait guère le brougham, ou plutôt le double brougham, puisque la voiture de l'auberge, l'un des fleurons de sa collection, possédait deux banquettes en vis-à-vis. Dans ce type de voiture, le cocher était assis à l'air libre et ne pouvait discuter avec ses clients. Pour Anastase, c'était une insupportable frustration.

— Qui devrons-nous transporter, patron ?

— Les Flandrin, de Brive. Ils nous viennent à la gare de Salvayre en train.

— Ah, je comprends ! s'écria Anastase. Ne possèdent-ils pas une berline ? Et tout le personnel pour se faire conduire...

— Nous aurons juste la visite des femmes et des filles Flandrin. Monsieur Christophe a autre chose à faire que se promener à Meyssenac le dimanche.

Le propriétaire de l'auberge des Diligences se faisait déjà une joie de transporter jusqu'à sa table une si illustre famille dans une calèche de luxe aussi rétro. C'était l'un des arguments commerciaux des Marquey que d'offrir à leur clientèle distinguée une balade dans une voiture de collection. Il n'en existait que quelques centaines d'exemplaires en France comme celle-ci, capitonnée en velours rouge. Et la sienne avait été entretenue avec soin, au point qu'on eût pu croire qu'elle sortait juste des fameux ateliers anglais Robinson & Cook.

— Nos clients arrivent au train de neuf heures vingt-cinq. Tu prendras la route de la Tournette, où nous disposons d'une si belle vue sur tout le bassin de Brive. Je te conseille même de les conduire à la table d'orientation, sous prétexte de faire boire les chevaux aux lavoirs de Ladrier.

Anastase hochait la tête. C'était là une recommandation bien inutile, car le cocher de l'auberge des Diligences connaissait son métier mieux que quiconque.

— Je leur donnerai ma petite leçon de guide touristique, coupa-t-il. Ça plaira bien aux enfants.

— Oui, car Bertine de Flandrin et sa sœur n'ont guère besoin de tes boniments. Elles connaissent le pays aussi bien que nous. Et surtout, insista Maxence, pas de regards inconvenants, ni d'œillades appuyées...
Le cocher se mit à rire.
— Pour qui me prenez-vous, patron ?
— Elles sont exquises, n'est-ce pas ?
Anastase ramena sa casquette sur son front d'un geste d'agacement.
— J'ai de la galanterie, mais point de goujaterie, mon bon maître.
Maxence ajusta ses bretelles en les faisant claquer sur sa poitrine.
— Et ne t'avise pas de faire peur aux petites Flandrin avec tes sorcières et tes rebouteuses. Je te connais, animal.
Le propriétaire de l'auberge des Diligences aimait l'odeur de ses écuries. Elle lui rappelait son enfance, ses joies et ses peines, et quelques beaux moments lorsqu'il avait dompté ses premières peurs en chevauchant un des gros chevaux ardennais de la maison. Mithridate, ainsi se nommait ce cheval à la robe rouanne, l'avait emmené un jour, sans qu'il décide rien, vers la Bastardie, tout au bord du Clam, un petit ruisseau où proliféraient les écrevisses. Dans ce coin perdu, il avait réalisé sa détresse. Trop petit pour s'en revenir tout seul à la maison. Surtout, il ne savait rien de l'art de commander les chevaux, sans quoi Mithridate l'eût ramené d'instinct à la maison. Au soir, il s'était réfugié dans une grange garnie de vieux foin. Mithridate, bonne bête, était resté auprès de lui à attendre, alors que le cheval aurait pu tout aussi bien revenir dans son écurie, sans se soucier du petit garçon. Pendant ce temps, à Meyssenac, avec la montée du soir, on s'était inquiété enfin. Les voisins de la famille Marquey avaient apporté leur aide. Et les recherches avaient commencé dans les bois

environnants, où les enfants de Meyssenac avaient l'habitude d'aller jouer. Toute la nuit, par petits groupes, les gens de Meyssenac s'en allèrent ratisser large, de plus en plus large, dans les collines de la Jaubertie, où chemins et sentes partaient dans toutes les directions. On le dénicha seulement au petit matin, grâce à Mithridate, qui poussa des hennissements à l'approche des hommes.

Chaque fois que ce souvenir s'en revenait à lui, Maxence y allait d'une petite larme. Mithridate avait été, de tous les chevaux possédés par les Marquey, le plus affable et le mieux dressé au service des hommes. Parfois, il croyait distinguer dans le regard de ses barbes le même éclat d'intelligence que dans celui du vieux Mithridate de son enfance. Pourtant, chaque fois, il leur manquait un petit quelque chose. Un rien de différence.

Maxence alla visiter ses bêtes, comme il en avait acquis l'habitude chaque matin.

— Tu attelleras Scipionne, ordonna-t-il à Anastase.

Le factotum hocha la tête. Il s'attendait à cette demande, s'agissant des Flandrin.

— C'est la plus patiente de nos juments avec les enfants, ajouta Maxence en allant frotter son front contre la tête de l'animal.

— Tu seras sage, ma belle, murmura-t-il. Je te recommande nos clients. Ce sont de bien braves gens, n'est-ce pas ?

Au passage, le patron de l'auberge des Diligences n'oublia pas de faire une petite caresse à tous les autres pensionnaires, deux ardennais robustes – une tradition chez les Marquey –, trois barbes et un demi-sang. Maxence était fier de son écurie. Mais sa bonne tenue, il la devait à Anastase. Il était tout pour lui, cocher, palefrenier, soigneur, maréchal-ferrant, entre autres...

Maxence était persuadé que le succès de son auberge tenait à l'écurie et à sa collection de voitures, et sans doute bien plus qu'à sa cuisine, qui n'était pas des plus raffinées. Les promenades en calèche, cabriolet, coureuse, sulky ou clarence étaient un luxe rare dans le pays. Le repas terminé, ses clients lui réclamaient chaque fois une balade digestive dont s'acquittaient Anastase et Justin Pignolet – un jeune homme employé à la demande. Plusieurs circuits étaient proposés, l'un sur le bord de la Sévère par le chemin de halage, entre Meyssenac et le moulin de Puysautier, un autre vers les ruines romaines de la Jaubertie, un troisième au temple du Pas-du-Loup, et un dernier au puy de Ladrier. Ce dernier trajet était le plus long de tous, trois bonnes heures de promenade sur une des parties les plus panoramiques du pays, avec ses curiosités locales : la voie romaine et ses pavages affleurant encore le sol, les carrières sinistres où se cachaient autrefois les parpaillots et enfin l'antique four à chaux.

Anastase suivait du regard le rituel que s'était imposé son maître. Il lui fallait commencer la journée de la sorte, en visitant tour à tour ses écuries, son garage, puis les cuisines. Il montait ensuite au restaurant, où les serveuses finissaient leur repassage matinal : nappes, serviettes... Ah, pensa Anastase, si ce diable d'homme n'avait pas été porté sur la bouteille, il aurait été le meilleur des maîtres aubergistes qu'on pût imaginer. Bien plus attachant que le vieil Antoine-Joseph qui, sa vie durant, n'avait fait que des querelles autour de lui, rongé par un goût immodéré de l'autorité.

Maxence poussa le zèle jusqu'à vérifier le brougham. Une fine pellicule de poussière ternissait la peinture laquée de la carrosserie. Du bout des doigts, il dessina des arabesques, écrivit machinalement « sale » sur la portière. C'était une manière de faire comprendre à Anastase, lorsqu'il sortirait la voiture, qu'un simple essuyage à la peau de chamois ne suffirait pas à la rendre présentable. Il visita aussi les sièges, tapota les capitons de velours. Il appela Anastase à la rescousse et lui montra d'un geste l'état négligé du cabriolet.

— Oui je le reconnais, marmonna le factotum. Ce ne serait pas correct de faire monter les Flandrin dans ce pucier. Mais dorénavant, il faudra veiller à ce que les chats de la maison ne viennent pas souiller les voitures. Vous le savez, patron, ils adorent vos sièges rembourrés. Encore heureux qu'ils ne s'y fassent pas les griffes...

— Ce n'est pas moi qui néglige de fermer les portes, répliqua Maxence.

— Ni moi non plus.

— Alors qui ?

Le factotum baissa la tête. Il ne s'autorisait pas à dénoncer les enfants. Savin et Faustine aimaient à jouer dans les voitures, à se courser entre elles, à s'y cacher. Souvent, il les avait chassés du garage, sans grand résultat. « Tu n'es pas notre père, toi, tu n'as pas à nous commander ! » disait Savin. Que répondre à cela ?

A la sortie des écuries, Antoine-Joseph et Maxence se saluèrent, plutôt froidement. L'un et l'autre n'aimaient pas les effusions sentimentales. Depuis que Maxence avait rebaptisé le restaurant, rien n'allait plus. Le changement de l'enseigne symbolisait une passation de pouvoir pour le vieux, et sans doute l'était-il aussi au regard du fils. Antoine-Joseph ne lui pardonnerait jamais cette faute, même si l'ordre des choses réclamait un nouveau maître aux Diligences. Ainsi le vieil homme préférait-il se mentir à lui-même, ignorer que le temps était venu de son effacement.

— Ta femme fait la grasse matinée, dit Antoine-Joseph.

— Ça lui arrive tous les dimanches, répliqua Maxence. Le reste de la semaine, c'est moi qui retarde.

Le vieil homme haussa les épaules. Il contemplait la lumière du jour par-delà les remparts. Il y avait de la brume dans les bas-fonds. Cela prêtait une allure minérale aux choses ; les bosquets, les bois, les taillis semblaient avoir les pieds dans l'eau. Et les petites collines qui bordaient le cingle de la Sévère ressemblaient à des îles.

— Combien de petits matins me reste-t-il encore à contempler ? dit Antoine-Joseph.

2

L'enfance d'un chef. — Une omelette aux girolles.
— Les archaïques et les modernes.

Maxence avait appris son métier de cuisinier dans les jambes de son père, alors qu'il était encore un jeune garnement. Fort heureusement pour lui, les études n'étaient pas son fort. Au contraire, il s'ennuyait dans la classe de madame Dubois. On lui fit tout de même passer son certificat d'études. Mais il ne l'obtint qu'à la repêche, le petit comité des examinateurs ayant décidé, cette année-là, qu'il n'y aurait qu'un infime contingent de recalés. Cette explication en vaut une autre, mais, de toutes, elle paraît la plus plausible. On ne retiendra guère la version défendue, après coup, par le père Marquey, selon laquelle le bonhomme avait soudoyé un des inspecteurs d'éducation primaire pour faire inscrire en catimini son fils sur la liste des reçus. A la vérité, Antoine-Joseph ne ratait jamais l'occasion de s'attribuer le beau rôle. C'était fort séduisant, tout de même, ce coup d'audace, et plaisant à raconter à la cantonade en versant des absinthes.

Dès sa douzième année, Maxence fut introduit dans les cuisines. Le garçon ne rechignait pas à la tâche, mais il ne montrait guère de dispositions pour le travail bien fait. Il épluchait les légumes comme un jean-foutre en gaspillant la marchandise, ou, lorsqu'on lui confiait la surveillance d'un plat au four, il l'oubliait dans ses rêveries. Le père faisait alors sortir les marmitons de la cuisine, et il obligeait son garçon à poser les mains bien à plat sur la table avant d'asséner sur celles-ci dix à quinze coups de baguette. Maxence montrait alors de réelles dispositions à la souffrance. Nul cri, nulle larme, rien ne transparaissait sur son visage. Il se faisait un point d'honneur de résister à sa façon. Question d'orgueil, se disait le père Marquey. C'est une qualité qui en vaut bien d'autres.

Parfois, au moment de ses disgrâces, Maxence allait trouver quelque consolation dans les jupes de sa mère, bien que celle-ci ne lui montrât jamais la moindre de ces effusions qu'un enfant malheureux serait en droit d'attendre d'une mère attentive. Elle disait, d'une voix indifférente : « C'est le métier qui rentre... » Ou quelquefois : « Ton père est dur, mais c'est pour ton bien. » Anatoline parvenait à convaincre son enfant qu'il n'était sort plus enviable que le sien. Lorsque Maxence venait à douter de sa famille et de lui-même, elle avait l'art de distiller des leçons de morale : « Ton père a réussi à te faire avoir le certificat. Sans lui, la honte aurait rejailli sur nous tous. Et dans notre position à Meyssenac, ce n'était pas envisageable. Lorsque l'échec s'abat ainsi, il ne faut point accuser la terre entière. La raison est simple : tu n'as jamais voulu travailler à l'école. Pourtant, madame Dubois, une excellente institutrice, avait placé de grands espoirs en toi, mais tu les as tous déçus. Je ne sais comment. Par une sorte d'indifférence en toutes choses qui est le trait dominant de ton caractère. La vie, mon petit Maxence, n'est pas une partie de plaisir. Il faut se donner à plein si l'on veut réussir. Comme nous l'avons fait, nous-mêmes, ton père et moi, nous avons travaillé dur pour le relais. Et nous ne voudrions pas que notre bel établissement tombe entre de mauvaises mains. Tu as été choisi pour le reprendre. Voici qui devrait te mettre un peu de plomb dans la tête... »

Il ne se déroulait pas une semaine sans que le petit Maxence reçût en plein visage une de ces admonestations, où l'on s'acharnait à lui répéter qu'il était un bon à rien mais qu'il lui faudrait tout de même se métamorphoser en grand chef. A la longue, les leçons d'Anatoline lui devinrent plus profitables que les punitions corporelles d'Antoine-Joseph. Car les reproches, pour pénibles qu'ils étaient, avaient l'avantage de le rassurer sur lui-même. Maxence se disait : Si l'on veut faire de moi le cuisinier du relais des Diligences, c'est donc que mon cas n'est pas si désespéré.

En ce temps-là, Maxence était loin de soupçonner combien son avenir même faisait débat dans le cercle familial. Tandis que le père Marquey se lamentait sur ses trois idiots de fils, Anatoline, elle, conservait l'espoir en son petit dernier. C'était son sang, sa chair. Et rien ne l'aurait fait douter de son Maxence. Elle s'ingénia à lui apprendre les rudiments de la cuisine. La découpe des viandes, l'éviscération des volailles, le bridage des gibiers et des poissons, le lardage des rôtis lui demandèrent des heures de patience. Bientôt, il fut un bon apprenti, n'hésitant pas à appeler au secours lorsque la pièce se rebellait à son art. Malgré les efforts consentis par son fils, le père avait conservé l'habitude de le rudoyer. « Le secret de toute chose est le tour de main, disait-il. Et le tour de main, ça s'apprend. Mais voilà, tu ne veux rien retenir. Tu veux faire à ton idée. Mais ce n'est pas ça, nom de Dieu, qu'on te demande ! Ce qu'on veut, c'est que tu obéisses au geste près. » Alors, Anatoline accourait pour que tout soit repris du début, ainsi qu'on apprend à un gamin à nouer les lacets de ses chaussures.

En deux années, Maxence connut toutes les situations possibles : des volailles flambées à l'excès, des sauces insipides, des omelettes attachées à la poêle, des daubes trop mouillées... Il y eut aussi, à sa décharge, de grandes victoires remportées sur lui-même : des appareils réussis, des jus tombés à glace impeccablement, des beurres maniés en pâte douce... Ces exploits attisaient les sourires de sa mère. Elle y voyait les débuts d'un cuisinier. Mais cela laissait le père indifférent. Il répondait par une moue dubitative. Il craignait sans doute qu'à trop complimenter Maxence il ne délaissât les bonnes règles, si longues à s'imposer. Un rien pourrait le faire revenir un pas en arrière, pensait-il. Rien n'est plus tenace chez un enfant cabochard que les vieilles habitudes...

Vint le temps où Anatoline désapprouva son mari. « Préférerais-tu que nous n'en fassions rien, de notre Maxence ? A te voir agir, je finirais par le croire. Saluons ses progrès ensemble, plutôt que de le rabrouer à tout propos. » Ensuite, il avait beau jeu de lui rétorquer : « Abandonnons-lui la cuisine un jour plein, et nous verrons s'il se débrouillera tout seul ! »

A la vérité, Antoine-Joseph était hanté par le temps qui passe, l'écoulement inexorable des années. Et cela le rassurait, en somme, que son fils fût inapte à le remplacer un jour. Il aimait à s'imaginer indispensable pour l'éternité. Sans lui et son art de grand cuisinier, et surtout de maître à diriger, à commander, le relais des Diligences ne pourrait que dépérir. Oui, sans doute, cela le confortait-il de voir ce fils empêtré dans ses difficultés. Et qu'apparût, soudain, une lueur de réussite chez Maxence le renvoyait devant sa destinée : toute aventure humaine est condamnée à mourir un jour.

Pourtant, il vint, ce temps où Antoine-Joseph passa la main à son fils. « Notre vie s'est écoulée comme un soupir », dit-il à Anatoline d'une voix chagrine. Elle s'amusa de sa réflexion, lui rappela ses craintes anciennes. « Il demeure, reprit Antoine, que notre fils n'est pas un grand cuisinier. S'il n'y avait Hyacinthe, que deviendrions-nous ? » Elle hocha la tête. « Tu ne désarmeras jamais. Comme tous les Marquey, des obstinés. »

Les premiers jours de septembre avaient été pluvieux. Mouillés en profondeur, les sous-bois s'étaient mis à fleurir en abondance, offrant cèpes et girolles. Une aubaine pour les ouvriers qui construisaient la ligne du tramway reliant Salvayre à Meyssenac. Ils en avaient cueilli de pleins paniers, seulement en se baissant sous les chênes centenaires. Surtout des cèpes, noirs et odorants, dodus du pied, comme il en est dans le pays de Corrèze. Quant aux girolles, elles fleurissaient dans les creux des vallons, jusque sur les sentiers, semées comme à tout va. S'engagea alors un débat aussi vieux que les collines de Meyssenac, entre les amateurs de cèpes et les amateurs de girolles, et sur la manière de les préparer, cèpes farcis ou girolles rissolées dans la graisse d'oie. Pour trancher la question, on s'en rapporta à l'auberge des Diligences, où les ouvriers œuvrant pour le compte des Chemins de fer prenaient leurs repas.

Afin que l'on ne mélangeât pas « les torchons et les serviettes », comme disait Maxence, c'est-à-dire les manœuvres et le gratin, on avait pris l'habitude de rassembler les ouvriers dans une pièce annexe du restaurant. Ça pouvait mener grand tapage et discussions animées sans que le reste de l'auberge en fût incommodé. Qui plus est, la direction de l'entreprise de travaux publics Bardon & Robinet, à laquelle étaient rattachés les employés, avait traité les repas-pension à des prix avantageux. Il y avait une douzaine de gars à la tablée, de rudes gaillards hâbleurs et pétulants, pour qui le moment du repas était une récréation. Pour preuve, le chef de chantier, Paul Ricœur, dont l'autorité était flagrante sur le terrain, se retrouvait ici réduit à n'être qu'un compagnon comme un autre. De plus, il était interdit d'y parler travail, au risque de payer sa bouteille. Ces us et coutumes propres à la corporation étaient respectés à la lettre. Poulaille, l'homme qui régnait sur les ouvriers, était fort en gueule, les bacchantes toujours en bataille. C'était lui le porte-parole du groupe, le seul, du reste, qui avait ses entrées en cuisine pour négocier les extras.

— Dis voir, Hyacinthe, ça t'écorcherait-y de nous faire une omelette bien baveuse ?

La cuisinière portait Poulaille dans son cœur. C'était son genre d'homme, bien bâti, la voix claire, le geste caressant. Il obtenait d'elle tout ce qu'il voulait, à la condition que le « singe » ne soit pas dans les parages. Le singe, c'était Maxence, bien sûr. Pour le sieur Poulaille, tout directeur, chef ou patron, était un singe. Il usait et abusait de ce vocable, sans qu'on sache du reste si le terme était plus ou moins péjoratif. Maxence prenait en mauvaise part ce surnom, mais qu'y pouvait-il ? Hyacinthe s'en amusait, les petits marmitons aussi. Elle disait : « Fichez-le à la porte si ça vous chante, Maxence... » Le patron ne répondait pas. Il s'y retrouvait, dans les repas ouvriers. Et lorsque l'intérêt commande, les grands principes s'éteignent. L'équipe Bardon & Robinet ne faisait pas que manger, ça levait le coude aussi au moment de l'apéritif. Trois ou quatre tournées en général, sans compter les petites gnôles le soir, au moment de la détente. Les plaisirs sont rares à Meyssenac.

Sans rechigner, elle se mit à battre deux douzaines d'œufs. Dans la grande poêle, les girolles n'en finissaient pas de rendre leur eau. Il fallait qu'elle s'épuisât d'elle-même, à feu moyen, pour que les champignons commencent à grésiller dans la graisse de canard. C'est à ce moment que les girolles devaient être surveillées de près. Réduites de leur eau, elles cuisaient fort vite. Hyacinthe agita la poêle au-dessus de la flamme pour faire danser les champignons dans la graisse. Elle y revenait souvent, à ce geste, pour qu'ils fussent bien rissolés, dessus, dessous, et qu'ils n'attachassent point.

L'odeur des girolles embaumait la cuisine. C'était bien sa crainte, que Maxence en fût alerté. Mais ce dernier était trop occupé au bar, à verser les apéritifs. Il soignait ses visiteurs, tous les hommes de la rue des Remparts, et les habitués du « quartier des rentiers », comme il disait.

— Poule, allez distraire le patron, fit Hyacinthe. Des fois, si ça lui prenait de venir...

La cuisinière ne pouvait se résigner à appeler Poulaille par son nom. Elle lui avait trouvé un diminutif, « Poule », qui lui allait à ravir. Ça faisait hurler de rire toute la cantonade. Et depuis que les ouvriers fréquentaient l'auberge des Diligences, on ne l'appelait plus qu'ainsi : Poule, ou Poupoule. Le bonhomme n'y trouvait rien à redire, surtout venant de Hyacinthe.

— Il boit comme un cheval, votre patron, dit-il après un rapide aller-retour entre le bar et la cuisine.

Elle éclata de rire.

— Comme un trou, oui, rectifia-t-elle.

Poule se mit à rire avec elle. C'était une complicité qui lui faisait chaud au cœur.

— Ma femme n'y connaît rien en cuisine, ajouta-t-il tristement.

— Comment avez-vous fait pour la dénicher, celle-là ? Toutes les femmes préparent de bons petits plats pour leurs hommes, n'est-ce pas ?

— La mienne, non.

— Vous auriez pu attendre, avant de l'épouser...
— De vous rencontrer, Hyacinthe.
La cuisinière se mit à rougir. Sous ses airs bravaches, elle était plutôt timide, Hyacinthe, surtout avec des hommes comme Poulaille.
— Comme vous y allez ! s'exclama-t-elle. Vous savez parler aux femmes, vous. Direct, n'est-ce pas ?
Il alla s'appuyer contre elle pour accentuer son trouble. Il aimait ainsi pousser les femmes dans leurs derniers retranchements. Mais il y avait fort à parier que son jeu demeurerait sans suite. Poulaille n'était pas un coureur de jupons. Du moins se contentait-il du désir qu'il suscitait chez les femmes, comme pour se rassurer sur son pouvoir de séduction. Hyacinthe fit front à son geste, comme si de rien n'était. Elle avait deviné quelle sorte d'homme il était, rangé et honnête. Elle n'y vit que le signe ordinaire de la taquinerie. Comme un enfant, un gros ours enfantin, pensait-elle.
— J'ai épousé mon Emilie par amour. Vous ne me croyez pas ? Un regard. Un simple regard a suffi.
— Je vous crois, dit-elle, en dispersant sur les champignons une poignée de persil émincé.
Elle y ajouta de l'ail concassé, puis agita sa poêle pour que les girolles s'imprègnent des saveurs.
De nouveau, Poulaille alla jeter un œil du côté du bar. Ça lui plaisait bien, ce jeu de cache-cache.
— Vous ne m'avez pas répondu. Pourquoi boit-il autant, votre singe ?
Hyacinthe hésita à donner suite à cette indiscrète interrogation. Elle éprouvait de la considération pour Maxence. Et cela lui faisait mal qu'il fût ainsi, porté sur la bouteille.
— Je ne sais pas.
— Vous êtes une sacrée femme, fit l'homme, qui se tenait en recul, deux pas en arrière.

Il contemplait sa nuque épaisse, ses épaules larges, les gouttes de sueur qui perlaient sous la chemise blanche. Il émanait d'elle une force saine contre laquelle il eût aimé batailler. Rien n'était pire, à ses yeux, que ces corps graciles qui s'abandonnent. Son Emilie était aussi une rude batailleuse dans l'amour. Il fallait la mériter avant qu'elle se rendît.

Hyacinthe versa les œufs battus sur les champignons.

— Ça va être prêt, dit-elle.

Cela signifiait que Poulaille devrait encore jeter un regard dans le bar. Des fois que le patron aurait la mauvaise idée de rappliquer...

— Il vous fait peur à ce point ? demanda l'homme.

— Je n'aime pas les histoires, dit-elle.

Poule emmena l'omelette discrètement. Puis, en chef de meute incontesté, il distribua les parts dans les assiettes. Alberto emplit les verres d'un vin clairet qui faisait le bonheur du pays. Le « petit Meyssenacois », disait-on en servant ce breuvage. C'était un vin de soif, dépourvu de caractère. Il se consommait sans retenue, avec l'impression de boire une eau teintée. Mais il montait vite à la tête, forcément. Il faisait parler haut, chanter, tituber quelquefois. « Un petit vin sournois », disait Bazanet, un des ouvriers de l'équipe. On en buvait vite sept ou huit carafes, sans réfléchir. Paul Ricœur, parfois, faisait la moue, en voyant les verres se vider.

— Hé, les gars ! Soyez sages...

Vintemi et Alberto sifflotaient en fixant à l'unisson leur chef de chantier. Ça voulait dire : « Cause toujours. » Car l'omelette aux girolles méritait bien ce clairet de pays.

— Vivement qu'on en finisse avec la cueillette des champignons, ajouta Ricœur. Si ça vient aux oreilles de l'ingénieur, que vous passez du temps à les chercher, ces fameux cèpes...

— Et alors ? le reprit Minet.

C'était un petit bonhomme au visage anguleux, dont la spécialité sur le chantier consistait à manier les explosifs. Il aimait à jouer avec ses poudres au point de raccourcir, jour après jour, les mèches. Parfois, ça lui sautait presque dans les jambes. Il prenait ces arrosées de sable et de pierrailles à la rigolade.

— Alors quoi ? fronda le chef. J'ai des comptes à rendre à Eugène Castillac. C'est pas vous qui passerez à la toise... Vous le savez. Ça n'avance jamais assez vite. Une semaine que nous sommes à la tranchée. Reste encore un mètre à creuser. Dans la roche dure.

— M'fera pas un trou de plus, marmonna Minet.

Les gars éclatèrent de rire.

— Tu paieras ton litre, Ricœur.

Le chef branla la tête.

— Même deux, si j'étais sûr qu'on en finisse dans la semaine.

Pendant ce temps, Poulaille, installé en bout de table, comme un vrai chef, semblait absorbé dans ses pensées. Il avait des absences, de longues absences. Des absences telles qu'on ne manquait jamais de lui poser une question à laquelle il ne savait répondre : « A quoi penses-tu ? »

— Poupoule, reviens vers nous, insista Alberto.

L'interrogation parut le tirer de sa léthargie. Il contemplait la poêle vide, moirée de graisse. L'un après l'autre, les convives y avaient trempé leur bout de pain. Mais la graisse y était en telle abondance qu'on n'en verrait jamais la fin. On y pourrait, à saucer, dévorer une tourte entière.

— Minet, ordonna Poulaille, va donc chercher une carafe. Et mets-la sur le compte de Rico...

Le petit surnom de Ricœur.

Le chef de chantier quitta la salle du restaurant en colère. Depuis des jours, il se demandait bien pourquoi il partageait la table de ses ouvriers. Après tout, il méritait mieux, celle de l'ingénieur par exemple. Mais il n'avait jamais osé s'imposer. Monsieur Castillac était l'homme le plus irritant qui fût, avec ses belles manières de bourgeois instruit. Il ne supportait guère la compagnie. Droit comme un I dans ses costumes blancs de coton empesé, avec un chapeau colonial, il portait haut son titre et ses honneurs. D'où tenait-il ce genre ? Peut-être de son passé en Algérie, lorsqu'il travaillait pour la Compagnie des eaux. Il avait installé, à ce qu'on disait, le système d'irrigation de Médéa. Et pas seulement. Le chemin de fer aussi, dans les gorges de la Chiffa, entre Boghari et Laghouat. A côté de ces exploits, qu'était-ce donc, les travaux de Salvayre ? Une paille.

L'ingénieur Castillac était bien plus que ce qu'on voyait de lui, un esprit fin méritant d'être connu. Du moins était-ce l'avis d'Auguste Combet, le majoral de la société savante de Meyssenac, qui répétait à qui voulait l'entendre : « Les Ponts et Chaussées ont fait le meilleur choix en nommant Eugène Castillac à la construction de notre chemin de fer. Nous aurions pu mal tomber. Par exemple, sur un de ces techniciens sans imagination, bornés et obtus, qui sont légion dans l'administration. » Malgré ses airs indifférents, qu'il promenait comme d'autres l'ennui ou la lassitude d'être, l'ingénieur était un homme attentif à son environnement. Lors de leur première conversation, où Combet avait évoqué les attraits de la Corrèze, Eugène Castillac avait eu une phrase heureuse : « Chaque individu constitue une bible de savoir, même le plus rustre, voyez-vous. » Il n'en avait pas fallu davantage pour que le jugement du majoral fût irrémédiablement établi. Pourtant, jusqu'où se logeait-elle, cette sincérité ? Factice ou profonde ? Il y avait là-dedans quelque aspect insaisissable, comme ses longs silences.

A son arrivée à Meyssenac, l'ingénieur des Ponts et Chaussées avait eu deux exigences : la meilleure chambre à l'auberge des Diligences, et la mise à disposition d'une voiture pour ses déplacements. Les Marquey satisfirent ces demandes, d'autant plus aisément que le service était grassement payé. Pour cet hôte de marque, on s'arrangea même de façon qu'il pût jouir d'une table dans une petite salle voisine du restaurant, sans risquer le moindre dérangement. Eugène Castillac prenait donc ses repas seul, ce qui semblait convenir à un homme ne recherchant point la compagnie. Il entrait et sortait, allait et venait, à sa guise, sans autre contrainte que de saluer discrètement les hôteliers. Parfois, selon son humeur, il adressait quelques mots à Maxence Marquey, sans rien attendre en retour. Au contraire, à sa manière d'être, on comprenait que l'ingénieur ne voulait surtout pas se laisser distraire de son ouvrage. Et s'il fit une grosse impression, comme on vient de le voir, sur Auguste Combet, il s'arrangea néanmoins pour le tenir à distance. Car si l'homme est une bible de savoir, en général du moins, au plan des grands principes humanistes, il est souvent aussi, dans l'usage commun, le plus acharné des fâcheux.

A quoi ressemblait-elle, la journée d'un ingénieur des Ponts et Chaussées ? Quelles sortes de pensées l'assaillaient dans sa solitude ? Sa chambre était devenue son cabinet de travail. Sur les murs jaunes, l'homme avait punaisé les plans des ouvrages d'art, les courbes de niveau, l'organigramme... Et sur son bureau, un alignement de dossiers vert-de-gris témoignait d'une activité fébrile et studieuse. Il y avait là toutes les pièces nécessaires à l'opération : les adjudications des travaux, les passations de marchés avec les entreprises, les arrêtés de la préfecture de la Corrèze prescrivant les enquêtes d'utilité publique, les actes amiables passés avec les propriétaires des terrains ou les décisions d'expropriation... Les matinées étaient occupées au règlement des embarras administratifs, aux commandes des travaux, aux rapports d'évaluation et de suivi des ouvrages, lot par lot. Des centaines de pages, calligraphiées d'une belle écriture déliée, s'ajoutaient sur la pile, jour après jour. Les après-midi étaient consacrés à la visite du chantier, au contrôle des travaux, le cas échéant à la rectification des plans. C'était le moment de ses journées où Castillac avait l'impression de servir à quelque chose. La paperasserie l'ennuyait au plus haut point. Elle lui semblait indigne de lui, bâtisseur et créateur. Mais les Ponts et Chaussées, par souci d'économie, n'avaient pas jugé utile de lui adjoindre un secrétaire, estimant sans doute qu'il était apte à superviser l'ensemble de la concession à laquelle il avait été affecté.

Le soir, après le repas, Eugène Castillac se retrouvait enfin avec lui-même. Il s'occupait de son courrier personnel. L'homme entretenait de vives amitiés jusque dans le ministère des Travaux publics, avec l'espoir qu'on ne l'oublierait pas en haut lieu. Depuis son retour d'Algérie, il espérait une mission d'importance, et non plus de ces petites affaires de lignes secondaires. Tant de routine ne risquait-elle pas de ruiner son talent ?

Puis il allait marcher un peu sur la rue des Remparts, flâner dans l'air du soir, goûter la lumière déclinante du jour. Il fumait un ou deux cigares avant de retrouver sa chambre.

Là, il s'interdisait d'ouvrir le moindre dossier, de jeter le plus petit regard sur l'organigramme. Ce temps-là était le sien, pour lire ou réfléchir. Alors, il allumait la lampe à huile qui trônait sur le bord de sa table de nuit, s'allongeait à même le couvre-lit, et ouvrait un livre, un de ceux qui ne le quittaient plus depuis Alger : les commentaires d'Averroès sur Aristote.

Un soir, l'ingénieur tendit le pas bien au-delà de son périmètre autorisé, vers les rives de la Sévère. Il fut séduit par la fraîcheur des berges. La végétation était dense en cet endroit, bordant le chemin de halage. Platanes, chênes, frênes et ormeaux formaient une voûte sombre. Il attendit que la lumière se fît rare, à cette extrême limite où elle se colore d'un vert émeraude. Eugène Castillac fut pris d'une langueur nostalgique, comme il disait pour décrire son état d'âme. Il songeait au désert dans ses derniers feux, lorsque les ultimes rayons du soleil semblent se dissoudre dans les dunes. Soudain, l'ombre chemine à corps perdu sur l'immensité, noyant les courbes du désert où ne demeure plus à l'œil que la luminosité croissante des constellations. La vie paraît alors s'inverser, par la terre endormie et le ciel réveillé. L'ingénieur ne songeait plus qu'à ce long adieu qu'il avait adressé, du pont d'un bateau, à la terre africaine. N'y plus revenir, c'était accepter l'ouvrage de la mort creusant son sillon, mais pourquoi résister ? Chaque pas est une descente vers l'abîme, à mesure que s'effacent les souvenirs, comme la terre d'Alger s'amenuisant sur son horizon de lumière, par la mer au bleu vif roulant ses grains d'écume. Il avait longuement veillé ce soir-là, de grand départ et d'adieu, sur l'étrave. Il avait vu mourir ses rêves, les larmes au bord des paupières. Est-il pire arrachement que le retour au bercail, vers le pays des ancêtres ? Car l'homme a besoin d'ivresse par l'aventure innommée. Il a besoin de fuir vers des contrées lointaines, sans retour. Peut-être s'était-il illusionné sur lui-même, au point de croire que sa vie ne serait plus, en définitive, qu'un long périple.

De Médéa, il ne lui restait plus que la lumière rose du désert, la fraîcheur des gorges de la Chiffa, les absinthes de l'hôtel du Ruisseau des Singes et, dans ses couloirs tamisés par les moucharabiehs, les fantômes de Maupassant, de Fromentin ou d'Horace Vernet.

Aux remparts, il alluma son dernier cigare. L'ingénieur avait acquis dans la solitude le goût de penser à voix basse. Il se parlait à lui-même, par les mots qui donnent de la consistance à toute réflexion. L'informulé sans relief, sans sonorité autre qu'un épanchement intérieur vague et imprécis, ainsi qu'une logorrhée dépourvue de ponctuation, ne répondait point à sa rigueur intellectuelle. Il se disait : Pourquoi désespérer ? L'Algérie te reviendra, tôt ou tard, comme un désir, un appel, et je te connais, tu repartiras, sans crier gare, lâchant tout dans l'instant... Il se parlait donc à haute et intelligible voix, se croyant seul, sans retenue, comme l'homme libre sur son île déserte. Les singes ne chantent-ils pas la nuit, dans la jungle profonde, et parfois, poussant des cris, ne s'abandonnent-ils pas à la jouissance primale ? Il était comme un singe, oublieux et abandonné à sa langueur. Il était comme le premier homme qui invente le silence. Car la peuplade de Meyssenac lui paraissait si éloignée de lui-même qu'il eût pu tout autant soliloquer en sa présence, sans la voir, ni craindre ses jugements et ses sarcasmes.

— Ça va pas, mon bon m'sieur ? dit une voix.

Eugène chercha dans la nuit l'animal qui venait, ainsi, troubler sa réflexion. Il le distingua sur une chaise, face à la rue, drapé dans son grand tablier blanc de cuisinier. Il faisait comme font les fantômes, souvent, mine de s'intéresser aux autres, comme si le ciel ou l'enfer ne leur suffisait pas. Cette idée alluma en lui un grand rire. Maxence Marquey était tout sauf un spectre. Les spectres sont le double de notre conscience, ils nous disent ce que nous n'osons exprimer, comme dans les pièces de Shakespeare.

Le remords, le châtiment, la lucidité, l'ironie, voici nos doubles par lesquels on descend au dernier cercle.

— Vous veillez, monsieur Marquey... Vous veillez quoi, au juste ? Comme le guetteur d'ombres...

En s'approchant, Eugène reconnut que l'hôtelier présentait les signes manifestes de l'ivresse. La tête dodelinait sur les épaules et le regard cherchait un point d'équilibre. L'ingénieur prit un siège et s'assit à côté de lui, le dos contre le mur. L'air du soir était parfumé par mille senteurs venant du bas-fond : effluves de rivière, de sous-bois, de prairies efflorescentes.

— Môssieu, vous m'faites tant honneur.

— De quoi donc ? Pourquoi me parler d'honneur ?

Marquey le dévisageait, l'œil torve, avec une insistance qui lui venait sans doute de l'image dissolue qu'il percevait de lui. Eugène détourna le regard. Trop insistant, trop prégnant, trop insensé, cet examen. Cela faisait un mois déjà qu'il occupait la chambre du premier étage, qu'il allait et venait, sans qu'on lui posât la moindre question d'importance, sinon les mots d'usage qui s'adressent à tout le monde.

— Oui, môssieu l'ingénieur, articula l'autre en séparant les syllabes, vous me faites plaisir à vous mettre ici sur l'pas d'porte de mon estimable établissement.

La phrase prononcée, sans anicroche ni balbutiement, lui avait demandé beaucoup d'effort. La langue de l'homme ivre est lourde comme un caillou dans la cavité buccale. Eugène hocha la tête pour le remercier de ses compliments.

— Je crois que nous reprendrons plus tard notre conversation, dit-il en lui touchant la manche.

— Restez ! ordonna Marquey. Restez donc, l'air du soir est goûteux.

Castillac sourit. Il éprouvait de l'indulgence pour ce bonhomme que l'ivresse enhardissait. En son état normal

Maxence ne lui eût adressé la parole sans qu'elle fût sollicitée, bloqué à son approche comme un écolier timide devant son maître. Ce complexe était d'autant plus accentué que l'ingénieur lui-même n'avait qu'une vague idée de ce qu'il représentait au juste pour un hôtelier de Meyssenac ; de toute évidence, un homme sachant calculer la résistance des métaux, dessiner ponts et viaducs et évaluer la mécanique des structures. Un magicien du progrès, en somme. Depuis son arrivée, Eugène Castillac était devenu l'objet de toutes les attentions, sujet de conversations, sans qu'il s'en doutât, du reste. Tantôt on l'admirait sans savoir ce qu'il avait bien pu faire pour mériter ces égards, tantôt on le détestait pour l'indifférence témoignée à ses voisins.

— J'vais vous faire un aveu, dit Maxence. J'aime pas les trains et ces putains de chemins de fer. J'dirais même que c'est une salissure dans l'paysage. Comme qui dirait : une monstruosité. Ces machines qui crachent de la fumée, est-il chose plus laide ?

L'ingénieur ne fut guère étonné par cette réaction.

— Pour vous, monsieur Marquey, si je comprends bien, je suis un intrus. Un oiseau de mauvais augure survolant votre village et posant de-ci de-là des excréments qui en défigurent l'âme. Pourtant, vous n'avez point fini de me haïr. Bientôt, Meyssenac aura une gare. Et savez-vous ce qu'est une gare ?

L' hôtelier regarda son voisin bouche bée. Il n'aimait pas les questions auxquelles il ne pouvait faire que des réponses approximatives.

— Des églises modernes où l'on vénère le dieu du progrès, dit l'ingénieur. Voilà tout. Enfin, la révolution technique et industrielle parvient jusqu'à vous. Il ne faut pas prendre peur. Au contraire, elle apporta des bienfaits dont vous mesurez mal les avantages. Le chemin de fer, ce sera le trafic des marchandises et des hommes. Toute société moderne a besoin de ce trafic pour se développer et accumuler des richesses.

Maxence se mit à ricaner dans sa barbe.

— Môssieu l'ingénieur, on a pas attendu le chemin de fer pour faire voyager les gens et les marchandises. Je possède des voitures à cheval qui font parfaitement l'affaire. Ma maison date de 1830 au moins. Ça vous rappelle rien, les diligences ?

Eugène tendit un de ses cigares à Marquey. C'était sa manière de lui montrer quelque sympathie.

— Nous formons un étrange duo, dit l'ingénieur, vous l'archaïque et moi le moderne. Ça nous fera de bonnes conversations, ne croyez-vous pas ?

L'hôtelier mâchonnait son cigare sans se décider à l'allumer.

— Trop d'honneur... fit-il.

— Encore ! s'exclama Eugène. Décidément, vous faites un complexe. Je suis un homme ordinaire, si ça peut vous rassurer.

Maxence fit alors quelques pas en titubant. Il avait l'alcool triste, comme les gens qui sont accoutumés à boire seuls. Mais l'usage lui avait appris à bien se contenir devant les étrangers, à réprimer les excès de colère, l'exubérance des gestes. Rien ne le prenait au dépourvu. On cache ses vices. On joue les seigneurs. Eugène Castillac avait vu en lui tout ce qu'il y avait à voir, et cela l'attendrissait un peu qu'un homme restât digne jusque dans son désarroi.

— Je possède, môssieu, la plus belle collection de voitures...

— Je le sais, confirma Eugène.

— Par quelle indiscrétion ? C'est tout de même un comble...

L'irritation de Maxence Marquey parut excessivement feinte, parce qu'il était plutôt fier qu'un hôte de marque comme l'ingénieur eût noté à bon escient cette singularité chez lui. Ça classe son homme, une passion, pensait-il.

— J'ai dépensé beaucoup d'argent à racheter ces voitures. Et vous n'imagineriez pas non plus le temps que mes recherches m'ont demandé.

— Il en va ainsi pour tous les engouements, répliqua Eugène. A chacun ses danseuses.

— Et les vôtres, môssieu l'ingénieur ? Accepteriez-vous de parler des vôtres ?

Castillac sentit que Marquey était plus subtil qu'il ne l'avait soupçonné jusqu'alors. Et il demeura sans voix. Il n'avait pas envie d'évoquer ses goûts pour les voyages africains, les pistes du désert, les oasis où il aimait à séjourner.

L'air du soir et la conversation avaient revigoré l'hôtelier. Maintenant, il se sentait fin prêt à en montrer plus de lui-même. La curiosité d'un homme de goût se doit d'être comblée, se disait-il. Il était rare que sa collection suscitât de l'intérêt parmi les gens de Meyssenac, même les plus érudits. A croire qu'on le jalousait.

Malgré l'heure tardive et sa lecture qui l'attendait dans sa chambre, comme tous les soirs, Eugène céda à l'invitation. Jusqu'à présent il n'avait que deviné le charme de ces fameuses voitures par l'entrebâillement des portes, un jour que les enfants Marquey, Savin et Faustine, jouaient dans le garage. Mais Anastase lui avait soudain fermé l'accès, sans ménagement.

L'hôtelier se dépêcha d'allumer les six lampes à huile suspendues aux murs chaulés du garage. L'effet fut saisissant. Et le visiteur en resta ébahi de surprise. Il y avait là une vingtaine de voitures à cheval, soigneusement disposées selon le gabarit. Son attention fut captée de prime abord par les petits bijoux : quatre cabriolets, rouge et noir, de deux ou trois places. Les carrosseries étaient soigneusement astiquées, de même les cuirs, qui fleuraient bon le cirage. Ils brillaient sous l'éclairage comme s'ils sortaient juste des ateliers de fabrication.

— Ils sont tous à suspension et à un essieu, dit Maxence. Hélas, nos routes sont mauvaises et j'hésite à les sortir. Seul Anastase a le droit de les conduire. Mes cabriolets sont légers, comme une plume. Et avec un bon cheval, ça file à une allure folle. Et ça verse bien, aussi. Surtout sur nos bas-côtés en mauvais état...

Il y avait aussi deux voitures à quatre roues, un cabriolet-milord.

— Un cab anglais, n'est-ce pas ?

Maxence hocha la tête.

— C'est stable sur la route. Et nous le sortons volontiers pour nos meilleurs clients. Ils apprécient son confort. C'est d'une souplesse que vous n'imaginez pas. Rien à voir avec nos vieux fiacres parisiens, qui sont de vrais tape-culs.

Castillac s'installa à bord et prit le temps d'observer les garnitures en bois de rose. Il y avait aussi quelques accessoires de commodité : cendriers en cuivre, miroirs biseautés, pare-soleil en fine toile transparente. Il apprécia aussi la mollesse des sièges et s'y abandonna voluptueusement.

— En matière de confort, proposa Maxence, il n'y a rien de mieux que cette Victoria noire, un peu austère d'apparence. Mais à l'intérieur, on s'y trouve aussi bien que sur un sofa de salon.

L'ingénieur ne résista pas au plaisir de se jucher sur le marchepied.

— Il n'y a que le siège du cocher qui est inconfortable, nota-t-il.

— Ça lui évite de s'endormir, répondit Maxence.

Ensuite, ils allèrent visiter les calèches, dont une à huit ressorts, une barouche dont la capote repliable appelait les journées d'été. On pouvait s'y installer à quatre, voire six personnes, assez confortablement. A leur état général, on subodorait que ces voitures étaient régulièrement utilisées sur les routes et chemins de Corrèze. Leurs carrosseries étaient altérées par les chocs de cailloux et les griffures de ronces. Les sièges n'avaient pas le confort des cabs anglais. L'intérieur en satin vieux rose, ou lie de vin, avait subi les outrages du temps. Parfois, les capotes avaient été relevées sous l'averse, négligence qui avait généré des auréoles douteuses sur le capiton.

— Nous les attelons avec quatre chevaux, expliqua Marquey, à la d'Aumont, lorsque nous organisons des sorties en nombre, par exemple. Ça nécessite deux cochers. C'est un des services que nous offrons à notre clientèle. Et l'on vient de Brive pour ce plaisir-là, figurez-vous. Nous sommes les seuls en Corrèze à pouvoir transporter nos clients dans ces conditions.

L'ingénieur poussa son observation jusqu'à se glisser sous la caisse de la calèche, de forme « bateau ». Il voulait voir comment la suspension était conçue.

— En pincettes, remarqua-t-il.

— Vous êtes un connaisseur, à ce que je vois.

Castillac fit aussi le tour des broughams, des clarences et autres coureuses.

— Voici un bien beau musée, jugea-t-il enfin.

Le mot fit froncer les sourcils du propriétaire. Lui ne croyait pas à l'avenir des voitures automobiles, ou du moins essayait-il de se persuader que l'usage s'en cantonnerait à quelques excentriques. Il en avait vu quelques modèles à Brive, à une exposition du Touring Club.

— Bruyantes, trépidantes, fumantes... Il y a de quoi désespérer tout amateur sensé. Ne croyez-vous pas, môssieu l'ingénieur ?

Eugène s'amusait de la réaction de son voisin. Il n'en attendait pas moins d'un amoureux fou, pour ne pas dire fêlé, des voitures à cheval.

— Vos cabriolets, cher monsieur Marquey, n'ont aucun avenir. Le cheval sera bientôt rendu à sa liberté. Nous n'userons que du moteur à gazoline. La demande finira par imposer une production en grande série. Il est une méthode d'industrialisation qui tente de s'imposer dans les usines : le taylorisme. Cela consiste à construire à la chaîne, sur une table de montage. Chaque ouvrier a une mission bien définie. L'addition de ces gestes finit par rendre la production hautement rentable. Et qui sait, dans dix ou quinze ans, vingt peut-être, chaque famille disposera d'une automobile. Vous-même, cher Maxence, vous finirez par vous ranger à cette idée. Vous en acquerrez une, et une fort confortable à ce que je vois. Dès lors, vous ne jurerez plus que par la gazoline. Peut-être vous arrivera-t-il encore d'utiliser un de ces sulkys, histoire de faire prendre l'air à vos chevaux, par nostalgie du bon vieux temps. Mais l'histoire des hommes est ainsi faite, une course inexorable au progrès. L'homme moderne aimera la vitesse, et sa machine finira par concilier le confort et la rapidité. Ce sera une affaire de constructeurs. Nous verrons naître des formes harmonieuses, aérodynamiques, confortées par des moteurs de plus en plus sophistiqués. Bientôt, nous atteindrons les cent kilomètres à l'heure. Et aucune voiture à cheval ne rivalisera sur ce terrain, je vous le promets.

Maxence l'écoutait sans sourciller, la tête un peu de côté, sceptique. Il ne voulait point se laisser prendre par cette opinion. En accepter les prémisses, c'était déjà entrer de plain-pied dans une aventure humaine qui ne le tentait guère, craignant sans doute d'y perdre sa liberté et la passion qu'il nourrissait pour les chevaux.

— Et votre cheval-vapeur ? Ce n'est pas une bien grande affaire. J'entends plus de critiques que de satisfactions. Sa vitesse ne dépasse pas celle d'un de mes cabriolets...

— La locomotive de marque Forquenot, que nous allons lancer prochainement entre Salvayre et Meyssenac, dépassera les soixante kilomètres à l'heure. Qu'en dites-vous ? Avec trois ou quatre wagons-voyageurs qui pourront accueillir une centaine de passagers. Ce sera une révolution sans précédent, monsieur Marquey. Je crois que la cause est entendue. Aucune personne sensée ne peut croire que la vapeur est sans avenir. L'aventure du Paris-Orléans est édifiante, de ce point de vue. En une journée, nous atteignons Paris. Combien de temps faudrait-il à une diligence pour couvrir cette distance ? Trois jours...

Marquey sentit une douleur sourde qui le tenait au ventre.

— Je suis et reste un archaïque, se défendit-il. Et pour vous prouver que votre Forquenot n'est pas ce que vous dites, une machine si rapide, je vous lance un défi, môssieu l'ingénieur !

Eugène se retint de rire. Il y avait quelque chose de pathétique chez cet homme-là, avec ses hippomobiles.

— Quel défi ?

— Il y a une portion de chemin de fer que vous êtes en train de construire entre La Bastardie et Meyssenac, qui longera la route vicinale... Sept ou huit kilomètres, si je ne m'abuse.

— En effet.

— Nous y ferons une course.

— Une course ?

— Oui, une course de vitesse entre votre Forquenot et mon cabriolet-milord. Je vous battrai à plate couture, môssieu l'ingénieur. Je vous montrerai que vous n'avez pas encore gagné ce pari-là.

Castillac éclata de rire.

— Ce sera une belle journée, fit-il. Quelque chose comme un baroud d'honneur des voitures à cheval. Ça me plaît bien, votre proposition. Et quel en sera l'enjeu ?

— Un repas mémorable, lança l'autre. Et le perdant paiera la facture.

Maxence offrit sa main ouverte et Eugène vint la frapper d'une poigne énergique.

— Pari tenu, jura l'ingénieur.

3

Ameline au désespoir. — Un beau dimanche. — Tout gibier faisandé mérite sa marinade. — Le banquet des précieux.

Ameline se faisait un point d'honneur de ne pas descendre aux cuisines depuis que son mari l'en avait chassée. C'était arrivé un dimanche, au retour du marché de Salvayre...
La mercuriale du canton jouissait d'une fière réputation. On y vendait la production locale, c'est-à-dire les fruits et légumes des jardins de Meyssenac, de la Jaubertie et de Testinard. Chaque saison apportait ses trésors, d'autant que les produits du terroir avaient bonne réputation. Les prunes, les poires, les fraises, les cerises de ce coin de Corrèze jouxtant le Périgord et le Quercy bénéficiaient d'un goût incomparable, selon l'avis communément admis. Il en était de même pour les primeurs : choux-fleurs, petits pois, haricots, asperges... Incomparables, eux aussi. Peut-être cette réputation acquise sur les jardins du bas pays corrézien était-elle un brin exagérée. Peut-être savait-on ici vendre mieux qu'ailleurs, parler de ses richesses et les mettre en valeur. L'esprit du Meyssenacois avait essaimé dans les collines voisines, sur les flancs sud des coteaux, là où les pêchers fleurissaient au milieu des vignes. La bonne

humeur du bien-vivre transpirait sur les visages des paysans au champ de foire, devant les étals. On venait de loin faire son marché pour partager l'ambiance de ces fêtes, les couleurs, les odeurs et la langue chantante. Le dialecte changeait d'une colline à l'autre, comme si la Corrèze avait besoin de ces infinies variations de mots, d'expressions, de mimiques, pour se perpétuer. Traverser le marché de Salvayre à la belle saison, c'était entreprendre un voyage en terre singulière.

Donc, Ameline n'eût pas raté pour un empire la distraction dominicale qu'elle partageait avec madame le maire. On partait en sulky comme à la fête, dans des atours bariolés flottant au vent. Chemin faisant on chantait à tue-tête, parlait haut et fort et riait de la moindre plaisanterie. Ensemble, les dames Marquey et Loriot ne connaissaient plus de limites à leurs excentricités. Cette insouciance ajoutait à leurs charmes, car elles jouissaient, l'une et l'autre, d'une élégance qui faisait tourner les têtes sur leur passage. Ameline était brune de cheveux et de peau, tandis que Pierrette était blonde. En ce sens, elles se complétaient parce qu'on n'eût pu imaginer une troisième « renarde » entre elles deux. Le tableau de la beauté féminine se suffisait à lui-même dans ce duo.

Ce fameux dimanche, les renardes s'en retournaient à Meyssenac par le chemin des écoliers. L'été de septembre s'éternisait sur les hauts du puy de Ladrier. Afin d'en fêter les derniers feux, elles décidèrent de prendre un bain de soleil. Le dernier de la saison. Elles quittèrent le sulky au débouché du chemin pour prendre le sentier qui grimpait, abrupt, à la table d'orientation. Elles se faufilèrent entre les genêts noirs, agiles et prestes comme des danseuses. Le petit vent d'ouest chassant dans l'azur quelques nuages blancs et esseulés gonflait leurs robes légères. Elles avaient grand désir de s'offrir aux rayons chauds qui plombaient la

lumière. Elles s'allongèrent sur la terrasse de pierre blanche où, jadis, l'on brûlait les sorcières.
— Tu ne diras pas ce que nous avons fait, conseilla Ameline.
— Pourquoi ? Nous ne faisons rien de mal.
Dans le ciel tournoyaient trois buses aux cris perçants. Le vent chahutait leurs vols, tantôt les portant au loin, tantôt les rapprochant. Et les renardes se sentaient aussi libres que les grands oiseaux noirs qui planaient sur leurs têtes.
— Si on nous voyait, ça jaserait, non ?
Pierrette se mit à rire.
— En bien ou en mal, ne vaut-il pas mieux que l'on parle de nous ?
— A tout bien considérer, je crois que tu as raison.
— Et puis, nous avons épousé des hommes en or, ajouta Pierrette.
— Parle pour toi.
Madame le maire se renversa sur le côté. La pierre était brûlante au contact de la chair. Mais elle aimait cette brûlure. Elle la trouvait excitante, comme elle eût trouvé excitante l'eau glacée de la Sévère sur son corps nu – cela lui arrivait parfois de se baigner dans le plus simple appareil.
— Ton gros ours en peluche est la générosité même, contra Pierrette. Et ce n'est pas parce qu'il pousse de temps à autre un coup de colère que ça change quelque chose. Il te laisse faire tout ce que tu veux. Vrai ou faux ?
Ameline fixait le gros nuage blanc qui traçait sa route. Elle s'amusait distraitement à en mesurer la progression en fermant les yeux puis en les rouvrant, sans bouger son angle de visée. Elle n'avait pas envie de répondre. Ce serait tellement simple si Maxence n'était rien d'autre que ce qu'on percevait de lui : enjoué, frondeur, bon vivant... En

bonne compagnie, c'étaient des marques extérieures fort séduisantes. Mais chaque être n'offre qu'une partie visible de lui-même et sa part secrète finit toujours par l'emporter.

— En un certain sens, il me laisse faire ce que je veux, concéda-t-elle.

— Tandis que moi...

Pierrette hésita. Cela faisait des années qu'elle fréquentait Ameline et jamais elle n'avait encore avant cet instant ressenti le besoin de s'abandonner à des confidences. Elle aimait à jouer la jeune femme gâtée par la vie, un brin capricieuse, comme dans les comédies de boulevard.

— Mon mari, dit-elle à dessein, mon mari n'est pas ce que l'on croit, un homme fort pris par ses affaires. Il est brillant, certes, intelligent, cultivé. C'est le bon côté. Avec lui, il n'est pas besoin de parler. Il occupe toute la conversation, sans attendre le moindre acquiescement. Il a raison, encore raison, toujours raison. Je l'appelle, parfois, Monsieur Raison. Ça ne le gêne pas. Il est flatté même, tellement il recherche le compliment. C'est son combustible, le compliment, la louange, la congratulation. Certains de ses conseillers à la mairie l'ont bien compris. Pour obtenir de lui ce qu'ils veulent, ils le flattent sans cesse. Il est comme ces chiens qui réclament des caresses et qui vous tournent dans les jambes tant qu'ils ne les ont pas obtenues...

Un silence s'étendit sur les deux visages qui s'observaient sans désemparer.

— Tu ne l'aimes pas, nota Ameline.

Pierrette se renversa sur le dos. Après toutes ces méchancetés énoncées d'un seul jet, elle méritait bien une petite punition. La brûlure de la pierre la laissa immobile, les traits du visage contractés.

— Je l'aime à ma façon... mais plus comme au début, avoua Pierrette.

— Qu'est-ce donc qui a tout changé entre vous ? demanda Ameline. Si tu l'aimais encore, comme au premier jour, ses défauts seraient restés invisibles à tes yeux. C'est ainsi. Quand on aime, tout est beau et lisse.

Pierrette se redressa d'un seul mouvement de son corps. Le vent apaisa sa brûlure. Et elle ressentit en elle du bien-être.

— Je ne peux pas te le dire. Un jour, peut-être...

Ameline se redressa à son tour. Pour avoir trop fixé le ciel et la lumière violente, elle éprouvait un vertige.

— Nous sommes folles de nous exposer ainsi au soleil. Ce n'est pas très sain.

— Tu n'as pas envie de te faire mal ? Moi, je cherche ça, quelquefois, me faire mal.

Ameline haussa les épaules. Elle ne comprenait pas toujours son amie. Certaines de ses phrases lui paraissaient énigmatiques. Elle pensait : La folie ordinaire nous guette si l'on s'abandonne trop à soi-même. Il faut batailler contre les langueurs de l'âme, les paresses du songe.

— Moi, je sais ce qui a détraqué notre amour, avoua Ameline.

— Oh non, pas toi, déplora Pierrette en lui prenant la main. Vous avez fait deux beaux enfants. C'est un lien solide dans le couple, non ?

— Cela n'a rien à voir. L'amour vit indépendamment de nos progénitures. Journellement, on marie des hommes et des femmes sans même leur demander le moindre avis, ils font des enfants, sont heureux, traversent la vie et meurent. Moi, j'ai choisi Maxence, parce que je l'aimais. Les enfants sont venus. Je l'aimais encore. Puis, soudain, tout s'est détraqué.

Pierrette hocha la tête. C'était une histoire qu'elle pouvait comprendre. L'amour est un sentiment que rien ne dirige. Il est une force sans maître. Elle avait ressenti cette force monter jusqu'au paroxysme avec Victor. Des larmes se dessinèrent sur le bord de ses paupières. Elle n'eut point envie de les effacer, ainsi que cache sa détresse l'étrange animal que nous sommes. Cela lui était égal, que son amie sût qu'elle souffrait. Au contraire.

— Moi, reconnut Ameline, je n'aurais pas ce goût pour les larmes.
— Tu ne pleures jamais ?
— Jamais.
— Et tu ne te lamentes pas ?
— Non plus.

Elles traversèrent le champ de genêts. Les branches sèches leur griffaient les jambes, car elles n'avaient pas pris soin d'emprunter le sentier. D'un pas alerte elles coupaient au plus droit vers le sulky.

— Relève la capote. Ça nous fera de l'ombre, recommanda Pierrette.
— Mais non, l'air frais nous fouettera le visage, ce sera plus grisant, dit Ameline.

Plus tard, à deux heures de l'après-midi, très exactement, Ameline jaillit dans la cuisine. Elle portait une brassée de fleurs cueillies sur la voie romaine (on appelait ainsi le vieux chemin pavé de la Jaubertie). Il y avait des coquelicots, des bleuets, de la tanaisie, des grandes marguerites. Elle alla chercher un vase dans les placards du haut, s'y hissa en montant sur une chaise. Pendant ce temps, Hyacinthe démoulait les flognardes aux poires et aux prunes. C'était au choix de la clientèle. Elle découpa des parts égales et en remplit une alignée d'assiettes à dessert. Puis elle les posa sur un grand plateau rond et courut à la salle du restaurant. Il y avait foule, ce jour-là, à en croire les bruissements de voix mélangées. Cela fusait de toute part, par vagues, tantôt apaisées, tantôt crescendo.

Ameline déposa le vase de fleurs sur le buffet, entre les piles de porcelaine. Dans son geste, il y avait une sorte de nonchalance naturelle, comme si le monde alentour, tout agité qu'il fût, n'existait pas.

Hyacinthe revint dans la cuisine pour charger sur son plateau une douzaine d'assiettes à dessert. Elle les avait disposées dans l'ordre des commandes, selon un procédé mnémotechnique qui lui était personnel. Cela faisait son petit effet, au moment de servir, de ne jamais se tromper. La cuisinière repartit au pas de charge. Soudain, Ameline se recula dans le passage pour contempler son bouquet. Ecart fatal. Le bord du plateau vint la heurter et tout versa dans un fracas épouvantable.

L'incident alerta Maxence, qui accourut dans la cuisine. Lorsqu'il vit les dégâts, son sang ne fit qu'un tour. Accroupie, Hyacinthe ramassait les éclats de porcelaine et les quartiers de gâteaux répandus sur le carrelage.

— Qui a fait ça ? Ce sabotage ? Un crime, oui ! s'écria-t-il.

Ameline le fixait, l'œil coupable. Elle n'eut pas alors le réflexe de s'effacer, paralysée par la honte. Le mari lui jeta en plein visage deux gifles retentissantes.

— C'est à cause du bouquet, fit-elle, terrorisée, les bras repliés en croix devant sa figure.

Elle désigna les fleurs sur le buffet. Furieux, Maxence se jeta sur le vase et l'envoya valser au milieu de la cuisine.

— C'est moi qu'il fallait punir, s'accusa Hyacinthe, dévastée.

De dépit, les larmes coulaient déjà sur les grosses joues de la cuisinière, tandis qu'Ameline restait immobile, le visage blême.

— Mon pauvre Maxence, tu le regretteras, ce geste ! lança-t-elle enfin. Tu le regretteras le restant de tes jours.

Je ne te le pardonnerai jamais. Jamais, répéta-t-elle d'une voix ferme.

Marquey baissait la tête. Il se contenait, bien que la colère encore déferlât en lui. Si Ameline ne l'avait pas menacé à ce moment, sans doute l'aurait-il frappée derechef, cette fois avec les poings, pour satisfaire la rage qui le tenaillait. Cherchant quelque chose à fouler à ses pieds, il se vengea sur un saladier, qu'il fracassa sur le carrelage. Ce vacarme parut le combler d'extase. Il eût pu poursuivre son jeu de massacre, mais se retint. Et se retint surtout d'empoigner la chevelure grise de sa cuisinière et de la secouer, secouer, jusqu'à ce qu'on lui demandât grâce de partout à la fois. Puis, sans demander son reste, il descendit à la cave, se cogna au passage la tête à une solive, ficha un vigoureux coup de poing dans le bois noueux. Enfin, il trouva, au fond du trou où dormait sa réserve, un silence apaisant. Il se versa un grand verre de vin et l'éclusa sans reprendre sa respiration. Il recommença, trois, quatre fois. Ses mains tremblaient encore dans le trou noir où il s'était glissé comme un rat, chaviré par la colère dont les spasmes lui vrillaient la peau du ventre.

Que veut-elle me faire regretter ? se dit-il. Toute ma vie... C'est à hurler de rire. Moi, me faire regretter... Jamais. Je suis un roc. Je ne crains rien. Plutôt mourir que regretter... Ce qui est fait est fait.

Ensuite, il eut pour ses mains ouvertes devant les yeux quelque indulgence.

Fières mains vengeresses... pensait-il. Tu lui as montré, à ta petite garce, ce qui compte à l'auberge des Diligences. Le désordre m'est insupportable. Et cette futilité dans le quotidien qu'elle promène comme un triomphe est une insulte. Elle ne me verra plus jamais ainsi, lâche et conciliant. Désormais, nous entrons dans un nouveau cycle de la vie conjugale. Du respect, que diable ! Ne suis-je pas tout pour elle ? Moi, l'imbécile de mari, rivé à mon bar, à ma cuisine, à mes recettes, je me saigne aux quatre veines pour lui rendre la vie agréable. Et pendant ce temps, nous courons aux plaisirs, aux fleurs, aux balades, nous courons aux belles robes, aux toilettes d'été et aux atours d'hiver... Sans compter. La dépense fleurit et le travail me mine. Je ne vis plus !

La tête dans les mains, il chercha sa nuit colorée d'étincelles. Cela pétillait dans sa tête, une farandole de couleurs. Il sut que ce feu d'artifice finirait par s'atténuer, peu à peu, comme à l'habitude, lorsque le sang lui fouetterait les tempes, tambourinerait à ses oreilles.

Marquey tenta de se lever du tabouret sur lequel il s'était affaissé, mais le vertige le saisit, bien qu'il eût gardé les yeux grands ouverts. Il agrippa le rebord d'une barrique et fut enfin debout, chancelant sur ses jambes. L'ivresse lui tombait sur le paletot comme un coup de massue. Il pouvait boire tout son soûl, sans désemparer, sans retenue, le corps résistait à la charge avec l'illusion de n'en venir jamais à bout. Mais, cette fois, toute force l'abandonnait, comme une débâcle. Il sombra dans la minute, obscurci jusqu'à l'os.

Plus tard, Maxence se réveilla, affalé contre sa barrique. Le cercle de fer, où sa tête était appuyée, avait marqué son front d'un signet rouge. Il le frotta énergiquement pour en effacer l'infamie. Désormais il avait honte d'avoir sombré sans résistance, emporté par les anges noirs. Il se disait : Tout ce que tu as trouvé de mieux, c'est d'aller te réfugier dans ta cave... Tu mérites un autre sort, Marquey, que cette descente aux enfers.

Aux cuisines, il croisa Hyacinthe terminant sa vaisselle, toute seule. Elle ne se retourna pas. Il comprit qu'elle lui tiendrait longtemps rigueur, elle aussi, de sa colère. Cela lui parut si injuste qu'il en éprouva de l'apitoiement pour lui-même.

— Moi aussi, j'en ai pris des gifles. Souviens-toi d'Antoine-Joseph. Des coups, des mots blessants, plus blessants que des gifles. Le fouet...

Refusant de lui répondre, la cuisinière faisait cogner les casseroles dans l'eau trouble. A sa façon, elle exprimait sa désapprobation. Le bruissement des eaux sales lui faisait plus mal encore que de sévères paroles.

— Les Marquey sont de sales bêtes malfaisantes, n'est-ce pas ?

Hyacinthe ne répondait pas. Elle fixait la fenêtre devant elle, les gouttelettes de buée qui brouillaient son image glissant sur le verre. Ainsi imaginait-elle le monde dans son infinie douleur.

— Nous ne valons pas grand-chose, nous, les Marquey, repartit-il. Et tu me diras, femme, que je ne mérite pas Ameline...

Les mains de la cuisinière étaient posées sur le rebord du bassin d'eau sale. Elle faisait silence autour d'elle, attendant patiemment qu'il parte, le maître.

Dans l'appartement du premier étage, où logeaient les Marquey, la lumière du dehors ne parvenait pas à filtrer. Ameline avait tiré les rideaux comme pour un enterrement. C'était une atmosphère de deuil qu'elle avait désirée pour son espace familier. Réfugiée au salon, silencieuse comme une statue posée sur un fauteuil, elle attendait, les mains plaquées sur ses cuisses. Face à elle, une table ronde couverte d'un napperon brodé. Autour d'elle, tout était disposé dans un ordre parfait, chaque objet à sa place. Elle guetta ses pas dans le couloir, battant le parquet d'un rythme irrégulier, plutôt lent. Il n'était pas pressé de l'affronter enfin, seul à seul. Il hésitait. Trop de temps, sans doute, s'était écoulé depuis les fameuses gifles. Le poison avait fait son effet dans l'esprit d'Ameline. Depuis la seconde où elle était venue se réfugier dans son salon jusqu'à l'arrivée du mari, une éternité s'était déroulée. Une éternité d'interrogations. Pourtant, elle était prête à faire front. Elle avait préparé soigneusement ses répliques, sans colère ni amertume.

Maxence fit irruption à l'autre bout du salon. Il la chercha des yeux, tant la pénombre était grande. Il voulut apporter un peu de lumière en écartant les rideaux. Elle lui fit signe de n'en rien faire. Contre toute attente, il se résigna à cette ombre qui le dérangeait. Il avait besoin de la pleine clarté et non d'un obscurcissement qui ajouterait à son désarroi. Mais Maxence sentit à ce moment qu'il ne pourrait régner aussi sur le territoire d'Ameline, ou du moins en prendre possession et s'y affirmer en conquérant. L'appartement était le domaine de sa femme. C'était là qu'elle passait la majeure partie de son temps. Jusqu'alors, il ne lui avait jamais contesté son espace, jugeant du reste que le logis conjugal était bien tenu, propre et rangé. Pour l'heure, toute entorse à ce pacte eût signifié l'affirmation d'une misérable vengeance.

— Ce qui s'est passé dans la cuisine est regrettable... commença Maxence.

Ameline l'interrompit aussitôt :

— Tu vas m'écouter, Maxence. Ce que j'ai à dire est de la plus haute importance.

— N'exagérons rien. C'est une malheureuse...

Elle l'arrêta de nouveau, d'un geste impérieux. Le mari se rapprocha pour distinguer les traits de sa femme. Il ne vit ni colère ni affliction sur ce visage lisse, mais une expression qu'il ne connaissait pas encore. Une posture nouvelle s'était fait jour, par une soudaine métamorphose.

— Je ne comprends pas. J'ai bien le droit de m'expliquer, tout de même.

Le visage fermé, elle attendit qu'il lui rendît la parole. Et Maxence comprit à ce moment que la crise ne se dénouerait – si elle devait se dénouer – que par une écoute attentive. Il se résigna donc, le regard baissé, comme autrefois, petit garçon, devant son père. Cette situation était blessante à ses yeux, bien plus humiliante qu'il ne l'avait imaginé. Mais quelle alternative lui restait-il ? Subir ou entrer de nouveau dans la violence...

— Je n'aurais jamais cru cela de toi, Maxence, que tu oserais me frapper. Je sais pertinemment qu'à ce moment-là tu n'étais plus toi-même. Sans doute sous l'emprise de la boisson. Tu es devenu un misérable ivrogne. J'ai essayé de te le faire comprendre à plusieurs reprises, mais tu ne m'as pas entendue. D'ailleurs, cela ne justifie rien. Je peux comprendre, mais nullement pardonner. Ces coups, ces mauvais coups, sont indignes. Tu as dépassé les limites du supportable. Et quoi que tu dises, rien ne pourra les réparer ou les excuser.

Maxence chercha fébrilement une chaise pour venir s'asseoir en face d'elle. Il alla si près qu'il eût pu la toucher. Mais Ameline se recula pour garder sa distance.

— Nous nous sommes toujours aimés, comme des fous. N'est-ce pas la vérité ? Notre couple est à montrer en exemple. Notre histoire n'est pas comparable à celle de beaucoup de nos voisins, mariages arrangés, forcés, sans passion, sans affection...

Maxence tenta de lui prendre la main, mais elle s'effaça, promptement.

— Pourquoi je ne peux pas te toucher ?
— Je ne t'aime plus, Maxence.

Le mari se leva en envoyant valser son siège. Ameline demeura stoïque. Et si la violence s'empara encore de Maxence, elle fut dirigée contre lui-même. Pour un peu, il se fût donné des gifles. Cette impuissance parut pitoyable, bien plus pitoyable que les larmes du remords.

— Tu ne m'aimes plus. Oh là là, je n'en crois rien ! Un si bel amour entre nous ne peut mourir de la sorte, pour une si petite chose. Un coup de folie. Voilà, Ameline, j'ai eu un coup de folie. Et si tu me le demandes, j'arrêterai de boire. Je te le jure.

Elle crut qu'il allait tomber à ses pieds, et sans doute en eût-elle ressenti encore plus d'aversion.

— Non seulement je ne t'aime plus, Maxence, mais je te méprise. J'ai découvert que je te méprisais, peut-être bien avant que tu me frappes. Les mauvais coups n'ont été pour moi que le révélateur de mon mépris.

Le mari comprit alors la signification de cette expression nouvelle qui s'était installée sur le visage de sa femme. Il céda, forcément, à l'abattement. Déambulant dans la pièce d'un pas nonchalant, butant aux meubles, il finit par ramasser le siège qu'il avait envoyé bouler, comme s'il voulait remettre un peu d'ordre autour de lui. Mais l'accalmie fut de courte durée. L'orgueil reprit le dessus. Cela lui fit le même effet qu'à un noyé qui retrouve l'oxygène salvateur. Il poussa un cri rauque.

— Ce n'est pas Dieu possible !

Ameline le fixa sans un mot.

— Tu ne peux pas me faire ça... poursuivit-il. Qu'allons-nous devenir ? Toi, moi, et les enfants ?...

L'épouse détourna les yeux vers le rai de lumière qui filtrait entre les deux rideaux. Au-dehors il y a de la douceur, pensait-elle. Et elle avait besoin de douceur. Cela la laissait indifférente qu'il fût malheureux, cet homme dont elle partageait l'existence, qu'elle avait aimé si longtemps et qu'elle détesterait demain peut-être ; si elle avait éprouvé de la haine, du moins tout n'aurait pas été perdu.

— La vie continuera, dit-elle d'une voix blanche, comme si de rien n'était. A la différence qu'il n'y aura plus d'amour entre nous.

Maxence voulut quitter le salon, sans un mot de plus, mais se ravisa dans le couloir. Il revint au pas de charge, défiguré.

— Je sais à qui je le dois, ce mépris. A Pierrette Loriot. Cette mégère a une très mauvaise influence sur toi. Quand cesseras-tu de la voir ?

— Mon pauvre ami, dit Ameline. Que vient-elle faire ici ? Laisse Pierrette en dehors de ça. Tu voudrais détourner la responsabilité de ta faute que tu ne t'y prendrais pas autrement...

— Vos sorties incessantes, vos virées à Brive, et je ne sais quoi encore ? Toutes ces idées bizarres sur la vie qu'elle trimballe... Elle a fini par te les communiquer. Cette punaise est un poison à Meyssenac, à faire des gorges chaudes de toutes les minables petites affaires. Je le vois bien, lorsque tu es avec elle je ne te reconnais pas. Tu n'es plus ma petite Ameline adorée. Tu me deviens étrangère.

La femme l'écoutait sans un cillement du regard. Elle l'écoutait en sachant ce qu'il allait dire, une ritournelle de plus. Mais elle savait, dans son for intérieur, que l'épreuve la rendrait plus forte, plus solitaire et déterminée. C'était cela dont elle avait besoin, d'une force inépuisable qu'elle sentait monter en elle, inexorablement.

— Pourquoi es-tu venue jeter le désordre dans ma cuisine ? C'est là le point de départ de notre dispute. Désormais, je t'interdis d'y mettre les pieds. Tu n'entends rien à notre affaire. Tu ne sais pas ce qu'il faut de travail pour tenir un établissement comme le mien ?

— N'aie crainte, mon bon ami, tu ne m'y verras plus. Plus jamais.

— C'est bien ainsi que je l'entends, fit-il en dressant le poing vers elle.

Et il partit.

Ameline demeura un long moment dans le silence du salon, immobile. Les bruits de l'auberge lui parvenaient assourdis, vaisselle cognée, éclats de voix, raclements de pieds de chaise ou de table. Soudain, elle sortit de son immobilité et ouvrit les rideaux. La lumière du jour sembla la rassurer sur elle-même.

Il me reste mes chers enfants, pensa-t-elle.

Pour l'ouverture de la chasse, décrétée cette année-là au 28 août, Maxence Marquey accordait une journée à son factotum. Accorder était vite dit car, même par ce beau dimanche – en 1906, ils n'étaient pas si nombreux, les beaux dimanches –, Anastase trouvait le moyen de travailler encore pour son patron, à sa façon, joignant l'utile à l'agréable. L'homme était habile à manier le fusil et fin connaisseur de surcroît. Les gîtes de lièvres n'avaient plus de secrets pour lui. Par de subtils repérages il avait établi où se cachait le gibier. Et au point du jour, faisant donner les chiens dans les garennes de la Jaubertie, il n'avait plus qu'à les attendre. Par une matinée normale, en deux ou trois heures, le chasseur faisait un carton sur une demi-douzaine de belles proies. Hautement suffisant. Par nature, Anastase n'était pas versé sur les tueries gratuites ni obsédé par les tableaux de chasse. Il tuait sans excitation, d'un geste méthodique, comme ses ancêtres l'avaient fait, si souvent, pour se nourrir ou pour améliorer l'ordinaire.

Cette fois, posté à point nommé, il fut plus chanceux que d'habitude. Avec ses deux fusils de calibre 12 armés de plombs de 6, il fit feu à quatre reprises en ce début de matinée. Il attendit que la fumée se fût dissipée autour de lui pour aller ramasser ses deux premières proies gisant dans l'herbe haute, foudroyées comme de juste. Après les avoir fait renifler par ses chiens, il les chargea dans son carnier. Puis d'un pas alerte il repartit vers les Granges.

Une fois au poste sous un chêne, il rechargea ses fusils, sans se presser, les épagneuls à ses pieds sagement couchés. Durant les nuits précédentes de pleine lune, tapis ou rampant à même la broussaille, il était venu repérer la colonie des lièvres, avait étudié leurs déplacements, noté leurs habitudes, les va-et-vient entre les nichées. Aussi, à cet instant, lâchant ses chiens, il sut que la journée serait parfaite, la rosée rapidement évanouie dans la limpidité de l'air. La situation idéale, en somme, pour une traque.

Il dut faire feu par deux fois pour tuer un troisième lièvre. Promptement, il s'était saisi de son second fusil, dont le canon était plus court. Selon sa coutume, il tira à l'avant du lièvre, mais celui-ci, plus rusé que les précédents, fit un zigzag pour échapper à la volée de plombs. Anastase à cul levé porta le deuxième coup. L'animal boula dans les genêts.

— Sacrée canaille ! marmonna-t-il. Mais j'ai eu le dernier mot.

Le factotum ordonna à ses épagneuls bretons de ramener le gibier. Et pour toute récompense, il les autorisa à lécher le sang vermeil de la dépouille.

— Un de plus, fit-il en se versant de sa gourde une gorgée de vin.

Plus tard, le soleil plus haut dans le ciel, Maxence Marquey rejoignit son employé dans les Brandes. Deux kilomètres de marche avaient suffi à lui couper le souffle. Pour le ravigoter, Anastase lui tendit sa gourde. Puis il étala fièrement ses pièces sur les fougères.

— Avant midi nous en aurons le double, paria le factotum.

Maxence lui donna une tape amicale sur l'épaule. Les chiens vinrent faire la fête au propriétaire mais Anastase les rabroua d'un coup de botte.

— Ce n'est pas le moment de s'amuser, les chiens !

Maxence se demanda si son employé n'était pas jaloux du comportement de ses chiens. La bête ne ment pas, elle va vers qui les aime, pensait-il.

— J'en tirerais bien un ou deux, histoire de te prêter la main, mais...

Le cocher rigola dans sa barbe.

— Patron, sauf votre respect, vous tirez comme un cochon. D'autant plus que ce sont des lièvres de trois ans. Ils connaissent la musique.

Anastase voulait dire que ces vieux lièvres avaient déjà échappé à tous les traquenards tendus par les chasseurs d'occasion de Meyssenac. En cherchant bien, on eût trouvé quelques traces d'anciens plombs dans leur pelage. Tirer un lièvre exige un peu de doigté, de l'intuition même, se dit-il. On croit qu'il va partir à droite, il se faufile à gauche. Et deux cartouches, c'est vite expédié.

Les deux hommes s'observaient, sans commentaires. Le roi des chasseurs, c'était bien Anastase et personne d'autre. Surtout pas le patron. Un maladroit qui tarde à placer le fusil. Le temps d'épauler, de viser, l'animal a pris la poudre d'escampette.

— Tu tiendras ta promesse, n'est-ce pas, Anastase ? insista Maxence.

Le cocher haussa les épaules. On ne lui accordait qu'une journée, une toute petite journée, pour faire le plein de gibier. Et c'était tout. Il ferait de son mieux, cette fois encore.

— Fais pas exprès de saloper ton boulot, histoire de me soutirer le lundi ? Ça non.

— Vous êtes incroyable, monsieur Marquey. Vous voyez le mal partout. D'où vient cette détestation, chez vous, de l'ouvrier ? Ça vous mérite bien, monsieur. Ça vous vaut.

Marquey ne répondit pas. Il connaissait par cœur cette manie de geindre pour gagner, quoi, trois sous de plus par mois ? Une misère. Pourquoi s'humilier pour si peu ? pensait-il.

— J'ai promis de préparer des lièvres au cabessal. On m'attend au tournant. Tu le sais, Anastase. Je joue ma crédibilité sur cette affaire-là. Faut ce qu'il faut.

Anastase éclata de rire.

Et tout ce que je lui braconne, il ne s'en vante guère. Pour un peu, il dirait que c'est lui, bon Dieu, le roi des tireurs de lièvres !

— Ce qui est terrible dans mon boulot de cuisinier, et de chef de l'auberge des Diligences, poursuivait Maxence, c'est que chaque fois que je fais un banquet mon savoir, mon art de faire se trouvent remis en question. Il y en a qui n'attendent que ça, foutre, que je me casse la figure.

— Vous pourrez compter sur Hyacinthe...

— Tu vas te taire, saligaud ! C'est moi qui dose le thym, le laurier, les grains de sel et de poivre. Une échalote de trop et l'affaire est ratée.

Le factotum n'était pas facile à convaincre. Il savait, lui, l'aide précieuse apportée par Hyacinthe. Mais c'était une manie, chez les Marquey, de minimiser le rôle des domestiques. Déjà, au temps du père, la même ritournelle. Aux employés les critiques et les vexations, aux patrons les compliments et les honneurs.

Anastase resserra d'un cran sa cartouchière. Il avait grillé toutes ses cartouches de 6, dont quatre tirées pour la gloire. Il ne lui restait plus que celles de 4. L'usage voulait qu'on utilisât le 6 pour le coup droit et le 4 pour le gauche. Mais c'était là une recommandation d'école. Anastase se sentait

aussi adroit dans les deux catégories. Il cassa ses fusils et les rechargea.
— Le plomb n'y fait rien, dit Maxence. C'est la poudre qui compte. Plus la dose est forte et...
— Vous n'y connaissez rien, patron. L'artiste, c'est moi. Pour une fois.
Ils descendirent sous les Brandes dans les buissons noirs. Les sentiers étaient étroits et la falaise voisine creusée de terriers à renards. Il y avait des lapins, mais ils purent détaler tranquilles, Anastase ne se sentait pas disposé à gaspiller ses cartouches.
— En septembre, j'en fais des terrines avec des baies de genièvre et du verjus de raisins, dit Maxence.
Anastase lui montra les passages sous les buissons et les touffes de poils accrochées aux épines.
— Les connils, ça pullule. Le vieux Vergeix vous en apportera autant que vous voudrez. Il les appâte avec son carré de carottes pour les prendre aux lacets.
Ils se mirent à rire. Vergeix avait deux passions, le braconnage et la cueillette des morilles. Un homme précieux pour un cuisinier émérite. Car les morilles fraîches à la crème étaient une des spécialités de l'auberge.
Les deux hommes s'assirent sous les acacias. Un petit vent s'était levé, chaud et desséchant. Il ajoutait à la limpidité de l'air. Marquey tira de la poche arrière de sa canadienne un pain rond et un pâté de campagne dans son bocal de verre. Il fit sauter le couvercle de la pointe d'un couteau, flaira les arômes. Une lamelle de truffe coiffait la viande prise dans sa gelée couleur ambre.
— Ça vient de ma réserve 1903. Cette année-là, les cochons étaient inspirés. Nous avons fait les meilleurs jambons de notre histoire. Dans la vie d'un cuisinier, il est des époques où l'on parvient à une certaine perfection. Je crois l'avoir atteinte alors. Mais pour ce prodige, il faut le

croisement de plusieurs éléments : des bêtes irréprochables, nourries aux glands et à la baccade, un temps sec et froid pour la saignée et la découpe des viandes, et une cave fraîche où stocker les préparations affinées. Tout a été parfait, en 1903. Nous étions sur un nuage. Cela tient à peu de chose, le bonheur, au fond.

Anastase écoutait son patron sans lui prêter attention. Avec trois ou quatre verres dans le nez, sans compter la gnole du matin sur le café, Maxence était d'une suffisance accomplie. Il se rêvait déjà roi des cuisiniers, prince des pâtissiers, empereur des maîtres queux.

Maxence s'appliqua à recouvrir de son fameux pâté 1903 les tranches de pain. Il en tendit une à son factotum, comme une offrande, en y mettant quelque cérémonial. Anastase y mordit goulûment, tant la faim le tenaillait depuis quatre heures du matin.

— Idiot ! s'écria Marquey. Prends le temps de savourer...

L'homme feignit de déguster en ralentissant, ostensiblement, le rythme de sa mastication.

— Alors ?

Anastase demeura dubitatif, au grand désespoir de son voisin qui, pour le coup, eût bien aimé quelque compliment, même pour la forme.

— Je ne vois pas ce qu'ils avaient de plus, les cochons de 1903...

— Ignorant, gros bêta ! Tu mérites ton sort. Tu n'es rien d'autre qu'un de ces petits paysans incultes qui sont la honte de notre pays. Ah, elle est belle, la douce Cocagne !

La colère de son patron n'eut pas l'air de le toucher. Le temps passé au service des Marquey avait rendu Anastase insensible aux récriminations comme, du reste, aux compliments. Il était cocher, jardinier, chasseur, cueilleur de champignons, mécanicien, maréchal-ferrant, guide et bonimenteur... Un surplus de casquettes dont il s'acquittait avec conscience. Mais sans plus. Les histoires locales autour de la Douce Cocagne, d'un Meyssenac centre du monde et paradis terrestre, le laissaient plutôt froid. La vie d'un humble, d'un simple, d'un paysan ignare même, était, hélas, tout ce qu'il avait pu prouver de lui-même. Mais sa propre lucidité ne le privait pas non plus de clairvoyance à l'égard de son entourage. A ses yeux, les Marquey n'étaient que des gens enflés de suffisance, marinant dans une vanité ridicule. La cuisine du fameux chef de l'auberge des Diligences se révélait assez ordinaire dans l'ensemble, sans grand relief. A la vérité, Maxence avait toujours été, malgré ses efforts, un piètre cuisinier. Cela se savait au pays, où chacun affectait de croire, les notables en tête, tous plus hypocrites les uns que les autres, que ses plats étaient le raffinement même.

A l'instant de clore le casse-croûte, Anastase pria son maître de lui laisser le champ libre. Il ne voulait pas que Maxence le suive comme un gros chien essoufflé.

— Avec vous, je ferai rien de bon. Tous les coups rateront les uns après les autres...

Marquey parut désarçonné par cette réaction, à laquelle il devait s'attendre, toutefois. La chasse, telle que la concevait le factotum, restait un exercice pratiqué en solitaire. Sinon, on gâte sa part d'instinct en compagnie. Les affûts sont bruyants, la course au gibier paralysée par le nombre. Et lorsque les fusils crachent la poudre, on ne sait plus à qui appartient la proie. Disputes incessantes. Palabres interminables. Car l'honneur occupe une large place dans l'art grégaire du chasseur.

Au soir de ce beau dimanche, Anastase ramena son compte de lièvres. Rien d'autre. Il avait laissé partir les faisans et les perdrix sans même faire mine de les tirer. Ce n'était pas leur jour. Et le sien était consacré au gibier à poils et aux longues oreilles.

Le chef de l'auberge des Diligences avait suspendu dans le fond de son cellier les douze lièvres par les pattes de derrière. Cela faisait un beau tableau de chasse. Et quelques clients plus chanceux eurent le privilège d'aller les contempler, les soupeser, les flairer.

— Maintenant qu'Anastase a fait sa razzia, il nous restera que la raclure, déplora Gémo, le garde champêtre.

Maxence en éprouva de la peine pour lui. Il savait le petit Gémo porté sur le gibier à poils. En effet, douze hases et levrauts terrassés en une seule journée dans le pays, cela faisait un sacré dégât parmi la population des lièvres.

— Heureusement, il n'a pas tiré un seul garenne, tenta Marquey.

— Pour ce qu'on en a à faire, des lapinards, maugréa Félix Broussolle.

Le bonhomme, grande carcasse, débardait les bois pour le chemin de fer avec ses deux paires de bœufs. Il était payé à la journée. Tout l'argent gagné à l'ouvrage servait à entretenir sa ferme du Peyrat. De temps à autre, il achetait un lopin et se croyait déjà grand propriétaire. Sa femme, une petite vieille rabougrie avant l'âge, usée par le labeur des champs et de la ferme, élevait seule cochons et oies pour les vendre aux foires grasses de Salvayre. Toute la marchandise de la ferme, viandes, légumes et fruits, partait au marché, si bien que leur table était dégarnie. Pour économiser, on préférait crever la faim. C'était ça, la vie des Broussolle. Leurs trois enfants, se suivant à un an d'intervalle, traînaient la guenille. A faire pitié dans le pays. On disait, histoire de se moquer : « Quand les Broussolle auront tout acheté, il restera encore les pierres du puy de

Ladrier »... C'était une plaisanterie assez cruelle ; chacun savait, dans son for intérieur, que le fermier du Peyrat ne parviendrait jamais, quel que fût le travail accompli jour et nuit, à la cheville des gros propriétaires de Meyssenac, les Jointaux, les Bassinard ou les Récollet. Pour ces derniers, les biens avaient été amassés sur trois ou quatre générations. Avec un peu de chance et une descendance à la hauteur, les Broussolle pourraient atteindre leur ambition vers 1990. On en riait dans leur dos, de ce rocher roulé incessamment vers les sommets, comme dans la mythologie, de ce roc pesant qui retournait vers sa pente originelle. Certains s'en émouvaient, les plus charitables, ceux-là mêmes qui voyaient l'ombre d'une tragédie dans l'accomplissement du destin. C'était le cas de l'épicier Serge Franchy, le Caïfa, comme on l'appelait pour ses ventes ambulantes par les hameaux. Souvent il remplissait le cabas des enfants par charité. Ce vieil homme, qui ne ratait jamais la messe du matin, était possédé par la grâce. Il se rêvait juste et humain dans un monde voué à la petitesse, à la médisance, à l'aigreur d'âme.

— Y en a que pour les riches, déplora Gémo. Le gibier et le reste. On devrait t'interdire de piller la nature, Marquey, tout ça pour faire ripailler le maire et sa poularde, le majoral, les Frazier et toute la clique !

Maxence prit la critique avec indifférence. Il savait Gémo entiché des idées communardes. C'était de famille, ce goût pour les idéaux révolutionnaires. Le vieux Pertusset, lui, en tenait pour son Guesde et son Proudhon. Du haut de sa vieille carriole, il haranguait les sorties de messe par des slogans qui eussent fait pâlir un enfant de chœur.

— La fortune distribuée équitablement, comme tu la rêves, Gémo, ne rendra personne plus riche, parce que les pauvres sont trop nombreux sur la terre. C'est mathématique, n'est-ce pas ? Tes idées d'égalité et de justice nous rendront tous plus misérables les uns que les autres.

Pour faire la paix, le chef de l'auberge des Diligences conduisit ses deux compagnons dans la cave. Il soutira trois verres de sa cuvée. Les hommes trinquèrent en silence.

Gémo restait songeur alors qu'il eût dû remercier son hôte ; ils étaient rares, les Meyssenacois gratifiés de l'insigne honneur de goûter la réserve du chef.

— Je réfléchis à ce que tu m'as dit, Maxence. Il y a des pauvres parce que les riches sont de plus en plus riches. Et si on les obligeait, ces nantis gavés de suffisance, à donner un peu, l'ordre serait rétabli. Il n'y a point d'honneur à jouir de sa fortune lorsque son voisin souffre de ne rien posséder.

— Toi, Maxence, tu as hérité de l'hôtellerie de ton père, qui a lui-même hérité du sien... C'est une bonne fortune qui t'est tombée dessus sans rien faire pour la mériter, dit Broussolle. Moi, je n'ai rien eu à ma naissance. Rien. Et tout ce que je possède aujourd'hui, je l'ai acquis à la sueur de mon front.

Marquey se mit à rire.

— Et le peu que tu possèdes, voudrais-tu le partager ? demanda-t-il, perfide.

Le paysan du Peyrat baissa la tête. En cela sans doute différait-il de Gémo. Celui-là n'avait jamais envisagé acheter la moindre propriété, et d'un certain point de vue, cela l'horripilait qu'un homme pût accéder à cette ambition. Son seul bien résidait dans sa force de travail et le salaire que celle-ci lui rapportait... Bien qu'ils fussent l'un et l'autre amis, bons camarades pour tout dire, on ne les verrait jamais ensemble conjuguer leurs forces pour la conquête d'une véritable justice sociale. Broussolle escomptait s'en sortir seul, le moindre sou économisé, tandis que Gémo voyait un avenir radieux dans la fraternelle solidarité des pauvres.

Maxence rinça les verres dans un seau d'eau douteuse. Ce geste signifiait qu'il en avait assez entendu pour aujourd'hui. Parfois, les sermons de Gémo l'amusaient, tout autant que les grands discours du majoral, mais cette fois il avait dépassé les bornes.

Qu'a-t-il donc contre ma cuisine bourgeoise ? Un honnête homme ne peut-il pas jouir de son argent sans encourir les foudres des autres ? Depuis quand est-il interdit de faire des affaires ?

Marquey prit Broussolle à part et l'amena dans sa cuisine.

— Hyacinthe, ordonna-t-il, donne donc quelques restes de daube à mon vieil ami du Peyrat.

Le paysan restait hésitant sur le pas de porte, le dos voûté, ne sachant comment remercier, lui qui détestait cela, les manières. Maxence s'en fichait bien. A la différence d'Antoine-Joseph, il avait le cœur sur la main.

— Ce sera pour tes filles, et ton petit diable, fit-il en lui tendant le fricot. Tu les embrasseras pour moi, Félix. Sur les deux joues. Bien vrai ?

Quand Broussolle eut disparu, Hyacinthe ressortit sa mauvaise humeur.

— Croyez-vous que c'est lui rendre service ? Ça le rendra encore plus pingre.

Marquey haussa les épaules.

— Tu n'as pas de cœur, Hyacinthe.

Il eût voulu dire à ce moment que si Antoine-Joseph, jadis, n'avait point pris en pitié la gamine qu'elle était, peut-être n'aurait-elle pas survécu à l'extrême misère des Ferron.

— Je sais ce que je dis... Broussolle est un sauvage. Il a ruiné la santé de sa pauvre Lisette. Et les filles, ses filles, mon Dieu, sont ses souffre-douleur. Vous ne le savez pas, Maxence... Vous l'avez oublié sans doute. Moi, je sais... Je sais ce que vaut cette sorte d'homme.

Marquey se versa un verre de porto. C'était sa manière de prier, l'apéritif du soir, son angélus personnel. Pour un peu il se fût agenouillé devant la carafe dont il tirait, coup après coup, une salutaire ivresse.

Hyacinthe haïssait Broussolle de toutes ses forces. Il ressemblait trop à son père. Chaque fois qu'il venait quémander son dû, elle résistait à l'envie de lui jeter une casserole d'eau en plein visage. Ce geste la taraudait comme l'avait taraudée autrefois le désir profond et intime de tuer son père d'un coup de couteau pour toutes les humiliations qu'il lui faisait subir. Mais cela, Maxence ne pouvait le comprendre, malgré les mauvais traitements d'Antoine-Joseph, car il eût fallu être une fille pour juger de cette crasse d'enfance indélébile sur la peau comme une marque au fer rouge.

Pendant que la cuisinière ruminait sa colère, Maxence éclusait des petits verres méthodiquement sur le coin de la table. Il fixait la carafe, surveillant le niveau, qui déclinait peu à peu. Pour bien connaître ses capacités, il savait que la griserie ne l'atteindrait qu'au quinzième coup. Hyacinthe ne se sentait pas le droit de les lui contester. Elle n'était qu'une petite employée, après tout. En définitive, ses colères ne s'exerçaient que sur des affaires négligeables, comme le passage de Broussolle dans la cuisine. Elle enrageait de voir Maxence s'adonner à cette mort lente sous le regard indifférent d'Ameline. La cuisinière tentait d'en comprendre les raisons, en vain. Peut-être que la patronne se fiche bien que son mari soit un ivrogne, se disait-elle, peut-être au début a-t-elle eu un mouvement de révolte, puis elle se sera résignée...

Encore une fois Hyacinthe tenta de le tirer de son abrutissement :

— Allez chercher ces malheureux lièvres, que nous commencions à les préparer.

Maxence lui tourna un œil torve où se lisait l'immensité d'un vide intérieur. Toute résistance s'était assoupie en lui. Sa carcasse d'homme oscillait entre le dossier de sa chaise et le rebord de la table. La marionnette avait perdu ses fils. Nulle force disponible pour la mouvoir. La cuisinière éleva la voix en se portant à sa hauteur. Il ne vit d'elle qu'une grimace hostile dans un brouillard épaissi.

— Ah mon Dieu, quelle affaire ! On n'peut plus voyager tranquille, maugréa-t-il.

— Voyager ! répéta-t-elle. Quel drôle de voyage vous me faites là, mon bon Maxence.

— C'est l'heure où j'entends toute la ménagerie humaine. Ça valse, ça danse, ça parle, ça crie. Allez ! Allez. La suite... Qu'est-ce qu'on va encore inventer ? C'est une sacrée affaire, la tête qui bouillonne. Ça cogne aux tempes, foutredieu ! Sacrés tambours !

— Le gibier ? Faut-il que j'aille le chercher moi-même ?

— Laisse, Hyace... Hyllace...

Il soupira profondément. Les mots jouaient au bilboquet dans sa bouche.

— Ils faisandent, marmonna-t-il. Tout gibier doit faisander avant de mériter sa marinade.

Il eut un petit rire. Toute la phrase était sortie de sa bouche sans encombre. Miracle.

— Quatre jours que ça pourrit, vos lièvres. Vous voulez que ça ne soit plus qu'une odeur de sauvagine ?

Hyacinthe descendit au cellier et ramena trois pièces.

— Le jus est noir comme de l'encre.

Elle tâta les ventres.

— C'est tout relâché. Faut que je les vide. Sinon...

D'un geste décidé, elle dépouilla le premier, un beau mâle à l'odeur forte. Puis elle incisa la peau du ventre et la tripaille en jaillit dans une odeur saumâtre de décomposition. Cela accompli, elle passa la dépouille sous le robinet d'eau, à gros jet, pour expurger les téguments noirâtres.

— Un jour de plus et c'était bon pour les chiens, dit-elle.

En un rien de temps, Hyacinthe s'acquitta de son ouvrage. Le muscle, la chair étaient encore fermes. Mais il y avait quelques traces douteuses aux articulations, des résidus de sang noir.

— Nous aurons bien besoin d'une marinade pour réparer vos bêtises, Maxence.

— Pas de vinaigre, oh non, supplia Marquey d'un geste virevoltant. Ça brûlerait les sucs.

— Je vous fiche mon billet que les sucs résisteraient à tous les acides, dit-elle.

— Mettez du vin de noah. Ça va réveiller tout ça, fichtre, oui. Et d'main, aux aurores, nous les garnirons au cabessal...

Tout en parlant, il agitait ses bras, comme eût fait un chef d'orchestre dirigeant une armée de marmitons.

— Faudra trois bassines au moins et dix litres de pinard, jaugea la cuisinière. Avec des épices, poivre, laurier, thym, girofle...

— Bien, bien, ponctua Maxence. Et la farce ? As-tu pensé à la farce ? Leur r'faire un bon bidon de farce. Et r'coudre les peaux du ventre. C'est ça, le lièvre au cabessal. Tout dans la farce.

Hyacinthe comprit qu'il lui faudrait la préparer séance tenante.

— Mie de pain, lard gras, bouillon de veau, œuf battu, échalote, foie, jambon cru, cuisseau de veau... énumérat-elle.

— Ail écrasé, persil haché, sel, poivre... ajouta-t-il.
— Evidemment, dit Hyacinthe, agacée. Pour qui me prenez-vous ?

La nouvelle courut vite à Meyssenac, que Maxence Marquey préparait le lièvre au cabessal. Histoire d'ajouter un peu de piment à l'événement, Anastase avait raconté sa partie de chasse en y adjoignant un pieux mensonge : quelques heureux coups de fusil attribués au patron de l'auberge des Diligences. Pieux mensonge qui n'avait pas convaincu grand monde. Chacun savait dans le pays que Maxence était une piètre gâchette. Qu'importe, on attendait le jour du festin avec gourmandise. Celui-ci était fixé d'un commun accord au dimanche. Jour de relâche pour le Seigneur, tout serait permis, surtout le péché de gourmandise.
Pour ne pas se fâcher avec l'autorité religieuse, on décida que le curé Terrieux serait de la partie. Comme à son habitude, il se fit tirer l'oreille. « A la condition que l'on vienne assister à ma messe. Un service en vaut un autre... »
Dans la compagnie, bien connue maintenant, de la Douce Cocagne, il y avait plus de mécréants que de bigots. D'ordinaire, on laissait les femmes accomplir les dévotions, mais pour cette fois, dès neuf heures, la confrérie se présenta sur le parvis de l'église en rang d'oignons. Le curé vint les accueillir avec la mine réjouie de quelqu'un qui a joué un bon tour.
— Que ne ferait-on pas pour un festin, mes amis ! Car je ne vois guère sur vos visages l'application méditative du bon chrétien...
Le majoral en habit de circonstance, arborant fièrement sa cigale dorée du félibrige à la boutonnière, eut ce mot qui aviva les rires autour de lui :

— Pourquoi ne point nous gratifier d'un bon casse-croûte à la Sainte Communion ? Ce serait foule à tous les coups, père Terrieux !

Le prêtre pinça la joue d'Auguste Combet et lui fit les gros yeux.

— Ne blasphème pas contre ton Dieu, Auguste, tu ne sais pas de qui tu peux avoir besoin...

— Voyez-vous ça, répliqua Jacques Frazier, le président distingué du Comité d'hivernage, il voudrait nous enterrer promptement ! Navré de te décevoir, nous tenons ferme la barre. Comme tu peux le voir... Bon pied bon œil.

Frazier prit plaisir à bomber le torse, à montrer son bedon, comme eût dit le maire, où scintillaient ses médailles et sa chaîne de montre en or fin.

Loriot se tenait à l'avant de la compagnie, dans son costume gris de bonne coupe. Il portait le chapeau melon comme ses camarades et la cravate rouge. Les compagnons de la Douce Cocagne avaient laissé pour cette fois dans la penderie leur tenue de cérémonie rouge et or. Seule la cravate rouge rappelait les oripeaux de la confrérie, un rouge provocateur pour une messe certes, mais c'était volontaire car un fort esprit anticlérical régnait chez les joyeux lurons.

— Aller à la messe, fût-ce pour un bon repas, exige un esprit de sacrifice, dit Frazier au prêtre. Il nous faudra supporter prêche, sermon et homélie, sans nous départir d'un sérieux de rigueur.

— Et sache à l'avance, repartit Combet, que nous ne chanterons pas. Nos belles voix graves, nous les réservons pour le dessert.

— Le *confiteor* et le *gloria* exigent des voix de fausset, expliqua Frazier. Et nous les avons perdues, hélas, à notre adolescence.

— Mes enfants de chœur feront très bien l'affaire. Que croyez-vous ? se défendit le curé.

Il se détourna bien vite de ces trouble-fête pour se consacrer à ses fidèles. S'inquiétant de la santé des malades et de la prospérité des enfants, le prêtre papillonnait de droite et de gauche. Il semblait emporté dans une valse joyeuse, faisant virevolter sa robe ecclésiastique. Puis, en bon pasteur, il entraîna ses fidèles dans la nef sacrée. La compagnie de la Douce Cocagne entra en dernier pour occuper les prie-Dieu du fond. Mais Terrieux, trop rusé pour leur laisser le champ libre, les pria de prendre place près du chœur.

— Pour une fois que je vous tiens, mes amis, ne croyez pas vous en sortir à si bon compte.

Il profita de l'heureuse occasion pour signaler à toute l'assistance la présence du maire et de ses affidés. Loriot remercia l'ecclésiastique avec des mots hésitants qui traduisaient un certain embarras.

— Terrieux nous paiera ça, glissa le maire à son voisin.

Frazier hocha la tête.

— Nous n'avons pas tout vu. Le bonhomme me paraît en forme, aujourd'hui, chuchota-t-il.

Dès le commencement de l'office, l'hébétude s'empara du premier rang. Elle cessa seulement à la communion lorsqu'une agitation fébrile gagna l'église tout entière. Le curé fit l'offrande des hosties sans se presser. Il veillait à ce que les génuflexions fussent bien effectuées. Le curé Terrieux était sans doute le meilleur homme qui fût, mais à cheval sur les principes, titillant à son heure le mécréant.

Puis le prêtre monta en chaire avec prestance. Cet homme, admirateur de Bossuet, possédait le goût du verbe. Il savait Loriot plutôt faiblard côté rhétorique, aussi en profitait-il pour lui en mettre plein la vue. Mais à quoi tenait-elle, cette rivalité bon enfant ? On ne pouvait l'attribuer à l'incroyance du maire, et le curé Terrieux était trop inspiré par sa charge évangélique pour se commettre dans les travers du sectarisme. Alors il ne s'agissait que de politique, de petite politique. Le maire de Meyssenac faisait partie du clan radical proche des idées séparatistes concernant l'Eglise et l'Etat, et dont le premier acte avait été la fermeture des écoles congréganistes. En un mot, Terrieux en voulait au maire de faire cause commune avec « ces voyous anticléricaux », comme il les nommait. Du reste, le sermon prononcé, ce fameux dimanche, fut consacré à la question. Il ne s'adressait guère à ses ouailles, trop convaincues à l'avance pour qu'il fût de quelque utilité, mais bien à Loriot et ses amis.

— Que deviendrait une société sans Dieu, sans morale, sans maître spirituel ? prêcha Terrieux en haussant ses longs bras maigres vers la voûte de l'église. Ce qui guide un peuple et l'élève vers la clairvoyance est la parole de Dieu. Sans elle, l'homme ordinaire serait livré au désespoir. Est-il un sens à la vie, hors la pensée chrétienne qui a fondé notre civilisation ? Sinon, le triomphe du matérialisme est le pire mal qui nous guette. Je n'ose imaginer ce qu'inspirerait une telle vacuité dans les esprits laissés à leurs penchants naturels : la cupidité, le lucre, la luxure, l'envie, la paresse... La parole de Dieu et la crainte du jugement divin sont les seuls garde-fous à ces désordres corrupteurs.

Loriot avait compris que le propos lui était adressé et que le prêtre semblait lui dire : « Qu'as-tu fait de ton baptême ? » Pourtant, l'ecclésiastique ne le regardait jamais, réservant son attention au troupeau docile qui avait empli l'église de Meyssenac. Les fidèles ne voyaient guère malice à ce discours, pris sans doute au premier degré, car ils aimaient tout autant leur curé que leur maire. La difficulté pour le père Terrieux résidait dans ce paradoxe des esprits : ses fidèles étaient cléricaux dans l'église et anticléricaux dans la rue. Rien ne changerait, malgré tous les sermons du monde.

Dans son coin, Auguste Combet dissimulait à grand-peine sa mauvaise humeur.

— Nous avons consenti à aller à sa messe, ce n'est pas pour nous faire admonester, chuchota-t-il à l'oreille du maire.

Victor Loriot eut une moue amusée. La placidité lui tenait à cœur. Il connaissait trop bien Terrieux pour s'inquiéter. Après tout, jugeait-il, notre curé est dans son rôle. Qu'attendre de plus, des fleurs, des compliments, des éloges ? Je suis le représentant du sacro-saint mal laïc qui veut déloger les curés de leurs églises. Mais l'avenir finira par nous donner raison, lorsque nous dépenserons les subsides municipaux pour réparer les toitures des églises. Eternel conflit des archaïques et des modernes.

Frazier jouait les indifférents. Il songeait au festin que Maxence Marquey mitonnait dans sa chapelle. Il salivait, déjà, à l'idée de s'emplir la panse. Une seule question le taraudait intimement : Y aura-t-il quelques pelures de truffe dans la farce, un soupçon de cognac, une pincée de serpolet et de marjolaine ? Sinon, une telle négligence serait un crime à l'encontre de ces lièvres sacrifiés.

Lorsque les cloches se mirent à sonner la fin de l'office, la confrérie de la Douce Cocagne vida les lieux promptement. Frazier courait déjà vers son festin.

— C'est le seul appel que je vénère, expliqua-t-il.

— Nous aurions pu inviter nos épouses, déplora Auguste.

Victor se mit à rire. Sa chère Pierrette ne prisait guère les agapes, où l'on s'éternise à table plus que de raison.

— Les principes d'abord, fit-il en rajustant son veston.

Le maire alla serrer quelques mains. Les jours de messe, toutes les femmes portent leur habit de deuil. Deuils passés ou deuils à venir. Chapeau noir ou fichu sur la tête, elles prennent un malin plaisir à dissimuler leurs charmes. C'était une énigme pour Loriot, que l'approche de Dieu fit d'elles des créatures asexuées. Et dans ces moments, il se sentait plus radical et anticlérical que jamais. Nous souhaiterions une religion émancipatrice, se disait-il, plutôt que la mortification de la chair. Le Seigneur n'a-t-il point dit : « Multipliez-vous » ? Ce qui signifie : Faites l'amour pour avoir des enfants. Mais pour faire l'amour, encore faut-il qu'elles nous inspirent le désir en exposant leurs charmes...

Victor fit un brin de causette à Isabelle de Luguet, la dernière châtelaine du pays. Il fit l'éloge de sa beauté sans trop insister car elle portait le veuvage depuis six mois seulement. Cependant, elle parut flattée de l'attention que le maire lui témoignait et en profita pour lui demander une petite faveur. Son mur bordant le chemin vicinal était des plus délabrés. Les orages d'été avaient amplifié les dégâts. Et on craignait qu'il ne s'effondrât.

— Je vous rendrai une petite visite et nous mettrons au point, chère madame, une stratégie adéquate.

Victor découvrit après coup sa méprise. Pourquoi avait-il employé ce mot « stratégie », si singulier et hors de propos ? Ne traduisait-il pas une pensée secrète ? Stratégie amoureuse en vue ? Il en fut si troublé qu'il s'arrêta au beau milieu de la place, tandis que les derniers fidèles s'éloignaient par les rues de Meyssenac. Ses compagnons l'appelèrent à les rejoindre, mais en vain.

— Je vais chercher Terrieux, expliqua-t-il. J'ai deux mots à lui dire.

Auguste Combet fut intrigué par sa réaction.

— Il nous rejoindra à l'auberge des Diligences. N'aie crainte. La faim fait sortir le capucin de sa sacristie.

Le maire retrouva Terrieux dans sa cure. Il avait fini de disposer ses habits sacerdotaux sur leurs cintres. Pour l'heure, il s'inquiétait de la quête. Trois gros billets ornaient les petites pièces de monnaie. Le curé comprit qu'il devait cette générosité à ses ennemis intimes. La découverte le fit sourire. Ils ont le remords généreux, pensa-t-il.

Victor lui posa une main sur l'épaule. Le prêtre se retourna vivement.

— J'aurais bien aimé pour une fois que vous fassiez, toi et tes amis, le signe de la croix. Tant d'irrespect mérite une remontrance, non ?

— En effet, reconnut Victor.

— Sans rancune, dit Terrieux.

Il coiffa aussitôt sa barrette et l'entraîna vers la sortie. C'était une belle journée d'été finissant. Les platanes sur la place commençaient à jaunir. On sentait que la belle saison allait passer la main. Le vent des jours derniers s'était effacé, rendant au ciel sa pureté originelle.

— J'ai bien écouté ton homélie, père Terrieux... commença Victor.

— Ah oui, répondit le curé. Un sermon ordinaire, sans grand éclat.

Le maire l'arrêta au déboulé de la rue des Remparts. En cet endroit, on jouissait d'une belle vue sur les deux puys voisins, Merliac et Ladrier. La fenaison avait rendu les pacages d'un jaune Sienne, accentuant le vert intense des haies, bosquets et taillis. Bientôt, aux premiers froids, on verrait les couleurs s'altérer vers le mauve et le gris, l'uniformité des tons.

— Un sermon très politique, insista Victor.

Le prêtre haussa les épaules.

— Je désapprouve les inventaires. Ce sera la guerre entre nous. Une bêtise républicaine. Tout a commencé avec l'affaire Dreyfus. Et je fus dreyfusard, comme tu le sais, Victor. Sa réhabilitation m'a fait chaud au cœur.

Le maire avança jusqu'au rempart, là où la rue étroite tombait sur le vide. Il se retourna, les mains glissées à plat dans les poches de son veston gris.

— Je connais plus d'un agnostique, voire d'un athée, qui respecte la morale républicaine et ne s'abandonne pas aux péchés que tu stigmatises, père Terrieux. Car lorsque l'homme a perdu la foi, il ne devient pas pour autant la bête sauvage que tu décris avec insistance. La Révolution a inspiré l'esprit des lois et celui-ci règne sur l'homme civil. Nos jugements terrestres sont bien plus dissuasifs que la peur des enfers. S'il est quelque mauvais esprit qui s'égare, faisons confiance au code civil, à l'homme laïc, pour le reconduire sur le droit chemin. Voici notre espérance.

Le curé parut flatté que son homélie eût inspiré cette réplique passionnée.

— Tu aurais dû me succéder à la chaire. Cela aurait fait un beau débat dans notre église.

— J'ai le sens du sacré. Et je ne renie pas pour autant mon baptême, se défendit Victor. Mais il faut séparer l'homme religieux de l'homme laïc, conserver à l'un le choix de sa religion et affirmer chez l'autre la liberté républicaine.

— Allons, Victor, faisons une trêve. N'y a-t-il pas un repas en jeu ? Je consens volontiers à partager ce pain-là, celui de l'amitié et de la concorde.

Le propriétaire de l'auberge des Diligences avait mis une salle à la disposition de la confrérie afin que ses membres ne fussent point dérangés. Maxence Marquey voulait à sa façon témoigner sa reconnaissance. Il n'était pas le meilleur propagandiste pour le restaurant de Meyssenac. Les adeptes de la Douce Cocagne faisaient le travail à sa place. On ne parlait que de ça, parmi les convives, tout en humant les odeurs qui filtraient des fourneaux : la bonne cuisine familiale et traditionnelle servie à toute heure. « Cinq générations de savoir-faire », répétait-on avec des hochements de tête et des mimiques appliquées.

Le maître des lieux accompagna ses convives dans la petite salle décorée pour l'occasion. Sur les tentures jaunes on avait accroché des paquets de verdure faits de branches de noyer et de sureau. Il y avait aussi du lierre tressé en guirlandes et, sur la longue table nappée de blanc, des entrelacements de bleuets et de coquelicots. C'étaient les fleurs fétiches de la confrérie, les couleurs emblématiques de la revue savante *La Franche Parole*, jusque sur la couverture.

On mit le curé Terrieux à la place d'honneur bien qu'il s'en défendît. Il se voulait humble et discret. Mais Frazier insista :

— Ainsi ne dira-t-on plus que nous sommes sectaires ! lança-t-il à la cantonade.

L'excessive parole ne fut pas relevée. Si Terrieux ne manquait pas de répartie, il préférait user de tempérance plutôt que d'un mot d'esprit qui eût été blessant en pareille circonstance. Le maire prit place à sa gauche et Combet à sa droite. Frazier se choisit un siège de l'autre côté de la table pour que leurs conversations fussent facilitées. Ces trois-là, Loriot, Combet et Frazier, ne se tenaient jamais éloignés dans les grandes occasions. Ils faisaient cause commune, comme les doigts de la main. Du reste, on ne connaissait aucune dispute, entre eux, digne d'être rapportée.

Les autres membres de la confrérie vinrent prendre place : Romain Mazel et Octave Rozade, l'un quincaillier rue des Tamaris, l'autre percepteur à Salvayre. Ils furent rapidement rejoints par maître Félicité Domergue, notaire à Meyssenac, et son clerc, le petit Arnolphe, la caricature même du gratte-papier, ses cheveux passés à la gomina. L'homme ne parlait jamais sans l'aval de son patron. Et en toutes circonstances, il lui tenait lieu de bloc-notes ambulant. Le jeune homme inscrivait sur un calepin tout ce que le notaire disait, comme si le moindre de ses propos était parole d'évangile. Jamais encore on n'avait connu chez un employé autant de soumission, de servilité et d'obéissance. Le notaire, rude bonhomme autoritaire et vindicatif, avait l'habitude que le commun des mortels se plie à ses injonctions, même dans les affaires qui exigeaient doigté et diplomatie.

Georges Batilleau, boulanger rue des Remparts, et Paul Libert, boucher dans la même rue, arrivèrent bons derniers. Comme les bonnes places étaient occupées, on les fit asseoir l'un et l'autre en bout de table.

— Connaissez-vous la dernière ? s'écria Frazier.

— Non, répondit Loriot, mais nous allons la savoir.

— Notre ami Auguste s'étonne que nous n'invitions pas nos épouses...

Les rires traversèrent la tablée.

— Alors il en serait fini de notre belle entente, dit le notaire. Notez ceci : les femmes apportent la discorde comme les nuées la grêle.

Le petit Arnolphe, sur un cillement de regard de son patron, se mit à inscrire ce petit trait d'esprit.

— N'est-ce pas, monsieur le curé, que la femme est dépourvue d'âme ?

Terrieux fronça les sourcils.

— Oh non, elle a une âme, et ce depuis le concile de Trente.

— Qu'est-ce donc que cette affaire ? Une bêtise de quelque pape en mal de notoriété ? ricana Domergue.

Le prêtre sentit une chape de plomb s'abattre sur ses épaules.

— Notre Sainte Eglise n'a pas toujours été des mieux inspirées, mais pour une fois elle le fut, en marquant le passage de l'âge médiéval à l'âge classique par des décisions hautement novatrices, en partie du reste suscitées par la réforme luthérienne...

— Etrange question, reprit Combet, et fort scabreuse en vérité pour l'Eglise. Est-ce à dire que la Vierge Marie était sans âme, elle aussi, et qu'elle le demeura si longtemps dans l'histoire chrétienne ? Comment donc aurait-elle pu être la mère de Jésus et occuper une place aussi centrale dans le divin mystère ?

Les distingués membres de la confrérie s'observèrent, intrigués, médusés ou amusés, ne sachant quelle attitude adopter devant l'ecclésiastique.

— Je suggère que notre ami, maître Domergue, nous écrive un article sur la question pour notre revue, dit Loriot.

— Oh non, défendit Combet, cela nous serait dommageable. Il faudrait alors changer le titre de notre journal et l'appeler *La Fâcheuse Parole* !

Les rires se communiquèrent le long de la tablée. Ce n'était pas la première fois que le notaire de Meyssenac était le dindon de la farce. Mais il demeura digne, tout de même, son petit clerc le surveillant du coin de l'œil.

Auguste Combet était aux anges, la mine épanouie du bon vivant, le feu aux joues et le front perlé de sueur.

— Allez chercher le héros du jour ! s'écria le maire. Qu'il nous livre ses secrets avant que nous entreprenions nos agapes !

Les convives frappaient des mains en chœur. Par cette manifestation intempestive, ils espéraient précipiter le mouvement. Maxence Marquey était trop cabotin pour résister plus longtemps à l'appel qui montait dans les hauts murs de son hôtellerie. Il se coiffa d'une toque, enfila à la hâte un grand tablier propre et accourut sous les applaudissements.

Le maire voulut faire un discours mais se perdit dans des circonlocutions. Tant de difficultés oratoires ravissaient Terrieux.

— Potage du jardin, bouchées à la reine, lièvre au cabessal... énumérait le chef d'une voix forte, interrompu aussitôt ce dernier mot prononcé.

— Au cabessal ou à la royale ? questionna Domergue.

— Restons républicains ! coupa Frazier.

— C'est la même chose, reconnut Marquey. Il faudrait être grand clerc pour expliquer la différence...

— Hélas, s'écria Auguste, nous n'avons ici qu'un tout petit clerc !

Les hommes partirent d'un fou rire devant la mine contrite d'Arnolphe. Le garçon était aux enfers, avec tous ces hâbleurs. Et quand son notaire prenait des piques en plein visage, il souffrait bien plus que lui, en définitive, alors qu'il eût dû se gausser dans son for intérieur.

Hyacinthe et la petite Mique – une jeune fille louée à la journée – apportèrent les soupières. Le curé fit lever les convives pour réciter ensemble le bénédicité. Seul Frazier marmonna dans sa barbe, en prenant garde, tout de même, qu'on ne l'entendît pas, une prière à sa manière, plutôt irrespectueuse pour tous les saints du paradis.

La dégustation s'accomplit en silence. Il n'était là que de fines gueules, bien disposées aux plaisirs de la table. Les poitrines portaient les serviettes en éventail. Cela ajoutait à la scène une note pittoresque.

Comme Octave Rozade, le receveur du Trésor public, avait achevé sa soupe le premier, il lança la conversation :

— Monsieur Loriot, étiez-vous au banquet républicain des maires de France ? Il y avait plus de vingt mille couverts, n'est-ce pas ?
— En effet. J'y étais, et en bonne place, à moins de dix pas du président Loubet.

Tous les visages se tendaient vers l'édile. Cela faisait dix fois, au moins, qu'il narrait cet événement marquant de l'année 1900.

— Ce doit être quelque chose, dans la vie d'un maire, ajouta Batilleau.

Victor hochait la tête, pénétré par la dévotion républicaine.

— Une ambiance chaleureuse, faite de concorde et de fraternité. Il y avait là tous les administrateurs de notre France profonde, tous unis par-delà les factions, les antagonismes. Vingt mille deux cent soixante-dix-sept maires exactement. Autant dire l'écrasante majorité, lorsque l'on sait que notre territoire est découpé en trente-six mille trois cent quarante-sept communes. Peu de défection, en vérité.

Les invités furent impressionnés par la précision des chiffres rapportés, à croire que cet événement avait marqué Loriot au plus profond de lui-même. On sentait poindre sur son visage un frisson d'orgueil. Il avait même serré la main du président de la République : un vieil homme à belle barbe, au regard rieur et à la voix gravement posée.

— Nous étions tous réunis au jardin des Tuileries, sous une immense tente. La maison, fort réputée, Potel et Chabot, nous gratifia d'un service impeccable. Sur les longues tables décorées aux couleurs de la République, rien ne manquait. Les victuailles roulaient en abondance, portées par une armée de serveuses, le tout bien arrosé. Ecoutez plutôt : nous dégustâmes quatre cents saumons assaisonnés de deux mille cinq cents litres de mayonnaise...

Les regards se levaient vers le plafond, remués par ce récit. Chacun essayait de se faire une représentation mentale de la montagne de mayonnaise ainsi sacrifiée, et n'y parvenait pas.

— Et ce ne fut pas tout. Il faut y ajouter, dans l'ordre : trois mille kilos de filet de bœuf, trois mille cinq cents poulardes, deux mille cinq cents faisans, mille cinq cents camemberts, quarante mille petits-fours, deux mille huit cents panières de fruits. Et le vin non plus ne nous fut guère mesuré. Il coula à flots, à raison de quarante-quatre mille bouteilles...

Le percepteur de Salvayre, seul, goûtait peu l'enthousiasme général et l'emballement du maire. Il songeait aux deniers publics. Et si les autres convives ne parvenaient pas à se faire une idée des volumes de viandes, de volailles, de poissons, de gibiers qui avaient été réunis pour régaler les édiles, lui s'employait à calculer le coût d'une telle folie bien française.

— Ce dut surtout être une belle addition ! lança-t-il d'un ton pincé. Pendant ce temps, l'on mégote la paye des petits fonctionnaires, lorsqu'on ne les accuse pas de ruiner le pays ! Par contre, la société Potel et Chabot en fit, j'imagine, ses choux gras...

— Notre ami Octave est un atrabilaire, glissa Frazier à l'oreille du maire. Un rien le contrarie. Sans doute la mayonnaise...

Ils rirent en aparté, comme deux vieux complices. Rozade les fusilla du regard, trouvant insupportable qu'on se moquât de ses remarques sensées. Puis la petite serveuse emplit les verres d'un blanc huileux qui parut, à tous, médiocrement frappé.

Marquey suivait à la trace les plats que Hyacinthe apportait d'un geste assuré. Il se dandinait comme un coq de basse-cour, la toque de travers et la crête aussi rouge.

— Bouchées à la reine garnies d'un salpicon de ris de veau, cervelles, quenelles et champignons... le tout lié par un velouté, annonça-t-il.

Le mets fut englouti en un temps record. Mique trouvait à peine le temps de regarnir les verres. Cette fringale aviva le feu aux joues et fit tomber les vestons sur le dossier des chaises.

Combet jugea le moment opportun de commencer un speech. Avec des trémolos dans la voix, il évoqua les turpitudes du nouveau siècle. C'était l'un de ses sujets favoris, les temps nouveaux et les engouements pour la révolution industrielle. Les voitures automobiles, les trains à vapeur, les aéroplanes, autant de cibles qu'il vouait aux gémonies. Il y voyait le symbole d'une civilisation matérialiste, foulant aux pieds ses valeurs ancestrales.

— L'homme pressé, dit-il, sera le héros du vingtième siècle. Nous en avons déjà un triste exemple. Les méfaits de ce dieu ravageur et détestable ont commencé. Souvenez-vous de la course de vitesse Paris-Madrid, où l'on vit ces monstres sans âme que sont les automobiles dévorer les kilomètres. La première étape de la compétition fut émaillée d'accidents. Elle coûta la vie à une demi-douzaine de conducteurs. Seul monsieur Fernand Gabriel tira son épingle du jeu et fut le triste héros de cette journée tragique... Accomplir plus de cinq cents kilomètres en cinq heures est peut-être un exploit, mais à quel prix et pour quelle fin ?

L'assistance ne parut guère passionnée par ce discours et le pauvre majoral dut l'abandonner en chemin, la mort dans l'âme.

— Achèterais-tu une De Dion Bouton Course à deux cylindres ? demanda Frazier au maire.

— Ce serait faire de la peine à notre ami Marquey, lui qui ne croit qu'à la voiture à cheval...

— Battra-t-elle la locomotive de l'ingénieur ? Encore une fameuse course en perspective, fit Domergue en se frottant les mains.

— L'honneur de l'auberge des Diligences est en jeu, ajouta Frazier. Si Maxence Marquey perd, nous ne donnerons pas cher de ses vieilles guimbardes.

— Avec Scipion, l'affaire est jouée. Il n'est aucun cheval plus rapide, je vous le dis, affirma Combet.

— Comme quoi, mon bon majoral, toi aussi tu te laisses prendre au jeu de la course de vitesse, ironisa l'abbé Terrieux. « Vanité, vanité, et poursuite du vent... »

— Cela ferait du bien à notre ingénieur, de mordre la poussière avec sa machine, dit Frazier.

— Eugène Castillac ne jure que par sa Forquenot, ajouta le notaire. C'est un bel engin, mais je ne lui prédis aucun avenir. Le train est une aberration. Une stupidité des temps modernes !

Le petit clerc se mit à noter la pensée du cher homme de sa délicate écriture serrée, aussi minuscule qu'il se pouvait être, afin de conserver le plus de place disponible ; le philosophe était prolixe à ses heures, lorsque le goût pour l'anathème fusait sous son crâne.

— Du reste, poursuivit Félicité Domergue, je suggérerais que nous écrivions à plusieurs mains un pamphlet contre ce chemin de fer qui enlaidit nos campagnes et abrutit nos paysans. Avions-nous besoin qu'il vienne jusqu'à nous ? L'avons-nous réclamé ? Non. Encore une lubie de notre député. Guy de Bonneval a été un admirateur de Napoléon III dans sa jeunesse. Il lui en est resté quelque chose d'indéfinissable, cet emballement pour toutes les découvertes de la science, ce positivisme maladif qui a corrompu tant de fins esprits...

— Monsieur de Bonneval est radical, si je ne m'abuse. Et c'est tout à son honneur, le défendit Combet.

— Mais non, protesta Domergue, c'est un libéral dans l'âme. Un libéral républicain, certes, mais un libéral. Et s'il a rallié sur le tard le parti radical, ce n'est que par opportunisme. N'est-ce pas l'art de la politique que de saisir le fond de l'air et de s'y conformer en temps et en heure ?

— Et toi, Félicité, de quelle faction es-tu ? demanda Loriot.

— Les affaires m'interdisent de prendre parti. Je suis du côté de l'argent qui sommeille dans les coffres, du côté des petites gens qui travaillent sans se soucier si le franc a conservé sa valeur or. Par exemple, le paysan est bien à sa place lorsqu'il parle à sa terre, l'ouvrier à sa machine, l'artisan à son outil. Ainsi, vous dis-je à tous, les vaches sont bien gardées. Et si chacun se met à avoir des opinions, où allons-nous...

Si Frazier et Combet éclatèrent de rire, Loriot se retint d'en faire autant. Il ne voulait pas prendre le risque de vexer un allié précieux à Meyssenac. Grâce à lui, le maire avait l'oreille sur toutes les affaires immobilières et foncières du voisinage.

Le président du Comité d'hivernage murmura en sourdine à Victor :

— Il est du parti des imbéciles, assurément.

— Tiens-toi donc tranquille. Nous avons besoin de lui, chuchota Loriot, fort embarrassé.

Victor réservait son opinion sur le notaire. Il croyait voir en lui un provocateur-né, prenant plaisir à attiser les querelles par des jugements acerbes. Lorsque les questions d'argent venaient au-devant de la scène, les vieux réflexes du bon sens prenaient le dessus sur les jugements à l'emporte-pièce. Saugrenu en société, habile et roué dans son étude, ainsi eût-on pu le définir. Cela faisait de lui un être énigmatique dans le paysage du Meyssenacois. Et sa présence dans le cercle intime de la Douce Cocagne soulevait bien des interrogations. S'agissait-il pour lui de se dévergonder en plaisante compagnie, de se distraire des dossiers qui l'assaillaient, de combattre l'ennui ? Enigme encore. Secret homme prenant plaisir à jouer les imbéciles ? Car du chemin de fer, dont il se disait volontiers le pire des opposants, il était un des actionnaires de la compagnie. Un tel paradoxe ne se pourrait comprendre que bien plus tard, dans les années futures, avec l'émergence du cynisme comme règle de vie.

L'arrivée du lièvre au cabessal mit un terme aux conversations. On ripailla sans lever la tête de l'assiette. La farce était si goûteuse qu'on en vint à délaisser les râbles. Et la sauce qui accompagnait le plat était tout aussi divine, bien qu'on cherchât en vain les épluchures de truffes. Selon Combet, c'était une hérésie que d'avoir négligé le fameux diamant noir. Certains crurent en reconnaître quelques lamelles de-ci de-là, mais à la vérité, on les confondait avec des trompettes-de-la-mort. Il se trouva alors quelques amateurs distingués pour prétendre que le champignon noir valait bien le tuber, lorsqu'il était utilisé frais et non séché, ainsi qu'il était coutume de le conserver. La dessiccation de la trompette avait pour effet fâcheux d'en amoindrir la saveur lorsqu'elle se regorgeait d'eau. En définitive, on dévora beaucoup de pain pour user les sauces. Cette pratique goulûment partagée horrifia un fin gourmet tel que Frazier. Il y vit la différence qu'on pourrait faire entre la gourmandise et la gloutonnerie. S'ensuivit une discussion sur la question. Loriot trancha le débat en affirmant que c'était là une préoccupation de précieux.

— Le goût ne se théorise pas. Le goût révèle sa vérité sur les papilles. Ce lièvre au cabessal me plaît et je me fiche de savoir comment le nommer et, plus encore, par quel prodige ou tour de main on en tira ce délicieux fumet.

Mais Jacques Frazier était un indécrottable discoureur. Toute chose, bonne ou mauvaise, belle ou laide, se devait d'être expliquée, commentée, analysée. Le verbe participait même à sa beauté ou à sa laideur, sans lequel on négligeait d'en saisir les arcanes.

— Vous me faites tous songer à ce brave homme qui dégustait un jour une assiettée de truffes, coupées en tranches comme de vulgaires pommes de terre. Je lui dis : « Comprenez-vous qu'il s'agit d'un produit rare et qu'il conviendrait de le cuisiner avec plus de respect ? » Il me répondit : « C'est bon, voilà tout. » D'évidence, cet homme manquait de culture. S'il avait connu tout le parti à tirer d'une truffe, il l'eût appréciée au centuple. Par exemple, truffe au foie gras, en buisson, à la périgourdine. Ou encore à la serviette, et même sous la cendre. Chacune de ces recettes révèle de la truffe une saveur nouvelle. Mais non, cet homme ne savait rien de tout cela, sinon la manière simple et archaïque dont il la faisait cuire, et cependant il allait ignorer à tout jamais ce qu'il perdrait de n'en rien connaître.

Avec l'arrivée des desserts – gargouillots et flognardes aux poires –, la confrérie fit appeler de nouveau Marquey en tapant des mains en cadence. Cette manifestation offrit une trêve à la dégustation des gâteaux. Du reste, ils n'étaient pas du meilleur goût, assez amateurs, jugea le notaire, étouffe-chrétien selon d'autres. L'auberge des Diligences, en matière de dessert, ne jouissait pas d'une très bonne réputation. Le restaurant péchait par manque de fantaisie. On y ignorait les crèmes au chocolat, les babas au rhum, les savarins, les mokas, et mille autres pâtisseries qui eussent redoré le blason de l'établissement. Sur la question, le chef avait une opinion tranchée, selon laquelle un bon repas se mesure à la réussite du plat principal. Pour cette fois, il s'agissait du lièvre au cabessal, et tout son savoir de cuisinier s'était donc concentré sur ce mets.

Hyacinthe elle-même ne savait pas faire grand-chose en pâtisserie. Elle cuisinait ce qu'on lui avait appris, c'est-à-dire toutes les espèces de flognardes, aux pommes, aux prunes, aux pêches, aux poires, les clafoutis aux cerises ou le milhar aux guignes noires, les bouligous et autres crêpes, tels les tourtous corréziens. Elle n'éprouvait guère le besoin d'innover, estimant sans doute que le dessert n'était pas son affaire.

L'auberge des Diligences demeurait dans la tradition d'Antoine-Joseph. L'ancien maître cuisinier avait formé son fils à la même école que la sienne, sans imagination aucune. « Bien cuisiner les recettes qui ont fait leurs preuves, génération après génération, disait-il, et ne jamais chercher les complications. »

Après que les convives eurent mastiqué leur aise de pâte lourde ou l'eurent évidée des fruits qu'elle contenait, la manifestation reprit de la vigueur, mains frappant en cadence sans se lasser. Enfin, Maxence Marquey se résolut à rejoindre le banquet. Le majoral fit tinter son verre de la pointe d'un couteau pour interrompre le tumulte. L'idée d'un nouveau discours le tenait aux tripes. Mais l'excès de vin avait empâté sa diction. Et il fut plus ridicule que brillant, pour cette fois, si bien que le tumulte reprit du poil de la bête.

— Oui, dit le maire, nous tenons à te remercier, Maxence, pour ce repas somptueux.

Somptueux, c'était un mot qu'il employait beaucoup, Loriot, à tort et à travers. Tout était somptueux, les inaugurations, les élites politiques, l'époque, le train, la voiture à cheval, l'automobile, et même le certificat d'études. C'était sa manière de caresser l'électeur, le citoyen, l'administré, le contribuable. « L'œuvre de l'homme ordinaire est somptueuse lorsqu'elle participe au progrès. Obscure en apparence, elle se grandit dans l'entraide et la solidarité », avait-il dit un jour. Et on avait trouvé cette phrase si épatante qu'il la reservait une ou deux fois pas an. En cherchant bien, on eût trouvé aisément quelques autres figures de la sorte qui faisaient son bonheur de politicien de village.

Marquey ôta sa toque blanche en guise de remerciement. Il salua tous les convives, un à un, d'une vigoureuse poignée de main, et plus encore ceux qui offraient à son regard des mines réjouies. Il se sentit transporté comme un enfant, à croire qu'il n'avait vécu que pour cette seconde de pure grâce.

— Va donc chercher ta femme, demanda Victor Loriot. Nous voudrions la saluer.

— Oui, nous voulons Ameline ! Ameline !

Les mains se remirent à taper en cadence sur le bois de la table. Maxence demeura médusé, réduit au silence, paralysé.

— C'est impossible, bredouilla-t-il.

— Comment cela, impossible ? insista Frazier.

— Je ne sais pas où elle niche.

Les hommes partirent d'un grand rire.

— Voici que notre héros a perdu sa femme ! lança Domergue. Attention ! Une aussi jolie femme ne se perd pas des yeux. Comme on dit : loin des yeux, loin du cœur...

— Peut-être se trouve-t-elle avec ton épouse ? lança Maxence au maire. Nous les voyons souvent ensemble...

Loriot hocha la tête.

— Cette explication en vaut bien une autre, dit-il d'un air las.

Le percepteur quitta le premier l'assemblée pour se dégourdir les jambes. Il n'avait que médiocrement partagé les plaisirs de la table. Le gibier lui avait paru trop fort, une saveur entêtante de mortification qu'il avait jugée douteuse. Mais cet homme mesuré dans toutes les occupations de la vie avait l'esprit aussi comptable qu'une règle à calcul. Il s'autorisait dix cuillerées de soupe et pas une de plus, sinon c'eût été une orgie. De même pour le vin : un demi-verre. Au-delà, la honteuse ivresse.

Frazier s'inquiéta de sa désertion et l'appela à revenir. Mais Octave Rozade résista. Il craignait désormais les vapeurs des fines liqueurs et du cognac.

— Si nous parlions de choses intelligentes, au moins ? N'est-il pas temps, tout de même, après nous être gavés comme des porcs ? Le prochain sommaire de *La Franche Parole*, par exemple ? La Cocagne n'est pas seulement une association de fêtards. Elle est une société savante, devrais-je vous le rappeler, mes bons amis.

Les protestations s'élevèrent en chœur. Mais Combet mit un terme au désordre :

— J'ai ma petite idée. Nous annoncerons la course fameuse opposant la voiture à cheval de la France antique à la locomotive à vapeur de la France industrielle.

Chacun trouva l'idée séduisante.

— Cette aventure somptueuse, reprit Loriot, aura pour héros deux hommes que nous apprécions fort, notre ami Maxence Marquey et Eugène Castillac, ingénieur des Ponts et Chaussées. Quelle France gagnera la compétition ?

Félicité Domergue chiffonnait de ravissement sa serviette. Il s'écria :

— Maxence ! Attention ! Tu es notre héros. Et nous comptons sur toi pour gagner ce tournoi mémorable.

Le chef de l'auberge des Diligences eût voulu se faire petite souris. Il avait lancé l'idée à la légère dans un moment d'abattement, l'esprit embué par les vapeurs d'alcool. Désormais, tout Meyssenac s'était pris au jeu et attendait, impatient, le jour de l'épreuve. A la vérité, celui-ci n'était pas encore fixé. On biaisait des deux côtés, pour que l'affaire tombât à l'eau.

Victor Loriot flaira le coup. C'était à lui, le premier magistrat de la commune, de prendre les choses en main. Il avait toujours eu le goût de la compétition. Il se voyait déjà sur une estrade au point de départ, donnant le signal. En grande tenue, ceint de l'écharpe tricolore, devant la foule. A l'heure des récompenses, les mots ne lui feraient pas défaut. A coup sûr. Quelle aubaine, pour un discoureur, de poser en parallèle la noblesse du cheval et le génie de l'homme ! Somptueux. Somptueux.

— Je propose que nous prenions date, dès maintenant.

Maxence s'arrachait les cheveux.

— Il me faut entraîner Scipion, se défendit-il. Je crains qu'il ne prenne peur devant cette machine et ne se détourne du chemin...

— Balivernes ! s'écria Loriot. Le cheval a conquis l'homme, il conquerra la machine. C'est une évidence !

Les applaudissements reprirent tandis que Mique remplissait les petits verres de liqueurs. Octave Rozade faisait les cent pas. Il réfléchissait à une logique imparable, mathématique, selon laquelle la machine triompherait de l'animal. Sinon, ce serait à désespérer du progrès, pensait-il. Il s'était pris au jeu. Il voulait voir jusqu'où l'irrationalité de l'esprit humain repousserait ses limites.

— Le cheval-vapeur possède une longueur d'avance dès lors qu'on alimente la chaudière. Il ne craint pas l'effort parce que sa force est mécanique, donc constante et invariante. Tandis que l'animal s'épuise à l'épreuve et use ses ressources. Sa force est variante. Voilà mon avis, dit Octave.

— Balivernes ! répéta Loriot.

Et, prenant Maxence à témoin, il décida, autoritaire, que la course aurait lieu la trente-neuvième semaine de l'année, c'est-à-dire – pointant le doigt sur son agenda qui ne le quittait pas – le dimanche 23 septembre 1906.

4

L'Ile-aux-Cailles. — Sauter le pas. — Le ridicule ne tue pas.
— La foi aveugle. — Forquenot contre Scipion.

Quatre jours de pluie suffisaient à regonfler les eaux de la Sévère. Les berges de galets blancs et roses disparaissaient, ainsi que les vieilles souches noires d'ormeaux et d'acacias. Le courant était rapide, à l'île de la Vimenière, où la rivière se partageait en deux, menant son galop sur des fonds tourmentés, charriant une eau rougie par la terre friable des rives hautes. Mais en vingt-quatre heures la Sévère retrouvait son allure paisible et rassurante. Changeante comme le ciel, lavée de ses humeurs, elle ne méritait guère ce nom dont elle avait hérité, jadis, pour des crues sans doute immémoriales.

La crainte est oublieuse et résignée, à moins qu'elle ne participe au jeu de la mémoire dans cette partie de cache-cache qu'on livre incessamment avec les éléments indomptables de la nature. Les gens de Meyssenac n'auraient pas été tout à fait eux-mêmes dans leur passion du pays, sans la rivière. Autrefois, elle leur avait apporté la prospérité, avant que l'on ouvre les routes et que l'on construise, enfin, le chemin de fer. Les bateliers du haut pays y faisaient naviguer les gabares, à petite voile ou par chemin de halage.

A la saison des hautes eaux, souvent, les bûcherons lui confiaient les grumes formant des radeaux. Cela faisait un spectacle divertissant à peu de frais, comme le passage des oies sauvages ou la fête des moissons.

Dans les forêts de chênes de la Bastardie, on avait tiré son content de bois pour construire la voie ferrée. Et au petit port de Salvayre, en aval de Meyssenac, par-delà les collines et les puys, entre lesquels la rivière se faufilait dans des gorges profondes, les scieurs de long avaient installé leurs ateliers de fortune pour y débiter les traverses à demeure. Cette affaire donnerait du travail quelques années encore.

Ce jeudi de septembre, comme tous les jours sans école, les enfants couraient à la rivière. Ils n'avaient qu'un but, rallier l'île par la barque du vieux Bénézet. En dix coups de rame, se laissant dériver par le courant et passant les remous où la Sévère réservait son caractère, ils s'échouaient dans la minuscule crique bordée d'oseraies, ces vimes qui peuplaient les berges de l'île. Ils avaient donné le nom au lieu, mais les enfants n'entendaient rien à cette coutume ancienne. Pour eux, c'était l'Ile-aux-Cailles.

Lubin Pourrat était leur capitaine. Il en portait la casquette fièrement, et mâchonnait sa pipe – une vieille tige de buis – comme un vieux loup de mer. Le gamin mit pied à terre le premier sur le lit de galets.

— Regardez ! fit-il en désignant des débris de bois informes, chahutés par les remous et les fracas des eaux fortes. La tempête a charrié les restes d'un vieux rafiot. Ça a dû faire naufrage, plus haut.

— Les pauvres, dit Zélia.

La brunette portait sur les épaules une pelisse constellée d'accrocs. Elle faisait grand-mère, dans cet accoutrement. Tonin s'en moqua :

— Tu as froid ? Moi, regarde !

Il exhiba sa poitrine nue.

Pourtant, le vent était frisquet et des restes de brume flottaient sur les eaux vers le courant large.

— Les poissons ont bouffé les noyés. C'est comme ça, déplora le capitaine.

— P't-êt' qu'il y a des trésors, vers la pointe.

On nommait ainsi l'éperon rocheux de l'île, à deux cents mètres en amont. Car elle était minuscule, cette terre sauvage où les cailles abondaient dans les taillis de saules et les hautes herbes. L'îlot n'était rien d'autre qu'un accident de la nature, préservé par ses fonds de granit.

Les garçons tirèrent la barque sur les galets et l'amarrèrent au peuplier tête-plate, comme ils l'appelaient. L'arbre avait été brisé à mi-hauteur par un coup de foudre.

— Aujourd'hui on pêche, proposa Savin.

Les traits du petit Marquey étaient aussi fins que ceux de sa mère. Il portait sur le visage la même douceur, un brin féminine, qui lui coûtait les railleries des garnements de son âge. Du reste, son aspect physique tranchait avec le leur, comme s'il n'était pas tout à fait un enfant de la campagne. Lubin, Gilbert et Tonin étaient dotés d'une forte constitution. Musclés, râblés, la peau hâlée par les travaux des champs, ils faisaient plus que leur âge. On leur eût donné aisément quinze ou seize ans. Pourtant, ils n'avaient pas encore atteint l'année du certif.

— Oh, la barbe, défendit Tonin. On bouffera des anguilles de haie. Je sais comment les éplucher. On coupe la peau autour de la tête et hop, on tire. Tout vient. Et après, ça cuit dans l'eau avec des herbes qui sentent bon.

— Pouah, quelle horreur ! dit Faustine.

La sœur de Savin partageait rarement les engouements de la petite bande. Elle aimait à se tenir à l'écart, dans la cabane des genêts. Heureusement, Agathe Loubière jouait avec elle, sinon elle se serait ennuyée dans ces équipées sauvages.

— Tu as raison, petit frère. Cherche-nous des poissons. C'est bon en grillade. Viens donc, Gathe. On va allumer un feu.

— Ne commencez pas à faire du grabuge, intervint Lubin, ça va faire partir les cailles. Et je voudrais bien en prendre...

Les garçons se mirent à rire. Le capitaine n'avait jamais réussi à en chasser une, à la pierre branlante pas plus qu'à l'hameçon.

Savin retourna à la barque, fouilla dans les cordages. Il dénicha ce qu'il cherchait, une bouteille.

— Je sais où il y a des garlèches. Je vais les prendre à la bouteille.

— Des garlèches, rigola Tonin. Rien que ça. On va pas attraper une indigestion.

— C'est vite grillé et ça sent bon, dit Agathe. Avec une poignée de romarin. Je sais comment faire.

— C'est pas comme ça, dit Zélia. J'ai vu faire. On fourre une branche dans le ventre du poisson...

— Dans une garlèche ? s'amusa Lubin. Mais t'es idiote, ma vieille. C'est tout petit. Si petit que ça vaut pas la peine de la vider.

— Je sais ce que c'est qu'une garlèche, dit Zélia, offusquée. Je pensais à une truite. Savin est un bon pêcheur. Il nous en prendra bien deux ou trois, là où c'est profond, sous les racines des vieux ormeaux...

— Jamais de la vie ! protesta Savin. Fait trop froid, nom de Dieu.

Rien qu'à cette perspective il tremblait déjà.

— Regarde ! J'ai la chair de poule. Ça, c'est bon pour l'été, par un beau soleil, quand l'eau est chaude et qu'il fait bon nager.

— Moi, ça me fait pas peur, brava Tonin.
— Oui, mais toi, t'es incapable d'en prendre une, critiqua Lubin.

Le petit Antoine Marcello, surnommé Tonin ou Toni selon l'inspiration, avait toutes les audaces. Il aimait jouer avec les insectes, il aimait les torturer avant de les « finir », comme il disait. Et cela ne le dérangeait guère de les becqueter, lui qui était élevé à la dure et qui ne mangeait pas toujours à sa faim. Il gobait comme un rien une libellule, une sauterelle, un grillon... Pour que l'exploit lui fût profitable, il engageait des paris.

Les filles partirent sur-le-champ vers la cabane. On y accédait par un sentier étroit à travers l'oseraie, en prenant garde aux sables mouvants. En fait de sables mouvants, c'était une passe, marécageuse en diable. Puis on gravissait le chemin, dans un éboulis de galets, bordé de saules et de chênes nains. Ensuite, on traversait une forêt de genêts. Et là, sous un fouillis d'acacias, de sorbiers et de charmes, se cachait la fameuse cabane. Les enfants de Meyssenac, toutes générations confondues, en avaient fait leur terrain de jeux favori. Les vieux murs en pierre calcaire avaient été reconstruits au petit bonheur, et la toiture de même, selon l'humeur du temps. Pour l'heure, les garnements l'avaient refaite avec des vimes et des branches de genêt. Cette maison ne garantissait pas des pluies, du froid, du vent, de rien en fait, mais ça ressemblait à un refuge. Partant de là, ce n'était plus qu'affaire d'imagination.

Faustine refusa d'entrer la première dans la cabane. C'était comme une superstition, expliqua-t-elle. Mais ses voisines ne la crurent pas. Elles la savaient plutôt téméraire, sauf pour les serpents. Un jour, elle y avait découvert une belle couleuvre lovée dans le tapis de fougères, de celles qui sont jaunes et noires, fort longues et véloces. Au premier cri d'effroi, Toni était venu lui faire sa fête. Puis il se l'était enroulée autour du cou, pour faire le malin devant les filles.

Agathe et Zélia savaient d'où lui venait sa crainte. Elles procédèrent à un examen des lieux. Mais, comme la fougère avait été mouillée par les pluies récentes, les filles décidèrent finalement de rester dehors, là où les garçons avaient installé de grosses pierres plates pour s'asseoir.

— De toute façon, j'ai pas faim, dit Zélia.

Agathe et Faustine s'adressèrent un regard complice.

— Dis plutôt que tu ne veux pas nous aider à faire un feu, dit Agathe.

— C'est toujours aux filles de travailler...

— Ah oui, remarqua Faustine, tu as compris ça, toi aussi. C'est comme à la maison. Mais ici, c'est plus rigolo.

— Pourquoi c'est plus rigolo ? demanda Zélia.

— On est libres, répliqua Agathe, de le faire ou de ne pas le faire.

— C'est toujours les garçons qui commandent et ça m'énerve.

Faustine rassemblait les gros galets noircis par la fumée ancienne. Elle les redisposait de mémoire. Ça lui simplifiait la vie de répéter les mêmes gestes. Elle se disait que le travail le moins pénible était celui qui s'accomplissait sans réfléchir.

— T'as rien compris, Zélia, dit Agathe.

— Je comprends tout. Et souvent bien avant qu'on me l'explique.

— Les garçons ! Je parle des garçons, précisa Agathe.

Zélia fit une moue boudeuse en rajustant sa pelisse. Elle avait l'habitude qu'on la charrie sur les garçons. Ses amoureux, comme on disait. Les amoureux qu'elle croyait avoir et qu'elle n'aurait jamais, les amoureux qu'elle avait et qui ne lui plaisaient pas.

— C'est facile, les garçons, reprit Agathe. Si on veut les commander, il faut leur faire croire que ça vient d'eux, les initiatives.

Faustine éclata de rire.

— Moi, je me sens bien sans amoureux. Des fois, je me dis que je suis pas trop normale. Pourtant, ma mère me dit que je ne connais pas mon bonheur. Après, on regrette tout. On voudrait qu'il ne se soit rien passé.

Agathe et Faustine allèrent chercher du bois derrière la cabane et le disposèrent sur les pierres. Agathe glissa sous la provision de brindilles une poignée d'herbe sèche. Ainsi, le feu partirait à la première étincelle.

Tonin alluma le foyer avec son briquet à amadou. C'était un spécialiste. Il savait tout faire : colleter les lapins de garenne, piéger les grives à l'assommoir, visiter les nids...

Pendant ce temps, Lubin taillait au couteau une tige de noisetier. Dans la nature, il n'existait aucun bois plus droit pour faire un bâton et aussi facile à tailler sous la lame d'un couteau. En plus, l'écorce en était belle et fine. Il fit rouler le tranchant sur la tige, traçant un motif en spirale. D'un coup d'ongle, l'écorce tendre s'effaça, laissant apparaître le bois blanc et vernissé. Il parut satisfait de son ouvrage. Et il en vérifia la tenue dans l'herbe haute en frappant celle-ci d'un geste vif.

— Tu t'souviens, Toni, quand on jouait à la guerre dans les vieux murs de la Jaubertie ? On avait monté une vigie dans les arbres. Et les gars de Salvayre nous avaient attaqués...

Toni éclata d'un rire rauque.

— Quand j'ai balancé Charlie Peynaud et qu'il est resté pendu dans une fourche de chêne ! Même qu'il a fallu le décrocher. Et vous autres, vous vouliez pas...

— Et Gilbert, ce con de Gilbert, qui disait : Y a qu'à le laisser, ce cochon. Y finira par tomber tout seul...

— C'est vrai qu'il couinait comme un cochon, ce pauvre Charlie, fit Gilbert. Ça faisait de la peine, quand même. Mais quoi, on rigolait bien.

Savin apporta son butin : une poignée de garlèches. Toni lui colla une claque sur l'épaule.

— Là, je vous l'dis, les gars, y en aura pas pour les filles.
— On s'en fiche, rétorqua Zélia. J'ai pas faim.
— Elle a pas faim, reprit Gilbert en imitant sa voix aigrelette.

Puis Savin fit apparaître comme par enchantement une brochette de goujons de bonne taille. Ils étaient enfilés sur une tige d'osier par les ouïes.

— Ça nous en fait trois chacun. Pas mal, non ?

Les garçons ne répondirent pas, et Savin parut vexé du peu d'intérêt que sa pêche suscitait autour de lui. Comme il était de bonne composition, rien ne pouvait l'affecter durablement.

— Faut vider les goujons, fit-il en regardant les filles.

Seule Agathe s'y colla. C'était un travail qu'elle savait faire. En quelques instants, les poissons furent disposés sur la grille.

— Attends ! dit Lubin. Y a trop de flammes. Ça va brûler.

— Y a qu'à remonter la grille, conseilla Faustine.

Elle rajouta quelques pierres supplémentaires, qui firent l'affaire.

— Les vairons, on en fera une omelette, conseilla Gilbert.

Les filles éclatèrent de rire.

Lubin émietta sur la pitance des brins de fenouil. Ça ne manquait pas, sur l'île. La braise aviva des odeurs alléchantes à mesure que la peau argentée des poissons se craquelait.

Après que les goujons eurent été grillés et placés sur une large pierre plate où chacun pourrait se servir, on fit subir le même sort aux garlèches. Elles furent cuites en un rien de temps, bien que la chaleur du foyer fût déclinante.
Comme à son habitude, Lubin voulut prendre le commandement des opérations. Mais il était, tout compte fait, un chef contesté. Sur la barque on le laissait jouer au capitaine, mais dans l'île une autre sorte de république se mettait en place. Chacun entendait garder son libre arbitre. Et Lubin ne résistait guère aux frondes. Il se retirait sur ses arrières, la mine boudeuse.

— Tu veux toujours nous mener à la guerre, dit Gilbert. Attaquer les gars de Salvayre. Moi, ça me dégoûte, ces histoires. On est aussi bien ici, à bouffer tranquillement notre pêche.

Savin s'amusait des gesticulations autour de lui. Il se sentait trop grand pour les querelles de bandes.

— On est pour la paix. Et les filles aussi sont avec nous.

Toni se mit à l'applaudir.

— On devrait te nommer chef. Tu voudrais pas, hein, Savin ?

— Non, dit Savin.

Agathe se rapprocha de lui, vint lui passer un bras autour du cou. Faustine observa le jeu de son amie avec une curiosité insistante.

— On devrait jouer aux amoureux, dit-elle.

— Et ça se joue comment ? demanda Toni.

— Comme dans la vie, répondit Faustine, à la différence que c'est pas pour de vrai.

Zélia, qui éprouvait une attirance pour Savin, applaudit à cette idée.

— Il faut former des couples amoureux. Moi et Savin, proposa-t-elle.

Agathe et Faustine se consultèrent en secret. On ne sut ce qu'elles se dirent, mais l'aparté intrigua les garçons.
— Je veux bien faire avec Gilbert, dit Faustine.
— Et moi ? protesta Tonin.
— Toi, reprit Zélia, tu seras avec Agathe.
— Ça ne peut pas aller, déplora Savin.
— Pourquoi ? demanda Agathe.
— Qui va aller avec Lubin ?
Le capitaine ne parut pas intéressé. Il n'aimait aucune des filles en particulier.
— Je vais à la pointe de l'île. Des fois qu'il y aurait des trésors...
L'idée du naufrage le tenaillait. Il avait envie de ce rôle-là, un capitaine sur son île déserte à la recherche d'un trésor. Il imaginait qu'un des vaisseaux qui croisaient au large était en perdition. Il suffirait juste de s'emparer du butin. Et peut-être, fort de cette découverte, reviendrait-il en héros parmi les siens. Cela ressemblait à une des vieilles histoires éternelles que se racontent les hommes en disgrâce, héros solitaires et incompris. Il partit aussitôt et on ne le revit plus qu'au soir mourant.
Le goût du jeu gagna le reste de la bande. Chacun comprit à sa façon que l'amour ne se dicte pas. Car, dans le milieu de l'après-midi, il se passa un événement imprévu. Agathe confia à Savin que Zélia n'était décidément pas la fiancée qu'il lui fallait. Faustine aussi se mit de la partie pour convaincre son frère de sa méprise sentimentale. Agathe avait donc une alliée dans la place, une alliée de taille.
Agathe et Savin s'isolèrent dans le bosquet aux cailles.
— Tu es mon amoureux, dit-elle. C'est comme ça dans la vraie vie, avec les grandes personnes. Tu veux bien l'être, n'est-ce pas ?

Savin resta sans défense. Le jeu l'amusait au fond, il devinait que sa sœur avait préparé en secret ce sale coup contre Zélia. Comme cette dernière flairait la trahison, elle se réfugia dans les larmes. Mais Faustine, ravie de jouer le double rôle, tenta de la rassurer :
— C'est pour de rire. Tu ne vas pas pleurer, tout de même ?

En attendant que le chemin de fer parvienne à Meyssenac, que la voie nouvelle soit inaugurée, les voyageurs pour Brive devaient se rendre à Salvayre pour y prendre l'omnibus. Tous les samedis, les renardes se rendaient à la ville. L'affaire était réglée comme du papier à musique.
La brouille avec Maxence avait simplifié l'existence d'Ameline Marquey. Elle n'avait plus de comptes à rendre sur ses allées et venues ; adieu, les commentaires suspicieux sur les robes, les chapeaux, les bas de soie, les chaussures vernissées... L'épouse quittait Meyssenac l'âme en paix.
Chaque fois, la virée briviste prenait des airs de rituel. Le cocher menait en tilbury les renardes à Salvayre, où elles s'attablaient au bar de la Poste, proche de la gare. On y attendait le train de Brive. Comme elles n'avaient osé parler devant Anastase – on soupçonnait le cocher d'être l'espion de Maxence –, elles s'en donnaient enfin à cœur joie.
— Tu ne trouves pas que ce camée fait vieillot ?
Pierrette n'osait répondre. Elle savait son amie susceptible, et ses insolences elle les réservait à d'autres.
— Tu devrais essayer des parures moins sages...
— Ça me donnerait un genre que je n'ai pas.
— Ah oui. De quel genre veux-tu parler, ma petite Ameline ?
— Tu vois bien ce que je veux dire...

Madame Marquey rougissait encore. C'était là son charme. Cela ravissait Pierrette Loriot, qui ne rougissait jamais, elle. Ainsi, chaque fois qu'il était question de séduction, le feu montait aux joues d'Ameline. Elle disait, innocemment : « Il me vient des pensées, parfois... » Et le silence qu'elle s'offrait dans ces moments était aussi vertigineux que le désir.

— Moi, j'ai un cœur en sautoir. Mon Cupidon, confia Pierrette.

Sous la soie du corsage, elle alla chercher le bijou secret et le porta à ses lèvres.

— Lui et moi nous en avons vécu, des choses. Du reste, je ne m'en sépare jamais. Heureusement, les objets ne parlent pas. Sinon je serais perdue, ma chère. Ce fétiche résume ma religion ; d'autres portent leur croix, moi un cœur percé d'une flèche.

Pierrette Loriot avait le propos acerbe et aiguisé des femmes affranchies, comme si elle se désirait incessamment sur le gril de la rébellion. On ne savait pas au juste quelle sorte de révolte elle portait en elle. Et ce qui en avait fondé la nécessité. Sa vie bourgeoise ne la représentait guère, ou du moins ne se reconnaissait-elle pas en elle. Pourtant, elle baignait dans l'aisance et la facilité. L'argent ne lui faisait pas défaut. Un beau mariage, un bon parti, une vie sans histoire. Trop simple pour qu'elle en fût satisfaite. Inconsciemment, elle aurait voulu en détruire l'équilibre, comme les enfants gâtés parfois saccagent leurs jouets. Arrive-t-il quelque chose dans une vie qui mérite le moindre intérêt ? se demandait-elle. A sa façon, elle s'ennuyait. Elle eût voulu autour d'elle que tout le monde s'ennuyât aussi pour que, d'une platitude générale, naquît un désordre constructif. En Ameline, elle reconnaissait quelques signes lui rappelant son existence. C'est au fond ce qui l'avait attirée vers elle, ce vague à l'âme qui est le désir de tous les désirs.

L'approche de la ville, avec ses maisons et ses jardinets alignés en bord de voie, réveillait soudain en elles le goût de la conversation. Les deux renardes renaissaient de se voir proches du but, comme si le reste de leur vie à la campagne n'avait été qu'une parenthèse. Dès lors, l'odeur âcre des fumées exhalées par la locomotive sous la marquise de la gare de Brive avait ce goût indéfinissable de la liberté. A peine sur le quai, Ameline scrutait les visages en se demandant anxieusement si elle ressemblait encore à une paysanne, si cela se voyait tellement sur elle. Du reste, cela l'eût contrariée, un peu de terre rouge au talon de ses chaussures. Mais elle veillait à sa métamorphose et que rien ne révélât incidemment sa condition.

— Si l'on nous pose la question, nous ne dirons pas d'où nous venons, conseilla-t-elle à Pierrette, qui ne comprenait pas ses réticences.

Pierrette rit un peu lorsqu'elle vit son amie dans la salle des pas perdus se dandiner en roulant des hanches comme une midinette. La femme est la plus belle invention du monde, se dit-elle. Et Dieu, décidément, l'a faite désirable pour torturer les hommes. Ainsi, Pierrette Loriot avait l'œil aux aguets. Les regards masculins posés sur elles la troublaient, alors qu'Ameline ne paraissait pas s'en apercevoir. A quoi pourrait-il servir, alors, ce balancement des hanches ?

Les renardes prirent une patache pour le boulevard Thiers. C'était là qu'elles avaient l'habitude de descendre, au petit marché. Mais elles ne s'attardaient guère sur la place crottée par les chevaux. Elles couraient vers les magasins, toujours en trottinant. Les chapeaux, les robes, les chaussures... On aimait à les essayer devant un miroir, à les refuser ensuite, à en faire sortir d'autres des cartons.

Pierrette avait toutes les audaces avec les vendeuses. Elle les traitait d'un air hautain, comme si la planète entière coopérait à son amusement. Parfois, elle leur balançait, l'air de rien, des réflexions désobligeantes, humiliantes. Mais les pauvrettes accueillaient ces extravagances avec une patience d'ange.

— Elles sont payées pour ça, ma chère. Tout entendre et se taire, disait-elle à Ameline, embarrassée.

— Pourquoi jouer les garces entretenues ? Tu prends du plaisir à ça ?

— Bien entendu. C'est notre fiesta. Allons voir ailleurs !

A midi, les renardes se retrouvaient au restaurant Lumet. Une cuisine raffinée et chère. On y commandait, décommandait, on faisait repartir les plats, changer les vins. Ameline s'amusait de ces désordres. Elle s'étonnait elle-même de partager ces jeux qui ne lui ressemblaient pas. Elle ne croyait pas non plus devoir un jour devenir cette sorte de peste. L'éducation à l'ancienne la possédait trop.

— Il faut se débarrasser de ça, ma petite. Sinon, comme tu le vois, on ne grandit jamais, expliquait Pierrette.

Au sortir de chez Lumet, la pluie les cueillit sur le trottoir.

— On va se réchauffer au bastringue, proposa Pierrette.

Rue du Lion-d'Or, il y avait un café-concert. Piano à l'étage et danse en tous genres. Pierrette se glissa dans la foule, si vivement que son amie eut du mal à la suivre. Enfin, elles dénichèrent une table et s'y installèrent en soupirant.

— Duc y vient parfois. Ce serait le diable que je ne le rencontre pas. Tu verras. C'est un bel homme, un peu jeune, mais avec tout ce qu'il faut.

— C'est ton amant ? demanda Ameline.

Pierrette la fixa gravement.

— Quelquefois.

— Tu veux dire que...
— Il n'est pas regardant, et moi non plus.
Ameline détourna les yeux vers les couples enlacés. Sur une estrade, un petit ensemble jouait une ritournelle. Un serveur apporta des anisettes à l'eau. C'était la boisson favorite des renardes. Pierrette paya aussitôt.
— Duc... répéta Ameline, je ne le connaissais pas, celui-ci.
La femme du maire énuméra les deux ou trois dancings où elle avait l'habitude de collectionner des gigolos.
— Tu finiras par t'y mettre, toi aussi, tu verras, ajouta-t-elle en allumant une cigarette.
— Je ne crois pas, se défendit Ameline. Je n'ai pas cette envie de me donner au premier venu. Pourtant, j'aurais toutes les raisons.
Pierrette soupira en la dévisageant. Elle cherchait à comprendre quelle force possédait son amie. Selon toute logique, elle eût dû s'abandonner. Le cœur a ses raisons lorsqu'il se venge.
— A te donner, ne crains-tu pas d'attraper de vilaines choses ? s'inquiéta Ameline.
C'était une question qu'elle avait envie de lui poser depuis longtemps. Certes, une question hautement intime, scabreuse. Mais au point où se trouvait leur amitié, façonnée de cachotteries, de mystères, de non-dits, de silences troubles, quel interdit se pourrait-il poser qui eût encore un sens ?
Pierrette afficha un air de surprise.
— Il est en moi quelque chose de plus fort que la crainte, plus fort et irraisonné que le risque. L'envie de me perdre. Ma chère, c'est une douce jouissance. Quand nous commençons à y mettre le nez, nous sommes, nous devenons l'esclave de notre propre corps. Je ne parle pas de ma conscience. Au sortir de ces jeux, je la retrouve intacte,

comme si de rien n'était. Je ne me juge pas. Je n'ai pas assez d'estime pour ça.

Ameline observait avec attention les lignes de son visage. Rien ne semblait transparaître qui fût du registre de l'émotion. Elle se confessait sans pudeur, ainsi que devant un juge qui l'absoudrait par avance.

— Tu es entrée dans cette voie sans a priori, comme si cela tombait sous le sens. Une femme s'abandonne à l'homme qu'elle aime. Mais si elle ne l'aime pas, quel intérêt ?

— Au début, en sortant des chambres d'hôtel, ajouta Pierrette, je me sentais sale et laide. Je me détestais. Puis la détestation a disparu. J'ose croire que la chair a pris le pas sur l'esprit. Ou plutôt, la chair a converti l'esprit à sa religion.

Machinalement, Pierrette caressait sa petite chaîne dorée. Elle était comme les chrétiens qui touchent la croix lorsqu'ils parlent de Dieu.

— Et Victor ? Comment peux-tu le regarder en face ?

— Nous ne nous regardons pas, fit-elle dans une pirouette.

Il y eut un long silence entre elles, tandis que le petit ensemble enchaînait les valses, les polkas, les marches.

— Tu me juges plutôt mal, n'est-ce pas ? s'inquiéta Pierrette.

Ameline eut un sourire vague, incertain.

— Je ne suis pas ton mari. La morale entre nous n'a pas sa place. Il y a des confesseurs pour ça. Mais pour qu'ils aient la moindre efficacité, encore faudrait-il que tu croies en la rédemption.

Pierrette éclata de rire. Quel aperçu désuet des choses, pensait-elle.

— Un jour, toi aussi, tu prendras un amant. Et ce jour, tu me comprendras. Tu diras : Bon Dieu qu'il est bon de s'égarer... Que ne l'ai-je fait plus tôt ? Que de temps perdu, d'expériences refusées...

— Non, dit Ameline. Je ne suis pas prête à sauter le pas.

Le fameux Duc montra enfin son nez. Ameline lui découvrit un charme quelconque. Un visage fade. Sans expression. Il portait bien de sa personne, un corps svelte se mouvant avec aisance. Il devait avoir dans les vingt-trois ans. Il aimait s'amuser, danser, parler pour ne rien dire. Il voulut inviter Ameline à danser mais elle refusa.

— Tu m'avais caché ton amie ? dit-il à Pierrette.

— Va donc danser avec lui, suggéra-t-elle à sa voisine.

Pierrette eût voulu ajouter que ça n'engageait à rien, mais se ravisa. Ameline flairait le ridicule de la situation. Que croit-il, le bellâtre, que je ressemble à sa maîtresse ? Que je suis disposée à tomber dans ses bras ? Et cette pauvre Pierrette, croit-elle me refiler comme on échange un objet ?

Pourtant, Ameline finit par accepter pour ne pas paraître trop godiche. Le couple attaqua une valse. Puis Duc l'emmena au bar pour lui offrir une boisson.

— C'est une sacrée bonne femme, votre amie. Bon Dieu, oui. On ne s'ennuie pas avec elle. Et vous ?

— Je vous en prie, se défendit Ameline. Je n'ai pas besoin de détails. Et ce que je suis, bon Dieu oui, pasticha-t-elle, ça ne vous regarde pas.

— Oh ce que j'en disais, c'était manière de parler.

Ameline subodora que le séducteur était du genre susceptible. Et sur le coup, elle éprouva une sorte de remords de l'avoir rudoyé si vivement.

— Vous dansez bien, cher monsieur.

Le compliment raviva ses espérances. Ses gestes se firent plus pressants. Ameline les accueillit pour ce qu'ils étaient, des invites grossières.

— Vous êtes son amant, n'est-ce pas ?

Le garçon hocha la tête.
— Et alors ? Vous, ma chère, vous êtes bien mariée ?
— En effet.
— Je ne m'intéresse qu'aux femmes mariées. Les maris sont ennuyeux. C'est une loi de la société. Nous n'y pouvons rien. C'est pourquoi je n'épouserai jamais.
Ils revinrent à la table. Pierrette s'amusait du désarroi de Duc.
— Eh oui, minauda-t-elle, mon amie est une idéaliste. L'amour avant la bagatelle, dit-elle. L'amour et ses mille preuves.
— Je vois, dit Duc.
— Mais avec moi c'est différent. Je suis une femme perdue.
Ameline vit dans son regard l'éclair fugitif d'une détresse. Soudain, elle se sentit de trop dans la comédie qui se jouait en clair-obscur sous ses yeux. Ameline ne supportait plus de voir son amie perdre pied, s'avilir devant un homme vulgaire. A cette seconde elle ne put s'empêcher de penser à la petite fille que Pierrette avait été, à ses rêves d'enfance, comme autant d'illusions égarées, à ce que la vie avait fait d'elle, imperceptiblement, dans le silence des âmes.
— Je vais faire un tour. L'atmosphère de ce bastringue me pèse. Retrouvons-nous à la gare, à six heures. Six heures, répéta Ameline avant de disparaître.

Le tout Meyssenac ne vivait plus que pour l'épreuve, celle qui allait opposer un cabriolet à une locomotive, le cheval à la machine, les archaïques aux modernes. L'événement avait gagné les contrées voisines, surtout depuis que le majoral s'était fendu d'un article dans le quotidien *La Dépêche de Brive,* journal radical et bien-pensant.

L'annonce de cette course épique avait aussitôt suscité nombre d'interrogations, de commentaires, de supputations, au point que la direction du journal avait jugé opportun d'envoyer sur place un reporter pour analyser l'affaire. Le reportage de *La Dépêche* fut des plus ironiques, laissant les membres de la Douce Cocagne désemparés. « Quelle mouche a piqué le Meyssenacois ? s'interrogeait le journaliste. D'ordinaire, le Meyssenacois est indifférent aux bruissements du monde, mésestimant par nature tout ce qui ne le concerne pas directement. Le Meyssenacois, notait le reporter, ignore encore que la France a changé de président de la République, que monsieur Fallières a remplacé Emile Loubet. Le Meyssenacois décidément se révèle être un grand enfant niais gavé de certitudes et d'illusions, puisqu'il croit qu'un cheval tirant un cabriolet peut battre de vitesse une locomotive à vapeur. La France pourrait s'enorgueillir de posséder dans les replis secrets de ses belles collines, où la vie est heureuse et douce, dit-on, de telles créatures folkloriques. Mais n'est-ce pas un outrage à la raison et à l'intelligence qu'une telle population, fort heureusement microcosmique, nie à ce point l'évolution des techniques et les progrès de la science ?... » Et, poursuivait-il d'un même trait de plume : « L'esprit de compétition est fort beau et chatouille notre fibre patriotique, à la condition que le ridicule ne l'entache pas. Nous ne saurions trop conseiller à ces bretteurs antiques de renoncer à leur projet. »

En découvrant l'article incendiaire, Victor Loriot sentit le sol se dérober sous lui. C'était à l'heure de son petit déjeuner, le moment où il expédiait les affaires courantes de son entreprise, son comptable prenant les ordres debout en face de lui. Pierrette passa en coup de vent et vit que son cher mari, décidément, n'était pas dans son assiette.

— Qu'y a-t-il ? Mort d'homme ?

C'était sa façon de parler, directe et sans ambages. Monsieur Léonce, le comptable, ferma les yeux pour ne pas voir le spectacle qui s'offrait à ses yeux. Madame le maire portait un déshabillé provoquant qui le mettait, chaque matin, sens dessus dessous. La fine batiste cachait peu de choses, en vérité. Et le jeune homme – secrètement amoureux de l'épouse de son patron mais sachant que son désir ne serait évidemment jamais comblé – n'osait la regarder, de peur que monsieur Loriot surprenne son regard. Pour l'heure, Victor était à cent lieues de cette comédie bourgeoise.

— Une affaire qui me préoccupe, répliqua Loriot.

— Nos affaires ? soupçonna-t-elle.

Soudain, ses mains se plaquèrent sur sa poitrine, comme si elle venait de prendre conscience de son audace. La réaction de Pierrette ajouta au désarroi du jeune homme, qui fit un pas de côté, de manière à tourner le dos à l'épouse. Celle-ci fit effrontément mouvement dans sa direction au point de le frôler.

— Dites-moi tout, monsieur Léonce ? Y aurait-il péril en la demeure ?

L'expression fit hurler de rire le maire.

— Tu es folle, Pierrette ! Ma femme est folle, ajouta-t-il en direction du comptable. Elle se prend pour une héroïne de Feydeau. Nous n'allons pas assez souvent au théâtre, mon petit Léonce, dit-il en frisant sa fine moustache du bout des doigts, alors elle transforme notre appartement en Bouffes-Parisiens...

Le comptable se retint de rire. L'humour de monsieur Loriot était celui d'un pince-sans-rire.

— Ouf, je respire, dit Pierrette. Il n'est que plaie d'argent qui vaille. Tout le reste est superfétatoire.

— Oui, ma chère femme, reprit Loriot, nos affaires sont florissantes comme ta mine. Tu peux aller, maintenant.

Monsieur Léonce accompagna du regard la fine silhouette blanche qui s'éloignait du bureau.
— Qu'est-ce donc qui vous préoccupe, monsieur ? demanda-t-il enfin.
Le comptable de l'entreprise immobilière Loriot s'occupait aussi des affaires de la mairie, bien que ce ne fût pas dans ses attributions. De ce côté-ci, les routes, les écoles, les bâtiments communaux, tout allait pour le mieux.
— Cet imbécile de Marquey a lancé un défi à l'ingénieur des Ponts et Chaussées...
Le jeune homme feignit de ne rien connaître de l'affaire. C'était une de ses règles, une pure observance dans sa mission au service de la société Loriot : ne rien savoir, ne rien dire et attendre...
— Notre aubergiste s'est mis en tête de remporter une course, une stupide compétition devant opposer une locomotive du chemin de fer à l'un de ses cabriolets. Le résultat ne fait aucun doute. Nous allons nous couvrir de ridicule. Et moi le premier. Bien sûr. Le parti libéral va me traîner dans la boue. Depuis que j'ai déserté leurs rangs, ces gens me haïssent. Pouvais-je faire autrement ? Si je m'étais présenté sous la bannière de l'Action libérale, j'aurais mordu la poussière aux municipales. Est-ce ma faute si le fond de l'air ici est radical-socialiste ?
— Vos amis du parti savent bien que vos convictions sont libérales, avança monsieur Léonce.
— Taisez-vous donc. Si l'on nous entendait... Toute ma carrière est construite sur cette duplicité. Ou alors, autant aller se faire élire ailleurs !
Le comptable se retira sur la pointe des pieds, sagement respectueux. L'aigreur d'âme de son patron, de son maître, de son mentor lui ôtait toute envie de rester dans ses pattes, craignant sans doute que la situation ne dégénère.

— Attendez ! s'écria Loriot au moment où il quittait la pièce. J'ai un service à vous demander...

Le jeune homme revint, d'une démarche gauche et craintive.

— Trouvez-moi l'ingénieur Castillac, et faites en sorte qu'il vienne me rejoindre à l'hôtel de ville avant midi.

— Et s'il m'envoie promener ? Hypothèse hautement probable, ajouta le comptable.

D'agacement, le maire repoussa son plateau et fit tomber le sucrier, qui se brisa en mille morceaux. Monsieur Léonce se crut responsable de ces dégâts et s'empressa pour ramasser les morceaux de porcelaine.

— Laissez ça, je vous prie. C'est une journée difficile qui commence.

Le maire ne croyait pas si bien dire.

Plus tard, dans son cabinet, on aurait pu le voir torturant ses crayons, les cassant, les jetant de rage. Plus d'une heure de l'après-midi et l'ingénieur des Ponts et Chaussées n'avait pas encore montré le bout du nez. Pourtant, il aurait eu toutes les raisons du monde de ne pas s'en inquiéter.

Monsieur Eugène Castillac s'était attardé dans sa chambre de l'auberge des Diligences, à recalculer les dépenses engagées sur la ligne Salvayre-Meyssenac. Les prévisions étaient dépassées, les siennes en l'occurrence, ce qui n'était pas bon pour lui. Le préfet ne manquerait pas de lui adresser une note pour s'en étonner, au pire le convoquer afin d'entendre ses explications. Déjà l'ingénieur préparait un petit mémorandum à cet usage afin de fourbir des arguments imparables. Les travaux à la tranchée de la Bastardie avaient requis trois semaines de terrassement supplémentaires et deux semaines de plus pour l'édification d'un mur de soutènement sur une portion de roche friable. A la vérité, les tirs de mine intempestifs de

Minet avaient fragilisé le terrain. Il eût fallu pratiquer des sondages avant d'entreprendre les premières fouilles. « Mais ceux-ci, Monsieur le Préfet, nota-t-il sur le rapport, eussent coûté plus cher qu'un mur de soutien. » Et il fit un rapide calcul, grossit un peu les chiffres au passage pour que son argument tînt la route.

Au premier étage de l'hôtel de ville, Eugène trouva le maire arpentant son long couloir. Les murs étaient ornés de portraits officiels des présidents. On y avait même conservé celui de Louis Napoléon Bonaparte. En passant, il le salua. Napoléon III était l'un des dignitaires pour lesquels il éprouvait le plus grand respect. Lors d'une visite en Algérie, en mai 1865, le jeune Castillac avait fait partie de la délégation d'accueil à l'amirauté d'Alger. Il avait pu converser avec lui. Depuis ce jour, il vouait à l'empereur une vive admiration.

— Avez-vous lu *La Dépêche* ? s'écria Victor Loriot avant même de lui serrer la main.

Eugène observa le maire avec condescendance. L'ingénieur ne prisait guère Loriot ; il le tenait pour quantité négligeable. Ainsi que tous les autres maires, du reste. Aussi bien celui de Salvayre que celui de Testinard, et tant d'autres qu'il considérait comme de médiocres administrateurs, tous voués à ce parti radical qu'il vomissait de toute son âme. Dans son entreprise, Castillac devait batailler contre eux, subir remontrances et menaces, quand ce n'était pas du papier timbré. Chaque fois, les différends se réglaient dans le bureau du préfet et chaque fois il obtenait raison. Car on ne connaissait pas, de mémoire d'ingénieur, un seul de ces édiles qui fût capable de tenir tête à un commissaire de l'Etat.

— *La Dépêche...* releva Eugène, dubitatif. Mon Dieu, non. Je ne lis pas les journaux locaux. Pensez donc, j'ai mieux à faire...

— Voudriez-vous prendre connaissance d'un article qui nous est consacré ?

Victor attira son invité dans le cabinet de travail. Eugène fut étonné par le luxe des lieux. Boiseries et mobilier en noyer, peintures murales bucoliques et naïves, plafond orné de dorures. Sur le coup, Castillac ressentit au fond de lui une sorte de frustration. Et moi qui suis condamné à travailler dans une chambre d'auberge... Quel scandale !

— Dites donc, monsieur le maire, vos quartiers sont luxueux. Pour une si petite commune... Que de dépenses somptuaires !

— La République a les temples qu'elle mérite, répliqua Loriot, agacé.

Victor n'ignorait rien des opinions de Castillac. Il le tenait pour un maurrassien, ce en quoi il ne se trompait guère, mais non pour un exalté. Au contraire, il lui trouvait au passage quelques circonstances atténuantes. Un long séjour dans l'administration civile en Algérie ne peut que forger ce genre d'affiliation, pensait Loriot.

Castillac lut l'article d'un seul trait avec un calme désespérant.

— Et alors ? fit-il en rendant le journal à son propriétaire.

— Je voudrais connaître le fond de votre pensée, insista Loriot.

— L'auteur de ce pamphlet a raison. Le Meyssenacois est stupide. Monsieur le maire, vous administrez des gens stupides. Et si vous prenez fait et cause dans cette affaire, vous vous rendrez stupide à votre tour. C'est une loi du genre. La couleur du milieu déteint sur chacun des éléments qui le constituent. Ce fameux jour, il vous faudrait vous absenter, par exemple. Un voyage d'affaires. Pour ne pas risquer de vous compromettre.

Victor désigna un fauteuil à son invité, mais ce dernier resta debout, pour montrer qu'il ne s'attarderait guère davantage.

— Soyons coopératifs, dit le maire. Envisageons ensemble une solution amiable.

Castillac l'observait, amusé. Il connaissait sur le bout des doigts cette nature commune d'individu. Une espèce roublarde et filandreuse, sans scrupules, sans principes, rouée à la combine.

— L'histoire de notre mésaventure est simple. Un soir que votre Marquey était ivre, il me lança un défi : à l'en croire, son cabriolet tiré par un cheval rivaliserait de vitesse avec ma Forquenot 120... Cela ne fait pas un pli, mon cher. Une Forquenot à pleine puissance dépasse allègrement les cent kilomètres à l'heure. Je doute qu'un cheval au galop, et de surcroît tirant une voiture, aussi légère soit-elle, puisse battre une locomotive. Sinon, mon cher, nous aurions renoncé à construire des lignes de chemin de fer.

Loriot se tenait la tête dans les mains.

— Marquey est un idiot. Il aurait dû se renseigner avant de vous lancer ce défi...

Castillac hochait la tête, pensif.

— Maxence Marquey est un archaïque, dirais-je. Un homme de l'ancien temps qui croit encore en ses attelages. Cela est plutôt sympathique. Il possède une belle collection et en fait un usage commercial intelligent. Quant à remettre sur les chemins les diligences pour rivaliser avec les trains, cela est pathétique. Nous sommes au siècle nouveau de l'automobile. La voiture à cheval demeurera au magasin des accessoires antiques. On ne peut interrompre la course du progrès pour satisfaire les goûts esthétiques de votre aubergiste.

— En effet, vous avez raison, dit le maire. Mais pour une fois...

Machinalement, l'ingénieur rajusta le nœud de sa cravate de soie. C'était un signe d'impatience chez lui. Il s'était bien amusé, maintenant il voulait prendre congé, pour des occupations moins distrayantes.

— Pour une fois... insista Victor. Comprenez-vous ? Pour une fois, une toute petite fois, on pourrait trouver une solution sans grande conséquence. Nos gens seraient ravis, Maxence aussi, qui est un bon bougre dans le fond, sans méchanceté. Et l'honneur serait sauf.

Castillac fut submergé par un vague sentiment de lassitude.

Pourquoi lui ferais-je une fleur ? pensait-il. Dès lors, le ridicule basculerait de mon côté. Et le Meyssenacois continuerait à croire, seul au monde, que la voiture à cheval est plus rapide que la locomotive à vapeur. Tout ce qui est contraire à la raison ajoute à la crasse ignorance. Il est des leçons salutaires qui ouvrent les yeux des incultes. Cette course controversée ouvrira les yeux du Meyssenacois. Et s'il s'y refuse, tant pis pour lui. Que la Douce Cocagne s'entête dans ses erreurs. Bientôt, l'estimable société savante deviendra une curiosité pour les ethnologues, les chasseurs en bizarreries locales...

— Je ne vois pas ce que vous attendez de moi, biaisa l'ingénieur.

Victor se dressa dans un mouvement de colère.

— Que vous les bridiez, vos chevaux-vapeur, nom de Dieu, pour que la course soit égale. Et à l'ultime moment, devant la foule rassemblée, que notre Marquey gagne d'une courte tête. Vous ne sauriez mieux nous faire plaisir, monsieur l'ingénieur. Nos gens seraient aux anges. Et cela clouerait le bec au petit journaliste de *La Dépêche* !

— Voilà bien une combine de politicien, s'éleva Eugène. Une course truquée... Mais, moi, monsieur Loriot, entendez-vous, qu'y gagnerais-je ?

Le maire resta sans voix. Il eût bien versé un petit pactole pour le ranger à sa proposition, mais il flaira que l'homme était au-dessus de l'argent, un idéaliste à qui le progrès tenait lieu de religion. Alors, il baissa la tête, vaincu. D'un geste, il fit signe à son visiteur de se retirer.

Le soir même, Loriot monta au Cercle, rue des Puits. Au premier étage de l'ancienne corderie se trouvait un grand appartement rempli de meubles disparates. La pièce principale, la plus vaste, constituait le siège de la confrérie La Douce Cocagne. Un écusson de la cité ornait un pan de mur et sous celui-ci on avait inscrit en calligraphie ancienne le nom de l'estimable association. Au centre une table ovale, et autour des sièges capitonnés de velours rouge. Il était dévolu à Arnolphe, le petit clerc de notaire, d'allumer les lampes à pétrole. Il s'en acquittait avec précaution, juché sur un escalier de bibliothèque escamotable. Quand la lumière fut, les hommes entrèrent à tour de rôle, selon un rituel qui eût impressionné un visiteur peu accoutumé à ces mœurs provinciales. Arnolphe ânonnait les noms des précieux membres, avant qu'ils ne prennent place. Le majoral s'installa en premier à la place d'honneur, et les autres confrères vinrent à leur tour. Ils portaient tous une chasuble frappée aux couleurs rouge et or de la Douce Cocagne. Mais le plus singulier était la coiffe, une sorte de barrette de curé dont les faces étaient ornées des fameuses couleurs chatoyantes. Il y avait aussi des pompons, des passementeries, des cordons, des médailles, dont la signification échappait au simple profane. Il eût fallu être initié pour saisir les grades et les distinctions que ces représentations symboliques illustraient.

D'ordinaire, le majoral donnait lecture du procès-verbal de la dernière séance. Cette fois, on écorna l'ordre du jour à la demande du maire siégeant de plein droit. Il lut le fameux article qui avait déclenché tant de remue-ménage dans le pays. Les membres de l'assemblée écoutèrent sans un cillement de regard. A peine Victor eut-il terminé que Frazier, le président du Comité d'hivernage, s'écria d'une voix forte :

— Mes amis, c'est du pain bénit, cette affaire. Cela fait des années que nous n'avons point eu les honneurs de *La Dépêche*. Lorsque nous avons mis au jour les vestiges de la voie romaine de la Jaubertie, les journalistes ont boudé notre découverte. Et bien que nous ayons fourni des documents hautement étayés, le silence descendit sur nous comme une chape de plomb. De même avec les souterrains de Meyssenac. Silence, mes amis. Silence. Il aura fallu que notre compatriote Marquey ait cette idée lumineuse, ce défi au chemin de fer, pour qu'enfin on s'intéresse à notre cité.

L'enthousiasme de Frazier emporta l'assemblée. Le tumulte gagna en intensité, à un point tel que Victor dut intervenir :

— J'ai convoqué l'ingénieur Castillac. Les pronostics ne nous sont pas favorables. La machine à vapeur va ridiculiser ce pauvre Marquey et nous tous en même temps. Le journaliste de *La Dépêche* a raison. A cent pour cent. Il faut empêcher la course, dissuader Maxence de prendre le départ. Voilà la sage décision qui s'impose.

— Mais ce serait folie ! s'écria le majoral Combet.

Les têtes opinaient en chœur. Sauf celle d'Octave Rozade.

— J'ai étudié le parcours, fit-il en dépliant un plan devant lui. Il y a cinq kilomètres de voie ferrée parallèle à la route. C'est sur ce tronçon que l'épreuve se déroulera. Nous avons un tiers de descente à cinq pour cent, un tiers de plat, et un tiers de montée à trois ou quatre pour cent. Autant dire une rampe qui nous sera fatale. La Forquenot sur ce dernier tiers conservera sa puissance, tandis que notre voiture à cheval réduira son train. C'est incontestable. Je vous ai donné mon avis, mais vous vous en fichez, bien sûr.

Les rires et les ricanements s'interrompirent tout net. On eût bien aimé railler, une fois encore, le malheureux percepteur. Il avait sa petite réputation d'empêcheur de tourner en rond. C'était un briseur d'illusions de première, cet homme-là. Un pessimiste de nature. Or, pour une fois, Victor Loriot se rangeait de son côté. Et le maire, quoi qu'on en dise, jouissait encore d'un peu d'autorité.

S'il doute lui aussi, c'est que les carottes sont cuites, pensait-on autour de la table.

Jacques Frazier ôta sa coiffe, la mine contrariée.

— Je crois que c'est foutu, mes amis. A la vérité, je l'ai toujours pensé. Il suffit de se renseigner sur les capacités motrices d'une Forquenot 120 pour comprendre que cette machine atteindra les soixante ou soixante-dix à l'heure au terme des cinq kilomètres. Et aucun attelage hippomobile ne peut rivaliser. Notre ami Marquey est peut-être le meilleur pour le lièvre au cabessal, mais c'est un ignorant en toute autre matière. L'ingénieur Castillac s'est amusé de lui. Guère étonnant, lorsqu'on connaît l'individu. Nous avons affaire à un personnage cynique, méprisant. Pour lui, nous ne représentons rien. Ou pire encore : l'ignorance. Nous sommes à ses yeux des arriérés. Mais qu'importe.

L'assemblée s'agitait dans toutes les directions. On eût voulu siffler l'ingénieur et sa maudite supériorité, mais le percepteur voulut reprendre la parole. On reconnaissait à cet homme un peu de bon sens.

— Il faut convaincre Maxence de renoncer. Nous mettrons ça sur le compte de sa griserie. Une parole de défi jetée à la légère. Nos compatriotes comprendront notre décision. Meyssenac ne peut devenir la risée des rédactions de journaux.

Frazier protesta :

— Je suis d'avis qu'on maintienne la course envers et contre tout ! Qu'importe le résultat ! L'essentiel n'est-il pas que l'on parle de Meyssenac ? En bien ou en mal, insista le président du Comité d'hivernage, ça nous fera une belle réclame.

Le majoral mit la délibération aux voix. Une majorité se dessina pour la compétition.

— C'est une tragédie personnelle, marmonna Loriot, défiguré. Je ne m'en remettrai pas. Et ne venez pas vous plaindre, ensuite, si l'Action libérale gagne les prochaines élections municipales !

Dans les jours qui suivirent, contre toute attente, Victor Loriot n'osa pas approcher le propriétaire de l'auberge des Diligences. Il craignait que Maxence ne le jugeât par trop velléitaire. En effet, au banquet de la Douce Cocagne, le maire avait montré un emballement démesuré pour l'épreuve, un engagement total aux côtés de Marquey. Dès lors, comment comprendre qu'il se défilât comme un pleutre ? Aussi, Loriot convainquit sa femme de lui sauver la mise. Mais cette demande, toute légitime qu'elle fût, lui valut au passage quelques critiques acerbes. Pierrette, il est vrai, ne ratait jamais l'occasion de mettre le doigt là où ça fait mal.

— Mon pauvre Victor, dans quelle souricière tu t'es encore jeté ! Décidément, c'est un vrai talent. Tu ne rates jamais l'occasion de te ridiculiser. C'est à croire que tu prends plaisir à te fourrer dans des histoires impossibles. Comment tous ces idiots de Meyssenac ont-ils fait pour voter pour toi ? Tu es le plus mauvais politicien que je connaisse. Pourtant, ce n'est pas bien difficile de pratiquer cet art. Il suffit d'un peu de jugeote et de méfiance. Rien ne se doit tenter sans avoir garanti ses arrières. Mais non, Monsieur J'ai-Raison fonce dans le brouillard, à la première occasion, assuré de son coup. Et, voilà, il me revient péteux, des bleus à l'âme, désespéré, comme un vieux chien querelleur qui n'a plus le dessus sur sa meute. Résultat, il vient pleurer dans le giron de sa petite femme pour qu'elle lui sauve la mise... Comment veux-tu que je te respecte, Victor ? L'amour a besoin pour vivre d'une considération mutuelle. Jour après jour, je te découvre de plus en plus médiocre. Je me dis : Comment ferai-je à l'avenir pour aimer cet homme-là ? Est-ce que tu ne perds pas ton temps, ma petite Pierrette ? Oh oui, grand Dieu, je le perds, ce temps précieux de ma jeunesse. Que deviendrons-nous avec les années, Victor ? Tant de ressentiment amassé ne se pourra jamais réparer.

Loriot se fichait du jugement de sa femme. Il avait réussi dans les affaires. L'argent coulait à flots entre ses doigts. Et le peu qu'il savait sur l'existence se résumait à cette vérité : la fortune retient les femmes plus sûrement que les vives passions. Ces dernières s'érodent à l'usage, tandis que l'aisance et les commodités maintiennent le feu sous la cendre.

— Je pourrais, moi aussi, éructer mes reproches. Mais à quoi bon, dit Victor. Notre amour est un amour de raison.

Pierrette tomba en larmes.

Est-il mots plus opposés que ces deux-là ? songeait-elle. L'amour est aux antipodes de la raison. Toute l'histoire des passions en témoigne. Pourtant, où est-il donc, cet homme amoureux qui brûlera un jour pour moi, au point de perdre la raison ? se demandait-elle. Assurément pas parmi les gigolos qu'elle entretenait à Brive, lors de ses escapades. Ceux-là, à tout bien considérer, étaient encore plus lâches, pleutres et médiocres que son mari. Voilà notre drame, à nous les femmes, que nous ne trouvions dans l'amour que bassesses masculines et froid calcul.

Pourtant, Pierrette Loriot s'acquitta de sa mission auprès d'Ameline, mais avec mille précautions. Comme elle eut l'air de s'en excuser, la requête tourna au fiasco.

— J'avais entendu parler de cette course stupide. Ne vois-tu pas que c'est une affaire d'hommes ? Laissons-les à leur ridicule, répondit Ameline.

— Tu n'essaieras donc pas de le dissuader, ton mari ?

— Comment pourrais-je infléchir un homme sur lequel je n'ai plus aucune prise ? Il ne m'écouterait pas. Au contraire, la moindre de mes interventions ne ferait que renforcer sa décision. Ça court à l'abîme, ces hommes-là.

Non sans surprise, Pierrette découvrit que le couple Marquey était au plus mal depuis que le mari avait expressément interdit à son épouse de remettre les pieds dans sa cuisine. Elle avait été bannie comme une étrangère, punie comme une méchante mégère. Elle était aux arrêts, consignée dans son appartement.

— Tu ne m'avais pas dit qu'il te frappait, ce misérable bonhomme ? dit Pierrette.

— Crois-tu que ce sont là des choses que l'on jette sur la place publique ? J'ai trop de honte en moi. Si Maxence est devenu violent à mon endroit, il le doit à l'alcool. Sous son emprise, il ne sait plus ce qu'il fait.

— Ce n'est pas une raison pour l'excuser. De ce coté-ci, il faut bien le dire, les femmes sont un peu bêtes, bien trop maternelles avec les hommes. Et les enfants ? s'inquiéta Pierrette.

— Ils ne savent rien. Mais Savin est de mon côté. Il désapprouve les colères de son père. Quant à sa sœur, elle a un petit faible pour lui. Les pères et leurs filles, c'est irraisonné, fit-elle, les lèvres tremblantes de rage.

— Moi, je n'ai jamais voulu d'enfant, dit Pierrette. J'en ai fait passer deux, déjà.

Ameline observa son amie avec tendresse. Elle lui prit la main et la serra fort.

— Tu ne devrais pas dire ça.

— Ça me fait du bien d'en parler, d'avoir une amie fidèle qui puisse me comprendre. Si je prends quelques amants, comme tu le vois, c'est sans importance. Des hommes stupides. Je ne les choisis pas. Ils me viennent comme des orages. Et s'en vont sans que je les retienne.

— Tu ne seras pas toujours sauve, dit Ameline. Ils t'humilient. L'amour sans but est dégradant. Un jour, tu ne pourras plus te supporter.

— Dans le regard des autres, je m'en fiche, fronda Pierrette.

— Pire, répliqua Ameline, dans ton propre regard.

— Mais toi, tu ne me juges pas, dit Pierrette. Tu es juste et bonne.

Ameline l'embrassa tendrement pour lui montrer que son amitié était indéfectible. Et cette marque d'affection parut rassurer Pierrette sur elle-même. Elle me trouve un peu trop moderne, et tellement légère, pensait-elle.

La veille de la fameuse course, l'ingénieur Castillac descendit à la gare de Salvayre. La Forquenot 120 attendait dans son hangar, flambant neuve et rutilant de tous ses cuivres.

— Je vais la conduire moi-même, dit-il en se tournant vers Walter.

Le mécanicien ôta sa casquette en bleu de chauffe et la jeta sur le tas de bois. Puis, il sortit de sa poche un paquet de Scaferlati et se roula précautionneusement une cigarette. L'homme n'était pas bavard. On devait le forcer pour lui tirer les mots de la bouche. Qui plus est devant un ingénieur...

— Et vous serez mon mécanicien. Je sais que vous n'êtes pas d'accord avec toutes ces bêtises, mais c'est un ordre. Donc, vous ne pourrez pas vous défiler.

Walter toisa Castillac en fronçant les sourcils. Les chefs restent les chefs, même quand ils vous demandent des nouvelles de vos enfants, pensa-t-il. Qu'en ont-ils à faire ? C'est une manière de vous montrer qu'ils se placent à votre hauteur. Dans le fond, ils s'en fichent...

— Walter, je sais que je peux compter sur vous. On la fera courir, notre Forquenot. Il y va de l'honneur du chemin de fer, de la Compagnie et du progrès.

Le type grogna sourdement et se mit à tirer son aise sur sa cigarette, qui avait une drôle d'allure.

— Vous êtes un bon mécanicien, Walter, mais vous ne savez pas les rouler, vos pipes.

Le mécanicien sourit en montrant ses chicots. Il tendit son paquet et le papier gommé. Pris au mot, Eugène se mit à rouler une cigarette, fort convenablement. Il la lui proposa, mais le mécanicien la refusa.

— Je vois. Ça vous gêne qu'un ingénieur des Ponts et Chaussées pilote votre locomotive. Vous estimez que je n'ai rien à faire dans l'abri, que je ferais mieux de la confier à votre conducteur. Mais Pierson est d'accord. Et toute la hiérarchie. Nom de Dieu, ils me doivent bien ça, à la Compagnie, depuis le temps que je dépatouille leurs affaires...

Walter tourna la tête de côté. On ne lui arracherait pas un mot sur la question. Le règlement, c'est le règlement, même pour monsieur l'ingénieur.

— Il nous faut allumer le foyer et charger la boîte à feu, dit Eugène. Et la faire chauffer toute la nuit.

Le mécanicien opina du chef.

— Ça serait mieux de l'alimenter au charbon, dit-il.

Castillac se délesta de sa veste. Il portait des bretelles de cuir sur une grosse chemise de toile jaune. Il releva ses manches et fit signe au mécanicien de monter à l'abri. Ce dernier le regarda faire, éberlué : ça serait bien la première fois qu'une huile me donne la main pour chauffer une loco, se dit-il.

— C'est du bon chêne de quatre ans, dit Eugène, qui a de l'essence. Si nous bourrons comme il faut le foyer, dans six heures la pression sera à vingt-cinq hectopièzes.

Le mécanicien saisit la rampe et grimpa à l'abri. Il ouvrit le gueulard et, aussitôt, commença à faire naviguer son ringard dans le foyer pour nettoyer la grille. Castillac lui tendit du fagotin.

— Avant toute chose, faut mettre cinq tonnes d'eau dans le tender, dit Walter.

— Je m'en charge.

— Pendant ce temps, je vais monter les bûches. Nous en faut au moins une demi-brasse, dit le mécanicien. M'est avis que ça suffira pour rallier le PN 25. Sans charge, c'est rien à faire.

— Mais je veux la pleine puissance, les soixante-dix à l'heure au bout du palier.

Le type se gratta le front.

— La Forquenot, c'est long au démarrage. Même que ça patine des fois, à trop forcer.

— Qu'importe, on se servira de la sablière.

L'ingénieur amena la prise d'eau sur le tender et ouvrit la vanne. Cinq mille litres, c'était plus qu'il n'en fallait pour parcourir la petite distance. Mais il ne lésina pas. Après tout, la machine devait être alimentée comme pour une longue distance. Le ravitaillement terminé, Eugène écarta le tuyau en le faisant pivoter. Après qu'il eut informé son mécanicien du remplissage, celui-ci bouta le feu et donna de la prise d'air au gueulard pour en activer la flamme. Au bout de quelques minutes, il chargea le foyer de bois jusqu'à la gueule.

Eugène le rejoignit dans la cabine. Ils se mirent ensemble à ausculter la devanture. Avec un chiffon, le mécanicien effaça les traces de suie sur les manomètres. Il faudrait attendre deux heures au moins avant que les aiguilles se mettent à bouger.

— Elle est capricieuse, cette bête-là, dit Walter. Faut que la température du foyer monte à mille cinq cents degrés pour que la vapeur soit à trois cent cinquante. Nous la tiendrons à ce niveau, monsieur. Jusqu'à l'heure du départ.

Castillac remit pied à terre.

— On va charger le bois sur le tender, n'est-ce pas, camarade ? lança l'ingénieur.

Pendant ce temps, branle-bas de combat dans le garage Marquey. Assis sur un tonnelet, Maxence surveillait les préparatifs. On avait amené à la porte d'entrée la voiture qui devait concourir. Anastase et Justin Pignolet avaient juché le cabriolet sur des crics, puis ôté chaque roue afin d'en lubrifier l'essieu. Présentement, ils s'affairaient sur les suspensions, vérifiant la souplesse des lames, injectant des pincées de graisse là où la mécanique aurait à souffrir de la vitesse. Les deux hommes examinèrent les roues, le cerclage, la tenue des moyeux. Rien ne serait laissé au hasard.

— Faudra m'l'alléger, conseilla Maxence, avachi sur son siège de fortune.

Pignolet ne comprenait pas ce qu'on attendait de lui. L'attelage aussi avait fait l'objet d'une auscultation savante. Il s'y connaissait en la matière, capable de dénicher un cuir lâche, une couture délabrée.

— Quoi ? Que voulez-vous, patron ?

— Alléger, reprit Anastase. Alléger. Ça pèsera toujours son poids, ton cabriolet. Scipion est une bonne bête. Il donnera tout ce qu'il peut. Voilà tout.

— Alléger, vous dis-je, reprit Maxence. C'est-à-dire, poursuivit-il en agitant les bras, supprimer tout ce qui sert à rien : les lampes, les babioles, les...

Pignolet le regardait, l'air absent, le nez en l'air.

— Les capitons, les sièges, toute la sellerie... dehors aussi, suggéra Anastase, désabusé.

— Faut pas me l'esquinter, aussi, ma guimbarde ! se reprit Marquey.

— Et toi, Maxence, il aurait fallu t'alléger aussi. Tu pèses bien tes cent kilos !

L'aide éclata de rire, toujours le nez en l'air. Position favorite.

— Qu'est-ce qu'il a à rire, cet idiot ? Tu peux m'répondre ? Je pèse ce qu'j'pèse, nom d'Dieu. Et j't'vois venir, Anastax (il disait ainsi quand il était gris). T'voudrais bien m'prendre ma place. T'es léger comme une alouette. Mais, foutre non ! Tant pis. Scipion a besoin de m'sentir au bout des brides. C'est moi qui lui dirai quand y faudra en mettre un coup. Mon Scipion m'obéit au doigt et à l'œil. Brave bête. Si obéissante et courageuse. Mon Dieu, oui.

Il éclata de rire, tout seul.

Dans son coin Pignolet n'osait plus bouger, par peur des remontrances. Et Anastase aussi, bien qu'accoutumé aux excentricités de son maître, il préférait se taire dans ses moments de beuverie.

— C'est moi qui mènerai l'attelage à la victoire. Moi qui aurai les honneurs. Ah, foutredieu, tu aimerais être à ma place, hein, Anastax...

Pignolet se décida enfin à déposer les lampes et la capote, le coffre arrière avec ses patins de rechange, ses harnais de secours et quelques autres ustensiles nécessaires au dépannage.

— On ne peut faire mieux, patron, décida Anastase.

D'un pas las, Marquey se retira sur le seuil de son auberge, face aux remparts.

— Vous pouvez remonter les roues, maint'nant, dit-il.

L'air du soir apportait des senteurs de sainfoin. Il n'était que Maxence pour goûter ces plaisirs ordinaires. Pur esthète, puisque tel il se définissait, amoureux de sa terre, des odeurs qui rôdaient, fortes et aigres aux saisons hautes, sourdes et poivrées aux mortes journées, il ressemblait à un sphinx, à une statue impavide. Un sourire béat aux coins des lèvres, il attendait son heure de gloire. Demain se livrerait une grande bataille, dont il sortirait vainqueur. L'occasion de plastronner avait été trop belle, dans son café, distribuant les apéritifs anisés, les canons de rouge, les gnôles ravageuses. Tout le village avait défilé dans son auberge pour le congratuler. Mille tapes dans le dos, mille embrassades, mille accolades... Et tant de paroles optimistes chantées sur tous les tons. Un homme ne peut résister devant une si belle unanimité. Décidément, ils se sentaient, lui et Scipion, son cheval fétiche, indestructibles. Assuré de son coup, il avait même renoncé à faire un petit galop pour voir si la route se prêterait au jeu. Il se disait : Moi, j'ai ça dans le sang, le goût de la victoire. Rien ne résiste jamais à l'audacieux. Et ce gros hanneton de ferraille mal dégrossi ne saurait me vaincre. Une machine sans âme, sans une goutte de sang dans les veines, qu'est-ce ? Une machinerie bien huilée, jetée comme un taureau dans l'arène, bête et disciplinée par la force mécanique qui la meut. Rien. Zéro. Cette opinion largement répandue à Meyssenac, par ignorance ou par excès de suffisance, selon laquelle la modernité était tournée vers sa perte, il l'entretenait dans son esprit comme une certitude sur l'ordre futur du monde. Il y avait eu mille combats de cette sorte dans l'histoire humaine, et toujours l'homme et l'animal, leurs forces conjuguées, avaient vaincu. Cette fois encore, l'adage aurait le dernier mot.

Cependant, il s'était trouvé sur son chemin quelques esprits chagrins : le percepteur Rozade, un homme qui ne croyait qu'aux équations mathématiques, le curé Terrieux, qui avait eu cette phrase énigmatique : « je te plains, mon bon Maxence, car tu vas mesurer ce que vaut la foi aveugle », et enfin Ameline elle-même. Mais il l'excusait par avance, sa chère épouse. N'éprouvait-elle pas trop de ressentiment contre lui pour être de son côté ? Pourtant, il eût espéré un peu de paix en ces moments où se jouait l'honneur des Marquey. Elle ne se sentait guère concernée par l'esprit de famille : « Tu m'interdis les fourneaux et tu voudrais que j'exulte pour ces idioties ?... »

Antoine-Joseph, lui-même, était venu réconforter son cher fils : « Tu peux vaincre, parce que cette locomotive est aussi poussive qu'un vieux mulet. Ah, il se serait agi d'une automobile, comme celles qui ont concouru au Paris-Madrid, tu n'aurais eu aucune chance, mon petit. La De Dion Bouton, à ce qu'on dit, roule à cent kilomètres à l'heure. Aussi, ne t'avise pas de relever ce défi-là, tu y laisserais ta chemise... » Etrange allusion, de mauvais augure. Ainsi, le percepteur expliqua à Maxence, la main sur le cœur, que la Forquenot 120 atteindrait sans difficulté les quatre-vingts à l'heure et que l'ingénieur Castillac, qui la conduirait lui-même, était un homme fort avisé sur la question, sachant tirer la meilleure part de sa machine.

Pour s'étourdir et renforcer en lui ce que le curé Terrieux appelait une foi aveugle, Marquey buvait plus que de raison. Et l'alcool aidant, il se découvrait plus fort et plus audacieux qu'aucun homme ne l'avait jamais été en pareille circonstance. Pas une once de doute ou d'hésitation. Tels sont certains héros, pénétrés par la certitude.

La douceur de la nuit avait apporté au petit matin un vent tiède et actif. Les nuages gris s'étaient évanouis en un rien de temps, laissant au ciel ses pâleurs accoutumées. On eût dit que le jour indécis ne savait encore sur quel versant porter ses couleurs, la nostalgie du vieil été ou les prémices automnales.

En mettant le nez dehors, Anastase pensa que c'était un temps de chasse, à courir le sanglier vers la forêt profonde de Merliac. Suffit juste de marcher contre le vent, histoire de se prémunir de son odeur... se dit-il.

Dans le jour naissant, il vint à buter contre Pignolet, qui avait dormi sur le banc de l'écurie, tout habillé.

— Espèce de fou, fit-il en le secouant. Tu n'as donc pas de bougresse à réchauffer ?

Le garçon, le cheveu en désordre et la chemise dépenaillée troussée par-dessus les bretelles, se mit à bâiller.

— Je veux voir la course. Et rien rater.

— Imbécile. Tu verras rien, que la poussière du chemin mélangée à la fumée de la machine. Pouah, j'en ai le haut-le-cœur rien qu'à y songer.

Pignolet éclata de rire, le tarin en l'air. Il humait le suint de cheval. C'était sa vie, l'écurie. Il y eût passé tout son temps, si Maxence ne l'en chassait régulièrement.

— Va donc voir Hyacinthe, elle te donnera un blanc de poulet, histoire de te requinquer, dit Anastase. Et un canon de rouge.

Mais rien n'eût pu décider Pignolet à quitter les lieux. S'étirant de tous ses membres, il avait dans l'idée de bouchonner, étriller, cajoler Scipion et de lui parler à l'oreille, de lui dire des mots bizarres, un charabia infâme, mélange de patois et d'onomatopées.
— Je vais m'occuper du barbe.
— Fiche-lui un bon seau d'avoine. Ça lui donnera du nerf, recommanda Anastase.

Dans l'abri, les deux hommes avaient pris place, le conducteur à droite, le mécanicien à gauche. La machine grinçait, soufflait, éructait. L'ingénieur actionna le sifflet. C'était rassurant de sentir sous les pieds la Forquenot qui trépidait d'impatience. Elle était gavée de vapeur, prête à s'élancer. Machinalement Eugène caressa le levier de marche, la tige du régulateur, le grand volant. Et il porta un regard sur la devanture. L'aiguille oscillait entre trois cent cinquante et quatre cents, sous la vitre du manomètre, comme un cœur qui bat la chamade.
Walter ouvrit le gueulard et agita la braise de la pointe de son ringard. Il se tourna vers le tender et approvisionna de nouveau.
— Une petite semée, fit-il, ça ne peut pas faire de mal.
Castillac hocha la tête. Il avait tenu à porter le bleu de chauffe des conducteurs, la casquette enfoncée jusqu'aux oreilles, les lunettes de protection sur le front. Son voisin n'en revenait pas. Une telle métamorphose avait de quoi surprendre.
— Vous avez déjà conduit cette machine ?
— Une 121. Ça a plus de nerf, mon vieux. Mais aussi une Pacific, sur le Paris-Orléans. Vous connaissez les Pacific ?

Le mécano ne répondit pas. Il se sentait floué, quelque part. Pour lui, les huiles, c'était tout juste bon à s'user les fesses dans les bureaux.

— Je construis des lignes de chemin de fer. Je dessine des rampes, des pentes, des courbes, des viaducs, des ponts, et ça exige des essais de résistance et de vitesse.

Walter ferma le gueulard. Il fallait économiser le combustible, tout de même.

— Je compte sur vous, monsieur Walter, n'est-ce pas ? Pour relancer la vapeur si ça mollit dans la rampe. C'est là que nous gagnerons, contre tous ces idiots.

Le mécanicien s'amusait qu'un homme de cette trempe, tout de même, eût des réactions aussi enfantines. La Forquenot n'avait pas besoin d'autant de soins pour accomplir ces malheureux petits kilomètres. Et la réserve de vapeur sous le dôme était bien suffisante. Idem pour le bois. Il y avait de quoi parcourir vingt kilomètres sans apporter le moindre soin, sinon allonger ou détendre la marche selon les difficultés de la route.

— Ne vous en faites pas, monsieur, nous allons faire pour le mieux. Cette machine est une horloge. Elle obéit au doigt et à l'œil. Suffit juste de garder de la vapeur sous le pied, assura le mécano.

A la sortie de Salvayre, à l'endroit même où la voie ferrée jouxte la route, deux commissaires nommés par le Comité d'hivernage battaient la semelle. C'était entendu, on donnerait le signal à neuf heures pétantes. Les juges prenaient leur mission fort au sérieux, dans leurs habits de coutil noir et coiffés d'un chapeau melon. L'un d'eux portait une carabine en bandoulière. Au moment crucial, elle donnerait le coup d'envoi, en lançant aux nuages une volée de plombs.

Autour d'eux, il n'y avait qu'une grappe de gamins, et un photographe qui avait posé sa chambre noire sur un trépied. Le bonhomme n'en finissait plus de régler son objectif. Il craignait que l'affaire ne s'engage trop vite, fougueusement, et qu'on ne lui laisse pas le temps d'immortaliser l'événement. Par acquit de conscience, le photographe alla à l'endroit même où l'on avait tracé à la chaux une ligne impeccablement droite, reliant la voie ferrée à la route. Au passage, il empoigna l'un des garnements et l'obligea à se tenir immobile sur la ligne. Puis il retourna à son appareil photographique et focalisa son réglage sur l'enfant, qui se tortillait comme un ver de terre. Pour le remercier, il lui donna une pièce de monnaie.

Les Meyssenacois s'étaient tous postés sur la ligne d'arrivée, quelque cinq kilomètres plus loin, à Bourdieu, au PN 25. En cet endroit, les travaux du chemin de fer marquaient le pas. Il faudrait encore dix à douze mois de dur labeur avant que la voie ferrée parvienne à Meyssenac.

On avait dressé une estrade de fortune sous un cerisier pour y accueillir le vainqueur. Les chaises alignées attendaient les notables, le maire, ses conseillers municipaux et les membres de la Douce Cocagne. Alentour, les oriflammes tricolores fleurissaient les arbres, les façades des maisons, les boutonnières des personnalités. Près de l'estrade, les musiciens de l'Etincelle meyssenacoise avaient commencé à prendre place. Trompettes, cors, clairons et altos formaient le premier rang, suivis des tambours, grosse caisse et hélicon. Le chef avait le plus grand mal à discipliner ses musiciens. Si les plus appliqués s'acharnaient à régler leurs instruments, d'autres se laissaient distraire par les filles qui tournaient autour d'eux.

Maxence Marquey s'était présenté sur la ligne de départ avec une demi-heure d'avance. Anastase tenait le cheval à la muserolle. Excité par l'avoine dont on l'avait gavé, Scipion piaffait déjà d'impatience. Mais le factotum avait l'art et la manière de calmer ses ardeurs par des caresses et des mots dont lui seul avait le secret.

Sur le siège du cabriolet, Maxence était lui aussi tout excité, mais il faisait grand effort pour ne rien montrer de son angoisse. Il se sentait la gorge sèche et réclama à boire. Les deux commissaires se regardèrent en ricanant. Anastase observait les allées et venues avec détachement. Les simagrées l'ennuyaient, et encore plus les airs de suffisance des deux corbeaux dans leurs costumes noirs.

Soudain, tous les regards se tournèrent vers le panache de fumée qui assombrissait la colline proche. Les halètements réguliers de la locomotive annoncèrent son approche. Elle allait au pas, prudemment, rutilante sous le soleil doré de septembre. Elle vint stopper sur la ligne, dans un grincement de ferraille. Maxence ne tourna point la tête pour la voir, sinon il eût été horrifié par la masse imposante de la Forquenot. A côté de la machine, le cabriolet paraissait minuscule, si minuscule que le photographe dut déplacer en hâte son appareil afin de prendre un peu de champ. Il recommença ses réglages. L'un des commissaires regarda sa montre de gousset et confirma aux participants qu'il leur restait encore cinq petites minutes.

L'ingénieur descendit de la locomotive et vint serrer la main de Marquey. Ce dernier lui montra peu de déférence.

— Ce sera un honneur pour moi, fit Castillac, de concourir avec vous.

— Moi de même, répondit Marquey, le visage crispé.

Puis l'un des commissaires leva le bras pour ordonner aux compétiteurs de se préparer ; son voisin dressa son fusil en l'air. Quelques instants encore. Le coup partit sèchement.

Anastase frappa vigoureusement la croupe de Scipion du plat de la main. Le cabriolet fut aussitôt lancé, cahotant sur ses ressorts. Maxence avait balancé son buste en avant et faisait claquer les rênes sur le flanc du cheval, qui donnait déjà à pleine puissance.

Dans la cabine, Castillac, lui aussi, avait enclenché le départ en actionnant le régulateur. La machine s'était ébrouée lourdement, dans un grincement infernal. Les roues patinèrent sur les rails, dans un raclement sourd, puis mordirent enfin le métal, à mesure que la vitesse montait.

Sur le premier kilomètre, le cabriolet avait déjà une sérieuse avance. La Forquenot se tenait à son allure régulière, soufflant à un rythme accéléré des jets de vapeur blanche. Walter fit signe au conducteur d'allonger la marche. L'aiguille de vitesse se mit à tressauter et se leva, peu à peu, inexorablement, millimètre par millimètre. Quarante, quarante-cinq, cinquante, cinquante-cinq... Le mécanicien surveillait la vapeur. Il y en avait assez pour attaquer la rampe finale à pleine puissance. A peine sentirait-on l'amollissement de la mécanique.

Par acquit de conscience, il ajouta quelques pièces de bois dans l'avaloir incandescent. La pression se maintenait à quatre cents. Castillac actionna de nouveau le régulateur car il avait hâte de rejoindre le cabriolet, maintenant qu'il l'avait en point de mire.

Dans la section de plat, la voiture tint le rythme. Marquey n'osait se retourner car il sentait, confusément, que la locomotive était à courte distance derrière lui. Il entendait son souffle infernal. Et il rageait de ne pas gagner plus de distance. Alors il se dressa sur son siège et agita les brides sur le dos de Scipion pour qu'il accélérât encore son rythme. Mais le cheval donnait le maximum de sa force.

Eugène avait prévu de doubler son concurrent au pied de la rampe, là où le cheval marquerait le pas. Quand ce fut fait, Marquey poussa des cris de colère. Scipion s'essoufflait déjà et, inexorablement, le cabriolet perdait de la vitesse, tandis que la Forquenot accélérait. Elle fut à soixante, puis soixante-dix à l'heure. En actionnant le régulateur, l'ingénieur eût pu encore gagner de la vitesse, et ainsi distancer la voiture. Mais il ne le fit pas, par respect pour son adversaire.

— Nous n'allons pas le ridiculiser, ce pauvre Marquey, dit Eugène. Cinquante mètres d'avance, ça nous suffira.

— Je comprends, monsieur, répondit Walter. Nous avons de quoi faire avant d'arriver au butoir.

Le cabriolet perdait de la distance au plus gros de la montée. Scipion accusait la fatigue et les vociférations de son maître ne changeraient rien à l'affaire. Ce dernier se mit alors à l'insulter copieusement :

— Carne ! Ganache !

Mais Scipion n'était guère entraîné à la course. Son travail consistait à transporter paisiblement à petit trot les clients de l'auberge des Diligences. Cinq kilomètres au galop étaient au-dessus de ses forces.

Dans la cabine, Castillac sentit qu'il lui fallait détendre la marche, sinon la victoire serait trop éclatante. Il abaissa le régulateur et la Forquenot finit sa course à bonne allure, laissant son adversaire cinquante mètres en arrière.

Sur la ligne d'arrivée, les visages étaient défaits. Tout le petit monde de Meyssenac avait cru à une victoire de Marquey. Et lorsque l'ingénieur voulut serrer la main de son concurrent et lui dire : « Je crois, mon bon ami, que la cause est entendue », Maxence se défila piteusement. La fanfare donna de la voix, tandis que les personnalités s'agitaient en tous sens. Le maire renonça à faire son petit discours. Il se sauva lui aussi à la première occasion, repoussant d'un geste d'agacement le journaliste de *La Dépêche* venu recueillir les premières impressions. Finalement, on ne trouva que le percepteur pour exulter :

— Je le sais, moi, qu'une voiture à cheval ne pourrait concurrencer une locomotive !

Rozade exhibait ses calculs, d'un air de triomphe. On l'avait assez plaisanté, raillé, moqué, pour qu'il prît sa revanche sur les « attardés folkloriques », comme il disait. La raison et le bon sens recouvraient leurs droits, c'était tout ce qu'il avait espéré de cette course. Et il allait de droite et de gauche railler à son tour les mines déconfites.

Au moment où la foule se dispersait, Rozade et Combet, bras dessus bras dessous, prirent à témoin l'ingénieur, qui fumait son cigare, appuyé contre la Forquenot.

— Vous auriez pu lui mettre un kilomètre dans la vue, n'est-ce pas ? dit le percepteur.

— A ce prétentieux imbécile, ajouta Combet.

Eugène eut un sourire vague.

— Nous avons conduit, Walter et moi, notre machine à l'allure qui convenait. Mais je ne pensais pas que notre ami Marquey nous tiendrait à ce point la dragée haute. Scipion est un sacré cheval.

— Avez-vous vu, ironisa Combet, comme il a pris le mors aux dents ? Ce n'est décidément pas un beau joueur.

— Pourtant, il n'a pas été ridicule dans cette affaire, défendit l'ingénieur.

— Moi, je dis que l'avenir est à la machine à vapeur et aux voitures automobiles, affirma Rozade, docte.

— L'avenir appartient aux rêveurs, reprit Castillac.

5

Mortel hiver. — Ni excuse ni confesse... — La leçon de choses.

Qui se souviendra de l'hiver 1908 et de la Sévère prise dans les glaces ? Et des jours de neige interminables où Meyssenac resta coupé du monde ? Le grand-père Antoine-Joseph l'avait prédit à sa manière : « On oubliera vite cet hiver-là. On le rangera dans le tiroir des mauvais souvenirs. »
Il vint sans prévenir, en se haussant du col, jour après jour, comme un visiteur obstiné. Il vint et persista en gelées nocturnes. Puis il s'installa avec le vent d'est, tenace et griffant. Dès lors, chacun devina que l'hiver s'inviterait plus longtemps que prévu, qu'il s'incrusterait sur les collines et dans le creux des vallons, qu'il rôderait, têtu, par les chemins, sur la rivière et entre les vieux murs du village, qu'il chanterait son aise sur les toitures des maisons, par les rues sombres et sur les puys. Le ciel se fit bleu cendré, sans une ride de nuage ni un plissement de voile. « Nous le tenons pour un moment, répétaient les vieux, courbés sous la bise. Pour un sacré bout de temps... »
Pour conjurer le froid, à l'auberge des Diligences, on remit au goût du jour les soupes mitonnées au pain de seigle, enrichies de lard. « Faut que ça tienne au corps »,

disait Hyacinthe. On reprit la coutume des tourrains à l'ail, des potages au potiron. Par tradition, en Corrèze, il était rare, du reste, qu'un repas se fît sans bréjaude ou verjauda. Sans elle, il n'était déjeuner ou dîner qui vaille. Les froidures de la morte-saison n'en faisaient que renforcer l'habitude. On versait un petit coup de rouge dans le reste du bouillon au creux de l'assiette. « C'est le meilleur des fortifiants », disait-on. Cette pratique du chabrot était une manière de communier dans un savoir pastoral. Ceux qui faisaient chabrot étaient corréziens à cent cinquante pour cent et ceux qui rechignaient à le faire, des étrangers. Ainsi jugeait-on son monde à Meyssenac, selon qu'on était pour ou contre le chabrot. Qu'il fût commun et partagé unissait ces hommes dans la même religion de leur territoire. Du reste, tous les membres de la Douce Cocagne étaient des adeptes du chabrot. Certains s'ingéniaient à suivre des règles pour le pratiquer. On posait une cuillère retournée dans l'assiette creuse et il fallait que le vin recouvrît celle-ci. Parfois, cet usage prenait des tours sophistiqués. Le vin qui servait au mélange devait être fort en tanin et produit dans l'année. A l'époque où la Corrèze était un pays de vignobles, avant que la maladie de la vigne mît un terme à cette production, il se fabriquait de bons petits vins de soif, âpres de prime abord mais gouleyants à la deuxième rincée. On en faisait grand usage pour la table mais aussi dans les préparations culinaires : fricassées de poulets, saucisses à la corrézienne, civets de lièvre, de sanglier, d'oie, etc.

L'arrivée du froid à Meyssenac – ce qui n'était pas une aventure de toutes les années – avait resserré les liens entre les habitants. A certains égards, l'auberge était redevenue le centre des rencontres. Puisque celles-ci ne pouvaient plus s'opérer sur le marché, sous les tonnelles de la mairie, à la sortie des écoles, dans les ruelles hautes ou sur la rue des

Remparts, on allait chez Marquey prendre un vin chaud, un « brûlot », disait-on, on s'attardait à taper le carton – belote et manille.

Pour garder sa clientèle, démotivée par les aléas météorologiques, Maxence avait demandé à Hyacinthe de préparer des petits repas peu onéreux. Les clients de Brive argentés et huppés faisant défaut en basse saison, il fallait bien changer le fusil d'épaule. La cuisinière redoublait d'effort pour tirer les prix par le bas avec des menus faisant la part belle au sacro-saint cochon. On accommodait le petit salé à tous les légumes d'hiver, le boudin aux pommes de pommier conservées dans le foin ou sur des clayettes, les châtaignes blanchies avec des petites raves, les choux farcis avec des restes de porc ou de veau, sans oublier le chou rouge à la limousine confit dans le vin et finement acidulé par les châtaignes ou les pommes reinettes.

Hyacinthe débordait d'imagination pour retenir ses convives. Cette cuisine d'hiver était sans doute moins raffinée que celle qui se pratiquait en haute saison, mais elle était façon grand-mère, un retour à l'ancien usage. « Puisque nous sommes entre nous, entre gens de connaissance, répétait-elle, il nous faut revenir à la tradition, la pure, la vraie, la véritable. »

Les temps de froidure faisaient des vacances à Maxence. Il boudait les fourneaux, jugeant cette petite cuisine économique indigne de lui. Le grand cuisinier ne pouvait évidemment enfiler son tablier et coiffer la toque que pour des mets savants comme la truite au bleu, la perdrix rouge en terrine ou les ris de veau piqués à l'oseille. Le désœuvrement accentuait ses mauvaises habitudes. Il s'était mis aux petites gnôles, expérimentant des liqueurs nouvelles qu'il fabriquait dans sa cave avec un vieil alambic. Il avait passé beaucoup d'heures à le remettre en état, à refaire les soudures des tuyaux conduisant la vapeur sous les appareils distillatoires, à débosseler et briquer les cuivres. Maxence était un adepte de l'eau-de-vie de poire. Il avait fait collecte de fruits à la fin de l'été, sous les poiriers de Broussolle. Ce dernier lui devait bien cela, pour tous les paniers garnis récupérés en cuisine, et il ne s'en privait pas.

Durant les nuits de décembre, il distilla en cachette plus de cinquante litres de pure gnôle. Il la mit ensuite en un fût peu bondé, afin que la part des anges puisse s'évaporer. Ses réserves de gnôles étaient impressionnantes : prunes reines-claudes, mirabelles, poires rousselet et beurré. Des centaines de litres en bouteilles cirées, alignées sur leurs étagères. Il y en avait de fort anciennes : de la prune de 1850, de la mirabelle tout aussi datée. Assez peu d'eau-de-vie de poire, en vérité. Antoine-Joseph n'avait guère forcé sur cette catégorie. La mode dans le demi-siècle passé était surtout à la vieille prune. Elle se buvait abondamment en digestif durant tous les banquets dignes de ce nom. Pour la pâtisserie, on la jugeait trop précieuse. On lui préférait le vieux marc ou, pire encore, le vin distillé. Ce dernier était fort utilisé pour flamber les viandes, les gibiers, ou renforcer les vendanges lorsqu'elles étaient pauvres en sucre.

Ces longues nuits passées dans les caves de l'auberge à préparer les distillations, agrémentées de dégustations orgiaques, ne faisaient qu'éloigner chaque jour un peu plus Maxence des jupes d'Ameline. Depuis que Marquey avait interdit à sa femme l'accès aux cuisines de l'hôtellerie, Ameline se désintéressait des affaires de l'auberge. Elle ne descendait plus au restaurant pour compter les convives, et encore moins juger de la qualité des mets. Quand elle croisait Hyacinthe, elle prononçait à peine quelques mots. Pourtant, la cuisinière se voulait des plus aimables avec la maîtresse de maison. Elle rendait mille petits services aux enfants et travaillait en sourdine Maxence pour que le couple retrouvât un peu de sérénité. Mais les mortelles habitudes sont un fossoyeur des passions conjugales. Une fois le pli pris, on se découvre mille raisons pour laisser l'indifférence et la froideur perdurer.

Maxence avait posé une condition à tout retour en grâce de son épouse : qu'elle abandonne à jamais sa fréquentation de l'ennemie intime de la famille, Pierrette Loriot. De ce côté-ci, il n'y avait rien à attendre. Qu'il fasse beau ou qu'il vente, les sorties à Brive étaient devenues un rituel immuable. Nul ne savait ce qu'elles y faisaient, les deux renardes, et Maxence y trouvait son compte. L'ignorance le rassurait, ou du moins anesthésiait ses angoisses. Il se disait : Elle me trompe. Puis : Elle n'oserait pas le faire pour ses enfants... Il ne savait pas au juste ce que cache un cœur de femme blessé. Le sien était tout aussi malmené, mais il ne pouvait s'en prendre qu'à lui-même. Dans ses moments d'extrême lucidité, Maxence était bourrelé de remords, de haine contre lui-même, de rage intérieure. Il ne se découvrait aucune circonstance atténuante. Finalement, il n'est pire juge, pire geôlier, pire bourreau contre soi-même, qu'une conscience torturée.

L'auberge possédait une cheminée dans chaque pièce. Le factotum les alimentait jour et nuit avec du vieux chêne noueux qui faisait de la braise. Quand on ne savait plus quoi faire pour tuer le temps, on y grillait des châtaignes dans des poêles à trous. Les clients profitaient de ces trésors qu'on leur servait dans des cornets de papier journal. Tout Meyssenac défilait dans les pièces de l'auberge. Les châtaignes grillées étaient un prétexte pour boire du vin chaud. Car la mixture, relevée de gnôle parfois, flambait jusque dans les verres. Et cela faisait du spectacle, toutes ces boissons qui circulaient de main en main, comme des lucioles dans la nuit d'hiver. Les âmes s'enivraient, mais le vice était permis, autorisé. On buvait pour se réchauffer, « pour tuer le ver », comme disaient les vieux, pour conjurer la pleurésie, la grippe, les rhumes, les catarrhes. Chacun avait sa petite idée sur les médications. « N'allez pas au dispensaire, encore moins à l'hospice, répétait Maxence d'une voix forte et rassurante, vous y crèveriez à coup sûr. » Tous les anciens accouraient aux Diligences pour échapper à la mort. On soignait en chœur ses coups de froid, dans la bonne humeur partagée. « Tu me fais de la concurrence, déplorait l'apothicaire chaque fois qu'il croisait l'aubergiste, tu me fais perdre ma recette. Je ne vends plus un sirop, plus un élixir, plus une pilule. Pourtant, c'est ma saison. Quand les vendrai-je, bon Dieu, si ce n'est pas par ce temps de chien, les pastilles Paret, les baumes Martin Toms et les cataplasmes Espic ? »

Pourtant, le curé Terrieux ne chômait pas. Il allait d'une maison à l'autre administrer l'extrême-onction. On mourait facilement sous les couettes, dans la transpiration, les râles et les fluxions de poitrine. On inhumait dans la terre gelée les plus faibles, sans que la foule s'attarde. La mort qui s'acharne, ça crée des envies de fuite, d'effacement, de dérobade. L'église elle-même était devenue un puits de courants d'air où la mort rôdait sur les têtes penchées dans l'odeur âcre des encens. Il se fit des paris saugrenus et douteux entre gens honorables. « Je ne donne pas plus de trois jours au père Matthias, des Bories », disait l'un. Et aussitôt un autre de renchérir : « Deux jours ! » Et un troisième : « La nuit prochaine, il passera ! » On topait sur ces funestes prévisions. On mettait en jeu une tournée, un coup de gnôle, un vin bouché, pire, un casse-croûte. La mort finissait par gagner à tous les coups. Il n'était que la vieille Josèphe pour faire mentir tous les parieurs. Elle se releva une fois encore de son influenza et, sitôt remise, alla s'agenouiller devant la statue de la Sainte Vierge qui domine l'autel dans l'église de Meyssenac.

Juste avant Noël la température s'adoucit, le ciel perdit sa pâleur céruléenne. Le gris froid assombrit les paysages. Toutes choses s'estompèrent dans un voile de brume. Et le ciel et la terre se confondirent dans une opacité que le vent d'ouest ensorcelait. En fin d'après-midi, la neige commença à tomber à gros flocons et cela dura toute la nuit. Au petit matin, le froid figea la moisson blanche. On sut alors que l'hiver serait encore plus tenace qu'on ne l'avait soupçonné. On pronostiqua des semaines d'isolement, d'engourdissement, de torpeur. « On paye enfin un trop bel été », disaient quelques paysans qui croyaient que le ciel était habité par un dieu revanchard, comme jadis les Grecs en tenaient pour Thémis et Mnémosyne, qui décidaient aussi de l'ardeur des saisons.

Maxence Marquey abandonna son alambic et ses vieilles eaux-de-vie. Une idée le tenaillait au corps : Nous voici isolés sous un mètre de neige dans notre Sibérie corrézienne et ce ne sont pas les trains de monsieur Eugène Castillac qui viendront nous apporter du secours. Il me faut préparer une voiture pour affronter la situation.

Anastase avait déblayé à la pelle le devant de l'hôtel. Puis il avait creusé dans la poudreuse une tranchée jusqu'aux remparts pour qu'Antoine-Joseph pût s'en approcher. Le vieux leur faisait sa visite matin et soir, aube et crépuscule, puis se retirait devant la cheminée du petit salon, les pieds posés sur un chenet. Quant à sa femme, Anatoline, elle ne quittait plus sa chambre. Elle passait ses jours et ses nuits sous un gros édredon garni de duvet d'oie. Elle se levait juste pour dévorer les plats que Hyacinthe ou l'une des serveuses lui apportait. Cette réclusion lui donnait un caractère exécrable. Et ses colères, ses foucades, ses emportements, elle les passait sur sa bru, qu'elle n'avait à vrai dire jamais portée dans son cœur, encore moins depuis la déconfiture du couple. Dans ce drame conjugal qui se jouait sous ses yeux sans qu'elle pût réagir, elle voyait la main d'une mégère, l'esprit d'un succube. « Cette mauvaise femme le pousse à boire », répétait-elle à Hyacinthe, qui ne disait mot. Anatoline avait même fini par oublier que son fils s'arsouillait bien avant de convoler en justes noces.

Maxence exigea que son factotum vienne le rejoindre dans le garage avec une caisse à outils. Il fit allumer toutes les lampes à pétrole et alla dégotter dans un recoin une de ses vieilles carrioles.

— Faut la remettre en état, ordonna-t-il.

Anastase comprit aussitôt ce que désirait son patron. A la seconde, il en éprouva du découragement. Une lubie de plus, pensa-t-il. D'autant que l'affaire nécessiterait des heures de travail.

— Tu lui ôtes les roues et tu les remplaces par des patins à neige, ordonna Maxence. Ça nous fera une voiture-traîneau pour rallier Salvayre. Même par la Bastardie.

— Je ne suis pas charron, moi, se défendit le factotum.

— Tu es au service de l'auberge des Diligences. Et j'ai besoin d'un attelage qui tienne sur la neige. On y passera le jour et la nuit, mais je te fiche mon billet que notre voiture ramènera de quoi nourrir nos clients et, mieux encore, les visiteurs de la grande ville si nécessaire. Sinon quoi, autant crever ici, en attendant la fonte des neiges ! M'est avis qu'elle tiendra plus d'un mois, cette saloperie !

Pignolet et Anastase se mirent à la tâche. On disposait d'un vieux chêne bien sec pour fabriquer les patins. Cinq ans auparavant, Antoine-Joseph en avait fait scier la bille afin d'en tirer de belles planches et des madriers. Il avait dit alors, en faisant rentrer ce beau bois veiné : « Nous tenons nos cercueils, fichtre, pour aller sous terre sans risquer de bouffer de la terre avant longtemps... » Dans deux chevrons, Maxence fit dessiner les futurs patins.

Découpées à la scie, rabotées à la varlope, les pièces de bois furent impeccablement façonnées.

Pendant ce temps, assis sur un tonnelet, le maître des lieux surveillait les opérations. Il accompagnait ses ordres de gestes généreux. La fatigue des autres ne l'embarrassait guère. Il se voulait même plutôt directif et autoritaire, sans grande indulgence pour ses employés. De temps à autre, pour se donner du courage, il s'envoyait une rasade de gnôle.

— Faut habiller les patins d'une bonne lame de fer. S'agira juste de découper un cercle de roue et de le forger à mesure.

Le moment venu, on ralluma la forge. Pignolet se mit au soufflet et activa le foyer. Bientôt le fer fut porté au rouge. Trouvant sans doute qu'il avait fait montre de peu d'engagement personnel dans cette aventure, Marquey voulut se mêler de la besogne et travailler le métal sur la bigorne. Il avait appris à forger, jadis, dans son jeune âge. Mais la force lui manquait pour dresser le fer rougi. Et la mort dans l'âme il dut rendre le marteau à Anastase.

— Arrête de boire, sinon tu verras pas le bout de l'hiver, conseilla celui-ci.

Anastase avait l'art d'envoyer des phrases assassines. Il pouvait supporter bien des humiliations sans broncher, mais lorsque la coupe était pleine l'homme devenait un lion. Vexé par la réflexion de son ouvrier, Maxence fracassa sa bouteille d'alcool contre le mur. Il s'en fallut d'un cheveu que le projectile n'atteignît une des lampes à huile. Le factotum observa la scène avec stupeur.

— Pour un peu, patron, vous foutiez le feu à votre auberge...

Au-dehors, le vent soufflait en bourrasques. Les flocons gelés piquaient le visage comme de petits coups d'épingle. Maxence s'avança jusqu'aux remparts. Le blanc aveuglant de la nature lui faisait mal aux yeux. A grand-peine, il les gardait ouverts, tout en maugréant contre lui-même. Il n'était plus âme qui vive dans le voisinage, comme si la cité elle-même avait été désertée. Cette image de désolation lui rappela qu'il n'était pas fait pour l'hiver, que sa saison préférée, entre toutes, restait le plein été. Son auberge était peu armée pour faire face à ces rigueurs. Et ses finances aussi. Car le froid persistant et maintenant la neige lui coûtaient plus d'argent qu'il n'en gagnait. Ce n'était pas le vin chaud, les potées et les soupes grasses qui allaient améliorer l'état de sa caisse.

Le propriétaire de l'auberge des Diligences demeura un long moment appuyé contre le mur qui dominait la vallée de la Sévère. Il ressemblait à un capitaine à la proue de son vaisseau, affrontant les embruns. Stoïque face à l'adversité, il négligeait le froid lui picotant le visage et l'air glacé s'insinuant dans les replis de sa canadienne.

Soudain, le capitaine sentit une petite main froide qui se glissait dans la sienne. Il la serra, bien fort, comme s'il voulait la réchauffer. A vrai dire, elle était de son sang, elle faisait partie de sa chair.

— Dis voir, papa, est-ce que j'aurai le droit de monter dans le traîneau ?

— Comment as-tu deviné que nous construisions un traîneau ? demanda Maxence à son fils.

— C'est Anastase qui me l'a dit, répondit Savin, même qu'il m'a promis de m'emmener, lui...

Le père se pencha pour voir le visage de son fils. Le froid avait rougi ses grosses joues.

— Veux-tu le voir ? proposa le père.

Et ils entrèrent dans le garage, main dans la main. Anastase avait peur que des escarbilles blessent l'enfant. Il l'obligea à se reculer tandis que le marteau frappait en cadence le fer incandescent dans des gerbes d'étincelles.

Maxence entraîna son fils vers l'écurie. Au passage, ils ajoutèrent quelques fourchées de foin dans les mangeoires. Savin prit une pelle et ramena le crottin vers les rigoles en pierre taillée. Puis il dispersa sur le pavage une litière sommaire de paille. Maxence observait son fils avec ravissement. On dirait qu'il a fait ça toute sa vie, pensait-il. Pourtant, je ne lui ai jamais montré. Moi, à son âge, aurais-je été capable d'en faire autant ? Tout ce que j'ai appris, on me l'a fait entrer dans la tête à coups de taloches...

— Dis voir, papa...
— Quoi donc ?

Savin s'était assis sur une selle posée sur un tréteau. Il s'amusait à se balancer d'avant en arrière.

— Je voudrais te poser une question.

Maxence soupira de lassitude.

— Pourquoi ta sœur n'est pas avec toi ? Bien sûr, maugréa-t-il, encore dans les jambes de sa mère...

L'enfant baissait la tête de dépit. La mauvaise humeur de son père lui faisait différer indéfiniment ses questions. Cette fois, sa volonté fut la plus forte, si forte que le père en resta muet, comme s'il venait de prendre un coup à l'estomac.

— Maman et toi, dit l'enfant, vous ne vous parlez plus. Qu'est-ce qui vous a fâchés ? Je voudrais savoir, papa. Et Faustine aussi, elle aimerait bien savoir.

On entendait le vent conduire ses assauts répétés dans les combles. Chaque fois, une pincée de poussière filtrait entre les lames disjointes, se déposait dans les toiles d'araignées, formant des amas en suspens. La lumière diffuse des lampes à pétrole semblait animer ces figures bizarres, comme des ombres chinoises.

L'enfant ne comprenait pas l'étrange silence de son père. Plus tard, il dirait à Faustine : « Notre père est muet comme une carpe. Peut-être, toi, sauras-tu lui arracher les mots ? » Mais il savait encore une fois que sa sœur se répandrait en larmes. Et tout serait éteint de nouveau, les questions, les regards, les soupirs... Pour combien de temps ?

Maxence se dirigea vers la porte basse qui donnait sur le garage. A l'instant de la franchir, la tête et les épaules affaissées, il se retourna.

— Tu es trop jeune pour comprendre, fit-il.

— J'ai quatorze ans, papa, répondit Savin.

Le père se mit à ricaner. Mais il resta immobile à regarder Savin, juché sur la selle. Il avait envie de fuir, mais flaira que sa lâcheté ne le sauverait pas beaucoup plus longtemps.

— Quatorze ans, dit Maxence comme s'il paraissait, soudain, prendre conscience que son fils n'était plus tout à fait un enfant.

Il revint vers Savin, d'un pas chaloupé. La bise s'acharnait dans les membrures de l'écurie, faisant craquer les bois et chanter les ardoises. L'hiver me tue, pensa-t-il, en serrant entre ses doigts l'encolure de sa canadienne.

— Ta mère et moi, nous ne nous aimons plus, lança Maxence d'une voix blanche. Cela arrive quelquefois. Alors, plutôt que de nous disputer devant vous, nous préférons garder le silence.

Savin descendit de la selle et avança vers son père. Ce dernier l'accueillit en ouvrant les bras et le garçon s'y fourra en pleurant. Le père se mit à renifler, aussi. Il contenait avec peine son émotion, bien que cette sensiblerie ne fût pas de son goût.

— Tu dois te ressaisir, mon petit. Tout ça n'est pas si grave. Ta mère et moi, nous serons toujours avec vous.

Le garçon parut rassuré, au moins tentait-il de donner le change. Le père desserra l'étreinte, progressivement, sans brusquerie. Savin retourna à la dureté des choses. Un instant, il avait cru son père si proche de lui, complice de son drame. L'émotion passée, il retrouvait un homme hautain et froid, campé sur ses hauteurs.

Plus tard, le garçon rejoignit sa sœur dans une des chambres où elle avait l'habitude de jouer.

— J'ai rempli ma mission, dit-il crânement.
— Parfait, répondit Faustine. Tu es un vrai chef.
— Nos parents ne s'aiment plus, marmonna-t-il.

Faustine regarda son frère d'un air grave.

— Je l'avais deviné. Qu'allons-nous faire ? Qu'est-ce que tu décides ?
— Je ne sais pas, dit Savin.
— Tu es lâche, répliqua Faustine.

Le silence gagna la pénombre de la chambre seulement éclairée par les flammes dansantes du foyer.

— On pourrait partir au loin, maintenant que nos parents ne nous aiment plus, suggéra Faustine.

Le garçon l'écoutait, les lèvres tremblantes. Il avait peur.

— Je vais en parler à maman. Tu veux bien ? Tu m'accordes un peu de temps, n'est-ce pas ?

Le traîneau fut dévolu à Scipionne. La jument avait l'habitude de la neige. Elle était une brave femelle, tirant sa charge sans brusquerie et, de plus, obéissante. Marquey effectua les premiers essais dans la rue haute. Il trouva que la calèche allait de guingois, plus exactement se déportait sur la droite. Il arrêta l'attelage, procéda à quelques réglages de brancard et de porte-brancard. Il ajusta aussi les brides de trait sur le collier. Mais ces corrections n'apportèrent guère de résultat. Alors, il en déduisit que l'un des patins n'était peut-être pas en ligne.

Une grappe de gamins courait derrière le traîneau, s'agrippant aux poignées du landau pour se hisser sur les marchepieds. Anastase dut se gendarmer à plusieurs reprises pour ne pas les éloigner en faisant claquer sèchement son fouet dans l'air. Mais le froid, la neige, le vent ne décourageaient guère les ardeurs des enfants. Tout était prétexte à jeux, depuis le début des congés de Noël. Quand le temps le permettait, ils descendaient en groupe sur la Sévère pour patiner sur la glace, mais le plus souvent les bandes querelleuses menaient des batailles interminables dans les ruines du château à coups de boules de neige. On s'y bombardait des heures durant, jusqu'à l'épuisement, jusqu'à ce que les cloches sonnent l'angélus.

Marquey ramena le traîneau dans le garage. Il fit remonter le landau sur des crics et Anastase démonta le patin gauche. C'était une besogne assez simple à accomplir, car, l'armature étant boulonnée, il suffirait d'en modifier sensiblement la structure.

Savin et Faustine, qui avaient été interdits de jeux ce jour-là, se mêlèrent à la manœuvre. Ça ne plaisait guère à Anastase de voir les enfants se glisser sous la carriole. Comme Marquey pour une fois ne trouvait rien à redire, il laissa faire. Le petit Savin était adroit de ses mains. On fit appel à lui pour placer la boulonnerie dans les secteurs les moins accessibles.

— Si je n'en fais pas un cuisinier, dit Maxence fièrement, nous le placerons chez Mazaufroid.

C'était un charron de Salvayre fort réputé, à qui l'on confiait les réparations de matériels agricoles.

Le factotum trouva l'idée saugrenue.

— Vous feriez mieux de lui faire entreprendre des études, dit-il.

— Pour quoi faire ? reprit Maxence.

— Un instituteur ou un ingénieur, comme monsieur Castillac.

— Ah, me parle pas de Castillac !

Pignolet se mit à rire.

— C'est parce qu'il vous a battu avec sa machine à vapeur, ajouta le garçon, qu'on a pas le droit de dire son nom ?

Marquey lui lança une clé à molette, qu'il évita de justesse.

— Un jour, patron, vous tuerez quelqu'un, avec vos coups de sang, dit Anastase. Pourtant, nom de Dieu, ça devrait vous servir de leçon.

Maxence saisit au col son employé.

— Finis ta phrase... Finis-la où j'te gifle.

Le factotum se raidit de rage.

— Je voudrais bien voir ça...

L'affrontement fut d'une courte durée. Ni l'un ni l'autre ne tenait à ce que la situation s'envenime.

— J'peux pas parler à cause des enfants, ajouta Anastase.

Alors, Marquey attira son employé vers l'écurie d'une poigne ferme. Le factotum, de petite taille, se laissa conduire sans résistance. Le feu de la colère lui était monté aux joues.

Puisque tu veux m'entendre, tu m'entendras, pensait-il. Même que ça ne te fera pas plaisir.

Maintenant que les deux hommes étaient à l'écart, face à face, comme deux chiens enragés, Anastase lui dit d'une voix posée :

— Votre colère, patron, vous a déjà joué un vilain tour, le jour où vous avez rossé votre femme. N'est-il pas vrai ?

Marquey lâcha prise, les bras ballants, la mine défaite.

— Ça te regarde pas.

— Ce jour-là, vous avez commis une faute, patron. Et cette faute rejaillit sur nous tous. Car nous voudrions tellement que les choses s'arrangent dans la famille Marquey. Il y va de l'avenir de l'auberge.

— C'est pas ton affaire, insista Maxence. Et si ça te convient pas, tu peux faire ton baluchon.

Dix fois, cent fois, à chacune de ses prises de bec avec le patron, le factotum entendait la même chanson. Cette fois, il ne se résigna pas. On le vit traverser le garage au pas de charge, sans se retourner, et disparaître.

Maxence en fut éberlué. Il n'arrivait pas à croire qu'Anastase avait quitté son travail. Cela faisait plus de quarante ans qu'il était au service des Marquey. Une aventure qui avait débuté au temps d'Antoine-Joseph et qui s'était poursuivie avec le fils. Et durant toutes ces années, il ne s'en était pas passé une seule sans que le vieux Marquey le menaçât de la sorte. Pourtant, le fidèle Anastase n'avait jamais pris la mouche. Et du reste, si Maxence prenait aujourd'hui autant de liberté avec lui, n'était-ce pas pour suivre l'exemple de son père ? Bon sang ne saurait mentir. « Lorsque tu voudras faire montre d'autorité, mon fils, jette donc notre bon factotum à la porte... Ce sera un bon entraînement. Tu ne risques rien. Anastase a trop besoin de nous. Que deviendrait-il sans notre maison ? Qui donc l'emploierait à aller à la chasse, à conduire nos belles voitures, à faire le boniment à nos clients ? »

Ce jour-là, on renonça à sortir de nouveau la voiture-traîneau. Pignolet fut expédié, séance tenante, à l'écurie pour faire boire les chevaux, emplir les mangeoires et refaire les litières. Puis Maxence sortit prendre l'air, cherchant mine de rien où pouvait bien se cacher le factotum, car il se refusait à croire qu'il avait déserté une bonne fois pour toutes, le misérable.

Au comptoir, il paya une petite tournée pour amorcer le commerce. Mais il n'y avait pas beaucoup d'argent dans les poches des visiteurs. Décontenancé, il alla aux cuisines humer les daubes et les rôtis. Hyacinthe avait une douzaine de repas à servir. Comme d'habitude, le percepteur et son épouse, et le vieux Mérigat, retraité de l'enseignement public. Ce dernier n'était guère causant, un livre perpétuellement ouvert devant son assiette. A chaque bouchée, il tournait une page. Ça faisait durer le service bien au-delà du raisonnable.

Maxence ne tenait plus en place. Il allait et venait, de long en large, dans son restaurant. Tantôt faisant la causette avec ses clients, tantôt marmonnant dans sa barbe. Il se sentait en manque d'alcool et s'imposait la diète. Il avait fracassé sa dernière bouteille de gnôle dans le garage. C'était signe que le propos d'Anastase l'avait piqué au sang. Mais dans son for intérieur, Maxence sentait que la situation ne pourrait s'éterniser. Un mari doit pacifier ses rapports avec son épouse, un bon père doit accorder son pardon, un homme se doit d'être à cette hauteur-là, sinon...

— Savez-vous pourquoi j'aime l'hiver, Marquey ? dit soudain monsieur Mérigat.

Maxence s'approcha pour lui faire répéter sa question. Il était distrait et peu vif d'esprit, surtout lorsqu'il se sentait, ainsi, embourbé dans ses idées.

— Vous allez me le dire, monsieur Mérigat. Je n'en ai pas la moindre idée.

— L'hiver est une saison idéale pour penser. Tout ce qui pourrait nous distraire est en sommeil. Surtout les casse-pieds. Les futiles sont endormis. Il n'est que les guetteurs comme moi qui demeurent en éveil. Et les guetteurs, chacun sait, ça ne parle pas, c'est à l'écoute du monde.

Le chef de l'auberge des Diligences hocha la tête en songeant : Voici un homme qu'il convient de ne pas contrarier. Il eut envie de répondre : « Avec vous, monsieur Mérigat, on a l'impression de retourner sur les bancs de l'école... » Douloureuse impression. Cela faisait partie de ses cauchemars, de se retrouver, soudain, devant le tableau noir, face à un problème insoluble.

— Vous êtes un homme trop fin pour moi, dit Marquey en se retirant.

Depuis le début de la crise conjugale, Maxence prenait tous ses repas en cuisine. Il mangeait avec Hyacinthe. Les mets lui importaient peu, sa cuisinière décidait à sa place. Elle lui remplissait son assiette et il dévorait promptement. Il n'était que le vin que le propriétaire choisissait avec attention. Cela l'eût contrarié de goûter une truite sans qu'elle fût arrosée d'un blanc sec. Il achetait les vins rouges et blancs en futailles à ses amis viticulteurs de Dordogne, puis les mettait dans des bouteilles étiquetées *Réserve des Diligences*, comme eût fait un négociant. Les meilleures années, c'était lui qui en décidait, au jugé, à la manière dont le vin tenait en bouche. Alors, les étiquettes portaient un mot supplémentaire : *Grande Réserve des Diligences*. Marquey eût pu se creuser la tête pour inventer d'autres appellations plus avantageuses, comme on le faisait chez les courtiers en vins de Meymac, mais ces subtilités commerciales n'étaient pas son fort. Il s'attachait juste à posséder des vins convenables pour satisfaire la clientèle.

Ce soir-là, Maxence alla prendre place en face de sa cuisinière. A son air morose, Hyacinthe comprit qu'il ruminait une sale histoire. Mais en général elle attendait qu'il fût amolli de caractère pour tenter une première question.

— Ce Mérigat, il me tape sur les nerfs, dit-il. Toujours à faire des phrases. M'est avis qu'il nous restitue ce qu'il lit, car un homme même avec une tête bien tournée ne pourrait inventer à lui tout seul des idées aussi saugrenues...

La cuisinière fit la moue. Elle n'avait pas d'opinion sur le retraité de l'enseignement public.

— Tu ne me réponds pas, Hyacinthe ?

Elle haussa les épaules.

— Je vois bien que vous vous fichez comme d'une guigne de ce pauvre monsieur Mérigat. Dites ce que vous avez sur le cœur, ça ira plus vite. Au lieu de tourner autour du pot.

Maxence repoussa son assiette et y déposa en croix couteau et fourchette. Cela signifiait que le repas était clos. Il commença à se rouler une cigarette en puisant une pincée de tabac dans son paquet de gris.

— C'est à cause d'Anastase... Il me cassait les pieds avec mes colères et mes manières de bon sauvage. Alors, je l'ai fichu à la porte. Et il est parti, cet imbécile.

Hyacinthe l'observa avec amusement.

— Allez donc vous excuser. Il reviendra.

— Jamais. Ni excuse ni confesse. C'est ma devise.

— Et donc, qui ira vous chasser les cailles, les bécasses, les lièvres, les perdrix, les sangliers ? Y avez-vous songé ? L'auberge s'est fait une réputation avec son gibier. Sans oublier les cèpes, les girolles, les truffes... Vous êtes fou ou quoi ? Vous trouvez qu'on n'a pas assez de problèmes comme ça ?

Il n'était visage plus fermé à ce moment-là de sa vie que celui de Marquey. Pourtant, la crise qu'il traversait eût nécessité de lui un peu d'indulgence pour son entourage. Mais son obstination, mois après mois, année après année, ne faisait qu'ajouter au désordre ambiant. Celui-ci n'avait pas échappé au grand-père, Antoine-Joseph. Le vieux bonhomme, qui allait sur ses quatre-vingts ans, ne partageait pas le jugement de sa femme. Selon lui, tous les torts étaient du côté de son fils. Dans l'affaire, le vieux jugeait qu'Ameline était irréprochable, que son Maxence avait un caractère de cochon. « J'en suis responsable, reconnut-il un jour devant sa bru. Son éducation a été menée à la cravache, sans discernement. Et j'ai fait sur lui plus de dégâts que de corrections. En croyant bien faire, certes. Mais le résultat est là, et il est trop tard pour se lamenter. Nos malheurs souvent procèdent de la meilleure intention du monde. » Ainsi Ameline, l'épouse flouée, se découvrait-elle soudain un allié inattendu dans la personne même de son beau-père. Au départ, le père Marquey n'avait guère applaudi leur union. Il avait même émis quelques réserves. Mais son fils s'était fait un honneur personnel d'entrer dans la résistance : « Bien entendu, Ameline est la femme qu'il me faut. Et je n'en choisirai aucune autre... »

Cet appui soulagea la jeune mère en lui apportant une sorte de légitimité dont elle s'était crue dépossédée au début du conflit.

Souvent, Ameline comptait ses alliés : J'ai mes enfants avec moi, mon beau-père, le personnel de l'auberge... Et contre moi : Anatoline.

Ce rapport de forces lui laissait penser que l'affaire finirait par tourner à son avantage. En attendant, il lui fallait tenir bon, ne rien céder à la pitié, à la compassion, à l'attendrissement. Et que la vie de couple fût devenue dans son existence une guerre la minait aussi, dans ce découragement quotidien qui est comme une sorte de déperdition de l'énergie vitale. Parfois elle se sentait glisser, et heureusement son amie Pierrette était là, toujours présente, active et volontaire, pour lui remonter le moral.

Au creux de l'hiver 1908, Antoine-Joseph montra quelques signes de fatigue inquiétants. Il réclama de demeurer dans sa chambre, lui qui avait l'habitude de se lever aux aurores, de visiter les cuisines, de surveiller l'activité de la maison et aussi de se quereller avec Hyacinthe. « Je n'ai plus goût à rien. Vivre m'indiffère », avoua-t-il à

Ameline. Elle jugea ce comportement alarmant et voulut en parler à Maxence. Mais le fils était à cent lieues de ces préoccupations. Il avait rangé son père dans la catégorie des immortels, de ces dieux qui ne savent pas mourir. Anatoline aussi s'en amusa. En lui rendant visite, elle eut même des paroles cruelles : « Alors, vieux croûton, on se laisse cajoler par sa bru ? »

Ameline s'était naturellement rangée du côté de son beau-père. Un allié d'une telle importance ne se néglige pas. Elle fit aménager la chambre du vieux en y apportant quelques commodités. Ainsi pouvait-il s'y restaurer, faire sa toilette, s'occuper l'esprit avec des collections de vieux journaux qu'il relisait incessamment. Antoine-Joseph ne vivait plus que dans son passé. Il naviguait dans ses vieux souvenirs, au temps ancien où il régnait sur le relais des Diligences. En approchant de sa porte, certains jours, on eût pu entendre d'étranges monologues. Par ceux-ci il recommençait ou poursuivait de vieilles conversations avec des amis déjà tous au cimetière. Il semblait qu'une part de lui-même s'en était revenue vingt ou trente ans en arrière. Et lorsqu'il interrogeait Ameline, c'était pour lui demander des nouvelles de gens qui avaient déserté la terre. Elle ne le contrariait pas. Elle répondait : « N'ayez crainte, grand-père, tout va bien. » Il paraissait rassuré que la société fût ainsi modelée à ses désirs, les gens jouissant d'une jeunesse éternelle, les enfants ne grandissant jamais et les amours aussi neuves qu'au premier jour. Pour lui, la vie n'était plus qu'une longue journée d'été. Comme son regard ne se perdait guère au-delà de son périmètre de vie précaire, il n'avait aucune raison d'en douter.

Chaque jour, Ameline conduisait ses enfants dans la chambre du grand-père. Elle ne voulait pas qu'ils fussent exclus de ce naufrage qui se préparait. La leçon ainsi apprise signifiait que la vie s'écoule sur sa pente, inexorablement, du premier jour jusqu'au dernier, et qu'il ne fallait pas s'en émouvoir plus que de raison. Cette sorte de fatalisme qu'Ameline s'ingéniait à étaler complaisamment devant ses enfants, si jeunes pour de tels raisonnements, soulevait la désapprobation du médecin de famille. Le docteur Marcoussi s'écriait souvent : « Envoyez-les jouer ailleurs que dans cette chambre, chère Ameline. Ils ont bien le temps de voir la mort en face. » A quoi elle répondait : « Pourtant, la vérité nous grandit. J'ai besoin que mes enfants apprennent au plus vite l'essentiel des choses de la vie. »

Le médecin avait prononcé le mot « mort », un mot absent, banni, proscrit. Un gros mot, eût-on dit en d'autres circonstances. Paradoxalement, si Ameline désirait que Faustine et Savin fussent témoins de cette chose, c'était à la condition qu'elle restât innommée.

Antoine-Joseph Marquey se mourait donc, peu à peu, jour après jour, heure après heure. C'était un glissement par paliers. Pour d'autres, les bienheureux, la chute est brutale, comme un coup de gong du destin. Il était donc écrit que celle d'Antoine-Joseph serait une longue et pénible agonie. Leçon de choses pour les descendants Marquey :

« Venez voir votre grand-père. Vous montez sur le lit, l'un après l'autre, sans le bousculer, et vous l'embrassez, là, délicatement, sur le front. Avez-vous vu ? Il ouvre un œil ! Votre grand-père a réalisé la sollicitude dont il est l'objet. Cette marque d'amour va l'aider pour son grand voyage. Au moins, il ne partira pas tout seul.

— Et si je lui parle, entend-il ce que je lui dis ? demandait Faustine.

— Grand-père entend tout. Grâce à Dieu, oui. Il entend, il comprend, le moindre de nos soupirs, le plus petit chuchotement. »

Faustine portait sa bouche à l'oreille du vieil homme. Elle chuchotait quelques mots, innocents mais terribles pour un agonisant :

« C'est vrai que tu vas nous quitter, grand-père ? Tu verras, ce ne sera pas trop dur. C'est maman qui le dit. Et maman dit toujours la vérité. Nous penserons beaucoup à toi pendant que tu seras parti. Et toi, grand-père, penseras-tu à nous, de temps en temps ? »

Les doigts du vieux agrippaient alors le revers du drap, imperceptible geste dont personne ne comprenait la détresse. Parfois, il montrait encore des signes d'agacement en basculant la tête de côté.

« Nous le préparons à cette sortie », disait Ameline à son mari.

Cette réflexion lui faisait froid dans le dos. Maxence ne reconnaissait plus sa femme, comme s'il était entré une âme étrangère dans un visage familier.

« Docteur, demandait Maxence à Célestin Marcoussi, ne pourriez-vous pas exiger qu'on lui interdise cette porte ? Faites-le pour mon père. Qu'il s'en aille en paix, sans cette comédie qui se joue autour de lui. »

Le médecin ne savait que répondre. Ameline était la seule personne de la maison à prendre soin de l'agonisant. Mais il n'ignorait pas non plus qu'elle était en froid avec son mari. Se vengeait-elle ainsi sur le vieil homme ? se demandait Célestin Marcoussi. Il n'osait le croire. Tant de fois il avait entendu la haute estime dans laquelle la bru tenait son beau-père. Mais l'âme humaine, parfois, est impénétrable dans ses desseins secrets.

Hors la chambre du vieux Marquey, Faustine et Savin pleuraient sur ce drame qui se jouait derrière une cloison.

— Pourquoi nous faut-il accepter la mort ? questionna Savin un matin. Le docteur n'est-il pas payé pour le guérir ? A quoi sert-il donc ? Il ferait mieux de laisser grand-père tranquille. Et maman aussi.

— Maman dit que c'est irréparable. Quand on est usés, c'est ainsi. La vie nous jette. Tu comprends pas ça, mon pauvre Savin ? Mais je dis que ça devrait être rapide. Parce que pendant ce temps où la vie se sépare de lui, il pense à plein de choses.

— Plein de choses, ça veut dire quoi ?

— A des promenades au bord de la rivière, au soir qui tombe, à ses vieux amis, à tout ce qu'il a fait. Et nous ? Savin...

Le frère essayait de ligaturer des lanières de caoutchouc sur une fourche de bois. Ça serait son lance-pierres quand tout serait terminé, qu'il aurait relié le bout des deux lanières à une langue de cuir. Ça agaçait sa sœur de le voir ainsi occupé. Elle, la petite sœur délicate, que les lance-pierres horrifiaient, elle se disait que dans ces circonstances on ne devrait rien faire d'autre que réfléchir.

— Quoi encore ? se défendit Savin.

— Quand nous nous en irons à notre tour, crois-tu que nous penserons à ce moment ? Peut-être que je penserai au jour où j'ai vu grand-père partir. Et je me dirai : Tu pars aussi, à ton tour. Je me dirai : Est-ce aussi dur que ça l'a été pour grand-père ?

Savin éclata de rire. Sa sœur baissa la tête, les sourcils froncés.

— Tu ne dois pas rire, dit-elle.

— Je ris parce que la vie est encore longue pour nous, et que nous devrions penser à autre chose. Faire comme si ça n'existait pas.

— Mais ça existe, reprit Faustine. Je sais maintenant et pour toujours que ça existe.

Comme l'avaient instinctivement senti les enfants, le docteur Marcoussi était devenu au fil des jours le messager du malheur. Chaque visite ajoutait sa note alarmiste. Le malade s'en allait par petits bouts. Tantôt il apportait un signe de vie, tantôt on désespérait de le voir recouvrer un rien de conscience. Un petit geste, un œil entrouvert, un geignement laissaient dire à son entourage que la chandelle était encore vive, vacillante mais vive.

Maxence avait déjà fait son deuil. Pour lui, le père était tombé dans la fosse. Du reste, il s'interdisait d'entrer dans la chambre tant que le corps ne serait pas atteint par la rigidité cadavérique. Ameline le découvrait encore plus lâche qu'elle n'avait pensé. Elle eût voulu, tout de même, qu'il se tînt debout devant le lit, jusqu'à l'ultime seconde. C'était l'idée qu'elle se faisait, elle, de la fidélité. A la vérité, Maxence découvrait qu'il n'avait jamais aimé son père. D'anciennes humiliations fleurissaient en surface, et sa mémoire, activée par l'annonce de la fin prochaine, recomposait la figure paternelle. Il la revoyait effrayante, acharnée à modeler l'enfant qu'il avait été, entêtée à lui imposer ses vérités, ses choix, ses décisions. Au fond, ce père l'avait privé de son enfance, avait gommé ses rêves, piétiné son indépendance de cœur et d'âme.

Pourquoi me soucierais-je de lui, maintenant ? Ce serait de l'hypocrisie, se disait-il en fuyant le spectacle de l'agonisant.

Et que dire d'Anatoline ? L'épouse fidèle et aimante fuyait la vérité, elle aussi. Elle se cachait de son époux. Et les dernières paroles qu'elle eût dû lui adresser, elle les gardait pour elle-même, comme une prière. Peut-être surgiraient-elles au moment de le déposer en terre. Comme elle était croyante, cela l'arrangerait bien, de les lui adresser par-delà le ciel. Car dans la chambre où elle s'était interdit d'entrer, elle aurait eu peur que ses mots fussent entendus de lui, en pleine conscience, et qu'il lui répondît par un de ces étranges signes qui sèment la terreur. Approbation ou désaveu ? A l'ultime seconde, la réponse se devait de rester indécise pour qu'elle fût supportable. Je ne veux pas qu'il me juge, cet homme-là que j'ai aimé, sur toutes nos années passées ensemble. Qu'on me laisse un peu d'espoir...

L'agonie dura cinq longues journées. Elle connut ses heures difficiles, faites d'étouffement et de suffocation, de gémissements et de râles, et ses instants de rémission apaisée. Quand la révolte du corps semblait s'éteindre, on accourait. On se disait : Voici le dernier instant. Puis la vie s'en revenait, goutte à goutte, reprenait ses domaines. Après chaque assaut de la mort, une parcelle de résurrection semblait reconquérir un peu de terrain. Mais ce n'était que pour un court sursis.

« Pourquoi lutte-t-il ainsi ? » demandait Ameline.

Le médecin à ses côtés tardait à répondre. Il ne comprenait pas quelle sorte de fascination habitait Ameline Marquey. Et cela l'obligeait à réfléchir sur lui-même, qui avait vu tant de gens mourir avec indifférence, que cette femme se fût métamorphosée en gardienne des ombres. Elle guettait le souffle ultime et craignait de ne le point recueillir, comme si elle voulait par celui-ci déceler la réponse à une question qui la taraudait depuis si longtemps.

— Avez-vous déjà connu semblable situation ? lui demanda une fois Marcoussi.

— J'ai accompagné ma mère, dit-elle sèchement. Elle m'a parlé jusqu'à la fin. Et je crois qu'elle avait moins peur que moi. Au dernier instant, il est une résignation qui point... Je l'ai vue dans ses yeux. Depuis, je ne redoute plus la mort. Peut-être est-ce cette assurance que je voudrais transmettre à mes enfants, qu'on peut vivre sans crainte et tenter de réaliser ses rêves...

Le médecin parut embarrassé par son aveu. Lui n'était jamais parvenu à domestiquer cet instant. Et il n'avait guère le désir de l'expérimenter une fois encore. En entrant dans la chambre d'Antoine-Joseph, chaque fois, il espérait secrètement que l'affaire fût jouée. Ensuite : rédiger l'acte de décès et poursuivre sa route. Mais le vieux se révélait coriace, accroché à la vie par un fil pourtant mince.

Nous aimerions le rompre nous-mêmes, parfois avec le sentiment de rendre un infini service. Qui nous accorderait ce droit ? se demandait Marcoussi en posant son stéthoscope sur la poitrine offerte. La conscience se rebelle à user de ces extrémités.

Il vérifiait la tension artérielle, posait un pouce à la base du cou, là où le souffle de la vie s'entête.

« Une heure ou deux », disait-il, ainsi qu'on émet une sentence.

Dans la seconde, le médecin se découvrait bien présomptueux et rectifiait son jugement :

« A moins qu'il ne s'accroche encore. Voici une affaire qui ne relève plus de la rationalité scientifique. »

Ameline se tint aux côtés du grand-père jusqu'à la dernière seconde. Elle épongeait son front, son visage, sa poitrine, là où la sueur mortifère ruisselle ; elle lui parlait des jours anciens, de Joseph Cétoine, qui avait été son grand ami et qui avait disparu plus de vingt ans plus tôt, de Coline Matteguy, sa cavalière lors du mariage de son frère Guy-Emile, lui-même décédé, de la grippe espagnole, vers 1880. Au simple rappel de ces visages lointains, elle voyait son regard s'illuminer encore.

« Vous serez heureux de les retrouver », lui répétait Ameline... Car elle croyait que le mur séparant les vivants et les morts n'était qu'une simple enveloppe de chair et de sang.

Le dernier souffle rendu, la maison fut en émoi. Hyacinthe poussa des hauts cris, comme les pleureuses d'Alexandrie, en y ajoutant force gestes, se prenant la tête et ployant tout le corps vers cet homme qui, pourtant, ne l'avait guère épargnée. Antoine-Joseph l'avait traitée en domestique, sans y mettre un gramme de sentiment. Anatoline aussi descendit vers la chambre de son défunt mari, mais demeura à l'entrée, élevant juste les yeux pour distinguer dans les draps chiffonnés la pauvre figure grise.

Ameline mit bon ordre au défilé en fermant sèchement la porte. Comme elle s'était occupée du grand-père jusqu'à la fin, elle se sentait des droits. Et forte de cette légitimité, elle prit en main les opérations. C'est elle-même qui décida de faire la toilette du mort, sans l'aide de personne, et de l'habiller ensuite.

Pour cette opération plus délicate, elle se fit aider par ses enfants. Savin et Faustine obéissaient aux ordres de leur mère, sans rechigner. Et bien qu'ils eussent les larmes aux yeux de voir ce corps privé de vie, l'œil vide sous les paupières mi-closes, la peau amollie, les os craquant aux articulations, les doigts rigides se crochetant aux obstacles, leur mère n'entendait pas les laisser s'échapper.

Pour opérer, on devait faire rouler le corps de droite et de gauche. Et dans ces mouvements désordonnés, le jeune Savin croyait voir encore un signe de vie. Cela l'apeurait, mais il était déterminé à ne pas montrer sa peur. Seule Faustine, la mine boudeuse, semblait indifférente au rituel ; elle habillait son grand-père comme s'il s'était agi d'une poupée. Du reste, ce jour-là, elle comprit ce qu'était un mort, plus tout à fait son grand-père mais un singulier objet qui possédait encore toutes les apparences d'un humain. En prenant la main du cadavre, elle sentit que celle-ci ressemblait à la même main qui avait serré la sienne, la veille encore moite et chaude, désormais froide et molle.

Ameline remercia ses enfants, les embrassa tour à tour, louant leur courage, alors qu'ils pleuraient encore dans ses jupes.

— Vous pouvez aller chercher votre père, maintenant, ordonna-t-elle.

Savin ne se fit guère prier. Il ne supportait plus l'univers confiné de la chambre mortuaire. Tant d'odeurs douteuses flottaient autour du lit. Un drap blanc recouvrait le miroir et les meubles. Le corps lui-même paraissait rapetissé dans le blanc laiteux qui l'entourait. Ameline fit une génuflexion au pied du lit et se signa. Faustine l'imita.

— Ainsi honorons-nous nos chers disparus, expliqua la mère, l'œil dans le vague.

— Crois-tu qu'il nous voit, là où il est ?

Ameline ne répondit pas. Elle avait le souci de la précision, haïssait le mensonge. Et pour rien au monde elle n'aurait affirmé quelque chose qui fût contraire à sa vérité. Faustine répéta sa question.

— Je n'en sais rien, finit par lâcher Ameline. C'est un mystère.

— Tu disais pourtant à grand-père qu'il serait heureux là-haut en retrouvant ses amis...

Ameline prit sa fille contre elle, lui communiquant, à ce moment, le désarroi qu'elle éprouvait elle-même.

— Tu as menti, alors ? insista Faustine.

— J'ai simplement voulu aider votre grand-père à partir, dit la mère d'une voix blanche. C'est notre charité à nous, les humains, de donner un peu d'espérance.

Trois jours plus tard, Anastase, rabiboché avec son employeur, mena le grand-père en terre, sur le traîneau tiré par Scipionne. Il y avait tant de neige que le corbillard municipal n'avait pu remplir ses fonctions. La cérémonie fut brève, seulement marquée par une oraison de l'abbé Terrieux. Pour la circonstance, Ameline se tint au bras de son mari. Il fallait montrer à la population de Meyssenac un peu de retenue, ce qu'elle fit sans affectation mais avec bonne mesure.

Au retour de l'enterrement, Marquey voulut profiter de l'occasion pour se rapprocher de sa femme. Elle profita, elle, de l'absence de témoins pour le repousser.

— J'ai fait mon devoir pour ton père parce que je l'aimais bien, dit Ameline. Pour le reste, il n'y a rien de changé.

— Jusqu'à quand ta rancœur me poursuivra-t-elle ? demanda Maxence. Faudra-t-il que nous en mourions l'un et l'autre pour que l'honneur soit sauf ?

6

La fugue. — Poursuivre ou se rendre. — Bathilde aux herbes sauvages. — La vie du couple, c'est la guerre...

Savin ne décida rien, comme d'habitude. De ce côté-ci de son caractère, il était le portrait de son père : indolent, indécis, apathique, l'image même de qui se laisse porter par les vagues, dérivant où le vent le porte. Faustine, toute seule, comme une grande, prit en main les opérations.

— Puisque nos parents ne nous aiment plus, alors montrons-leur que nous ne sommes pas si bêtes...
— Je ne sais pas, dit Savin.
— Tu ne sais pas quoi ?
— Si j'aurai cette force, en définitive.
Faustine se mit à rire.
— J'ai deux ans de moins que toi, et pourtant on dirait que je suis l'aînée. Toi, tu es lâche, comme tous les hommes. C'est maman qui le dit. Les hommes sont pleutres, dit-elle, veules. Tu as entendu comme moi notre mère le dire, n'est-ce pas ?
Le garçon hocha la tête. Il n'avait pas l'habitude de contrarier sa sœur.
— Oui, je l'ai entendue, tout comme toi, cette litanie contre notre père. Et alors, qu'est-ce que ça prouve ?

Soudain, Faustine est devenue grande, presque adulte, une petite bonne femme résolue.

Qu'est-ce donc qui a changé si vite son caractère ? Cela s'est fait d'un coup. Peut-être avec la mort de grand-père, pensa Savin.

Il la regardait, avec la chevelure en désordre, le front bombé, la moue sur les lèvres. Elle est forte. Plus forte que moi, songea-t-il. Et il en éprouva de l'admiration.

— Je te désapprouve, dit-il. Mais je te suivrai parce que tu es ma sœur et qu'il ne me reste plus que toi au monde.

— Oui, s'écria Faustine, c'est comme ça, maintenant, qu'il faut voir les choses ! Nous resterons unis comme les doigts de la main.

Depuis que cette idée avait germé dans sa tête, Savin vivait avec la peur au ventre. Dans son for intérieur, il savait que Faustine avait raison, mais il ne se résignait pas à lui accorder son soutien. Du reste, elle avait compris qu'elle n'obtiendrait jamais de lui un acquiescement complet. Alors, elle s'empressa de faire les baluchons. Elle activait le mouvement, de crainte qu'il ne se défile. « Les hommes, les hommes », répétait-elle, sans terminer sa phrase, ce qui ajoutait à sa fébrilité un air plutôt comique. Que sait-on des hommes à douze ans ? A moins que cette lucidité ne vienne aux filles plus vite qu'un soupir, se disait Savin.

— Tu pourrais m'aider, tout de même ? Pourquoi est-ce toujours aux femmes d'accomplir les tâches ingrates ?

Savin éclata de rire.

— Tu en fais un peu trop, à mon sens. Car tu n'es pas encore une femme. Ça se verrait.

Le garçon porta ses mains sur sa poitrine et mima la rondeur des seins dont sa sœur était encore dépourvue.

— Imbécile ! C'est dans notre tête que ça se dessine. Et toi, hélas, tu es plutôt en retard.

Savin baissa la tête. Les vexations chez lui demeuraient muettes. Son infinie bonté lui interdisait de répondre par des mots blessants.

— En retard de quoi ? Je voudrais bien que tu me le dises, tout de même.

Faustine étala sur le lit de sa chambre deux grosses vestes en peau de mouton retournée.

— Agathe, la pauvre petite Agathe, lui as-tu dit que tu l'aimais ?

Le garçon haussa les épaules, le rouge aux joues.

— Elle le sait, bredouilla-t-il. Depuis le temps que nous sommes ensemble...

— Il faudra un jour que tu te décides à le lui dire, insista Faustine. Sinon, elle se découragera, forcément.

Dans ces moments, Savin ressemblait à un petit garçon timide, effaré par les contraintes de l'existence. Pourquoi ne nous suffit-il pas de respirer ? songeait-il. Comme si aimer n'allait pas de soi.

— Nous allons souvent ensemble à l'Ile-aux-Cailles. Il y a une semaine encore, nous avons patiné sur la Sévère...

— Tout cela tandis que Zélia continue à te courir après, ajouta Faustine. Que faudra-t-il lui faire, à celle-là, pour qu'elle laisse enfin tomber ?

Le garçon passa une main dans sa chevelure ébouriffée.

— Tu ne devrais pas me parler de ça. C'est tuant.

— A moins que tu ne sois fier que deux filles te courent après. C'est bien une idée de garçon, ça...

Savin se mit à rire. Il y avait du vrai dans cette réflexion. Faustine possède tant de clairvoyance, comme notre mère, se dit-il en la fixant droit dans les yeux.

— Tu les voudrais toutes les deux, n'est-ce pas, poursuivit Faustine. Mais à ce jeu, tu les perdras l'une après l'autre. Et ce sera bien fait.

— Zélia m'est indifférente, se défendit le garçon.

— C'est pourquoi tu fais la roue comme un paon devant elle ? Ça entretient la confusion, n'est-ce pas, mon petit frère ? Ça rend notre Agathe jalouse et malheureuse. Et moi, ensuite, me voici condamnée à recevoir ses confidences. Je prends souvent ta défense. Tu es mon frère après tout, mais ça ne durera pas éternellement.

Savin montra quelques signes d'agacement.

— Est-ce que je te parle de Lubin, par hasard ?

Faustine baissa la garde :

— Je n'ai pas de chance avec lui. Tu le sais. En un mot, personne ne m'aime, ni Lubin, ni maman, ni papa. Personne... Je pourrais me fiche dans la Sévère qu'il n'y aurait pas une seule larme de versée.

Le garçon prit sa sœur dans ses bras et la serra bien fort.

— Tu n'oserais pas me faire de la peine. Moi, je t'aime. C'est pourquoi je suis prêt à te suivre, bien que je sache que notre aventure ne nous mènera pas bien loin.

Faustine se laissa choir sur le lit en poussant un gros soupir.

— Si au moins les parents prenaient conscience de notre détresse...

Ils partirent au petit matin, bras dessus bras dessous, frère et sœur complices. La brume se referma sur eux comme l'écume sur les pierres noires de la Sévère. Le froid sec et le vent piquant ajoutaient à leur solitude. Ils marchèrent longtemps, sans un mot, le silence pour tout partage. Ils se disaient : Qui s'inquiétera de notre absence, à Meyssenac ? Qui donnera le signal ? Fera-t-on sonner le tocsin ?

Bientôt, ils furent sur le chemin de halage. La glace sur la rivière avait commencé à se rompre. En son milieu, l'eau couleur cendre coulait à gros bouillons. Cela faisait un chant lancinant avec le poids du vent sous le couvercle du ciel. Les canards sauvages volaient bas, d'une rive à l'autre.

Ils demeurèrent de longues minutes à les observer, écoutant leurs cris rauques qui perçaient le voile de brume. Les volatiles allaient et venaient en escadrilles, piquant vers l'eau grise, puis s'en repartaient inlassablement d'un point à un autre, maîtres des espaces gelés.

— Peut-être que le redoux va venir enfin, se rassura Savin.

— Je ne crois pas, dit Faustine. Tant que les grues ne remontent pas...

Ils cherchèrent des yeux l'Ile-aux-Cailles et en dénichèrent les contours dans les diaprures du brouillard chahuté par la bise. Elle était cachée sur ses eaux mornes, enluminée de glace. A peine en distinguait-on les ombres, avec ses arbres décharnés et ses buissons de givre.

— Heureusement que j'ai emporté les pièges pour les grives !

— Tu es un homme prévoyant, mon frère.

Savin ne répondit pas. Ses moufles ne suffisaient plus à contenir le froid. Il les retira et glissa ses doigts gourds dans les poches de son pantalon. La chaleur de ses cuisses atténua l'onglée.

— Nous allons souffrir le martyre, ma petite sœur. Une fugue ! Quelle drôle d'idée. Surtout en plein hiver !

— Cesse donc de te plaindre.

Ils traversèrent d'un pas mal assuré les rives de glace, guettant les craquements, le souffle coupé. Puis ils poussèrent la barque dans le courant tourbillonnant, là où le fil de l'eau avait rompu ses amarres. Savin tira sur les rames pour jeter en avant l'embarcation fragile.

— Regarde ! s'écria Faustine. L'eau a forcé le barrage vers l'ancien moulin de Montestuy. Le courant est tellement fort qu'il a brisé la glace.

— Ce n'est pas comme ça.

— Tu en sais toujours plus que tout le monde !

— Le vieux Bénézet m'a expliqué que lorsque l'hiver fléchit la glace de la Sévère ne prend plus. Maintenant, les canards peuvent se nourrir. Ils reviennent en groupes.

— Tu aurais dû prendre l'un des fusils d'Anastase.

Savin ne répondit pas.

— Tu n'y connais rien aux pièges. C'est pas comme Tonin.

— Les grives, tu verras, petite sœur, je m'y entends. On y mettra quelques nèfles pour les appâter, ou des noix, ou des châtaignes... Avec la neige, elles sont affamées, les grisettes.

Sur l'Ile-aux-Cailles la neige avait conservé son blanc immaculé. Nulle trace humaine. Seulement les empreintes laissées par le piétinement des canards, des merles, des draines et des perdreaux, telle une broderie composée à l'infini...

Savin repéra aussi le passage des lapins, l'emplacement des gîtes. A toutes fins utiles. Il avait emporté de vieux pièges à oiseaux de différentes tailles, les uns pour les canards, les autres pour les grives ou les merles. Mais les collets, il ne savait pas les poser, bien qu'Anastase lui en eût montré toutes les techniques possibles.

Faustine alla s'installer dans la cabane et y ranger les sacs. L'été précédent, les garçons en avaient amélioré le confort, si bien que la neige n'avait pu s'inviter malgré le blizzard de décembre. Aussi paraissait-elle accueillante, malgré l'humidité qui avait gagné les vieux murs de pierre. Ils firent un brin de nettoyage en charriant de la fougère sèche amassée dans l'appentis à bois. Puis ils allumèrent un feu à l'entrée de la cabane. L'affaire exigea du souffle, car la braise fut longue à démarrer sur le bois humide. Bientôt, la chaleur gagna l'antre, chassant les odeurs de moisi et de vieille cave.

— Pour la nuit, je ferai une porte en genêts, bien serrés. Le vent froid restera dehors.

Sa sœur fixait les flammes qui dansaient dans les tourbillons de fumée.

— Cette année, nous avons eu un Noël de pauvres, dit Faustine. C'est une honte. Avec la maladie de grand-père, notre mère a tout oublié. A quoi bon nous avoir mis au monde si c'est pour nous rendre malheureux ? Tu ne crois pas, petit frère ?

Savin l'écoutait, la larme à l'œil.

— Je veux t'offrir un festin de reine, fit-il. Tu verras, petite sœur.

Ils s'étreignirent longuement. Les larmes furent vite séchées. Le royaume qu'ils s'étaient découvert suffisait à leur bonheur.

Dans le milieu de la journée, la bise s'apaisa sous un ciel empâté de gris. Les enfants crurent que la neige allait recommencer à tomber, comme la veille de l'enterrement. Mais les heures passèrent sans qu'elle arrive. Et ils finirent par croire en leur chance.

— Il faudrait juste qu'il en tombe un peu pour effacer nos traces, dit Faustine.

— N'aie crainte, ils ne nous retrouveront pas, la rassura Savin.

Puis une ombre passa, soudain, dans son regard. Il ne croyait guère à ce qu'il disait. Mais il avait envie de faire plaisir à sa sœur.

— Personne ne pense jamais à l'Ile-aux-Cailles. Le vieux Bénézet aimait, autrefois, y pêcher les truites et les chevesnes. Depuis qu'il s'est cassé une jambe et qu'il boite, il a renoncé à ça aussi. Il se contente juste de descendre au bord de la rivière pour y tirer des canards que son chien lui rapporte.

— Et toi, comment comptes-tu les prendre, les canards ?

— Je me fiche des canards, répondit Savin. Ils ont leur territoire, et nous, nous avons le nôtre.

— On les regardera passer le long de la rivière, ajouta Faustine, ça nous fera une occupation.

— Je ne m'ennuierai jamais avec toi, dit le garçon.

— Moi non plus, dit la sœur.

Leurs mains froides vinrent à se toucher et ils marchèrent, tête baissée, vers l'appentis. La fille dominait son frère d'une courte tête. C'était à l'image des parents : Ameline aussi dominait Maxence d'une courte tête.

— As-tu parlé à Agathe de notre projet ? demanda Savin.

Elle ne répondit pas. Elle se sentait lasse, maintenant que leur dessein avait été mis à exécution. L'idée avait été séduisante, captivante. Elle l'avait nourrie dans son cœur durant des semaines et des mois, sans en mesurer les conséquences. Pourquoi faut-il toujours qu'un beau rêve se transforme en cauchemar ?

Ils revinrent les bras chargés de bois et le déposèrent près du feu.

— Il y en aura assez pour la nuit, estima Savin.

Faustine alla s'asseoir au fond de la cabane près des sacs, le regard tourné vers la lumière blanche du dehors.

— Je vais poser les pièges, dit Savin.

Il partit vers la pointe de l'île, là où les fourrés étaient denses. La neige était épaisse en cet endroit, elle chantait sous son pas, il la foula avec délice. A l'orée d'un roncier, il tendit ses cinq pièges, chacun appâté d'un quartier de pomme. Il les camoufla sous la neige, sans surcharger le mécanisme, afin que le gibier ne vît que l'appât. Ensuite, il alla poser ses collets dans une garenne.

De retour à la cabane, Savin ajouta deux pièces de bois sur le feu puis s'assit sur la fougère, à deux pas de l'entrée. Le froid et l'humidité regagnaient en intensité. Une sourde douleur le tenait aux entrailles. Il en connaissait la cause : la peur.

Demain, se dit-il, il sera temps d'expliquer à ma petite sœur que notre aventure doit prendre fin. Sinon... Il n'osait imaginer ce qui se passerait si Faustine devait s'entêter.

Deux heures plus tard, Savin ramena trois grives. Il les pluma près du feu et les vida au bord de la rivière. Embrochées sur une tige de noisetier, il les disposa près de la braise. Le peu de graisse que le gibier perdait à la cuisson ne faisait que raviver la flamme. Aussi dut-il les surveiller pour que la peau ne fût pas calcinée.

Au soir, le vent reprit de la vigueur, la bise entêtante du nord poussant ses rafales. Savin se rappela alors qu'il avait promis à sa sœur de calfeutrer l'entrée de la cabane avec du genêt. Il courut à la petite falaise de roche rouge où, l'été, les garçons improvisaient des plongeons. A l'aide de son couteau il prépara un coupe-vent en croisant les rameaux de genêt. Puis il ficela le tout pour que le vent ne pût défaire son ouvrage. Ce travail à mains nues lui donna l'onglée. Il pesta contre lui-même, contre sa sœur, contre ses parents.

L'odeur des draines grillées rendit aux enfants leur bonne humeur. Et ils les dévorèrent délicatement, sans rien laisser sur les petits os.

— Demain, j'en prendrai d'autres, promit Savin. Et peut-être des lapins ?

Avant la nuit il partit visiter ses collets. Sans succès.

— Peut-être qu'il n'y a pas autant de gibier que nous le voudrions dans l'île, dit-il à haute voix, dans la bise qui lui labourait le visage. Peut-être qu'il nous faudra le chercher à Puysautier... ou alors nous rendre.

Le froid de la nuit et une persistante humidité de l'air avaient épuisé leurs forces. Bien qu'ils eussent trouvé, serrés l'un contre l'autre, un peu de chaleur, leur sommeil fut interrompu, dix fois, cent fois, par les pénétrants assauts du vent. Décidément, le cache de l'entrée n'avait guère apporté le confort espéré. Et rien ne leur paraissait plus angoissant que l'épaisseur de la nuit peuplée de sourds craquements, de feulements indistincts et de murmures insondables. Un peuple sauvage s'activait autour d'eux, invisible et mystérieux.

Sortant enfin de l'abri en grelottant, Faustine et Savin comprirent que l'escapade ne pourrait se poursuivre au-delà d'une journée et qu'une nouvelle nuit dans la cabane leur serait une épreuve surhumaine. Des flocons de neige flottaient épars autour d'eux. Et sur la rivière glissaient des paquets de brume, comme l'ombre blanche de Paralda dans les vieux contes celtes.

Savin se pencha pour rallumer le feu. L'opération lui parut compromise, la cendre était imprégnée d'eau. Néanmoins, le garçon eut l'idée de garnir le foyer de galets plats, astucieusement ajustés. Le bois sec récupéré sous l'appentis dans la réserve s'embrasa assez vite. Et ce fut à leurs yeux la première victoire de la journée contre toutes les mauvaises pensées qui s'étaient agrégées dans leur tête ces dernières heures. Il leur sembla renaître de leur découragement. Dans l'uniforme et lugubre blancheur qui s'imposait autour d'eux, les flammes sautillantes apportèrent une lumière salvatrice, une rassurante présence.

Savin s'assit à côté du foyer, le regard capté par la magie des couleurs fauves. Avant de quitter sa maison, il ne savait pas encore qu'on pût être tellement dépendant des choses usuelles, comme allumer un feu ou trouver de la nourriture. Dans sa vie confortable à l'auberge des Diligences, tout allait de soi. Il suffisait d'attendre que Hyacinthe eût officié. Désormais, le moindre problème prenait une importance démesurée.

Faustine se tenait droite au-dessus des flammes, les mains tendues vers la chaleur qui montait vers elle. Elle avait toujours éprouvé à l'égard du feu une sorte d'attirance instinctive, comme les chats qui flairent son rayonnement les yeux fermés puis s'en approchent en ronronnant de plaisir.

Dans une casserole dénichée dans la barque, ils firent fondre de la neige. A mesure qu'elle se réduisait en eau, ils devaient ajouter de petites poignées pour augmenter la quantité d'eau. Ainsi purent-ils boire chaud. Même de l'eau plate, cela leur était égal. Qu'elle fût sans goût ou plutôt teintée d'amertume, privée des saveurs qui l'accompagnaient habituellement, tilleul, serpolet ou menthe sauvage, cela leur parut le résultat même de la punition qu'ils s'étaient imposée.

Quand ils eurent assez profité de la chaleur du feu, Savin et Faustine firent un brin de toilette avec le restant d'eau tiédie dans la casserole. Puis ils prirent le sentier jusqu'à la plage de galets. Les allées et venues avaient tassé la neige. Ils furent rassurés de ne reconnaître que leurs empreintes.

— Nous sommes seuls, dit Savin en barbouillant les traces de pas avec la pointe d'un bâton.

— On dirait que tu le regrettes, releva Faustine. Quoi ? Tu es donc si pressé qu'on nous retrouve ?

Pour dégager la barque de Bénézet, Savin dut briser la glace qui l'enserrait avec des galets.

— J'ai eu une de ces frousses, confia-t-il. Que la barcasse du père Bénézet reste coincée et nous aussi...

— Ça me gênerait pas de rester sur l'île, répondit Faustine.

— Tu ne penses pas ce que tu dis, releva le garçon. Ici, sur l'Ile-aux-Cailles, nous finirions par attraper la mort.

Sans qu'elle s'en rendît compte, Savin s'était arrangé pour emmener sa sœur loin de l'île, vers les grands bois de Puysautier, sous prétexte d'y trouver du gibier. Il avait récupéré tous ses pièges à oiseaux et renoncé aux collets, auxquels décidément il n'entendait rien.

— C'est Anastase qui m'a montré, dit-il. Il y a tiré des sangliers, des chevreuils, et même des renards.

— Des renards, ça sert à rien, ça se mange pas.

— La fourrure est recherchée, expliqua Savin. Et un nuisible de moins, c'est un exploit qui mérite récompense. Ce jour-là, j'ai suivi Anastase dans son périple. Il visitait les fermes de Meyssenac, une par une. Les paysans lui donnaient quelques sous pour le remercier. A la fin, il avait gagné sa journée, je te le dis. Il avait de quoi se payer un bon repas.

La sente suivait la rivière, dont elle épousait au plus près les méandres. Tantôt il leur fallait grimper parmi les éboulis, tantôt se laisser promener sous les ramures décharnées des châtaigniers. Ils atteignirent enfin les profondeurs de la forêt, ses tapis de fougères rouges, ses buissons de houx verts, de lauriers et de genévriers.

Savin ramassa une poignée de neige pour se désaltérer.

— Crois-tu que papa et maman sont à notre recherche ? demanda Faustine.

Savin avait acquis l'habitude de parler peu, d'écouter autour de lui ce qui se disait, pour s'apercevoir souvent qu'il n'est pas trois conversations dans une journée qui valent tripette. L'angoisse qui gagnait peu à peu Faustine lui paraissait salutaire.

Ça la fera réfléchir sur notre folie, se dit-il. Et à la solution à adopter : poursuivre ou se rendre, car telle est l'alternative.

Savin ne savait pas encore combien cette question
– poursuivre ou se rendre – hanterait sa vie future, ni
l'importance qu'elle prendrait sur son destin d'homme.

Ils atteignirent une clairière. En cet endroit, on avait
pratiqué une coupe sévère dans la chênaie, laissant juste
quelques baliveaux prendre de la hauteur.

— C'est ici, au creux du chemin, qu'Anastase a tué un
sanglier, s'enthousiasma Savin.

Sa sœur feignit de s'intéresser à l'exploit en demandant
qu'il lui montre l'endroit précis où la bête était tombée.

— Deux coups de chevrotines. Et tué net. Un gros mâle.
Il est tombé comme une masse, en poussant juste un
grognement. J'ai aidé Anastase à le tirer sur le milieu du
chemin par les pattes. Puis il est venu le charger, deux
heures plus tard, avec un tombereau. Il y avait déjà de
grosses mouches qui s'activaient sur la bête, là où les
plombs avaient percé le pelage. Anastase a dit qu'il valait
mieux le vider sans retard. Alors il lui a ouvert le ventre à
même le chemin, et à grosses poignées il a versé les
entrailles au fond du talus. « Voilà de quoi occuper les
petites bêtes », a-t-il dit.

Elle ne voyait pas distinctement comment la scène avait
pu se dérouler, mais de l'imaginer lui paraissait encore plus
effrayant. Surtout le moment où Anastase avait ouvert le
ventre de la bête pour en extirper à pleines mains les
viscères. Faustine était sensible à toutes sortes d'événements quotidiens. Par exemple, chaque fois que Hyacinthe
saignait un poulet ou un canard, ou assommait un lapin
avant de lui ôter l'œil de la pointe d'un couteau « pour en
recueillir les sangs », comme elle disait, la petite fille se
sauvait au loin pour ne plus entendre le cri des animaux,
ne pas voir l'ultime sursaut de vie qui les animait. Savin
connaissait les craintes de sa sœur, ses peurs et ses phobies,
aussi ne manquait-il pas une occasion de les ranimer avec

une sorte de malin plaisir. Présentement, c'était pour jeter un peu d'effroi dans son cœur, la bousculer dans ses certitudes, car il avait hâte que l'aventure se termine. Mais il ne voulait pas être le premier à céder et se rendre. Il désirait que le renoncement vînt d'elle, la petite sœur au cœur vaillant.

Par un chemin large, accoutumé aux charrois et aux débardages, c'est-à-dire chargé en pierres, ils firent un bon kilomètre encore, s'enfonçant dans la forêt de Puysautier, que le garçon prétendait connaître comme sa poche. Le versant de la colline était orienté plein nord, aussi la neige y était-elle plus épaisse qu'ailleurs. On entendait, en contrebas, le murmure des eaux de la Sévère sur les chaos rocheux.

Faustine avait soif et faim. Elle chercha au fond de sa poche quelques graines noires de genévrier, les croqua. Ça ne vaut pas les fraises des bois odorantes, pensa-t-elle, les cerises sauvages, les mûres qui tachent... Et elle se mit à pleurer en songeant à tous ces bonheurs.

Une trouée de lumière dans la forêt avait généré l'explosion d'une végétation de nuisibles. Multitude d'arbres à baies empêtrés dans les rampants. Au moment où, ouvrant la voie, Savin s'apprêtait à redescendre sur le chemin de charroi, cherchant un passage dans le fouillis végétal, une femme sous une ample mante noire se dressa devant lui. De peur, il recula en poussant un cri.

— Oh l'ami, du calme, dit la femme d'une voix grave. Je ne suis pas le diable en personne. Même sorcière, on n'en est pas moins femme...

Et de ricaner de son bon mot.

— Je sais qui vous êtes ! s'écria Savin. La Marie-Mandragore ! Celle qui soigne et qui jette des mauvais sorts...

La femme montrait un beau visage aux traits fins et graves soulignés par des accentuations de noir aux sourcils. Cela prêtait à son regard gris un air énigmatique. A force de vivre dans les bas-fonds boisés de Puysautier, la guérisseuse avait fini par adopter le genre d'une louve solitaire. Elle aimait à pontifier sous sa mante noire, à forcer ses gestes, histoire de s'amuser un peu de la peur qu'elle occasionnait.

— Oui, je suis ce que tu dis, jeune homme, fit-elle. Ainsi nommée par les gens : Marie-Mandragore. Mais il suffira juste que tu m'appelles Bathilde. Voilà. C'est bien plus beau. Et ça correspond à mon caractère. Mon caractère, tu entends, jeune homme, c'est à moi d'en décider. Tu comprends, n'est-ce pas ?

Savin acquiesçait à toutes les injonctions. Il ne se sentait pas le courage de résister à la sorcière de Puysautier. Enfin, sorcière, c'était vite dit, parce que Bathilde avait surtout la réputation de guérir toutes sortes d'affections. On venait la voir de Meyssenac, bien sûr, mais aussi de Salvayre, de Ladrier, de Merliac... Son champ d'action s'élargissait depuis qu'elle avait accompli quelques miracles. Elle enlevait le feu, calmait les toux, réduisait les entorses, mais aussi distribuait des herbes bienfaisantes pour apaiser les maux. Elle possédait une connaissance complète des plantes et de leurs vertus médicinales. Cette pharmacopée du pauvre, elle l'avait apprise de sa mère, la première Marie-Mandragore, qui lui avait « transmis le don », comme on dit dans ce milieu où les mots revêtent un sens particulier. Bathilde ne faisait que poursuivre l'œuvre de sa mère ; aussi par habitude, par simplification, ou par ironie, l'avait-on affublée du même surnom. Elle faisait des impositions de main, chantait des formules magiques d'une voix grave, implorait les forces obscures et prêtait plus souvent qu'à son tour l'impression d'entretenir un singulier commerce avec les anges noirs. Ce dernier détail lui valait évidemment une haine sans merci du curé Terrieux. Et non seulement du curé... Mais aussi de la science. Pour une fois, le prêtre avait trouvé sur son chemin un allié inattendu en la personne du docteur Marcoussi. Tous deux s'étaient juré de chasser loin de Meyssenac la sorcière malveillante qui prétendait s'occuper tout ensemble des corps et des âmes.

Bathilde fut intriguée par la présence dans la forêt de Puysautier des deux enfants Marquey. Elle les interrogea copieusement, mais le garçon et la fille s'entendaient comme des larrons. La guérisseuse comprit qu'elle n'obtiendrait rien sans ruse.

Sur le versant nord de la colline, à flanc de Sévère, toujours imprégné de brume et de courants d'air, il ne faisait guère bon se promener. Sauf pour Bathilde, qui avait ses raisons. Elle ramassait des baies de genièvre pour faire ses liqueurs. Mais aussi des baies d'églantier, pour les confitures et les marmelades. Elle nommait différemment cet arbuste épineux qui donne des olives rouges : le rosier-des-chiens. La curiosité de Savin fut excitée par un sac contenant une grosse poignée d'herbe chétive avec des feuilles ovales et petites.

— La cardamine hérissée, montra Bathilde. C'est aussi appétissant que le cresson de fontaine. J'en fais des salades. En cette saison hivernale, quelle aubaine ! Le tout arrosé d'une giclée d'huile de noix et juste un soupçon de vinaigre...

Mais il y avait aussi d'autres trésors dans le sac à malice de madame la sorcière : la bourse-à-pasteur et la pimprenelle pour les soupes ou l'accompagnement des ragoûts, du gaillet-gratteron à cuisiner comme les épinards, de la porcelle enracinée, qui ressemble au pissenlit et se révèle plus amère encore.

— Il y a mille trésors dans la nature. Il s'agit juste de se baisser pour les ramasser. Ça ne coûte rien. Ça appartient à tout le monde, expliqua Bathilde. Notre créateur a pensé à tout pour que les pauvres puissent se nourrir aussi.

D'un regard malicieux, la guérisseuse attendait les réactions, mais les enfants se turent. Alors, Bathilde les invita chez elle, dans sa maison, pour leur offrir une boisson chaude. Faustine et Savin suivirent docilement la femme en noir.

Elle vivait dans une chaumière à Lacombelle, au cœur de la forêt de Puysautier, seulement fréquentée par les chasseurs, les pêcheurs et les chercheurs de champignons. Dans un enclos délimité par une haie de charmes, proche de la masure, deux chèvres batifolaient dans la neige grise. Sur l'arrière, trois fayards recouvraient la minuscule demeure de leurs membrures robustes. La maison de Bathilde avait été bâtie sur l'emplacement d'un ancien prieuré. Les pierres de schiste puisées dans les ruines avaient servi à la nouvelle construction, sans rappel de ce qu'était autrefois le fameux prieuré de Lacombelle, un grand édifice avec logis, chapelle, cave et dépendances. Celui-ci remontait à l'apogée des Bassonpierre, quand le pays était dédié à la vigne et à la dévotion ; les deux réunies parce que les curés en ce temps-là étaient plus vignerons que prêcheurs.

Tourné au nord, le flanc de colline baignait dans son jus sombre. En contrebas, sur ses creux escarpés, la Sévère bruissait de toutes ses eaux. Elle aimait à se frotter aux blocs de roche qui la dominaient. Peu de rives, à peine quelques assises plates, minuscules, pour s'asseoir et tremper une ligne.

— La nuit va tomber, les petits. Avez-vous songé que, l'hiver, les jours sont courts ?

Savin acquiesça de la tête.

— On est muets, à ce que je vois, dit Bathilde en écartant le portail.

Elle devança les enfants pour entrer dans sa demeure. Et sa première occupation fut de ranimer le feu. Dans l'âtre, il y avait un beau tapis de braises. Il suffisait juste d'y adjoindre deux ou trois rondins de chêne. Savin et Faustine demeurèrent sur le pas de porte, hésitants.

— Vous êtes trop polis ou quoi ? ricana-t-elle. Vous attendez qu'on vous prie ? Ici, c'est sans façon.

Bathilde leur servit deux écuellées de son breuvage. Un petit remontant dont elle avait le secret. Les enfants burent en faisant la grimace. On était loin du bon chocolat au lait de Hyacinthe. Pourtant, ils en redemandèrent. A ce moment, la maîtresse des lieux comprit que ses visiteurs avaient une faim de loup. Alors Bathilde se mit en quatre pour leur préparer un repas.

— Je ne vous laisserai pas repartir ce soir, dit Bathilde. Il y a bien sept kilomètres pour revenir à Meyssenac. Vous rendez-vous compte ? Vos parents vont s'inquiéter. Savent-ils où vous êtes, seulement ?

Comme les gamins continuaient de faire preuve d'un parfait mutisme, l'hôtesse flaira quelques complications.

— Je ne voudrais pas avoir des histoires, dit-elle. Déjà que j'ai mauvaise réputation... Ma maison sent le soufre. Les chasseurs et les pêcheurs font un détour pour ne pas me croiser. Paraît-il que je porte la poisse, autant dire le mauvais œil.

Elle se mit à rire. Dans le fond, cette crainte suscitée chez les autochtones la flattait assez bien. C'était pour elle une sorte de reconnaissance de ses pouvoirs occultes. Du reste, les gens qui ne croyaient pas aux forces irrationnelles de l'esprit n'étaient guère rassurés non plus. Ne disait-on pas « la folle de Lacombelle » ?

Comme le jour déclinait, Bathilde se décida à rentrer ses chèvres. Savin la rejoignit.

— Et courageux avec ça, nota la guérisseuse.

Les fonds étaient déjà baignés de brume et d'obscurité. Seule la lumière des crêtes résistait encore. Le vent redoublait dans le couloir formé par la vallée étroite. On entendait la rumeur des eaux fortes qui montait, lancinante, à laquelle s'ajoutait celle des rigoles saturées par la fonte des neiges. C'était signe que la froidure marquait le pas.

— Ici, expliqua Bathilde, elle fondra la dernière. Partout ailleurs, la neige aura disparu. Mais à Lacombelle il restera encore des pans entiers de glace. C'est un endroit malsain, jeune homme, déplora-t-elle en agitant les bras. Un endroit tout juste bon pour se cacher. On ne risque pas d'y croiser des intrus. Ce pays est ensorcelé par les diableries à cause de la vieille légende du prieuré. Mais n'aie crainte, mon petit, je n'y ai jamais rencontré la moindre âme errante. Et s'il est parfois des rumeurs bizarres qui troublent le silence, il ne faut pas y prendre garde. C'est la vieille roche qui craque, les arbres qui souffrent et le vent qui s'acharne. Quant à Dieu et au Diable, laissons-les régler leurs vieux comptes. Ne nous en mêlons pas. Car partout où les passions de cette sorte s'enchaînent, il n'est rien de bon à tirer. Le petit peuple a trop souffert de ces querelles auxquelles il n'entendait rien.

La petite étable sentait le foin et la fougère. Bathilde parla à ses chèvres dans une langue que Savin ne comprenait pas. Pourtant, il eût été facile d'en demander une traduction à l'hôtesse de Lacombelle, mais la dame en noir l'impressionnait bien plus qu'il ne se l'avouait. Du reste, tout concourait à ce qu'il fût impressionné : l'approche du crépuscule, les murmures de la nature, l'étrange figure de la guérisseuse régnant sur son domaine.

Savin la suivait partout où elle allait, comme s'il avait peur de la perdre de vue et de se perdre en même temps. C'était une angoisse irraisonnée, car le monde de Marie-Mandragore était minuscule, formé de trois pièces ajoutées les unes aux autres et départagées par un couloir étroit. Leurs ombres couraient sur les murs, tantôt grandissantes tantôt amenuisées. Bathilde faisait des effets avec sa lampe-tempête, la levant au plafond ou la portant à ras du sol. Elle auscultait son domaine avant que la nuit ne se referme sur lui.

Dans la cuisine, seul le feu de cheminée apportait assez de lumière pour qu'on discernât la physionomie des objets : buffet, table, chaises, coffre...

— J'ai bien du souci, dit-elle soudain, comme si elle se parlait à elle-même.

Savin se retira près de sa sœur.

— Qu'est-ce que je vais faire de vous ? insista-t-elle.

Elle se tenait au-dessus de sa table, pensive, le visage incliné. Elle paraissait plus grande dans sa pause immobile. Grande et majestueuse. Ainsi la scène pourrait-elle s'éterniser des minutes durant, sans que l'adolescent risque le moindre mot. Il restait bouche bée, admiratif.

— Je n'ai pas mérité ça, murmura-t-elle. Pourtant, rien n'arrive par hasard.

A ce moment, Savin eût préféré que sa sœur réponde à sa place, mais elle se cantonnait dans son étroit mutisme.

— Demain, assura Bathilde, j'enverrai quelqu'un à Meyssenac pour dire que j'ai récolté deux garnements dans les bois de Puysautier. Je les tiendrai à la disposition du premier individu qui les réclamera. A cet âge, on n'est pas libres de choisir son destin, vous êtes d'accord ?

Savin baissait la tête.

— Ou alors, il faut être orphelins, ajouta la guérisseuse. Mais que je sache, vous n'êtes pas sans parents...

— C'est tout comme, dit soudain Faustine. Nos parents ne nous aiment pas.

Bathilde hocha la tête.

— Je comprends tout, à présent, vous avez fait une fugue...

La guérisseuse de Puysautier les observa tour à tour avec effarement.

— Si vous ne m'aviez pas croisée, que serait-il advenu de vous, avec ce froid ?

Savin raconta qu'ils avaient passé la nuit dans la cabane de l'île de la Vimenière.

— Oh là ! s'écria Bathilde. On doit y être bien, dans cette hutte de chasseurs... De quoi attraper la mort, oui !

La disparition des enfants Marquey avait mis Meyssenac en émoi. Dès le matin, Anastase s'était chargé d'organiser des battues dans les bois proches de la Sévère, privilégiant la fouille autour de l'embarcadère abandonné de Terrepoinçon ; en cet endroit, il y avait des fosses et des trous, redoutables pour les pêcheurs eux-mêmes. Les équipes avaient sondé les profondeurs avec des perches, craignant que les corps des enfants n'y fussent accrochés. A force de draguer les fonds, de remuer les vases et d'agiter les lèches qui tapissaient le lit de la rivière, les chercheurs se lassèrent et finirent d'eux-mêmes par ne plus croire à la noyade.

En vérité, les gens du pays étaient d'un naturel optimiste et connaissaient Savin et Faustine, des enfants dégourdis et aguerris au danger de la rivière ; la fugue leur apparut bien vite comme la raison probable de cette disparition. De tels événements avaient dû survenir trois ou quatre fois dans l'histoire de Meyssenac, et chaque fois les fugueurs avaient été retrouvés. Mais jamais par des jours d'hiver.

C'était là la seule inquiétude qui tourmentait les Marquey, que leurs enfants se fussent réfugiés dans une grange ou une maison abandonnée à tous les vents. Les visiter toutes demanderait au moins trois jours. Pourtant, sous la direction d'Anastase, on entreprit les visites secteur par secteur, passant dans les fermes et les hameaux pour demander si l'on n'avait pas vu les enfants.

Finalement, à la nuit tombée, rassemblés autour de Maxence Marquey, les chercheurs finirent par persuader le propriétaire de l'auberge des Diligences que Savin et Faustine avaient dû trouver un refuge confortable, au point de s'y attarder. En appui de cet argument, Gémo raconta l'histoire du fils Broussolle, retrouvé au bout de trois jours dans une vieille grange où il s'était caché, histoire d'emmerder son père.

— Si vous pouviez dire vrai, les gars, moi je vis plus.

Les gens de Meyssenac s'en vinrent, un à un, réconforter Maxence et l'assurer que d'ici au lendemain toutes les granges du pays auraient été visitées de fond en comble.

— Chez nous, ce n'est pas comme ailleurs, dit Victor Loriot, le pire n'arrive jamais, c'est bien connu.

— Du moins, on ne s'en souvient pas, ajouta Combet.

Pour une fois, le majoral trouvait le maire trop optimiste. Cela ne lui ressemblait guère, pourtant. Mais comment lui en vouloir, il avait tellement envie que l'affaire se terminât à la façon d'un conte de fées. Maxence paya les efforts de ses amis d'un déluge de vin chaud.

Si le maire semblait aussi rassuré, c'était grâce à son épouse. Dès la disparition des enfants, Pierrette avait rendu visite à Ameline. Ensemble, elles firent le point sur la situation, en conclurent l'une et l'autre que la petite Faustine, ne supportant plus la brouille dans la maison, avait voulu punir ses parents.

— Un appel au secours, dit Pierrette. Un appel qu'il faudra entendre, ma chère.

— Jusqu'à présent, j'étais déterminée à faire payer Maxence pour ses fautes. Et je ne réalisais pas, hélas, le mal que je faisais à mes enfants. Mais voici une impasse dont il va falloir sortir, d'une manière ou d'une autre.

La femme du maire jugea que son amie était à la hauteur de la situation et s'en félicita. Dans les heures qui suivirent, Ameline, elle aussi, concourut à calmer les peurs.

— Ils auront voulu nous faire comprendre que nous sommes des parents indignes, expliqua-t-elle à Maxence.

— S'il leur arrive quelque chose de grave, rétorqua le père, effondré, je ne me le pardonnerai jamais. Je me ficherai un coup de fusil. Et ça sera fini. Bien fini.

La disparition de Savin et Faustine n'avait pas mis que les adultes en émoi. Les enfants aussi voulurent se mêler à l'affaire. Sans doute étaient-ils plus perspicaces que leurs parents, car ils pensèrent tous que leurs camarades étaient cachés dans l'Ile-aux-Cailles. Agathe, la petite amie de Savin, et Lubin décidèrent de s'y rendre.

En accostant, ils repérèrent leurs traces distinctement dans la neige gelée et ne purent plus longtemps dissimuler leur joie. Pour eux, ce n'était qu'un jeu, une aventure comme une autre, une manière de montrer que les adultes, décidément, manquaient d'imagination.

Agathe pénétra la première dans la cabane. Elle y dénicha juste une couverture et un cache-col appartenant à Faustine.

— Ils ont passé la nuit ici.

Lubin resta pensif dans le vent qui agitait les pans de sa pelisse de laine. La lumière du ciel sur l'horizon s'étalait en longues bandes dégradées, roses et jaunes. Vers la falaise, on entendait le chant des canards, lugubre et aigre. C'était là qu'ils cherchaient leur nourriture, sur un bras de la rivière égaré dans les ajoncs et les massettes.

— Oui, mais ils n'y sont plus, ajouta-t-il.

De retour sur la berge, Lubin se souvint de l'endroit où l'esquif de Bénézet avait été amarré.

— Ils ont dû prendre la direction de Puysautier, dit-il, pour y traquer un peu de gibier. A moins qu'ils n'aient continué vers Terrepoinçon, Salvayre ou la Jaubertie, pour y trouver un abri chaud et de la nourriture...

A ce moment Agathe dit, d'une voix forte dans le vent qui chahutait sa longue chevelure brune :

— Ils auront trouvé refuge chez la sorcière de Lacombelle.

Lubin pouffa de rire.

— Qu'iraient-ils faire chez la folle ? Je connais Savin. Il exècre cette Marie-Mandragore. A cause de toutes les histoires qui circulent autour d'elle.

— Tu en as peur ? Moi pas, dit Agathe.

— Qu'est-ce que nous allons dire, ce soir, au village ? s'inquiéta Lubin.

— Nous ne dirons rien pour l'instant, ordonna Agathe. Cette histoire est la nôtre. On n'a pas besoin d'y mêler les parents.

Le lendemain, la petite Loubière partit seule vers Lacombelle en suivant le chemin de halage. A un moment, l'étroitesse de la berge obligeait le promeneur à le quitter pour grimper dans le bois. Elle s'y résigna, bien qu'elle détestât les profondeurs de la forêt, où la piste était rendue incertaine. Plus tard, le cours de la Sévère se resserrant dans l'étroit passage formé par les chaos rocheux, on entendait gronder ses eaux sur les éboulis rouge et gris. C'était un endroit où la rivière justifiait plus que jamais son nom.

Le courant était rapide, vif, imprévisible. Par instinct, toutes générations confondues, les enfants s'en interdisaient l'approche.

Pour atteindre Lacombelle, il existait plusieurs chemins. Celui qu'Agathe avait choisi d'emprunter ce jour-là, afin de gagner du temps, était des plus malaisés. Seuls les pêcheurs de truites fario, abondantes dans les eaux vives, s'y risquaient pour en connaître tous les pièges. La sente, parfois, semblait suspendue sur le précipice et Agathe Loubière devait se faire violence pour braver le vide sous ses pas. A la première occasion, elle se décida à abandonner le raccourci pour rejoindre le chemin coutumier. Pour ce faire, elle grimpa sec sur le flanc de la colline peuplé de hêtres, de chênes et de bouleaux.

La forêt y était si dense, si comprimée qu'on ne ressentait plus le vent fort. Il agitait pourtant les plus hautes cimes des arbres. On entendait son chant plaintif dans les boqueteaux de sapins.

Agathe en voulait à Lubin de ne l'avoir pas accompagnée. Surtout en ce moment où elle se sentait si seule, dans cette forêt de Puysautier. Les bois décharnés, enchevêtrés, paraissaient plus oppressants sans leurs parures d'été.

Dans la châtaigneraie, Agathe fouilla du regard les anciennes bogues hérissées de piquants noirs. Les derniers fruits de l'hiver avaient nourri la sauvagine, et il ne restait plus, de-ci de-là, que quelques châtaignes rongées sur le tapis de feuilles.

Agathe entendit de nouveau le murmure lancinant de la rivière. Les grondements montaient vers elle, dans une brume effilochée. A cet instant, elle ressentit encore plus sa solitude, qui grandissait à mesure que la visibilité s'amoindrissait. Elle se disait : Bientôt, tu ne verras plus à dix pas. Et tu tourneras en rond jusqu'à l'épuisement.

Pour avoir éprouvé quelquefois cette impression, elle comprit que, dans les moments où la peur gagne, chaque élément naturel nous devient hostile. Elle se répétait : Marche droit au milieu du chemin et il ne t'arrivera rien. Elle ne faisait pas que balbutier sa phrase magique sur le bout de ses lèvres, elle la prononçait de plus en plus fort. Le son de sa voix dans le silence épais semblait la protéger des mille sortilèges que la nature inspire.

— Tu ne crains rien. Tu es la plus forte. Tu ne crains rien...

— Que fais-tu là ? dit une voix quelque part dans le brouillard.

Agathe s'arrêta net.

— Qui est là ?

La dame en noir apparut, fantomatique, au milieu de la ouate. Elle faisait de grands gestes plutôt désordonnés, comme si elle voulait se défaire de la blanche chrysalide qui l'entourait. Ainsi naissent les papillons. Mais la dame noire ne faisait qu'écarter sur son passage les branches basses des bouleaux qui la cernaient.

— La sorcière, bien sûr. Il y a toujours une sorcière quand on se promène sur les frontières.

Le rire la submergea. Un rire forcé, sans doute. Mais Agathe éprouva un soulagement à entendre ce rire de sorcière.

— Je cherche mes amis.

— Et ils s'appellent comment, tes amis ?

Agathe répéta plusieurs fois leurs prénoms. La dame se tenait droite sur le bord du chemin dans son large manteau. Plus loin, la rivière grondait sur les rochers noirs.

— Ils sont chez moi. Heureusement. Tu peux me suivre, jeune fille.

Dans la maison, Agathe trouva Faustine et Savin près du feu. Elle serra surtout Savin bien fort dans ses bras. Elle avait eu si peur pour lui.
— Tu aurais pu me laisser un mot pour me prévenir de vos intentions ? Imbécile ! A quoi ça sert d'être amoureux ? reprocha Agathe.

Le garçon se mit à rougir. La dame en noir trouva la scène charmante.

— Agathe et mon frère se marieront ensemble plus tard, expliqua Faustine d'un ton sérieux.

Bathilde s'assit sur un tabouret près de la table.

— Je voudrais bien voir ça.
— Vous ne me croyez pas ? insista Faustine.
— Je ne crois que ça. Les enfants ne disent-ils pas toujours la vérité ? plaisanta la guérisseuse.

Plus tard, ils montèrent au grenier, là où Bathilde faisait sécher ses plantes. Elle avait tenu à leur montrer ses trésors. Ce n'était pas si souvent qu'elle avait l'occasion de faire la visite.

Le garçon et les filles s'assirent sur un vieux coffre de bois. Bathilde allait et venait au milieu de ses bouquets suspendus à la charpente. On entendait juste le vent siffler dans les ardoises. La lumière du dehors filtrait par les soupiraux. Et comme elle ne suffisait pas à éclairer la longue pièce mansardée, la maîtresse des lieux avait allumé une lampe-tempête qu'elle promenait à hauteur de son visage. Au fur et à mesure, elle nommait d'une voix docte les plantes collectées. Il y avait là une immense réserve de mille-feuille, de tanaisie, de camomille, de casse-lunettes, de coronille, d'angélique, d'aspérule, d'hellébore, de mauve sauvage... tant d'autres espèces encore, pilées ou concassées dans des bocaux fermés par leur bouchon de liège. Chaque récipient était soigneusement étiqueté et rangé sur des étagères couvrant les pans de murs opposés.

— Vous pourrez dire que vous avez pénétré dans l'antre de la sorcière, s'amusa Bathilde. Et vous ajouterez que vous n'y avez vu ni bave de crapaud, ni farfadets, ni guivres...

Agathe resta à peine une heure à Lacombelle, le temps de se restaurer. Elle avait calculé qu'en suivant le chemin de la forêt elle atteindrait Meyssenac à la tombée du jour.

Avant son départ, Bathilde la chargea de fruits secs et de boisson chaude. La dame en noir et Savin accompagnèrent Agathe jusqu'à l'enclos.

— Tu vas nous donner, dit le garçon. Il n'y a pas autre chose à faire. Il m'en coûte beaucoup, parce que ma petite sœur sera déçue de cette trahison, mais nous ne pouvons faire autrement que nous rendre.

Agathe baissait la tête.

— Bien sûr, approuva-t-elle. Ça ne peut pas continuer comme ça. Sinon, les gendarmes... Tu te rends compte...

— Tu le feras pour moi, pour Faustine et pour Bathilde, insista Savin.

La dame en noir paraissait s'amuser de la situation.

— Pourquoi pour moi ? Tu exagères, Savin... Il y a belle lurette que je ne crains plus le bûcher.

— Il existe d'autres manières de faire souffrir les gens, reprit le garçon.

— Alors c'est déjà fait. J'ai souffert tout ce que tu peux imaginer.

Bathilde semblait tirer fierté de sa réplique, ce qui étonna ses voisins.

— N'ayez crainte, je dirai au village que vous avez recueilli Faustine et Savin, promit Agathe.

— Tu es une bonne petite, ajouta la guérisseuse en caressant du bout des doigts le visage blanc d'Agathe. Pars vite et gare aux loups ! ajouta-t-elle.

Savin et Bathilde attendirent que la frêle silhouette se fût évanouie dans la brume montante. Un peu de vent agitait

les membrures des arbres. Soufflant de l'ouest, il n'apportait guère de froid, sinon des nuages ensorcelés.
— Le redoux va s'installer, pronostiqua Bathilde.
Ils revenaient à petits pas vers la maison, sans se presser.
— Croyez-vous que j'ai bien agi en nous rendant?
— Il n'y avait pas autre chose à faire, dit Bathilde.
Elle n'arrivait pas à prendre au sérieux ces enfantillages.
— Cette histoire est terrible, repartit Savin. Nos parents ne nous aiment pas. Ils pourraient tout aussi bien nous abandonner à une autre famille...
Bathilde écoutait Savin, sceptique. Elle connaissait les Marquey et ne pouvait croire qu'ils fussent les monstres tant décriés par leurs enfants.
— Alors nous avons voulu partir, tous les deux...
Savin se ravisa. Cela l'ennuyait de se mentir à lui-même.
— Plutôt, c'est ma sœur qui a eu cette idée. Et comme je n'ai pas voulu la laisser seule, je l'ai suivie, sans la contrarier.
— Tu désapprouves cette action, quand même, non? s'inquiéta Bathilde.
— Ma sœur est tout pour moi. Si je la perdais...
Il passa la main sur son visage comme pour chasser un mauvais songe.
— Je crois qu'elle est fantasque, tellement fantasque... Et si fragile en même temps. Vous me comprenez?
La guérisseuse posa une main sur l'épaule du garçon. Elle le conduisit vers sa grange.
— Allons donner à manger aux chèvres. Ça passera le temps.

Le lendemain, peu avant midi, un cabriolet déboula à toute allure à Lacombelle. Ameline en jaillit, en proie à une vive émotion. Elle criait, pleurait, tremblait. Puis tout s'apaisa, soudain, lorsqu'elle prit son petit bonhomme, comme elle disait, dans ses bras.

— Pourquoi as-tu fait ça, Savin ? Cette chose terrible pour des parents : disparaître, et nous laisser sans nouvelles, dans les souffrances, les pleurs, l'angoisse...

Le garçon ne répondait pas. Il tremblait. Il respirait l'odeur chaude de sa mère, tout contre son sein, et avait envie de pleurer, lui aussi. Le père se tenait trois pas en arrière, soufflant fort. Ameline lui avait interdit de dire le moindre mot, d'exécuter le moindre geste. Pas de remontrance, pas de reproche, pas de punition. De l'amour, seulement. « Tout ce que nous n'avons pas su leur donner, jusqu'à présent », avait-elle dit, une demi-heure plus tôt, en quittant Meyssenac.

Puis Faustine apparut dans l'entrebâillement de la porte. Elle poussa un cri de colère et retourna dans la maison. Ameline y courut aussi, passant devant Bathilde sans la voir.

— Tu es si malheureuse ? s'écria la mère en l'agrippant par la taille, l'attirant contre elle d'autorité. Tu dois nous pardonner, Faustine. Les parents ne sont pas irréprochables, certes, mais...

— Vous ne nous aimez pas ! reprocha-t-elle d'une voix emportée. Alors laissez-nous partir au loin. Qu'on ne se voie plus. Plus jamais...

— Que dis-tu, Faustine ? Bien sûr que nous vous aimons, ton frère et toi. Qui t'a fichu une idée pareille en tête ?

— Je suis assez grande pour comprendre la vie.

Maxence Marquey était entré dans la maison pour saluer la propriétaire. Il lui prit la main et la baisa gauchement. Bathilde s'en amusa.

— Vous ne m'aimez pas, n'est-ce pas ? Et ça vous coûte.

Ils sortirent tous deux. Savin se tenait près de l'enclos aux chèvres, le regard tourné vers les fonds de la Sévère. Il semblait étranger à la scène qui se déroulait dans son dos. A la vérité, il pleurait doucement, sans qu'aucune larme s'écoule sur son visage. Il pleurait de rage et de déconvenue. Il avait compris que sa sœur ne lui pardonnerait jamais sa trahison.

Ameline sortit avec sa fille. Au passage, elle remercia Bathilde et l'embrassa. Avant leur arrivée à Lacombelle, le couple Marquey s'était entendu pour donner une petite récompense à l'hôtesse. Mais lorsque Maxence tendit l'argent, Bathilde le refusa.

— La bienfaisance ne se monnaye pas, dit-elle sur un air de triomphe.

Le cabriolet repartit aussitôt après que Maxence eut vérifié les attaches et tendu la capote de toile noire. On enveloppa Faustine dans une couverture car elle grelottait de froid. Savin refusa la sienne, la repoussant contre le dossier. Il était assis face à sa mère et la fixait dans les yeux.

— Je ne pouvais pas faire autrement que suivre Faustine, se justifia-t-il.

Ameline hocha la tête. Elle connaissait toute l'histoire par le détail et n'avait aucune envie d'en parler.

— Tu t'es conduit comme un homme, Savin, murmura la mère. Ton père et moi, nous nous sommes comportés en égoïstes, sans nous rendre compte du mal que nous vous faisions. Mais ça va changer. Désormais, nous serons des parents exemplaires.

La voiture cahotait sur les passages étroits du chemin bordant les précipices. Il y avait, ainsi, un petit kilomètre plutôt difficile. Le père menait l'attelage avec prudence.

Ameline poursuivit sa conversation à voix éteinte, mais les enfants s'étaient assoupis. Et c'était mieux ainsi.

J'ai enfin obtenu le droit de descendre aux cuisines, se dit-elle. Tout n'aura pas été à fonds perdus. Mes chers enfants m'auront au moins permis de gagner ça !

Un sourire se dessina sur son visage. Elle songeait à Pierrette, qui lui avait dit : « La vie du couple c'est la guerre : parfois on s'entre-déchire, parfois on signe des traités de paix, parfois on se range chacun de son côté, à la limite des frontières. Tant qu'il reste un espace sentimental à préserver, tout n'est pas perdu... »

7

Les hommes ne vaincront pas. — Colère et détermination. — L'arc de triomphe des cocagniers. — L'aimant des cœurs.

La paix retrouvée dans la famille Marquey ne rendit pas la vie aussi facile et simple qu'elle l'avait été avant la crise. Ameline naviguait, comme autrefois, entre les cuisines et son appartement. Mais elle s'abstenait toutefois d'apporter le moindre conseil culinaire. L'attelage Maxence-Hyacinthe était, selon l'avis des gens de Meyssenac fréquentant l'auberge des Diligences, le meilleur qui fût à dix kilomètres à la ronde. On venait le dimanche déguster la poule au pot, le canard farci et ses sanguettes persillées, la tête de veau vinaigrette, sans oublier les farcidures de pommes de terre et les miques au petit-salé de porc. L'affaire ronronnait à son aise. Et cela n'avait point l'heur de plaire à Ameline. Elle y voyait le signe d'une routine dommageable. Parfois, elle prenait la liberté d'évoquer la question devant son mari. Maxence l'écoutait, religieusement, en silence, le sourire condescendant. Depuis quand les femmes s'y entendaient-elles dans la grande cuisine ? pensait-il. Mais, leçon oblige, il s'interdisait de le dire. Il avait trop payé son insolence dans le passé. Ce qui avait pu être sauvé in extremis ne méritait pas, de nouveau, le péril pour le plaisir d'une malheureuse réplique.

Si les promenades à Brive s'étaient souvent espacées, voire notablement réduites depuis plusieurs mois, l'amitié entre Pierrette et Ameline perdurait. Depuis la fugue des enfants, la femme du maire se retenait d'apporter trop de conseils. Un tel pessimisme sur l'avenir du couple, de tous les couples en vérité, avait de quoi désespérer l'épouse la plus accrochée à la vie conjugale. Ameline la jugeait fort intelligente, de bons conseils, plutôt serviable, mais l'argent dont elle disposait à discrétion avait pourri toute lucidité en elle. Et au fond, les critiques que Pierrette distillait à longueur de journée sur l'horreur de la vie conjugale semblaient n'être que le fruit de sa propre expérience et ne reflétaient que son désarroi. Ameline avait compris que son amie rêvait de quitter son mari mais n'osait pas, de crainte de perdre ses avantages financiers. Victor Loriot possédait beaucoup d'argent, et la vie autour de lui était facile. Ce n'était pas les amants qu'elle collectionnait dans les bars ou les hôtels qui eussent pu la combler de ce côté-ci, surtout ceux qu'elle appâtait avec la couleur de son argent. En fait, il y avait plus d'hommes entretenus autour d'elle que de grands amours.

Un jour, alors que les enfants étaient à l'école et Maxence au marché de Salvayre, la femme du maire monta dans l'appartement d'Ameline, directement par l'escalier de service, en prenant garde de ne pas croiser Hyacinthe, cette dernière la tenant en partie responsable de la crise du couple Marquey. Ameline était occupée au repassage dans sa cuisine. Elle se tenait près de la fenêtre qui donnait directement sur la rue des Remparts. Position idéale, en somme, pour jouir des allées et venues.

Pierrette surgit brutalement dans la cuisine. Ameline sursauta. Elles rirent de la situation. Cela faisait deux mois au moins qu'elles ne s'étaient vues.

— Ma bonne et chère amie me néglige, ces temps-ci, reprocha madame Loriot.

Elle portait une robe de printemps avec des motifs à fleurs immenses, assez colorés, bleu, rose et jaune. Sa chevelure était ramassée sous un chapeau violine. Elle s'était fardée comme pour une sortie à Brive, alors qu'elle ne dépasserait pas, ce jour-là, la rue des Remparts : poudre de riz sur les pommettes, crayon noir sur le bord des paupières, touche de bleu autour des yeux, rouge à lèvres intense, le tout mettant en évidence le blanc nacré de sa peau.

— Notre relation a changé depuis quelque temps, dit Ameline. Ne trouves-tu pas ?

— Ce qui a changé, admit Pierrette, ce sont tes rapports avec ton mari. Tu as choisi de revenir vers lui, je respecte ta décision. Et là-dessus, tu ne recevras pas de moi la moindre critique. Je ne suis pas à ta place. Je suppose que tu as fait le choix juste pour tes enfants.

Ameline alla reposer ses deux fers sur la cuisinière pour qu'ils reprennent de la chaleur. Par la même occasion, elle ôta les cercles de fonte du dessus et la rechargea en bois. Il y eut alors un grand silence, car la femme du maire avait dit ce qu'elle avait à dire et estimait dès lors que la balle était dans le camp de son amie.

— Je savais que tu m'en voulais un peu, avança alors Ameline.

La vapeur d'eau exsudait de la pattemouille chaque fois qu'Ameline passait et repassait son fer.

— Je ne t'en veux pas. Mais il n'est qu'une seule question.

— Laquelle ?

— Que veux-tu faire de ta vie ? dit Pierrette.

Ameline s'avança vers la fenêtre, sa main écarta légèrement le voile qui obturait la vitre. Le soleil de printemps dorait les collines. Les aubépines étaient en fleurs, les jonquilles et les primevères peuplaient les talus de leurs taches jaunes. Elle se demandait si les violettes, blanc et parme, avaient commencé à essaimer leurs fleurs minuscules sur les ruines de la Jaubertie.

— Je me suis rangée à la raison. Cela peut paraître une sorte de démission de ma part mais... A la longue, poursuivit-elle, notre souffrance mutuelle finissait par nous détruire l'un et l'autre.

— Il t'aurait fallu partir, dit Pierrette. Vite et sans te retourner.

Ameline haussa les épaules.

— Je n'ai pas assez de caractère pour ça. Et toi non plus, visiblement, ajouta-t-elle, perfide.

Pierrette ôta sa coiffe et agita sa tête pour faire dégouliner ses longs cheveux sur ses épaules. Ameline l'observait avec une sorte de curiosité, comme si elle avait oublié qui était son amie, une belle femme qui attire les regards des hommes.

— Qui t'a dit que je voulais me séparer de Victor ?

— J'avais cru le comprendre.

La femme du maire traversait de long en large la cuisine, la tête inclinée vers le carrelage formé de carreaux noirs et blancs, tel un vaste damier. Elle s'amusait même à choisir les endroits où poser ses pieds, plutôt les carreaux blancs.

— Nous faisons chambre à part, dit Pierrette avec une sorte de triomphe dans la voix. Depuis si longtemps.

Ameline sourit dans le vide. Elle n'avait pas envie, elle, de raconter ses histoires intimes. Elle respectait trop Maxence pour le jeter en pâture, ainsi, aux commérages.

— Mais nous nous sommes fait une raison. L'amour est l'histoire d'une saison. Après, le temps se gâte.

La maîtresse des lieux se mit à rire. Pierrette parut blessée, mais sa voisine la rassura sur l'origine de sa réaction :

— Je pensais à notre histoire, dit Ameline. Nous avons eu un long été et nous voudrions tellement qu'il revienne. Mais je ne sais pas ce qu'il faudrait faire, ni Maxence non plus, d'ailleurs. Nous sommes parfois comme des handicapés du cœur devant l'amour. Il y a des pages à tourner et nous ne savons pas les faire passer à l'oubli.

Pierrette alla s'adosser à la porte d'entrée, la tête relevée vers le plafond. Elle rêvait ainsi dans l'immobilité, le corps tendu comme un arc. Elle rêvait et souffrait à la fois.

— Après tout, tu as raison, ma bonne amie, je n'ai pas de leçon à te donner. Je suis assez lâche. Mes amants ne sont que des distractions. Ce sont les gestes de l'amour mais ce n'est pas l'amour, plutôt du désir mécanique.

Ameline s'empara d'une chemise, la défroissa en l'agitant avec rudesse. Elle ramena un fer de la cuisinière. Elle ajusta la pattemouille et reprit la manœuvre. Le fer lui parut trop chaud cette fois, elle attendit quelques secondes avant de le poser sur la table à repasser. Sa voisine l'observait, le regard vague.

— Nous sommes tellement différentes, admit Pierrette.

— Je ne sais pas, dit Ameline.

— Je ne suis même pas parvenue à te faire prendre quelques amants. Je crois que tu aurais dû le faire, ajouta-t-elle. Aujourd'hui, tu ne verrais plus les hommes de la même manière.

Ameline balançait la tête de gauche à droite, le sourire crispé.

— J'ai trop d'amour-propre. Et d'orgueil aussi, reconnut-elle. As-tu songé à ce qu'ils pensent de toi, tous ces gigolos, à ce qu'ils disent dans ton dos ? A toutes ces horreurs que les hommes se racontent sur les femmes légères ? C'est le sujet favori de leurs conversations.

La femme du maire s'assit devant la table, sur laquelle étaient posés des alignements de linge soigneusement repassé. Cela représentait deux heures de travail au moins, et Pierrette n'en avait aucune idée. Elle possédait une bonne à demeure. Elle la commandait. Du moins suffisait-il de dire quelques mots magiques : repas, vêtements, nettoyage, vaisselle, pour que tout s'arrangeât dans l'heure. Elle ne s'intéressait pas. Elle ne voulait pas savoir. Elle fuyait le désordre des choses. Son regard ne faisait que passer sur le travail domestique, le survoler d'un air hautain. Elle savait seulement qu'il lui suffisait d'ordonner pour que sa volonté soit faite.

— Pourquoi tu ne prends pas une bonniche ? Ça nous laisserait le temps de bavarder, dit Pierrette.

— Je n'ai rien d'autre à faire. Si je pouvais, ma chère, je descendrais aux cuisines et je me mettrais aux fourneaux. Mais là, je me sens de trop. Maxence m'en a chassée, il y a deux ou trois ans, je ne sais plus, et depuis, malgré mon retour en grâce, je ne m'y sens pas à l'aise. Pourtant, j'ai des idées. Mais on les refuse. Il paraît que la cuisine, la grande cuisine, c'est l'affaire des hommes...

— Moi, je ne m'en plaindrais pas, à ta place. Laisse donc ça à ton mari.

Ameline observait la panière de linge avec dégoût. Ça n'avançait guère, surtout depuis que Pierrette tournait dans ses jambes.

— Je voudrais tellement apporter mon savoir en la matière. Tu ne peux pas comprendre ça. Toi, tu es dans une autre sorte d'existence que la mienne.

— Alors, lança la femme du maire, impose-toi, d'autorité s'il le faut !

La réflexion de Pierrette alluma une étrange lueur dans le regard de son amie. C'était sans doute tout ce qu'elle attendait d'elle, une complicité de femmes. Il y en avait eu tant d'autres entre elles, par le passé, des complicités, le plus souvent destructrices, et celle-ci paraissait pour une fois hautement positive.

— Tu serais prête à m'aider ? demanda Ameline.

— Parfaitement, ajouta Pierrette Loriot. Ça donnerait un coup de jeune à l'auberge des Diligences. Peut-être est-il temps pour l'établissement de changer de cuisine ?

— Crois-tu qu'à Meyssenac on ne se liguerait pas contre moi ?

— Comment cela ?

— Se sentant floué, Maxence ne risquerait-il pas de mobiliser ses affidés pour me mener la vie dure ? Déjà que je lui ai refusé un enfant...

— Un enfant ?

Ameline éclata de rire. Elle alla se remplir une tasse de café puis en offrit une à Pierrette, qui accepta.

— C'était au moment de nos... réaccordailles, expliqua Ameline, faisant rire la femme du maire. Maxence m'a demandé que je lui donne un enfant. Un troisième.

— Tu as dit non, au moins.

— En effet, admit Ameline, j'ai dit non... comme ça, sans réfléchir.

— Mais depuis ce jour, tu as eu le temps d'y songer ?

— Certes, je n'ai pas envie de me remettre dans les biberons, les langes...

— Et c'en serait fini pour un bout de temps de tes ambitions. Ah, bon Dieu, les hommes sont incroyables ! s'éleva Pierrette. Faire des enfants ! Ça ne leur coûte rien, à eux. Mais nous, pauvres femmes, ça nous rend esclaves. Et puis, tu le sais, ils nous adorent dans cet état. S'ils pouvaient, ils nous maintiendraient en permanence dans les couches.

Les femmes burent en silence. Le café réchauffé sur la cuisinière n'était pas du meilleur goût, mais il scellait entre elles comme des retrouvailles. Pierrette savait détecter les mots justes, esquiver aussi les phrases embarrassantes ; l'amitié était son fort. Elle se sentait douée pour cela. Elle s'y livrait corps et âme, avec plus d'assurance que dans l'amour, finalement, parce qu'elle savait, d'instinct, que l'amitié est plus durable que les passions.

— Fais attention, maintenant que tu sais ce qu'il veut obtenir de toi, ajouta la femme du maire.

Ameline l'observait gravement.

— Faites chambre à part. Sinon, il te coincera, conseilla Pierrette sans ambages.

Son amie ne répondit pas. Elle ne voulait pas s'abandonner aux confidences intimes. Mais sur ce point, du moins, elle jugeait son avis judicieux.

— On ne doit faire l'amour que lorsqu'on ne risque rien. Demande à Marcoussi, il te sera de bon conseil.

Ameline hochait la tête.

— Je ne suis pas née de la dernière pluie. Et puis, deux enfants, ça suffit.

— Est-ce qu'il continue à boire ? s'inquiéta Pierrette.

Sa voisine hésita à répondre. Puis :

— Il a réduit sa consommation depuis notre réconciliation. Mais, je ne sais pas s'il tiendra parole. Parfois, je le trouve entre deux vins.

— Raison de plus pour refuser ses avances. Dans cet état, c'est fâcheux.

— Dans cet état, ricana Ameline, il n'est pas plus dangereux qu'un puceau.

Elles partirent d'un grand rire.

— Oh, mon Dieu, que de propos osés pour une oie blanche comme toi !

— Je ne suis pas tout à fait celle que tu imagines...

Enfin, elles descendirent aux cuisines. Il ne s'y trouvait que les deux marmitons, qui s'activaient autour des plats du jour.
— Toujours purée, toujours pommes rissolées, toujours rôtis de porc, et que sais-je encore ! Ces diables de soupes trempées, comme pour les chiens. Mon Dieu, quelle misère ! tempêta Ameline.
Pierrette riait aux larmes.
— Je te sens renaître, ma jolie. Ça me rassure. Tu es sur la bonne voie. Ne lâche pas prise. Les hommes ne vaincront pas.

En mai 1910, l'occasion fut enfin donnée à Ameline Marquey de montrer son savoir. Les circonstances qui apportèrent sur un plateau cette révélation à tout Meyssenac, et bien au-delà, furent l'œuvre du hasard. Et qui dit hasard, forcément, dit aussi ironie. On s'amusa donc beaucoup cette année-là autour de l'auberge des Diligences, même si certains eurent hélas à déplorer la farce du destin.
L'événement prit naissance dans le cabinet du maire. Ce dernier, réélu brillamment lors de la consultation de 1908 - « une formalité », lâcha-t-il au moment où ses amis le portaient en triomphe, tel un chef gaulois sur son pavois –, voulut fêter les trente années de la Douce Cocagne dans sa cité.
— Il y aura de bons et gros discours. Comme il est d'usage en France, lança-t-il à ses proches collaborateurs, la République, du reste, ne se lasse jamais de ce décorum du verbe. Et enfin, pour couronner le tout, un banquet, mes aïeux, un fort bon gueuleton mémorable !
— Des discours, reprit Octave Rozade. Encore des discours. Pour ne rien dire. Savez-vous ce que dit le

philosophe ? « Pendant que nous dissertons sans fin, l'oiseau fait son nid. »

Félicité Domergue se tourna vers son secrétaire, le pâle Arnolphe, lui indiquant par là de se préparer à écrire quelque chose sur son calepin.

— Ecoutez ce que je vais dire, lança le notaire d'une voix essoufflée. Ecoutez donc ! Monsieur le percepteur de Salvayre nous donne l'occasion de réfléchir un peu. L'oiseau accomplit l'ouvrage essentiel par lequel il perpétue la survie de l'espèce. Tandis que le philosophe démonte et remonte l'horloge compliquée de Voltaire, sans fin. Ce qu'il cherche, notre philosophe, c'est évidemment d'en comprendre le mécanisme. Mais l'oiseau, lui, il n'a pas besoin d'en saisir le sens pour se ranger à l'ordre vital du monde. Comprenez-vous ?

Le petit Arnolphe épuisait la pointe grasse de son crayon en écrivant à la va-vite sur du papier rétif. Pour que son instrument fournît encore de quoi noter, il le suçota à plusieurs reprises avec un air de dégoût. Les mots étaient son enfer, lui qu'on avait formé, jadis, pour les chiffres. Il avait commencé une petite carrière de comptable, mais son employeur en avait jugé autrement. « Le droit, c'est la vie, tandis que les chiffres, c'est le néant », répétait souvent son mentor, qui avait le goût des phrases lapidaires et vides.

— Le philosophe est aussi utile que l'oiseau, releva Frazier. Il est nécessaire d'apporter du sens en toutes choses. Cela n'est pas donné à tout le monde, encore moins à la cervelle d'un oiseau.

Assis derrière son large bureau, Victor Loriot tapotait sur son sous-main en vieux cuir. Un air soucieux lui barrait le front. A vrai dire, il se demandait s'il devait rire ou conserver son sérieux. Soudain, il se décida et leva une main bienveillante.

— Je voudrais que nous nous concentrions sur l'essentiel. C'est-à-dire la Douce Cocagne. Ferons-nous, oui ou non, une fête ?

En terre de démocratie, toute question se résout par des votes. Mécanique trouble et parfois emballée de la pensée réductible. On s'exprima donc à mains levées.

— Belle unanimité ! s'écria Loriot d'un air gourmand.

Pour les gros discours et la fête, tout le monde avait répondu présent. Il y avait là, comme on vient de le voir, hormis Frazier, Domergue, son souffre-douleur, et Rozade, toute la confrérie : le quincaillier de la rue des Tamaris, Romain Mazel, le boulanger de la rue des Remparts, sieur Batilleau, le boucher Libert. Ces derniers personnages, notables de Meyssenac, ne brillaient jamais par leurs interventions. Ils suivaient le mouvement, sachant que dans toute idée il y a du bon et du mauvais. C'était le bon sens du juste milieu qui effleurait le sommet de ces crânes.

Le seul qui n'avait pas émis d'opinion était assurément le plus concerné de tous, Auguste Combet, le majoral de la société savante. Il était assis derrière le maire, un peu en retrait, près d'une Marianne imposante en granit rose. Le front de la statue était ceint d'une écharpe tricolore. Cela faisait mauvais genre, tout de même, qu'elle fût coiffée comme certaines idoles religieuses d'ex-voto. Les membres de la confrérie s'interrogeaient : leur président était-il dans la confidence, ou lui avait-on volé son idée ?

— Et toi, Auguste, quel est ton avis ? demanda Batilleau.

Combet trouva l'idée intéressante, à la condition que la maîtrise en restât à la confrérie. On lui fit préciser sa pensée. D'ordinaire, le majoral ne se faisait guère prier. Il hésita, marmotta, barguigna. On comprit que le maire faisait sienne cette opération, puisque, comme il l'expliqua quelques minutes plus tard, on y verrait toutes les huiles du département, le sénateur Maxime Lamirand, le député Guy de Bonneval...

— Et pourquoi pas le président de la République ? coupa Rozade.

Pour le coup, Victor Loriot se voulut persuasif :

— Que croyez-vous, mes amis, je travaille pour la cité, pour ses habitants, pour la mémoire de nos morts, pour la renommée de Meyssenac. Moi, en vérité je vous le dis, je ne suis rien.

— Le maire, tout de même, insista Rozade.

Loriot fut piqué au vif. Il n'était pas aisé de le faire sortir de ses gonds. Cet homme était un avaleur de couleuvres de premier ordre. Il aimait les honneurs, certes, mais feignait de les négliger.

— Méfions-nous des modestes comme dirait le philosophe, reprit Octave Rozade. Il y a de la fausseté à se plaindre des honneurs.

Le maire haussa les épaules. Il haïssait les percepteurs. Sa vie d'édile ne s'était-elle point faite contre les comptables, contre les trésoriers qui lui mesuraient l'avoine dans ses budgets municipaux ? « Des pinailleurs », avait-il coutume de dire. Et celui-ci, s'égarant hors de ses attributions, venait le contester jusqu'en son domaine réservé, la politique !

— Notre Octave Rozade ne jure aujourd'hui que par les philosophes... En existe-t-il qui trouvent quelque esprit aux chiffres ?

— Pascal, répliqua le percepteur de Salvayre dans un ricanement appuyé. Penser droit et juste requiert de l'esprit de finesse, sans qu'on parvienne pour autant à raisonner géométriquement. Je vois clairement dans un état des dépenses et des recettes ce qui est droit et juste. J'en déduis que l'ordonnancement des comptes possède une logique qui peut être à la fois juste et fausse. Juste sur le principe mathématique et fausse sur le fondement de la justice et du droit.

Combet se prit à applaudir. Le maire se tourna vers lui, pensif.

— J'approuve la comptabilité lorsqu'elle affiche un sens moral, jubila Combet. Et notre ami Rozade mérite bien son titre de membre bienveillant de la Douce Cocagne. Nous sommes cocagniers, fort bien, mais aussi clairvoyants. Je propose que nous confiions les comptes de la confrérie à notre frère clairvoyant.

Victor se dressa d'un mouvement vif. Sa main passa et repassa sur sa chevelure, dessinant sur son front la frange qui lui donnait un peu de prestance.

— Quoi ? Vous contestez la gestion de mon secrétaire particulier ? Monsieur Léonce est un honnête homme.

Puis il se tut brusquement. Cela lui faisait l'effet d'un coup de pistolet en plein cœur. Sa main se porta à la poitrine. *Commedia*, pensa Frazier. L'homme politique est un acteur comme les autres. Son texte est impromptu, voilà la difficulté.

— Très bien. Le cahier des comptes sera remis à monsieur Octave Rozade. J'en connais un qui va être heureux. Monsieur Léonce sera ravi d'en être déchargé. Lui qui ne comptait plus ses heures à travailler d'arrache-pied sur cet ouvrage... Et la subvention ? Y avez-vous songé ? Elle pourrait vous passer sous le nez.

Et zip, il osa le geste, franc et net. Tous les cocagniers se dressèrent comme un seul homme.

— Tu ne ferais pas ça, Victor ! Tout de même, quelle ignominie ce serait... le raisonna Frazier.

Le maire se rassit, las et mou comme une chiffe. Si Pierrette avait assisté à ça, cette fronde, elle m'aurait trouvé très en dessous de mon rôle. Très très en dessous, se reprocha-t-il.

Dans les moments difficiles et souvent ridicules de sa carrière, c'était le visage de sa chère épouse qui s'invitait pour dénoncer ses insuffisances, et nul autre. Comment croire que Pierrette occupait une telle place dans son existence ? Extérieurement, il laissait croire qu'il la méprisait, souverainement. Mais dans son for intérieur il en allait tout autrement. Elle était son point de repère.

Des gouttes de sueur perlaient sur son front. Il les fit disparaître négligemment. Elles étaient signe de renoncement chez lui, de reculade, de reniement. Toute sa vie de politicien avait été à l'image de cette seconde : un féroce engagement suivi de près par une tout aussi féroce débandade. En portant l'estocade en avant il se poussait au jouir, jusqu'à l'extatique instant où le flux s'inversait en lui ; alors la mortification, le dégoût, l'effarement s'emparaient de toute son âme.

— D'accord pour la subvention, précisa-t-il d'une voix mielleuse, mais à la condition...

— Il y a donc une condition, murmura Combet.

— A la condition... émit-il, le doigt pointé vers les membres de la confrérie, que nous fassions la fête du trentenaire avec député et sénateur...

Les têtes s'inclinèrent de bonne grâce. Victor Loriot retrouva bien vite sa sérénité perdue. Dans le fond, j'ai fait un bon compromis, pensa-t-il. Et l'illusion le regagna qu'il était resté en tout point maître de la situation.

Pendant que la conversation se poursuivait, un employé de la mairie avait été dépêché pour mander dare-dare monsieur Léonce.

— J'ai esquissé un menu pour notre fameux banquet, dit Loriot, tout excité.

— Ah bon, déplora Rozade, on commence par le festin...

Le maire s'interrompit tout net. Un rien pouvait lui faire perdre tous ses moyens. Dans l'assemblée communale, il n'avait pas l'habitude d'être contredit.

— Cher Octave, reprit-il d'une petite voix cassée, par quoi espériez-vous commencer ?

Le percepteur de Salvayre promena son regard de droite à gauche, cherchant ainsi à rallier toute la confrérie. C'était inutile. Elle lui était acquise. Combet et Frazier, par exemple, n'avaient qu'une envie, voir le premier magistrat de Meyssenac en rabattre.

— L'or des Celtes du Limousin, par exemple.

Bruissements dans la salle.

— Ou encore, poursuivit Octave Rozade, la supériorité d'une Forquenot 120 sur un cabriolet du siècle dernier...

Les rires partirent en salves. On n'avait pas oublié la fameuse course. Elle faisait partie des grands débats meyssenacois.

— Je vous en prie, Octave, restons sérieux.

Combet trouva que l'or des Celtes du Limousin était un sujet épatant. Il avait travaillé le sujet, dans sa jeunesse, en un temps où il pouvait encore se mouvoir dans les anciennes galeries de mine de Salvayre.

— On a des choses à dire sur le sujet, ajouta Frazier. Nos mines du plateau d'Orfeuille ont été exploitées dès l'âge du bronze, c'est-à-dire au troisième millénaire avant J.-C. Et l'activité s'est poursuivie durant l'âge du fer avec une régularité qui prouve que le sous-sol était riche...

— Il l'est encore, s'écria Romain Mazel, le quincaillier de la rue des Tamaris. Il suffirait de creuser au Pertuis pour se remplir les poches. Ne cherchez pas plus loin où obtenir des subsides pour réparer le château ! Ils sont dans notre terre nourricière, bien plus sûrement que dans les caisses de l'Etat. Ça fait dix ans au moins que tu batailles, Victor, pour obtenir des subventions. Sans résultat. Fais donc creuser les galeries du Pertuis. La fortune publique dort sous nos pieds.

Combet et Frazier éclatèrent de rire ensemble. Et Victor, décontenancé par la tournure de la conversation, voulut mettre un bémol :

— Au prix du travail horaire, et bon Dieu j'en sais quelque chose, combien de tonnes de terre et de roche faudrait-il retourner pour extraire de quoi payer les ouvriers ? s'éleva le maire. En ce temps-là, le travail ne coûtait pas cher. Pas vrai, Félicité ?

Le notaire, surpris en plein assoupissement, releva la tête, les yeux papillonnants.

— C'est un beau sujet d'étude. Rien de plus. Mais quant à reprendre les exploitations minières, ce serait folie. Il y a bien d'autres manières d'amasser l'or, mes amis, sans se baisser. Et si par chance monsieur Poincaré devient président de la République, il nous fera un franc fort en remettant le pays au travail. Pour cela, il nous faudrait une sorte d'union sacrée des patrons et des ouvriers...

A ce moment des débats, monsieur Léonce fit son entrée dans la salle de la mairie, par la petite porte, le chapeau melon vissé sur la tête. Il marchait les épaules voûtées, le pas hésitant. Il contourna la petite assemblée, puis se dirigea vers Rozade et lui jeta le livre de comptes de la confrérie dans les bras.

— Je suis à votre disposition pour éclaircir toute question qui pourrait se poser, lui murmura-t-il à l'oreille.

Le percepteur hocha la tête, embarrassé par la vivacité de la réplique. A vrai dire, il s'était attendu, de la part du secrétaire particulier, à quelques valses-hésitations. Tant de promptitude prouverait-il que les comptes sont finalement sincères ? pensa-t-il avec une sorte de dépit. Peut-être ai-je mal interprété les avis de Combet...

Il se leva pour lui parler, mais ce dernier s'était déjà effacé par la porte dérobée. La maire avait suivi la scène, amusé. Il y avait sur son visage un sourire de triomphe.

— Revenons à notre menu, proposa Victor.

Les membres de la Douce Cocagne comprirent alors que la question était fort avancée. Le maire avait obtenu de Maxence Marquey son accord pour un banquet d'anniversaire de quatre-vingts convives à l'auberge des Diligences. Il énuméra le menu :

— Soupe aux écrevisses de la Sévère, brochets façon Marquey, cailles de vigne rôties...

Chaque fois, il ponctuait ses annonces d'un silence, espérant recueillir quelques satisfactions sur les visages. Ceux-ci s'animèrent lorsqu'il annonça une selle de marcassin grillée. Puis il accéléra le rythme :

— Jardinière de légumes du printemps, salade, cresson...

— Sacré gueuleton, reconnut Mazel.

— C'est moi qui fournirai le gibier, n'est-ce pas ? insista Libert, le boucher de la rue des Remparts.

— Et les brochets, on ira les tirer où ? demanda le boulanger Batilleau.

C'était une fine gaule à ses heures. A la mouche et au lancer, il était un spécialiste de la truite. Mais le brochet, poisson carnassier s'il en est, exigeait la pêche au vif avec pour appât des carpeaux ou des ablettes.

— Après la fonderie Montestuy, dans la retenue, expliqua Mazel, il y a de belles pièces. Je vous le garantis.

Loriot était agacé par toutes ces considérations.

— C'est l'affaire de Maxence, trancha-t-il. Et de son factotum.

— Anastase... Il les lèvera à sa manière, les brochets, les écrevisses et les marcassins. Ce diable de braco ! jura Batilleau.

Le maire haussa les épaules.

— Je n'ai rien entendu, les gars, n'est-ce pas ?

— Allons, Victor, les gendarmes, les gardes et tous les gabelous, tu les as à ta botte ! ajouta Mazel.

Pour faire taire le brouhaha, Loriot tapa du poing sur le bois de son bureau. Combet et Frazier s'étaient déjà rapprochés de lui, montrant ainsi les prémices d'une paix durable.

— Nous accueillerons à notre table deux personnalités d'importance, le sénateur et le député. Ce sont des personnes de si grande qualité, répéta-t-il, qu'il importe, mes amis, que notre affaire soit d'une haute tenue. Je veux que Guy de Bonneval et Maxime Lamirand soient impressionnés par notre cuisine. Nous avons la chance d'abriter dans nos murs une des meilleures tables de la région. Les écrevisses, les poissons de notre rivière, les gibiers de nos forêts, c'est une richesse qu'on nous envie. Et Maxence saura les mettre en valeur. Faisons-lui confiance.

Combet et Frazier quittèrent leur siège, émoustillés par ce qu'ils venaient d'entendre. Désormais, en un seul coup de dé, Victor Loriot était revenu dans leur estime. Ils se mirent à lui flatter l'encolure, l'entourant d'une sollicitude collante. Pour un peu, ils lui eussent rendu le livre de comptes qui embarrassait Rozade.

— Ce sera le banquet du siècle, lança Frazier. Un moment glorieux de notre histoire locale. Nous en sortirons renforcés. L'on parlera de nous en haut lieu, sur les bancs des deux Chambres.

— En effet, cela contribuera à faire connaître Meyssenac, le pays du bien-vivre. Et peut-être, mes amis, commencera-t-on à nous prendre au sérieux.

— Je compte faire classer notre église, poursuivit le maire.

Dans l'excitation du moment, chacun de ses projets lui semblait dès lors facile à imposer. Il se voyait déjà coupant les rubans devant l'église rénovée, la place réaménagée, la mairie restaurée.

— Nous aurons la plus belle gare du canton, ajouta-t-il. Caressant l'espace, sa main en dessinait déjà les contours.

— La gare des voyageurs et ses dépendances pour le trafic de marchandises, expliqua-t-il. Avec une marquise de Baltard...

La petite assemblée fut estomaquée par la rapidité avec laquelle le maire s'était refait la cerise. On l'avait vu sur la défensive, presque à terre. Et voici que la seule perspective d'asseoir à sa table un sénateur et un député lui réveillait l'imagination. Ces derniers temps, Victor Loriot se laissait bercer par ses rêveries. A la vérité, il s'ennuyait fort dans son rôle de premier magistrat de la commune. Il se morfondait à expédier les affaires courantes, alors qu'il se savait prêt pour de grandes choses, des actions d'éclat, comme celles qu'il venait d'évoquer devant la confrérie.

Seul Octave Rozade ricanait, en sourdine. Mais avec quel argent fera-t-il tout ça ? pensait-il. Notre maire aurait-il perdu les pédales ?

Cinq jours avant le fameux banquet, Maxence Marquey commença à déprimer. Cela lui vint d'un coup, comme à l'époque où il passait des heures dans sa cave à goûter ses réserves, à écluser ses fonds d'eau-de-vie.

Passé quatre heures de l'après-midi, ses propos se firent incohérents. Même Hyacinthe, qui avait l'habitude de décrypter son jargon d'alcoolique, ne savait plus à quoi s'en tenir. La simple préparation du velouté aux écrevisses de la Sévère prit un tour dramatique lorsqu'il se mit en tête de constituer son bouillon avec du poisson de rivière passé au chinois, auquel on adjoindrait au dernier moment les crustacés décortiqués tout juste cuits.

— Dix minutes suffiront, jugea-t-il.

— Non, monsieur Maxence, ce n'est pas comme ça qu'on fait.

— Qu'est-ce donc qu'un potage d'écrevisses ? Une soupe de poissons à laquelle on ajoute nos petites bêtes. Et le tour est joué.

La discussion s'envenima sur le poisson dont on ferait usage : des poissons blancs de rivière, comme on en avait l'habitude. Hyacinthe admit que les chevesnes feraient l'affaire mais qu'il y faudrait aussi des espèces plus goûteuses, comme l'omble chevalier.

— A l'arrivée, quel museau assez fin pourra dire que nous aurons mis de l'omble dans notre soupe ?

Hyacinthe fit signe aux deux marmitons de quitter la cuisine. Elle ne voulait point que ses propos fussent colportés dans Meyssenac.

— Vos amis de la Douce Cocagne ont recommandé le plus grand soin pour notre repas, Maxence, et reconnaissez que nous n'en prenons pas le chemin. Réfléchissez ! Il y va de la réputation de notre auberge...

— « Notre » auberge ! s'écria le chef. Depuis quand cette maison est-elle la tienne ? C'est moi qui commande à ses destinées. Et je ne m'en suis pas si mal sorti ! Si Victor Loriot m'avait jugé incapable de réaliser ce repas, il ne me l'aurait pas confié !

— Peut-être que le malheureux ne sait pas ce qu'elle est devenue, l'auberge des Diligences...

— Ah oui ! Qu'est-elle devenue, par exemple ? Je voudrais bien l'entendre !

— Depuis la mort d'Antoine-Joseph, tout va de mal en pis. Vous n'osiez pas critiquer votre père. Ses avis tombaient comme des gifles. Nul n'osait plus repasser derrière pour les déjuger.

— Il y avait belle lurette que mon cher papa ne s'occupait plus des affaires du « relais », comme il disait toujours.

— Détrompez-vous, reprit Hyacinthe, Antoine-Joseph était là, tous les matins, bien avant que vous sortiez de votre lit, et il prodiguait ses conseils sur l'activité du jour. C'était ainsi. Sans que vous vous en rendiez compte. Il disait : « Mon fils est un brave garçon, mais la cuisine n'est pas son fort. »

Pris de colère, Maxence fit le ménage à sa façon, en envoyant valser les casseroles, les couteaux, les poêles... Le tintamarre emplit toutes les salles de la maison, parvint à Ameline, qui accueillit ce nouveau coup d'éclat avec un froid détachement. Depuis leur rabibochage, elle se sentait plus assurée d'elle-même. Il lui semblait que toutes ses illusions s'étaient envolées, qu'elle sacrifiait à une comédie de façade. Ainsi la raison vient-elle aux âmes bien faites, accortes et conciliantes. La paix familiale vaut bien quelques compromis, se disait-elle journellement.

Hyacinthe fit front au chambardement. Rien ne pourrait jamais plus l'étonner depuis qu'elle était devenue dans la maison un pilier indispensable. Et cette fois, Marquey oublia de lui dire, comme il en avait l'habitude, qu'elle n'avait plus qu'à faire son baluchon...

L'affront passé, l'homme alla s'asseoir en bout de table, à l'endroit précis où son père s'asseyait les fameux matins. Il but à la suite trois gros verres de rouge, s'essuya les moustaches de la manche.

— Pour ça, vous êtes fort, oui, déplora Hyacinthe.

— J'entends que l'on cesse, une bonne fois pour toutes, de faire des observations sur chacun de mes gestes.

Il énonça ces mots d'une voix éteinte. Puis, du revers de la main, il envoya son verre se fracasser sur le dallage.

— On fera le potage aux écrevisses à la mode Marquey.
Le chef ricana dans sa barbe tandis que ses forces s'amenuisaient. Il parut s'assoupir, comme si l'énergie dépensée pour résister à son employée l'avait anéanti.
A ce moment, Ameline entra dans la cuisine, à pas de chatte. Elle avait entendu la conversation de l'alcôve voisine. Elle avait serré les dents pour ne pas s'en mêler.
En l'apercevant, Hyacinthe se mit à hocher la tête. Les deux femmes passèrent dans la réserve pour y parler à voix basse.
— Nous n'y arriverons jamais, dit la cuisinière. Il n'en veut faire qu'à sa tête. Des choses sans consistance. Il n'a plus de goût. C'est devenu comme une épreuve, toutes nos affaires de cuisine. Pourtant, il ne nous faudrait pas rater ce repas...
Ameline fixait la lumière dorée du printemps qui jouait avec les rideaux de mousseline. Elle se sentait indifférente à ce drame qui se jouait sous ses yeux.
— Il boit, dit-elle. Pire que jamais. Surtout depuis que le maire lui a commandé ce banquet de quatre-vingts couverts. Je crois qu'il ne se sent plus en état de le faire. Et il n'ose se l'avouer.
Hyacinthe approuva ces propos d'un hochement de tête.
— Un potage aux écrevisses, ce n'est quand même pas si compliqué, ajouta-t-elle.
La maîtresse de maison n'était pas d'accord :
— Un potage aux écrevisses, ce n'est pas aussi simple, si l'on désire que ce soit parfait.
— Nous devrons nous contenter d'une recette facile, celle que j'ai toujours faite, celle que l'on m'a apprise.
La cuisinière expliqua sa méthode. Ameline l'écouta sans entrain. Cela ne lui convenait pas.
— Mais vous, madame, avança la cuisinière, en avez-vous la moindre idée ?

Ameline sourit un peu.
— Vous croyez, vous aussi, Hyacinthe, que je ne sais rien faire...
— Je ne sais pas quoi penser...
— Bien sûr. C'est naturel. Pourtant, je sais exactement ce qu'il faudrait que nous fassions, vous et moi.
Les deux femmes s'observèrent en silence. Il y avait de l'incrédulité sur le visage de la cuisinière et de la détermination sur celui d'Ameline.
— Vous n'entendez rien à la cuisine, sinon ça se saurait, tenta Hyacinthe. On ne s'improvise pas chef ainsi, sur un coup de cœur. Il y faut beaucoup d'apprentissage, de la méthode, du tour de main...
— C'est de cela qu'on vous a convaincue, à force de temps, que madame Marquey ne savait rien faire d'autre que des escapades à Brive, n'est-ce pas ?
La cuisinière ne répondit pas.
— On vous a persuadée, vous aussi, que madame Marquey ne pourrait jamais être chef de cuisine, que ce grand art n'était jamais l'affaire des femmes... Auriez-vous oublié que mon cher mari m'interdit autrefois de pénétrer dans ces pièces... Que craignait-il ? Vous ne vous êtes jamais interrogée, ma pauvre Hyacinthe ? C'était un accord passé entre nous. Il n'était qu'un seul cuisinier digne de ce nom, ici, à l'auberge des Diligences : le descendant des Marquey, comme l'avait été son père et avant lui les fondateurs, si je ne m'abuse, du relais, les Marquey et les Laverdois...
— Vous connaissez l'art culinaire, alors ? s'étonna Hyacinthe. Et de qui donc le détenez-vous ?
Ameline fit pivoter le battant de la porte pleine qui donnait sur la rue. Elle avait besoin de faire entrer un peu d'air printanier du dehors. Elle avait besoin de voir le visage de sa voisine, de s'amuser de sa mine ébahie.

— Je ne vous le dirai pas. Peut-être un jour ? se ravisat-elle. Qui sait ? Auparavant, ne me faut-il pas faire mes preuves ? Qui me croirait ? Que je puisse tenir les queues des casseroles et, mieux encore, clarifier et filtrer l'aspic, dépouiller les anguilles, frapper les moules sur glace, glacer à la salamandre, improviser l'espagnole, lier les sauces blondes aux œufs...

La cuisinière avait plaqué les mains sur son visage, saisissant alors l'immensité de son ignorance. Tant d'années passées au service des Marquey ne lui avaient rien enseigné sur Ameline. Un nouveau visage se révélait à elle. Et cela la sidérait de se découvrir aussi bête, elle qui s'était contentée d'a priori pour alimenter ses jugements.

— Aidez-moi à coucher le grand chef des Diligences, demanda Ameline, pour qu'il cuve son vin et nous laisse travailler tranquilles.

Ceci fait, elles redescendirent aux cuisines. Les marmitons étaient occupés à vider et écailler les poissons de rivière qu'Anastase avait pêchés au filet dans un bras mort de la Sévère. Des brèmes, des chevesnes, des barbeaux, des poissons-chats... Ameline les examina attentivement. Elle décida aussitôt de la quantité qui servirait à faire un bouillon, une fois passée aux tamis.

— Il nous manque l'omble chevalier, dit Hyacinthe. C'est le plus goûteux d'entre tous. Pourquoi Anastase n'est-il pas allé en pêcher dans la réserve de Terrepoinçon ?

— Manque de temps, sans doute, admit la maîtresse. Ce pauvre Anastase est mis à toutes les sauces. Ce poisson-là adore les grands fonds. Il faut un temps adéquat pour qu'il consente à nager en surface. Qu'importe, avec ces lots nous arriverons à faire un bouillon tout à fait convenable.

— Et pour le reste, s'inquiéta Hyacinthe, comment comptez-vous vous y prendre ?

Elle lui tendit le menu. Ameline le repoussa.

— Je vais cuisiner à ma manière. Pour commencer, avec ce bouillon nous ferons une soupe d'écrevisses aux noques. Vous verrez, Hyacinthe, nos clients s'en lécheront les doigts.

— Aux noques ? interrogea la cuisinière. Je n'entends rien à ça.

Anastase avait pris trois seaux d'écrevisses. Les petites carnassières avaient été conservées dans leur eau. Ameline en prit une du bout des doigts et la jugea d'une taille convenable.

— Nous les cuirons dans un court-bouillon de vin blanc, de légumes émincés et d'aromates.

— Oui, jusque-là, je vous suis...

— Puis nous passerons le liquide au tamis et nous le mêlerons avec un égal volume de bouillon.

Elle désigna les poissons de rivière qui serviraient de base à cette soupe.

— Ensuite, avec un même volume de beurre et de farine nous préparerons un roux non coloré. Nous le délayerons peu à peu avec le bouillon, que nous laisserons frémir pendant une demi-heure. Pendant ce temps, nous retirerons les chairs des queues et des pattes des écrevisses. Nous les hacherons très finement. Avec cette chair ainsi préparée, nous confectionnerons les fameuses noques. Avec les coquilles, nous ferons un beurre d'écrevisses. Une fois refroidi dans l'eau, nous le mettrons dans une terrine tiédie, puis nous le travaillerons jusqu'à ce qu'il devienne pommade. Nous incorporerons peu à peu des jaunes d'œuf, de la mie de pain ramollie dans du lait. L'appareil doit être lisse à force d'en exprimer l'humidité. Si nécessaire, nous en améliorerons la consistance avec une pincée de farine, un peu de muscade et de la ciboulette hachée. Quand le beurre sera bien mousseux, nous ajouterons encore de la mie de pain, ainsi que du blanc d'œuf fouetté. Nous ferons pocher les noques dans l'eau bouillante et salée, ainsi qu'on procéderait pour les quenelles. Aussitôt raffermies, elles seront égouttées. Au moment de servir, il nous faudra lier la soupe avec du jaune d'œuf et y ajouter un peu de fenouil haché, puis enfin mettre les noques dans la soupière et verser la soupe sur celles-ci. Voilà, c'est aussi simple que ça.

Hyacinthe se fit expliquer quelques points de détail, en particulier sur la manière de confectionner les noques. Il faudrait que le beurre manié d'écrevisses fût à la bonne consistance pour être poché sans qu'il se délitât. C'était l'une des difficultés de la recette inspirée par Ameline. Mais elle la rassura sur la méthode, qu'elle prétendait connaître parfaitement.

— Nous aurons alors à faire bien d'autres choses compliquées. Et cette soupe me semble un menu à elle toute seule. Je songe au « Brochet façon Marquey »...

Là, Ameline éclata de rire. Cela lui paraissait bien présomptueux que son Maxence eût inventé une recette. D'ordinaire, on accommodait le brochet au beurre blanc, mais il existait aussi d'autres manières fameuses, à la Brymont, à la dieppoise, à la Nemours, ou en blanquette. Mais à la Marquey, cela l'amusa fort, car les plus grands cuisiniers s'étaient déjà investis pour trouver quelque autre manière nouvelle de le cuisiner, et ce sans succès.

— Là aussi, j'apporterai une modification. Nous le ferons avec une sauce d'accompagnement au raifort. C'est une racine râpée qui donnera un goût incomparable au brochet pourvu qu'on la mélange au jus de cuisson avec du beurre et de la bonne crème. Elle possède une saveur poivrée. Dès demain, je ferai venir de Brive ce condiment. Chez nous, il est plus connu sous le nom de « radis de cheval ».

Quand Hyacinthe évoqua les « cailles de vigne rôties », sa voisine trouva de nouveau matière à réflexion. C'était une recette fort classique à l'auberge des Diligences. Les cailles pullulaient dans les blés et les haies bordant la Sévère. De belles bêtes dodues, faciles à prendre au filet ou à tirer avec du petit plomb. Anastase était allé les quérir à sa manière, moitié chasse moitié braco. Au vu du tableau de chasse, elles étaient en nombre insuffisant, en partant du principe qu'il en faudrait bien deux par assiette. Hyacinthe les avait plumées en série, avec toute l'attention requise, et vidées d'une courte incision. Tandis qu'elles faisandaient dans la remise, toutes alignées, pendues à un fil, on désespérait d'en prendre d'autres. Sur ce point, Anastase avait déclaré forfait. Il n'avait aucune haine contre ces volatiles. Il les trouvait plutôt vives et malignes, à se sauver en piétant sous les haies. « Que le patron s'y colle aussi ! » avait-il dit. Surtout que son travail était loin d'être terminé ; on lui avait aussi commandé trois ou quatre marcassins. Et cela lui posait un cas de conscience, d'aller les tirer en famille. Tuer la mère d'abord, avant d'estourbir ses petits, de cinq ou six mois. C'était la cruelle loi de la nature. « Tout ça pour gaver un député et un sénateur... »

— Je vais tourner le problème à ma façon, suggéra Ameline. Faire des soufflés de cailles aux truffes. Cela demandera la remise en marche des cuisinières dans la seconde salle. Car le secret du soufflé...

Hyacinthe l'interrompit :

— Je ne suis pas rouée à cette affaire, reconnut-elle. Vous les ferez sans moi ; le soufflé exige une température constante, une surveillance de tous les instants. C'est un casse-tête épouvantable.

La maîtresse de maison admit que le soufflé exigeait un tour de main, mais ajouta qu'elle en connaissait tous les rouages.

— Il ne retombe pas si l'on sait le tenir à température, et pour cela il faut le servir dès la cuisson terminée. C'est pourquoi je veux disposer d'un espace consacré à sa confection, du début à la fin.

Aussitôt, elles allèrent dans la seconde cuisine. L'endroit était tellement en désordre que le spectacle agaça fortement Ameline. Il y avait là, entassés pêle-mêle, de vieux ustensiles de cuisine qu'on n'utilisait plus, des casseroles, des marmites en terre, des huguenotes à rôtir, un chauffe-assiettes archaïque, des hachoirs à viande rouillés... Hyacinthe fit venir les marmitons et leur ordonna de débarrasser les lieux. Les garçons se mirent aussitôt à l'ouvrage, demandant, pour chacune de leurs trouvailles, ce qu'il convenait d'en faire.

« A la casse », répétait Ameline d'une voix enjouée.

Par ces décisions prises dans l'urgence, ces ordres intempestifs, il lui semblait enfin reprendre pied dans la maison. Il aura fallu quinze ans pour que je me décide, pensa-t-elle en voyant s'effacer sous ses yeux les vieilleries de l'auberge des Diligences.

Au soir de cette mémorable journée de préparatifs, Maxence, émergeant de sa torpeur, découvrit les dégâts avec horreur. Mais sa colère fut tempérée par la crainte que cette fois sa femme ne quittât les lieux pour un sacré bout de temps.

— Ce que les hommes sont faibles et lâches, marmonna Hyacinthe en voyant la débâcle du maître.

Et Ameline, d'une voix ferme :

— Je prends la cuisine en main, parce que tu n'es plus en état de la diriger. Pour nous, ce serait un désastre si le repas n'était pas au niveau d'une grande enseigne.

Elle lui déroula la liste des changements apportés au menu. Maxence éleva les bras en poussant des hauts cris :

— Un soufflé de cailles avec des truffes ! ? Et quoi encore ? Depuis quand sais-tu faire cette cuisine ? Cela te vient comme ça, par l'opération du Saint-Esprit ? Mon Dieu, je ne reconnais plus ma femme. Est-ce que je rêve ou quoi ?

— Et moi, je ne retrouve plus l'homme que j'ai épousé, jadis, répliqua Ameline.

Dans son for intérieur, Maxence savait qu'il ne parviendrait pas à assumer sa charge. Lorsque Loriot était venu lui commander le repas, il avait ajouté : « Tu devras nous montrer ton savoir-faire, pour une fois, n'est-ce pas, Max ? » Le maire l'appelait quelquefois ainsi, assez familièrement. « Tu le jures ! Tu ne nous feras pas honte, comme pour la course avec la Forquenot ?... » Cette réflexion de Victor n'avait cessé de le hanter, des jours et des nuits entiers. Alors, il avait recommencé à boire pour se donner du courage, pour se persuader que le banquet du trentenaire de la Douce Cocagne était à sa portée.

Un sentiment mitigé le possédait désormais. Il se sentait soulagé d'un poids et dans le même temps enrageait de voir sa réputation mise à mal. On ne tarderait pas à Meyssenac à faire courir des potins sur la prise de pouvoir d'Ameline. Je ne suis plus un homme, pensait-il, je ne suis plus un Marquey. Pas même un marmiton. Tout au plus un roi déchu de son trône. A moins que... Une idée scélérate lui avait traversé l'esprit : Mon Dieu, faites qu'elle échoue, que le banquet du trentenaire soit un désastre... Ainsi reviendrai-je triomphant dans ma cuisine. On dira alors : « Décidément, Maxence reste le maître queux, le roi des daubes, le prince des flognardes... »

Il courut dans le bureau du maire. Mais ce dernier avait rejoint ses appartements. Il ne se découragea pas. Il alla frapper à sa porte.

— Je vais t'en apprendre une bonne, Victor...

— Une bonne ou une mauvaise ? plaisanta le maire. Car la mauvaise, tu peux la garder pour toi.

Pierrette se tenait près d'un guéridon, le visage éclairé par une lampe à pétrole. Elle feuilletait un journal de mode. La réaction de son mari lui fit dresser l'oreille. Sous prétexte de servir un apéritif, une absinthe, elle se rapprocha des hommes.

— Ma femme s'est mis en tête de diriger ma cuisine. Tu te rends compte, Victor ? On aura tout vu. Les femmes ont de ces audaces !

Loriot hocha la tête en fixant Pierrette. Dans ses instants de délassement, le couple se découvrait d'étranges complicités.

— Laisse-la donc faire. Ça te fera des vacances.

Soudain, le maire réalisa les conséquences de l'affaire. D'un bond, il se leva de son siège.

— Tu veux dire que...

— Oui. C'est cela, confirma Maxence. Elle vous fera le repas. Et avec un menu des plus fantaisistes. Tu connais les femmes... Un soufflé aux cailles et aux truffes...

— Tu ne peux pas accepter ça, Maxence ! Nom de Dieu, sois un homme !

Pierrette éclata de rire.

— On aura tout entendu ! *Sois un homme*, répéta-t-elle. Quelle objurgation ! Cela ressemble plutôt à un cri désespéré...

— Tu voudrais bien nous laisser tranquilles, se rebiffa le maire.

La femme du maire se retira sur la pointe des pieds, se jurant de conter au plus vite la scène à son amie. Elle venait de comprendre ce qui s'était passé dans la tête d'Ameline. Un coup de force décisif, longuement préparé. Une prise de pouvoir au meilleur moment, celui où elle pourrait enfin démontrer son talent de cuisinière à toute la bonne société.

— Je crains le pire pour notre affaire, déplora Loriot. Le repas sera médiocre et tu en porteras les cornes. Tu seras aux yeux de tous le dindon de la farce. Pire encore, tu signeras la fin de ton auberge.

Maxence se taisait, à cause de Pierrette. Il soupçonnait quelque complicité entre les deux femmes. C'est une autre confrérie que la nôtre, songeait-il. Elles se prêtent la main pour accomplir leurs mauvais coups.

— Je vais intervenir, décida soudain Loriot. La menacer. Tu m'autorises à la menacer, n'est-ce pas, Max ?

— La menacer de quoi ? reprit Marquey.

Le maire parut contrarié par l'abattement de son voisin. Il eût voulu l'entendre geindre avec lui, de conserve. Une colère à deux voix.

— Je vais chercher un autre restaurant.

Marquey prit peur. Ce n'était pas ce qu'il voulait. La marchandise qui lui reste sur les bras. Un affront insurmontable. De quoi jaser par tout le pays... Il se défendit :

— Tu manques de temps. Ce n'est pas possible. Il faut aller au banquet ainsi, dans la peur de la déconfiture. Peut-être sera-ce finalement un bon petit repas. Qui sait ?

Dans l'heure, la nouvelle courut parmi les têtes pensantes de la Douce Cocagne. Frazier et Combet estimèrent que l'affaire ne concernait que les Marquey.

— Une guerre dans le couple ne signifie pas, obligatoirement, que les sauces en pâtiront, dit le majoral.

Rozade fit même remarquer que ce ne pourrait être pire que la cuisine de Maxence.

— Un saut dans l'inconnu, cela peut nous être salutaire à tous ! Et si le repas est vraiment mauvais, nous nous rattraperons sur l'or des Celtes...

Jusqu'à Domergue, pour juger la situation intéressante :

— Enfin une femme qui en a ! dit-il.

Le lendemain, Pierrette Loriot précéda de quelques minutes la visite de son mari à l'auberge des Diligences. Elle eut juste le temps d'apporter à Ameline son soutien de femme : « Je serai une Lysistrata s'il le faut, et tu verras, ma belle, mon homme finira par accepter ton menu », et quitta aussitôt les lieux par la porte des cuisines.

Loriot, lui, se montra cassant et autoritaire. Le soufflé éveillait chez lui les pires craintes. Le soufflé aux cailles et aux truffes, c'était l'affaire de tout Meyssenac. L'honneur de la cité se jouerait donc sur un soufflé. Et cela était inconcevable à ses yeux.

— Quoi ? Ce n'est pas bien difficile, de faire rôtir des cailles. Faites-moi cette promesse, voulez-vous ? Même si vous y fourrez un morceau de truffe, je le concède.

Ameline l'écoutait avec amusement. Elle sentait que son irritation n'irait guère plus avant, faute d'arguments valables à lui opposer.

— Prenez la pleine mesure des choses, monsieur le maire. Mes soufflés seront parfaits. Et l'on vous en dira grand bien. Même votre sénateur, même votre député seront aux anges.

Loriot voulut visiter les cuisines pour juger de l'état de la maison. Cette manière agaçait prodigieusement Hyacinthe. Elle voyait dans cette intrusion un acte indigne d'autorité et s'en plaignit à sa façon par des phrases sibyllines.

— Les cailles sont à point.

La cuisinière entrouvrit la porte du magasin.

— Jugez vous-même.

Elle n'avait pas pris soin d'amener une lampe, ce qui fit que le visiteur n'y vit goutte. Il en revint déçu, se fiant juste à son odorat.

— Ça ne sent pas trop la venaison...

— Ce sont les bécasses qu'on laisse pourrir, répliqua Hyacinthe.

— Et les marcassins ?

— Ils sont découpés, prêts à l'emploi dans leur marinade.

Cette fois, la cuisinière ne lui ouvrit pas la porte du cellier.

En revenant dans la grande salle du restaurant, il trouva qu'on y pourrait placer à l'aise les quatre-vingts convives, à la condition d'en ôter le poêle alsacien. Ameline confirma d'un mouvement de tête que la chose serait exécutée dans l'après-midi même. Victor parut rassuré.

— Et les tapisseries ? montra-t-il d'un geste large. Ne sont-elles pas trop défraîchies ?

— Elles le sont, admit la maîtresse. Mais je n'y peux rien.

Loriot parut réfléchir. La chose le chagrinait. Surtout le pan de mur, qui était couleur paille. On y voyait l'empreinte grise d'anciennes appliques que Marquey avait fait enlever. Sans compter les taches de vin. Celles-ci n'avaient su disparaître, malgré l'emploi régulier d'eau écarlate.

— J'ai une idée ! s'enflamma Victor.

Ameline l'observait, les bras croisés sur la poitrine. Un petit embonpoint. Rien de sérieux, au demeurant. Mais le cheveu grisonnant, déjà. Et la tonsure s'élargissant. Ameline fut surtout intriguée par ses mains potelées aux doigts courts. Cela la répugnait chez un homme, mais elle n'aurait su dire pourquoi. Et le teint, blanc, glabre, à peine tacheté de points roux, lui fut tout aussi désagréable.

Que t'importe, ma petite, se dit-elle, tu n'as pas à faire commerce avec cet homme.

Mais elle comprit un peu plus tard, en repensant à la scène, qu'elle avait ressenti ce dégoût par amitié pour Pierrette. Ce coup-ci, contre tous les autres, elle comprenait son infidélité, son obsession des jeunes hommes plutôt bien bâtis, sveltes, la peau épanouie et le cheveu abondant.

— Vous avez une idée, reprit Ameline. Dites-la-moi.

— Peut-être serez-vous choquée...

Elle le tranquillisa d'un sourire jovial.

— Nous pourrions masquer votre vieille tapisserie par des tentures plus somptueuses. Juste le temps de la fête. Comprenez-vous ?

La maîtresse hocha la tête. Elle s'étonna qu'on fît à elle, seule, la proposition, alors que le véritable propriétaire restait son mari. Cela l'encouragea à s'engager dans la brèche qu'on lui ouvrait.

— Je veux bien, admit-elle.

— Madame de Luguet possède une collection des manufactures lyonnaises. Ces pièces remarquables du dix-huitième sont l'œuvre de Philippe de La Salle. Elles feraient un bel effet sur vos murs.

— Je vois qu'on ne se refuse rien.

— De plus, ajouta Victor, les motifs correspondent parfaitement à l'image que nous nous faisons de la Douce Cocagne : des fleurs amples et colorées sur fond de satin jaune, et aussi des colombes, des faisans, des paons, des perdrix, avec un plumage somptueux d'une chaude douceur. Toute cette imagerie fleure bon la douce France, celle du bien-vivre et de la beauté pastorale. Profitons de ce bonheur avant qu'il ne s'évanouisse.

Ameline précéda Loriot jusqu'à la porte, puis s'effaça devant lui d'un pas de côté, leste et félin. Une lionne, pensa-t-il en mesurant le balancement de ses hanches. Comment ne l'avais-je pas noté ? Il suffit d'une robe aguichante pour révéler une personnalité. Et dire que c'est une amie de ma femme. Et dire que je ne l'ai jamais regardée plus de trois secondes, se reprocha-t-il.

— Nos idées doivent vous paraître bien désuètes, fit-il en posant sur sa tête un chapeau aussi blanc que son costume.

— Pourquoi voudriez-vous que ce nouveau siècle apporte la fin de nos espérances ?

Victor l'observa de côté. Elle le fixait par-dessus son épaule. Le ciel bleu couronnait la scène. La lumière gagnait déjà en violence, attaquant la douceur des courbes lointaines du paysage par-delà les remparts de la cité.

— Je ne suis pas optimiste sur l'avenir. Nous allons vers de grands malheurs. Il suffit de lire les journaux.

— Je ne les lis pas, confessa Ameline.

— Ce sera sans doute notre dernière grande fête. Quant à notre confrérie, je doute qu'elle passe la décennie. Alors, profitons-en. Faisons semblant de croire au bonheur et à la douceur des choses.

Le maire traversa la rue et alla s'appuyer au muret qui dominait l'espace bleu par la lumière. L'horizon semblait confondu avec la terre. Un petit vent chahutait la lourde chevelure brune de la maîtresse des lieux. Puis, il revint vers elle, hésitant.

— Nous allons orner votre entrée d'une sorte d'arc de triomphe de verdure. J'avais oublié de vous le dire. N'ayez crainte, ma chère Ameline, vous n'aurez rien à faire. Ce sont mes employés communaux qui se mettront à la tâche.

Il disparut en suivant la courbe des remparts, une main obstinée caressant la pierre qui s'enfuyait au rythme de son pas.

Victor Loriot tint parole. Le lendemain, il fit dépêcher ses employés municipaux pour construire le vaste monument à la gloire de la Douce Cocagne. On commença par dresser l'ossature, toute en bois de chêne. Accolé à la façade de l'auberge des Diligences, dont il occuperait un bon tiers, et s'érigeant jusqu'à la toiture, l'arc serait à la mesure de l'événement. Grandiose. Sublime.
L'ouvrage attira une foule de curieux. Dubitatives ou enthousiastes, les langues s'animèrent dans la petite communauté. Maxence en profita pour mettre en perce dans son bar une barrique de « Petit Meyssenacois », qu'il vendait pour la circonstance à un prix d'ami, trois sous le ballon. Ce remue-ménage l'amusait plutôt, cramponné à son zinc. Pourtant, les heures passant, la déconvenue le rendit bientôt de mauvaise humeur.
— Paraît que tu passes la main, aux cuisines ? dit Félix Broussolle.
— Si on te le demande... répliqua Maxence d'un ton bourru.
Il avait compris que de l'affaire on ferait des gorges chaudes, dans la cité. Et cette perspective, être la risée de tout Meyssenac, l'incitait à forcer sur la bouteille. Chaque fois qu'il servait un verre, il en profitait pour boire une petite gorgée, trinquer à l'amitié...
Il me restera le bar, au moins, se disait-il avec amertume. Elle me l'enlèvera pas, tout de même.
Pourtant, la seule vue d'une Hyacinthe désemparée dans sa cuisine, fébrile, angoissée par la charge de travail, suffisait à conforter Marquey dans ses certitudes. Il la surveillait du coin de l'œil, amusé, et se disait qu'elle n'aurait rien gagné au change. Il avait supervisé avec un vif intérêt l'aménagement de la seconde cuisine. C'était un espace qui

avait été abandonné, jadis, pour cause d'incommodité. Le matériel avait fait son temps, et son abandon au magasin des antiquités avait ajouté à son dépérissement. La rouille avait corrodé ces ustensiles, et on voyait mal ce qu'Ameline pourrait en tirer. « Ma femme est folle ! » répétait-il à qui voulait l'entendre, sans obtenir du reste le moindre soutien de ses clients. Lesquels se cantonnaient dans une neutralité prudente.

Les coudes sur le comptoir, l'œil torve, la cigarette au coin des lèvres, le cheveu en bataille, la chemise douteuse, Maxence Marquey attendait son heure. Selon lui, le verdict ne tarderait pas à tomber, au moment où l'on servirait le premier mets dans les assiettes de porcelaine... On verrait alors tous ces distingués convives tomber de haut... Et Loriot en tête, qui avait fini par abandonner la partie, à son tour, lâchement.

Ma chère épouse l'aura décidément vite embobiné, lui aussi, se disait-il. L'irrationnel pouvoir des femmes poursuit ses ravages. Comment croire que mon Ameline puisse réussir là où il faut des années d'apprentissage, de savoir-faire, de science culinaire ?

Occupée à aménager la seconde cuisine, affairée au nettoyage avec Mique et les deux marmitons mobilisés pour le coup, Ameline se souciait assez peu des états d'âme de son mari. Même si cette bacchanale dans le bar n'était pas de son goût, elle se tenait sur ses gardes depuis sa prise de pouvoir dans les cuisines. Il suffirait d'une étincelle pour que la guerre reprît dans le couple. En somme, Ameline avait atteint ce sommet de l'indifférence par lequel tout individu survit lorsqu'il n'a d'autre choix que la résignation. Elle se sentait plutôt rassurée depuis qu'elle avait vaincu les réticences de Loriot. Car, côté cuisine, il lui restait encore tout à prouver.

— Tout ça fonctionnera bien le jour voulu, n'est-ce pas, Hyacinthe ?
— Je ne voudrais pas vous décourager, madame, mais...
— Vous n'avez pas confiance dans mes vieux fours ?
— Je n'y risquerais pas une flognarde...
L'aide cuisinière n'était pas très imaginative. Elle cuisinait comme le voulait la tradition, à la mode ancienne, comme on le lui avait appris. Cela l'angoissait de sortir des chemins battus. La tradition culinaire de l'auberge des Diligences se bornait aux vieilles règles établies au temps du relais par Antoine-Joseph.

Rue des Remparts, l'ouvrage avait gagné en solidité. Il fallait que les ouvriers pussent grimper au sommet, s'y tenir en sécurité, aller et venir comme sur un échafaudage. Puis commença la décoration. Celle-ci demanda des charrois entiers de verdure. On amarra sur l'ossature des branches de noyer aux feuilles larges, des ramures de merisier à grappes de fleurs blanches, du chêne rouvre, des rameaux d'églantier fleuris rose pâle, du tilleul à grandes feuilles, de la bourdaine, du robinier. Les architectes de cet ouvrage éphémère avaient compris qu'il fallait varier les essences d'arbres et d'arbustes pour que la décoration fût luxuriante. On y adjoignit même des branches d'if fleuries de pois rouges. Enfin, le tout fut couronné par des lianes de lierre cordé et d'acanthe.

Il fallut deux journées entières pour construire l'arc, deux journées à fourbir ces masses de verdure. Les plus dubitatifs des Meyssenacois finirent par se ranger à l'évidence, les coups de rouge aidant, que décidément l'ouvrage était à la hauteur de l'événement.

Même Eugène Castillac fut impressionné par le travail accompli. Pourtant, il en fallait, à cet homme-là, pour l'émouvoir. L'ingénieur passa sous la voûte végétale, prit le temps d'examiner les détails qui s'offraient à son regard.

Ici, se dit-il, le pire côtoie le meilleur. Et tout ça pour accueillir un député et un sénateur qui se fichent bien de la Cocagne. Mais il garda pour lui ses doutes, car dans Meyssenac personne ne connaissait mieux les hommes politiques que lui. A trop parler, on s'attire les foudres.

Dans le bar, il évita les flaques de vin qui maculaient le carrelage. Maxence pontifiait derrière son comptoir, comme un pacha, le regard éteint par la boisson. L'ingénieur fit un pas dans sa direction pour lui serrer la main. Mais il sentit que sa poignée de main ne serait pas la bienvenue. La rancune est tenace, se dit-il. On n'a pas encore digéré la victoire de ma Forquenot. Cette découverte l'attrista, lui qui était plutôt beau joueur. Faudra bien, se dit-il, que nous ayons, Marquey et moi, un jour, une franche discussion pour tordre le cou à ce vilain malentendu.

Eugène se rendit dans la cuisine. Il n'avait pas le salut facile pour les petites gens, aussi négligea-t-il de saluer Hyacinthe.

— Ça fait le fier, maugréa-t-elle en le fusillant du regard.

On ne pouvait guère ignorer les sentiments de la cuisinière, pour peu qu'on fût attentif. Elle avait la franchise dans le sang, cette femme. Et elle ne se privait guère de donner le fond de sa pensée.

— Où est votre maîtresse ? demanda-t-il, sans autre forme de politesse.

D'un geste, elle désigna la vieille cuisine, où Ameline œuvrait. Il entra discrètement, sur la pointe des pieds. Il se sentait un peu étranger dans cette maison, bien qu'il y fût resté en pension de longs mois. A la vérité, son passage à l'auberge des Diligences s'était interrompu, brutalement, après la fameuse course. Marquey l'en avait chassé, honteusement. Et l'ingénieur avait dû louer un petit appartement près de la mairie, y transporter ses dossiers, y reconstituer son cabinet de travail. Cette affaire l'avait mortifié. Un Castillac ne se laisse point chasser comme un intrus. Mais il n'avait pas trouvé le courage de protester. Il avait accueilli sa disgrâce par le mépris.

Ameline était accroupie près d'un vieux fourneau. A l'aide d'une raclette, elle tirait des monceaux de cendre du four. La poussière auréolait son visage. L'œil d'Eugène se porta sur sa croupe rebondie. Il avait toujours éprouvé un petit faible pour cette femme, fort belle à ses yeux, trop belle pour appartenir à Marquey.

L'ingénieur se racla la gorge pour attirer son attention. Elle leva la tête vers lui avec un sourire distant. Il l'accueillit avec amabilité.

— Que comptez-vous faire ici ?

Elle se redressa pour le saluer. La main de Castillac s'attarda sur celle d'Ameline. Elle se sentit rougir jusqu'à la racine des cheveux.

— Ignoreriez-vous, mon bon monsieur, dit-elle, que je prends les rênes de cette maison ? On ne parle plus que de ça, pourtant, à Meyssenac.

Il feignit de n'en rien savoir. Un Castillac se fiche bien de la rumeur publique.

— Vous êtes courageuse, Ameline. Bien courageuse.

— Ai-je un autre choix ?

— Partir, fit-il.

Elle éclata de rire.

— Vous en possédez beaucoup, vous, des idées pareilles ?

— Vous méritez mieux que cette vie de petite province.

Ameline l'observa d'un regard las.

— Maxence ne fait plus face à ses obligations. La maison court un péril. C'est mon rôle de la reprendre.

— Pour la sauver ?

— Tenter, du moins, précisa-t-elle.

— Votre mari est sans doute un brave homme... commença-t-il.

Il hésita à poursuivre. Ce n'était pas très chic d'ajouter de l'huile sur le feu.

— Je sais, dit-elle, il a le cœur sur la main.

— Mais fort entêté. Comme tous ces gens de la campagne.

Il eût voulu ajouter : « peu instruits et par trop suffisants », mais il se ravisa encore, estimant qu'il était aisé pour un homme comme lui, major de sa promotion aux Ponts et Chaussées, de railler l'ignorance des autres. Après tout, la bonne fortune de sa famille avait contribué à son ascension sociale et intellectuelle. Mais si Marquey n'a pas eu cette chance, pensait-il, rien ne l'oblige pour autant à se vautrer dans des certitudes imbéciles, à se gâter l'existence par des affrontements stériles.

Ameline tira en arrière le seau de vieilles cendres qu'elle venait d'emplir. Eugène l'aida à le porter.

— C'était l'ancienne cuisine du relais, abandonnée à son sort au moment des transformations, expliqua-t-elle.

— L'autre cuisine est plus pratique, non ?

Ameline rajusta l'encolure de sa robe bleu pâle, ramena sa chevelure en arrière. Des traces de suie maculaient son visage. L'ingénieur fut tenté de lui tendre un mouchoir pour les effacer, mais il n'osa pas. Avec les femmes, il était plutôt hésitant, bien que sa bonne fortune eût pu le rassurer en cet endroit. Mais comment se l'avouer... Ameline l'intimidait, ainsi, dans ses œuvres. Il voyait en elle une femme moderne, épanouie, courageuse, prompte à relever des défis. C'était son côté masculin.

Lors de son passage aux Diligences, il ne l'avait guère remarquée. Alors, elle se tenait éloignée du restaurant. Mais Pierrette Loriot lui avait beaucoup parlé d'elle, en termes élogieux. Il avait découvert l'extrême amitié partagée par les deux femmes. Il avait appris ce qu'étaient les fameuses renardes, s'en était ému. Ces virées en duo à Brive, ces escapades frivoles, l'avaient intrigué. Il avait ressenti le besoin d'en savoir plus.

Ameline expliqua alors qu'elle comptait remettre en service la vieille cuisine pour y faire ses soufflés aux cailles truffées.

— J'ai besoin d'espace pour réussir mon projet. Et surtout, de ces deux fourneaux. Je veux les remettre en route. Mais je ne sais rien d'eux, ni surtout comment ils se comporteront. C'est un pas en terre inconnue. Car les soufflés que je veux réaliser pour le banquet du trentenaire de la Cocagne devront être parfaits. Le secret est évidemment dans la cuisson. Il me faut une chaleur moyenne.

Castillac examina les fourneaux. Il possédait une large connaissance en de nombreuses matières. Et la cuisine ne le laissait pas indifférent. Surtout, il avait envie de plaire à Ameline.

— Il nous faudrait vérifier les clés de combustion... C'est par elles qu'on maîtrise le foyer.

Il les fit manœuvrer, difficilement.

— Je crois que l'un des clapets est défectueux sur celui-ci, jugea-t-il. Qu'à cela ne tienne, je vous le réparerai. C'est trois fois rien.

La maîtresse ne sut quoi répondre. La sollicitude de l'ingénieur l'embarrassait.

— Ne me dites pas que vous voudriez vous en sortir, seule, comme une grande ? Ce n'est pas une affaire de femme, le fonctionnement des fourneaux.

Ameline ne répondit pas. Elle craignait surtout qu'on ne la plaigne, et son nouveau soupirant semblait avoir un vif désir de s'engager dans la brèche.

Après le départ de l'ingénieur, Ameline rejoignit Hyacinthe dans sa cuisine. Les deux marmitons étaient occupés à écailler et vider le poisson de rivière qui allait servir pour le potage aux écrevisses. Il y avait trois seaux pleins de chevesnes, brèmes, poissons-chats et barbeaux. Lorsque le petit Emile, l'un des aides-cuisiniers, s'y prenait mal, Hyacinthe allait à sa rescousse avec une patience d'ange. Ameline observait la scène avec attendrissement. Depuis qu'elle avait pris possession des lieux, elle découvrait chaque jour un peu plus les qualités de sa cuisinière et par là même combien Maxence s'était reposé sur elle pendant toutes ces années de routine.

— Le beurre d'écrevisse est fort goûteux, jugea Ameline. Il suffira à emplir les assiettes de saveur. Dites-vous qu'en matière culinaire il ne sert à rien d'additionner trop de goûts divers. Sinon à perdre l'essentiel. Le fumet de l'écrevisse doit dominer.

Tandis que la cuisinière s'activait à préparer un court-bouillon, Ameline notait les différents achats nécessaires à l'accomplissement de son menu. Il s'agissait surtout de condiments. Elle avait chargé Pierrette de les lui ramener de Brive, car elle ne disposerait pas du temps suffisant.

— Je vois que monsieur l'ingénieur vous tourne autour, dit Hyacinthe avec un sourire malicieux.

La maîtresse se recula de la table pour échapper à la visée de son regard. Rusée en diable, la cuisinière voulait sans doute tester ses réactions.

— Voici un homme élégant, et surtout à l'abri du besoin.

— Qu'allez-vous croire, ma pauvre Hyacinthe ?

— Je ne crois rien. J'ai juste des yeux pour voir. Il est évident que vous lui plaisez. L'intérêt qu'il porte à vos vieux fourneaux n'est pas anodin.

Sans doute Ameline eût-elle préféré que sa visite fût plus discrète. Mais cet homme appartenait à la catégorie de ceux qui ont toutes les audaces pour parvenir à leurs fins.

— J'ai un mari, deux beaux enfants, énuméra-t-elle. Pour rien au monde je ne renierais mon mariage. Croyez-vous que je ne traverse pas assez d'embûches comme cela ?

Mais Hyacinthe ne désarma pas. Après tout, elle se sentait en droit de se mêler des affaires personnelles des Marquey. Depuis son entrée dans les cuisines de l'hôtellerie, elle avait été conviée à toutes les fêtes, à tous les malheurs aussi. Elle avait assisté au mariage de Maxence, elle avait vu de près les différentes péripéties de ce ménage, ses engouements, ses déceptions, l'épisode douloureux de la discorde, les nouvelles accordailles et le piètre compromis qui avait suivi.

— Un homme riche, ça ne se refuse pas. Votre Maxence, hasarda-t-elle, vous n'en tirerez jamais rien, ma pauvre. Nous ne le changerons pas. Un homme qui s'adonne à la boisson, c'est comme un vice. Un temps ça s'estompe, et à la moindre occasion ça repart.

Ameline se sentait démunie devant l'audace des propos. Elle eût pu rabrouer sa cuisinière, mais elle avait trop besoin d'elle pour engager le fer. Mais, selon le vieil adage, qui ne dit mot consent...

— Ma chère Ameline, ne me dites pas que vous aussi vous crachez sur l'argent...

La maîtresse se mit à rire. A cause de l'expression, sans doute : cracher sur l'or, cracher sur les voyages, cracher sur les plaisirs que la bonne fortune apporte dans son sillage.

— Moi, si un homme riche voulait bien de moi...

— Vous ne cracheriez pas dessus, releva Ameline.

— Parfaitement. Car je crois que l'argent fait le bonheur, et rien d'autre. Ceux qui prétendent le contraire sont des hypocrites ou des imbéciles.

Ameline avait déjà quitté la pièce et Hyacinthe parlait dans le vide en épluchant les échalotes. De l'autre côté de la table, les marmitons riaient fort de la voir ainsi désemparée.

— Travaillez donc au lieu de vous amuser, petits idiots ! s'écria-t-elle en levant dans leur direction un rouleau à pâtisserie.

Dans sa nouvelle cuisine débarrassée des vieilleries, Ameline commençait à prendre confiance en elle-même. Elle voulait tester ses deux fourneaux, car ils n'avaient pas servi depuis au moins dix ans. La rouille, la poussière, la crasse en avaient affecté l'apparence générale. Mais la bonne vieille fonte était toujours là, prête à subir de nouveau l'épreuve du feu.

Elle commença par allumer les foyers avec du petit bois. Castillac, toujours lui, avait conseillé de les faire monter en chaleur, progressivement, afin d'en chasser l'humidité. Celle-ci occupait aussi les anciens conduits d'évacuation. Et la première expérience fut désastreuse. La fumée emplit la pièce au point qu'elle dut la ventiler.

Lorsqu'elle ouvrit la prise d'air, le feu reprit dans les foyers. L'essentiel à ses yeux résidait dans le tirage. Les clés grandes ouvertes, bientôt la braise commença à chauffer les corps de fonte.

Ameline faisait la navette entre les deux fourneaux. Elle constata que l'un d'eux était plus difficile à maîtriser. L'ingénieur avait raison. Un clapet était défectueux. Cela l'ennuyait de le rappeler, ce pauvre Eugène, de solliciter son aide. Mais cette réparation exigeait tout de même une connaissance technique qu'elle ne possédait pas.

L'après-midi même, Eugène revint aux Diligences avec un de ses ouvriers. La réparation du clapet d'évacuation ne demanda guère de temps.

— Comme j'aimerais déguster votre soufflé aux cailles truffées ! dit-il. Hélas, je ne le pourrai pas. A la Cocagne, le saviez-vous, on me néglige. Pourtant, ne suis-je pas à l'initiative du chemin de fer à Meyssenac ? Ça mériterait bien quelque considération, non ?

Ameline lui conseilla d'en faire la demande à Pierrette Loriot.

— Son mari ne peut rien lui refuser.

La réflexion activa chez Eugène une sorte de petit rire nerveux. Il n'avait aucune certitude sur ce point.

— Vous savez, avec les femmes, on ne sait jamais où on met les pieds.

— Allons, monsieur Castillac, ne soyez pas amer. Que reprochez-vous aux femmes ? Elles vous ont fait souffrir à ce point ?

Il l'observa avec attention. Elle avait noué son opulente chevelure noire à l'arrière, dégageant son visage. Sans doute la préférait-il avec les cheveux retombant sur les épaules, avec ce mouvement de tête qu'elle faisait machinalement pour les chasser et qui lui prêtait un air de Diane enchanteresse.

— Je n'ai guère envie de raconter ma vie. Elle ne présente que peu d'intérêt, savez-vous. Mais je fus longtemps un pigeon voyageur, allant d'un continent à un autre. Surtout, l'Afrique m'a marqué.

Il chercha une chaise pour se poser. Ce n'était pas si souvent qu'il se découvrait un auditoire.

— Chez nous, la notion de civilisation est assez curieuse. On aime les idées tranchées. D'un côté le continent moderne, de l'autre le continent primitif. Mais cela n'est pas la bonne manière de voyager. Toutes les sociétés, même les plus archaïques, ou du moins définies comme telles, possèdent des richesses insoupçonnées. A la condition de les approcher avec un regard bienveillant, d'en étudier les rites et les coutumes. Voilà ce que j'ai appris dans mes voyages. Quant aux femmes que j'ai aimées, ici ou là, elles me furent un havre de paix et de tranquillité.

Mais je ne m'attache pas, hélas, c'est l'un de mes défauts, parce que je veux conserver ma liberté. A moins que je ne trouve une âme sœur avec laquelle partager mes engouements. Mais toutes celles que j'ai courtisées, poursuivit Eugène, m'ont demandé des enfants, une maison, un enracinement. Comprenez-vous ?

Tout en l'écoutant, Ameline grattait l'intérieur des fours. Cela faisait trois jours au moins qu'elle récurait les vieilles graisses brûlées et archi-calcinées. A chaque opération, elle croyait en avoir fini, mais le lendemain la toile émeri et la brosse métallique ramenaient de nouvelles plaques de saletés.

— Si je comprends bien, monsieur Castillac, pour vous la passion vouée à une femme reste un accident de parcours. Cela arrive, mais il faut bien vite s'en défaire, si l'on ne veut pas risquer sa liberté ?

Eugène voulut préciser sa pensée sur la question. Du moins, en amoindrir la rugosité. Ameline l'arrêta aussitôt :

— Ne vous en défendez pas. Je vous comprends parfaitement. J'aurais rêvé, moi aussi, de conserver mon libre arbitre. Mais pour cela je suis plutôt mal née. Une petite fille qui grandit dans l'ombre d'un père et qui s'entend dire, journellement, qu'elle sera dans l'avenir un bon parti pour un homme honnête, finit fatalement par tomber dans le piège. Un mariage à dix-huit ans, deux enfants à la suite. Le reste de la vie est alors tracé d'avance, et la seule évasion reste la fréquentation des rêves impossibles. Voilà le sort des femmes ordinaires, qui ne possèdent ni instruction ni fortune.

L'homme la fixait avec des larmes dans le regard. L'émotion s'était emparée de lui lorsqu'elle avait parlé d'une petite voix blanche des « rêves impossibles ». A ce moment, il résista à la tentation de la prendre dans ses bras, flairant qu'elle n'accepterait jamais ce compromis avec le mensonge qu'exige l'amour adultère. Il se détourna d'elle pour ne pas montrer son émoi. C'était une affaire intime que ce trouble. Il lui ressemblait, malgré ses grands airs, sa carapace d'homme fier et hautain.

Quittant précipitamment l'auberge des Diligences, en prenant soin de ne pas croiser Marquey, il partit d'un grand pas vers l'hôtel de ville. Il avait garé son automobile sous un porche, à deux pas de son appartement. Il maintenait la capote fermée de sa Mercer, par crainte que les pigeons du voisinage ne vinssent fienter sur ses beaux sièges en cuir jaune.

Avant de s'y installer, il rabattit la pièce de toile sur le coffre, où elle se plia en accordéon. Il enfila ses gants à trou-trous et démarra son automobile en trois coups de manivelle. Le ronronnement du moteur le ravissait. A peine entendait-on le souffle de la compression. Son bolide était réglé comme une horloge, si bien qu'on ne percevait pas le cliquetis des soupapes, comme sur ces affreuses Ford T où l'on croit à tout instant qu'elles vont traverser le carter. Il poussa deux ou trois coups d'accélérateur, tout en légèreté, pour faire monter la température. Cela l'ennuyait encore plus, ces crachotements et à-coups au moment de prendre de la vitesse. Chez cet amoureux impénitent du progrès, il y avait plus de maniaquerie que de raison. Car la Mercer, quoi qu'on en pensât, était l'une des voitures sportives du début du siècle les mieux conçues.

Les mains sur le volant de cuir, l'ingénieur songeait à Ameline.

J'aurais dû la prendre dans mes bras. Peut-être aurait-elle cédé à mon désir ? Peut-être m'aurait-elle repoussé ? Je ne le saurai jamais. Dès lors, mes jours seront teintés de regret et de mélancolie. Tels sont les tourments de l'homme lâche, se résigner à ne croire qu'à ses rêves.

Soudain, madame Loriot surgit au milieu des massifs d'iris. Elle portait une robe vaporeuse que le vent chahutait en ce lieu où il donnait de la voix. L'homme voulut descendre lui ouvrir la portière, mais elle fut plus vive que lui. Leurs mains s'effleurèrent tout juste. Il recula son bolide jusqu'au terme de l'étroit passage et partit vers la route qui suivait les remparts.
— Où allons-nous ?
— Aux ruines romaines. C'est mon repère favori, dit-elle.
— Pourquoi ?
— Le silence. La douceur des choses.
Eugène roulait à vive allure. Il voulait montrer la force qui ronronnait sous son capot. Mais Pierrette s'en fichait. Les voitures automobiles lui paraissaient être des insectes ridicules puant la graisse et l'essence. Combien de fois avait-elle taché ses robes ou ses tailleurs aux ferrures des portières ?
L'ingénieur gara sa machine sur un terre-plein, près d'une haie de lilas parme. Il voulut descendre mais elle disposait de trop peu de temps
— Vous avez voulu me voir, vous me voyez, dit-elle en laissant négligemment son bras pendre en dehors de la portière.
Sa chevelure blonde avait été ébouriffée par le vent. Cela lui faisait la beauté d'un félin, ce qu'elle était du reste, avec sa bouche fardée de rouge, gourmande et jamais repue de soupirs, de rires, de baisers impromptus. Eugène portait un costume bistre et un chapeau dans le même ton. Ces couleurs d'été lui étaient familières, comme s'il ne pouvait se défaire des journées passées aux portes du désert. Il en affichait les couleurs ocre comme une reconnaissance de son état de grand voyageur.
— J'ai un service à vous demander, dit Castillac.

Pierrette posa la tête près de son épaule. Elle aimait ainsi s'offrir ou du moins en donner l'illusion. L'homme étendit son bras sur le dossier du siège. Il n'avait plus qu'à fléchir ses doigts pour toucher sa peau. Il ne le fit pas.

— Je vous écoute, Eugène. Vous savez que je ne peux rien vous refuser.

Il vit ses belles dents blanches briller sur l'incarnat de ses lèvres. Il tendit le visage vers elle. Mais elle resta immobile, ainsi, deux mains seulement les séparant.

— Rien me refuser ? reprit l'homme. C'est à voir.

— Ne faites pas l'enfant, Eugène, vous savez bien qu'entre vous et moi il n'y a pas d'autre ouverture que l'amitié.

— Nous ne serons donc jamais amants, déplora Castillac.

Le visage de Pierrette bascula de l'autre côté, comme si elle voulait lui montrer qu'elle n'était pas sous l'emprise de son charme. Il perçut ce mouvement avec la résignation des grands fauves qui voient leur proie s'éloigner.

— Trop vieux, sans doute, dit-il. Comme je vous comprends.

La femme se tourna vers l'ingénieur. Il avait posé ses deux mains sur le volant, palpant le cuir nerveusement, des pattes de chat sur un coussin. Il avait suffi de quelques mots pour qu'il se résignât à voir disparaître le petit jeu plaisant auquel il eût bien voulu accéder. Les doigts de Pierrette vinrent effleurer la joue d'Eugène. Doux geste complaisant de pitié ou de compassion. Elle n'aimait pas faire de peine et s'en voulait qu'il fût, sur l'instant, attristé.

— Vous n'y trouverez pas une larme, si c'est ce que vous guettez. *Non esser, gioia mia, con me crudele, lasciati almen veder, mio bell'amore,* chantonna-t-il d'une voix éraillée.

Le Don Juan qui l'habitait encore n'était plus que l'ombre du séducteur, un pâle visage, cérusé, de comédie.

A ce moment, ainsi qu'on rend aimablement une politesse, madame Loriot eut un délicat sourire. Ce genre de triomphe la laissait vaguement désespérée.

— Obtenez-moi une invitation au banquet de la Cocagne. Et ce sera pour moi une consolation, dit-il.

— Comment cela, on vous a oublié ? !

Castillac fixait son tableau de bord en bois précieux.

— Dans cette compagnie de joyeux drilles, je ne compte que des ennemis. Quelle ingratitude ! Moi qui leur ai installé le chemin de fer...

Pierrette Loriot hocha la tête en signe d'approbation.

— Mon mari est un lâche. Il vous craint, Eugène. Tous ces hommes politiques sont du même bois. On ne vous caresse le poil que si vous êtes de quelque utilité. Sinon...

— J'ai encore quelques capacités de nuisance, ricana l'ingénieur. Mais qu'irais-je faire dans des querelles de bureaux ? Ma vie est tournée vers d'autres espérances.

Pierrette observa la montre qu'elle portait en sautoir.

— Je vous obtiendrai une invitation. Et mieux même, vous serez placé à côté de moi, Eugène, je vous le promets.

L'ingénieur descendit remettre sa voiture en marche. Puis il se rassit au volant. Cent mètres en contrebas de la voie romaine, près du Clam, il s'arrêta de nouveau. Pierrette roula son foulard autour de sa gorge. La fraîcheur du soir montait insensiblement et stagnait sous les frondaisons des chênes.

— Puis-je vous faire un aveu ? dit-il.

Elle regardait fixement devant elle.

— A la condition que vous restiez sage, Eugène.

Il éclata de rire.

— C'est d'Ameline Marquey que je souhaiterais vous entretenir.

Elle parut rassurée et intriguée à la fois. D'un geste vif, elle dénoua son foulard. La robe était fort échancrée et on devinait sous le fin voile de linon les rondeurs de ses seins, leurs aréoles proéminentes.

— Ameline ? reprit Pierrette. Dernière nouvelle !

— Je crois que je suis amoureux d'elle.

Il y eut un long silence. La jeune femme n'osait regarder Eugène. Un monde insoupçonné s'ouvrait devant ses yeux, insondable et vertigineux, celui du sentiment imparfait et ravageur. Elle se mit à hocher la tête.

— Je n'aurais jamais cru cela de vous, Eugène.

— Pourquoi ? Est-ce si mal d'aimer ?

— Vous me surprenez, Eugène, fit-elle, ébahie.

— C'est un sentiment récent. Je lui ai rendu visite à deux ou trois reprises dans ses cuisines. Il ne s'est rien passé, au demeurant... Comprenez-vous ?

Pierrette soupira. Rien passé. Mais c'est l'intention qui compte, pensa-t-elle. Un regard, un geste, un mot, tout est joué. Cela vous tient une vie entière. Cela vous conduit aux pires extrémités, reniement, esclavage, humiliation, perte de contrôle de soi, souffrance et bonheur confondus...

— Je n'ai osé lui dire, bien entendu, mais j'avais grand désir de la prendre dans mes bras. Elle m'attire comme un aimant. Stendhal parle de la cristallisation amoureuse, moi je dirais la chose différemment, une sorte d'attraction magnétique des corps...

La femme du maire éclata de rire à belles dents. La comparaison était plaisante. Moi, pensa-t-elle, je suis chargée d'électricité comme une batterie, et j'attire tout ce qui passe dans le champ.

— Maintenant, je sais ce que vous allez me demander, reprit Pierrette.

— Un mot seulement, rassura Eugène. Croyez-vous que je puisse espérer quelque chose d'elle ? Vous la connaissez si intimement. Au point d'avoir percé les secrets de son âme...

Elle hésita à répondre. Que savait-elle de madame Marquey ? Etait-elle à ce point perméable au regard, qu'on eût pu lire au fond de ses pensées ?

— Je ne sais pas, Eugène. Il faut vous déclarer. Et peut-être ne point prendre les premiers mots pour argent comptant. Ameline est malheureuse en ménage, ce n'est pas pour autant qu'elle est disposée à tout envoyer promener pour un homme, même comme vous...

— Malheureuse ! s'exclama Castillac. Elle est bien plus que cela. Elle vit près d'un homme qui a ruiné ses espoirs, qui a désespéré ses rêves...

— Oui, sans doute. Mais il y a chez Ameline une sorte de rigueur morale qui lui interdit de transgresser la moindre loi. Son mariage est sacré. Et je doute qu'elle s'accommode d'un amant, même pour une heure...

L'ingénieur déposa son front contre le volant. Pierrette vint lui caresser la nuque, doucement, comme elle l'eût fait pour un fils, avec l'attention maternelle propre aux femmes devant la douleur des hommes.

8

Changer les meubles pour changer d'époque. — Le soufflé d'Ameline. — La chute d'un chef. — Les huiles. — La dernière valse d'Anatoline. — Sale affaire. — Triomphe.

Les deux derniers jours avant le banquet du trentenaire, Ameline s'appliqua à mettre au point d'infinis détails sous le regard irrité de sa cuisinière. Hyacinthe était de plus en plus contrariée par la maniaquerie dont sa maîtresse faisait preuve. A quoi bon s'attacher à tous ces détails, se disait-elle, puisque la réussite d'un festin est souvent liée à une part d'improvisation ?

Au final, Hyacinthe cédait à toutes les exigences. Par exemple, des remarques fusaient sur la façon de broyer le poisson ou d'en extraire les sucs au chinois, de décortiquer les écrevisses ou même de piquer au lard les selles de marcassin.

— Ma méthode vaut la vôtre, Ameline, fit-elle valoir. Croyez-moi. Ça fait des années que je fais ainsi, pourquoi changerais-je ?

— Justement, insistait Ameline, il faut perdre les vieilles habitudes. Elles ne sont pas toujours bonnes. Sinon, ce serait à désespérer de vouloir faire de la nouvelle cuisine.

— Qu'est-ce donc que cette idée, encore ? Faire de la nouvelle cuisine... Mon Dieu, Antoine-Joseph doit se retourner dans sa tombe. S'il entendait ça... Moi, ma chère, je ne connais qu'une seule cuisine, celle qui a fait ses preuves depuis que les Laverdois ont décidé de faire de cette bâtisse cossue une hôtellerie pour accueillir les visiteurs de passage. Ce pourquoi les ancêtres l'avaient baptisée « relais des Diligences ».

Ameline observait sa cuisinière sans baisser la garde, décidée à lui tenir tête.

Sinon, à quoi servirait-il que je prenne en main les cuisines, se disait-elle, si c'est pour refaire indéfiniment ces mêmes ragoûts, infâmes sauces lourdes, poulets rôtis farcis à la mie de pain ?

— Il n'y a plus de diligences, désormais. Nous sommes rendus à l'ère de l'automobile. Nos clients viendront de plus en plus loin pour trouver des mets qu'on ne leur servira nulle part ailleurs. C'est ainsi que nous reconquerrons notre réputation.

Et pour appuyer ses dires, la maîtresse prit sa cuisinière par le bras et l'entraîna dans la grande salle du restaurant.

— Là aussi, ma chère Hyacinthe, le vent nouveau va effacer quelques horreurs.

Elle désigna le vaisselier rustique, une armoire branlante, quelques petites tables et des guéridons qui étaient d'une époque où les paysans de Corrèze faisaient eux-mêmes leur mobilier avec le bois de leur ferme : prunier, pommier, cerisier, noyer... Toutes ces essences confondues formaient un assemblage disparate aux teintes au mieux baroques.

— Tout cela ira au feu. Tandis que je garderai la belle lingère Louis-Philippe et le confiturier qui, bien que rustique, a du style tout de même. Puis nous apporterons des meubles nouveaux, fonctionnels et esthétiques. Que voulez-vous, Hyacinthe, il faut vivre avec son temps. Changer les meubles pour changer d'époque...

Mique, la serveuse attitrée, arrêta son travail pour écouter ce petit discours. La jeune fille se sentait très proche des idées modernes de sa patronne, elle y voyait comme une sorte de renaissance, dans ce vieux décor inchangé depuis cent ans au moins.

— Je suis de votre avis, madame, chassons ces horreurs vermoulues. Mais, à écouter monsieur Maxence, il ne faudrait jamais y toucher... Je lui ai assez dit, pourtant, qu'à force ça allait s'écrouler. Vous pouvez pas imaginer, madame, ce que je ramasse comme sciure ! Les vers font leur travail, en douce. En y prêtant l'oreille, on entendrait leur mastication.

Ameline ne répondit pas. Il eût été facile de dire, d'une voix autoritaire : « C'est moi, désormais, qui commande à l'auberge des Diligences ! » Mais elle se tut, par égard pour son mari. Elle le savait assez malheureux et désemparé, sans y ajouter quelques propos cruels.

Ameline retourna dans sa vieille cuisine. Elle avait hâte d'essayer les fourneaux. Ces dernières heures, elle les avait fait chauffer plus que de raison, pour voir comment ils réagiraient aux différentes étapes de température. Doux, moyen, fort. C'étaient là les trois fonctions dont elle avait besoin pour sa cuisine. Une clé permettait ainsi de réduire ou d'augmenter la combustion. Depuis que l'employé de Castillac en avait rajusté, voire réparé, le mécanisme, l'affaire semblait se réguler. Après un usage forcé, une nécessaire mise à l'épreuve jour et nuit – elle avait veillé, pour les alimenter en combustible continûment –, l'humidité accumulée dans les circuits d'évacuation et dans le corps de chauffe s'était estompée. A cette étape, elle pouvait enfin en tester la fiabilité sur les cuissons. Le soufflé réclamant une chaleur moyenne et constante, il fallait que les fourneaux fussent domptés. Nul écart ne serait permis, au risque de gâter l'appareil.

Elle mit au four un vol-au-vent, dont la cuisson s'apparentait à celle du soufflé. Vingt minutes plus tard, elle le sortit, et le résultat lui parut satisfaisant. Elle courut annoncer la bonne nouvelle à sa cuisinière.

— Je crois que je connais assez ces fourneaux, maintenant, pour leur confier mes soufflés.

Hyacinthe ne répondit pas, trop occupée à piquer les selles de marcassin. Cela consistait à introduire des cubes de lard au plus profond du gibier pour qu'il gardât son moelleux à la cuisson. D'ordinaire, sans cette précaution, la selle cuite au four, même abondamment arrosée par le jus de cuisson et une partie de la marinade, en ressortait sèche et dure. La graisse fondue au cœur de la viande l'amollissait donc. Mais cette préparation, longue et fastidieuse, à laquelle la patronne la soumettait, n'était pas dans les habitudes de la cuisinière. Elle voulait faire encore et toujours comme on lui avait appris, barder les selles et les ficeler comme un rôti.

Les deux femmes s'étaient déjà copieusement accrochées sur la marinade elle-même. Ameline en tenait pour une préparation cuite au vin rouge, avec ses légumes et ses condiments. Dans le même temps, Hyacinthe affirmait que la marinade ne pourrait être que crue, afin que l'alcool du vin jouât pleinement son rôle. Sûre de son fait, Ameline avait répliqué que la préparation cuite avait l'avantage de hâter l'imprégnation des pièces de gibier.

« Dans le cas du sanglier adulte, on préconise l'ajout de vinaigre. Mais ici, ce serait une hérésie. Notre viande est bien trop jeune. Nous risquerions de la corroder et d'en détruire à l'avance les saveurs. »

Bien qu'elle se défendît de le reconnaître, la cuisinière était impressionnée par l'étendue des connaissances de sa patronne. Cela l'intriguait fort, du reste. Où avait-elle appris l'art de la cuisine et toutes ces subtilités qui font la différence ? Elle savait qu'Ameline ne répondrait pas à sa question. Elle aimait faire des mystères autour d'elle, cultiver sa singularité.

La veille du grand événement, les employés municipaux installèrent les fameuses tapisseries de madame de Luguet. Lorsque le vilain mur jaune fut caché par la somptueuse pièce tissée au dix-huitième siècle dans les Ateliers lyonnais, Ameline réalisa enfin toute l'importance d'une rénovation de l'établissement, si l'on désirait que le lieu fût digne, à l'avenir, des mets qu'on y servirait.

Loriot voulut se rendre compte par lui-même de l'effet que produisait la tapisserie de madame de Luguet.

— Nous avons eu là une excellente idée, dit-il à madame Marquey.

La réflexion l'amusa car elle n'était pour rien dans cette trouvaille. Mais le maire avait voulu associer la cuisinière des Diligences à ce coup de génie, par complaisance sans doute. Elle lui reconnut bien volontiers cette politesse.

— Avec votre plafond à caissons, cela va à ravir, ajouta-t-il.

Lorsque Antoine-Joseph avait pris la direction du relais, à la mort de son père, il avait eu cette toquade insensée de faire réaliser par un menuisier de Salvayre un plafond à la mode médiévale, comme on en voit dans certains châteaux. La réalisation ne fut évidemment pas à la hauteur de ce qu'on en pouvait attendre. Il y avait de la maladresse dans la confection. S'il existe un art naïf en peinture, sans doute se trouve-t-il aussi dans l'ébénisterie. Telle était l'impression donnée par ce plafond aux chanfreins maladroits, aux ajustements précaires, à la géométrie approximative.

Qu'importe, Ameline avait la ferme intention de le conserver, et mieux encore de le redresser avec de gros filets de dorure, des motifs au pochoir.

— Je ne manquerai pas de projets, à l'avenir. Et j'espère, monsieur le maire, que nous saurons travailler ensemble en bonne intelligence.

L'homme examinait le carrelage, songeur. A l'emplacement du poêle en faïence, que l'on avait ôté pour la circonstance afin de ménager plus de place, il y avait un grand carré gris. Le feu avait carbonisé la couleur des carreaux. Mais il ne fit aucune réflexion désobligeante.

— Ma femme ne jure que par vous, chère Ameline. Elle dit que vous êtes par l'esprit une étrangère dans la cité. Moi, je dirais la chose différemment. Vous avez le caractère des gens de la ville, entreprenant, volontaire. C'est un atout dont vous tirerez parti à l'avenir. La règle idéale, si j'ai un conseil à vous donner, consisterait à ignorer les commérages, les critiques, les dénigrements, et faire ce qui vous semble le mieux pour votre établissement. D'après ce que je vois, le temps de Maxence Marquey est achevé. Ici, il faut une énergie nouvelle. Cela s'opérera dans la douleur. Je le sais. Ne rien faire rassure. Mais secouer le vieux monde inspire de la peur et de la méfiance.

Loriot fut tenté d'évoquer son sort. Il avait envie de se plaindre et de se faire plaindre, mais il hésita, tout de même, sentant qu'il n'y aurait pas une oreille suffisamment attentive pour l'entendre geindre jusqu'au bout. Lui aussi, en son temps, avait voulu secouer les traditions et l'ordre établi à Meyssenac, mais il avait fini par renoncer, faute de courage. Sans doute était-il trop contaminé par l'esprit meyssenacois et lui manquait-il cette énergie des gens exceptionnels.

Ameline ne voulut pas le laisser repartir sans glisser quelques mots sur son amitié avec sa femme :

— Vous savez, sans doute, que nous nous entendons bien, Pierrette et moi. Nous formons une association pleine de vitalité...

— Un véritable syndicat ! ironisa Loriot.

Il avait entendu parler des renardes plus souvent qu'à son tour et cela le barbait assez. Mais Ameline poursuivait :

— Vous ne vous êtes jamais interrogé sur les liens qui nous unissaient, l'une et l'autre, monsieur Loriot ?

— A vrai dire, ma vie est tellement remplie...

— Nous appartenons à une espèce compliquée de femmes, s'amusa Ameline. La vie à Meyssenac est trop étriquée pour nous satisfaire. Alors, nous avons besoin de prendre l'air, de temps en temps.

Il se mit à rire. Et d'un geste il écarta les états d'âme des renardes. Puis il parut se souvenir soudain d'un détail et dit, tout en se massant le front du bout des doigts :

— Sur les instances de mon épouse, j'ai dû accorder un carton d'invitation à l'ingénieur Castillac... Vous connaissez Eugène ?

Ameline rougit jusqu'aux oreilles. Les bruits iraient-ils aussi vite, dans la cité ? Raconterait-on par hasard que l'ingénieur lui faisait la cour ?

— Je ne savais pas que monsieur Castillac avait demandé à votre femme de lui accorder cette faveur...

Victor la fixa droit dans les yeux et sut qu'elle ne mentait pas.

— Qu'est-il pour Pierrette, cet homme ? questionna-t-il à voix basse. Sauriez-vous quelque chose ?

Ameline fut rassurée. C'était l'avenir de son couple qui le préoccupait. Son angoisse effleurait juste la surface sensible. Il avait mal, mais doutait que Pierrette lui fût infidèle, avec cet homme-là précisément. Car le maire n'eût point supporté l'adultère dans son village, tandis qu'il l'indifférait à Brive.

Etrange chose, songea-t-elle, que l'amour-propre des hommes.

Le grand jour, ce fameux jour de la Cocagne, fut salué, à toute volée, par le carillon des cloches de l'église. L'anniversaire commençait donc par une messe. Terrieux était ravi de voir tous ces républicains anticléricaux assis aux premiers rangs. Le curé fit durer sa prestation plus que de coutume. L'homélie ânonnée en chaire fut tout à la gloire de la terre et des hommes qui la faisaient fructifier. L'attachement aux coutumes et aux rites ancestraux était à ses yeux la richesse essentielle de toute histoire humaine. En un sens, peut-être, la Cocagne portait cette leçon que les sociétés ne peuvent vivre en paix sans une patrie à aimer et une histoire vivante prodiguant généreusement ses valeurs. Le prêtre apporta même à son discours quelques accents prophétiques :

— Aujourd'hui, nous sommes en paix. Mais elle n'est pas perpétuelle, comme la désirerait monsieur Kant. Restons vigilants pour la préserver. Et si d'aventure un peuple belliqueux se risquait à fouler notre sol bien aimé, alors nous devrions être prêts, tous, riches et pauvres, à le défendre dans une union sacrée...

Pendant ce temps, branle-bas de combat dans les cuisines. Hyacinthe faisait les noques en série, tempêtant contre sa maladresse. Mais elle était rassurée, tout de même. Le potage était parfait, nourri par les saveurs d'écrevisses. Quant aux brochets, ils attendaient patiemment dans leurs poissonnières le moment où on les enfournerait. Ensuite, il suffirait juste de préparer la sauce au raifort avec le jus de cuisson. Les selles de marcassin demanderaient plus de temps. « Saisir au début, puis modérer ensuite les fours », avait recommandé Ameline.

Dans sa vieille cuisine, la maîtresse avait préparé tous les ustensiles nécessaires. Elle désirait que tout fût à portée de main. Et pour ce faire, elle n'avait besoin d'aucune aide. Hyacinthe la soupçonnait même de vouloir cuisiner son affaire dans le plus grand secret.

Tout avait commencé la veille avec la confection d'une purée de cailles. Celle-ci avait été faite avec les chairs d'estomac, le gras de cuisse, l'épigastre. Ameline avait broyé ces chairs dans un mortier avec du riz cuit. Puis elle avait adouci sa purée avec du beurre, l'avait augmentée de jaunes d'œufs et arrosée à glace. Elle avait chauffé son appareil ainsi obtenu à feu très doux, sans cesser de tourner.

Pour l'heure, il s'agirait de terminer l'ouvrage. Cela se concevait en un tour de main compliqué. A la purée chauffée à température, Ameline mêla les dés de truffes. Celles-ci avaient été cuites une demi-heure dans un xérès d'Andalousie au goût d'amande. Elle eût tout aussi bien pu cuire les truffes dans du champagne, comme le recommandait la tradition, avec une sauce mirepoix bordelaise. Hélas, elle ne disposait pas de champagne. Dès lors, le xérès était le meilleur compromis possible.

Elle goûta, trouva la truffe à son goût, un peu craquante. Elle gagnerait ainsi au four de quoi répandre ses saveurs dans le soufflé.

Avant de les mettre au four, Ameline n'aurait plus qu'à adjoindre à son appareil de la crème fouettée, du blanc d'œufs fouetté, et à emplir ses timbales. Celles-ci, au nombre de quatre-vingt-dix, étaient alignées sur le plan de travail. Elle disposerait aussi de cinq plafonds où les timbales prendraient place pour être enfournées, vingt à vingt-cinq minutes, à chaleur moyenne.

— Je suis prête ! s'écria Ameline en passant dans la cuisine.

— Nos selles commencent à cuire, répondit Hyacinthe.

— Veillez à les arroser souvent, recommanda la maîtresse. Quant aux brochets, une heure de cuisson suffira. Démarrons-les, ordonna-t-elle aux marmitons.

Promptement, les garçons installèrent les poissonnières sur la fonte de la cuisinière. Puis ils chargèrent le foyer de bois de chêne afin d'accélérer la température.

— Je vous ferai la sauce au raifort. Là aussi, il faut un peu de doigté, dit Ameline.

Soudain, elle eut un doute et souleva les couvercles.

— Vous n'avez pas oublié le vinaigre ?

— Non, dit Hyacinthe.

— Le bouquet de persil ?

La cuisinière la rassura d'un mouvement de tête.

— Veillez à ce que ça ne bouille jamais. Les maintenir au point limite. Sinon, nous irions au désastre.

— Mon Dieu, se rebella Hyacinthe, ce n'est pas la première fois que nous cuisinons du brochet !

Maxence sortit par la porte de derrière, celle qui donnait directement sur les écuries. Puis il gagna la cour, où il y avait tellement de désordre que c'était une misère à regarder. Mais Marquey y tenait tellement, à ses vieilleries. Jamais il ne se consolerait de les perdre. Malgré les incessants rappels d'Anastase pour y faire le ménage et gagner un peu de place, on continuerait à voir le temps accomplir son œuvre sur les roues de cabriolet entassées, les landaus abandonnés, les attelages négligés ; cuir, ferraille et bois, voués à une pourriture lente.

Subitement, Maxence éprouva des haut-le-cœur. Il souffrait nerveusement. Son angoisse coutumière revenait le tarauder. Il se mit à pousser des jurons pour éclaircir une voix rauque, chasser les miasmes de sa nuit. Puis, bien vite, il retourna se cacher dans le garage en entendant les cloches de l'église battre le rappel des fidèles.

Que la fête commence ! maugréa-t-il.

Près de la forge, il vomit enfin sa bile, en glaires douloureuses. Cela dégoulinait de ses lèvres comme du blanc d'œuf. Du bout des doigts, il chassa ce qui refusait de descendre, les ultimes filets persistants. Les spasmes achevés, il se releva en moulinant des ailes, comme un oiseau sur un perchoir instable. L'homme debout, songea-t-il, mérite un peu de compassion, courbé dans la douleur seulement du mépris.

Marquey attribua ce coup de semonce à sa vieille prune, dont il avait usé et abusé pendant sa nuit de veille.

— Non, marmonna-t-il, elle ne réussira pas. Je te le dis, Maxence, nous courons au fiasco. Vive la défaite ! Avec un peu de chance, tu en sortiras grandi...

Cela le confortait d'éructer des mots vengeurs, à haute et intelligible voix, contre Ameline qui lui avait volé son honneur.

— Cinq générations de cuisiniers, murmura-t-il, les mains plaquées sur son visage, cent cinquante ans de bonne vieille cuisine traditionnelle... De père en fils, sans que jamais se démente notre savoir-faire... Et moi, mon Dieu, qu'ai-je fait de mon héritage ? Faudra-t-il que je devienne le premier des Marquey à perdre la main, à laisser aux femmes les commandes ? Sans expérience. Et le père, ricana-t-il, y doit se retourner dans sa tombe et me maudire. Pourtant, oui, le vieux salopard avait flairé la débâcle, le jour où il a commencé à douter de moi. Ce jour lui a été une minute de vérité douloureuse et cruelle. Le saligaud s'est interrogé longtemps, sans parvenir à connaître la réponse. Bon sang pourrait-il trahir un

Marquey ? Même un rejeton ? Pourtant, l'animal, a-t-il été attentif à mon éducation ! C'est qu'on désirait faire de moi un grand chef, un prince des fourneaux. Voici ce que je suis devenu : un pâle exécutant des vieilles tambouilles... Et rendu à ce jour terrible de ma disgrâce, je ne souhaite plus que la ruine de notre entreprise... Pourtant, que je le veuille ou non, voici ce qui m'enrage le cœur, ma chère Ameline porte sur ses épaules toutes nos espérances... Et je me vois là, impuissant, à craindre sa bonne fortune. N'est-elle pas une Marquey par les liens du mariage ? N'est-elle pas des nôtres ? Comment suis-je devenu cette épave des mauvais jours ? Quelle force malfaisante m'a tiré vers les abîmes ? Pourtant, je ne puis rien faire pour me relever. Tout me porte à la chute. Comme si les froides profondeurs m'attiraient. Y gagnerai-je au moins le repos, dans cette haine qui me ceint la tête comme un étau ? Eveille-toi donc, Marquey ! Sors de ton isolement. Cours vers elle, vole à son secours. Elle a besoin de toi. Sinon, croire que sa défaite puisse t'élever... Quelle désillusion ! Rien ne te sera profitable, dans sa déroute. Tu n'en tireras que des jours mornes et des remords infinis, des orages incessants, de la détestation pour l'éternité. Est-ce donc ce que tu veux, Marquey ? Est-ce la solution à ta vieille angoisse ? Elle ne fera que croître, jusqu'à t'étouffer.

Maxence allait et venait dans sa nuit, butant contre ses voitures, s'acharnant à trouver un chemin qui se refermait sur lui-même.

Je suis dans un labyrinthe où je ne perçois aucune lueur, se dit-il.

Pris de tremblements, il chercha une lampe. Quand il l'eut trouvée, il actionna le mécanisme qui offrait à son briquet la mèche. En tournant la molette, il donna de la flamme dans son bol de verre. Puis il plaqua les mains sur lui, jusqu'à percevoir la brûlure, longue à venir. La fumée grasse du pétrole le fit toussoter. Haut-le-cœur, encore. Besoin d'alcool. Manque. Terrible manque. Assèchement de la langue. Tremblements.

Il se laissa choir dans la sciure et les copeaux de bois qui couvraient le dallage en cet endroit pour éponger graisse et huile des mécaniques. Son visage, versé sur le côté, fixait la longue flamme jaune et bleu. Un univers se dessinait, peu à peu, dans la pénombre. A sa nuit s'ajoutaient toutes les autres nuits encombrées de cauchemars. Toutes celles de son enfance. Il entendait distinctement le sifflement du fouet qui s'en venait mordre sa chair. Cela se répétait longtemps. Cela excitait la ménagerie voisine, quelques hennissements de chevaux fous, quelques rires d'enfants, le sien paralysé et les autres intempestifs. Il avait ri si souvent pour ne pas pleurer. Il avait ri de lui-même en se disant que rien n'est grave dans l'existence, que l'enfance n'est qu'un terrible moment à passer, sans joie ni espérance. La mère, lointaine, écoutait le battement de sa peur. C'est pour ton bien, mon petit. C'est le métier qui rentre... Le métier. Tu seras chef cuisinier. Tu seras un Marquey, mon fils. Après tous les Marquey du ciel et de l'enfer, le dernier des grands, sublime, au sommet de la pyramide des Marquey.

L'office terminé, les membres actifs et les amis de la confrérie s'étaient regroupés rue des Remparts, au pied de l'arc de triomphe. Monsieur Rozade prenait son rôle de maître des cérémonies très au sérieux. Il ressemblait à un chien de berger qui tourne incessamment autour du troupeau pour le maintenir groupé. Il suffisait que l'un des distingués cocagniers s'égare pour que le percepteur le ramène par la manche. « De l'ordre, mes amis, de l'ordre, je vous en conjure... »

Les adeptes de la Cocagne avaient tous revêtu pour la circonstance leur tenue de parade : tunique rouge et or garnie de médailles et de fanfreluches, coiffe tout aussi colorée et clinquante, bas blancs et culotte de soie à la mode 1830. Cet affublement avait un délicieux côté suranné, sans doute à la mesure de ce que représentait la fameuse confrérie. Personne ne semblait plus s'en étonner, tant la Cocagne faisait partie de la communauté villageoise. Peut-être même la population, dans sa grande majorité, en tirait-elle quelque honneur. Le majoral Combet portait en supplément sur sa tunique une belle cape noire et satinée de rouge à l'intérieur, afin de montrer qu'il était le chef de la société savante.

Singulièrement, le seul à n'avoir pas sacrifié au rite était Frazier. On se demandait bien pourquoi il lui avait préféré une tenue de soirée : habit à queue croisé, pantalon étroit à pli frontal, gilet de piqué blanc, plastron amidonné et chapeau haut-de-forme. Il fit sensation, tout autant que son épouse, en robe à crinolines ornées de cocardes bouillonnantes de tissus colorés et de rubans. Jeanne Frazier adorait la mode du Second Empire, qui était toute sa jeunesse. Premier bal chez le marquis de Luguet, premiers émois amoureux.

A côté, le maire faisait pâle figure, en costume trois pièces de drap de laine brun et chapeau panama. Qu'importe, on ne voyait que son épouse. Sa beauté rayonnante éclipsait le mari. Elle le dominait d'une tête. Les regards suivaient chacun de ses mouvements. La robe d'été rose pâle, comme un pétale de fleur d'églantine, qu'elle portait élégamment, était si vaporeuse que chacun de ses gestes révélait ses formes harmonieuses et élancées. Pierrette laissait effrontément le vent jouer avec sa chevelure blonde, préférant porter le chapeau – un Henri II en tissu coulissé rose – plaqué contre son ventre. Cela lui donnait une contenance dégagée. Mais on admirait aussi l'éclat de ses lèvres purpurines et la touche rosacée soulignant ses pommettes. Elle souriait à chacun sans s'attarder, tout en portant haut et fier le regard qui lui était coutumier.

Le dos aux Remparts, les musiciens de l'Etincelle meyssenacoise avaient pris place, laborieusement, dans l'espace imparti par l'organisation. Leur chef, un grand sec dans son uniforme bleu trop court, avait les pires difficultés à dompter sa troupe. Les clairons, les trompettes, les cors, les tambours brillaient au soleil. La clique attendait juste le signal de Rozade pour ouvrir le ban et jouer quelques marches. Le signal, il viendrait à point, lorsque les huiles approcheraient de l'arc de triomphe.

— Monument éphémère, si éphémère, lança Félicité Domergue.

— Tellement éphémère, reprit Frazier, que sa parure végétale commence à baisser de l'aile.

— L'aurait fallu l'arroser, dit Batilleau, à grands coups de seaux d'eau.

— Bah, il tiendra bien la journée, pronostiqua Libert.

A ce moment où tous les gens de la Cocagne étaient dans l'attente des personnalités, Eugène Castillac pointa enfin son nez. Pierrette l'aperçut la première et lui fit un petit signe pour l'encourager à venir près d'elle. L'ingénieur se mit en devoir de serrer quelques mains. Victor Loriot regarda sa femme sévèrement.

— Tout le monde se demande ce qu'il fait parmi nous, murmura-t-il près de son oreille.

— Quelle ingratitude, mon cher mari ! répondit-elle tout en gardant le sourire. Tu lui dois le chemin de fer à Meyssenac, tout de même.

— Lui ? Ce n'est qu'un exécutant, proféra-t-il. Rien de plus. Un homme de l'art, certes. Mais la décision a été prise par le député et le sénateur. Cette affaire m'a coûté dix voyages à Paris. Qui le saura ? Les petites gens s'imaginent que les choses se réalisent toutes seules, sans effort...

Pourtant, quand le moment fut venu, malgré son aversion pour le personnage, Victor serra chaleureusement la main de Castillac, se louant qu'il fût de la fête. Hypocrite, pensa Pierrette en tendant le dos de sa main à l'ingénieur pour qu'il la baisât. Ce qu'il fit en s'inclinant, vantant même sa beauté. Les mots de Castillac mettaient Loriot au supplice.

Se pourrait-il enfin qu'il y ait quelque chose entre eux ? Quelque chose qui m'aurait échappé ?

Il les observa tour à tour.

Trop vieux, tout de même, ce Castillac, se dit Loriot. Elle les préfère dans la pleine jeunesse. Genre gigolo. Don Juan de pacotille.

— Nous attendons le sénateur Lamirand et le député Bonneval, fit Victor en se penchant vers l'ingénieur.

— Et la fanfare, est-ce aussi pour leur offrir l'aubade ?

— En effet. Meyssenac leur doit le chemin de fer. C'est la moindre des choses que de les accueillir en grandes pompes, ne pensez-vous pas ?

Eugène croisa les bras pour observer l'assistance, son regard hautain balayant les visages, les uns après les autres.

Ignorerait-il, notre bienheureux maire, se dit-il, que je connais nos parlementaires corréziens comme ma poche ? Ils se fichent bien de Meyssenac et des Meyssenacois. Ils vont au peuple comme la vache au taureau. Du reste, le sénateur Lamirand n'entend rien aux paysans et à la paysannerie. Saurait-il seulement faire la différence entre une feuille de tabac et une de maïs ? Il se mit à rire entre ses dents. Monsieur de Bonneval osera-t-il présenter aux bouseux sa belle maîtresse Katouchia ? Le chemin de fer... Parlons-en, du chemin de fer ! Croit-il vraiment, cet idiot de maire, qu'il le doive à ses parlementaires ? Je suis bien placé pour le savoir. Lamirand aurait bien voulu que Meyssenac, trou du cul du monde, reste à l'écart. Mais, ironie de la situation, le village se trouve sur le tracé de la ligne, passage obligé, incontournable par le fait même de la topographie. Il eût été plus à droite ou à gauche de la vallée de la Sévère, nous l'aurions négligé, malgré toutes les interventions du monde, du président de la république comme du pape.

Rozade, sentinelle éclairée de cette journée radieuse, courut vers Loriot pour lui annoncer enfin la bonne nouvelle :

— Ils sont là !

Aussitôt, le petit comité d'accueil se mit en branle : le maire au centre, Frazier à droite, Combet à gauche.

Les deux automobiles des parlementaires étaient garées sur la place des Comices. En attendant leur suite, le député et le sénateur faisaient les cent pas.

— Votre réélection, Bonneval, un triomphe, dit Lamirand. Une affaire singulièrement bien menée. En découvrant les résultats, je me suis dit : Nous avons réélu le prince de l'ambiguïté.

En chapeau melon et costume gris, ils ressemblaient à des petits fonctionnaires de police.

— Comment se faire élire dans un fief radical-socialiste lorsqu'on est de droite, sinon en jouant la comédie ? On est d'autant plus convaincant qu'on ne croit guère à ce qu'on professe. C'est le paradoxe du comédien dont parle Diderot. Il n'est pas nécessaire d'éprouver des sentiments pour les bien jouer, n'est-ce pas ?

— En effet. Je suis admiratif, mon cher. Vraiment.

— Vous commencez juste dans la carrière, ajouta Bonneval. Qui sait si demain, le bloc républicain se défaisant comme un tricot, vous ne serez pas vous aussi contraint à prêcher des idées que vous exécrez ? A ce moment, vous vous souviendrez de moi. L'art de la politique, mon cher, consiste à durer, durer, à survivre à la chute de tous les cabinets, en survolant les factions. J'ai appris cela de Briand.

Les deux hommes allaient et venaient, marchant côte à côte sans se soucier de la cérémonie qui les avait conduits à Meyssenac. Pourtant, le comité d'accueil attendait, six pas en arrière, qu'ils condescendissent enfin à les saluer. Pour rien au monde Loriot n'eût risqué d'interrompre leur conversation, tandis que Frazier et Combet s'observaient par-dessus la tête du maire, impatients, embarrassés, irrités aussi.

L'un des secrétaires fit un signe à Lamirand. Le sénateur se retourna vivement vers les hôtes et parut à ce moment découvrir leur présence.

— Ah, monsieur Doriot ! s'écria Lamirand.

— Loriot, reprit le maire avec un sourire contrit.

— Mais c'est Victor, mon cher Victor, renchérit Bonneval en lui faisant l'accolade. Nous sommes de vieux amis, n'est-ce pas ?

Lamirand observait la scène, médusé par le talent du député. Ce dernier semblait lui dire : « As-tu vu comment on rattrape une bévue ? Sans en avoir l'air. Avant d'aller en terre inconnue, fût-ce la Corrèze profonde, il faut réviser ses fiches... »

— Oui, monsieur le député, nous nous sommes rencontrés à deux ou trois reprises, confirma Loriot.

— Oh oui, repartit Bonneval, à propos du débat à la Chambre sur les bouilleurs de cru. Je vous avais demandé un rapport sur la situation en Corrèze. C'était en...

— 1903, monsieur le député, dit Loriot.

— Bien sûr, 1903. L'année de la visite du roi d'Angleterre, Edouard VII, et de la naissance de l'Entente cordiale. Mon Dieu, que le temps passe. Et savez-vous Victor que votre rapport m'a été d'une grande utilité ? En quoi, vous demandez-vous ? Un rapport de plus ou de moins. Mais non, le vôtre était admirable de justesse et de concision, surtout pétri du bon sens paysan. Voilà la qualité essentielle qui manque à nos élites. Le bon sens. A vivre loin de la réalité, dans l'or des cabinets et des salons, on finit par s'obscurcir l'esprit. La raison d'être de la politique dans sa noble acception, c'est de partir de la réalité pour tendre vers l'idéal. Voici une règle qui guide ma conduite. Lamirand et moi, nous sommes de la même école, des gens de bon sens, toujours à l'écoute du monde du travail et de l'effort.

Le maire présenta ses voisins du comité d'accueil. Les parlementaires se forcèrent pour conserver leur sérieux en découvrant un Combet en marquis de comédie et un Frazier habillé pour l'opéra.

— Qu'est-ce donc, la Cocagne ? s'inquiéta Lamirand.

— Une société savante, monsieur le sénateur. Nous étudions les us et coutumes de notre terroir. Nous pensons qu'ils font partie intégrante de la culture française.

— Fort justement, cet anniversaire tend à mettre l'accent sur le patrimoine de notre commune, compléta Frazier. Nous aurions besoin d'être soutenus en haut lieu, si vous voyez ce que je veux dire...

— Parfaitement, dit le sénateur en faisant un clin d'œil à Bonneval, adressez-moi un rapport.

Ils partirent aussitôt vers l'auberge des Diligences, le sénateur et le député devant, le maire et les délégués de la Cocagne derrière.

Pendant ce temps, on n'avait guère prêté attention à la présence d'une jeune femme assise dans la berline noire du député, la tête couverte d'un chapeau à plumes d'aigrette jaune et rouge sur satin vert. En voyant la compagnie s'activer, elle fit signe au secrétaire de lui ouvrir la portière.

François Labonne s'acquitta de cette galanterie de bonne grâce. N'était-il pas l'homme à tout faire du député, son porte-plume, son conseiller, son confident, son souffre-douleur, son éminence grise, et quoi d'autre encore ? Le valet de pied du grand homme avait toutes les raisons du monde d'être excédé par les caprices de la maîtresse en titre, mais aucune autre existence que la sienne, aussi paresseuse et dilettante eût-elle été, ne lui aurait convenu.

Elle descendit prudemment en prenant soin de relever la robe étroite qui lui tombait sur les chevilles. Belle brune aux traits fins portant fièrement ses atours de soie et de satin, elle promenait sur le monde un regard dédaigneux. Rien ne paraissait trouver grâce à ses yeux.

— Oh, cette horrible campagne et tous ces gens si laids et arriérés, marmonna-t-elle.

Labonne l'écoutait avec mépris, se disant dans son for intérieur : Le décolleté plongeant n'ira pas sans surprendre les autochtones. Voici une compagnie dont on se serait bien passé.

— Monsieur m'a recommandé de vous faire asseoir à ses côtés, dit le secrétaire. Ne tardons point à rejoindre nos hôtes. Si vous le voulez bien, madame Elisabeth, prenez mon bras.

Alors que l'on coupait le ruban tricolore sous les tintamarres de l'Etincelle meyssenacoise jouant une *Marseillaise* tonitruante, Eugène Castillac repéra la jolie demoiselle avançant au bras du secrétaire.

Sur le coup, il jubila comme un enfant : Gagné ! J'aurais parié ma fortune. Tout homme a une faille dans sa cuirasse, et celle de notre député possède un joli minois, vaguement slave.

Aussitôt, il se porta dans sa direction pour la saluer.

— Katouchia, vous ici ? Quel bonheur !

Elisabeth, surprise, montra sa contrariété.

— Taisez-vous donc. Je ne compte pas me livrer en spectacle.

Eugène s'inclina pour lui baiser la main. Elle parut rassérénée.

— Méchant homme, il ne faut pas prononcer ce mot-là. *Katouchia* est réservé à mon amant, dit-elle à voix basse. Appelez-moi Elisabeth, comme tout le monde.

On se tut par force, afin d'écouter les discours. Celui du majoral fut d'une longueur assommante. Comme il l'avait rédigé d'une plume généreuse, les adjectifs étaient légions, les formules contournées au moins aussi nombreuses, les niaiseries abondantes. A son tour le maire comprit qu'il lui faudrait écourter sa prestation. Il s'en acquitta promptement. Puis le député acheva le rituel par six ou sept phrases d'une banalité affligeante.

Heureusement, on avait hâte de s'engouffrer dans le restaurant.

Les accents de *La Marseillaise* sortirent Maxence de sa torpeur. La lampe-tempête près de laquelle il s'était couché, à même le sol du garage, ne donnait guère plus signe de vie. Les dernières gouttes de pétrole avaient noirci le bol de verre. Qu'importe, il y avait suffisamment de lumière filtrant du dehors pour qu'il parvînt à situer les objets autour de lui. Tout lui semblait en ordre. Sauf lui-même. Il se leva en prenant appui sur l'établi poivré de limaille de fer. Sa main se griffa aux arêtes coupantes des escarbilles et versa au sol dans un mouvement de rage limes, scie à métaux, pinces... Ce raffut le ramenait à la vie, à sa douleur tout de même. Et plus encore ces quelques gouttes de sang qui perlaient le long de ses doigts. Il roula sa main dans un vieux mouchoir afin d'éponger les gouttelettes.

Qu'ils s'amusent, qu'ils bâfrent, qu'ils boivent et s'arsouillent, les cocagniers ! C'est tout le mal que je leur souhaite, maugréa Marquey.

Il doutait désormais que la cuisine fût ratée comme il l'avait tant espéré, secrètement, honteusement. Il lui semblait maintenant avoir dépassé les frontières de sa haine ordinaire. La haine, bien sûr, était restée intacte, comme une boule de poils dans l'estomac, mais il l'avait retournée, fort justement, contre lui-même. Et pour un peu il eût voulu se faire mal, bien au-delà du supportable, passer et repasser le plat de la main sur les copeaux de ferraille afin de se déchirer plus avant les chairs.

Un chien sans importance, se dit-il, abandonné à son sort, voici ce que je suis devenu. Un chien perdu, une cagne de village.

Sa main effaça la poussière qui maculait son visage. Il se sentait sale au sortir du sommeil, barbouillé de crasse, puant comme un marigot.

Indigne. A peine debout. Tout juste chien de détritus, jeté à la rue. Coup de pied par-ci, coup de pied par-là. Tu finiras par être chassé de tes murs. Tu auras conquis toutes les détestations. Et tu trouveras encore la force de mendier la pitié, saligaud.

Il poussa un grognement de cochon. C'était aussi un état qu'il revendiquait, car l'homme en tombant dans la fosse revient à son état primitif, fils de porc et porc lui-même. Il s'employa à avancer d'un mur à l'autre en poussant ses grognements.

Même tes enfants ne te reconnaîtront plus. Savin et Faustine s'interrogeant : Est-ce bien notre père ? Quelle mauvaise fée a exercé sur lui ses sortilèges ? Simple comme bonjour. Tu as commencé par boire tous les alcools, jusqu'à tomber au pied du tonneau, t'avilissant ainsi dans cette danse macabre. Débâcle des sens, des tripes... Non, ce n'est plus notre père, cet homme-là. Nous avons perdu notre père, jadis, quand il commença sa vie larvaire dans les bas-fonds des caves, sous le robinet...

Maxence trouva en boitillant l'issue de secours qu'il cherchait en tâtonnant le long des murs. En passant par la porte arrière il ne risquait de croiser personne. Car la honte et l'opprobre étaient sur lui. Pire que la saleté et la crasse, les souillures de l'âme.

Certains croient à la rédemption, au rachat. Moi, nenni. Tu ne te sauveras pas par les prières. Comme ma petite mère. Une confession et tout reste à refaire. Blanc immaculé. Ame proprette. Dire que je n'ai jamais visité sa tombe. Ni posé les fleurs du pardon sur le carré meuble. Rien. Va en enfer, cher père, toi qui m'as fouaillé ton aise. Pour ton bien, Max. Comme quoi, le bien n'est que l'antichambre du mal. Et qui veut faire le bien engendre le mal sans le savoir. Oh, trop facile. Tu étais mauvais, coléreux, autoritaire comme un nabab. Tu croyais aux bienfaits de l'éducation par le fouet et la trique. Tu espérais qu'à force d'humiliation mon esprit se durcisse. Mais ce fut le contraire, un abêtissement. Ramollissement du caractère. Jusqu'à ce que la femme, belle et généreuse, s'en vienne te montrer la faille. Pourtant, tu me la cachas, chère maman, pour me protéger. Inutile tendresse. Car l'enfant qui sommeille toujours sous l'homme s'en revient incessamment avec ses meurtrissures. Personne ne me sauvera plus de moi-même, chère mère. La flétrissure d'enfance est consommée. Sa trace est inscrite là, comme une marque au fer rouge, indélébile.

Dans le vieux placard du couloir, Maxence avait caché une ribambelle de bouteilles. L'ivrogne fait comme l'écureuil des réserves pour l'hiver. Ça le rassure de savoir qu'il y a des provisions dissimulées à tous les étages, que la bibine est à portée de main, incontrôlée. Sésame, ouvre-toi ! Il dénicha une vieille prune, s'en jeta trois rasades. Une pour le père, une pour la mère et la troisième pour le Saint-Esprit.

Les clameurs du banquet flottaient dans l'escalier, les rires, les éclats de voix, l'entrechoquement des verres, le raclement des cuillères sur les assiettes. Il se laissa choir à la troisième marche qui menait à l'étage. Un étourdissement bref. Une brûlure au gosier. Ritournelle du boit-sans-soif. Et de même flottaient à ses narines les odeurs du banquet, poisson, gibier, sauces lourdes. Il eut un renvoi d'écœurement. Se résigna à ravaler ses aigreurs. Puis il repartit à l'assaut. Au palier de l'étage, il évita l'appartement. Heureusement, Savin et Faustine pique-niquaient dans l'Ile-aux-Cailles.

Il se rendit directement à la porte, fit jouer la poignée. Elle résista. Il gratta comme un chien pour qu'on lui ouvre. La porte s'entrouvrit sur la pénombre moite. Un effluve de suées aigres, d'urine et de chairs mortes, envahissait la chambre. Haut-le-cœur. Maxence s'avança vers le lit.

— Qui est là ?

— Moi, dit Maxence. N'aie pas peur, petite mère. Tu ne risques rien.

Il n'était que son visage émacié et gris, posé sur un traversin. Le reste disparaissait sous le drap blanc. Il s'assit au fond du lit, prudemment.

— Mon Maxou ! dit une voix fluette. Tu viens enfin !

— Oui, murmura-t-il. Je suis là, petite mère.

— Ferme la porte. Sinon, ils vont venir me chercher. Ce n'est pas encore l'heure. Je vous en prie, mon Dieu, accordez-moi un peu de temps.

Maxence ferma la porte à grand bruit pour montrer qu'il s'était exécuté.

Les mouches zézayaient contre la vitre. L'air confiné de la chambre avait excité leur appétence. Maxence voulut les libérer en ouvrant la fenêtre et les volets à claire-voie, mais Anatoline le lui défendit d'une voix farouche. Il se rassit près d'elle sur le lit, caressant les draps maculés de taches douteuses.

— Pourquoi tu ne veux pas qu'elle s'occupe de toi, comme elle a pris soin du père ?

Anatoline bascula la tête de son côté. Elle observait son fils, yeux grands ouverts.

— Elle est avec eux, tu le sais bien. Cette vipère ! Elle attend le moment où ils viendront me chercher. Je ne veux pas qu'elle leur ouvre la porte. Reste avec moi, supplia-t-elle. Ils n'oseront pas tant que tu seras là. Tu le sais bien.

La petite main fripée caressait le drap, parfois s'y agrippait, puis se relâchait, vaincue.

— Je ne suis plus rien, ici, dit Maxence. C'est elle qui a pris la direction des cuisines.

La tête d'Anatoline se tourna de l'autre côté, vers le mur. Elle n'aimait pas les ombres maléfiques qui dansaient autour d'elle.

— Tu dois te défendre, mon enfant, la chasser de ta maison. Pense à ton père. Tu le sais, il ne te pardonnera rien.

— Je sais, mère.

— La vipère va tout nous prendre. Je l'ai toujours su. Tu n'aurais jamais dû la faire entrer dans notre maison.

Enfin, son visage s'en revint vers lui. Elle le regardait avec tendresse.

— Pauvre maman, murmura-t-il en lui prenant la main.

Elle était molle et moite, et son contact l'effraya. Une odeur d'escarres montait du lit, lourde et lente. Il relâcha sa main et cet arrachement soudain aviva chez elle une plainte rauque.

— Tout ça est la faute de papa, dit-il. Il a fait de moi cet homme lâche, au caractère indécis. Jamais je ne trouverai la force de la chasser.

— Une vipère, ça s'écrase sous le pied, dit-elle d'une voix saccadée.

Il y eut alors un long silence. Anatoline fixait le mur blanc où dansaient ses ombres familières. Elle portait ce jour-là sous les tilleuls de la Jaubertie une robe à fleurs. Un petit vent caressait ses cheveux. Elle se sentait heureuse. Pourtant, elle était seule à danser. Antoine-Joseph avait fait la première valse avec elle. Puis il s'était éloigné, pris du mal de mer. Il s'était assis près de la carriole, là où jouaient les violoneux. Elle dansait, dansait, sans que jamais s'épuise sa force, dans cet emballement de tout son être. Elle était heureuse. Il lui avait donné une preuve d'amour. Il avait dit : « Nous serons comme les cinq doigts de la main, unis pour longtemps. »

Mais elle n'avait pas vu la bourrasque approcher. Cependant, il eût suffi d'écouter les feuillages, de flairer l'odeur de la terre. Tout s'était débandé d'un coup. Au premier éclair. Au premier coup de tonnerre. Les chevaux apeurés avaient pris la fuite en traînant la carriole sur le chemin voilé par l'averse. Et de même les musiciens, sans demander leur reste. Même Antoine-Joseph était parti lâchement. Les cinq doigts de la main, s'était-elle dit.

— Tout cela s'est consumé si vite, déplora-t-elle. La vie n'est qu'une illusion.

Le potage aux écrevisses avait surpris, intrigué puis ravi les convives, mis à part quelques béotiens qui s'étaient exclamés, avec la voix des innocents : « Où sont passées les écrevisses ? » La remarque ne fit pas long feu. On en redemanda quelques louchées, du côté de la table d'honneur.

— Je ne voudrais pas paraître gourmand, se défendit le député de Bonneval, mais cette affaire fait songer aux meilleures choses de la vie, on voudrait que ça ne finisse jamais.

En face, Pierrette n'avait pas de mots assez louangeurs :

— Monsieur le député, vous avez là un premier aperçu de la nouvelle cuisine de l'auberge des Diligences.

— Inaugurerions-nous quelque chose sans qu'on nous y ait conviés ? interrogea le sénateur Lamirand, son regard égaré dans le décolleté pigeonnant de madame Loriot.

— Depuis que mon amie Ameline a pris les commandes de la maison, nous allons de surprise en surprise, ajouta Pierrette.

Le maire tendit l'oreille à la réflexion de sa femme.

— Ne vous avancez-vous pas un peu vite ? lui dit-il avec un regard insistant pour lui inspirer la mesure dans ses propos.

Victor avait pris l'habitude de voussoyer sa femme en public.

— Après tout, nous ne savons encore rien de cette nouvelle cuisine...

Il poursuivit, se tournant vers ses voisins :

— A la vérité, mes amis, nous la découvrons en même temps que vous.

Seule Katouchia avait délaissé ses noques. Qu'importe, le député fit rapidement main basse sur elles.

— Ces choses sont délicieuses sous la dent. En les gardant en bouche, expliqua Bonneval, les saveurs d'écrevisse gagnent en intensité. Cela est curieux, le potage en lui-même constitue une sorte d'olla podrida de poissons de rivière sans toutefois qu'une saveur domine l'autre. Et la noque, soudain, révèle une note particulière, forte, persistante. Je ne doute point que cette dernière ne se suffirait à elle-même.

Les considérations de son amant amusaient Katouchia. Que de préciosités pour dire que la soupe de poissons était trop épaisse et que ce qui l'accompagnait ne faisait qu'ajouter au brouet. Cependant, le député parut fâché des petits rires de sa maîtresse.

— Je vous le recommande, belle enfant, ce potage meyssenacois plutôt que de le négliger. Vous faites la difficile et cela m'ennuie.

La belle Katouchia cessa son manège et prit une noque entre ses dents, la mastiqua comme une boule de bubblegum.

— Ne sentez-vous point la saveur de l'écrevisse ?

Elle baissa la tête mais ne fit aucune réponse.

— Je partage votre sentiment sur ce potage, ajouta Lamirand. Il est aussi complexe que la loi sur les inventaires.

Pierrette vola au secours de Katouchia en disant qu'il était permis de ne point aimer le potage aux écrevisses d'Ameline. Solidarité féminine, pensa le député.

— Le jour où notre Assemblée accordera le vote aux femmes, nous ferons la plus grosse bêtise de notre histoire.

Lamirand se désolidarisa fermement de cette opinion :

— Je crois que nous gagnerions à plus de modestie, car le génie féminin vient souvent à manquer, dans nos débats.

Contre toute attente, Eugène Castillac se fit le défenseur des suffragettes américaines. Il fustigea la vieille Europe, désuète et archaïque sur ces questions, et défendit âprement l'idée que la sensibilité féminine avait inspiré généreusement les rois de France sous l'Ancien Régime. Il cita pêle-mêle Gabrielle d'Estrées, Madame de La Fayette, Madame de Maintenon... Monsieur de Bonneval, qui se croyait toujours à la Chambre, prêt à croiser le fer, lui opposa fermement la Montespan et la Du Barry. A ce moment, Loriot réalisa que les rapports restaient tendus entre l'ingénieur et le député, pour on ne savait quelle raison obscure, bien qu'ils fussent tous deux de la même obédience, l'Action libérale.

— Heureusement, la République a mis un terme au despotisme éclairé, fût-ce par la lanterne magique des courtisanes ! clama Victor Loriot.

On rit fort de ce bon mot. Mais Eugène Castillac ne l'entendait pas ainsi ; il n'aimait pas lâcher un os lorsque son honneur était en jeu.

— Les philosophes qui ont préparé la Révolution française et la naissance de la République doivent aussi beaucoup aux femmes d'esprit, repartit-il. Songez à ce que fut le cabinet de Julie de Lespinasse ou de madame Geoffrin, un creuset où naquirent les idéaux des Lumières. Les historiens ont négligé cette question. Ne trouvez-vous pas ?

Eugène observait tour à tour le député et le sénateur. Le ton passionné de la conversation avait freiné la faconde de Guy de Bonneval. Après tout, il n'avait que faire de ce Castillac et de son zèle de grand inventeur des Arts et Métiers. Un original propre à vous pourrir la vie avec ses rapports, ses expertises, ses mises en demeure et autres agaceries, qu'il avait appris à connaître pour avoir bataillé avec lui sur des insuffisances de crédits, des malfaçons, des suppléments de travaux...

Pierrette avait apprécié la manière dont son voisin – elle avait tenu parole en le faisant asseoir à côté d'elle – engageait le fer. Aussi le lui montra-t-elle en posant sa main sur celle d'Eugène. L'ingénieur était trop occupé à la conversation pour prévenir ce geste osé, provocateur, insolent, qui allait le placer, bien malgré lui, dans une position délicate. Car ce comportement n'avait point échappé à Victor.

Ça y est ! pensa-t-il. Ces deux-là me font porter les cornes. Comment peut-elle s'acoquiner avec ce vieux barbon sous mes yeux ? Quel vice la possède ? Pourquoi devrais-je souffrir tout cela sans rien dire ?

Il promena son regard le long de la tablée, scrutant les visages un à un. Il se sentait plus las qu'à l'ordinaire, assailli par l'ennui. Il se mit à bâiller, longuement.

— Vous êtes assommante, madame Loriot, dit-il en la foudroyant du regard. Mais ça ne prendra pas, une fois encore... Ce petit jeu est puéril.

Elle retira sa main discrètement.

— Eugène est un vieil ami, justifia-t-elle à haute et distincte voix.

L'assistance se tut, hébétée.

— Notre ingénieur mérite lui aussi tous les honneurs de la Cocagne. Oublierions-nous par hasard que nous lui devons le chemin de fer ? poursuivit Pierrette.

— Je vous en prie, madame le maire, je n'ai été que l'exécutant des œuvres, se défendit Castillac.

— Ne soyez pas modeste. Aussi ai-je pris la liberté de vous faire inviter, ajouta Pierrette.

Frazier et Combet volèrent au secours de madame Loriot en trouvant l'idée épatante et en se reprochant même de n'y avoir pas songé plus tôt.

— Comme quoi les femmes inspirent non seulement les princes de sang royal ou de sang républicain, mais aussi les petits maires comme moi, railla Loriot.

Et il porta un toast à la gloire de monsieur Castillac. Le député et le sénateur se levèrent aussi, à contrecœur.

L'arrivée du brochet sur les tables se fit en toute discrétion. Sous le commandement de Mique, les serveuses ne firent pas attendre les convives. Forcément, Hyacinthe avait recommandé que le poisson fût servi dans l'instant. On le dévora aussi vite, en laissant les arêtes sur le bord de l'assiette. L'abbé Terrieux fit un sermon sur les nourritures terrestres. Et tout en dégustant le brochet, il ne put s'empêcher d'évoquer Simon le pêcheur et la fameuse parabole de Jésus à son adresse : « Suis-moi, Simon, je te ferai pêcheur d'hommes. » Nul n'osa l'interrompre, car cela faisait partie du rituel. Seule Katouchia fit la moue. Elle avait un a priori contre les curés. Souvenirs d'enfance. Prières imposées par une mère pieuse au pied du lit. Et, plus encore, récitées à la suite, à mesure que s'égrenait le chapelet. Dix fois « Notre Père », vingt fois « Je vous salue, Marie », trente fois l'acte de contrition. C'était sa toilette du soir, avant de tomber dans le sommeil. Une âme propre et nette. Plus tard, elle prendrait plaisir à la souiller, sa belle âme, à la traîner dans tous les bas-fonds. Et avec quel ravissement !

Lamirand, en bon socialiste anticlérical et ami d'Emile Combes, se sentait comme une envie de quitter la table. N'y tenant plus, il se mit soudain à agiter ses bras de bas en haut et à pousser des *croaaa-croaaa*, comme il le faisait à la Chambre en 1901, lorsque l'opposition faisait barrage pendant les débats sur la loi de contrôle des associations.

— Vous avez tort, Lamirand, fit Bonneval. Simon est le plus doux et le plus mesuré des apôtres. N'est-ce point lui qui dit, mon père, dans le psaume sur le lac : « Si le poisson ne veut pas manger, qui pourra le prendre ? » ?

— En effet, répondit Terrieux en joignant les mains sur les reliefs de son festin, si l'homme veut demeurer dans l'ignorance, quelle parole sera assez forte pour l'en délivrer et lui ouvrir les portes de la connaissance ?

Au moment d'envoyer les soufflés, Mique demanda à sa patronne de monter à l'appartement.
— Pour quoi faire ?
— Votre mari vous demande, madame Ameline.
— Mon mari ?

Elle soupira profondément. Il choisit bien son moment, celui-là, se dit-elle. Croit-il que je n'ai rien d'autre à faire que d'écouter ses états d'âme ?

Ameline fit signe à Mique de placer les timbales sur les plats tapissés de braises. C'était le seul moyen de tenir les soufflés à point, dans l'attente du service. Encore un de ses secrets.

— Veillez à la manœuvre, recommanda la patronne à Hyacinthe.

Cette dernière ne savait plus où donner de la tête. Les marmitons semblaient dépassés. Il fallait les bousculer sans cesse : « Tournez les selles ! Arrosez le gibier ! Passez les couteaux de découpe au fusil ! Chauffez les plats de service !... » Sans initiative aucune, par crainte sans doute de commettre un impair, ils attendaient les commandements pour bouger. Pendant ce temps, elle maugréait entre ses dents : « Notre bonne maîtresse est bien gentille... Y a qu'ses soufflés qui comptent ! Et le reste, ça demande du travail, aussi... »

Ameline s'en voulait de quitter la cuisine au moment où ses soufflés allaient entrer en scène. Elle eût voulu les vérifier un à un. Cependant, au sortir des fours, elle avait vu qu'ils étaient de bonne consistance, tout à fait levés et odorants. L'odeur de truffe tenait toute sa place.

Tu n'as pas à avoir la moindre crainte, se rassura-t-elle.

Maxence se tenait assis au milieu du salon, la tête posée dans ses mains, le regard vide.

— Tu as encore bu ?

Il dressa vers sa femme des yeux mouillés de larmes. Elle se mit à genoux devant lui, à ses pieds.

— Pourquoi te mettre dans cet état, mon pauvre Maxence ? J'ai préparé ce festin parce que tu n'avais aucune chance de le réussir. C'est pour nous deux. Ne comprends-tu pas ? Pour nous deux... Je veux que l'auberge soit sauvée, au nom de ton père, de tous les Marquey. Ne vois pas en moi une sorte de rivale qui voudrait te ravir une petite parcelle de ton autorité. Je m'en fiche, de tout ça. Un jour, peut-être, Savin, notre fils, reprendra les Diligences. Il faut garder l'entreprise intacte pour lui. Pour lui, répéta-t-elle. Moi, je ne suis rien dans tout ça. Je ne revendique rien. Je peux partir, demain si tu le désires. Disparaître. Si nous n'avons plus d'amour entre nous...

Maxence posa sa tête contre celle de sa femme. Ses gémissements se firent insistants.

— Maman n'est plus, dit-il.

Ameline se releva, vivement.

— Ça vient d'arriver ?

— Je ne voulais pas te déranger. Mais je voulais que tu le saches. Elle est morte dans mes bras.

Elle courut à la chambre. Anatoline reposait sur le côté du lit, un bras dans le vide, les lèvres entrouvertes. Ameline ouvrit les fenêtres pour chasser les odeurs aigres de la mort. Et de rage, elle se mit à fouetter les grappes de mouches qui s'agglutinaient aux rideaux.

— Tu as bien choisi ton moment, murmura-t-elle.

Maxence était entré à son tour, d'un pas lourd et lent. Il regardait sa mère et dit :

— Elle ne t'aimait pas. Et moi, m'aimait-elle, seulement ?

— Je t'en prie, Maxence, s'écria Ameline, cesse donc ces enfantillages ! Tu auras tout le temps de t'interroger plus tard...

— Elle disait que tu étais une vipère. Elle aurait voulu que je te chasse de notre maison.

— Assieds-toi là, fit-elle en approchant une chaise au pied du lit. Et prie pour le repos de son âme. Oublie donc toutes ces bêtises. Ta mère n'avait plus ses esprits.

— Elle était assez lucide pour t'interdire d'entrer dans sa chambre.

Ameline monta sur le lit et mit la morte sur le dos, lui ramenant les mains sur la poitrine. Puis elle remonta le drap à hauteur de son visage.

— Va me chercher une serviette, dans le placard.

Maxence observait la scène, immobile. Sa femme le commanda de nouveau, plutôt rudement :

— Une serviette blanche, s'il te plaît.

Quand il revint, le pas traînant, elle prit la serviette et la noua sous le menton d'Anatoline.

Ce sera bien la première fois que je te fermerai la bouche, pensa-t-elle. Moi, une vipère... Mon Dieu, que de haine ! Qu'ai-je fait dans cette maison pour la mériter ?

Elle s'assit à côté de Maxence et se mit à prier à son tour. La mort efface tout, pensa-t-elle. Tous nos ressentiments. Elle fit plusieurs fois le signe de croix, presque nerveusement.

— Nous l'habillerons plus tard, lorsque le banquet sera terminé. La raison commande de n'en rien dire. Cela gâcherait la fête.

— Je le crois aussi, admit Maxence.

— Nous allons sortir et fermer la porte à clé.

Il ne répondit pas. Il avait envie de rester auprès de sa mère. Il éprouvait des remords de n'avoir pas été plus attentif à sa fin. Il n'avait songé qu'à lui, à ses tourments.

— Faudra-t-il que nous l'enterrions près de mon père ?

Ameline haussa les épaules.

— Ils s'aimaient, non ?

— Moi, je voudrais qu'elle soit ensevelie dans une tombe à part. Ainsi, je pourrai lui rendre visite. Tandis que si elle repose près de mon père, je n'irai pas. J'ai juré d'ignorer Antoine-Joseph. Ce vieux salopard !

— Je t'en prie, Maxence. Sois miséricordieux devant la mort. C'était ton père. Quoi que tu puisses penser de lui, c'était ton père, répéta-t-elle.

Ils sortirent de la chambre sans un mot de plus. Ameline ferma la serrure et tendit la clé à son mari. Il la glissa dans sa poche.

— Ce n'est pas convenable de la laisser seule...

— Tu la veilleras plus tard. Toute la nuit si tu veux, dit Ameline.

Maxence retourna dans le salon.

— M'autorises-tu à boire ?

Elle ne répondit pas. Alors, il se servit un verre de vieille prune. Celle de 1903. L'année heureuse. Il voulut en servir à sa femme, mais elle refusa.

— Je vais me soûler, se promit-il. J'ai trop mal.

— Si tu bois trop, tu ne pourras plus veiller ta mère. Et ne compte pas sur moi pour le faire.

— Tu l'as pourtant fait pour mon père.

Ameline le fixa d'un regard désabusé.

— J'ai eu de la peine à la mort d'Antoine-Joseph. Pour moi, il représentait le père que je n'ai jamais eu.

Maxence but sa prune cul sec. Et se resservit en tremblant.

— Ça ne m'étonne pas. Il n'aimait que les filles. Il disait souvent que ses garçons étaient trop bêtes pour mériter le nom de Marquey. Mais ma mère n'a jamais pu lui offrir une fille. Voilà l'affaire. Il le lui reprochait, souvent. « Ton ventre, disait-il, ne sert qu'à fabriquer des polichinelles mâles. » J'étais de ceux-là.

Il but encore, par petites gorgées cette fois.

— Quand mes frères sont partis ou, plutôt, quand mon père a chassé mes frères de la maison, il y a eu quelques mois de douce affection. Une trêve dans le mépris. Mais le fouet a repris le dessus, comme le naturel qui, chassé, revient au galop...

— Le fouet ? interrogea Ameline. De quoi parles-tu ?

Maxence fut pris de tremblements. Il jeta le verre sur le tapis, de rage. Puis il but au goulot, si avidement que la gnôle s'échappait de ses lèvres, coulait sur le menton. Ameline renonça à lui prendre la bouteille des mains. De quel droit ? pensa-t-elle.

— Un soir, j'ai surpris mon père sur l'une de nos servantes, la petite Jeanne Broussolle. Elle avait quatorze ans, la mignonnette. Elle pleurait doucement. Une plainte d'animal blessé. Comme ces biches, à l'instant où le chasseur égorge. Alors mon père s'est relevé, fou de rage d'avoir été surpris par son polichinelle de fils. « Qu'est-ce que tu viens faire là, crétin ? » J'ai dit que je raconterais tout à maman. Il a ri en relevant ses bretelles. Puis il a chassé la petite Jeanne à coup de botte. Elle criait, pleurait et criait. Elle disait avoir été prise de force. Elle disait que ça durait, cette sale affaire, depuis deux ans au moins. « Tu ne diras rien, Maxence, me suppliait-elle. Jure que tu ne diras rien. Sinon, je me tuerais... » Elle s'est sauvée de notre garage par les écuries. Alors, mon père a pris son fouet. « Je vais te couper l'envie de parler de ça, moi ! » Et il m'a fouaillé comme une vieille bête. Jusqu'à ce que je demande grâce, que je lui jure de ne jamais en parler...

Ameline regardait la lumière du dehors qui filtrait à travers les rideaux. Par intermittence, on entendait les rumeurs du restaurant, les rires, les éclats de voix. Il y avait même quelques chants. Les paroles parvenaient à elle distinctement. « *E naï pas gaïré, è dio, tu, baïlère lèrô...* » Les syllabes étaient rythmées par le choc des talons sur le parquet. Et cela reprenait en rythme, obsédant : « *L'èrb ès pu fin'ol prat d'oïçi, baïlèro lèrô...* »

— Quelques semaines plus tard, ajouta Maxence d'une voix blanche, on a trouvé le corps de la petite Jeanne dans la Sévère, sous les embâcles de Montestuy. Un kilomètre en amont, elle avait laissé sur la berge son sac de toile jaune, son fichu bleu et ses deux sabots avant de se jeter à l'eau. J'ai gardé cette histoire pour moi. A cause du fouet. Pourtant il ne m'a pas été épargné, le fouet paternel, à chaque occasion, comme pour mieux me rappeler à ma promesse.

Elle alla à la fenêtre, l'ouvrit sur la rue des Remparts. Le paysage avait une odeur de foin coupé. Le jaune et le vert tendre dominaient les collines. Le ciel était bleu, sauf aux cernes du lointain, plutôt grisés. Elle avait envie de pleurer. Elle suffoquait en serrant les dents.

— Je ne savais pas, murmura-t-elle. Mon pauvre Maxence, comme tu as dû souffrir, pendant toutes ces années de silence et de mensonge.

— J'ai tout enfoui en moi. Même au moment de la mort de mon père, j'ai juré de ne rien dire. Pour ma mère, sans doute. Pour qu'elle ne sache jamais. Mais aujourd'hui...

— Oui, je comprends.

Elle avait envie qu'il se taise. Cela la brûlait au visage, comme une braise que l'on eût approchée de lui. Une braise incandescente comme le soleil.

— Je ne savais pas, répéta-t-elle. Sinon...

Et elle s'étranglait d'émotion.

— Tu auras attendu qu'elle meure pour t'en délivrer, mon pauvre Maxence. Comme quoi toute histoire, si terrible qu'elle soit, finit un jour par toucher à sa fin. Et c'est alors comme une délivrance. Mais l'âme n'oublie jamais ce que l'esprit efface.

Jacques Frazier avait chanté a capella « *As pas vist possa lo lèbre qu'onavo mèdré...* » sans se lasser, et, l'une après l'autre, des chansons pastorales. C'était un boute-en-train de première ; le majoral était jaloux qu'il connût aussi bien les complaintes de son pays. Eugène et sa voisine tapaient des mains. En face, Victor ruminait une vengeance. Et les huiles aussi affichaient des mines hilares.

— Où est Ameline ? Allez chercher Ameline ! cria Pierrette.

— Ameline ? s'écria aussitôt l'ingénieur. Nous vous réclamons ! La tablée revendique votre présence !

Lamirand fumait un gros cigare. Il versait les cendres sur le coin de l'assiette. Il avait été tenté de se servir de la timbale, mais s'était ravisé, par respect pour l'extraordinaire soufflé d'Ameline.

— A-me-li-ne ! A-me-li-ne ! A-me-li-ne ! scandait-on maintenant.

Le chœur était porté à son paroxysme.

— Serait-elle timide, notre chef cuisinière de l'auberge des Diligences ? s'inquiéta Guy de Bonneval.

— Timide, je ne crois pas, le rassura Victor.

— Un peu cabotine alors, comme tous les vrais chefs de cuisine ? proposa Combet.

— Je n'y tiens plus. Je vais la chercher, décida Pierrette.

Dans la cuisine, Hyacinthe était occupée à trancher les selles de marcassin. Une vapeur forte de sauvagine flottait dans l'air.

— Trop, c'est trop ! dit Pierrette en humant le gibier. On aurait pu rester sur le soufflé. Oh mon Dieu, quel chef-d'œuvre !

La cuisinière fit signe à Pierrette d'entrer dans la petite cuisine. Elle y trouva son amie assise sur une chaise, pensive. D'autorité, Pierrette voulut la faire lever. Ameline résista.

— Tu es folle ou quoi ? On te réclame.

La femme du maire vit alors que son amie avait pleuré. Joues rosies, yeux gonflés.

— C'est le triomphe qui te met dans ces états-là ?

— Quel triomphe ?

— Le soufflé. Une merveille.

Ameline eut un sourire triste et las.

— J'ai accompli mon devoir, marmonna-t-elle. Comme je sais le faire.

— Modeste, bêtement modeste, protesta Pierrette.

Enfin Ameline se décida à franchir le palier de sa cuisine. Machinalement elle rajusta son tablier, sa coiffe, se passa la main sur le visage.

— J'ai l'air d'une folle. J'ai pleuré comme une Madeleine. Tout ça, parce que je viens de comprendre. J'ai été injuste avec Maxence...

— Laisse donc ce triste mari à ses états d'âme. Tu es la reine du jour, ma belle. Et dire que tu es mon amie. J'en suis fière, tu sais, si fière. Mon Dieu, je ne pouvais imaginer tout ce talent que tu portes en toi. C'est divin.

Ameline parut soudain. Et ce fut un tonnerre d'applaudissements. Tous les convives se levèrent, se pressèrent pour l'approcher. Même l'atrabilaire Rozade se risqua à lui baiser la main.

— Des doigts de fée, fit-il. Vous nous avez conquis. Tout le reste sera sans importance. Au point, ma chère, que nous voudrions rester sur ce fumet-là. La truffe mariée à la caille. Et si finement mêlée. Avec cette pointe de xérès. Diable ! D'où détenez-vous ce savoir ?

— Oui, reprit Victor. D'où vous vient-il, ce talent ? Car votre soufflé aux cailles truffées fera le tour du pays. Je vous le promets. Nous n'avons pas fini d'en parler.

Ameline avançait au milieu des tables comme une somnambule. Elle souriait à tous les visages, s'inclinait discrètement devant l'avalanche de compliments.

— J'ai fréquenté les meilleures tables de Paris, dit le député, tous les hauts lieux des Boulevards : Weber, Poccardi, Maxim's, Larue... J'y ai dégusté des grenadins à la chicorée, des chauds-froids de foie gras, des têtes de veau en tortue, des omelettes aux rognons, des cabillauds sauce aux huîtres... Aussi vous l'avouerai-je humblement, jamais il ne me fut servi ce soufflé aux cailles truffées. Si bien que je compte faire connaître à mes amis, tous de fins becs, vous pouvez m'en croire, madame Ameline, votre maison. Et je gage qu'ils seront désireux de goûter à votre soufflé. Mémorable moment. Vous faites honneur à notre cuisine. Je n'ose imaginer la complexité de cette préparation. Tout était si parfait, exquis, que j'en ai encore la chair de poule. Comme dirait le maître Brillat-Savarin : « La découverte d'un mets nouveau fait plus, pour le bonheur du genre humain, que la découverte d'une étoile »...

Le sénateur Lamirand, ne voulant pas demeurer en reste, ajouta aussi ses compliments :

— Comment imaginer qu'au fin fond de la Corrèze se cache une auberge où l'on sert des mets aussi raffinés que ce soufflé ? Nous étions habitués plutôt aux grasses pièces de bœuf ou de veau en sauces lourdes, aux soupes épaisses qui se mangent à la fourchette. Mais cela, madame, ajoute à la gloire de Meyssenac. Nous reviendrons volontiers à l'auberge des Diligences, sans crainte et avec le secret espoir d'y déguster quelque nouvelle trouvaille culinaire.

Ameline accueillait les louanges avec détachement. Son humilité ajoutait quelque charme à sa présence. On se disait : Une femme maître queux, comme cela est nouveau... Voici qui rendait au silence tous ceux qui ne croyaient point que la gente féminine fût instruite de la science culinaire.

Comme elle allait se retirer pour qu'on servît le marcassin, un murmure se mit à grandir dans la salle : « Le secret... Le secret... Le secret... », repris et scandé par tous les convives.

Pierrette glissa discrètement à l'oreille de son amie qu'elle ne devait jamais satisfaire la curiosité des commensaux.

— La prochaine fois, promit Ameline, je vous servirai une bécasse sautée aux truffes. Il n'est rien de meilleur. A la condition qu'on la déguste à l'automne. Et fort mortifiée, pour que son fumet soit bien résorbé dans la chair. Vous ne serez pas déçus, je vous le promets, insista-t-elle.

— Excellente proposition ! s'écria le député de Bonneval. Elle n'est pas tombée dans l'oreille d'un sourd !

— Et servie avec un beaune-grèves, suggéra Lamirand, qui avait la passion des vins.

Du reste, le soufflé avait souffert de cet inconvénient, un petit vin tout à fait médiocre à ses yeux. Il eût été encore plus divin servi avec un pichon-longueville. Mais l'auberge n'avait pas encore atteint la perfection selon laquelle les meilleurs vins doivent accompagner les mets les plus goûteux. Question de clientèle, question d'argent...

Ameline, n'ignorant rien de ces lacunes, fit la sourde oreille. Elle avait pris le pouvoir dans les cuisines, non sans difficultés. Quant à la cave, chasse gardée de Maxence, elle ne s'imaginait guère y régner un jour.

Peu grisée il est vrai par ce concert de louanges, la maîtresse s'effaça aussi discrètement qu'elle était apparue. Le député de Bonneval était impressionné par la prestance de cette femme, par la douceur et la tempérance que son visage exprimait, alors qu'on eût supporté sans ciller un excès d'orgueil.

Bien qu'elle ne le montrât à aucun moment et surtout pas à l'heure de son triomphe, Ameline était sous le coup de l'émotion. La mort de sa belle-mère et le secret révélé de son mari. Si les deux événements étaient liés, le premier lui paraissait négligeable au regard du second, dont elle était persuadée qu'il changerait le cours de son existence.

Revenue dans sa cuisine, elle embrassa Hyacinthe pour la remercier.

— Vous avez été à la hauteur, fit-elle. Mieux encore, vous avez cru en moi.

La cuisinière écrasa une larme. Ameline alla serrer la main des marmitons et leur promit une petite pièce en supplément. Habitués à se faire rudoyer, ils restèrent cois, comme si le ciel leur était tombé sur la tête.

Quand elle eut quitté les cuisines, Hyacinthe s'écria dans leur direction :

— Madame Ameline est trop généreuse !

La maîtresse monta à l'étage, un soufflé dans chaque main. Maxence était assis à la même place, au milieu du salon, la tête dans les mains, la bouteille de vieille prune posée au pied du fauteuil. Ameline lui tendit une timbale.

— Goûte-moi ça. Je voudrais connaître ton opinion.

Il la regarda, pantois. Depuis quand s'inquiète-t-on de mon avis dans cette maison ? se dit-il. Il faillit expédier le soufflé au milieu de la pièce mais se retint. Ce n'est plus l'heure de jouer les écorchés vifs, pensa-t-il. Je lui dois bien cette attention, moi qui me suis conduit comme un barbare. Il planta sa petite cuillère dans la croûte brunie et goûta. Ameline fit de même.

— C'est léger, fit-il.

Il recommença.

— La truffe exhale bien sa saveur. Mais on sent aussi ce petit goût compliqué de la caille sauvage... Ma foi, ça me paraît très bien.

Il insista.

— Une sacrée affaire, ce soufflé. Où as-tu appris à faire ça ?

Ameline ne répondit pas. Elle trouvait aussi son soufflé fort satisfaisant.

— J'arriverai à faire mieux encore, se promit-elle tout haut.

Elle semblait ne rien entendre tandis qu'elle dégustait.

— Je dois améliorer la préparation de mes truffes. Peut-être le champagne plutôt que le xérès ?

Maxence tenta de se lever mais il avait « les souliers à bascule », comme il disait.

— J'ai trop bu. Je suis dans mes limites.

Ameline le prit dans ses bras.

— Tu dois reprendre confiance en toi. Je t'aiderai, Maxence. Si tu le veux bien.

L'homme se laissa retomber dans son fauteuil. Alentour, les murs tournaient comme un carrousel.

— Je veux bien essayer, marmonna-t-il. Mais, ma pauvre Ameline, que t'importe ? Je suis bon à rien. Tu n'as plus besoin de moi, pour tenir les Diligences.

Elle s'agenouilla à ses pieds, posa sa tête contre sa poitrine.

— J'ai besoin que tu m'aides, sinon tout ça n'aura pas de sens. Je ne pourrai garder la maison toute seule. C'est au-dessus de mes forces.

Maxence caressait la chevelure de sa femme avec douceur. Il était ému aux larmes.

— Peut-être que ça vaudra le coup.

9

Une vie neuve. — Amour caché, amour gâché. — Le chocolat de Hyacinthe. — Ortygie. — Cocagneries. — Les biches. — Savin et Agathe.

Le lendemain des agapes, le médecin et le prêtre furent conviés dans la chambre mortuaire, l'un pour constater le décès, l'autre pour prononcer des prières.

— Nous l'avons découverte ainsi, mentit Ameline, morte durant son sommeil.

— Cela est fâcheux, déplora Terrieux, qui ne concevait point qu'on quittât ce monde sans l'extrême-onction.

Le médecin eut quelque doute sur le jour du décès, au vu de l'état cadavérique d'Anatoline, mais n'en dit mot. Quand les deux hommes eurent quitté la chambre, ensemble, sans s'adresser la parole, Maxence confia à sa femme :

— Nous avons menti. Ça nous portera malheur.

Ameline ne trouva pas les mots pour répondre, car elle avait fait tout ce qui était humainement possible en pareille circonstance. Elle mit sa réaction sur le compte de la fatigue. Maxence était resté au chevet de sa mère, ne souffrant aucune autre personne pour le remplacer, bien qu'il fût d'usage que les voisins ou amis s'en vinssent aussi veiller les morts. Par nécessité, le docteur Marcoussi avait renvoyé les obsèques à quarante-huit heures. Cela semblait long, avec la chaleur qui régnait dans la maison. Les Marquey décidèrent donc que la grand-mère serait mise en bière dans la journée.

Savin et Faustine furent très affectés par la disparition de leur grand-mère. Autant Ameline avait désiré que ses enfants fussent témoins du dernier souffle d'Antoine-Joseph, autant cette fois elle les avait tenus éloignés de la chambre. Ce changement d'attitude était incompréhensible à leurs yeux. Faustine s'en émut – elle aimait sa grand-mère Anatoline, qui lui avait donné ses premières leçons de lecture – et jugea que sa mère avait fait preuve de partialité. Pourquoi ce qui valait pour notre grand-père ne vaut plus pour notre grand-mère ? pensait-elle.

— Décidément, tu ne la portais pas dans ton cœur, n'est-ce pas maman ? demanda Faustine, encore dans l'âge ingrat où les enfants ne comprennent rien aux motivations profondes des grandes personnes.

Comme sa question avait valeur de jugement, la mère en fut vivement affectée. En retour, sans précaution aucune, elle lui appliqua une gifle.

— Il n'y a que la vérité qui blesse, se vengea Faustine.

Ensuite, sa mère se reprocha son geste. Mais il était trop tard. Depuis la fugue de Lacombelle, malgré quelques mises au point en tête à tête, Ameline ne parvenait plus à imposer son autorité à son enfant rebelle. Tout le chemin perdu durant la période de crise aiguë avec Maxence ne se pouvait rattraper par la seule volonté aimante, les dégâts affectifs avaient laissé des vides irréversibles.

Finalement, Anatoline fut inhumée dans la tombe familiale. Et Maxence se fit violence pour se rendre au cimetière malgré sa promesse. Maintenant qu'il se sentait délivré de son pesant secret, la haine couvée toutes ces années s'était dégonflée comme une baudruche. Ameline avait largement œuvré à cette délivrance, sachant sans doute que la paix recouvrée dans son ménage était à ce prix. Les longues conversations sur ce drame forcèrent son époux à dévoiler de douloureux détails sur l'événement qui avait tant marqué son enfance.

Maxence reconnut ainsi qu'il avait fini par trahir sa parole, jadis, malgré sa peur de son père. En parlant à sa mère des viols répétés sur la petite Jeanne, il ne se doutait pas des conséquences. Comment aurait-il pu, d'ailleurs ? Car Anatoline avait écouté son fils sans la moindre réaction. Ni pleurs, ni colère. Mais le jour même du terrible aveu, la petite Jeanne Broussolle avait été congédiée. La malheureuse n'avait alors trouvé d'autre solution à sa disgrâce et à son déshonneur que de se noyer dans la Sévère.

— Si je n'avais pas parlé, dit Maxence, peut-être ne serait-elle pas morte...

A partager avec Maxence ce secret intime, Ameline sentit leur amour se renforcer. Je serai l'épaule aimante sur laquelle se reposer, se promettait-elle. Ce sera comme si nous avions commis un crime ensemble. Ainsi, la douleur commune accentuera notre complicité. Il n'était plus fine psychologie que la sienne. Son Maxence était un bougre d'homme, sans grande intelligence, mû par des instincts ordinaires, sans perspicacité devant les affres de la vie et peu à même de juger de la nature des actes humains. Il avait beau se dire qu'il éprouvait un sentiment de culpabilité devant le suicide de Jeanne Broussolle, que cette affaire le torturait, Ameline n'eut pas grande difficulté à le convaincre que cette mort n'était imputable qu'à Antoine-Joseph et à ses viols répétés.

— Nous le maudirons ensemble, si cela doit apaiser ta conscience, lui promit-elle.

A la fin des grandes vacances, Faustine et Savin furent inscrits à Brive, la première au Collège des doctrinaires et le second au nouveau collège des garçons, pour y préparer tous deux un brevet élémentaire. Les deux enfants Marquey possédaient de réelles dispositions pour les études. On avait tardé à y inscrire le garçon, ce qui lui avait fait perdre plus de deux années. Quant à sa sœur, elle avait exigé haut et fort son inscription, pour fuir l'ambiance familiale, en disant à sa mère : « J'ai besoin d'une tranquillité d'esprit... » Tant d'indépendance avait de quoi surprendre.

Ameline alla chercher une réponse à cet état de fait auprès de sa meilleure amie.

— Te rends-tu compte de ce que vous leur avez fait vivre ? s'éleva Pierrette Loriot. Des querelles sans fin. Des violences conjugales assorties d'une séparation. Sans oublier les crises d'alcoolisme de leur père. Au contraire, ma petite, tu devrais louer leur santé mentale. A mon avis, ils se sauvent pour se protéger. Faut-il que tu t'interroges longtemps ? Ma pauvre Ameline, tu devrais comprendre cela, sans te poser des questions.

Dans ces moments où elle avait besoin de quelques points de repère, Ameline songeait à son enfance. Qu'aurais-je dit, moi, pensait-elle, s'il s'était trouvé la moindre âme charitable pour m'écouter ? Mais à ce moment de mon enfance j'étais dans le gros du bataillon, assignée à la débrouille ou à mourir...

— Trouves-tu que je sois folle ? demanda-t-elle. Au point que je ne puisse admettre que mes enfants s'éloignent de moi ?

Pierrette soupira en louant la chance qu'elle avait eue jusqu'alors. Je n'ai jamais voulu avoir d'enfant, se dit-elle, bien m'en a pris car je ne vois autour de moi que de petits êtres martyrisés, esclaves de leurs parents, enchaînés à des travaux d'adultes... A quoi sert-il de mettre au monde des créatures condamnées d'avance à devenir des souffre-douleur ?

Cependant, elle ne pouvait pas lui faire ce genre de reproche.

— Sans doute as-tu élevé dignement Savin et Faustine, mais il n'empêche qu'ils n'ont pas trouvé la sérénité que vous leur deviez. Faustine n'a-t-elle pas expliqué sa fugue par un manque d'amour ?

— Ma petite a toujours été fantasque, releva Ameline. Elle aurait voulu que son enfance soit un conte de fées. Nous en avions parlé si souvent. Comment pourrais-je apporter à mes enfants ce que je n'ai jamais connu ?

— Il y a des besoins d'absolu qui sont impossibles à rassasier, reconnut Pierrette. Telle est l'âme des êtres sensibles : une pierre tendre, et précieuse comme un diamant, où se marquent les coups.

Ameline se rendit à la raison. Sa vie avait un goût de désastre. Elle avait aimé un homme trop faible, brisé par ses parents, sans autre ressource que de s'abandonner à des manies dérisoires, comme cette collection de vieilles voitures. Elle avait voulu s'abstraire de la réalité en poursuivant ses rêves d'indépendance, mais les contingences de la vie avaient fini par la rattraper.

— Lorsque j'ai voulu faire face à mes obligations, c'était trop tard, reconnut-elle.

— Peut-être aurait-il fallu que tu fuies avec Savin et Faustine, que tu t'éloignes de l'auberge ?

Ameline resta pensive un long moment. Elever seule ses enfants, n'était-ce pas un risque plus grand encore que celui du renoncement ? Elle pensait alors à ce qu'avait été sa propre enfance. La peur que ça recommence comme une fatalité, se dit-elle.

— J'avais espéré en mon mariage, tant fondé d'espoir... que j'ai désiré envers et contre tout que la sagesse triomphe enfin.

— Une femme ne doit jamais sacrifier sa liberté. Non seulement elle se rend malheureuse, mais son entourage aussi, dit Pierrette.

— Je ne me sentais pas assez forte. Sais-tu ce qu'est la peur de tout endurer seule ? L'éducation des enfants, leur subsistance, le regard des autres, la solitude...

La femme du maire la prit dans ses bras et la serra longuement.

— Tu as été courageuse pour quatre. Et maintenant, que te reste-t-il ?

— Maxence et moi sommes revenus à la raison. Sans doute parviendrai-je à sauver l'auberge du désastre. Dans ces vieux murs qui palpitent de souvenirs, je me suis rendue indispensable, alors qu'hier, au pire moment de la débâcle annoncée, je n'étais rien d'autre que la bru des Marquey, la vipère malfaisante dans le couple. Ce fut l'un des derniers mots d'Anatoline à mon adresse, cette gentillesse. La pauvre femme est morte dans la haine.

— Qu'importe. Tu dois t'enlever cette idée de la tête. Les morts ne nous sont jamais encombrants, pour peu qu'on sache les rayer de notre mémoire.

— Mais demeurent, tout de même, des lettres venimeuses dans les tiroirs, des photos douloureuses, des secrets enfouis...

— Au feu, au feu ! Le grand ménage, insista Pierrette. C'est le prix à payer pour une vie neuve.

En mai 1912, Victor Loriot fut réélu maire de Meyssenac malgré la campagne désastreuse menée par sa femme. Elle aurait tant désiré qu'il fût battu, son diable de mari, autoritaire et vindicatif. Dans le même temps, le ministère Poincaré était porté sur les fonts baptismaux par une assemblée en proie au tumulte de la crise marocaine. Ce furent les seuls faits marquants de l'année.

L'auberge des Diligences était devenue, en deux saisons seulement, sous la férule de « madame Ameline », comme on disait, une table réputée. Le fameux soufflé, bien sûr, mais aussi la bécasse sautée aux truffes, le ris de veau escalopé, la tête de veau sauce madère... C'étaient là les lettres de noblesse de la maison. On accourait de Brive, de Limoges, de Périgueux, pour savourer ces mets distingués. Monsieur de Bonneval, qui était toujours député, ne manquait jamais de faire un détour jusqu'à Meyssenac pour s'offrir avec Katouchia un repas en tête à tête. Jusqu'au sénateur Lamirand, qui n'avait point oublié l'auberge fameuse. Comme il demeurait chez ce dernier encore un peu de fibre sociale, il y conduisait ses amis politiques, les affidés de ses clubs et de ses cercles républicains, pour de petits banquets où l'on refaisait la politique de la France.

Madame Ameline avait incité son mari à doter sa cave de quelques grands vins dignes de ses clients fortunés. Là aussi, elle avait fini par imposer ses goûts. On forçait sur les bordeaux plus que sur les bourgognes, bien qu'on y servît beaucoup de gibier et que ces derniers vins eussent mieux convenu à l'accompagnement. « Nous ne saurions tout offrir à la carte, prétendait-elle. Un château-giscours se marie tout aussi bien à la tête de veau au madère qu'un puissant côte-de-nuits... Et pour mes bécasses, qu'elles soient préparées à la truffe ou en croustade, elles supportent aisément et sans rougir un château-lafite. »

Après la Saint-Jean, le beau temps se mit de la partie. Les collines de Meyssenac resplendissaient d'une divine lumière, tout en contraste, avec le vert tendre des sous-bois, l'or des renoncules essaimé sur les prés, le sang des coquelicots au flanc des talus et le poudroiement azuré des bleuets. Avec la belle saison, on venait volontiers le dimanche en pèlerinage dans la cité des cocagniers. La ville n'avait rien demandé, rien exigé, rien désiré, on la courtisait naturellement pour la fraîcheur de ses ruelles épanouies d'ombres, pour l'odeur de ses caves entrouvertes exhalant l'haleine des vins capiteux, pour sa rue des Remparts surplombant la vallée. Les familles endimanchées montaient et descendaient par les artères de la vieille cité, passant sous les balcons fleuris, s'égarant dans les recoins obscurs, flânant sous les porches et parfois, pris de vertige, cherchant désespérément un coin de ciel masqué par les maisons hautes.

Inévitablement, le visiteur finissait à l'auberge des Diligences. La terrasse sous les vieux tilleuls, face aux collines, était une halte délassante. Il suffisait de se poser un peu et d'écouter le silence. L'espace bourdonnait d'insectes, flambait de lumières vives. Le petit vent cueillait aux champs et aux prairies des senteurs multiples. La terrasse des Marquey connaissait ses heures d'affluence, au soir mourant, lorsque toute la vallée exhalait ses odeurs. On aimait à y poursuivre des conversations, à se laisser enchanter par la paisible quiétude des lieux. En prêtant l'oreille, alors que la lumière du jour s'effaçait graduellement, on entendait le piétinement des troupeaux qui montaient boire à la source, le meuglement des bêtes, les sifflements des vachers qui ordonnaient la troupe.

Eugène Castillac était de ceux-là, une sentinelle attentive à la vie de la cité depuis qu'il l'avait découverte et qu'elle s'était révélée à lui. Il aimait à s'attarder sur la terrasse, écouter les conversations de ses voisins et se laisser bercer par la musique des mots. Certes étranger à elle, mais passager d'adoption, comme il se définissait. Lorsque Ameline trouvait un peu de temps, parfois, elle aimait s'asseoir auprès de lui. Il lui parlait du désert et de ses vents tempétueux, des bivouacs sous la lune. Une telle évocation le rendait triste, chaque fois, car il avait compris ne pouvoir jamais y retourner. Quelquefois, il sortait de sa boîte de Pandore mille témoignages photographiques de ses voyages. Ameline l'interrogeait sur chacun de ses documents. Il répondait longuement, avec force détails, comme si les mots seuls pourraient un jour traduire le temps perdu. « Tant d'odeurs, de couleurs, de silences que je ne saurai jamais nommer, déplorait-il. Et vous ? Ma chère Ameline, qui êtes-vous, au juste ? Je ne vous connais toujours pas. Me conterez-vous votre histoire ? » Dans ces moments d'insistance, elle préférait se retirer sur la pointe des pieds, ombre fugitive.

Entre l'ingénieur et Ameline, il s'était installé au fil du temps une sorte de jeu trouble. Depuis qu'Eugène lui avait montré la couleur de ses sentiments et qu'elle faisait mine de n'en rien voir, il restait entre eux une sorte de chassé-croisé, comme un ballet de danse où les corps ne font que s'effleurer. C'était même beaucoup dire. Car Castillac continuait à la courtiser avec tant de finesse et d'élégance que, tout en entretenant le feu de son désir, il ne la rebutait point. Son baisemain était impeccable. Parfois, les mots se risquaient à quelques hardiesses, ainsi d'honnêtes propositions de promenade ou de tête-à-tête qu'elle refusait si maladroitement, par crainte de froisser, qu'elle laissait accroire involontairement à des regrets. Peut-être Ameline prisait-elle fort ces amabilités. Peut-être se sentait-elle flattée. Peut-être était-il une part d'elle-même qui eût voulu s'engager plus avant, tandis qu'une autre s'y refusait. Eugène attribuait ces atermoiements du cœur à la féminité même. Jamais il ne cédait au pessimisme propre à l'état amoureux, ce *fading* qu'il honnissait de tout son être, lui préférant l'illusion enflammée des passions crépusculaires. Il se voyait tel, un cœur d'adolescent dans un corps de vieillard. Souvent, la seule tristesse qu'il s'autorisait était celle de l'âge, un naufrage intime vers lequel le soir vous pousse, irréversiblement.

Est-ce l'ingénieur, qui connaissait tout ce que le pays compte de gens singuliers, ou le charme du paysage agissant comme un aimant qui conduisit un jour Valerio à Meyssenac ? De son vrai nom Valère Peyroni, le jeune homme élégant, portant costume de toile blanche et large panama, se présenta ainsi à l'auberge :

— Je suis peintre paysagiste. Et je voudrais prendre pension chez vous. Je n'ai pas beaucoup d'argent. Mes peintures trouvent rarement preneurs. Comprenez-vous ?

Maxence appela sa femme. Le jeune homme déposa à ses pieds un havresac, quelques toiles, un chevalet et une boîte de peinture.

— Cinq francs la semaine, proposa Ameline.

Valerio accepta aussitôt, sans discuter :

— La proposition me paraît honnête.

— Mon pauvre monsieur, vous n'avez guère le choix. Il n'est qu'un seul établissement à Meyssenac qui puisse vous apporter ce confort pour un prix aussi modique.

L'homme hocha la tête.

— On m'a recommandé votre maison. Et je crois que, pour une fois, je n'ai pas été trompé.

Comme elle disposait d'un peu de temps, Ameline lui fit visiter les lieux, la chambre d'abord, coquette et bien meublée, puis la salle du restaurant, et même le garage et sa collection de vieilles voitures. Ces vieilleries ne semblèrent guère intéresser le garçon, qui fit l'effet à Ameline de quelqu'un sachant très précisément ce qu'il était venu chercher à Meyssenac. Ténébreux au regard gris, pénétrant, il arborait une ample chevelure noire et se mouvait avec la grâce d'un danseur de tango. Mais ce que retint Ameline en priorité, de l'aspect général de son visiteur, était la lassitude nonchalante qui se dégageait de son être. Il écoutait sans entendre, observait sans voir, comme si l'immédiateté des choses ne l'intéressait guère. Avare de parole, il se bornait à l'essentiel, avec un effacement volontaire qui était sa nature même. Un artiste, pensa Ameline, pour qui nous autres, gens simples et sans grande instruction, comptons assez peu.

En retournant dans le restaurant, où le garçon avait déposé ses bagages, Ameline soupçonna que Valerio était un des amis de l'ingénieur. Pour en avoir le cœur net, elle s'autorisa à lui poser la question.

— En effet, admit le jeune homme, Eugène m'achète quelques toiles, de temps en temps. Ce vieux fou croit en ma peinture.

Elle essaya d'en connaître plus sur la nature de leurs relations, où ils s'étaient connus, quelles villes ils avaient fréquentées, quels voyages ils avaient entrepris... Le peintre demeura sur la réserve.

— Tout cela ne vous apprendrait rien sur nous-mêmes, finit-il par dire d'un air détaché.

La réflexion, toute polie qu'elle fût, lui signifiait une fin de non-recevoir. Je ne veux risquer de confidence avec vous, semblait-il lui faire comprendre, parce que nous ne sommes pas destinés, vous et moi, à entreprendre le moindre commerce. Je suis un artiste, vous êtes hôtelière, c'est-à-dire aux antipodes...

Aussitôt, Valère Peyroni monta dans sa chambre, ferma les volets et s'allongea sur le lit, sans même prendre soin de rabattre le tissu de protection. Il dormit seize heures d'affilée. Puis il reparut, frais et dispos, l'appétit aiguisé. La lassitude qui avait tant intrigué la maîtresse des Diligences s'était effacée. Il trouva la terrasse à son goût et s'y installa. Immobile comme un lézard au soleil, il laissa le temps s'écouler, goûtant la lumière qui l'entourait, les couleurs dorées des collines.

Entre ses cuisines et le restaurant, Ameline avait peu l'occasion de se distraire. Fantasque, elle aimait à coller une histoire sur le visage des gens qui défilaient dans son établissement. Elle se faisait des romans, s'inventait une vie parallèle à la sienne. Parfois, des bribes de phrases glanées dans les conversations relançaient sa veine imaginative. Elle y plaquait des images, des situations, des événements. Ainsi chassait-elle son ennui des gestes répétitifs et lassants. Car l'ouvrage ordinaire d'une chef cuisinière ne consiste-t-il pas à recomposer indéfiniment les mêmes mets ? La fabrication des repas était devenue une mécanique bien huilée, fort simple les jours de semaine et sophistiquée en diable les dimanches.

Parfois il fallait satisfaire un extra, et le travail exigeait alors une attention soutenue. Elle révisait ses tablettes, s'exerçait aux gestes essentiels. « Réussir un exploit en la matière consiste, avait-elle coutume de dire, à sortir de la routine, tant il est dans la nature de l'individu de s'accoutumer à l'automatisme. » Quelquefois dans l'exercice de son art, elle s'obligeait à des expériences nouvelles, déstabilisant son petit monde. « Aujourd'hui, lançait-elle, nous allons faire des canetons aux confitures... » Hyacinthe protestait en cognant les casseroles pour faire du vacarme. Elle donnait de la voix à sa manière, en agitant la ferblanterie. « Ne trouvez-vous pas que la carte est assez compliquée comme cela ? »

L'ingénieur venait prendre ses repas deux ou trois fois par semaine, rarement le dimanche. A l'usage, il était devenu plein de civilités. Il offrait des apéritifs au bar, soutenait un brin de conversation avec Maxence. Ce dernier avait fini par trouver un terrain d'entente, la mécanique des automobiles. Sans doute projetait-il de s'en offrir une, pour faire comme tous les bourgeois. Il avait fini par se rendre à la raison que ses vieilles voitures à cheval étaient passées de mode, sinon pour distraire ses clients.

— Rien ne vaut l'Hispano-Suiza, prétendait ainsi Eugène. Le modèle Alfonso possède six cylindres en ligne à refroidissement par eau. Le moteur déploie soixante-cinq chevaux et en pleine puissance monte à deux mille trois cents tours à la minute...

— Ce bijou battrait votre vieille Forquenot, répliqua Maxence, malicieux.

— Sans difficultés. A la condition que nous disposions d'une route en parfait état. Ce qui n'est pas le cas dans notre village. Etrange paradoxe, nous inventons des voitures qui vont de plus en plus vite et nous n'avons pour les faire circuler que des chemins médiocres. Moi-même, avec ma Mercer, je ne peux aller à plus de soixante à l'heure, au risque de casser la mécanique sur ces sentiers à vaches. C'est du gâchis.

— Parlez-en à votre ami député ?

Eugène éclata de rire.

— Nous attendons depuis des mois le programme de bitumage, qui ne vient pas. On ne jure que par l'électricité. Certes, le retard en la matière est patent. L'homme politique est hanté par cette affaire : installer la force électrique dans tous les villages de Corrèze.

— Ce ne serait pas si mal. Il n'y a pas que les villes qui ont droit à l'électricité, n'est-ce pas ?

— Soyez sans illusion, Maxence, il faudra encore dix ans, soutint Eugène, avant que vous puissiez utiliser des fourneaux électriques.

— Croyez-vous que notre cuisine y gagnera en qualité ? Je doute qu'Ameline change ses méthodes...

L'ingénieur fut amusé par ses craintes. Chaque fois la même ritournelle, de défiance au progrès. Pourtant, ce fameux progrès, il gagnait inexorablement du terrain dans les esprits. On ne connaît pas d'expérience où la modernité ne soit triomphante, et Meyssenac a beau être le centre du monde, il se modèlera aux techniques nouvelles, pensa Castillac.

Ameline guettait avec curiosité les premières toiles de son pensionnaire. Elle avait hâte de découvrir ce que peignait Valerio et, à travers les œuvres, de discerner ce qui plaisait tellement à Eugène. Il ne les acquérait point, ces tableaux, simplement pour faire plaisir au peintre ; de toute évidence les créations de Valère Peyroni correspondaient à ses goûts artistiques.

« Pourquoi les cachez-vous ?

— Ils ne sont pas achevés, répondait Valerio. Il y manque quelques touches. Peut-être certains iront au feu. »

Le garçon jouait au chat et à la souris avec elle. Pourtant, il se sentait flatté de susciter autant d'intérêt. Une fois accrochées, mes toiles laissent plutôt les gens indifférents, pensait-il. On les trouve trop classiques, ou trop modernes. Il résumait ainsi l'opinion générale de son public. Peu de véritables connaisseurs comme Castillac. Et mille béotiens, pour qui la peinture se résumait à Monet ou Cézanne. La touche était-elle en harmonie avec le sujet, ou ébouriffée, comme chez ces fous de l'école moderne, Vlaminck, Derain... ?

— Faites-vous des portraits ? insista un matin Ameline.
— Quand ils sont un paysage, répliqua Valerio.
— Je ne comprends pas.

Il posa son chapeau sur la chaise vide à côté de lui, comme s'il voulait interdire à Ameline d'y prendre place.

— Il n'y a rien à comprendre. Les peintres classiques le plus souvent tiraient des portraits d'après nature, dans leur atelier, sans s'intéresser à la lumière dans laquelle leur modèle baignait. On pourrait comparer cela à la technique du photographe. Il éclaire le sujet afin que nul trait n'échappe à l'objectif. Mais trop de lumière directe détruit la beauté, le mystère, l'étrangeté. Moi, par exemple, je peins le visage d'une femme sous un tilleul. Ce qui m'intéresse de prime abord c'est la lumière qui se projette incidemment sur ce visage, le vert des ramures qui colore la peau, les ocelles d'ombre dégradés qui marbrent la matière... En observant le tableau dans une exposition, le visiteur pense : Ceci est un visage peint sous un arbre, au milieu de l'été. Bien que le décor trop absent nous prive d'indices (lumière d'été, ombre végétale), on le devine à la manière dont les couleurs sont projetées sur le sujet. Comprenez-vous ? Il faut que le visiteur s'interroge et non qu'on lui mâche sa bouillie. Souvent, je peins des paysages vides, comme un coin de terre que l'homme n'aurait pas encore hanté. Mais j'ose espérer que ma démarche est plus subtile. On devine que ce paysage peint a été visité par l'homme grâce à d'infimes traces : arbres domptés par la main du paysan, taillés et retaillés, clôtures délaissées dans un fouillis inextricable, lavoir caché sous une cascade de verdure, berge de rivière à l'eau remuante, où se dessinent les débris d'une barque. En clair, je peins l'usure du temps, la course des nuages, le reflet des ombres sur les êtres et les choses, et parfois l'aube grise, le crépuscule de feu...

Les bras sagement croisés, Ameline avait écouté son visiteur sans perdre un seul mot. C'était l'un des moments paisibles du matin. La lumière gravissait par paliers les hauteurs de la cité, éclairant tour à tour les façades roses des maisons. Toutes semblaient enchâssées dans un écrin de verdure, vignes vierges ou lambruches tapissant les murs, arbres fruitiers suspendus aux murets, tonnelles foisonnantes, jardins exubérants. La cité s'étageait sur cinq ou six niveaux, jusqu'aux ruines de son château. On devinait l'ombre tenace des ruelles qui faisaient comme des découpures tracées d'un niveau à l'autre, tantôt parallèles, tantôt s'éloignant. La nature, le hasard, la nécessité avaient dessiné le village au fil des siècles. Ce qui en faisait sa beauté légitime, c'était précisément qu'aucune règle n'en avait ordonné l'architecture. Il s'était accommodé des formes, sans précaution, et la grâce lui était venue, peu à peu, dans l'addition des édifices, la parcellisation des jardins, la géométrie des utilités.

Pourquoi suis-je aussi bavard avec cette femme que je ne connais pas ? se demanda Valerio après coup. Que comprend-elle à ma peinture ? L'insuccès rencontré à ce jour avait enfermé le peintre dans sa tour d'ivoire. Il n'était que dix ou quinze galeries à s'intéresser à ses créations, et un nombre à peu près égal de mécènes : médecins, banquiers, industriels... On pariait sur lui comme sur des valeurs de Bourse. Un jour, peut-être, qui sait ? Cela le flattait de disposer ainsi de quelques esthètes argentés pour lui assurer une petite subsistance. Mais la maîtresse des Diligences ? Pourquoi perdre son temps ?

Il posa son panama sur sa tête et alla prendre le soleil aux remparts. Aujourd'hui, se promit-il, je vais descendre sur le chemin de halage et poser mon chevalet. Sa toile mesurait quarante sur vingt centimètres. Bien trop petite pour y faire entrer le monde. Mais cela était son affaire. Une question de choix et de compromis entre l'ombre et la lumière, le net et le flou, le vert et le bleu.

Peut-être ne trouverai-je rien à ma mesure. Rien qui me rappelle à l'urgence de peindre. Alors j'irai somnoler, ou réfléchir, ou regarder le ciel à travers les feuillages.

Le premier dimanche de juillet, Faustine et Savin quittèrent le pensionnat pour s'en retourner à Meyssenac. Le train les conduisit à la petite gare, où les attendaient Ameline et Maxence.

— Regarde, ils n'ont pas encore achevé le hangar des marchandises, dit le père.

Savin balaya des yeux le chantier et haussa les épaules. Il se fichait bien du retard pris par les travaux. Depuis qu'on avait fait de lui un pensionnaire au collège des garçons de Brive, ses centres d'intérêt s'étaient déportés vers des préoccupations de son âge : les descentes entre camarades dans les bars de la rue Majour, les filles sur les bancs de la Guierle. Déjà, l'adolescent avait connu d'autres horizons, coudoyé des gens nouveaux, fait l'expérience de la séduction avec ses stratégies compliquées, mais aussi du chagrin, et découvert sans doute que son petit Meyssenac n'était décidément pas le centre du monde.

— Regarde, insista le père, les ouvriers ont levé la charpente. Une bien belle bête, tout en bon bois de chêne. Et au faîtage, vois-tu le bouquet de lauriers et de fleurs fanées que les charpentiers ont accroché ? C'est la tradition. Bon Dieu oui, ils l'ont arrosée, cette charpente, comme des cochons. A bouffer et à boire.

— Ça donne au moins du travail, ajouta Ameline.

Ce jour-là, madame Marquey avait tenu à se faire chic pour le retour de ses enfants, une robe à fleurs bleues et rouges et un chapeau de paille à large bord, auquel était accrochée une rose blanche. Les adolescents portaient encore l'uniforme strict des collégiens : petit costume gris pour Savin, veste bleue, robe plissée de même ton et chaussettes blanches pour Faustine.

— L'année prochaine nous aurons le brevet, dit la jeune fille.

Elle ôta son calot bleu et laissa sa longue chevelure dégringoler sur ses épaules en poussant un soupir. De retour à Meyssenac, Faustine avait compris qu'elle pourrait reprendre sa liberté, laisser respirer ses cheveux, mettre un peu du rouge à lèvres de sa mère et se vêtir comme bon lui semblait. J'ai hâte de retrouver l'apparence d'une fille, pensait-elle en maudissant les règlements obtus du pensionnat, qui ne lui avaient laissé que des mauvais souvenirs.

— Tu ne nous demandes pas si nous avons bien étudié ? s'étonna Savin. Notre carnet de notes ? Et nos mentions ? C'est à désespérer...

Le père contemplait ses enfants d'un air soucieux. Il ne les reconnaissait plus, comme si un laps de temps infini s'était déroulé depuis leur départ. Ce changement eût été indiscernable pour un familier de la famille Marquey, mais non pour un père qui avait rêvé, jadis, que ses enfants ne grandiraient plus ou qu'ils ne quitteraient jamais le bercail. C'est l'effet de la ville, pensa-t-il. Ça nous les transforme à toute vitesse, avant qu'on ait eu le loisir de se les mettre dans la tête.

Plus tard, Maxence fut ému aux larmes en découvrant que son Savin avait déjà dix-sept ans. Et ce lui fut aisé d'en déduire que sa Faustine en avait quinze. Quinze ans, se répéta-t-il. C'est effarant. Peut-être était-ce elle en définitive qui avait le plus changé. Si son corps s'était allongé, affiné, que dire de ce petit air espiègle qui avait modelé les traits de son visage ? Sinon qu'il n'appartenait pas à sa Faustine d'autrefois.

— Bien sûr que nous voulons tout savoir, les notes, les appréciations des professeurs... dit Ameline.

— Nous ne dirons rien, répondit aussitôt Faustine. Je trouve votre curiosité bien tardive. Et les lettres ? On les attend toujours. Au point que je me suis demandé si nous possédions encore des parents.

Médusée, Ameline prit sa fille dans ses bras et se mit à la cajoler.

— Il ne faut pas nous en vouloir, dit-elle.

— Il n'empêche qu'on vous aime quand même, ajouta Savin.

Maxence avait déjà grimpé dans le cabriolet. Le garçon et la fille s'assirent à l'arrière, leur mère auprès de Maxence sur la banquette avant. Le père s'aperçut alors que les bagages étaient restés sur le quai. Il se dépêcha de les charger.

— Où avons-nous la tête ? s'écria Maxence.

Savin et Faustine éclatèrent de rire en se regardant. Ameline se retourna pour observer leur manège. Mon Dieu, pensa-t-elle, que de complicité entre ces deux-là !

Le cabriolet partit à petit trot en soulevant la poussière blanche de la route.

— Nous avons refait la tapisserie du restaurant ! cria Ameline.

Savin et Faustine regardaient le bas-côté de la route, tapissé de coquelicots, de bleuets et de millepertuis. Mille senteurs flottaient dans l'air. C'était comme un appel à la liberté, à courir la campagne, à fouler les hautes herbes des prairies grasses, à côtoyer les troupeaux paisibles, à s'assoupir sous les ramures basses des saules et des aulnes.

— Je pensais qu'Anastase viendrait nous chercher, s'étonna le garçon.

— Tout est bien ainsi, ajouta Faustine, puisque nous ne reconnaissons plus nos parents... Ça veut dire qu'ils ont changé...

Occupé à diriger l'attelage, les rênes bien en main, Maxence n'avait pas prêté attention à la réflexion de sa fille. Ameline, elle, l'avait reçue en plein visage. Une pique adressée aux années ingrates, songea-t-elle, attristée. Avons-nous réellement changé ? Ameline penchait la tête de côté pour cacher les larmes sur ses joues.

Les pluies d'orage avaient raviné la route du lavoir au point de laisser s'accumuler des amas de terre et de cailloux dans les virages. Lancé à petite allure, le cabriolet tressautait sur ces obstacles.

— Les agents voyers se la coulent douce, critiqua Maxence. Ça fait une semaine que la route est défoncée, et tout le monde a l'air de s'y habituer.

Ameline voulut montrer à ses enfants les travaux dans le restaurant, mais, peu intéressés et plutôt distants, ils quittèrent aussitôt la salle pour aller embrasser Hyacinthe. La mère demeura, seule et pensive, devant ses nouvelles tentures en vieux rose satiné, sous son plafond à caissons repeints en blanc cassé et frises dorées au pochoir. Alors, elle éprouva du découragement. A quoi ça sert, tout ça ? se demanda-t-elle.

Elle se rassura en se disant que les grandes vacances finiraient par amollir le caractère de ses chers enfants. Age ingrat, dirait Pierrette Loriot qui, n'ayant jamais eu d'enfant, semblait en connaître mieux que quiconque la psychologie. Elle se promit d'en parler à son amie. C'était encore et toujours sa seule conseillère, prête à tendre l'oreille à toute heure. Car Maxence, vers lequel elle eût dû se tourner en toute logique, un père tout de même, restait sourd à ses interrogations.

Hyacinthe avait préparé un petit déjeuner, comme autrefois, chocolat chaud et beignets soufflés. Faustine et Savin s'assirent en bout de table.

— Comme on retrouve vite les bonnes vieilles habitudes...

La cuisinière avait préparé la collation dans une chocolatière, faisant d'abord fondre les carreaux dans le récipient avant d'en précipiter l'onctuosité en roulant le fouloir entre les paumes de sa main.

— Vous m'en direz des nouvelles.

Les enfants goûtèrent aussitôt.

— Personne ne sait faire le chocolat au lait aussi bien que toi, la flatta Faustine.

Le compliment de sa sœur amusait Savin.

— En comparaison de celui qu'on nous sert à la pension, ce n'est pas difficile de faire son choix, dit-il en mouillant la pointe d'un beignet dans le liquide fumant.

Faustine imita son frère dans un marmonnement de gourmandise.

— Ces gâteaux, tu les as préparés pour nous, rien que pour nous ?

Hyacinthe trônait devant la table.

— Voyez-vous ça ! dit-elle. Je ne vous ai pas attendus. Il y a toujours des beignets disponibles pour nos pensionnaires.

— Tu vois, Faustine, taquina Savin, la vie continue, même quand nous ne sommes pas là. On se donne du bon temps aux Diligences.

La cuisinière les contemplait tour à tour avec un regard plein de tendresse.

— Vous serez toujours comme mes enfants. Les enfants que je n'ai pas eus, hélas, et que j'aurais voulu avoir, aussi beaux et intelligents que vous.

Faustine éclata de rire.

— Pourquoi ne t'es-tu pas mariée, Hyacinthe ?

— Regardez-moi ça, ce n'est pas une discussion pour des enfants.

— Mais, reprit Faustine, nous ne sommes plus des enfants.

— C'est vrai, reconnut Hyacinthe.

Elle parut réfléchir à ce qu'elle allait dire et à la manière dont elle allait le dire, sans froisser ces jeunes esprits avec des considérations outrées sur les hommes.

— Les occasions n'ont pas manqué. Mais je crois que je n'ai jamais insisté. Les hommes, parfois, il faut leur forcer la main.

— Comment cela ? demanda Faustine avec un sourire espiègle.

— Le mariage, mes petits, est un engagement sérieux. Sinon, tout le monde est malheureux. Le mari, la femme, les enfants... On en a trop d'exemples sous les yeux.

Savin demanda deux autres beignets. Hyacinthe les lui tendit et voulut accorder la même part à Faustine. Celle-ci la refusa.

— Je n'ai pas un appétit de garçon.

Ils allèrent laver leur bol dans l'évier, bien que la cuisinière voulût les en empêcher. Ce n'était pas une tâche digne des petits Marquey.

— Qu'allez-vous faire de vos journées ? s'inquiéta Hyacinthe.

— Nous allons descendre à la rivière.

— L'Ile-aux-Cailles, décidément, l'endroit a toujours eu votre préférence, dit la cuisinière, pensive.

— Nous y avons rêvé des aventures extraordinaires. Les pirates, les naufrageurs...

Faustine regardait son frère en souriant. Oserait-il parler des parties de fiançailles ? Cet étrange jeu où l'on singeait les grandes personnes dans leurs salmigondis amoureux. Et la fugue, oserait-il aussi l'évoquer ?

— As-tu des nouvelles de Bathilde ? questionna Faustine.

— La sorcière ! s'écria Hyacinthe en frappant des mains son grand tablier blanc, raide et amidonné comme une étole de curé. Penses-tu que je m'en soucie ? J'ai autre chose à faire, d'autant que je ne crois pas à ces calembredaines.

— Bathilde n'est pas une sorcière, dit Faustine en haussant les épaules. Où es-tu allée chercher une idée pareille ? C'est une personne tout à fait convenable, aimable et accueillante. Si tu la connaissais vraiment, elle t'en apprendrait, des choses, sur la cuisine...

Hyacinthe se mit à rire à gorge déployée.

— Elle ?! La cuisine ? Tu ne penses pas ce que tu dis, ma pauvre petite ?

— Parfaitement, insista Faustine. Les gens de Meyssenac la détestent parce qu'ils sont arriérés et stupides. Un rien les tourneboule. Tout ça, parce que Bathilde ne vit pas comme eux.

— De quelle sorte de cuisine veux-tu parler ? A base de bave de crapaud, de viscères de serpent, de racines de mandragore ? persifla Hyacinthe.

Savin fit signe à sa sœur d'interrompre la conversation, jugeant que la cuisinière attachait trop d'importance à cette vieille histoire. Après la fugue à Puysautier, les petits Marquey avaient dû subir un interrogatoire en règle. Curé et maire s'en étaient mêlés, pressés de savoir si l'affreuse Bathilde les avait initiés à ses messes noires et à ses maléfices. A l'époque, il avait fallu toute l'autorité de leur mère pour mettre un terme à ces idioties. Surtout lorsque Terrieux s'était mis en tête de jouer les exorcistes.

— C'est un fait, insista Faustine, Bathilde connaît tous les pouvoirs des plantes. Pour soigner et guérir. J'en connais, Hyacinthe, plus que tu ne l'imagines sur la question. De quoi concurrencer le docteur Marcoussi.

— Les herbes, et quoi encore ? Il y en a des bonnes, bien sûr, dit la cuisinière, et des vénéneuses aussi, comme les champignons.

— Ça dépend comment on les utilise, repartit Faustine. A petites doses, la plante la plus toxique peut apporter de grands bienfaits. Comme quoi, ma pauvre Hyacinthe, il n'y a pas les plantes du bon Dieu et les plantes du Diable. Dans sa cuisine, Bathilde les utilise aussi. Sais-tu ce qu'est une soupe d'ortie ?

— Mon Dieu, quelle horreur ! s'écria Hyacinthe. Ça doit piquer la langue...

— Mais non.

— Tu en as mangé ? s'inquiéta la cuisinière.

— Bien entendu. N'est-ce pas, Savin ?

— Oui, confirma-t-il. Et aussi des omelettes aux pissenlits, des nouilles aux fleurs d'acacia, des salades de plantain et de pimprenelle. Et l'oseille des prés, mijotée avec le poisson ou le rôti de veau...

— Qu'est-ce donc, l'oseille des prés ? questionna Hyacinthe.

— Il y en a partout, expliqua Faustine.

Savin faisait les cent pas dans la cuisine, charmé par les jugements outranciers de la pauvre Hyacinthe.

— Un jour, promit le garçon, si je dois reprendre l'auberge des parents, j'inscrirai au menu ces choses délicieuses. Je me souviendrai de mes journées à Puysautier et de celle qu'on nommait « la folle de Lacombelle »...

La cuisinière chargea le foyer du fourneau pour que la soupe reprît son frémissement et que la daube se remît à chanter dans le faitout. Elle souleva le couvercle.

— Venez flairer ça, mes enfants. C'est autre chose que votre ortie et votre oseille des prés !

Savin goûta la sauce.

— Tu devrais y mettre deux petites branches de galé odorant, ça apporterait comme un peu de piment doux, ou même de la benoîte. Les racines ont une odeur de clou de girofle.

— Mais où as-tu appris tout ça ? s'écria Hyacinthe, médusée. Ne me dis pas que c'est Bathilde ? Cette femme est inquiétante. Vous devriez surveiller vos fréquentations, mes enfants.

Une fois dans la rue, près des remparts, Faustine demanda à Savin s'il avait été sérieux en parlant de reprendre l'auberge. Le garçon ne répondit pas. Il observait les collines verdoyantes et les bois crépus de la Bastardie. Ainsi s'amusait-il à mettre un nom sur chacun des lieux offerts à son regard : Puysautier, Pas-de-Loup, Jaubertie, Merliac, Testinard, Ladrier, Tournette...

— Qui sait ? dit-il en se tournant vers sa sœur.

— Ne me dis pas que tu es possédé, toi aussi, par cette passion de nos terres ? ! Comme s'il n'existait pas un autre avenir que de rester vivre ici ?

Savin baissait la tête. Sur le sujet, il avait eu quelques discussions avec sa sœur lors de leurs retrouvailles à Brive, les dimanches après-midi. Faustine n'avait de cesse de lui répéter qu'elle passerait son brevet supérieur pour préparer ensuite l'école normale et devenir institutrice. « J'ai trop souffert pendant mon enfance, disait-elle, pour me sacrifier à la famille. Je veux gagner ma liberté et le droit de choisir mon métier. Personne ne décidera à ma place. »

Le lendemain, Savin et Faustine descendirent sur les berges de la Sévère. Après les pluies d'orage, la rivière avait retrouvé son courant paisible. Seules traces restantes des tumultes passés, les embâcles en amont, faits de souches et de branches entremêlées. Ils cherchèrent en vain la barque du père Bénézet, ne l'ayant pas trouvée à sa place habituelle, sous les frondaisons des acacias courbés sur le fil de l'eau. Ils descendirent la rivière en aval par le chemin de halage. Un paysan les informa que le vieux Bénézet était mort pendant l'hiver et que sa barque avait disparu avec lui. Une légende courait à ce propos, selon laquelle le fantôme du vieux bonhomme était passé la récupérer.

L'histoire amusa Faustine et Savin. Mais les enfants Marquey étaient accoutumés aux étranges croyances que les gens se racontaient le soir au coin du feu pour passer le temps. Le paysan leur indiqua qu'ils trouveraient une embarcation dans le bras du Clam.

Savin et Faustine prirent un raccourci par le travers des champs en se glissant sous les clôtures. Le fameux bras du Clam était un ruisseau étroit débouchant sur la Sévère à hauteur des bois de la Bastardie. Les embarcations n'étaient utilisées que par les chasseurs de canards, les pêcheurs de brochets et les faucardeurs d'oseraies (les vimes de l'île étaient réputés pour la confection des paniers, des panetons et des hottes de vignerons). Ils s'emparèrent d'une embarcation et lui firent prendre le courant de la Sévère.

En atteignant la pointe de l'île, que les vieux du pays nommaient le trébuchet, Savin releva les rames.

— Ne vois-tu pas quelques pirates ? rigola-t-il en mettant pied à terre.

— Je me souviens surtout des vairons que nous pêchions à la bouteille, dit Faustine. Et de les avoir fait griller sur des sarments de vigne. Comme nous étions heureux, ces jours-là, avant que notre père se mette à boire...

Savin haussa les épaules.

— Tu étais trop petite pour t'en rendre compte, mais ça faisait longtemps que papa buvait.
— Pourquoi notre mère ne l'a pas empêché ?
— Ils vivaient ensemble, mais l'un à côté de l'autre, sans se voir, sans s'entendre. C'est comme ça que la catastrophe est arrivée. Par l'indifférence. En ce temps-là, maman allait souvent à Brive avec madame Loriot pour y faire je ne sais quoi.
— Jouer à la grande dame, jugea Faustine.
— Ne sois pas méchante.
— Tu lui as toujours tout pardonné.
— Son existence n'était pas facile. Plus d'une fois, j'ai surpris des conversations terribles. Je crois qu'il la battait, aussi.

Le chemin entre les oseraies était si étroit qu'ils devaient écarter les vimes sur leur passage. Depuis que les vanniers l'avaient délaissée, l'île était redevenue sauvage. Seuls les chasseurs la fréquentaient encore, pour surprendre les canards nichant sous les massettes. Ils traversèrent un champ de genêts en dénivelé puis atteignirent la partie la plus boisée de l'île, où aulnes et saules abondaient. En apercevant le peuplier tête-plate, ils sautèrent de joie.

— Il est toujours là, exulta Faustine.
— Bien fourni, désormais, releva Savin. Comme quoi, il a fini par vaincre son handicap. C'est un héros, dans son genre.
— Paraît qu'il a pris la foudre, en 1901. J'ai du mal à le croire.
— Un arbre béni des sorcières, railla Savin en pensant à Bathilde. C'est le diable qui le protège.

Ils allèrent cajoler son tronc rugueux. Faustine dénicha dans l'écorce la trace d'une vieille inscription. Savin se mit à rougir.

— « Savin-Agathe », avec un cœur... Tu te souviens ?

— Je me souviens.

La marque au couteau était restée vive. Il semblait même qu'elle s'était élargie avec le temps.

— L'arbre n'a pas voulu effacer votre histoire, dit Faustine.

Ils montèrent vers la cabane où autrefois ils avaient passé une longue nuit d'hiver. Faustine prit son frère dans ses bras et le serra contre elle.

— J'y pense souvent.
— Moi aussi, dit-il.
— Grâce à ça, nous avons obligé papa et maman à se réconcilier, ajouta Faustine.
— Je ne voulais pas faire ça, fuir. Mais je ne pouvais pas te laisser seule.
— Je le savais, dit Faustine. J'avais peur, tout de même.
— Moi aussi.
— Peur que tu ne viennes pas avec moi.
— Si je n'étais pas venu, tu aurais renoncé ?
— Non, jamais.

Elle poussa d'un coup de pied la porte disjointe. Savin alluma son briquet. La petite lumière dansait sur les murs. Le sol de la cabane était tapissé de fougères fraîches.

— Des chasseurs ou des pêcheurs sont venus ici, nota Savin.

— Ou des amoureux, supposa Faustine.

Longtemps ils avaient cru que le repaire était à eux, rien qu'à eux.

— On devrait interdire l'accès à notre île, dit Savin.

Plus tard, en cheminant dans les broussailles, ils dérangèrent une colonie de cailles. Celles-ci se révélaient moins craintives que dans leurs souvenirs. Piétant, avant de s'envoler, dans un frémissement d'ailes, elles piquèrent sur un champ de blés, de l'autre côté de la Sévère, où les terres étaient fertiles, domestiquées, arpentées, clôturées.

— D'où vient-il qu'elles prisent cette île ? Qu'y trouvent-elles, au juste ?

— Je ne sais pas, répondit Savin.

Faustine s'assit sur une pierre plate, défaisant les lacets de sa chaussure pour en ôter un caillou.

— Dans l'Antiquité, une des îles des Cyclades, Délos, s'appelait l'Ile-aux-Cailles, ou Ortygie, expliqua Faustine. Dans la mythologie, on raconte que Zeus exerça son pouvoir divin pour immobiliser l'île, qui flottait sur la mer. Le dieu l'établit en ce lieu pour que Léto puisse mettre au monde ses jumeaux, Apollon et Artémis.

— C'est une belle histoire, reconnut Savin. Elle nous ressemble. Nous avons séjourné sur cette île pour réconcilier nos parents. Encore une belle preuve d'amour.

— Toi en Apollon et moi en Artémis, c'est tiré par les cheveux, non ?

Au milieu d'août, il était de tradition à Meyssenac de vénérer les eaux de la Sévère. On se souvient que dans l'histoire de la cité la rivière avait contribué à sa bonne fortune, bien avant que le train ne vienne s'époumoner sur ses collines et que la voiture automobile ne supplante les cabriolets. La journée des festivités commençait par un concours de pêche, se poursuivait par un défilé de barques fleuries sur la Sévère et se concluait avec un bal champêtre sur le chemin de halage. Toute la population descendait donc sur les berges de la rivière, en famille, avant de se disperser dans les champs alentour pour faire ripaille et boire frais.

Comme on pourrait s'en douter, les gens de la Cocagne ne se mélangeaient guère aux paysans et aux ouvriers. Le pré de Landrot leur était réservé. Fort ombragé par les platanes et les peupliers, l'air y était frais et agréable. Les cocagniers détestaient étendre un grand drap de lin sur l'herbe piétinée pour y poser leurs fesses, et encore plus pique-niquer, laissant ces fantaisies champêtres à la population. Pour eux, on avait fait transporter des tables et des chaises sous les ombrages, dresser les nappes blanches, aligner les couverts en porcelaine et l'argenterie. A vrai dire on ne s'émouvait guère de ces privilèges parmi les gens ordinaires, personne n'y trouvait à redire, à une époque où chaque catégorie était plutôt fière de ses mœurs et de ses coutumes. La cité était accoutumée à ce que le notable fût bien traité, ou du moins qu'il jouît d'avantages particuliers. La vieille habitude perdurerait encore quelques années, puis elle s'éteindrait avec les premières grandes revendications sociales des années 1930, mais cela est une autre histoire.

Pour l'heure, les notables, maire en tête, flânaient de bon matin sur la rive de la rivière, là où les concurrents avaient posé leurs lignes. Ils allaient d'un pas bonhomme, les pouces glissés dans la pochette du petit gilet, portant fier le canotier. Ils évitaient de parler haut pour ne pas apeurer le poisson et gêner leurs compatriotes. Tant de recueillement et de patience soulevait des rictus d'admiration sur ces visages rasés de frais fleurant bon l'eau de Cologne.

Quand le groupe atteignit le bureau des pesages – cela se résumait à une petite table sur laquelle reposaient le registre des inscriptions et une balance romaine pour peser les prises –, Victor Loriot se recula afin d'attirer vers lui ses collègues du conseil et les membres de la Confrérie. On écarta les dames d'un geste discret. « Trop sérieux pour un jupon », aurait dit le notaire Domergue, avec sa tête à claques qui eût inspiré un caricaturiste.

— Messieurs, approchez ! ordonna Victor. On nous attend pour la photographie.

L'officiant avait posé son appareil à trépied sur le pré. Il réglait consciencieusement le diaphragme, allant et venant, comme s'il doutait de sa lumière. Puis il se décida enfin, passa la tête sous le drap noir. Chacun dans le groupe rectifia sa position, forçant un sourire de circonstance. Le photographe retira la tête du drap noir, la poire du déclencheur bien en main, lança son dernier ordre.

— Nous voilà immortalisés, s'écria Frazier.

— Oui, ajouta Domergue, on se souviendra de nous, ainsi, chaque fois que l'on examinera cette photographie.

— Elle s'ajoutera à notre collection, précisa le maire. L'installation de l'hôtel de ville en 1895, le baptême de l'auberge des Diligences en 1902, la victoire mémorable de la Forquenot contre ce pauvre Marquey en 1906, l'inauguration de la gare de Meyssenac en 1907, la cérémonie du trentenaire de la Cocagne en 1910, les fouilles de la mine d'or de la Jaubertie en 1911... Voici ce qui nous rassemble tous, notre histoire commune et les aventures prochaines...

Le groupe se retira, à pas lents, majestueux, saluant les familles sur son passage. Seul Victor condescendait à serrer les mains. Il y allait de sa qualité de maire.

Un maire, pensait-il, doit être disponible à tout moment, écouter les doléances, promettre quelques réparations de chemin par-ci, quelques révisions de cadastre par-là. Ainsi, survoler les querelles, apaiser les colères, soulager les infortunes de l'existence... Qui osera prétendre que je ne suis pas humain ? se disait-il. La compassion m'habite tout autant que la fermeté. Il faut savoir dispenser l'une et imposer l'autre...

A midi, lorsque les cloches de l'église sonnèrent à toute volée, chacun regagna sa table. Hyacinthe et Ameline avaient préparé des poulets rôtis accompagnés de haricots verts. « Cuisine simple et bonne, avait recommandé Loriot. Et surtout, bien arrosée. »

A fond d'eau, amarrés à un tronc de chêne, six seaux contenaient leur content de bouteilles fraîches. Un petit vin rosé, ainsi frappé à souhait pour étancher la soif. Mique et ses deux serveuses remontèrent les premières bouteilles et emplirent les verres. On trinqua au bonheur.

— Pourvu que ça dure toujours ! lança Jeanne Frazier.

— Pourquoi voudriez-vous que ça cesse ? Nous avons bien dix ou vingt ans devant nous, pronostiqua le notaire Domergue.

— Vous ne lisez donc jamais les journaux ? reprit la femme du président du Comité d'hivernage.

— Jamais, se félicita Félicité Domergue. Le dernier article que j'ai lu, dans L'*Illustration*, m'a fait tant de peine que j'en ai perdu le sommeil. C'était en avril ou mai, je ne sais plus, le naufrage du *Titanic*. Tous ces pauvres gens noyés sans qu'on puisse leur porter secours dans une eau glacée, mazette.

Combet acquiesça d'un mouvement de tête.

— Et dire que nous aurions pu en être, voilà ce qui nous contrarie.

— Mais nous n'en fûmes pas, grâce à Dieu, ajouta Combet.

Les hommes trinquèrent de nouveau, entre eux, négligeant les verres d'orangeade des femmes.

— Je partage les craintes de notre amie Jeanne, reprit Octave Rozade. Je sais de quel article vous parlez, ma chère...

— De quel article ? questionna Victor.

— Celui de monsieur Jean Jaurès, dans lequel il expose ses craintes de voir prochainement une conflagration généralisée en Europe.

— Qui donc serait assez fou pour envisager une telle folie ? demanda Domergue.

— L'Allemagne. Evidemment l'Allemagne... répondit Octave. Et tous ceux en France qui rêvent de reprendre l'Alsace et la Lorraine... Comme dit Jaurès : « Il n'est qu'une seule guerre qui vaille, la guerre à la guerre... »

— Monsieur Jaurès est un spécialiste du fait, reprit Domergue. Un prophète des catastrophes. Un oiseau de mauvais augure. Cela sert ses intérêts, d'inquiéter la populace.

— Quels intérêts ? questionna Combet. Je ne comprends pas.

— Emplir les rangs de son parti. La peur est un excellent agent recruteur.

Jacques Frazier se tenait sagement en retrait de la conversation, bien qu'il partageât les opinions de son épouse sur la question franco-allemande. Mais il ne se sentait pas d'humeur à argumenter. Cette journée trop belle incitait à la paresse de l'esprit. L'homme était un jouisseur de l'instant, à prendre à bras-le-corps le bonheur qui passe et le bien chérir avant qu'il ne s'éloigne.

A ce moment apparut Pierrette, tel un rayon de soleil. Elle portait une robe froufroutante en linon fin de couleur pêche. Dans le contre-jour, la lumière dessinait ses formes à travers le tissu. Victor se sentait ragaillardi de fierté. N'est-elle pas belle, ma femme ? semblait-il dire à la cantonade.

Elle embrassa un à un tous les notables, même ceux dont la fortune était récente, comme Batilleau et Libert. Ceux-là avaient été admis par cooptation dans le cercle des fins esprits, mais, se sachant juste acceptés, n'osaient le moindre avis. Parfois, Domergue les haranguait de sa voix forte à l'accent prononcé : « Qu'en pense la boulange ? Et la quincaille, a-t-elle une opinion ? »

Domergue, en sa qualité de notaire, savait que le petit commerce était florissant. On venait placer dans son étude de l'argent pour qu'il en tirât le meilleur rendement. Ou alors, on sollicitait ses services pour quelque acquisition. La pierre avait les faveurs de ces nouveaux parvenus du franc germinal. Avec le nouveau gouvernement Poincaré, on espérait le franc fort et qu'il le resterait. Du reste, on disait, manière de riche : « Le franc-or, comment se porte-t-il ? » Il n'y avait que le franc-or qui importait. Le seul qui fût rassurant, stable, monnayable en cas de crise.

— Les affaires tournent, n'est-ce pas, Batilleau ?
— On ne se plaint pas.
— Parfait. Que ça dure donc ! comme dirait Jeanne Frazier.
— Le courant radical a du plomb dans l'aile, soupira Loriot. Désormais, il va nous falloir virer de bord, comme dirait le député de Bonneval, mettre un peu d'eau libérale dans notre vin rouge socialiste...
— Rabat-joie, contra sa femme. Monsieur Rabat-Joie, vous ne le connaissez pas ? C'est mon mari ! s'écria-t-elle.
— Et vous Libert, vous y croyez, à cette putain de guerre avec l'Allemagne ?
— Nous avons la meilleure armée du monde. Nous n'en ferons qu'une bouchée, de nos ennemis.
— Où avez-vous lu ça, Libert, que nous possédons la meilleure armée du monde ?
— On le dit, on le dit, répétait le boucher de la rue des Remparts.

Les poulets rôtis de madame Ameline furent vite écartelés. Et pour montrer qu'on savait vivre avec de la fibre populaire, on se mit à manger avec ses doigts, goulûment. Le vin, rafraîchi par le courant vif de la Sévère, ajoutait au plaisir. Seule Pierrette, assise à côté de son mari, rechignait à se graisser les doigts. Elle avait opté pour des filets de blanc, un peu secs mais rendus goûteux par une sauce aux petits oignons nouveaux et aux pointes d'ail.

Ameline Marquey apporta elle-même les gâteaux aux poires. Elle avait cuisiné simple, pour une fois. Les tourtelles aux williams étaient confites au cœur d'une pâte feuilletée sur couche de crème. La chef cuisinière avait l'art de confectionner le feuilleté en pliages répétés autant de fois que nécessaire. Ainsi gagnait-elle en épaisseur et en légèreté. On lui fit les compliments d'usage. Et dans ces moments on en revenait à l'histoire du soufflé, l'œil pointé sur les champs de blé bordant la rive droite de la Sévère, où les petites cailles se repaissaient, en attendant l'heure d'aller les cueillir.

— En septembre, promit Anastase, qui avait été mobilisé pour le transport des tourtelles, je poserai les filets. On en fera une moisson. Juste retour des choses. Il faut bien qu'elles justifient le grain qu'elles nous volent.

Les notables observaient le factotum des Diligences avec condescendance. Voilà un homme qui ne cessait d'intriguer, avec ses airs de paysan savant. Il connaissait tous les champignons sur le bout des doigts, faisait des carnages dans les garennes, débusquait le sanglier comme pas un. Et la pêche n'avait pas plus de secrets pour lui, à l'épervier, au lamparo, à la main. Qu'importe, en tout il était passé maître.

— Ce n'est pas tout à fait permis, le filet, non ? déplora Loriot.

— Je ne connais pas de manières plus expéditives, se justifiait Anastase. A la guerre comme à la guerre.

Tous les regards se tournèrent vers Rozade.

— Avec notre bon Anastase, dit Frazier, nous ne risquons pas les privations. Voici un homme précieux, qu'il faut préserver du progrès et des lois imbéciles. Car avec toutes ces nobles idées sur la protection des espèces, un Anastase deviendra vite un hors-la-loi.

— C'est moi qui décide de ce qui est juste et bon, plaida Loriot. Et sans nos braconniers et leur savoir-faire, comment déguster des cailles, des bécasses, des perdrix rouges, des lièvres, des marcassins en toutes saisons ? Je vous le demande. Les lois restrictives sur la pêche et la chasse ont été instaurées par des bureaucrates qui n'ont aucun goût pour notre cuisine. Voici des gens qui n'aiment rien, qui sont hypocondriaques, neurasthéniques, tristes comme une nuit d'hiver. J'ai eu à croiser le fer avec ces atrabilaires lors des nouvelles lois sur les bouilleurs de cru. A les entendre, nous eussions dû limiter les acquis pour étouffer nos ateliers de distillation. Est-il une liberté plus républicaine que celle-ci ? Faire de ses fruits un bon alcool...

— Rien ne prouvera jamais que l'eau-de-vie est responsable de la crétinerie et de l'imbécillité dans nos campagnes ! défendit Frazier. Nous ne possédons pas plus de fous qu'ailleurs. Au contraire, la vie au grand air nous préserve de la tuberculose, fait de nos enfants de bons gaillards aptes aux travaux les plus durs. La gnôle sert à désinfecter nos blessures, à calmer nos maux de dents, à frictionner les jeunes veaux qui viennent de naître, à parfumer les soirs d'hiver, à réveiller les asthéniques...

Les notables se mirent à applaudir ces belles paroles. Et pour montrer qu'ils étaient de la compagnie des rebelles à l'ordre moral, contre les médicastres et tous les Diafoirus de la terre, ils burent un petit coup de vieille poire 1903. En silence, je vous prie, et en rangs. Comme à la parade.

— Qui nous comprendra jamais ? s'interrogea Batilleau. Le paysan constitue encore une force sociale, mais demain, qui sait si les bureaucrates ne seront pas plus nombreux que nous ? Et là, forcément, nous serons rabaissés à subir la loi du plus grand nombre. Les professionnels des lois en feront plus que nous n'en aurons besoin, des lois, contre tout ce qui fait une nation libre, le bien-manger, le bien-boire, le bien-vivre...

Nouveaux applaudissements. Le notaire Domergue en larmes.

— Ah, mon Dieu, je n'ai jamais autant ri ! Note, Arnolphe, cette parole mémorable et de bon sens.

— Il est des nôtres, le boulanger Batilleau ! clama Combet. Digne d'un cocagnier. Je proclame à Meyssenac, ce jour, qu'on dira désormais « heureux comme Batilleau » ! C'est-à-dire lucide et pourfendeur des hypocrites.

Ameline et Anastase resservirent une petite gnôle.

— Manque plus que Maxence, déplora Loriot.

— Notre maître cuisinier des Diligences, répliqua Ameline, a pris de l'avance. N'ayez crainte.

Pierrette rejoignit son amie. Elle avait taché sa robe avec de la crème et en voulait aux mauvaises manières de cette compagnie tonitruante de joyeux drilles. Que n'ai-je su me tenir à l'écart, se reprochait-elle.

— Tu les traites comme ils le méritent, ma petite, dit-elle en prenant Ameline par le cou.

Et pour lui montrer son affection, elle l'embrassa sur les deux joues.

— Supporterons-nous longtemps ces idioties, murmura-t-elle à l'oreille de son amie, nous qui sommes des esprits distingués et sensibles. Dignes renardes...

— Je ne vois que de bons sauvages, répondit la maîtresse des Diligences à voix basse, béats devant leur suffisance. Nous pourrions prier pour eux, mais cela servirait-il à quelque chose ? Abandonnons-les à leurs cocagneries.

C'était l'instant crépusculaire, entre chien et loup, où les biches descendent boire à la rivière en habit de soie, discrètes et fières. Trempant juste le museau, l'œil aux aguets, elles se fondent dans le soir en ombres complices.

Tapies dans la fougère, les filles les observaient, immobiles, craignant à chaque seconde de les apeurer par un craquement inopportun de branche. Elles suivirent des yeux leur manège, en se haussant sur leurs coudes. L'une d'elles passa à moins d'un mètre, tout agitée de tremblements. Elle s'était tenue par trop éloignée de sa harde et flairait comme une seconde nature le danger latent. C'est ainsi qu'elles meurent parfois, sous la flèche du chasseur ou la chevrotine du guerrier, songeait Faustine, par manque de prudence ou par excès d'audace. Soudain, elle se cabra contre le talus, poussa un cri d'enfant et disparut, fouettée par la crainte.

Zélia fit signe à ses amies de sortir de leur cache. Maintenant, il n'y avait plus rien à faire. A moins d'aller vers Montestuy guetter les sangliers.

— Mais ils sortent plus tard. Ce sont des noctambules, expliqua-t-elle. Et en famille. La mère ouvrant la marche avec ses petits. Et dix pas en arrière, le mâle, en protection. Le danger viendrait à passer entre lui et sa famille. Nous serions chargées comme des toréadors.

— Je suis déçue, dit Faustine. Moi qui espérais voir un vieux mâle avec ses bois...

— C'est rare, expliqua Zélia. Car les vieux mâles sont peu nombreux. Ils se partagent de vastes territoires et règnent sur leur domaine. Pour un cerf, il y a dix ou vingt femelles à honorer.

— Honorer, répéta Faustine. C'est un joli mot.

Zélia releva ses cheveux noirs et les noua à l'arrière en queue de cheval. Le visage osseux, le front bombé, les lèvres épaisses, elle cultivait sans vergogne le genre sauvageonne, rebelle, garçon manqué. Sa voix grave ajoutait du mystère à ses traits de gamine qui n'a pas froid aux yeux.

— J'en ai vu, moi, de beaux mâles à la saison des amours dans la forêt de la Bastardie, par nuit de pleine lune, expliqua-t-elle. Il faut entendre le brame, cet appel pathétique aux femelles. Et elles accourent, les garces, pour se faire honorer, poursuivit Zélia. Je n'en connais pas une qui refuse l'éperon.

Faustine éclata de rire. Agathe écoutait, le plus sérieusement du monde.

— Comment le sais-tu ? Tu n'as pas compté les accouplements, tout de même ? demanda-t-elle.

— Je le sais, répliqua Zélia.

— C'est l'instinct de survie des espèces, dit Faustine. Ce n'est pas comme pour nous, les humains ; nous ne faisons l'amour que par plaisir, avec la crainte d'avoir des enfants.

— Parfois nous désirons aussi des enfants, heureusement. Je crois que c'est une volupté sans égale que d'être enceinte. J'imagine assez bien, fit Zélia en prenant au creux de ses mains ses petits seins juvéniles. On sent bouger dans son ventre le petit être qu'on porte en soi.

J'aurai six enfants, au moins, se promit-elle.

Faustine l'observait avec curiosité. Elle réalisait enfin combien son amie d'enfance avait changé, au point de singer les grandes personnes. Ainsi se prêtait-elle de l'importance, elle qui avait déjà abandonné l'école après le certificat d'études et se résignait déjà à devenir une mère, comme s'il n'était d'autre choix, si jeune, que le mariage et la maternité.

— Ma parole, tu es prête à faire le saut. Tu ne devrais pas trop t'inquiéter, ce ne sont pas les géniteurs qui manquent ; une jolie fille comme toi...

— Mais contrairement aux biches, repartit Zélia, nous les choisissons, nos maris. Nous voudrions qu'ils soient forts, beaux, intelligents, pour nous faire des enfants à leur image.

— L'as-tu trouvé, ton bel Apollon ? Ton oiseau rare ?
— J'ai ma petite idée, dit-elle avec un sourire espiègle. Et je lui garde ma virginité. C'est le moins que je puisse faire pour lui, pour son honneur.

Faustine et Agathe éclatèrent de rire. Où allait-elle pêcher des idées pareilles ? Qui lui avait mis ces bêtises dans la tête ? Faustine se souvint que la mère de Zélia avait eu son premier enfant à seize ans à peine. L'affaire avait fait grand bruit dans le pays car Pierre Viquelin, l'auteur du forfait, à peine plus âgé que sa fiancée, avait été contraint au mariage, bien qu'il n'en eût point envie. On les avait donc mariés, ces deux-là, d'autorité, avec une dérogation administrative. A l'époque, l'exemple avait servi de leçon à toutes les filles du pays. « Réfléchissez aux conséquences, avant de coucher avec un garçon », prévenaient les mères... Comme quoi, pensa Faustine, les enfants répètent indéfiniment les mêmes erreurs que leurs parents. Peu s'affranchissent de leur destin, et tant d'autres se moulent aisément dans le conformisme ambiant.

Sur le chemin de halage, le bal battait son plein. Les organisateurs avaient installé dans les arbres de la berge des lampions multicolores. Le pourtour de la piste de danse sommairement aménagée de planches disjointes était balisé de lampes à huile. La lumière portait bas, si bien qu'on ne voyait des couples qui déambulaient que leurs jambes. A peine devinait-on les visages. Sous la lune, l'eau de la rivière miroitait, ajoutant à la scène une impression d'étrangeté.

Les jeunes filles allèrent s'asseoir contre le talus, là où il y avait d'imposants bancs de trèfles odorants. Sur une charrette parée de vieux draps gris, on avait fait monter les musiciens. Il y avait deux violoneux et un accordéoniste. On joua *Viens, poupoule*, *Auprès de ma blonde*, *Le Chat noir*... Les airs s'enchaînaient avant même que les cavaliers eussent trouvé des partenaires. Cela s'animait dans le désordre. Entre les danseurs, quelques types, portant fiole en main, s'agitaient esseulés au milieu de la piste, comme des valseurs à la dérive. De temps à autre, un geste de trop, une bousculade, et la bagarre partait comme un feu de paille. Heureusement, il se trouvait toujours quelques fiers-à-bras pour faire la police.

— Un bal qui pourrait faire ton miel, lança Faustine à Zélia. Sans doute se trouve-t-il là, le futur Apollon.

La jeune fille parut vexée par cette vilaine réflexion. Elle ne comprenait pas qu'on fût méprisante à son égard. Mais elle en attribua la cause à elle-même. Aussitôt, elle se reprocha sa légèreté. Tant de confidences avaient généré des jalousies, pensa-t-elle. Ce modèle de fille à marier, qu'elle avait fait sien, n'était pas du goût de Faustine et d'Agathe. Aussi se retira-t-elle sans un mot de plus. Néanmoins, la petite Marquey voulut la retenir avec quelques excuses, mais rien n'y fit.

— Laisse donc faire, recommanda Agathe. J'en connais les raisons.

Depuis le début des grandes vacances, Faustine avait repris contact avec la bande de l'Ile-aux-Cailles. Lubin était toujours le capitaine Fantasque, et sans doute ne découvrirait-il jamais le trésor des pirates. Tonin Marcello courait les filles comme un forcené, sans jeter son dévolu sur aucune en particulier. Il s'était fait, de la sorte, une solide réputation, ce qui l'obligeait à élargir son champ d'investigation. Quant à Gilbert Solade, le timide Gilbert, il n'osait toujours pas faire le premier pas pour gagner l'amour de Sylvette. Pourtant, elle était dans l'attente (à en croire Agathe) mais finirait par se lasser. Les malheurs viennent de loin, très loin, dans les blessures d'enfance. Et personne, jamais, ne saurait débusquer son secret.

Agathe demanda à Faustine de danser avec elle. La petite Marquey trouva l'idée plutôt nulle, mais elle accepta quand même, pour ne pas froisser sa susceptibilité.

— Tu as écrit à mon frère ? demanda Faustine.
— Oui, plusieurs fois.
— C'est curieux, il ne m'en a jamais parlé. Pourtant, nous n'avons aucun secret l'un pour l'autre.

Agathe se sentit flattée par cette délicatesse.

— Nous nous voyons, le soir, dit Agathe.
— Comment ça, vous vous voyez ?
— En cachette, si tu veux le savoir.
— Mais pourquoi vous cachez-vous ?
— A cause de Zélia.

Les deux filles retournèrent s'asseoir, en retrait de la piste de bal, loin des flonflons.

— Redis-moi ça, insista Faustine. Tu veux dire que Zélia est toujours amoureuse de Savin, malgré toutes ces années ? Je croyais que c'était éteint.

La petite Loubière torturait un brin d'herbe entre ses doigts.

— Ça remonte à notre jeu, dans l'Ile-aux-Cailles.
— Le jeu des fiancés, précisa Faustine.
— Elle a pris son rôle au sérieux, cette pauvre Zélia. Et tout à l'heure, le garçon parfait de ses rêves, c'était Savin. Tu comprends, maintenant ?

Faustine se tenait la tête dans les mains. Elle en voulait à son frère de n'avoir rien dit. Elle se sentait flouée, trahie, dupée.

— Vous vous aimez, alors ?

Agathe ne répondit pas.

— Vous vous aimez, oui ou non ?
— Je crois que nous nous aimons, avoua la petite Loubière en rougissant jusqu'à la racine des cheveux.

Faustine descendit près de la berge. La lune moirait l'eau paisible. Elle y trempa les mains et s'aspergea le visage. Après tout, pensait-elle, c'est son affaire. S'il a envie de faire sa vie, ici, au village, grand bien lui fasse.

Elle se hissa sur le bord du chemin, les pieds pendants dans le vide. On entendait le clapotis de l'eau mouillant les galets. L'Ile-aux-Cailles, en aval, n'était qu'une grosse masse sombre posée sur la rivière.

Agathe n'est pas la fille qu'il lui faut, se dit-elle. Je lui verrais plutôt Valérie Leflagellant, fille de bonne famille argentée briviste. Elle est piquée pour lui. Et ce pauvre Savin ne voit rien. Ou se défie d'y croire, comme tous ces idiots de garçons qui refusent de grandir. Ça le sortirait de notre cambrouse. Ça ferait de lui quelque chose comme un directeur d'usine ou un fondé de pouvoir, ou que sais-je encore... Vouloir reprendre l'auberge... Mon Dieu, quelle folie ! Ce serait finir comme papa, dans l'alcool. Tout ce temps à ruminer ses regrets. Je sais ce qu'il me dira, mon gentil frérot, mon mignon petit Savin, que j'ai toujours eu la folie des grandeurs, que j'ai passé mon enfance à rêver à des châteaux en Espagne, à me prendre pour une princesse, alors que je n'étais rien que la fille Marquey. Trois ou quatre générations d'aubergistes à servir les autres, à ployer l'échine devant le client, le sacro-saint client... Est-ce que ça finira un jour ?

Lorsqu'elle revint près de la piste de danse, Agathe était partie.

Elle aura compris que je désapprouve leur liaison, se dit-elle. Et maintenant, nous serons fâchées pour longtemps. C'est ainsi. La vérité blesse. Que croyait-elle, la petite Gathe, que j'allais exulter, applaudir des deux mains, me féliciter de leur joyeuse bêtise, si attendrissante ? L'amour est un piège. Comme pour maman, qui s'est jetée sur le premier venu. Pour venir s'enterrer dans ce trou à rats avec tous ces imbéciles, ces cocagniers ridicules, pataugeant dans leur boue !

Au moment de quitter les flonflons du bal, elle croisa Pierrette Loriot, en nage pour avoir trop dansé. Maintenant, les bourrées s'enchaînaient, les unes derrière les autres.

— Je ne peux pas danser ça, ma pauvre petite, déplora Pierrette. Mais c'est ce que les gens aiment. Tu comprends ça, toi ? Tu es devenue une vraie citadine, maintenant.

Elles cherchèrent de quoi étancher leur soif. Dans le champ voisin, les organisateurs avaient installé une buvette. A leur passage, quelques types se firent insolents, enhardis par l'alcool. Pierrette Loriot avait l'art de les repousser, tout en sourire et en force.

— Ces gens ivres, ça me dégoûte, dit la femme du maire.

Faustine se mit à rire. Il y en avait dans tous les recoins de la fête, des garçons qui ne tenaient plus sur leurs jambes, des gueules hirsutes soliloquant à la lune, des poivrots éructant des borborygmes et marchant à l'aveugle sur un sol instable. Main dans la main, Pierrette et Faustine atteignirent les premières demeures de Meyssenac. La nuit était claire et le paysage argenté, on marchait sans crainte de s'égarer.

— J'adore danser, reconnut madame Loriot, mais avec des gens convenables, des garçons qui se tiennent et qui se respectent. Ceux-là vous colleraient la main aux fesses si l'on n'y prenait garde. Mais je suis la femme du maire, je me dois à mes obligations.

Elles prirent le raccourci par l'escalier des remparts en traversant un fouillis de lauriers et de charmes. Puis elles émergèrent sur la place des Comices, à deux pas de l'auberge.

— Vous êtes très amie de ma mère, si je ne m'abuse ? demanda Faustine.

— Oui, en effet, dit Pierrette. J'ai beaucoup d'estime pour elle. Du reste, nous nous voyons souvent. J'ose même lui apporter quelques conseils. Mais je doute qu'elle en ait quelque besoin.

— Quelle sorte de conseils ?

Pierrette soupira d'aise. Elle prisait cette heure de la nuit où la fraîcheur de la vallée atténue la chaleur du jour accumulée dans les murs.

— De petites choses insignifiantes entre femmes. Tu es bien jeune pour t'y intéresser, ma petite Faustine.

— J'ai quinze ans, contra Faustine. Je ne suis plus tout à fait une gamine.

Pierrette éclata de rire.

— Je n'ai jamais eu d'enfant à moi, aussi ai-je quelques difficultés à comprendre ce que représentent quinze années dans la tête d'une Faustine, confia-t-elle. Mais au fond, l'âge civil a peu d'importance, au regard de celui que s'accorde l'esprit.

Elles suivirent le muret jusqu'à la hauteur de l'auberge, là où les commerçants du voisinage avaient installé des jarres en terre débordant de chrysanthèmes rouges, de lis blancs et de dahlias jaunes et roses, pour égayer la promenade favorite du Meyssenacois.

— Croyez-vous, madame Loriot, que ma mère est heureuse ?

L'imprévisible question de Faustine laissa Pierrette désemparée. De quel droit se serait-elle autorisée à répondre ? Elle flaira le piège où la jeune Marquey voulait l'enfermer. D'évidence, cette interrogation ne souffrait qu'une réponse, le non. C'était cela qu'elle avait envie d'entendre, que sa mère n'était pas heureuse et qu'elle devrait à l'avenir mettre de l'ordre dans sa vie...

— Je ne sais pas, dit Pierrette.

— Vous ne savez pas et vous prétendez être son amie ?! reprocha Faustine.

Un petit vent s'était levé, un vent de nuit sec et chaud. Pierrette repoussa sa chevelure à l'arrière pour dégager son visage. Elle aimait ce souffle insistant sur sa robe de linon, qui en désordonnait les plis.

— N'est-ce pas à toi d'en juger ? dit-elle.

— Je ne parviens pas à avoir une conversation sérieuse avec ma mère. Elle est fuyante avec moi. Vous savez bien ce que sont les rapports entre les mères et les filles. Le plus souvent difficiles. Elle voit en moi ce qu'elle était à mon âge. C'est un miroir redoutable et effrayant.

— Où vas-tu chercher tout ça, ma chère petite ? Tu dois évoquer cette question avec ta mère sans tarder. Lui demander comment elle voit l'avenir. Et quelle place tu occupes dans sa vie. Je crois qu'elle t'aime beaucoup, même si elle ne te comprend pas toujours. Cela n'est pas grave. La vie ne s'aborde pas par les refus et les dénégations. La vie, on l'affronte résolument, jour après jour, avec courage, même si on doit prendre des coups. Ceux-ci nous rendent plus fortes, nous les femmes.

Faustine s'était appuyée sur le muret, sa main caressant la pierre chaude, le visage tourné vers la vallée où scintillaient les lampions de la fête. En y prenant garde, on entendait des cris, des rires, des bruissements d'eau. C'était l'heure où les garçons plongeaient nus dans la rivière pour se rafraîchir. Le bain de minuit faisait partie de leurs plaisirs favoris. Trop prudes, ils attendaient que les filles se fussent éloignées pour s'y adonner, alors qu'entre eux, entre hommes, l'impudicité perdait ses droits. Etrange paradoxe. Car cette sauvagerie des corps abandonnés à l'eau vive l'émouvait, chaque fois qu'elle se cachait pour l'observer. Elle avait même surpris quelques jeux troubles :

les garçons se poursuivant, se bousculant, s'étreignant, en somme mimant des gestes d'amour qui n'en avaient pas le nom.

— Je vais rentrer, dit Pierrette. Il se fait tard.

— Croyez-vous que le mariage vaille le coup ? repartit Faustine.

— S'il y a de l'amour, bien sûr.

— Je ne connais pas ce sentiment. A moins qu'il ne s'agisse seulement de cette chose insensée qui nous attire vers les garçons. Alors, je ressens cette chose trois ou quatre fois par jour.

— Mais non, dit Pierrette. Cela n'est pas l'amour. Tout au plus du désir. Cette chose dont tu parles est éphémère, elle s'évente dans l'heure. Et je ne crois pas, tout compte fait, qu'elle nous rassure sur nous-mêmes. Au contraire, cette chose nous laisse insatisfaites, comme un bain de soleil avec ses brûlures sur la peau. Un jour, tu éprouveras ce véritable sentiment. Imprévisible, ravageur, inexorable. Nul n'y échappe. Mais quel bonheur, mon Dieu ! Quel bonheur !

Faustine suivit du regard Pierrette s'éloignant dans la nuit. La femme du maire avait dit ces mots avec fougue et passion, et s'en voulait déjà de sa franche innocence. Si jeune et si perspicace, à vous arracher les pensées de la tête, se disait-elle en marchant à grands pas.

Agathe avait rejoint Savin à la grange Baraduc. C'était l'endroit idéal pour un rendez-vous, sous le masque de la nuit. D'ordinaire, c'était ainsi, le garçon s'arrangeait pour arriver le premier. Il montait à l'étage, où se trouvait le fenil sous la toiture, garni de bon foin. Puis il s'abandonnait à la couche moelleuse, odorante, les bras en croix, en se laissant tomber de tout son poids sur le dos. Il fermait les yeux, savourait l'attente. Il n'y a rien de meilleur que d'attendre, se disait-il. Du reste, il était toujours en avance, très en avance même. Pour mieux goûter son plaisir. Quelquefois, il se débarrassait de sa chemise et de son pantalon pour sentir contre sa peau le foin piquant. Narines grandes ouvertes, il reniflait la graine chaude, la senteur des trèfles secs et l'odeur poivrée des flouves. Cela lui rappelait ses jeunes années avec les Broussolle, quand il allait prêter la main pour la fenaison. Il lui restait la nostalgie de ces journées épuisantes à courir derrière le charroi, à glaner au râteau les derniers paquets d'herbe oubliés. Là-dedans, il en connaissait un rayon, Savin. Toutes les variétés d'herbes sur le bout des doigts. Et ces noms magiques lui étaient restés en tête.

Il se mit à les énumérer, rien que pour s'assurer que sa mémoire ne lui faisait pas défaut, histoire aussi de tromper l'attente : herbe-aux-chats, herbe du diable, herbe aux vipères, herbe à l'araignée, herbe à la gravelle, herbe à midi, herbe du vent, sans compter, se dit-il, celles vouées à tous les saints : saint Antoine, saint Guillaume, saint Jean, saint Quentin, sainte Barbe, sainte Athalie – et la plus curieuse dont le nom le ravissait : l'herbe sardonique... Il y avait aussi celle qui tue le mouton, celle qui attire les poux et les puces, l'herbe du Juif, du Turc et, évidemment, des sorciers et des sorcières.

Un brin de lumière descendait par la lucarne. Un morceau de ciel se dessinait sur sa tête. Les étoiles aussi dansaient comme des poussières de foin.

Soudain, trois sifflets brefs dans la nuit. C'était le signal. Son cœur se mit à battre. Il se débarrassa en gigotant de ses dernières frusques et se laissa rouler de droite et de gauche dans le foin, brassant l'herbe sèche comme un nageur.

Agathe fut à lui en trois enjambées. Il la prit dans ses bras, posant son visage contre sa poitrine pour surprendre le rythme endiablé de sa respiration.
— Tu es fou, Savin. Fou à lier.
— Dis voir que tu aimes ma folie ? Dis-le, je t'en prie !
— J'aime ta folie. Et sentir ta peau. La toucher, aussi. Et encore plus cette chose qui ne me résiste pas. N'est-ce pas, que tu ne me résistes pas ?
Elle s'était allongée sur lui pour goûter sa peau, à petits coups de langue, comme une chatte, attentive et besogneuse.
— Donne-moi ta peau aussi, que je la goûte.
Il l'embrassa à pleine bouche. Puis elle se versa sur le côté, robe par-dessus tête. Elle croisait et décroisait les jambes, comme pour arrêter sa main. Mais à ce jeu, elle fut rapidement rompue. Et abandonnée, il la prit ainsi, d'un vif coup de rein. Puis s'immobilisa pour freiner la course folle de son désir. Mais Agathe ne l'entendait point ainsi.
— Ne t'arrête pas, ne t'arrête pas, murmura-t-elle à son oreille.
Il recommença et elle le mordit. Il cria. Elle souffla un peu.
Savin se renversa sur le côté pour reprendre haleine.
— Je veux te goûter, dit-elle. Ton suc amer.
Il la laissa faire, longtemps, jusqu'à ce qu'il reprît goût à la chose. Mais il se détendit, soudain, comme un ressort.
— Ce ne serait pas correct. Nous avons toute la nuit, dit-il.
— Pourquoi « correct » ?
— Je ne sais pas.
— Ce n'est pas le mot que j'emploierais, à ta place. Car je suis comme la sorcière, un poison de fille, un nectar de diablesse.

Il l'embrassa pour étouffer ses mots. Il avait grand besoin de silence, de la sentir près de lui, immobile, son désir apaisé.

— Ma vie ne suffira pas à te goûter, millimètre par millimètre, reprit-elle.

Agathe vint promener ses petits seins sur son visage.

— Regarde. Ils gonflent de tendresse. Ils savent que tu les aimes. Et il suffit, pour toi, juste de les effleurer, et tu verras ce qu'il adviendra.

— Quoi donc ? fit-il en posant les mains en creux pour les contenir.

Agathe poussa un petit cri.

— Je crois que je vais partir, murmura-t-elle.

Savin l'observait gravement, dans la pâle lumière de lune qui tombait du toit.

— J'ai joui sans que tu sois en moi. C'est incroyable.

Sa liberté de ton avait de quoi le surprendre et rendait à ses yeux encore plus mystérieux ce monde féminin dont il ne connaissait rien, sinon à travers les attitudes d'Agathe. C'était son premier amour, la première femme qu'il tenait dans ses bras, la première encore qui lui avait fait découvrir le plaisir, la première toujours qui parlait des émois amoureux comme elle eût parlé d'une chose ordinaire. Savin avait été courtisé par Valérie Leflagellant, fille de bonne famille briviste, mais sans qu'il éprouvât autre chose pour elle, en définitive, qu'un sentiment frustré par la timidité. Parfois il avait eu envie d'elle au point de fixer un rendez-vous, pour ne point s'y rendre au dernier moment en se disant : A quoi bon, puisque ce n'est pas une fille pour moi !

Peut-être Faustine avait-elle insisté pour que cette liaison fût entretenue, mais à quelle fin ? Impénétrable psychologie féminine, se disait-il. Amante ou sœur, la femme est une, unique créature pénétrée par la connaissance instinctive des sentiments.

— J'ai croisé Faustine, ce soir. Je lui ai avoué que nous nous aimions, dit Agathe.

Le garçon reposait sur le dos, les bras repliés sous sa nuque. Il fixait la lucarne et son carré de lumière bleue.

— Notre amour n'a pas eu l'air de lui faire plaisir.

— Je sais, dit-il. Elle voudrait que j'aime une de ses amies brivistes, une sorte de petite gamine gâtée.

Agathe se força à sourire, mais elle se sentait blessée.

— Autrefois, nous étions complices, toutes les deux. Tu te souviens de Zélia ? Nous avions été si cruelles, ce jour-là.

— C'était un jeu, dit Savin, rien qu'un jeu.

— Par pour elle, je crois. Elle a pris tout ça très au sérieux. Et je ne serais guère surprise qu'elle se pense encore amoureuse de toi.

Savin ramena sur lui des poignées de foin pour se couvrir. Mais ce n'était pas du goût d'Agathe qui les ôtait au fur et à mesure, délicatement, paquets par paquets. Elle le voulait nu, tout à elle, livré à son désir. Et de même essayait-elle de l'affranchir des dangers et périls qui le guettaient : Zélia, Faustine...

— Si, d'aventure, je devais te perdre, j'en mourrais, dit-elle d'une petite voix.

Cette crainte l'emplissait de fierté masculine. Il se renversa sur elle, et ensemble enlacés ils roulèrent dans le foin, jusqu'au bord du fenil. Puis ils se récupérèrent de justesse, face au vide.

10

L'ombrelle et le couteau. — Déclaration. — Travaux en sucre. — Les roses de la châtelaine.

Valère Peyroni se faisait le plus discret possible. A peine l'apercevait-on dans l'auberge des Diligences que, déjà, il s'était retiré dans sa chambre. Seule Mique avait le droit d'y entrer, pour faire le ménage. Pourquoi Mique et nulle autre ? Aux yeux de Valerio, elle était la discrétion même. Elle déplaçait les objets en veillant, après le coup de balai, à ce qu'ils fussent remis à leur place, au centimètre près.

Quelquefois, madame Ameline lui demandait :
« Avez-vous vu ses tableaux ? Que représentent-ils ? Je voudrais tellement savoir...

— Oh madame, je n'entends rien à ces choses.

— Est-ce qu'il peint dans sa chambre ?

— Sur une table, il y a des dizaines de tubes, des pinceaux, et des objets étranges, comme de petites truelles...

— Des truelles ? s'interrogeait Ameline. Vous voulez dire des couteaux...

— Oh non, madame. »

Un matin, Eugène Castillac demanda à le voir. Il monta frapper à sa porte, n'obtint aucune réponse. Il alla trouver la maîtresse des Diligences dans sa cuisine. Elle retira vivement son tablier et l'entraîna dans la salle du restaurant.

— C'est un ours, votre ami, dit-elle. Un sacré ours. Tout au début de son arrivée à Meyssenac, nous entretenions de bons rapports. Il s'asseyait sur la terrasse et nous parlions tranquillement de l'air du temps. Puis, et je ne saurais exactement vous expliquer ce qu'il est advenu ni les raisons de ce comportement, monsieur le peintre a changé du tout au tout.

Castillac écoutait Ameline avec un sourire figé.

— Lui avez-vous posé des questions sur son travail ?

— En effet, reconnut Ameline, et il m'a même fait un petit discours sur sa conception d'artiste paysagiste.

— Ne cherchez pas plus longtemps, Valerio déteste ça.

L'ingénieur marchait autour d'elle, la canne dans une main et le chapeau dans l'autre. Le cuir de ses chaussures neuves craquait à chaque pas.

— Aimeriez-vous qu'on vous observe, chère Ameline, en train de confectionner vos soufflés ?

Elle se prit à réfléchir, puis :

— Ce n'est pas la même chose. Ma cuisine, malgré tout le bien que vous en pensez, Eugène, n'est pas et ne sera jamais de l'art.

— Détrompez-vous. J'ai entendu parler des « soufflés d'Ameline » à Brive, à Périgueux, à Limoges. Votre maison est réputée. Ne vous faites pas plus modeste que vous ne l'êtes.

Le rouge aux joues lui allait bien, et Castillac prenait plaisir à l'observer ainsi, aussi troublée qu'une jouvencelle. Elle portait une robe jaune à plumetis blancs fort décolletée. On devinait la forme de ses seins soutenus par une fronce. L'attention qu'il lui témoignait la chavirait chaque fois un peu plus. Elle savait qu'il ne lui ferait pas d'avances, à moins qu'elle ne l'y encourageât par des gestes et des

paroles ambigus, comme Pierrette le faisait machinalement avec les hommes.
— Je ne me plains pas. Le dimanche, nous refusons des couverts.
L'ingénieur la salua puis se dirigea vers la porte. Au moment de la franchir, il se retourna vivement et fut surpris de découvrir qu'elle le contemplait encore.
— Qu'est-ce que vous attendez de Valerio ? demanda-t-il. Si je puis faire quelque chose pour vous, ce sera avec grand plaisir.
Ameline détourna les yeux tristement. Elle ne voulait rien devoir à son « soupirant », devinant sans doute qu'il n'attendait d'elle qu'un signe pour s'exécuter. Et elle eût été encore plus surprise, en lisant son journalier, d'y découvrir tout ce qu'il écrivait sur elle, les multiples notes intimes sur l'histoire d'un amour impossible. Certes, l'état si particulier de l'amoureux transi encourageait la belle littérature.
— Vous ne me répondez pas ? insista Eugène. Vous doutez de mes intentions ?
Elle sourit car elle ne doutait de rien sur ce sujet, au contraire rien n'était plus clair.
— Tant pis, je ferai preuve de patience et attendrai que les tableaux de monsieur Peyroni soient accrochés à une cimaise.
— Alors, chère Ameline, vous pourrez attendre longtemps. Valerio n'expose que pour un public de connaisseurs, je veux dire d'acheteurs. A guichet fermé si je puis dire.
Ameline éclata de rire.
— Etrange artiste, qui réserve ses créations à une petite élite...
— Les happy few, précisa Castillac. Mais rien n'empêche que vous m'accompagniez lorsque je lui rendrai visite. Si vous le désirez ardemment, bien sûr. Je ne

voudrais pas vous obliger. Tout est cadenassé, chez vous, fit-il d'un ton plaintif, votre corps, votre esprit. Comme si vous craigniez les voleurs de sentiments. Je les ai toujours rendus en bonne et due forme. Ah, les femmes...

Il partit aussitôt, avant qu'elle ne lui eût répondu. Mais la dernière phrase avait touché Ameline au vif. Elle se sentait blessée devant tant d'audace et, plus encore, s'en voulait de n'avoir pas trouvé les mots pour lui répondre. Que croit-il, monsieur l'ingénieur ? fulminait-elle. Que je vais lui confier la clé pour satisfaire son spleen ?

Plus tard, elle lui découvrit quand même quelques circonstances atténuantes. Il voudrait faire de moi sa maîtresse... Voici qui est flatteur. Mais cet homme-là, tout séduisant qu'il soit, a trop longtemps vécu dans la solitude pour comprendre qu'une femme ne se donne pas sans résister. Qu'adviendrait-il, alors ? En serais-je à me jouer la comédie, comme Pierrette ? A nager dans le mensonge...

Ce qu'Ameline ignorait, concernant Eugène, c'était son dessein secret. Il le caressait, le couvait depuis des mois et des mois sans s'en départir. Il rêvait de la détacher de son auberge et de l'emmener avec lui, au loin. Si possible dans un pays exotique. En Algérie, peut-être. Il se sentait proche du moment de repartir vers la blanche El-Djezaïr. Mais seul, cela en valait-il la peine ?

Depuis son arrivée à Meyssenac, monsieur Valère Peyroni n'avait pas perdu son temps. Il travaillait dur et se souciait peu des interrogations soulevées sur son passage. Un homme aussi occupé par une réflexion intérieure ne voit plus le monde qui l'entoure. Et du reste, comment juger la masse des petits esprits, plantés derrière leurs volets clos, surveillant les allées et venues, interprétant à leur guise le moindre mouvement d'humeur, la plus petite parole ? Pour le peintre, Meyssenac n'était qu'un lieu magique, source de son inspiration. Tout ici était matière à création : le ciel aux différentes heures de la journée, les rochers blancs ou rouges, les arbres esseulés ou en boqueteaux, l'eau de la rivière calme ou tempétueuse, la mousse des murets verte, grise ou bleue, l'ombre des chemins creux dans le petit matin de brume ou sous la lune... Mille esquisses, mille essais, pour n'en retenir que cinq ou six projets. Il ne gâchait guère sa matière aisément. Il avait appris à peindre à l'économie, juste et précis. D'un seul coup d'œil, il voyait ce que ses pinceaux ou ses couteaux pourraient retenir de sa quête. A peine se permit-il une hésitation ou deux, comme lorsqu'on s'engage sur une route qui ne mène nulle part. A rebrousser chemin, on gagne du temps. Autrefois, oui, il était gaspilleur, brouillon, indécis. Mais le métier lui avait appris, à longueur de temps et de patience, à maîtriser son ouvrage. Chemin de traverse, raccourci, pour aller à l'essentiel, se disait-il. Comme un homme pressé de garnir ses toiles. Le marché de l'art, ses affidés qui reconnaissaient en lui un nouveau Manet, ses fidèles clients qui réclamaient toujours du nouveau l'obligeaient à produire plus qu'il ne l'aurait désiré. Certes, il y avait dans son catalogue des œuvres redondantes, des séries douteuses s'appuyant sur des succès antérieurs. Mais il se rassurait à sa manière, en se disant que les plus grands peintres aussi avaient œuvré sur commande, brossé des tableaux qu'ils n'auraient sans doute jamais faits sans la rude loi du marché, des mécènes et des galeristes.

Aux lavoirs de Ladrier, où venaient s'abreuver au soir mourant les troupeaux de bovins, il avait saisi une de ces scènes pastorales avec bonheur. Le vacher, un beau vieillard majestueux, avait accepté de poser pour lui. Il l'avait représenté droit sur le rebord du lavoir, dominant ses animaux comme un dompteur de cirque. Il avait travaillé avec force traits, touches précieuses et ciselées, les cascades de lierre et de vigne sauvage qui couronnaient le point d'eau. Alors qu'alentour tout n'était qu'aridité et rudesse. Le peintre avait joué adroitement de ce contraste, de ces ombres mystérieuses d'une nature indomptée côtoyant la lumière vive calcinant le paysage. Oasis de paix et de calme dans la montée du soir.

En découvrant la toile dans la chambre de Valerio, Castillac s'écria, sous le charme :

— On entend l'eau chanter sur la pierre !

Le peintre sourit, satisfait par le jugement de son mécène.

— Oui, c'est cela que j'ai voulu dire. Très exactement.

— Et les petites filles encadrant leur mère près du cabriolet, avec en fond des ruines dévorées par la végétation, qu'est-ce donc ?

Valerio alluma son cigare avec une bougie qu'il tenait continuellement allumée dans sa chambre pour prodiguer un peu de lumière. Cela le dispensait d'ouvrir ses volets. Il craignait que la chaleur ne vînt imprégner ses murs, ses literies, et n'avivât l'activité des mouches, auxquelles il vouait une sainte horreur. L'ingénieur prit le tableau et le porta près d'un rai de lumière pour en éclairer les petites filles en robes vaporeuses, bleues et blanches, piquetées d'éclats perlés.

— Ce sont les filles Flandrin, dit Valerio. Des gens de Brive qui viennent tous les dimanches à l'auberge. Regardez aussi la mère, recommanda le peintre avec jubilation.

Madame de Flandrin semblait poser comme pour une photographie. Elle fixait le peintre d'un regard hautain.

— C'est elle le portrait, dit Eugène. Tandis que les petites filles sont accessoires. Elles ne posent pas.

— En effet, reconnut Valerio. Dans ce décor de vieilles ruines antiques, elle est comme un rêve. Une Gradiva, ajouta-t-il.

Castillac se mit à rire. Il avait lu, lui aussi, le fameux texte de Jensen dont l'action, rêve et réalité mélangés, se situait dans les ruines de Pompéi.

— Madame de Flandrin m'est apparue ainsi, dans le regret de sa jeunesse perdue. Regardez ! Ses enfants, accrochés à sa robe majestueuse, lui pèsent. Elle voudrait s'en revenir quelques années en arrière, au temps de sa jeunesse et avant que le mariage ne l'enchaîne.

— Pourtant, si je ne m'abuse, votre modèle sort d'un milieu aisé, releva Eugène. Une ribambelle de domestiques pallie le moindre de ses désirs... Et pourtant, oui, admit-il aussitôt, vous avez raison, elle n'est pas heureuse.

L'ingénieur posa le tableau contre une commode et alla s'asseoir sur le lit, qui occupait la moitié de la pièce tant elle était minuscule. Il observait ainsi, la tête dans les mains, le moindre détail sur le tableau. Le flou de l'arrière-plan, comme s'il n'était qu'un rêve, l'intriguait. Etait-ce le ciel qui en dévorait l'apparence, avec cette touche céruléenne que l'on trouve si bien inspirée dans les portraits de madame Fourment chez Rubens ?

— La Jaubertie, poursuivit Eugène, inspire ce genre de sentiment, un vague à l'âme, un spleen, un je-ne-sais-quoi de chagrin. Comment expliquez-vous ça ? Il est des lieux, ainsi, qui nous révèlent à nous-mêmes. On y retourne sans se lasser, pourtant, parce qu'on sent, confusément, qu'une part de notre vérité y est attachée.

Intrigué par le portrait de madame de Flandrin, Castillac souhaita qu'il le lui mît de côté pour en discuter plus tard l'acquisition. Le modèle, il avait eu l'occasion de le croiser sans pour autant repérer en lui la moindre posture hautaine, voire méprisante. Madame de Flandrin paraissait plutôt indifférente à son entourage, rassurée par sa position sociale. Elle venait à la campagne pour se distraire, passer le temps, apprécier sans doute la beauté des lieux.

— Je soupçonne, mon cher Valerio, que vous y ayez mis beaucoup de vous-même, dans ce portrait. N'y a-t-il pas un peu de mademoiselle Delys, un peu de cet amour perdu ?

Le peintre écarta d'un geste vif cette supposition.

— Ridicule, se défendit-il, ridicule, mille fois ridicule.

Eugène s'amusait de sa réaction. Fin observateur, avec l'expérience de son âge, il lisait sur les visages toutes les intentions du monde.

— Je ne dis pas cela pour vous froisser. Je sais combien vous avez souffert. Mais...

— Martine Delys n'est plus rien pour moi. Soyez-en sûr. J'ai quitté Paris depuis trois mois, sans emporter le moindre souvenir. Ni lettres ni photos ni rien.

— Pourtant, elle vous fut précieuse. Mais, voulais-je vous dire lorsque vous m'avez interrompu, ce n'était point la femme qu'il vous fallait. Un monstre d'égoïsme, une rapacité sans égale, et nul autre principe dans l'existence que la volonté de se placer. L'homme qui lui conviendra sera banquier, industriel, rentier... En aucun cas artiste.

— J'en conviens, Eugène. Mais le sentiment amoureux ne s'embarrasse pas de ces discernements. Il peint tout en rose. Et j'ai vécu ces mois-là sur un nuage. Je pensais tout lui donner, sans rien attendre d'elle. Je me disais : Tu seras amoureux pour deux.

Valerio retourna le tableau, jugeant que son visiteur en avait eu pour son argent. Eugène comprit que sa démonstration sur mademoiselle Martine Delys devait s'arrêter là, car la plaie saignait encore. Les stigmates de l'amour demeurent bien après que la cause a été évacuée. Ils renaissent subrepticement pour un mot, un geste, une ombre.

Eugène et Valerio descendirent ensemble au restaurant.

— Je voudrais réaliser le portrait de mademoiselle Faustine, confia-t-il. Au bord de la rivière, sur le chemin de halage. Il s'y trouve un endroit parfait, sous les ormeaux. L'ombre et la lumière s'y marient magnifiquement. J'y vois une sorte de couleur jaune tout à fait intéressante à travailler. Je puis la décliner en touches infinies, fort dégradées.

— Il s'agit bien de la fille d'Ameline, reprit Castillac.

Le peintre hocha la tête.

— Avez-vous obtenu son accord ? demanda l'ingénieur.

— Certes oui. Faustine trouve intéressante l'idée de me servir de modèle. Mais sans doute ne prise-t-elle pas l'image que je veux dégager d'elle. Et cela est un fâcheux handicap.

— Comment la voyez-vous ?

— Dans une robe blanche que je l'ai vue porter avec la grâce d'une première communiante. Et une ombrelle.

— Une ombrelle ? J'imagine mal Faustine Marquey se promener avec une ombrelle... Cet objet ne lui ressemble pas. Mademoiselle Faustine est une sorte de garçon manqué, qui passe ses journées à courir la campagne, à nager, pêcher, cueillir les mûres... L'ombrelle lui apporterait une préciosité qui n'est pas dans son registre.

— Cependant, j'en ai besoin pour atténuer la violence de la lumière sur son visage. Je veux poser sur ma toile des gris, des verts, des bleus, dont je ne pourrais obtenir les nuances sans cet artifice.

Castillac et Valerio commandèrent un café que Mique leur apporta sur un plateau. Il y avait aussi dans une soucoupe des macarons au chocolat.

— Connaîtriez-vous, monsieur Peyroni, dans ce patelin perdu, une autre auberge qui vous servirait des macarons avec le café ?

Deux jours plus tard, profitant d'une lumière haute au début de l'après-midi, Valère Peyroni commença son ouvrage, dessinant au fusain à grands traits le décor, le visage, l'ombrelle, dont la présence sur le tableau requérait autant d'importance. Le peintre dut user de patience pour que son modèle la tînt autrement que comme un parapluie. Il lui expliqua la manière dont elle devait s'y prendre, plutôt négligemment.

— Essayez de l'oublier, cet objet... Faites comme s'il n'était qu'un prolongement de vous-même. Rien d'autre qu'un artifice. Comme ces femmes qui portent l'écharpe pour se protéger d'un vent hypothétique, les gants de même, et plus encore le chapeau. Effet de mode. Rien de plus.

— Je me sens ridicule, déplora Faustine. Mais ce qui me rassure par avance, c'est que personne à Meyssenac ne verra le tableau.

Peyroni éclata de rire.

— Attachez-vous tellement d'importance à ce que pensent tous ces gens ? Je vous croyais plus libre dans vos jugements.

Le peintre se hâtait à finir ses préparations. Le dessin du visage lui demanda nombre de corrections. Il fit quelques allées et venues entre son modèle et le chevalet pour corriger le port de tête. Puis il lui demanda de ne plus bouger avant qu'il n'eût posé les traits définitifs. Faustine avait le plus grand mal à tenir la pose. Jusqu'alors elle n'avait jamais mesuré l'énergie physique qu'un modèle doit dépenser pour satisfaire le regard aigu d'un peintre. Certaines contractures s'installaient aux épaules, au cou, aux bras, étaient d'autant plus douloureuses qu'elle y pensait incessamment. Ses yeux papillotaient, ses doigts se crispaient, son dos souffrait aussi de se maintenir cambré. Le peintre autorisa une pause. Elle jeta l'ombrelle dans l'herbe haute et se mit à courir sur le chemin pour se débarrasser de ses douleurs lancinantes. Elle revint enfin voir la toile et fit une moue. Tant d'effort, pensait-elle, pour un si piètre résultat. Valerio chargeait sa palette de couleurs en quantité suffisante pour qu'il n'eût pas à revenir vers ses tubes.

— Il semblerait que l'ombrelle cache mon visage, fit-elle. Vous ne trouvez pas ?

— Ce n'est pas l'ombrelle qui importe, ma chère Faustine, mais l'ombre qu'elle projette sur votre visage. Voyez-vous, ce serait trop simple, de poser les couleurs mécaniquement. Il faut qu'elle traduise un jeu entre votre peau et le décor extérieur. Je dirais même qu'il faut que votre visage vive dans ce cadre, projette une lumière qui vous est propre et que je sens scintiller dans vos yeux.

Faustine observa le peintre gravement.

— Vous trouvez que je suis assez belle ? Aucun garçon ne m'a encore parlé ainsi...

— Mais oui, vous êtes belle, Faustine. Et vous ne le savez pas encore. Mais moi, je le sais. C'est cela qui est important.

La petite Marquey alla s'asseoir sur le talus proche de la rivière. En cet endroit, la lumière était vive. Valerio avait choisi le côté ombragé, timidement ombragé à vrai dire, du chemin de halage. Il la regardait avec attention. L'œil du peintre. Elle se sentait dépossédée d'elle-même durant cette minute où il enregistrait mentalement les infimes détails de son visage.

— Nous ne finirons pas aujourd'hui ?

— Non, répondit Valerio. Mais j'ai déjà vu ce qu'il y avait à voir.

Elle trouva la formule aussi alambiquée qu'imprécise. Peut-être que Valerio est un mauvais peintre, pensa-t-elle, et qu'il s'amuse de moi.

— Que ferez-vous, plus tard ? demanda Peyroni.
— Institutrice.
— Cela est précis et sans appel, nota-t-il. Et rester auprès de votre mère pour tenir l'auberge, cela ne vous tente pas ?
— Je détesterais ça, dit-elle. Servir les gens...
— Croyez-vous qu'il existe un seul métier où il n'y aurait que des avantages ?
— Je ne sais pas.
— Moi-même, je dois fournir des toiles qui ne révolutionneront pas l'histoire de la peinture.
— Mon portrait, si ! rit-elle.
— Votre portrait sera parfait. Mais je ne suis pas sûr qu'il obtiendra le succès mérité.
— A cause de l'ombrelle ?
— Oh non, l'ombrelle est un prétexte. Ce qui compte c'est votre visage. Mais je n'ai pas envie de le peindre crûment, comme Modigliani par exemple, ou dénudé et blafard comme Derain.
— Je ne mesure donc pas ma chance d'avoir échappé à ces contorsions de l'art moderne.

Valerio partit d'un fou rire. Cela faisait longtemps qu'il n'avait ri de la sorte, et il s'y abandonna de longues minutes. Elle me venge de toutes mes humiliations, cette petite gamine, pensait-il. Et pour l'en remercier, il lui fit deux baisers retentissants sur ses joues rondes.

Le portrait fut exécuté en trois jours. Il l'acheva sans son modèle, ce qui mit un terme aux tortures de Faustine. Elle

en suivit les transformations jusqu'à la touche finale et le trouva à son goût.
— Il faut que ma mère voie ça !
— Votre mère s'intéresse à la peinture, dit Valerio, mais je doute qu'elle vous reconnaisse comme vous vous êtes reconnue.
— Elle sera flattée, jugea Faustine.
Bien qu'Ameline eût demandé à l'ingénieur d'intercéder en sa faveur pour voir les œuvres de Valerio, il n'en avait rien fait. Cet insigne honneur, elle l'obtint de sa fille elle-même. Pour l'événement, on ouvrit les volets en grand. Et le peintre installa autour de son lit et des meubles la série de toiles qu'il avait peinte depuis son arrivée à Meyssenac.
— Une exposition pour moi toute seule, jubilait-elle en montant à l'étage. J'en rêvais...
Ameline entra dans la chambre et resta sans voix. En voyant le portrait de sa fille, elle éclata en sanglots. Tant de sensiblerie amusa Faustine. Mais le peintre fut plus ému qu'il ne l'aurait imaginé.
— Je voudrais tellement vous l'acheter, dit-elle en serrant le portrait contre son cœur.
Valerio ne savait comment le lui refuser. Il tenait à cette toile plus qu'à tout au monde.
— Elle fait partie de ma collection personnelle, justifia-t-il. Elle n'est pas à vendre. Mais elle sera exposée à Paris, rue de Seine. N'ayez crainte, elle aura beaucoup de succès. Je lui promets une belle carrière.
Ameline n'insista pas. Pour atténuer la déception de la maîtresse de l'auberge des Diligences, Valerio lui offrit un paysage, l'Ile-aux-Cailles à la tombée du jour, avec ses tons crépusculaires à la Turner.
— Et moi, suggéra Faustine, je voudrais conserver l'ombrelle en souvenir.

De ce jour, le peintre fut convié à la table d'Ameline, en visiteur de marque. La maîtresse de l'auberge mit à sa disposition une chambre plus grande – pour la petite histoire, celle que l'ingénieur avait occupée – et en retour elle obtint le droit d'aller voir les toiles quand bon lui semblerait. Ameline ne s'en priva pas. Il ne se passait pas un jour, lorsque Valerio était au travail dans la campagne environnante, sans qu'elle allât examiner les tableaux. Elle était fascinée par le monde singulier transcrit par la force même de la peinture. Elle essayait d'en comprendre les arcanes. Par exemple, le portrait de Faustine avait été réalisé à la spatule pour les parties empâtées. Mais le visage avait été travaillé en première étape par un léger voile de peinture, puis il avait été repris en seconde étape par petites touches de pinceau, avec les doigts et au chiffon. Valerio avait utilisé son jaune de cadmium favori, de l'ocre jaune, du sienne brûlé, du blanc et du pourpre. Hormis le portrait de Faustine, qui représentait à ses yeux un intérêt sentimental, les paysages exerçaient sur elle une vive curiosité. Elle scrutait chacun des ouvrages, le regard à dix centimètres de la toile, cherchant la technique employée, puis se reculait pour juger combien l'illusion était parfaite.

Un matin, Eugène Castillac la surprit ainsi dans la chambre de Valerio, à genoux devant les œuvres.

— Je vois que vous avez réussi à entrer dans son intimité, fit-il en tenant à hauteur de son visage une canne à pommeau d'ivoire.

Ameline se redressa, comme prise en faute. Mais l'intrusion de l'ingénieur qui, lui, avait droit de regard permanent sur le travail de Valerio, la mit en colère. Il eût pu s'annoncer, à tout le moins, frapper, demander s'il y avait quelqu'un. Ainsi se comportait-il, en seigneur et maître sur un territoire conquis.

— En tout cas, monsieur Castillac, je ne le dois pas à votre intervention. Peut-être estimerez-vous qu'une personne comme moi n'est pas à sa place devant l'œuvre d'un peintre ? Que je ne possède pas assez de savoir pour la comprendre ?

Eugène leva le regard au plafond, s'en voulant de sa maladresse. Il jeta son chapeau sur le lit, sa canne, se déganta avec énervement.

— Comment pourriez-vous croire que je pense ces horreurs sur vous ?

— Valerio n'est pas l'homme hautain que vous m'avez décrit. Tout au contraire. C'est un garçon aimable et sensible, à la portée de tout le monde.

Elle eût pu ajouter que l'artiste lui avait même offert un paysage, mais elle se tut, jugeant par avance cette réaction mesquine.

— Décidément, je ne vous suis guère sympathique, déplora Eugène avec tristesse. Quoi que je pourrais faire pour vous être agréable, cela serait pris en mauvaise part. C'est ainsi. Pierrette m'avait prévenu. Vous êtes une citadelle imprenable.

Ameline éclata de rire.

— Pour vous, les femmes seraient donc des places fortes militaires que l'on assaille... On leur fait la guerre, jusqu'à ce qu'elles se rendent. Il en est qui tombent tout de suite, sans résistance, et d'autres qui ne s'obtiennent que par un harcèlement soutenu...

Eugène baissait la tête, fixant la pointe de ses bottines.

— A moins que vous ne m'obteniez par quelque chantage... Cela se pourrait être, aussi, n'est-ce pas ?

L'homme soupira profondément et dressa son regard vers elle avec intensité.

— Je vous aime, Ameline. Voilà tout. J'aurais pu vous l'écrire, mais cela est mieux de vous le dire dans les yeux. Je sais que mes sentiments sont exprimés en pure perte et qu'ils ne seront jamais payés de retour. Mais qu'importe, vous avez le droit de le savoir. Je vous aime depuis le jour où je vous ai vue si désemparée, dans votre petite cuisine. Cela a commencé curieusement. D'abord par une réaction de pitié en vous voyant enchaînée à un homme qui ne vous correspond pas. Vous me direz que l'élan compassionnel n'est pas la meilleure façon de débuter un sentiment. Mais la cristallisation de mon amour est venue ensuite, à pas feutrés. Je me disais que vous seriez heureuse avec moi, que je saurais éteindre dans votre cœur cette fêlure profonde que votre regard exprime si souvent et dont j'ignore les origines.

Il reposa son chapeau sur sa tête et reprit sa canne, se leva du lit en soupirant encore. Cet aveu lui avait tellement coûté qu'il était en nage. Cela l'importunait de se sentir, ainsi, piégé par l'émotion. Sans doute son odeur forte avait-elle gagné la pièce tout entière. Une odeur d'homme trop vieux pour plaire, pensait-il. Et tous les synonymes lui vinrent en mémoire : barbon, roquentin, grison, birbe... Il se sentait tout cela à la fois, surtout que son état amoureux ajoutait un peu de ridicule à sa décrépitude. Castillac se dirigea vers la porte, omettant de regarder les tableaux, ce pour quoi il était venu tout de même.

Ameline ne parvenait pas à dominer le trouble qui la possédait. Elle était restée sans voix, le visage blême, immobile comme une statue. Cela faisait des années qu'on ne lui avait fait une telle déclaration. Et qu'elle vînt d'un homme de vingt ans plus âgé qu'elle ne lui paraissait pas risible. Plutôt touchant, tout compte fait.

— Attendez, monsieur Castillac, dit-elle pour le retenir.

Elle avait compris qu'une fois la porte passée elle ne le reverrait plus, que l'homme porterait en lui le reste de sa vie une souffrance au cœur. Cette idée lui était insupportable.

Eugène se retourna, mais son visage était caché par l'ombre du chapeau. Elle ne voyait de lui que sa grande stature effilée dans son costume blanc de toile froissée.

— Vous ne m'êtes pas indifférent, Eugène, dit-elle d'une voix tremblante. En d'autres temps et en d'autres lieux, nous aurions pu devenir des amants. Mais présentement, que ferais-je de vous ? Ma vie est tracée et vous n'y pourriez occuper la moindre place.

Dans un élan d'émoi extrême, Castillac se jeta aux pieds d'Ameline.

— Vous n'imaginez pas, ma chère Ameline, le bonheur que vous me faites. Ma vie s'éclaire tout à coup. Ma vie inutile, stérile, sèche comme un désert. Ainsi, vous seriez prête à m'accorder un peu d'amour ?

Ameline posa la main sur son épaule pour l'inviter à se relever. Il y avait dans ce geste d'humiliation, dans cette posture d'homme à genoux, aux pieds de son aimée, quelque chose qui ne lui ressemblait pas. Devant quelle sorte d'autorité l'ingénieur eût-il pu s'incliner ? Aucune. Sinon devant celle qui figurait la passion et dont il se jurait de devenir l'esclave obéissant.

— Que redoutez-vous, Ameline, le qu'en-dira-t-on, la rumeur, le cancan ? Je vous assure que nous nous aimerons loin de cette bourgade, loin des regards indiscrets, loin des racontars malfaisants. Je dispose d'assez d'argent pour nous protéger l'un et l'autre. A Brive, personne ne se connaît.

Il lui enserrait la taille avec force. Elle semblait résister à ses griffes, sans le repousser ni fuir, comme il le craignait à chaque seconde.

— Eugène, comprenez-moi. Votre folie vous égare. Je ne puis me résoudre au mensonge, à l'adultère coupable. J'aurais le sentiment de perdre mon honneur. Songez à mes enfants...

— Et à votre mari, proféra-t-il en relâchant son étreinte. Votre mari qui vous méprise, votre mari qui se fiche de votre beauté, votre mari qui vous néglige, votre mari, mon Dieu, oui, quelle importance...

Ameline lui tournait le dos. Elle fixait le mur gris de la chambre dans un silence profond. A ce moment, Eugène n'osait plus parler, ni tenter le moindre geste. Une réaction irréfléchie eût pu ruiner ses espérances.

Ils allaient et venaient tous deux dans la pièce, se croisant et se recroisant, sans un regard. Elle se demande, pensa Castillac, comment fuir cette situation, ou peut-être comment s'accorder avec sa conscience.

— Réfléchissez, ma chère Ameline, proposa-t-il. Je vous attendrai le temps qu'il faudra.

Elle le contempla d'un regard doux. Puis elle s'approcha pour l'embrasser, furtivement, et murmura, avant de se retirer :

— Fou que vous êtes !

Si la chef cuisinière des Diligences était parvenue à une certaine perfection dans l'art d'accommoder les gibiers, de truffer les mets, de travailler les viandes fines en pâtés, en terrines, en croûtes et en galantines, elle péchait par méconnaissance en matière de pâtisseries, de confiseries et autres délices au sucre. L'usage, toujours, voulait qu'on se cantonnât à la tradition. Comme nous le savons, l'auberge avait gagné, autrefois, sa réputation dans le casse-museau, le poirat, le monasson, le massepain, les échaudes, le gargouillot... Les recettes remontaient à trois générations.

Elles avaient comblé l'appétit des fins de repas. On n'imaginait point en Corrèze un banquet sans flognardes, sans clafoutis, sans tourtelles. On les agrémentait de vin paillé, de liqueurs de vieux garçon, de prunelles sauvages, de vin de noix et de genièvre...

Ameline rêvait de changer sa carte, comme elle l'avait fait pour les entrées et les plats de consistance. Une sorte d'insatisfaction l'habitait de voir revenir, souvent, les assiettes à dessert à moitié pleines. On disait : « Ce sont des étouffe-chrétien », de ces pâtes épaisses à l'œuf, au lait et à la farine. Qu'on y mêlât les bons fruits de saison pour faire bonne mesure ne changeait rien à la critique. Parfois, les plus fins gourmets pêchaient les guignes et les cerises et laissaient la pâte du clafoutis.

Au printemps 1912, la chef cuisinière lança quelques projets pour redorer son blason en travaillant la crème au beurre, la crème anglaise, la ganache au chocolat, le sabayon, les fondants. Elle mit deux mois à maîtriser son affaire. Mais la clientèle attitrée des Diligences s'y montra sensible. Elle fut enthousiaste, autant qu'on peut l'être dans une auberge de campagne. Car ce public endimanché et bourgeois avait le palais délicat, à fréquenter les salons de thé, à déguster des pâtisseries à cinq heures de l'après-midi, à croquer dans des meringues, à chipoter sur des mokas, à se délecter de pâte d'amandes fondante, à s'extasier devant un granité hollandais ou un savarin-chantilly.

Pierrette Loriot l'avait assez promenée rue Majour, où se trouvait un salon de dégustations, pour qu'elle pût se faire une idée de son ouvrage futur. Elle avait déniché dans la rue Breuil voisine, chez un bouquiniste, un ouvrage de cuisine d'Urbain Dubois. Il contenait un fort gros chapitre sur la pâtisserie. Non content d'y livrer de précieuses recettes, il détaillait à l'usage des cuisinières la méthode et la manière. Avec l'obstination et la patience qui lui étaient familières, Ameline finit par obtenir des résultats satisfaisants. Ses crèmes étaient convenables, ses fondants honorables, ses saint-honoré et paris-brest appétissants.

— Ne serait-il pas préférable, conseilla un jour la femme du maire, que tu engages un pâtissier ? Les rentrées d'argent doivent subvenir au paiement d'un salaire. On ne peut faire seul ce qui exige autant d'apprentissage et de métier. Passe donc une annonce dans *L'Auvergnat de Paris* ou *Le Petit Parisien*, il se trouvera peut-être un homme de l'art pour y répondre, un pâtissier qui aura fait ses premières armes chez Stohrer ou chez Ladurée...

— Cette perle rare, que viendrait-elle faire à Meyssenac ? S'y perdre ? répliqua Ameline.

Elle ne croyait guère aux miracles de ce genre, elle qui avait appris à batailler pour défendre sa maison contre vents et marées. Lorsqu'on n'a jamais eu à se soucier du lendemain, qu'on a toujours eu sous la main un mari prévenant vos moindres désirs, fournissant de quoi vivre plus que de raison, on a les moyens d'entretenir ce genre d'illusions, pensait-elle.

Mais Ameline ne dit mot, soucieuse de ne pas vexer son amie. Pierrette Loriot devenait susceptible à ses heures, pour un mot de trop ou de travers. Cette aigreur venait sans doute de ce qu'elle jugeait n'être pas assez considérée dans le petit milieu des notables de Meyssenac, ou de ne pouvoir se faire admettre dans les cercles de Brive, où elle avait tant espéré briller. Ses fréquentations douteuses avaient installé autour d'elle un halo sulfureux dont elle ne parvenait pas à se dépêtrer, alors que son charme commençait à pâlir.

« Si tu ne m'écoutes pas, je ne peux rien pour toi », menaçait-elle.

Ce style de phrase laissait Ameline pantoise. Mais elle s'en amusait vite, sans y attacher d'importance. La femme du maire était une bonne amie, facétieuse, toujours disponible pour énoncer quelque leçon sur la manière d'élever les enfants ou de conquérir un homme.

— Et Eugène Castillac ? demanda-t-elle à brûle-pourpoint. Crois-tu qu'il languisse longtemps encore ? Tu pourrais lui soutirer un peu d'argent. Cela lui ferait le plus grand bien. C'est le ravissement des gens riches de se faire plumer un peu. Ils découvrent enfin que leur fortune sert à quelque chose. As-tu songé qu'il est sans héritier, cet homme-là ? Et par amour, ce lui serait un plaisir que de jouer les généreux. Crois-en mon expérience, ma chère...

Ameline soupirait à force d'entendre toutes ces sornettes.

— Je n'en veux pas à son argent.

— Il t'écrit de temps en temps ?

— Des lettres enflammées de jeune amoureux. Il me propose de partir avec lui en Algérie, de m'aimer dans un de ces palaces sur les hauteurs de Mustapha, l'hôtel Saint-Georges, où il prétend disposer d'une suite. Qu'irais-je faire là-bas ?

— Eugène veut t'éblouir avec les lumières de l'Orient, dit Pierrette, enjouée. Moi, je n'hésiterais pas une seule seconde. Un hiver à Alger dans les jardins d'Issai, quel bonheur ! Même s'il n'est pas de première jeunesse, ton ingénieur, il y a mille façons de jouir d'un homme. Je n'ai jamais eu cette chance, sinon j'aurais rompu avec Victor. A la vérité je n'ai croisé dans ma vie que des amants sans le sou, des corps sublimes avec des cervelles d'oiseau. Du reste, je n'en ai fait que des déjeuners de soleil, si tu vois ce que je veux dire...

La maîtresse des Diligences, cette fois encore, ne suivit pas les conseils de son amie. Elle n'envoya point d'annonces à *L'Auvergnat de Paris* et encore moins un billet d'assentiment à Eugène Castillac. La seule vraie passion pour laquelle elle se réservait, corps et âme, était son auberge. Elle fit et refit mille expériences pour parfaire son métier de pâtissière. Et lorsqu'elle se rendait à Brive pour y quérir quelques idées, elle préférait demeurer seule, comme une grande. Certes, Pierrette Loriot possédait le don de la distraire, mais pas celui de l'assister dans ses recherches. En revenant chez son bouquiniste, où elle aimait fouiller dans les rayonnages poussiéreux, elle dénicha un vieux livre qui fut, pour elle, une révélation. Après celui d'Urbain Dubois qui lui avait ouvert d'autres horizons, elle se plongea dans *Le Traité de confiserie d'office* de Gustave Garlin.

De retour à Meyssenac, Ameline s'employa à comprendre comment réussir des rubans en sucre tiré, des fleurs en sucre tourné. Le sucre cuit est aussi difficile à manier pour un pâtissier que la pâte de verre pour un souffleur. Elle débuta par les rubans, autant dire l'ouvrage le plus périlleux pour un profane. Manier le sucre satiné était déjà assez difficile, ni trop froid ni trop chaud, mais la maîtrise des sucres colorés requérait une approche des plus complexes, comme lorsque Valerio combinait ses touches sur la toile. Ici, l'art consistait à réussir des rubans toujours plus larges et de plusieurs nuances, avec des liserés de couleur. Elle comprit qu'il lui faudrait tirer les sucres colorés séparément, puis les accoler ensuite au-dessus du fourneau. Cet ouvrage délicat se devait réaliser sans hésitation, sans reprise ni rupture. Lorsque le ruban atteignait enfin la longueur souhaitée, il lui fallait le couper et le ramollir afin de lui prêter les formes désirées : volutes, courbes, enroulements, torsades, colimaçons.

Ameline prit plus d'une semaine pour se familiariser avec cet ouvrage, ratant sans cesse ses opérations, sans se décourager. Tantôt le ruban se brisait net, ou s'entortillait sans qu'elle pût le reprendre. Et de même fallait-il éviter de poser les doigts sur la matière, d'y laisser ses empreintes, au risque d'en abîmer l'aspect brillant.

Dans la poursuite de ses apprentissages, le livre de monsieur Garlin à la main, elle s'essaya à la réalisation de fleurs. Elle commença à sculpter des roses à partir de sucre cassé. La confection des pétales demandait une patience d'ange. Partant de petits carrés chauffés à la lampe à alcool, on s'ingéniait à les étirer jusqu'à l'amincissement suprême pour qu'ils ressemblent à des pétales. Alors on les découpait aux ciseaux pour effacer le surplus. En nombre suffisant, Ameline les assemblait un à un, jusqu'à ce que la rose fût terminée dans ce jeu de patience. Les roses en sucre d'Ameline étaient roses ou rouges. Par exemple, afin d'obtenir de somptueuses roses thé, il lui suffisait de mélanger au jaune une goutte de carmin. A partir de sucre vert elle confectionnait selon la même méthode les feuilles et la tige.

La maîtresse des Diligences orna ainsi ses premiers gâteaux de mariage. Elle en chargea les pièces montées, les mille-feuilles, les mokas, les caraques... Chaque fois, les convives s'extasiaient devant ses décorations. « Cela n'ajoute rien à la saveur de mes pâtisseries, disait Ameline, mais l'habillage les rend encore plus appétissantes. » Elle avait compris que les plats gagnent à être mis en scène sur des canapés de verdure, de coulis, de sauces colorées, coiffés de fleurs, de baies, de sucre tourné ou tiré. Qu'ils fussent salés ou sucrés, l'apparat ajoutait au plaisir gustatif celui de l'œil. « On goûte aussi avec les yeux. Faisons des œuvres d'art de nos plats et nous réveillerons l'appétit, répétait-elle chaque jour à Hyacinthe, aux serveuses, aux gâte-sauces. » Cela paraissait assez abscons aux employés, qui ne voyaient là que lubies et maniaqueries.

Savin fut intrigué par les travaux délicats de sa mère. Il voulut y mettre la main, lui aussi, mais manquait de patience. Quant à Hyacinthe, elle trouva cette occupation bien inutile. « Ne comptez pas que je m'y mette, se défendait-elle. Déjà que je ne parviens pas à glisser un fil dans le chas d'une aiguille... »

La maîtresse des Diligences tenta alors d'expliquer le sens de son travail : faire de la pâtisserie comme chez les plus grands pâtissiers, afin que la maison acquière une renommée.

« Il nous faut perfectionner notre travail sans cesse, si nous voulons rivaliser avec les grandes maisons, répétait Ameline.

— Qu'avons-nous besoin de nous embêter avec ces fioritures ? Il suffit que les gâteaux soient appétissants », répondait Hyacinthe.

Savin, au milieu des femmes, s'amusait de ces considérations d'école.

« Maman voudrait faire de sa cuisine un art. Pourquoi le lui reprocher ? Je ne te comprends pas, Hyacinthe.

— Ta mère est une empêcheuse de tourner en rond. Pendant qu'elle s'amuse à confectionner ces babioles en sucre, moi, je trime aux fourneaux. Faut bien assurer le courant. »

Les humeurs de la cuisinière étaient devenues légendaires dans la maison. Maxence en rigolait dans sa barbe. Il se disait : Moi, je déclare forfait. Je ne suis plus dans la course. Et il pensait dans ces moments-là à sa mère. La vipère fait recette, songeait-il. Heureusement, je ne l'ai pas chassée...

De temps à autre, Marquey venait jeter un coup d'œil dans la petite cuisine où Ameline officiait. Sa visite se passait de commentaires. L'épouse était irascible sur le sujet. La moindre contrariété mettait le feu aux poudres.

Le travail de Maxence consistait à veiller sur la bonne tenue de la cave. Sur cette question aussi, il avait obéi à Ameline. Les grands vins du dimanche étaient répertoriés sur un registre. Il fallait faire en sorte que la réserve ne s'épuisât jamais et qu'il ne manquât point quelques étiquettes renommées. Alors, il suivait de près les commandes, relançait les représentants des maisons bordelaises. L'autre partie de la cave était consacrée au tout-venant. Sur ce périmètre, Maxence jouissait de la pleine maîtrise. Ameline se fichait bien de la qualité des vins pour les repas ouvriers. Maxence avait pris l'habitude de s'approvisionner lui-même. Il partait deux ou trois jours en Dordogne, faisant la tournée des grands-ducs, comme disait sa femme. Il en ramenait des barriques de petits vins de producteurs, des vins de soif honorables qu'il avait abondamment testés.

« Pourquoi l'autorisez-vous à partir comme cela, en goguette ? protestait Hyacinthe. Vous voulez sa mort... »

Ameline ne répondait pas. Est-il raisonnable de penser qu'un homme puisse changer à ce point ? se demandait-elle. N'est-ce pas un pari impossible ? Elle était persuadée que tout avait été tenté pour ramener Maxence à la raison. Mais le vice était plus fort que la raison. Elle se disait : Un homme faible ne résiste pas aux chants des sirènes. Il aimait boire, s'enivrer, se soûler sans vergogne. Cinq jours de sevrage le rendaient fou. Alors, il retournait à sa passion dévorante, comme on se suicide.

A la demande de sa mère, Savin fit provision de roses dans les jardins de madame de Luguet. Il en cueillit de toutes les couleurs disponibles, blanches, rouges, jaunes, et de toutes les espèces, sauvages et greffées. En le voyant opérer, la châtelaine – qui avait donné l'autorisation pour la cueillette – fut intriguée du peu de cas qu'il faisait des fleurs, en les coupant le plus souvent sans la moindre tige qui eût permis la confection d'un bouquet.

— C'est votre mère qui vous a demandé de les prélever ainsi ? Vous m'étonnez...

Savin sentit alors qu'il devait à la propriétaire quelques explications. Mais il s'amusa de sa surprise en la laissant fouiller dans le panier où il avait placé sa cueillette.

— Ce sont les pétales qui nous intéressent, madame, dit-il, énigmatique.

Isabelle de Luguet pensa alors que madame Ameline voulait en faire de la décoration de table. Cela lui rappela quelques souvenirs, lorsqu'elle avait séjourné avec son mari sur le bord du lac de Lucerne dans les années 1890. Elle évoqua cette période heureuse de sa vie, les longues soirées d'été sur la terrasse de la villa qui surplombait le lac. Il y régnait une douce ambiance, d'insouciance et de bonheur discret.

— Il y avait des roseraies dans tous les jardins. On avait même construit des sortes de campaniles pour accueillir les grimpants. De toutes les espèces, ce sont les grimpants que je préfère, mon garçon. Les fleurs sont plus petites que celles des rosiers nains, mais plus odorantes. Auriez-vous remarqué, jeune homme, que plus les roses sont sauvages plus leurs fragrances sont intenses ? C'est une singularité de la nature. L'homme est incorrigible, à vouloir modifier l'ordre naturel, à remodeler ce qui est parfait. C'est l'un des plus grands défauts de l'espèce humaine. Pourtant, la main de Dieu a fait toutes choses sublimes. Mais cela eût été trop simple si nous n'avions saccagé le jardin d'Eden. Des botanistes réputés, des jardiniers zélés ont voulu inventer de nouvelles variétés par le moyen de la greffe et de la sélection. Nous obtenons des rosiers fragiles qu'il faut incessamment tailler, sulfater, soufrer, que sais-je encore...

Les roses sont somptueuses mais bien plus éphémères. Et si l'on n'y prend garde, la maladie les décime. C'est ainsi, mon garçon, la nature se venge – ou la main de Dieu, qui sait ? – pour nous rappeler qu'on ne doit point toucher à l'arbre de la connaissance.
La châtelaine invita le jeune garçon à partager avec elle un thé au jasmin. Bien qu'il s'interdît de se montrer trop curieux, Savin ne pouvait s'empêcher de contempler la décoration du salon, les yeux éblouis par les vases de Chine, les fines sculptures ciselées dans l'ivoire, les tableaux et les gravures sur l'Empire du Soleil-Levant.
— J'ai beaucoup d'estime pour votre mère, poursuivit Isabelle de Luguet. C'est une personne précieuse dans notre bourgade. J'ai suivi attentivement ses efforts pour transformer l'auberge de vos grands-parents. Avant qu'elle ne la prenne en main, c'était un tournebride tout à fait ordinaire. Une cuisine médiocre. Sans raffinement. Désormais, le lieu est hautement recommandé. Grâce au soufflé de cailles truffées. Un délice. Et que dire aussi de son potage aux truffes ? Mon Dieu, cela est admirable. On prend plaisir à y conduire ses amis, avec l'assurance de n'être pas déçu.
Savin écoutait les compliments de la châtelaine distraitement. Il se sentait intimidé par la richesse des couleurs qui l'entouraient, les tapis et les tentures dorés, avec leurs figures de dragons aux gueules injectées de sang, ces paysages peuplés de rochers et d'arbres en miniature, ces guerriers maléfiques caparaçonnés d'armures rutilantes comme les élytres vernissés d'un ergate.
— Je suis plutôt fier de ma mère, avoua le garçon.
Madame de Luguet portait son veuvage sans éclat, les cheveux roulés en chignon et tenus par des épingles aux pointes nacrées. Sa blondeur s'était platinée avec les années. Mais ce n'était qu'une apparence. Le temps avait

imprimé peu de rides sur son visage blanc à la peau fine et transparente comme de la porcelaine. Sa robe noire était ras du cou avec un collet de dentelle. La châtelaine cultivait le style demi-deuil depuis la disparition de son mari, dont elle était inconsolable. Son rire lui-même restait bref, comme s'il voulait s'absoudre par avance de toute dissipation. Caustique en diable, Faustine disait de madame de Luguet qu'elle avait déjà un pied dans la tombe. C'était sans doute exagéré, mais la châtelaine donnait l'impression de ne partager les plaisirs des vivants que du bout des lèvres.

— Que comptez-vous faire, plus tard ?

Il parut indécis.

— Aider votre mère à l'auberge ? insista-t-elle.

— Peut-être, dit-il. Mais je n'en ai pas encore fini avec les études.

Elle ne lui demanda pas quelle sorte d'études l'occupait, tant ces questions étaient éloignées de ses préoccupations. Isabelle de Luguet vivait encore dans l'autre siècle, où les riches seuls avaient droit aux grandes écoles et où les pauvres ne devaient se réserver qu'aux vocations subalternes. Elle fit la moue, dédaigneuse de l'ordre nouveau. Tout ce qui sonnait social était diabolique à ses yeux.

Savin prit alors congé, pour ne pas devoir gloser sur le sujet. Elle ne le retint pas. Il reprit son panier chargé de roses et fit un salut en tendant la main. La châtelaine négligea de lui tendre la sienne. Cela ne se faisait pas chez les Luguet et ne s'était jamais fait.

— Jeune homme, vous ne m'avez pas encore dit ce que vous comptiez faire de ces fleurs ?

Il se retourna, amusé.

— De la confiture.

Si la châtelaine avait pu prendre cette réponse pour une plaisanterie de mauvais goût, elle était pourtant des plus fondées. En effeuillant les fleurs, méticuleusement, Ameline montra à son fils comment on préparait cette marmelade délicate. Elle couvrit les pétales d'une eau modérément citronnée.

— Durant douze heures au moins, expliqua-t-elle à son fils. Puis nous porterons une eau sucrée à ébullition pendant au moins dix minutes. Alors, nous y verserons les pétales macérés et nous les ferons cuire, une quinzaine de minutes seulement, sans cesser de remuer. Notre confiture sera un accompagnement idéal pour le foie gras.

Le lendemain, en terminant sa confiture, Ameline tenta une autre recette pour agrémenter sa table : les pétales de roses au sucre. Il s'agissait de les tremper dans du blanc d'œuf monté en neige et de les saupoudrer de sucre cristallisé. Quelques heures plus tard, les pétales étaient consommables en l'état.

Savin prenait plaisir à ces travaux délicats. Mais la réserve de roses fut rapidement épuisée. Lorsqu'il se représenta chez madame de Luguet pour y reprendre la cueillette, cette dernière le reçut plutôt sèchement :

— Oh non, jeune homme. Je ne puis me résoudre à voir mes belles roses finir dans un pot de confiture.

11

Divine surprise. — Le roi s'ennuie.
— Monsieur Parfait incognito.

Un matin de la fin août 1913, deux hommes en costume noir et chapeau melon se présentèrent à l'auberge des Diligences. C'était l'heure où Maxence faisait ses inventaires. Dans ces moments studieux, il était plutôt d'une humeur massacrante, si bien qu'il reçut ses visiteurs comme des chiens dans un jeu de quilles. Les deux hommes ne se laissèrent guère impressionner. La bacchante sévère et la mine grise, ils se mirent à ausculter la pièce du restaurant, comme des huissiers faisant l'inventaire d'une saisie.

— Mais que me veulent-ils, ces deux perdreaux ? marmonna-t-il. Où se croient-ils, en terrain conquis ?

Marquey lâcha son registre sans même prendre le temps de finir sa longue addition.

— Déjà que le calcul n'est pas mon fort, je vais y perdre mon latin. Nom de Dieu de nom de Dieu...

L'un des deux hommes avança vers Maxence et le salua d'un coup de chapeau discret, tandis que son voisin, sans se départir de son flegme, continuait sa revue de détail.

— Vous êtes qui, monsieur ? Les impôts, les contrôleurs des travaux finis, les casse-pieds de service ?

L'homme se prit à sourire et il lui parut, aussitôt, plus sympathique.

— Je souhaiterais rencontrer madame Ameline Marquey... Vous pourriez me dire où elle se trouve ?

Maxence haussa les yeux au ciel.

— Vous ne préféreriez pas voir son mari ? Accessoirement... ironisa Maxence. Cela vous écorcherait-il de me répondre ? Car vous l'avez devant vous.

Le visiteur alla s'appuyer contre le comptoir et se mit à jouer avec la chaînette de sa montre de gousset.

— Vous seriez de la police que ça ne m'étonnerait guère...

— Notre visite est amicale, répondit l'homme.

— On ne le dirait pas, pourtant, répliqua Marquey.

Le visiteur ausculta le plafond du salon, sembla le trouver fort à son goût. Il en fit la remarque à son voisin, lequel acquiesça d'un hochement de tête.

— Il faudra mettre des rideaux épais, pour qu'on ne puisse rien voir de la rue.

— En effet, confirma l'homme aimable.

Maxence observait la scène, médusé, les mains posées sur les hanches.

— Finirez-vous par me dire de quoi il retourne, messieurs ?

Les deux visiteurs s'assirent près de la fenêtre et commandèrent un café. Maxence refusa de les servir.

— Vous me voyez très fâché contre vous. Je ne suis pas le dernier des Mohicans, mais le propriétaire de cette auberge. Trois générations de Marquey, ajouta-t-il en se haussant du col.

Et il courut se verser un petit coup de blanc sec pour se donner du courage.

— Maintenant, fit-il en revenant vers ses visiteurs, je vais vous demander de partir. Car je n'ai pas du tout l'intention de changer les rideaux et encore moins de servir des hurluberlus !

L'homme aimable regarda son voisin et dit d'une petite voix :

— On ne tiendra pas longtemps à ce jeu, collègue.

Le second bonhomme, austère et froid comme une lame de couteau, ajouta, à mi-voix lui aussi :

— Les ordres sont les ordres. Ne parler qu'à madame Ameline. C'est elle qui nous intéresse.

Et pour donner un peu plus de mystère à la situation, il posa la pointe de son index sur ses lèvres.

— Les ordres sont les ordres, répéta l'homme aimable, qui paraissait le déplorer, à l'adresse de Maxence.

Sur un calepin, le bonhomme austère entreprit alors de dresser un croquis, une sorte de plan de l'auberge, avec la salle de restaurant, la petite salle mitoyenne qui pouvait accueillir une vingtaine de couverts, le bar, les cuisines...

— Monsieur Parfait entrera par la porte de côté et s'installera dans la petite salle. Il sera vingt et une heures tout au plus...

Maxence se rapprocha de ses visiteurs et demanda d'une voix forte :

— Qui est ce monsieur Parfait ?

— Chut ! répondit le bonhomme austère.

Son collègue éclata de rire.

— Si je comprends bien, on est venu s'amuser à peu de frais aux dépens du vieux Marquey, n'est-ce pas ?

A ce moment, Ameline entra dans le bar. Les deux hommes se dressèrent en même temps. Elle correspondait aux photographies qu'ils possédaient d'elle dans leurs dossiers.

— Madame Ameline Marquey ? interrogea l'homme aimable en tendant la main.

— Ces deux types sont bizarres, prévint Maxence. Si tu veux bien, je vais rester près de toi. On ne sait jamais.

Ameline roulait des yeux étonnés dans toutes les directions.

— Que me voulez-vous ?

Les deux visiteurs s'observèrent de conserve. L'homme austère dit d'une voix grave, sans intonation, comme s'il récitait son texte :

— Disposeriez-vous d'un endroit discret où nous pourrions parler sans être dérangés ?

Elle montra la petite alcôve derrière le bar.

— C'est en désordre. Ne faites pas attention.

L'homme aimable lui fit un sourire en s'inclinant devant elle.

— Parfait, dit-il. Votre mari peut vous accompagner. Cela ne nous gêne pas.

— Encore heureux, maugréa Maxence. C'est qu'on ne serait plus maître chez soi...

Dans la précipitation, Ameline fit disparaître une montagne de serviettes et de nappes blanches prêtes au repassage. Ainsi libéra-t-elle quatre sièges autour d'une table basse sur laquelle était posé un cendrier en pâte de verre.

L'homme aimable commença à parler en posant une main sur l'épaule de Maxence. Ce dernier brûlait de la repousser, mais il se retint sous l'œil sombre de son épouse.

— Je me nomme Pierre Villemothe. Je suis le chef de cabinet de monsieur le président.

— Le président de quoi ? interrogea Marquey.

— Monsieur Raymond Poincaré, notre nouveau président de la République.

Maxence se frappa les cuisses de ses larges mains, réprimant à peine une forte envie de rire.

— Et quoi encore ? Vous êtes impayables, les gars. Pourquoi le chef de cabinet de Poincaré viendrait-il nous rendre visite ? C'est une douce plaisanterie, cette affaire.

Il voulut se lever de sa chaise, mais monsieur Villemothe l'arrêta aussitôt. Et pour authentifier ses dires, il sortit de sa poche de veston un porte-cartes, qu'il déploya sous ses yeux. Maxence fronça les sourcils de stupéfaction.

— Je ne savais pas... Mais aussi, vous comprenez, ici, c'est le trou du cul du monde. Pardonnez mon expression, mais il y a chez nous beaucoup de présidents, des présidents de pacotille, comme pour ces conneries d'Hivernage ou de Douce Cocagne... A mes yeux, en effet, il n'y en a qu'un qui vaille, celui de l'Elysée, bien sûr.

Ameline se tortillait sur son siège pour ne pas rabrouer son intempérant mari. A ces heures matinales, il était déjà pris de boisson, au beau milieu d'une série de petits ballons de blanc qui annonçaient le coup de midi et seraient suivis d'absinthes, anis et autres « tue-la-mort », comme il disait de sa voix frondeuse.

— C'est tout à fait naturel, répondit Villemothe. Je comprends votre surprise. Mais il y a une raison à notre visite. Mon collègue Henri Bouloche, ici présent, est un agent de la Sûreté générale...

— La Sûreté générale ? interrogea Maxence en se grattant la tête. Mais qu'avons-nous fait, bon Dieu, pour voir dans notre auberge la Sûreté générale ? Nous n'avons rien contre Poincaré. C'est un homme qui doit connaître son métier, sinon on ne lui aurait pas confié la direction du pays. Non, messieurs, vous vous trompez d'adresse. Ici, la politique, on s'en fout. On laisse ça aux radicaux. Allez voir plutôt Loriot, Loriot c'est notre maire, lui il n'aime pas Poincaré. C'est sûr. Mais bon, tout de même, on est en démocratie, on a le droit d'avoir des opinions...

Pour la première fois, le dénommé Bouloche éclata de rire. Un fou rire interminable, qui laissa Marquey pantois. Bien vite, pourtant, il se rassura. Un homme qui rit cesse d'être un sauvage dans la seconde, pensa-t-il. Et celui-ci, tout agent de la Sûreté générale qu'il soit, est bien patient d'écouter mes élucubrations.

— Vous n'y êtes pas du tout, monsieur Marquey. Nous connaissons Victor Loriot, dit l'agent de la Sûreté. Nous disposons d'une fiche sur lui, et qu'il soit radical ou libéral nous importe peu, savez-vous ?

Villemothe fixait le cendrier sur la tablette, les doigts croisés sur ses genoux. La volubilité de Marquey l'agaçait superbement, mais il avait l'habitude de ce genre de hâbleur, fort en gueule, un peu stupide. Trop français, pensa-t-il. Criticailleur, mais cocardier lorsque la République est en danger.

— Ecoutons ce que monsieur le chef de cabinet a à nous dire, suggéra Ameline à son mari. Sinon, Maxence, nous n'en sortirons pas. Je t'en prie, sois gentil.

Marquey tourna la tête de côté pour cacher aux visiteurs sa déconvenue. Sa frondeuse gouaille, mise en avant pour affirmer sa personnalité dans sa propre maison, s'effondrait comme un château de cartes. Tu as encore parlé trop vite et sans réfléchir, se reprocha-t-il. Maintenant, tu es ridicule. Au plus fort du ridicule.

— Monsieur le président de la République va entreprendre, le mois prochain, un périple dans votre région à l'initiative de monsieur Henry de Jouvenel, qui dirige les instances touristiques du Limousin, du Périgord et du Quercy. Le 12 septembre, il visitera la Corrèze, avec un arrêt important à Brive. A la vérité, le couple présidentiel séjournera à l'hôtel de la sous-préfecture, avant de repartir vers Cahors le lendemain matin, expliqua Villemothe en croisant et décroisant ses doigts au rythme des mots.

Le chef de cabinet laissait planer de longs silences pour que ses interlocuteurs pussent bien entendre ce qu'il avait à dire, car il n'aimait pas se répéter.

— En Corrèze, le président inaugurera les lignes du tramway et les nouvelles installations du Paris-Orléans, visitera les sites touristiques de votre belle région...

— Vous voulez dire, coupa Ameline que Meyssenac est sur son trajet et que...

— Ce n'est pas tout à fait cela, reprit Villemothe. Monsieur le président a souhaité dîner, au soir du 12 septembre, dans votre établissement.

Ameline bondit de surprise, à la fois ravie et effrayée. Elle passait d'un sentiment à l'autre, mesurant la gravité de la situation. Certes, il ne serait jamais plus grand honneur pour elle que de servir un dîner à Raymond Poincaré, mais quelle haute responsabilité aussi! Rapidement, elle dit oui, puis elle dit non, insistant par bonheur et se ravisant par peur, sans trouver les mots pour décrire le fond de sa pensée. Pendant ce temps, Villemothe et Bouloche attendaient que la surprise eût fait son effet et que la raison reprît ses domaines.

— Pourquoi l'auberge des Diligences? demanda-t-elle. N'est-il pas d'hôtelleries plus réputées que la mienne à Brive?

Elle énuméra trois ou quatre hôtels, aux tables de haute tenue, avec lesquelles elle n'avait jamais songé à rivaliser.

— Monsieur le président serait fort honoré de goûter à votre soufflé aux cailles truffées, dont la notoriété est parvenue jusqu'au palais présidentiel, dit Villemothe. Mais aussi, nous serions ravis de voir inscrire au menu, ce soir-là, vos bécasses sautées aux truffes, dont on nous a dit également le plus grand bien.

— N'est-ce pas trop de truffes pour un seul menu ? interrogea Ameline. A trop les déguster dans différents mets, ce serait contrarier les plaisirs...

— Monsieur le président, repartit Villemothe, est un fin gourmet. Et nous sommes assurés qu'il saura les apprécier dans différents plats. Car nous présumons que le diamant noir offre une gamme variée de saveurs, selon les compositions auxquelles il contribue. Celle de votre soufflé ne saurait en rien contrarier celle de vos bécasses grillées.

— En effet, cela se tient, pour un repas gastronomique où l'on veut expérimenter quelques sensations rares. Dans le soufflé, la truffe libère sa saveur dans la combinaison de l'appareil même, tandis que dans le plat suivant, nos bécasses rôties, elle est utilisée au naturel, sans effet de préparation.

Villemothe écoutait les explications de la chef cuisinière des Diligences avec le même intérêt que s'il avait été question des effets de l'Entente cordiale sur la diplomatie française ou du déploiement des forces maritimes en Méditerranée. Il accueillait chacun de ses mots avec de petits hochements de tête, un sourire de ravissement. Cela lui paraissait s'engager au mieux, comme il l'avait espéré au départ de sa mission.

— Si cela vous convient, alors je promets, déclara Ameline, de mettre tout mon savoir-faire à votre disposition, avec l'espoir que le président sera satisfait.

— Monsieur le président de la République, repartit Villemothe, est impatient de goûter à vos merveilles. Vous aurez l'occasion, je présume, de vous entretenir avec lui sur l'art culinaire, et lui expliquer par quel prodige votre estimable auberge a atteint ce degré de perfection...

— La cuisine se fait mais se commente peu, ajouta Ameline.

— Vous êtes sans doute par trop modeste, chère madame. Mais sachez aussi que le président Poincaré se rendra dans votre établissement incognito. Ce détour par Meyssenac au soir du 12 septembre ne figure pas dans le programme officiel du président. Et nul n'en connaîtra l'existence si vous nous assurez, bien sûr, d'en garder le secret. C'est une affaire de confiance entre nous.

Bouloche sortit alors de son silence, jugeant sans doute que cette question, celle du secret, faisait partie de ses prérogatives de chef de la Sûreté :

— Le président sera seulement accompagné de son épouse Henriette. Les agents de la protection rapprochée se feront discrets dans la salle du restaurant et aux alentours de l'auberge. Je me tiens à votre disposition, madame, pour l'aspect pratique de la soirée. Lorsque nous parlerons du visiteur de marque, entre nous, il sera nommé monsieur Parfait, afin que le nom du président ne soit jamais mentionné.

Cet étrange jeu autour du secret semblait amuser Ameline, bien plus que s'il s'était agi d'une visite officielle. Finalement, elle préférait qu'il en aille ainsi, une affaire intime entre le premier personnage de l'Etat et elle, petite aubergiste de Corrèze. Cela apportait une note romantique à l'aventure.

Maxence fut déçu, lui, de se voir interdire toute publicité autour de la visite. Nous ne pourrons jamais inscrire sur le fronton de notre établissement qu'ici, un certain jour de septembre 1913, le président de la République a goûté le soufflé d'Ameline, pensait-il.

Du reste, la personnalité même de Maxence était pour Bouloche le seul vrai motif d'inquiétude. Il se demandait, tout en l'observant, si le bonhomme saurait tenir sa langue, si, la boisson aidant, il ne finirait pas par vendre la mèche. Néanmoins, il se rassura en imaginant que personne dans le voisinage n'apporterait de crédit à ses propos. Trop fantasques pour être vrais... Ainsi se dissimulent les plus grands secrets, se dit-il.

Ameline accompagna les visiteurs jusqu'à la porte. Bouloche avait déjà pris place dans la voiture que le chef de cabinet se fendait encore de mille compliments pour rassurer son hôtesse. Soudain, madame Marquey prit Villemothe par le bras et le conduisit aux remparts. Elle lui montra la beauté du paysage, la clarté du ciel, la quiétude harmonieuse des lignes qui se fondaient sur l'horizon. Il exultait avec elle, en bon diplomate, mais se fichait au juste des détails.

— Répondez à une question, monsieur Villemothe, je vous en supplie...

L'homme baissait la tête. On ne le priait jamais sans raison, et cela l'ennuyait, au moment même où il avait rempli sa mission.

— Je n'ai plus rien à vous dire. Ou du moins, la petite histoire autour de cette affaire n'est pas intéressante pour vous. Il ne sert à rien de chercher le dessein secret de nos actions. Les hommes restent les hommes, avec leurs faiblesses et leurs grandeurs. Et celui qui guide notre président est encore plus énigmatique. Curiosité culinaire, plaisir de la table, simple délassement... Nous ne le saurons jamais. A moins que, ce soir-là, Raymond Poincaré ne veuille seulement s'abstraire de quelques obligations qu'il ne souhaite remplir...

— En effet, admit Ameline, les affaires de la République ne me regardent pas. N'ayez crainte, cela ne fait pas partie de ma question.

— Je vous écoute alors, dit Villemothe en se redressant.

— Qui a... soufflé à monsieur Parfait, rit-elle, l'adresse de mon auberge ? Car je ne crois en rien que ma réputation soit montée jusqu'au palais de l'Elysée.

Villemothe arpentait le trottoir d'un pas lent. Il réfléchissait intensément aux conséquences d'un tel aveu. Elle le suivait, toujours le tenant par le bras, comme si la complicité s'était établie entre ces deux étranges personnes que tout opposait dans la vie.

— Je vous le dirai donc, madame Ameline. Mais gardez-le pour vous, je vous en conjure.

Il se mit alors à lui chuchoter à l'oreille ce qu'elle craignait d'entendre et qui, pourtant, finirait un jour par lui servir.

— Nous comptons parmi nos amis proches du président un homme qui a conseillé le nom de votre auberge. A l'oreille même de monsieur Parfait. Et en termes si élogieux que notre monsieur Parfait fut conquis dans la minute. Cet homme se nomme Eugène Castillac, madame.

Septembre était le mois idéal pour traquer la bécasse, surtout les couples qui avaient nidifié dans les bas-fonds de la Bastardie. Anastase connaissait leurs emplacements, en bordure de la Sévère, là où l'eau avait imprégné les basses terres. Mais il ne fallait pas non plus que l'endroit fût trop inondé, juste frais, un peu tourbeux, et surtout en lisière de bois charnus. Tel est le paradis des bécasses, si rares et si difficiles à chasser.

Lorsque Ameline demanda au factotum d'en ramener trois ou quatre pour le festin de monsieur Parfait, il leva les bras au ciel.

— Je préférerais mars, ça demande moins de travail...

— N'ayons aucun regret sur ce point, car la bécasse de mars, au moment de sa migration, est maigre et peu goûteuse. J'en ai promis pour le 12 septembre. Et vous ferez en sorte de m'en tuer de bien grasses et bien en chair.

Car notre client est un gourmet difficile. Et je tiens à le satisfaire. Il y va de la réputation de notre maison.

Anastase fit tourner sa casquette sur sa tête plusieurs fois, ce qui signifiait que l'affaire lui semblait délicate. Il aère son cerveau, comme dirait Maxence, pensa Ameline.

— C'est que je dispose de peu de temps, patronne. Et la bécasse, comme vous le savez, ne se chasse qu'au soir. Juste avant la nuit, au moment où elle quitte son repaire. Cela nous laisse peu de temps. Me faudra bien cinq jours au moins, plus le temps de la mortification, ça fera bien juste si l'on veut que notre gibier à plume soit parfait pour le 12 septembre...

— Je compte sur cinq jours de mortification. Pas un de plus. Au-delà, le fumet serait trop puissant.

— M'est avis, soutint Anastase, amateur de bécasses et qui en tuait beaucoup en octobre et novembre pour son seul plaisir, qu'on doit les mortifier plus que ça. Les suspendre à une cordelette et attendre que les têtes se détachent toutes seules...

— Vieille tradition de chasseurs gourmets, ajouta Ameline. Mon visiteur de marque risquerait d'être incommodé par ce goût faisandé. Comme on ne les vide pas, mis à part le gésier que l'on doit ôter de toute urgence, ainsi que les yeux, le fumet se résorbe vite dans la chair. Et passé un certain délai, celle-ci se gâte si l'on n'y prend garde.

Anastase reconnut que sa patronne avait une haute idée de la question, qu'elle n'en ignorait ni les avantages ni les inconvénients.

— Mais qu'on en arrache les yeux, ça je ne savais pas, admit Anastase.

— Sinon, il reste une pointe d'amertume inutile. Et un mets si précieux mérite toutes les attentions.

— Comment comptez-vous les préparer, patronne ?

— Sautées aux truffes.

— Je vois, dit Anastase en hochant la tête. Je les tirerai au petit plomb de 8, pour ne pas les abîmer.

Le soir même, accompagné de Justin Pignolet, Anastase descendit jusqu'aux bas-fonds de la Bastardie. Les chasseurs comptaient beaucoup sur Mimile, l'épagneul breton des Marquey, un chien d'arrêt efficace pour la bécasse et qui ne clabaudait pas à la première alerte.

Tandis que les hommes prenaient l'affût à un endroit où le gibier avait l'habitude de chercher les larves, les insectes et les vers, sous la couverture morte des sous-bois, la lumière leur faisait de l'œil dans les hautes ramures des chênes. Anastase prépara son arme. Un Hammerless, léger et efficace. Avec un chiffon, il essuya méticuleusement les excès de graisse autour de la culasse. Il le cassa et astiqua l'embouchure des deux canons de 12. Puis, il y glissa deux cartouches, le referma d'un mouvement sec.

— Pourquoi des douilles en métal ? demanda Pignolet. Y paraît qu'maint'nant on en fait en carton...

— Chacun sa méthode. Moi je suis de l'ancienne époque, se justifia Anastase.

— Pourtant, le carton...

— Y a des ratés, des coups creux, comme on dit. Moi, je veux être assuré que le groupement de plombs sera parfait. Aussi je remplis moi-même mes douilles. Je dose la poudre en fonction de la charge. Comme ça, pas de mauvaise surprise. Deux à trois grammes de poudre T et trente-cinq grammes de plombs. C'est ma manière de faire les cartouches, et je n'ai jamais eu à m'en plaindre.

Pignolet se mit à rire, ce qui eut pour effet d'agacer le factotum. Entre eux, il ne se déroulait pas une journée sans qu'ils se chamaillent, à quelque propos que ce soit. Pourtant, le vieil Anastase faisait des efforts pour initier son aide. Que ce fût à la chasse, à la pêche, ou à la cueillette des champignons, le Justin Pignolet n'offrait guère de dispositions. « Ça rit de tout, ça ne comprend rien, et ça fatigue », disait-il souvent à Maxence. Lequel se moquait bien des chamailleries entre employés. Il avait déjà assez à faire avec les serveuses, Mique et les marmitons. La grande famille des Diligences était le plus souvent comme chien et chat. Maxence montrait peu de patience et confiait, le plus souvent, à son épouse le soin de raccommoder les accrocs.

Le factotum fit mine de lui lancer sa main à travers la figure.

— Je veux plus t'entendre, Justin. Sinon, tu retournes d'où tu viens. Regarde, putain, ça déconcentre le chien...

Anastase mena Mimile dans les fougères, histoire de lui faire prendre les odeurs. Le chien allait et venait dans le layon formé par une ancienne coupe de bois. Ils franchirent ensemble le dénivelé, en faisant le moins de bruit possible. Puis il laissa son chien mener la danse. Quand Mimile stoppait son avancée, immobile comme une statue de chien, le museau retroussé, la patte avant droite suspendue sur le vide, c'était le moment d'épauler. Sûr que la bécasse allait débouler à quinze mètres par-dessus les cépées.

En bordure d'un chemin, il tira ainsi au cul levé un seul coup, au-dessus des sureaux. Mimile rapporta la bécasse dans sa gueule.

— Regarde, dit Anastase à Pignolet, ce chien est un trésor. Il me la ramène en douceur.

Mimile eut droit à des caresses et repartit heureux vers le taillis de chênes.

— L'aurait pu t'la bouffer, rigola Justin.

— J'en ai connu, des chiens qu'avaient la dent dure, comme on dit, mais ils ont pas fait long feu. Un bon coup entre les oreilles, si tu vois ce que je veux dire. Parce que la cagne, inutile de s'en encombrer, ça tue le temps et ça use la patience. Et d'autres clebs, couards comme des lapins, que la moindre détonation faisait fuir aux cent diables. Mais notre Mimile est une bonne bête, rusée et intelligente. Suffit que je lui dise « Terre », et ça ne bouge pas plus que ce bout de tronc mort, mon gars.

La première bécasse était de bonne taille, la plume maillée de gris, de blanc et de marron. Le chasseur mesura la longueur du bec effilé et jugea que c'était un mâle avant de la ranger dans sa gibecière.

— Maintenant, décida Anastase, ce n'est plus la peine d'attendre, on n'en verra plus le bec d'une. C'est garanti.

Ils se mirent en marche vers le bras du Clam.

— A la passée, avec un peu de chance, on pourra s'en faire une, expliqua Anastase.

Le lieu de passage des bécasses se situait, de l'avis même du chasseur, sur le flanc gauche du ruisseau. Mais les deux hommes y parvinrent à la nuit, trop tard, et chacun réalisa qu'il faudrait y revenir le lendemain.

Avant de repartir, Anastase ramassa quelques poignées d'écrevisses à la lumière d'un falot caché dans une des barques de l'auberge. Comme Pignolet le regardait faire, droit comme un I, les mains enfouies au fond des poches, le chasseur le rabroua :

— Tu pourrais t'y mettre, animal. Comme je te l'ai appris, en te faisant pincer les doigts. T'inquiète pas, ça va pas te bouffer.

Les trois jours suivants, Anastase revint à la passée sur le bras du Clam. Il tua deux bécasses et trois râles des genêts.

— Les bécasses sont parfaites, jugea Ameline. Mais il me faudrait aussi quelques cailles.

Anastase montra alors les râles. La maîtresse des Diligences les observa en soufflant sur le duvet.

— Que voudriez-vous que j'en fasse ?

Le factotum haussa les épaules.

— Le râle, c'est le roi des cailles, dit-il. Bien meilleur que ce que vous me demandez. Essayez donc votre soufflé avec cette viande, vous m'en direz des nouvelles !

— Je n'ai pas le temps d'expérimenter ce gibier, mais je vous jure que je le tenterai à la première occasion.

Anastase comprit alors qu'il devrait poser ses filets dans l'île de la Vimenière sans tarder. Cette perspective ne le prenait guère au dépourvu, ça piétait ferme en ce moment du côté des garennes buissonneuses.

Depuis que l'auberge se préparait au festin, Maxence jouait le mort. Les heures passant, la peur lui gagnait le ventre, la même sorte d'angoisse qu'il avait éprouvée au banquet du trentenaire de la Cocagne. Il doutait de lui-même, mais aussi d'Ameline.

Nous serons ridicules, se répétait-il. Un président de la République, tout de même... Dans notre maison. Qui l'aurait imaginé ? Mais, bon Dieu, quel défi à relever !

Ainsi, ses jours s'écoulaient loin des cuisines, loin du bar, loin de sa clientèle habituelle. Marquey ne voulait plus voir personne. Il se réfugiait comme un enfant peureux dans son garage, au milieu de ses vieilles guimbardes. Pour s'occuper, il briquait les cuivres, effaçait les traces de poussière sur les portières, cirait les housses des sièges, huilait les capotes, brossait les capitons, graissait les ressorts et les moyeux des roues.

Un soir, comme il tardait à paraître, Ameline descendit le chercher. Elle le trouva sous un cab en train de resserrer les étriers des ressorts à lames.

— Que t'arrive-t-il, Maxence ?
— Rien.
— Je sens bien que rien ne va plus, depuis la visite de Villemothe. Est-ce le repas qui te turlupine ? Tu n'as rien à craindre. Je maîtrise parfaitement la situation. Nous serons à la hauteur. Je te le jure, Maxence.

Marquey émergea de sous le cab, le visage souillé de graisse et de poussière noire.

— Toi, tu maîtrises la situation, mais pas moi. Je pète de trouille.
— Tu n'auras rien à faire...
— Ce n'est pas une consolation. Je voudrais tellement participer à tout ça. Mais non, je ne le peux pas. C'est au-dessus de mes forces.

Ameline prit son mari dans ses bras et le trouva si abattu qu'elle en éprouva de la peine.

— Je voudrais tellement te communiquer ma force et mon allant, murmura-t-elle à son oreille.

Alors elle vit ce qu'elle n'avait encore jamais vu de lui, une crise de larmes. Cette découverte la laissa aussi ébranlée que le jour où il lui avait flanqué une gifle en plein visage. Un sentiment de pitié l'envahit, de dégoût aussi. Car ce n'était pas l'image qu'elle avait envie de voir d'un mari. Elle songeait à Eugène, à ses mots terribles : « Il ne vous correspond pas... » Pour la première fois, elle pensa que l'ingénieur avait raison, qu'elle se lasserait à la longue de porter son homme à bout de bras telle une chiffe molle, d'excuser ses incartades d'ivrogne, de faire l'impasse sur ses lâchetés quotidiennes.

— Nous étions si heureux, pleurnicha-t-il, au bon vieux temps. Heureux dans notre petite auberge sans prétention, à servir des repas simples. Je ne sais pas, Ameline, où tu nous embarques ? Mais ça me fait peur. Je ne me sens pas à la hauteur de tes menus du dimanche. Tous ces gens qui viennent de si loin pour goûter tes plats me font songer, souvent, qu'ils pourraient tout aussi bien nous négliger du jour au lendemain pour d'autres auberges mieux nanties que la nôtre. Dans le même temps, nous perdons la clientèle qui a fait vivre les Diligences depuis trois générations. Les familles de Meyssenac s'éloignent de nous, parce que nos repas deviennent trop chers ou parce qu'ils craignent d'y croiser des gens huppés. Tout cela me mine de l'intérieur. Je crains que nous ne tombions si bas que jamais plus nous ne nous en relèverons.

Ameline s'assit sur le billot de bois, près de la forge. Il en maintenait le foyer allumé pour on ne savait quoi, au juste. Il y avait toujours un bout de ferraille à redresser ou à façonner. Ainsi s'occupait-il à des tâches sans nécessité, s'inventant des travaux dérisoires en faisant mine d'y prendre goût.

— Tu es comme un roi qui s'ennuie, dit Ameline. Un roi qui se tiendrait loin de son trône, refusant d'écouter ses sujets et cultivant les souvenirs d'une gloire passée. Mais les temps changent autour de nous. L'auberge de tes parents est aussi désuète que ces voitures. Voudrais-tu devenir le gardien d'un musée ?

Maxence plaqua les mains sur son visage pour obscurcir la lumière blessante du dehors. Les mots mêmes d'Ameline ne faisaient qu'ajouter à son désarroi.

— Ma chute s'est amorcée le jour de la course que j'ai perdue contre l'infâme Castillac... commença-t-il.

— Tu ne vas pas encore reparler de cette histoire ! Je veux bien comprendre que tu as été ridicule ce jour-là, mais il aurait fallu te reprendre, remonter en selle aussitôt, ne pas laisser le doute s'installer en toi...

Que Maxence en vînt, à ce moment de sa détresse intérieure, à évoquer l'ingénieur surprit Ameline. Se pourrait-il qu'il ait eu vent du désir pressant de Castillac pour moi ? se demanda-t-elle. Et que tout ce trouble vienne de là, d'une jalousie qui n'oserait dire son nom ?

Il y avait tellement d'oreilles indiscrètes qui traînaient dans l'auberge, de gens malfaisants à la recherche de commérages, que cela eût pu se faire sans qu'elle s'en rendît compte. Elle fit mentalement le tour des personnes qui auraient pu vouloir lui nuire. Elle n'en trouva pas. Hormis Pierrette Loriot. Elle seule connaissait les insistances d'Eugène à son égard. Mais Ameline lui vouait une confiance aveugle.

Quel intérêt aurait-elle à me nuire ?

Soudain submergée par un sentiment coupable, qui lui paraissait bien injuste pour quelqu'un qui n'avait rien à se reprocher, bien que l'apparence fût contre elle puisqu'elle n'avait rien tenté pour éloigner Castillac, elle se rapprocha de son mari, lui caressa les cheveux.

— Je voudrais tellement te venir en aide, dit-elle. Mais comment ?

Maxence n'écoutait guère sa femme. Elle n'était qu'une voix lointaine dans le brouillard. Son esprit était entièrement encombré par une idée fixe qui le taraudait, sans fin, sans qu'il pût s'en délivrer.

— La mort de ma mère a été une catastrophe dont je ne me remettrai jamais, poursuivait-il. Lorsqu'elle était encore là, il me suffisait de la voir pour reprendre courage. Elle était tellement protectrice, tellement proche de moi, à l'écoute de mes silences. Aujourd'hui, je me sens seul, abandonné. Même Savin et Faustine me méprisent.

— Comment peux-tu dire une chose pareille ? releva Ameline.

— Savin ne pense qu'à passer son temps avec la petite Agathe Loubière. Les derniers conseils que je lui ai adressés, il les a entendus avec un petit sourire en dessous. Et Faustine n'aime pas la vie que nous lui avons donnée.

Elle ressent de la honte, à être la fille d'un aubergiste dans le trou du cul du monde.

Renonçant à le tirer de sa cache, Ameline retourna à ses fourneaux, en larmes. Elle prit soin de se refaire une beauté avant de paraître devant Hyacinthe, mais le rouge aux yeux trahissait les pleurs qu'elle avait versés. La cuisinière se fit discrète, pour une fois.

— Anastase a apporté les cailles. Et Bassinard les truffes.

— Les avez-vous goûtées, Hyacinthe ?

— Sous la graisse, elles ont gardé leur parfum. Bassinard est un maître en la matière.

Ameline était trop perfectionniste pour se satisfaire du jugement de sa cuisinière. Elle les goûta aussi, en gardant l'épluchure sur la langue.

— Celle-ci est à écarter, me semble-t-il.

Hyacinthe haussa les épaules.

— C'est pour me contrarier. Car je ne vois pas la différence.

— Regardez sa couleur rosée, elle a été cueillie trop tôt. La maturité, c'est décembre. Qu'on le veuille ou non. Mais les trufficulteurs sont tous les mêmes. Ils se hâtent par peur des gelées profondes.

Le matin du grand jour, quatre hommes de la Sûreté générale vinrent poser leurs jalons. Ils s'assurèrent que l'auberge fût fermée dès treize heures, puis ils commencèrent leur inspection, visitant toutes les pièces de l'hôtel, les dépendances, donnant leurs ordres pour la disposition de la table présidentielle, veillant à ce que l'alcôve fût débarrassée, les nouveaux rideaux installés.

Hyacinthe et le personnel de maison eurent droit à leurs congés, car il ne fallait aucun étranger dans la place, ni autour des fourneaux ni dans le service. Maxence lui-même préféra se retirer, car il ne supportait pas la présence du « chien de garde » – ainsi surnommait-il Bouloche.

Toutes affaires en ordre, Villemothe apparut enfin sur les coups de huit heures du soir. Il donna quelques conseils à la maîtresse de maison.

— Qui accompagnera le président ? s'inquiéta-t-elle lorsqu'on lui demanda de dresser trois couverts.

— Madame Henriette, dit Villemothe. Madame la présidente, précisa-t-il.

— Et la troisième personne ?

— Ce ne sera pas une surprise pour vous, fit le chef de cabinet.

— Vous voulez dire...

— En effet, Castillac. Il est très proche de... qui vous savez. C'est même un de ses hommes de confiance. Cela remonte à 1893, lorsque notre grand homme était ministre de l'Instruction publique. Eugène Castillac travailla pour lui, à Alger. Un rapport sur l'état d'illettrisme des jeunes Algériens..

La Rochet-Schneider stoppa à vingt et une heures précises devant la petite entrée de l'auberge. Il n'y eut aucun mouvement perceptible, la garde rapprochée se tenant à distance afin de ne pas éveiller l'attention des gens de Meyssenac. A cette heure-là, il y avait de toute façon peu de passants sur la rue des Remparts. Et ceux-ci eussent été fort perspicaces de reconnaître Raymond Poincaré, le nouveau président de la République, sous son chapeau panama. L'épouse elle-même se fit discrète sous une cape grise. A peine prit-on le temps de se retourner pour admirer le paysage au crépuscule que déjà le couple présidentiel s'était engouffré dans l'auberge des Diligences. Portes closes, rideaux tirés, l'opération s'était déroulée en moins d'une minute. Villemothe et Bouloche étaient satisfaits. Mission remplie.

Ameline en robe d'été rose, enveloppée dans un grand tablier blanc, se tenait près de la table dressée de nappes blanches et décorée de roses rouges. Eugène Castillac présenta la maîtresse de maison au couple présidentiel.

— Voici donc notre cordon bleu, dit Poincaré. Ce vilain monsieur, près de moi, a tellement insisté pour que nous venions, mon épouse et moi, goûter à vos trésors... Je m'en fais par avance une joie, car je suis gourmand. Sur ce point, comme dans bien d'autres, la France a des ressources insoupçonnées. Partout où l'on s'attable, le bon goût fait honneur à nos papilles.

Raymond Poincaré s'installa le dos à la fenêtre, face à son épouse. Eugène Castillac prit place sur le côté droit du président.

— Ce n'est pas que nous ayons très faim, fit la présidente. Nous sortons d'un banquet républicain pour entrer dans un autre. A Guéret, nous avons eu de la poularde de Bresse, à Tulle du perdreau rôti...

— Mais ici, reprit le président, nous allons déguster le soufflé d'Ameline. Je forme un vœu. Que ce mets sublime nous soit goûteux et léger.

— Je crois, monsieur le président, que vous ne serez pas déçu, insista Eugène.

Les convives n'eurent pas à patienter. Ameline apporta les timbales sur un plafond de braises. Alors, sans attendre, on dégusta le soufflé de cailles truffées, tandis que la maîtresse des Diligences servait le champagne que Castillac avait fait livrer, un Roederer princier.

Après qu'on se fut délecté du soufflé d'Ameline, Castillac alla chercher la cuisinière. Monsieur Poincaré se dressa aussitôt à son approche et lui baisa la main.

— Je reconnais le talent et plus encore l'art culinaire élevé à son plus haut degré. Car le gibier n'empeste point et la truffe est délicate. Cela est rare, discret, raffiné, comme une pièce de monsieur Debussy. La note est posée où il faut. Ni trop ni moins. Juste ce qu'il faut. Car vous êtes de mon avis, le goût ne saurait supporter l'excès. Une saveur à la fois. Une de trop et on ne sait plus faire la différence. Tantôt la truffe, qui se suffit à elle-même dans son simple appareil, est mélangée à mille choses et nos papilles gustatives ne savent où la situer, tantôt elle est livrée à elle-même, sans préparation, et la malheureuse ne parvient pas à exprimer son arôme.

Ameline s'inclina devant son distingué visiteur, le feu aux joues. Sur un geste d'encouragement de Castillac, elle voulut remercier le président pour ses compliments, mais sous le coup de l'émotion se ravisa.

— La Corrèze est un pays merveilleux, ajouta Poincaré. Le paysage varie à chacun des virages. On ne s'ennuie pas, à courir les routes.

Il se tourna vers son voisin et avoua qu'on l'accusait souvent de faire en tous lieux et tous temps des louanges gratuites.

— Je sais quand vous êtes sincère, monsieur mon mari, dit Henriette. Vos yeux parlent pour vous.

Soudain, Poincaré parut agacé par ces ronds de jambe. Il attendit qu'on eût desservi pour le plat suivant et se versa lui-même un verre de champagne. Eugène Castillac retourna en cuisine et demanda à Ameline de faire traîner les bécasses en longueur.

— Nous avons à parler, expliqua-t-il.

Il reprit sa place à la table présidentielle.

— Cette soirée est un délassement pour moi, le complimenta le président. Sans protocole ni mains à serrer. Les amis de monsieur de Jouvenel sont assommants. Les radicaux me courent après comme si j'étais devenu, tout à coup, le chef de meute. Et les socialistes me boudent, comme à Limoges. Je ne peux pas en vouloir aux amis de monsieur Jaurès. Ils n'ont pas digéré ma loi des trois ans. Pourtant, la guerre avec l'Allemagne est imminente. Ce n'est pas en se voilant la face qu'on évitera la catastrophe. Au contraire, il nous faut préparer le pays à l'inéluctable. Voilà ce qu'on me reproche, ma lucidité. Et Barthou est encore plus pessimiste que je ne le suis. Car si on écoutait monsieur Caillaux, qui est partisan de l'entente avec Berlin, nous poursuivrions notre bonhomme de chemin sans prendre garde, jusqu'à l'heure de la mobilisation. Et alors, qu'adviendrait-il ? Une France jetée sans préparation dans la mêlée. Il serait bien temps alors de critiquer les diplomates du Quai d'Orsay. Sur qui rejeter la faute ?

— Monsieur le président, je vous approuve. La loi des trois ans est une sécurité qu'il fallait prendre, quels que soient les cris d'orfraie des opposants.

Poincaré hocha la tête, le regard empreint de gravité.

— Pourquoi sommes-nous allés à Londres sceller l'Entente cordiale ? Nos amis britanniques ont les mêmes vues que nous sur la question. Dès lors qu'il y a identité de vue, l'affaire ne peut être que bien engagée. Notre entente s'est muée, par la force des événements, en une alliance militaire afin de préparer la guerre. Inavouable chose, par ces temps où les Français ne veulent rien entendre.

— Quels sont donc les termes de cette alliance ? questionna Castillac.

— Il était entendu que nos deux gouvernements se consulteraient en cas de menace. Une mission de guerre française et britannique serait chargée d'évaluer les forces à engager. Nous avons surtout avancé sur la stratégie de nos deux marines. Aux Français les opérations en

Méditerranée, aux Britanniques celles sur l'Atlantique, en Manche et sur la mer du Nord...

Ameline apporta les bécasses dans leur jus de truffes. Mais le président ne portait plus guère attention à son assiette. Il poursuivait son propos, sous le regard attendri de son épouse.

— Goûtez cela, Raymond, c'est aussi bon que le haricot de mouton de vos amis radicaux...

Poincaré éclata de rire.

— Mon talent en politique fut de ne jamais glisser dans l'excès, repartit-il. Concernant les querelles religieuses, je me suis tenu sur la ligne haute, comme je le fis dans l'affaire Dreyfus et pour l'impôt sur le revenu. Ma vision libérale en la matière m'a valu quelque reconnaissance. En période de crise, il n'est que l'orthodoxie qui vaille, ne bousculer ni l'entreprise ni le Trésor...

— Je ne vous ai pas toujours approuvé, reconnut Eugène.

— Je le sais, Castillac. Vous n'êtes pas trop républicain. Ou du moins préférez-vous l'état impérial à celui des partis. Je vous convaincrai un jour, si les petits cochons ne vous dévorent pas avant.

Poincaré riait en grimaçant. Il riait sans prêter l'impression de rire, plutôt de mimer une gaieté qui n'était pas dans le registre de son caractère. Il avait souvent l'air sombre et inquiet. Cela lui valait des critiques acerbes de ses adversaires. On le découvrait trop froid, trop calculateur. « Une pierre à la place du cœur », disait-on dans les travées de l'Assemblée nationale.

Henriette insista encore pour que son mari fît honneur au plat, mais l'heure de l'appétence avait passé. Il laissa les truffes à son épouse.

A ce moment du festin, le président voulut faire une pause. Il prit Castillac à part, l'attirant vers l'alcôve proche du bar.

— Ici, nous serons tranquilles pour deviser, dit-il en lissant sa moustache.

Eugène allait enfin connaître les visées secrètes de Poincaré à son égard. Son chef de cabinet, monsieur Villemothe, lui avait simplement dit, d'un air énigmatique : « Le président vous entretiendra, entre la poire et le fromage, d'une affaire de la plus haute importance à laquelle vous serez conduit à répondre par oui ou par non. » Eugène attendit que le président eût pris ses aises dans un des fauteuils, jambes croisées, petit gilet déboutonné et cravate rendue lâche.

— Monsieur Castillac, avez-vous suivi les derniers développements de l'état de siège en Tunisie ?

— Rien de plus que ce qu'en disent les journaux.

— Autant dire pas grand-chose, reconnut Poincaré. Depuis que la Tunisie est sous protectorat français, c'est-à-dire depuis le traité du Bardo en 1881, notre pays y a entrepris de vastes transformations structurelles dans tous les domaines. En un mot, nous avons imposé notre férule, cela afin de faciliter le travail des entreprises françaises sur les sites miniers en particulier. Le Grand Conseil a coopéré à merveille à notre grand projet de modernisation. Mais hélas, comme toujours, la population pauvre du Sud n'a pas recueilli les fruits de cette modernisation. Sans doute n'avons-nous pas été assez vigilants. Peut-être aussi, vous confesserai-je, avons-nous favorisé l'enrichissement des notables proches du Grand Vizir au détriment des tribus du Sud. Bref, notre politique de protectorat s'est bornée à enrichir nos alliés tout en négligeant le reste. Aujourd'hui, nous en payons les conséquences.

Poincaré tira un cigare de son étui et en mâchonna le bout. Castillac lui tendit du feu. Le président aspira plusieurs bouffées en rejetant la tête en arrière. Son regard s'attardait au plafond, comme s'il cherchait à écourter sa conversation. Après tout, son voisin n'était pas né de la première pluie, il le pensait au fait des affaires tunisiennes, peut-être autant que des affaires algériennes, auxquelles il avait été intimement mêlé, plus de dix ans auparavant.

— Notre politique, à notre corps défendant, a favorisé l'émergence du nationalisme tunisien. Les principaux chefs sont Abdeljelil Zaouche et Ali Bach Hamba. Ils ont fondé un journal, *Le Tunisien*, dans lequel ces farouches nationalistes développent leurs idées pour la liquidation, précisément, du protectorat français. Est-ce clair ?

— Tout à fait, monsieur le président.

— Les idées de Zaouche et de Hamba rencontrent une large audience parmi les leurs, d'autant que la politique française dans ce territoire n'a pas été toujours des plus subtiles. Interdiction des journaux hostiles à la France. Répressions sanglantes. Bref, j'en passe et des meilleures. Il y a quelques jours, devant l'accroissement des troubles et des révoltes, nous avons demandé au résident général à Tunis de proclamer l'état de siège. Depuis, la situation est bloquée, soumise à l'ordre militaire. Que faire pour rétablir la situation ? Ce statu quo est un pis-aller. Un échec français. Une verrue dans notre politique coloniale. Les rapports sur l'état des forces dont je dispose aujourd'hui sont ceux du résident général et du secrétaire du Gouvernement. Même son de cloche. Mêmes appréciations. Rien qui me permette d'appréhender la réalité. J'ai donc besoin d'un expert pour m'apporter des éléments de sources avérées. J'ai songé à vous, Castillac. Votre mission sera confidentielle. Bien entendu, vous jouirez de toutes les prérogatives nécessaires pour vos investigations. Je souhaiterais particulièrement votre avis sur la situation au sein du jeune mouvement nationaliste tunisien. Que veulent-ils, ces excités ? Existe-t-il un terrain de négociation ? Mais attention, Castillac, gardez cela pour vous. Car je ne voudrais pas que l'on croie que je suis disposé dès demain à entreprendre avec le gouvernement Barthou une sorte de remise en cause du traité du Bardo. Une mission exploratoire. Comprenez-vous ?

— Tout à fait. Je connais, monsieur le président, les hommes dont vous parlez. Zaouche, en particulier. Saviez-vous qu'il entretient des contacts avec le milieu intellectuel français ? Entre autres avec des écrivains tels que Pierre Loti et Charles Géniaux..

Poincaré resta dubitatif.

— Je suis membre de l'Académie française, mais ces derniers temps je m'en suis tenu éloigné. Je vous avouerai que les commérages du Quai Conti me laissent un peu froid, pour ne pas dire plus... Et puis vous le savez, Castillac, je suis le dernier homme à qui l'on fait ses confidences.

Le président se prit à rire. Puis, posant la main sur le genou d'Eugène Castillac, il attendit sa réponse. Comme elle tardait à venir, il ajouta :

— Cette discussion ne pouvait avoir lieu qu'en terrain neutre. Au palais, je suis cerné de toute part. Un vol de mouche n'y passerait pas inaperçu. Et l'on m'assaille de conseils et d'avis, tous plus farfelus les uns que les autres. Notre maison bourdonne de gens indispensables dont la moindre opinion vaut tout l'or du monde. Mais moi, je suis un esprit solitaire. J'entends agir à ma guise, bien que l'on prétende hélas qu'un président de la République n'est qu'une potiche. C'est l'effet même de notre Constitution. Celle de la Troisième République l'a désiré ainsi. Et pour un peu, Castillac, voyez-vous, j'en viendrais à regretter la présidence du Conseil. Nommez un président du Conseil à la tête de la République, vous le mettrez ainsi sous l'éteignoir.

— C'est pourquoi, avança Castillac, nous sommes ici, dans cette charmante auberge, éloignés des oreilles indiscrètes...

Le président hocha la tête.

— Toujours joindre l'utile à l'agréable.

Il croisa les bras, attendant patiemment que son invité donnât sa réponse.

— Comment vous refuser ce service ? dit enfin Castillac en fronçant les yeux. Je dis oui, bien sûr.

— Moi, je compte assez peu dans l'affaire. Le service que vous rendrez ira droit au cœur de la France, ajouta Poincaré d'un sourire grimacier.

Une semaine plus tard, la nouvelle se répandit à Meyssenac que le président Poincaré était venu incognito à l'auberge des Diligences. D'évidence, le pauvre Maxence n'avait su garder sa langue. Des journalistes de *La Dépêche*, de *La Gazette de Brive* et du *Courrier de la Corrèze* firent leur petite enquête, sans grands résultats. S'agissait-il d'une affaire sérieuse ou d'un canular ?

Bien entendu, Ameline démentit la nouvelle, et son mari aussi. De même du côté des officiels. Comment croire que le président avait fait faux bond aux notables corréziens pour un malheureux soufflé aux cailles truffées ? Quant aux raisons profondes de ce détour sur la route toute tracée du convoi officiel, le secret en fut bien gardé. Le nom même d'Eugène Castillac ne fut jamais cité. Quant à l'auberge des Diligences, tant de publicité ne pouvait que lui être favorable. Car il demeurait un petit doute, tout de même, dans les têtes. Peut-être que le président, en définitive, avait bien partagé la table d'Ameline...

12

Le scribe étourdi. — La grange Baraduc. — Inavouable vocation. — Le chant du départ. — Le chant du retour.

A la fin de l'année 1913, le jeune Savin, qui venait d'atteindre ses dix-neuf ans, avec un brevet élémentaire en poche, se destinait à entrer dans l'étude de maître Domergue comme gratte-papier. La perspective ne l'enchantait guère. L'univers confiné et poussiéreux d'un bureau le rebutait plus qu'il ne l'avait imaginé. Il commença à travailler, en janvier 1914, sous les ordres d'Arnolphe. Le clerc, qui était monté d'un grade, jouait d'une autorité grandissante sur le petit personnel. Savin faisait partie désormais de ses souffre-douleur. Tout ce que le pauvre Arnolphe avait subi durant ses longues années d'apprentissage, corvées humiliantes, propos vexatoires, petits bizutages de bureau, il le faisait rejaillir sur le jeune Marquey, comme quoi il n'est aucune leçon de la vie qui soit profitable durablement.

Le travail de Savin consistait à copier et recopier les actes notariés d'une belle écriture appliquée. L'usage voulait que les pièces fussent évidemment lisibles par tous, donc soigneusement calligraphiées. Domergue était si tatillon qu'il voulait que ses commis produisent des documents de minutes et d'expéditions conformes à la virgule près. Les premières semaines furent un enfer pour lui, car il n'avait pas encore acquis une écriture régulière. Sa plume se rebellait à former les boucles des *l*, les jambages des *m*, à faire la distinction entre les accents graves et les accents aigus. Maître Domergue corrigeait donc ses travaux d'écritures à l'encre rouge par de grands traits de plume. Chaque fois, essuyant les sarcasmes de ses voisins, les moqueries et les vexations d'Arnolphe, Savin désespérait d'atteindre un jour son but, produire une copie sans fautes.

En un mois, il parvint à des résultats convenables. Mais il n'était pas pour autant au bout de ses peines. Peu roué aux formules notariales, le jeune Marquey additionnait les confusions, mélangeait les articles, ou pire oubliait par exemple quelques relevés de parcelles dans un titre de propriété. Petit Savin – comme on l'appelait familièrement – devait remettre sur le métier cent fois son ouvrage. Les titres de propriété, les testaments, les transmissions de patrimoine, les successions d'héritage, les contrats de mariage remplissaient ses journées. Pour Savin, la copie des documents se faisait souvent sans réfléchir, tandis que son esprit vagabondait sur les rives de la Sévère, sous l'arbre tête-plate ou dans la cabane des chasseurs.

Au deuxième mois, Félicité Domergue le fit appeler dans son vaste cabinet, aux murs ornés de vilaines croûtes, l'espace occupé par des fauteuils profonds, des sofas accueillants, des tapis épais. Il fallait slalomer entre les meubles pour parvenir à lui, pontifiant derrière sa table.

— Alors, petit Marquey, qu'est-ce qui se passe ? Tu ne sais plus écrire ?

Savin baissait la tête. Il avait honte pourtant, mais ne parvenait pas à la prendre au sérieux, cette grande honte. Je ne suis pas à ma place, pensait-il. Mais sa mère avait insisté pour qu'il entre dans l'étude de maître Domergue.

« Un métier d'avenir. Une petite place tranquille où l'on grimpe les échelons, aussi sûrement que dans l'administration préfectorale. Il te suffira de te glisser dans le moule... Petit à petit, l'oiseau fait son nid. Le tien vaudra tous les nids du monde. Ce ne sera pas un métier de chien comme le nôtre, à servir le client, à subir ses lubies, ses outrages, à essuyer ses rebuffades sans broncher... »

Domergue l'observait par-dessus ses lunettes, comme un animal étrange.

— Tu as obtenu ton brevet avec la mention assez bien. C'est déjà un point dans la vie. Je ne te demande pas de rédiger les actes. Ça, c'est l'affaire d'Arnolphe. Mais recopier, nom de Dieu, c'est l'enfance de l'art.

Savin ne répondit pas. Il se disait, en lui-même : Pourvu qu'il me vire, ce vieux con. Mais non, le notaire était une bonne pâte. Il n'avait pas envie de se déjuger, lui qui avait fait une promesse à Maxence Marquey : « Tu verras, ton fils, j'en ferai un bon commis. Dans six mois, tu ne le reconnaîtras plus. »

Dans l'étude, on n'entendait que le tic-tac de l'horloge Second Empire posée sur le marbre de la cheminée.

— Je vais m'appliquer, maître. Je vous le jure, promit Savin pour en finir avec ce face-à-face stérile.

— Ah ! renifla Domergue. Le bon petit. Un Marquey, tout de même, ne saurait décevoir.

Domergue frappa dans ses mains. Le jeune homme se leva, partit en marche arrière. Le notaire aussi se dressa derrière sa table, en débraillé, les manches de chemise retroussées jusqu'aux coudes.

— Tu es amoureux, n'est-ce pas ?

Savin sentit le vent du boulet.

— Ça n'a rien à voir, monsieur.

— On ne pense plus qu'à sa petite Agathe. Et on fait des étourderies.

Félicité Domergue se mit à rire. Sa voix portait grave naturellement, aussi le ricanement était-il caverneux. Il lui ébranlait sa carcasse d'homme.

— Je vous jure que non, se défendit Savin.

— Les femmes, quand tu auras mon âge et mon expérience, ça te fera rigoler. Tu te diras, petit Savin Marquey, qu'est-ce que j'ai pu être bête...

Soudain, un éclair d'inquiétude traversa son regard.

— Dis-moi voir...

Le jeune homme se rapprocha du boss, dont les pouces jouaient à faire claquer les bretelles sur sa poitrine.

Quelle vilaine manière, pensa le garçon. Voudrait-il m'effaroucher ?

— Tu ne vas pas te marier, au moins ?

Savin rigola, nerveusement. Un rictus de comédie.

— Oh non, maître. Nous ne savons pas encore.

— Ah bon, tu me rassures, petit. Parce que ce n'est pas le moment. Dans six mois, on sera peut-être en guerre. Les temps sont incertains. Et quand c'est comme ça, faut garder la tête froide.

Savin croisa les bras sur sa poitrine.

— La guerre ! s'écria-t-il. Monsieur Domergue, où êtes-vous allé chercher ça ?

— Lis les journaux. Ça mobilise à Berlin. Ça mobilise à Paris. On prépare le grand choc. Pourquoi, tu as peur ? Tu es un bon patriote. Un Marquey doit se tenir prêt à défendre la patrie. C'est l'union sacrée des gauches, des droites et de tout le saint-frusquin. Alors, ta petite Agathe, mets-la au placard en attendant des jours meilleurs.

Le jeune homme fixait le tableau derrière Domergue. Il représentait un beau vieillard posant devant un pot de fleurs. L'ancêtre des Domergue, le fondateur de l'étude de Meyssenac, rue Monte-à-Regret. Depuis, dans l'officine cossue aux portes capitonnées et aux boiseries débordantes sur tous les murs, on ne faisait plus que des notaires de père en fils chez les Domergue.

— Que penses-tu de mon idée ? insista Félicité.

— Vous êtes un visionnaire, monsieur. Mais je souhaite que vous vous trompiez, tout de même.

Le notaire fit le tour de sa table, sa main molle aux doigts courts caressant les dossiers gris. Ils portaient tous de belles étiquettes avec des noms en écriture déliée : *Affaire Boulesteix-Trémois, Affaire Dame Libert-Crémieux*... C'était là son boulot, à Savin, calligraphier les patronymes, en rouge, en vert, en bleu. Une matière artistique dans l'étude austère. Il avait eu cette idée, petit Savin, mettre un peu de gaieté dans la grisaille. On lui en était reconnaissant. Car l'ouvrage d'un commis en écriture ne supportait guère la fantaisie.

Domergue toucha l'épaule de son scribe.

— La guerre est nécessaire. Comme dirait le vieux Bismarck, ça prépare la jeunesse aux valeurs éternelles...

— Il a dit ça, le vieux Bismarck ? Vous êtes sûr, maître ?

— S'il ne l'a pas dit, il l'a pensé. C'est dans l'âme allemande, toutes ces choses sur la grandeur des peuples. On a l'esprit conquérant ou on ne l'a pas. Mais alors, il faut s'apprêter à ployer l'échine, à rapetisser. Tout de même, la France, petit Savin, ce n'est pas un peuple d'esclaves. Qu'en penses-tu ?

Le jeune homme se recula jusqu'au sofa, buta contre le dossier, se recula encore, en se faufilant, arrière toute.

Le notaire marchait sur lui, le doigt tendu, prêt à le toucher au cœur.

— Tu partiras comme les autres, avec le fourniment. Et tu seras un héros, petit Savin.

Le scribe haussa les épaules.

— Oh non, monsieur. N'y comptez pas.

— Comment ça ? Déserteur, déjà ?

Domergue éclata d'un rire tonitruant.
— Je ne suis pas fait pour la guerre... commença Savin.
— Saligaud ! Que penserait de toi le père Marquey ?

Défiguré par la colère, Savin alla s'enfermer dans son bureau étroit, tapissé d'étagères. Il copia trois actes à la suite, consciencieusement cette fois.

Dire que je dois entendre toutes ces horreurs, songeait-il, pour cent cinquante francs par mois !

En sortant de l'étude, Savin bondissait sur son vélo et rejoignait Agathe pour lui faire l'amour. La grange Baraduc était le cadre de leurs émois amoureux. Le matelas de foin suffisait à leur bonheur. Il la prenait aussitôt, avant même qu'elle eût dit le moindre mot. Il la prenait au creux de la nuit, dans l'air tiède qui flottait autour d'eux, avec des gestes sommaires. Elle aimait à se dévêtir entièrement pour se coller à lui, chair contre chair. Il avait peur, parfois, de lui faire un enfant. Et cette crainte contrariait sa frénésie. Elle disait : « Qu'importe si cela arrive. » Car dans la seconde où leurs corps se prenaient, elle était résignée, déjà, à l'inéluctable. Mais le garçon se contenait frileusement. Il surveillait la seconde de sa jouissance pour qu'elle s'achevât hors d'elle, sur son ventre blond. « La lune m'est témoin que je suis le plus attentif des amants », disait-il. Ces mots-là, à peine murmurés, la faisaient tressaillir. Car elle avait besoin qu'il fût en elle, bien après la tempête, lorsque s'en revenait le plat sursaut de son désir anéanti. Elle ordonnait parfois : « Recommence ! » Un ordre dans la nuit. Et sa force reprenait sur le fil du silence. L'amour s'accomplissait alors en un doux élancement. Il s'arrêtait, contemplait ses yeux chavirés, repartait sur la pente. « Que ça n'en finisse jamais », suppliait-elle. La petite mort la foudroyait dans un cri. Souffle coupé, il la tenait ainsi, reins contre reins. « Regarde comme nous sommes faits l'un pour l'autre. Regarde comment nous sommes, un corps double. Rien ne nous séparera jamais », promettait-elle. Et ils pleuraient, lèvres contre lèvres.

Plus tard, ils s'abandonnaient à des jeux subtils. Elle aimait goûter sa peau, puiser sa force dans un tressaillement barbare. Il la griffait, la mordait, s'épuisait à des caresses interminables qui les conduisaient tard dans la nuit. Ils se promettaient de ne jamais se disjoindre l'un de l'autre. Mais la fatigue avait raison, à la longue, de leur douleur. Elle lui en voulait, enfin, qu'il fût rompu. Elle eût tant désiré que cette machine ne se délitât jamais.

« Pourquoi la source se tarit-elle ? »

Il riait, confus. Il aurait tant espéré que sa source restât haute, à fleur d'eau, comme une soif qui jamais ne se repaît. Mais il avait bu tout son soûl. Et, gavé d'amour, le corps glissait à l'abandon dans le repli souterrain des rêves.

« Je dors, prévenait-il.

— Restons en éveil. On ne sait jamais. »

Il somnolait tandis qu'elle recommençait à le goûter.

« Ça ne fait rien. Je peux faire, moi », murmurait-elle.

Et il se retournait un peu, sur le côté, dans le foin, pour échapper à sa gourmandise. Il l'entendait soupirer près de lui. Il se sentait triste, la faute à toutes ces idées contradictoires qui l'assaillaient. Il avait deviné ce qu'elle pensait. Si Agathe avait tellement envie que ça ne s'arrête jamais, c'était parce qu'elle avait peur que leur histoire finisse. Je n'ai que ma soif amoureuse pour le tenir près de moi, pensait-elle. Mais les hommes peuvent boire à toutes les sources, pensait-elle encore, à la mienne, à celle de Zélia, que sais-je encore. Il avait beau lui jurer que leur histoire était unique et que rien ne saurait la dissoudre, elle continuait à avoir peur. Alors, elle s'ingéniait à relancer ses caresses pour qu'il n'y eût pas une seule seconde de vacuité entre eux deux. Elle comblait l'attente pour ne pas en craindre les effets dévastateurs. C'était elle, Agathe, la grande amoureuse, qui avait exigé qu'ils se retrouvassent tous les soirs dans la grange Baraduc.

« Quand nous marierons-nous ? demandait-elle.

— Comme si nous avions besoin d'être mari et femme pour nous aimer, répondait Savin.

— Ça se fait, tout de même. Des fiançailles, peut-être ? As-tu pensé, Savin, que nous pourrions nous fiancer ?

— En effet, disait le jeune Marquey en la contemplant avec attendrissement.

— Tu serais d'accord ? »

Il disait oui, mille fois oui. Et cela semblait la rasséréner. Elle chantonnait une vieille complainte où il était question du plaisir d'amour. Elle disait que seul l'amour importait. Il l'approuvait. Il répétait que le temps viendrait, bientôt, où ils pourraient joindre leurs existences.

« Tout de suite alors », lançait-elle pour le mettre au défi.

Mais Savin ne savait pas ce que signifiait « tout de suite ». Comme si c'était réaliste de se lever, à la seconde, de courir à la mairie et de prononcer les vœux !

Ils se quittèrent au milieu de la nuit, comme chaque fois, à l'heure où les nuées fraîches montaient des fonds. La terre exhalait mille senteurs.

— Nous avons joué si longtemps à nous aimer, dit Agathe. Te souvient-il ?

— Je me souviens, répondit Savin, sur l'Ile-aux-Cailles En ce temps-là, Faustine était complice de nos jeux.

— Désormais, elle ne m'aime plus beaucoup, regretta Agathe.

Savin ne répondit pas. Il savait qu'il y avait un fond de vérité dans ce jugement.

— Tu lui écris toujours ? demanda Agathe.
— Toujours, répondit Savin.
— Tu lui parles de nous deux ?
— Non, avoua-t-il. Mais elle sait que nous sommes amants.
— Elle ne m'estime pas assez bien pour toi, déplora Agathe.

En marchant, ils avaient atteint les premières maisons de Meyssenac, la lune blanchissait les façades et prêtait aux feuillages une patine métallique. Un chien vint leur flairer les mollets, disparut aussitôt.

— Ma sœur m'estime trop bien pour rester au village, reprit-il.

Agathe lui passa un bras autour de la taille.
— Crois-tu qu'elle viendra à notre mariage ?
— Je ne sais pas, dit-il.
— Qu'importe, je ne lui en voudrai pas.

Ils se quittèrent comme chaque nuit à l'approche des remparts. Elle partait alors en courant. Il écoutait ses pas frapper le pavé jusqu'à ce que le battement allât decrescendo. Puis plus rien. Le silence de la nuit et ses vents d'aube.

Un soir après l'orage, dans la grange Baraduc, ils avaient écouté, attentifs, le ruissellement de l'eau sur les ardoises. Les éclairs, le grondement du tonnerre, le vent en bourrasque avaient retardé leurs jeux quotidiens. Elle avait simplement dit, en caressant la joue de Savin : « Je veux que tu me prennes doucement. Et que ça dure longtemps. »

Une fois leurs corps séparés, la pluie se remit à battre la toiture. Il y avait de-ci de-là quelques écoulements d'eau sur le foin, là où la couverture laissait à désirer.

— Ça fait drôle, dit Savin. Tu entends ce bruit ? C'est comme un doigt qui frappe le dos de la main.

Il s'amusa à imiter le bruit des gouttières en tapotant la cuisse d'Agathe.

Le vent reprenait de la force. Et les ardoises se mirent à cliqueter en série, comme une vague bruissante courant sur le faîtage.

— Il va falloir que je lise les journaux, dit Savin.

Agathe avait posé la tête sur son bras replié pour contempler son amant. Dans l'obscur fenil, elle ne voyait de ses yeux que deux perles noires.

— Pourquoi les journaux ?

— Il paraît que la guerre va éclater, murmura le garçon.

La jeune fille se renversa sur le dos, la respiration accélérée par l'émotion.

— Tu ne partiras pas, dis ?

— Non, dit-il. Non, je te le jure. Je ne partirai pas.

— Tu me le promets ?

— Oui, je te le promets.

Elle se jeta sur lui et l'embrassa à pleine bouche. Puis ses lèvres affamées parcoururent sa poitrine, picorant les baisers, quêtant les petits frissons d'amour que son jeu faisait naître.

– Et si l'on se mariait ? proposa-t-elle encore. Tu ne partirais pas. On en profiterait pour faire un enfant...

A l'auberge des Diligences, le retour des beaux jours avait relancé les sorties en calèche. Anastase dirigeait les virées sur les chemins de terre. Tantôt on allait pique-niquer au bord de l'eau vers Montestuy, où la rivière semble domptée dans le vert jade de ses profondeurs insondables, tantôt sur le dôme des puys, où l'on peut caresser le ciel. Les couples endimanchés adoraient qu'on étendît à même un banc de trèfles une nappe blanche pour y poser les couverts de porcelaine. C'était la seule auberge en Corrèze qui offrait ces délices, et d'autres aussi, qui avaient fait, peu à peu, sa réputation.

Ameline et Hyacinthe avaient abandonné les menus aux fruits de l'hiver pour travailler les primeurs. Cela donnait des jardinières de légumes avec des pigeons rôtis, des omelettes aux pointes d'asperges, des pluviers aux croûtes, du sauté de levraut aux pommes nouvelles... Dans la salle de restaurant, il y avait orgie de fleurs. Les lilas entêtants et les seringas aux arômes sucrés emplissaient les vases.

En trois années, Ameline, la courageuse Ameline, avait redoré la réputation de l'établissement. Mais cette aventure extraordinaire s'était faite dans la douleur. Rien ne se gagne sans dégâts, et Maxence l'avait appris à ses dépens. Son effacement faisait de lui l'homme le plus malheureux de Meyssenac. Cœur trop tendre, roche fragile, il ressemblait à ce brasier rouge limousin que les tempêtes de la vie corrodent. Nul ne le plaignait guère dans son entourage, car, fier et hautain, il préférait demeurer seul avec son drame, ce qui est, on en conviendra, une sorte d'héroïsme.

Les fins de semaine, Savin venait prêter la main. Il prenait de plus en plus goût à la cuisine. Son audace n'était pas toujours récompensée, surtout lorsqu'il se mettait en tête de faire des soupes d'orties ou des petits pois au pourpier.

« Si nous le laissons faire, ce brigand, disait Hyacinthe, nous perdrons tous nos meilleurs clients ! »

Pourtant, on trouva ses truites aux herbes fort appétissantes, tant l'ortie, l'ail sauvage et le serpolet y apportaient une note singulière. Un simple plat de tomates en salade pouvait ainsi gagner en saveur en y adjoignant une branche d'origan ciselée. Ameline prit même la liberté de l'inscrire sur sa carte, une preuve de confiance qui marqua l'esprit du garçon.

Seule dans la petite salle du restaurant, à l'heure où les bonnes âmes dorment, Ameline se prenait parfois à rêver au jour glorieux qui avait conduit un président de la République dans ses murs. Elle mesurait alors le chemin parcouru par une petite fille de la place Clichy, abandonnée par sa mère à l'orphelinat d'Auteuil. Elle avait fait ses premières armes dans la cuisine de chez Voisin, rue Cambon, en simple laveuse de vaisselle. C'était là, dès quatorze ans, dans ce restaurant majestueux où l'on servait les repas les plus chers de la place de Paris, qu'elle avait commencé à apprendre les rudiments de la grande cuisine. Mais qui le saurait jamais ?

Sur cette période ingrate de sa vie, Ameline ne dit jamais mot, ni à Maxence ni à ses enfants. C'était son secret, son farouche secret. D'ordinaire, ce que l'on dissimule est la seule vérité de sa vie, à la différence qu'Ameline était la plus douée de sa génération en matière d'escamotage. Elle avait appris sur le tas, dans la défiance et la rancœur, que le silence est la meilleure des cottes de mailles, qu'il n'est aucun destin, même le plus minuscule, qui ne se surmonte par le mépris.

Désormais, Ameline avait réalisé une partie de ses rêves : disposer d'un toit sur sa tête, fonder une famille, devenir une chef cuisinière. Sa fille Faustine avait passé avec succès son concours d'entrée à l'Ecole normale. Elle serait un jour institutrice. Quant à Savin, il se préparait à devenir clerc dans une étude de notaire. Elle avait insisté auprès de Domergue pour qu'il le prenne chez lui. Le bonhomme avait résisté, avant de s'y résigner : « Je le ferai pour Maxence, dit-il, mais surtout pour vous, Ameline, en souvenir de ce délicieux soufflé dont vous nous gratifiâtes un jour... »

Mais l'existence n'est point une route tracée d'avance, où se découvrent les obstacles à mesure du voyage. Ils surviennent, sournoisement, sans qu'on puisse les contourner. Pour une fois, sa lucidité fut prise en défaut, elle ne perçut pas que Savin ne ferait pas le métier qu'elle avait rêvé pour lui.

— Faudra-t-il que je passe ma vie dans un bureau à gratter des actes, à subir les remontrances de mon patron ? dit-il, un matin de juin 1914.

Ameline écoutait son fils distraitement. Elle lui avait acheté à Brive trois costumes de bonne coupe, gris comme de juste. C'était l'uniforme commun des clercs de notaire, austère et raide comme la justice. Il se sentait oppressé dans le petit gilet, étranglé par les cravates. Le chapeau melon lui faisait une tête de jeune vieillard. Et pour compléter le tableau, Ameline avait souhaité qu'il se laissât pousser la moustache.

— Moi qui ai passé mon enfance au grand air, j'étouffe dans un bureau, insista-t-il. Et puis, je ne suis pas bon en écriture. Faustine ne cessait de me corriger mes fautes d'orthographe. Tu te souviens, maman ?

La mère se retourna vivement.

— Tu ne connais pas ton bonheur. Un aussi bon métier à dix-neuf ans. Que te faut-il de plus ?

— Monsieur Domergue désespère de faire de moi un clerc. Je resterai gratte-papier toute ma vie. Voudrais-tu que je sois malheureux, comme papa ? Qu'y gagneras-tu ?

Le monde se déroba sous les pieds d'Ameline. Elle prit appui contre la table où elle préparait de la pâte feuilletée. De rage, elle s'empara du rouleau à pâtisserie et le leva sur son fils. Savin demeura immobile, face à elle.

— Serai-je obligé de vous quitter ? menaça-t-il.

Saisissant alors l'énormité de sa colère, Ameline prit son fils dans ses bras.

— Que veux-tu faire de ta vie ? demanda-t-elle à voix basse.

Sa main caressait la belle chevelure brune, ses doigts faisant et défaisant les crans souples qui lui étaient naturels. Le garçon avait les yeux mouillés par l'émotion. Cela faisait des années que sa mère ne l'avait serré si fort contre elle. Tant d'affection exprimée les ramenait aux jeunes années, lorsque la famille Marquey avait failli se disloquer. En ce temps-là, avec ses chers petits, Savin le doux et Faustine la rebelle, Ameline avait fait assaut inhabituel de tendresse.

— Je t'aime, maman. Plus que tout. Tu le sais.

Elle l'embrassait sur le front, sur les joues, sur les yeux, elle caressait son visage, effaçait ses larmes. Il n'était plus à ses yeux, malgré son âge, ses allures de jeune homme, que le petit enfant retrouvé après la fugue de Lacombelle.

— Tu ne partiras pas. Jamais, promit-elle. Nous trouverons un bon métier pour toi. Et tant pis pour le notaire. Il ne saura jamais ce qu'il perd, Domergue. Un bon petit, honnête et consciencieux. Après tout, je n'ai pas à décider pour toi. Tu le vois bien, Savin, nous voulions quelque chose de bien pour ton avenir. Mais c'est une bêtise.

Hyacinthe, assise près du fourneau, n'avait rien perdu de la conversation. Elle pleurait en silence, essuyant ses larmes avec un torchon. Si l'on avait demandé mon avis, songeait-elle, moi, je l'aurais dit que notre Savin ne serait jamais un saute-ruisseau. Mais je ne suis rien, dans cette maison, malgré les années. Les années ? Combien d'années ?

Et cela la rendait triste et malheureuse de se voir ignorée de ses patrons, comme elle l'avait été d'Antoine-Joseph et d'Anatoline. Ces gens ne s'aiment pas, de vouloir ainsi faire le malheur de leurs enfants. Tout ça par orgueil. Le misérable orgueil des familles.

Ah ça non, je ne regrette rien, ni d'être restée comme ça, vieille fille.

Le ressaisissement d'Ameline la rassurait et l'émouvait autant. Toutes mes colères, se disait Hyacinthe, n'ont pas jailli en pure perte, puisqu'un brin de raison règne dans la boutique. Il faudra encore des années et des années, bon Dieu, pour que les Marquey deviennent des gens raisonnables.

Soudain, la cuisinière se leva, le feu aux joues, traversa la cuisine et entra dans le repaire de sa patronne en poussant la porte d'un vigoureux coup de pied.

— Enfin, Ameline, vous le voyez bien, tout de même, que Savin veut devenir un cuisinier, comme vous ! C'est l'avenir de l'auberge des Diligences, cet enfant !

Bien que jugeant l'intrusion brutale, Ameline résista à l'envie de rabrouer son employée. Tout de même, Hyacinthe faisait partie des murs.

— Est-ce vrai, Savin, ce que dit Hyacinthe ? Tu veux devenir cuisinier, toi aussi ? Tu veux travailler avec nous ? Et plus tard, reprendre l'auberge ?

Le garçon regardait Hyacinthe avec un sourire reconnaissant.

— Ce n'est pas facile, maman, de te parler. Mais je crois que Hyacinthe a raison. Je veux devenir cuisinier, ici, chez nous, dans notre maison.

Ameline posa la main sur l'épaule de son fils pour le tirer à elle, mais il se tenait à distance, comme si cette force qu'il plaçait entre lui et sa mère était le signe même de sa volonté émancipatrice. Alors, la main d'Ameline retomba contre son flanc, impuissante.

— Oui, je comprends, dit-elle. J'ai beaucoup de défauts. Je suis imperméable aux opinions des miens. Je n'écoute que mon instinct. Mais c'est l'adversité qui a fait de moi cette femme conquérante. J'ai dû me battre toute ma vie. Contre les turpitudes de ton père, contre ta grand-mère, qui me haïssait, contre Antoine-Joseph, qui ne respectait rien chez moi, ni mes idées ni mes manières d'être. A la fin, j'ai fini par obtenir un peu d'affection de ton grand-père. Il a compris ce que je représentais, enfin. Sans moi, il n'y aurait plus aujourd'hui d'auberge des Diligences

Un mois plus tard, le jeune Savin apporta sa lettre de démission à maître Domergue. Le notaire n'en crut pas ses yeux. Bien que sa jeune recrue fût peu appliquée à la tâche notariale, il n'avait jamais envisagé de le renvoyer dans ses foyers. Et il ressentit sa désertion comme un échec personnel.

Ameline décida de placer son fils sous l'autorité de Hyacinthe. La cuisinière accueillit cette décision avec quelques réticences :

— Comment voudriez-vous que je le commande, mon petit Savin, moi qui l'ai vu naître et grandir ?

— Vous lui apprendrez les rudiments de la cuisine, sans faiblir et d'une poigne ferme. Pas de passe-droit. Pas de régime particulier. Il lui faut le traitement du jeune marmiton qui vient faire son apprentissage. Entendez-vous ?

Hyacinthe hochait la tête, la larme à l'œil. C'était la consécration de sa vie, la récompense ultime de sa carrière.

— J'en ferai un maître queux, de mon petit Savin. Je vous le promets, Ameline.

La mère parut rassurée et se retira dans son atelier. Elle passait de longues heures à potasser ses livres de cuisine. Elle avait lu et parfois expérimenté les leçons des plus grands cuisiniers : Urbain Dubois, Georges Auguste Escoffier, mademoiselle Rose, Jules Gouffé, Edmond Richardin...

Lorsque Maxence apprit, le plus incidemment du monde, que son fils avait abandonné son travail à l'étude

Domergue, il entra dans une violente colère. Ameline accueillit les cris et les vociférations de son mari comme le roseau qui ploie sous la bourrasque. Un mauvais moment à passer, se dit-elle. J'en ai connu d'autres, bien d'autres. Cette pensée la rendait rêveuse.

— Savin sera cuisinier, comme nous, dit-elle pour clore l'algarade. Après tout, il a choisi.

A quatre heures trente de l'après-midi, les cloches de l'église de Meyssenac sonnèrent le tocsin. Un bourdon lugubre dans un ciel d'été. La population envahit les rues de la cité, gagna l'hôtel de ville. Monsieur Victor Loriot occupait la plus haute marche, ceint de son écharpe tricolore. Il paraissait plus pâle qu'à l'ordinaire, tête nue, corseté dans un costume de toile grise.

— La guerre ! cria-t-il pour réfréner le tumulte des voix qui grondaient aux marches de son palais communal. C'est la guerre, reprit-il.

Il y eut alors un long silence. Les cloches avaient cesse de sonner. Et la tranquille quiétude semblait reprendre ses domaines. Ce n'était qu'une illusion.

— La France a décidé la mobilisation générale de ses troupes pour garantir nos frontières de l'Est, ajouta Loriot.

Sa belle envolée s'arrêta net. Les sanglots lui paralysaient la voix. Il fit un geste de dépit, ou d'impuissance, en élevant ses longs bras comme s'il voulait prendre son envol. Les gens de Meyssenac escaladèrent les marches. Et bientôt, il devint minuscule au milieu de la foule, emporté par la vague.

— Je n'ai pas pu expliquer cette chose terrible, murmura-t-il à l'oreille de sa femme, près de lui.

— Mais, mon chéri, il n'y a rien à expliquer.

Deux gendarmes fendirent l'assistance. On s'écarta en silence. Puis le chef punaisa sur la porte de la mairie l'affiche de la mobilisation générale.

— C'est du sérieux, dit Frazier.

— Allons, président, ajouta Combet, c'était un secret de polichinelle.

— Depuis l'attentat de Sarajevo et la déclaration de guerre de l'Autriche à la Serbie, on était sur la pente, ajouta Frazier. Maintenant, on va connaître des jours difficiles. Mais la victoire est au bout.

Loriot paraissait rêveur.

— Je pense à notre belle jeunesse, fit-il, les mains glissées dans ses poches, et je la plains sincèrement.

Pierrette était entrée dans la mairie et se rongeait les ongles. Soudain, elle se tourna vers une petite secrétaire qui pleurnichait dans son mouchoir de dentelle.

— Les hommes ne savent rien faire d'autre que la guerre, dit Pierrette. C'est une fatalité.

— Mon André va partir dans les vingt-quatre heures, ajouta la jeune fille. Qui pourrait empêcher ça ?

Madame Loriot observa la jeune femme en détresse. Elle avait envie de pleurer, elle aussi, mais ne le pouvait pas. Les mots lui manquaient, comme ils avaient fait défaut à son mari, quelques minutes plus tôt.

Le maire monta à l'étage avec les gendarmes. A mi-escalier, il fit signe à sa femme de se retirer. Ce n'était pas une affaire pour elle. Pourtant, elle demeura encore quelques instants au milieu de l'agitation générale, des bousculades.

— Faut nous réunir, disait Frazier.

— Pour quoi faire ? questionnait Combet.

Il y a des décisions à prendre, des résolutions, des...

– Ma parole, il est devenu fou, ce pauvre Frazier... Pour qui se prend-il ? Pour un général ou quoi ?

Les gens se mirent à rire autour de lui.

— Et moi, foutre, qui suis-je ? Un majoral...

Rires, à nouveau. Et Combet d'ajouter, en pointant le doigt en l'air :

— Un majoral, ce n'est pas un général...

Pierrette descendit vers la rue des Remparts, à pas lestes. La chaleur était lourde sous un ciel sans nuages. Elle songeait à ses plaisirs comme à regret, se disait que le monde, tout compte fait, venait de changer brutalement. Hier encore, il n'y avait que des occupations futiles dans ma vie : plonger dans la Sévère, se dorer au soleil, courir après un amant... Désormais, il va me falloir devenir raisonnable. Le pays souffre. Il conviendra de souffrir avec lui.

Pierrette avait cru que les temps nouveaux, le siècle commençant, s'en tireraient sans dégâts, comme l'on passe à travers les gouttes. Qu'ont-ils, ces pays d'Europe, à se chercher querelle ? Qu'y gagneront-ils ? Ce Kaiser a l'air bien belliqueux, décidément. Il suffit qu'on lui marche sur un pied pour qu'il déclare la guerre.

Elle entra dans l'auberge des Diligences d'un pas décidé. Maxence était derrière son bar, la mine défaite. Il ne répondit pas au bonjour de madame Loriot. Mais il l'accompagna d'un regard sombre. Quand elle se fut engouffrée dans la cuisine, il marmonna dans sa barbe :

— Ça lui f'ra pas grand-chose, la guerre ! Pas d'enfant à faire tuer. Rien.

Il se servit un canon de rouge, le but cul sec.

— Faudra penser à mettre des drapeaux aux fenêtres, montrer qu'on est solidaires tout de même, dit-il à Pignolet qui réparait la vitre d'une fenêtre. Nous sommes de bons patriotes, nous autres.

L'employé malaxait du mastic entre ses doigts, s'amusait à l'étirer, à le remettre en boule. Ça passait le temps, ainsi, à bayer aux corneilles.

— Toi, tu vas partir, mon gars, avec les réservistes de la classe 9. T'as rien fait pour que ça arrive, mais on te demandera pas ton avis.

Pignolet regardait son patron d'un air rigolard.

— Faut bien faire comme tout le monde.

— Espérons qu'ils te foutront dans un coin tranquille, à te rouler les pouces, c'est tout le mal que j't'souhaite, Justin.

Dans l'atelier, Pierrette trouva Ameline qui serrait son fils dans ses bras. Elle lui parlait près de l'oreille, le cajolant de gestes tendres. L'intrusion de madame Loriot la fit à peine se retourner. Alors, elle attendit, tête baissée vers le carrelage.

— Je te jure qu'il ne partira pas, dit enfin Ameline. J'en fais mon affaire. Mon pauvre Savin, qu'irait-il faire dans cette histoire ? Que ceux qui ont organisé la guerre la fassent et laissent nos enfants à leurs occupations. Faudra bien que la vie continue, ici, non ?

Pierrette n'osa contredire son amie. Elle avait peur qu'elle lui dise quelque chose comme : « En quoi te sens-tu concernée, toi qui n'as pas d'enfant ? »

Savin s'approcha enfin pour embrasser la visiteuse. Il voulut sortir ensuite, mais Pierrette le retint.

— Tu n'es pas mobilisable, dit-elle.

— Dans six mois, répondit Savin.

— Tu as le temps de voir venir, assura Pierrette.

Ameline passa une main sur ses joues pour écarter les larmes. Sa belle crinière brune était en bataille et son visage blanc trahissait l'angoisse.

— J'ai le ventre remué, dit-elle. On souffre par où on les a mis au monde, ces pauvres enfants.

Pierrette prit la main de son amie et lui baisa les doigts.

— Dans six mois, ce sera fini. N'aie crainte, ajouta-t-elle.

— Entre temps, je ne vivrai plus.

Savin quitta enfin l'atelier en détachant son tablier blanc.

— Je vais voir Pierre et Noël, dit-il. Avant qu'ils partent...

— Tu les connais, Bersac et Percale, dit-elle à Pierrette. Ces deux gamins sont mobilisés. Ils partent demain pour Reims.

Elle s'accorda un temps de répit pour réfléchir. Le temps semblait déjà s'emballer, sans qu'elle y puisse rien. Elle ajouta :

— Il y a aussi le petit Marcoussi, le fils du docteur, et Anjolas, des Brandes. Ensuite, ce seront les nôtres : Lubin Pourrat, Antoine Marcello, Gilbert Solade, et mon petit. Mon pauvre petit...

Ameline se laissa tomber sur une chaise. Elle était sans forces. Elle avait mal au cœur. Pierrette s'approcha d'elle pour l'embrasser encore. Elle se sentait coupable, à ce moment, de ne pas avoir d'enfant.

— C'est toi qui avais raison, dit Ameline. A quoi ça sert, de les faire, si l'on doit les donner à la guerre ? Faudrait que les mères cessent de procréer. Ainsi, tout s'arrêterait.

Pierrette tenta encore de la rassurer, affirma que les troupes françaises seraient à Berlin d'ici un mois.

— Où es-tu allée pêcher ces bêtises ? demanda Ameline.

— C'est Victor qui le dit. Ils savent des choses, les maires.

Ameline éclata d'un rire nerveux.

— Ton mari qui sait tellement de choses, il ferait mieux de s'arranger pour que mon fils soit ajourné. Je compte sur lui, au conseil de révision.

— Sous quel motif ? Il n'est pas chargé de famille...

— Ça peut se faire ! s'écria aussitôt Ameline. Je vais le marier à Agathe séance tenante !

— Mais il faut des enfants pour que ça compte...

— Ils feront des enfants. Je te le jure.
— Avant six mois ?... Tu déraisonnes, Ameline.
— J'en ai besoin à la cuisine. Sinon, que deviendra mon auberge ? Savin est indispensable à l'arrière, voilà, c'est tout simple.

Pierrette lui promit alors qu'elle ferait son possible pour que Savin soit ajourné. Ameline la fixa dans les yeux et lui sourit.

— Tu es gentille, Pierrette, mais tu n'y peux rien. Maintenant que la folie patriotique s'est emparée du pays, la machine ne s'arrêtera pas en chemin. Il faudra lui fournir de jeunes garçons pour la guerre. Jamais assez. Tu verras, Pierrette, je sens ça au fond de moi, la machine viendra chercher les réservistes aussi, jusqu'à l'âge de quarante ans au moins, cinquante peut-être. Même Maxence sera contraint à partir.

— Crois-tu que Victor partira, lui aussi ?

Ameline haussa les épaules.

— Oh non, je ne crains rien pour ton mari. Un maire, ça ne fait pas la guerre, ça reste à l'arrière. Ça dirige les gendarmes, il faut bien quelqu'un pour traquer les réfractaires, les déserteurs, les insoumis...

— Comment sais-tu tout ça ?

Le lendemain, à deux heures de l'après-midi, les gens de Meyssenac accompagnèrent les conscrits à la gare. Loriot avait ceint son écharpe pour la circonstance. Il menait le bal avec ses compagnons du conseil municipal, les cocagniers, eux aussi porteurs de drapeaux tricolores. On chantait *Le Chant du départ*. La fanfare donnait le *la* à grands coups de cymbales. Les femmes portaient des brassées de fleurs qu'elles jetaient sous les pas des conscrits. Félicité Domergue chantait et vociférait :

— Ne vous en faites pas, les gars ! Vous n'en ferez qu'une bouchée, du Boche. Dans une semaine à Berlin !

Le jeune Marcoussi hésitait à monter dans le train.

J'ai un pied sur la marche de l'échafaud, pensa-t-il.

— Pourquoi ces rires, ces embrassades ? Dis-moi, papa, ça ne ressemble à rien.

— Non, répondit le médecin, ça ne ressemble à rien.

Il serra son petit Martin dans ses bras, une dernière fois, le laissa aller vers son destin.

— Prends garde à toi.

— Ah, quelle fierté de voir notre belle jeunesse partir botter le cul aux Boches ! insistait Domergue.

Lui aussi embrassait les conscrits, il s'en voulait de n'être pas dans le train.

— Si je m'écoutais, fit le notaire à Combet, je partirais aussi !

Les prédictions optimistes de maître Domergue ne se vérifièrent pas. En moins d'un mois, l'offensive allemande conduisit les troupes de von Klück à vingt-cinq kilomètres de Paris. Mais, à Meyssenac, la nouvelle des déboires de l'armée française et de ses alliés anglais passa inaperçue. Les communiqués militaires publiés dans les journaux, *La Gazette* ou *La Dépêche de Brive*, étaient assez laconiques pour ne rien laisser percevoir de la gravité de la situation. La censure s'exerçait sur toute information ne relevant pas de l'état-major ou du ministère de la Guerre.

Si la défaite des premières heures avait été plus fulgurante encore qu'en 1870, les troupes françaises, repliées sur Vitry-le-François, Provins, Coulommiers, Meaux, étaient prêtes à repartir à l'offensive sous le commandement de Joffre. Dès les premiers jours de septembre, on publia des communiqués militaires plus rassurants. A la vérité, la bataille de la Marne était engagée, une contre-offensive puissante qui permettrait de revenir à Verdun, Reims, Soissons, afin de s'y terrer dans les premières tranchées de fortune.

Cent mille victimes, tel fut le bilan de la bataille de la Marne chez les jeunes recrues peu aguerries aux combats. Les premiers télégrammes parvinrent aux familles dans une France de l'arrière qui ne savait encore rien sur la réalité du conflit.

Le premier mort, à Meyssenac, fut le fils du docteur Marcoussi, le jeune Martin, âgé de vingt et un ans. Il était tombé, le soir du 8 septembre, à Villers-Saint-Genest. En lisant et relisant la funeste nouvelle, Marcoussi s'effondra en larmes.

— J'en avais eu le pressentiment, dit-il à sa femme, quelques minutes plus tard, lorsqu'elle le rejoignit dans son cabinet où il auscultait les malades.

Au milieu de la nuit, le médecin – qui avait administré un calmant à son épouse – prit le calendrier des Postes de l'année 1914 et chercha sur la carte de France où se situait Villers-Saint-Genest. Il dénicha le lieu, au nord de Meaux, sur la rive gauche de l'Ourcq.

Te voici bien avancé, songea-t-il.

Et le lendemain, comme si de rien n'était, Marcoussi reprit ses visites. Lorsqu'il se trouvait des gens pour le plaindre, le médecin ne répondait pas. Cela lui était insupportable de commenter la mort de son fils. Mais il savait, hélas, que la liste ne s'arrêterait pas au sien. Singulièrement, la mort des autres semblait rassurer les familles qui avaient un fils ou un père en première ligne. Cela sonnait comme un sursis, un espoir, alors que ce n'était qu'une branche pourrie à laquelle se raccrocher. « Ils ne mourront pas tous, disait-on. Le quart peut-être. Pourvu que le mien ne soit pas dans ce quart-là ! » Le docteur Marcoussi découvrit alors un sentiment nouveau qui s'était propagé dans l'esprit de ses concitoyens, l'égoïsme, le chacun-pour-soi, la débrouillardise, le sauve-qui-peut.

Le curé Terrieux fit donner une messe pour la mémoire de Martin Marcoussi. Mais le père refusa de s'y rendre, jugeant sans doute qu'il valait mieux prier pour les vivants. La réaction du médecin troubla les consciences. « Mon fils a payé l'impôt du sang », répétait-il simplement.

Un matin, le facteur déposa chez les Bersac un télégramme. Avant même de l'ouvrir, la mère s'effondra en larmes.

— C'est des nouvelles de notre Pierre ! s'écria-t-elle.

Le père Bersac sortit en hâte de son étable.

— Un petit bleu, c'est pas bien bon, ça !

Il demeura là, stoïque, tel un bloc de granit. Pas une larme, pas un cillement de regard. Chez les Bersac, ça ne se faisait pas, de verser des larmes. C'était bon pour les femmes, pas pour les hommes.

— Alors, qu'est-ce qu'il dit, ce télégramme ? insista la mère.

A la froide réaction de son mari, elle commençait à reprendre espoir.

— C'est comme pour Marcoussi, répondit-il. Ils sont partis ensemble, ils reviendront ensemble...

Terrieux fit une seconde messe, mais cette fois il n'y eut guère plus de monde que pour un office dominical.

Dans sa mairie, Loriot en avait assez de transmettre des lettres au député et au sénateur pour les demandes d'ajournement.

— Tout le monde veut aller à l'arrière, dit-il à sa femme. Mais la guerre, nom d'un chien, ce n'est pas à l'arrière qu'on la fait.

Pierrette n'avait pas oublié sa promesse. Elle ne songeait qu'à cela, comme si son amitié avec Ameline devait se jouer sur le résultat de sa démarche.

— Pour Savin, tu ne peux pas faire une exception ?

— Ni pour lui, ni pour personne, répliqua le maire sèchement.

— Et tes amis politiques, à quoi servent-ils ? A amuser la galerie ?

— L'armée allemande a failli entrer dans Paris. S'il n'y avait pas eu le génie de Joffre, tout était perdu. Maintenant, il faut tenir. Nous avons besoin de tous les jeunes Français et des réservistes sur le front pour contenir les assauts ennemis. Comment voudrais-tu que nous fassions du sentiment ?

Madame Loriot prit le vase sur la cheminée et le fracassa au sol. Victor se dressa, défiguré par la colère.

— Une folle, j'ai épousé une folle ! Dans ma mairie, faire ça ! C'est un scandale ! Tu mériterais que je te fasse chasser par le garde champêtre !

Les bras croisés sur sa poitrine, Pierrette narguait son mari.

— Tu n'es rien qu'un petit homme minable, Victor. Excuse-moi de te le dire, mais il te manque quelque chose entre les jambes. Tu ne sers à rien. Tu es comme tous ces petits maires qui jouissent de leurs prérogatives. Ça te fait tellement plaisir d'envoyer Savin à la boucherie ? Lui au moins, sauve-le ! Tu ferais bien ça pour ton fils ? Non ?

— Je ne le ferais pas, dit Victor en serrant les poings.

— Même pour ton fils, si tu en avais un ?

— Même pour mon fils, je ne le ferais pas.

— Crétin ! jura Pierrette.

Et elle partit en claquant la porte. Dans le couloir, elle se heurta à Léonce, le secrétaire, que les éclats de voix avaient attiré. Elle lui lança d'une voix ferme, sans même se retourner ni le saluer :

— Quand cette saloperie de guerre sera terminée, il faudra bien qu'il y ait des élections. Je souhaite de tout cœur que la population jette cet imbécile de maire à la rue !

Un mois plus tard, le train de Brive conduisit à Meyssenac les corps de Martin Marcoussi et de Pierre Bersac. Une haie d'honneur se forma à la descente des cercueils plombés. On les transporta ensuite à l'hôtel de ville, où avait été dressée une chapelle ardente. La municipalité avait souhaité que la population pût se recueillir devant les héros tombés au champ d'honneur. L'Etincelle meyssenacoise joua de tous ses cuivres *La Marseillaise*, *Le Chant du départ* et *L'Hymne aux morts*. Sur les cercueils recouverts du drap républicain, le maire avait déposé la Croix de guerre et la médaille militaire.

Après la cérémonie funèbre dans l'église, la population rassemblée accompagna les dépouilles au cimetière. Victor Loriot voulut faire un discours, mais le docteur Marcoussi s'y opposa fermement. Quant à Bersac, lui, il suivit le mouvement. Il ne voyait pas non plus à quoi pourrait bien servir un discours.

— Ça me le rendra pas. J'aurais préféré qu'il me reste à la ferme. Nous avons les pommes de terre à ramasser et le maïs à cueillir. Maintenant, je suis seul avec la petite et ma femme. La ferme va souffrir. Je vous le dis. Ces histoires, ça n'enrichit pas un pays...

Ameline suivit ces événements avec horreur. L'enterrement des deux jeunes garçons l'avait figée de crainte. Elle ne songeait qu'à son petit Savin et redoutait, au vu des événements du front, qu'il parte, lui aussi, en jour et en heure.

Pierrette Loriot passait voir son amie tous les jours à l'auberge.

Ameline comprenait, à ses silences, que les démarches n'avançaient guère.

Un matin, elle lui posa la question, tout de go. Pierrette baissa la tête.

— Je crois qu'il faudra frapper plus haut, dit-elle.

— Plus haut ? Mais qui ?

Pierrette se retint de répondre. Elle se sentait inutile devant la situation, impuissante à manœuvrer qui que ce soit. Elle eût voulu dire : « Il n'y a que toi qui puisses réussir ce prodige... La détermination d'une mère, voici le secret. » Mais elle resta en recul, dans les zones floues de son être torturé.

— Tu veux dire que Victor ne peut rien ?

— Victor est un homme sans pouvoir, un petit maire négligeable. Dans cette union sacrée pour défendre la France, dans ces élans patriotiques, le politicien reste l'arme au pied. Il laisse aller. Ce n'est pas dans l'épreuve que ces gens-là sont les plus efficaces.

— Alors, tout est fichu, dit Ameline en se prenant la tête dans les mains.

Pierrette la serra contre elle. Elle avait toujours éprouvé pour Ameline une vive affection. Elle voyait en elle la sœur qui lui avait manqué.

— Tu as plus de relations que mon mari, ajouta Pierrette. Le député, le sénateur... Ces gens-là ont du pouvoir. Ils font la pluie et le beau temps pour leurs familles. Crois-tu qu'ils envoient leurs fils au front ?

Ameline expliqua qu'elle avait vu Bonneval et Lamirand deux ou trois fois dans sa vie et que ça ne suffirait pas pour engager une telle démarche. Pierrette lui conseilla d'essayer tout de même, au plus vite, avant la tenue du conseil de révision du mois suivant.

Je vais leur écrire, se promit-elle. Demander une audience.

Et Ameline reprit espoir.

13

Une louve aux abois. — Les flagorneurs de l'arrière. — Le festin des conscrits. — Les visiteuses de l'hôtel Cotton. — Jeudi-Savin.

Par un bristol frappé aux armes de la Chambre des députés, monsieur Guy de Bonneval consentit à un rendez-vous dans son cabinet de Tulle, où il tenait chaque fin de semaine une permanence. Le carton était plutôt laconique, ce qui ne présageait rien de bon. Au passage, le député faisait observer que par ces journées effroyables son temps était précieux.

Lorsque Ameline montra le bristol à son amie, Pierrette eut une moue suspicieuse. Aussitôt, elle se proposa pour l'accompagner. Une manière de se laver de tout soupçon, puisqu'elle n'avait pu obtenir raison de son mari.

Deux jours plus tard, les renardes prirent le train pour Tulle. Les bureaux du député occupaient le premier étage d'un immeuble délabré de la rue de la Barrière. Ameline fut la première surprise qu'un parlementaire tînt sa permanence dans un secteur où bourgeonnaient les taudis.

— C'est pour impressionner le petit peuple, railla Pierrette.

La plaisanterie ne dérida guère sa voisine, tant l'appréhension lui tenaillait l'estomac.

Ameline se posait mille questions contradictoires. Elle redoutait l'impuissance générale, dans ce climat patriotique qui s'était emparé de la France. Même si monsieur de Bonneval dispose du pouvoir discrétionnaire d'ajourner le départ de Savin, s'en saisira-t-il, au regard d'une administration tatillonne contrôlée par l'autorité militaire ? Durant le voyage, elle avait ruminé cette question sans parvenir à se rassurer. Alors qu'elle aurait voulu entrer dans l'arène la tête haute, le pas conquérant et le propos convaincant, elle avançait vers son rendez-vous la mine défaite.

Une secrétaire fit asseoir les deux visiteuses dans un couloir face à la Déclaration des droits de l'homme et du citoyen, exposée dans un cadre noir à liseré or. Pour occuper le temps, Ameline se mit à lire les deux ou trois premiers articles. La seconde phrase du premier article retint surtout son attention : « Les distinctions sociales ne peuvent être fondées que sur l'utilité commune. » Ameline baissa les yeux sur le tapis rouge tapissant le couloir jusqu'à la porte du cabinet. Je viens quérir un privilège, pensa-t-elle. Le privilège est le contraire d'un droit légitime, puisqu'il contrarie l'utilité commune. Pour l'heure, l'utilité commune est d'offrir le sang de ses enfants à la patrie en danger. Tout passe-droit serait donc un avantage. Et pour quelle raison me l'accorderait-on ? Qu'ai-je fait pour mériter qu'un représentant du peuple trahisse pour moi ses principes républicains ?

Ameline se leva de son siège et rajusta son châle sur ses épaules.

— Partons, dit-elle. Je n'ai rien à espérer.

Pierrette l'arrêta d'un geste protecteur, lui prenant le visage entre ses mains pour apaiser sa détresse.

— Ce n'est pas malin de renoncer maintenant. Pense à ton petit Savin. Il a besoin de toi. En quoi serait-il scandaleux qu'une mère défende son fils ? Moi, si j'étais à ta place, je n'aurais aucun principe. Tu dois être, ma petite, comme une louve aux abois. Et montrer à ces hommes de pouvoir qu'ils ont aussi des devoirs devant la souffrance des mères françaises.

La porte s'entrouvrit à ce moment, mettant un terme à la valse-hésitation d'Ameline. D'une main ferme, Pierrette propulsa son amie dans l'antre du député.

— Veux-tu que je t'accompagne ? proposa-t-elle.

Ameline refusa, préférant l'idée d'un tête-à-tête avec Bonneval.

L'homme l'accueillit chaleureusement en lui posant mille questions sur l'auberge des Diligences, rappelant au passage quelques anecdotes sur le fameux banquet du trentenaire. En vérité, Guy de Bonneval était revenu chez elle à trois reprises avec sa Katouchia pour des dîners fins. Mais de ceux-ci il paraissait ne pas se souvenir. Ameline hochait la tête avec un sourire forcé. Cette péroraison ne faisait qu'ajouter à son anxiété, car elle avait hâte d'entrer de plain-pied dans le vif du sujet. Mais il semblait que le député prenait un malin plaisir à en retarder le moment. Ses gestes eux-mêmes se faisaient caressants, comme ces hommes qui vouent à la beauté féminine une admiration sans borne.

Enfin, Bonneval la pria de s'asseoir dans un des fauteuils qui occupaient l'angle de son bureau. Il prit place à son tour, les mains jointes. Il l'observait avec attention dans la pâle lumière du jour.

— Vous paraissez préoccupée, chère madame, comme nous tous je présume. Car nous vivons, hélas, des temps effroyables. Mais il faut garder confiance. Nous disposons de la meilleure armée du monde. Et si nous sommes parvenus à contenir l'avancée allemande, nous le devons au général Joffre. Désormais, le balancier est de notre côté. Et les prochains mois seront décisifs.

Il faisait de grands gestes en appui de sa démonstration. Ameline se sentait bien loin de ces démonstrations d'optimisme auxquelles elle ne croyait pas.

Soudain, elle l'interrompit d'un geste où affleurait une colère naissante. Elle se sentait proche de la crise de larmes, de ne pouvoir placer un mot.

— Vous allez me trouver bien égoïste, en ces heures où l'on ne parle que de sacrifices, commença-t-elle. Mais ma requête est simple. Elle est dictée par l'amour maternel. Vous me direz, monsieur le député, que vient faire l'amour maternel en pareille situation ? J'ai un fils qui doit partir dans les premiers jours de janvier. Je souhaiterais que vous interveniez pour qu'il soit exempté. Le Conseil de révision doit tenir ses assises dans quelques jours, et j'ose espérer qu'il n'est pas trop tard pour que l'exemption soit prononcée à son égard. Ce serait me faire grand plaisir... Soulager mon angoisse...

Au fil des mots, elle perdait pied, peu à peu. Ses idées s'embrouillaient. Certes, elle avait dit l'essentiel. Elle avait exprimé son souhait. Mais il y manquait l'argument décisif qui eût pu convaincre le député. Mais quel argument ? Quelle raison impérieuse ?

Guy de Bonneval l'avait écoutée sans ciller. Aucun sentiment ne transparaissait sur ce beau visage lisse. Même l'expression « amour maternel » n'avait pas infléchi sa décision. Il se rapprocha d'Ameline, lui prit la main.

— Votre requête me touche profondément. Que vous soyez inquiète pour votre fils me paraît légitime. Toutes les mères souffrent en ce moment où la France est en danger. Comprenez-vous ? La France est notre mère nourricière. Elle est bonne et généreuse en temps de paix. Nous la louons, nous la chérissons. Et bien plus encore, en ce moment où elle est en péril. Nous découvrons horrifiés que nous pourrions la perdre. Les conséquences seraient terribles. Nous serions tous ses orphelins, réduits à l'esclavage, soumis à la botte de l'ennemi. Comment éviter le désastre, sinon en demandant à tous les enfants de France de voler à son secours ? Ce que nous espérons de votre cher fils, c'est qu'il se range à son devoir.

— Oh monsieur, je comprends parfaitement votre leçon de morale...

Monsieur de Bonneval montra alors son impatience devant la résistance de sa visiteuse. Ses mains se joignirent devant son visage.

— Ce n'est pas une leçon de morale. Mais un appel à la raison.

— Je ne veux pas que mon fils paye de sa vie une guerre stupide.

— C'est une guerre du droit. Le droit d'un peuple de se défendre contre une agression extérieure. Tout simplement.

Ameline se dressa de son fauteuil. Elle avait besoin de donner libre cours à la tension qui la possédait. Jouer son va-tout, pensa-t-elle, vaincre ou perdre.. Le député sentit cette détermination dans le regard d'Ameline Marquey. Il soupira à la perspective d'une épreuve de plus dans sa vie d'homme public. La fonction avait parfois ses inconvénients, comme en cet instant où il lui fallait faire front à une louve aux abois.

— Monsieur le député, je ne suis pas venue écouter un discours sur l'impôt du sang. Rien, jamais, ne justifie un tel sacrifice. Dans vingt ou trente ans, on mesurera l'absurdité de cette guerre alors que plus personne, j'imagine, n'en comprendra les motifs.

Guy de Bonneval leva les yeux au ciel.

— Vous parlez comme ce pauvre Jaurès, qui croyait qu'une grève européenne suffirait à stopper la guerre. Heureusement, ses amis ont fini par se ranger à la raison en participant à l'union sacrée contre l'ennemi.

— Je veux simplement entendre de votre propre bouche si vous comptez donner suite à ma requête. Et exempter mon fils de ses obligations militaires...

Le député sortit du tiroir de son bureau une liasse de lettres et la brandit devant Ameline.

— Croyez-vous être la seule à me faire ce genre de requête ? J'ai là des dizaines de demandes pour moult raisons : pieds plats, déficience intellectuelle, surdité, myopie, et d'autres motifs plus étranges encore, comme cet instituteur qui se déclare indispensable à l'arrière parce qu'il rédige le courrier d'un maire analphabète... Si l'on accédait à toutes les demandes, qui donc irait défendre la patrie ? Ne serait-ce pas une grande injustice que d'exempter les uns et d'obliger les autres ? Nous avons des comptes à rendre à la nation. Que croyez-vous, madame ? Qu'il suffit de la signature d'un député pour exempter, réformer, ajourner...

Ameline sentit le sol se derober sous elle. Elle chercha un appui et ne trouva que le bras de monsieur de Bonneval qui se portait à son secours.

— Elle ne va pas faire un malaise. Tout de même...

Il appela sa secrétaire pour qu'elle reconduisît sa visiteuse.

— Ces permanences sont assommantes, dit-il à son employée après que madame Marquey eut quitté les lieux. Dorénavant, vous ne me prendrez plus de rendez-vous sans motif valable, ordonna-t-il.

Puis il reprit place derrière son bureau. Face à lui, la photo de Katouchia. Heureusement qu'il existe quelque consolation dans la vie de chien d'un député, songea-t-il.

Tandis que l'arrière croyait encore aux miracles, le front avait perdu ses illusions. Les journaux sanctifiaient l'héroïsme des combattants à pleine page. A en croire les propagandistes, l'Allemand était couard, indiscipliné, mutin devant les baïonnettes, alors que le Français restait téméraire, enflammé, audacieux... Nos généraux étaient les meilleurs du monde et ceux de l'ennemi aussi stupides et vaniteux que Guillaume II. Pour ne pas demeurer en reste, le notaire Domergue tressait à sa façon les lauriers du valeureux poilu et taillait des croupières au petit Boche. C'était réellement étonnant, cet homme, d'une placidité proverbiale dans la paix, que la guerre, soudain, rendait vindicatif et fielleux.

— Comment pourrions-nous perdre devant les Boches ? Nos soldats nettoient les tranchées à l'arme froide et au son du clairon. Notre pur acier troue le ventre mou de ces figurants de papier. Les pertes sont si nombreuses dans les rangs ennemis que les fuyards rampent sur des montagnes de cadavres...

— Ah le Français, ajoutait Broussolle, lorsqu'il se range à une discipline de fer, est un géant. Souvenez-vous des grognards de Napoléon, qui ont soumis l'Europe entière...

Ça buvait. Ça chantait. Déjà oubliés les premiers morts, Marcoussi et Bersac. Là aussi, Domergue avait une explication.

— Je vous ficherais mon billet qu'ils sont morts de la grippe espagnole !

— Ça, maître, vous avez raison, reprenait Gémo, la grippe espagnole, c'est terrible. Si l'on n'y prend garde, ça décimera nos rangs. Et contre le virus, l'arme froide ne peut rien.

Rires à toutes les tables. Tournée générale pour les résistants de l'arrière.

— La victoire, nous l'avons dans le sang ! s'écria Broussolle. Il suffit que le clairon sonne la charge pour que la race conquérante se réveille...

Appuyé à son comptoir, le clope au bec, un verre dans le nez, Maxence Marquey écoutait sans enthousiasme les bonimenteurs attablés dans son café. Tous les cocagniers s'y mettaient aussi, à refaire les batailles. Le vin aidant, chacun se métamorphosait en généralissime. Les plus audacieux expliquaient pourquoi Lille et Noyon étaient sous la botte allemande et la stratégie adéquate qu'il fallait employer pour bouter l'ennemi derrière le Rhin. Jusqu'au majoral, un homme d'ordinaire intelligent, qui avait été contaminé par cette crasse bêtise. Il courait par les rues de Meyssenac pour y annoncer des victoires imaginaires.

La première permission du jeune Anjolas doucha les flagorneurs. Il vint au café en uniforme, le bras en écharpe, expliquer par le détail ce qu'était la guerre dans les tranchées. Les monceaux de morts se dénombraient sur les deux versants, souvent confondus dans le même charnier. Le front avançait et reculait d'un jour sur l'autre, à mesure que les collines de Verdun changeaient de relief sous le feu des canons. Visage insoupçonné de la guerre, insupportable aux baratineurs de l'arrière.

A peine sortait-il de l'auberge que les voix reprenaient dans son dos.

— Ce petit Anjolas a toujours eu mauvais esprit, expliquait Domergue. Un défaitiste, forcément. Ça devrait passer en conseil de guerre...

Ameline fuyait ces soirées terribles qui ressemblaient à des veillées d'armes.

— Si vous l'aimez tellement, cette saloperie de guerre, enrôlez-vous, que diable ! s'écriait-elle. Et allez donc la faire à la place de nos fils. Eux, ils ne demandent rien, sinon qu'on les laisse en paix dans leurs quartiers de printemps.

Ainsi les chassait-elle de son auberge, sans discernement, avec force gestes, tandis que Maxence observait le manège d'un regard froid. Depuis que sa vie pleine et entière se passait dans les quinze mètres carrés du bar, il se sentait comme en prison, ours en cage ou fauve de jardin d'acclimatation, l'âme chavirée par ces temps nouveaux descendus sur lui comme une bourrasque. Il rêvait à l'ancienne époque, celle de sa jeunesse, où l'on retrouvait l'homme constant dans sa mansuétude et son insouciance. L'irruption de la guerre et de ses cortèges de vertus outragées et de veuleries cachées tenait désormais le haut du pavé, au point d'obscurcir la douceur des choses.

Les feux éteints, Maxence se retirait dans sa caverne d'Ali Baba aux mille trésors : les vieilles gnôles sacrées de l'année 1903, les vins bouchés de Peyrignac, les liqueurs de noix distillées à la sauvette, les vieux verres patinés des soirées d'orgie où l'on trinquait aux diligences, aux broughams, aux clarences, et à ces jeunes filles de bonne famille qui éparpillaient leurs volants de mousseline en fleurs sur le cuir rustre de ses sièges. Dans ces instants sacrés où la mémoire s'en remontait le fleuve, il revoyait sa jeunesse passée en sépia, comme sur les photos impressionnées à la lumière naturelle. Les visages peu à peu disparaissaient dans un voile, jusqu'à ne plus rien distinguer que l'ombre solarisée des souvenirs.

Chaque nuit, dans l'angoisse, Ameline attendait le retour de son fils. Il rentrait à pas de loup, pour cacher sa désobéissance. L'amour d'Agathe était comme une douce cachotterie. La mère ne voulait pas lui voler par des questions les heures qui lui restaient. Elle le laissait prendre ses aises dans le temps, gaspiller ses secondes, se repaître de sa liberté. Elle pleurait, parfois, en silence, de rage et de découragement.

Pierrette avait pris à son compte le désarroi d'Ameline. Le destin de Savin la préoccupait autant que s'il avait été de sa chair même, de son sang, de son âme. Si elle n'avait pu gagner son pari auprès du mari qui partageait sa vie, du moins avait-elle compris, mais un peu tard, que son échec personnel était la conséquence de la loi féroce des hommes opposée à la douceur des femmes, mères et amantes, toutes réunies dans la même affliction impuissante. Elle ne supportait plus Victor, depuis qu'il s'était rangé à l'union sacrée. Elle eût désiré, pour lui conserver un peu d'amour, que sa générosité fît une entorse à la règle générale. Même son fils, si fils il y avait eu, il l'aurait envoyé à la boucherie, ce salopard ! se répétait-elle en éclusant des petits verres de brandy. Et son ventre aussi la torturait, pour l'enfant menacé qu'elle n'avait su lui donner. Mais qu'importe, pensait-elle, puisqu'il l'aurait sacrifié... Ma stérilité sera au moins ma première revanche, n'avoir pas offert de chair à canon à la France.

La femme du maire n'avait plus qu'un désir chevillé au corps, morbide et exacerbé, s'abandonner au premier venu. Elle courait à Brive, sur la pente ordinaire des passades. Allait d'un hôtel à l'autre, pour fuir la honte du regard. Femme à soldats, putain à permissionnaires. Ce qui l'attirait chez l'amant de circonstance, c'était le rescapé du front, dont elle éclusait les plaisirs jusqu'à la lie. Elle se laissait ainsi labourer le corps dans l'épuisement des sens. Sa douleur intime ne trouvait réparation que par le spasme du coït, le plus souvent à la sauvette, car l'amant de passage, en capote bleu horizon, était pressé, sommé déjà de repartir vers l'incertain, le pays étrange où le sang est le pain quotidien. Dans la besogne amoureuse, elle éprouvait le sentiment au moins d'apporter au soldat son dernier plaisir avant qu'il ne devienne un gisant dans la glaise, un anonyme dans la multitude sacrifiée

Le défilé des conscrits du conseil de révision de la classe 15, nus pour passer sous la toise, avait pour cadre la salle des fêtes de Salvayre, festonnée du tricolore de la République. Assis derrière une table nappée d'un drap rouge se tenaient les juges, dont les seuls mots avaient valeur de sentence : « Bon pour le service », « Réformé »...
Victor Loriot se tenait en bout de table alors que l'autorité militaire occupait les places d'honneur. Autour du sous-préfet avaient pris place l'officier général, le commandant de recrutement, le député. Un peu à l'écart, derrière une petite table, le sous-intendant militaire tenait registre. Et plus loin, le médecin militaire officiait, dans un couloir formé par deux draps tendus. L'examen des conscrits s'opérait en quelques gestes sommaires. Le sous-préfet livrait le nom de l'appelé. Celui-ci s'avançait sous la toise. Le médecin égrenait d'une voix neutre la taille de ses soupirants, le poids, le périmètre de la cage thoracique. Il examinait les yeux, les oreilles, les dents... Il posait quelques questions sur d'éventuels antécédents médicaux : tuberculose, syphilis, malformations congénitales, varices... En vérité, le médecin avait l'œil aguerri. Rien ne pouvait le tromper, pas même une astucieuse simulation.
Ce jour-là, tous les appelés de Meyssenac furent déclarés « Bon pour le service ». Antoine Marcello s'applaudit à l'énoncé du verdict. C'était fierté, tout de même, d'être déclaré conscrit. Un atout auprès des filles. Bien que Lubin Pourrat ne fît qu'un mètre soixante-trois, on le jugea apte pour l'infanterie, car sa cage thoracique était de quatre-vingt-dix-huit et son poids supérieur à soixante kilos. « Indice 0 », nota le sous-intendant militaire. Le garçon

poussa un cri de soulagement. Jusqu'au dernier moment il avait cru que sa petite taille lui vaudrait le service auxiliaire, c'est-à-dire le mépris ou le sarcasme de ses camarades.

— J'ai toujours su que je passerais au travers, dit-il à la cantonade.

Le bureau de révision s'amusait de sa réaction, même le sous-préfet, qui était un pince-sans-rire.

— La taille moyenne peut être un atout dans l'infanterie, expliqua le commandant de recrutement. Jadis, on exigeait au moins un mètre soixante-cinq. Désormais, on a descendu la taille minimale requise à un mètre cinquante-trois.

L'avis de l'officier fut salué par des hochements de tête. Le besoin du recrutement justifiait des normes plus lâches. Les régiments d'infanterie avaient un besoin urgent et vital d'hommes pour garnir les tranchées. En tout état de cause, le conseil de révision demeurait, guerre ou non, une fête, avec ses cocardes, ses coups de clairon, ses beuveries, ses festins, ses charivaris...

— Merci, merci, répétait Lubin en se retirant. Enfant, j'étais déjà capitaine. Sur l'Ile-aux-Cailles. C'était mon île au trésor. Vous ne pouvez pas savoir ce que vous me faites plaisir, messieurs.

Gilbert Solade accueillit l'énoncé du verdict sans un mot, comme Savin Marquey du reste. Les deux derniers à être « révisés » s'attardèrent auprès du gratte-papier qui achevait de remplir leurs certificats d'admission dans le service armé.

Le député de Bonneval accompagna du regard le fils Marquey jusqu'à la porte de la salle des fêtes, où un auxiliaire militaire distribuait des cocardes tricolores. C'était la première décoration qu'on offrait aux recrues et qui en faisait déjà des moitiés de soldats.

Au-dehors, sur la place de Salvayre, le tintamarre avait commencé. Les élus offraient à boire sur une table à tréteaux. Le vin coulait vermeil dans les verres.

— Ce soir, je me soûle, déclara Tonin. Et après, j'vas baiser Zélia. Oh bon Dieu, rien qu'à y penser, j'm'tiens une trique, les gars !

Gilbert Solade suivit Savin sur la place de Salvayre. Ils s'adossèrent à un vieux platane au tronc boursouflé. Ils observaient d'un regard indifférent les allées et venues des conscrits. Un petit attroupement s'était formé devant l'appareil photographique de monsieur Jacquelin. Ce dernier avait le plus grand mal à maîtriser le chahut qui s'était emparé du groupe. Les uns grimaçaient à loisir, les autres se signalaient par des gestes obscènes. Puis des bouteilles se mirent à circuler. Les paris furent ouverts entre ceux de Salvayre et ceux de Meyssenac. Qui boirait le plus sec ? Tonin était un chef en la matière. Et l'on comprit vite qu'à ce jeu peu de zigotos tiendraient la cadence. Lubin avait piqué un clairon aux conscrits de Salvayre et tentait d'en tirer un son convenable. Un meuglement jaillit des entrailles de l'instrument. Ridicule : pouuuuêt, pouuuuêt...

— Les cons, murmura Savin.

Lubin voulut l'entraîner vers la bacchanale, mais Marquey résista, voulut rester dans son coin. Sa cocarde tricolore pendait dans l'entrebâillement de sa poche. Il n'avait pas envie de se décorer comme les autres, de faire la fête, de chanter, de boire. Il pensait à Agathe. Plus que deux semaines...

A ce moment, l'auxiliaire militaire lui fit signe de revenir dans la salle des fêtes, où s'achevait le conseil de révision. Dans le hall d'entrée, les gars de Testinard finissaient de se rhabiller. L'un d'eux cria :

— Hé, les gars, vous savez pas la dernière ? Moinot est réformé. J'vous l'avais dit qu'y gagnerait la timbale !

— Monsieur le député veut te causer, dit l'auxiliaire à Savin.

Savin chercha des yeux Bonneval. Celui-ci l'attendait dans la petite cuisine. En entrant, le jeune homme tendit la main au député, mais celui-ci resta les bras croisés, lui refusant obstinément son salut, jugeant sans doute le sien par trop hardi ou trivial.

— Assieds-toi, jeune Marquey. Alors, fier d'être bon pour le service ? Ça fait quoi, d'être un homme ?

Savin resta immobile, comme au garde-à-vous.

— Ta mère a sollicité une entrevue auprès de mes services, annonça Bonneval.

Marquey ne comprenait pas pourquoi on requérait sa présence maintenant que la décision était prise.

— J'aimerais t'entendre dire que tu ne l'approuves pas, ta chère mère. Tu es un grand garçon, intelligent, fier d'être français, n'est-ce pas ? Un brevet, en plus. Ça veut dire que tu as un peu d'instruction. On a besoin de types comme toi au front. On a besoin de garçons intelligents qui sauront faire, qui sait, un brigadier ou un caporal pour mener les troupes. Ça ne te tente pas ?

Savin resta sur la défensive, le visage fermé. Il retrouvait en monsieur de Bonneval la catégorie même des gens supérieurs, destinés à convaincre, diriger, imposer. Sa posture lui faisait songer à madame de Luguet. Même condescendance, même arrogance... Comme le jour où la châtelaine lui avait annoncé qu'il ne pourrait plus venir faire la cueillette des fleurs. « Je ne veux pas que mes roses finissent dans un pot de confiture », se souvint-il. Et le souvenir de cette réflexion le fit sourire. Quelle singulière élégance oratoire pour lui signifier de quitter, séance tenante, la demeure bourgeoise où il s'était cru admis une heure plus tôt !

Néanmoins, le député insistait pour obtenir du jeune Marquey un acquiescement. Non content de m'avoir déclaré bon pour le service, cet animal voudrait que je lui dise merci, pensa Savin.

— Ma mère a ses raisons, dit-il.

— Je comprends, dit monsieur de Bonneval. Mais toi, qu'en penses-tu ?

— Je me range à la décision du conseil de révision.

Guy de Bonneval le prit par les épaules à bras tendus. Il le secoua un peu, plutôt d'homme à homme, pour rompre la crainte que sa position inspirait.

— Je ne suis pas seul à décider. La conscription égalitaire est une condition de la victoire. Partir au front est le devoir de tous les jeunes Français en âge de combattre. Etre ajourné, exempté, ou que sais-je encore, sans raison valable, est un déshonneur. Sais-tu comment l'on appelle ce genre d'individus ? Des embusqués ! Tu ne voudrais pas que cette tache rejaillisse sur toi, et plus encore sur ta famille ?

Marquey hocha la tête, le regard perdu vers le plafond crasseux.

— Et puis, cette cocarde républicaine, porte-la fièrement sur ta poitrine, là où elle doit être, fit le député en l'arrachant de sa poche.

Revenu à Meyssenac, après avoir sacrifié au rite obligatoire des conscrits, Savin se retira dans sa chambre, sans même aller voir sa mère. Pourtant, elle lui avait demandé de passer la voir à son retour. A croire qu'il lui restait encore une illusion ? Lorsque le garçon lui raconta son entrevue avec le député Guy de Bonneval, Ameline comprit alors que tout était perdu.

— Eh bien, maman, je partirai, voilà tout.

— Crois-tu que je vais accepter cela sans rien faire ? se rebella-t-elle.

Dans le même temps, Faustine avait envoyé une lettre de l'Ecole normale, où elle préparait son diplôme d'institutrice. Ameline la tendit à son fils, pour qu'il la lise. Mais Savin, qui se sentait fatigué, rompu, la repoussa d'un geste.

— Je la lirai demain, promit-il.

Ameline se décida à la lui lire à haute voix. Elle voulait qu'il en prît connaissance, pour connaître le fond de sa pensée. Faustine y incitait sa mère à poursuivre la démarche. « Nous devons explorer toutes les solutions, parce que, ensuite, il sera trop tard. La mécanique se mettra en route et plus rien ne pourra en contrarier le cours. » Au passage, la jeune sœur de Savin se disait impressionnée par le courage de sa « petite maman » pour protéger sa couvée. « J'ai bien été injuste avec toi, mère, car je ne savais pas alors combien tu nous aimais, mon frère et moi. Et je ne cesse de penser, jour après jour, au mal que j'ai pu te faire. Que de blessures inutiles, de souffrances infligées par ignorance ! Plus rien ne pourra nous séparer maintenant. Surtout pas la guerre, qui est l'invention humaine la plus stupide. Il faut que nous fassions corps pour que notre famille échappe aux misères du temps. Personne ne pourra nous le reprocher. Le vrai courage est dans la désobéissance civile. Même si cette idée n'est guère partagée en ces jours sombres, elle finira par l'emporter lorsque trop de sang aura coulé. Toi, ma chère maman, tu ne dois pas baisser la garde... »

Savin écoutait, les lèvres pincées pour contenir son émotion. Puis il se retira, sans un mot. Sa mère voulut lui parler à travers la porte de sa chambre mais il lui répondit d'aller se coucher.

Le lendemain, aux alentours de midi, Pierrette passa à l'auberge des Diligences. Ameline avait abandonné sa cuisine. Elle n'avait pas le cœur à préparer des repas, laissant à Hyacinthe toute latitude. Elles allèrent deviser dans l'alcôve, à porte fermée. De son côté, Maxence ne supportait plus leurs messes basses, leurs airs de comploteuses. Lui, il avait fini par admettre – mais à quelque moment avait-il vraiment pris fait et cause pour la requête de sa femme ? – que Savin devrait partir, comme Alexandre Marquey en juillet 1870

« Je n'ai jamais connu un Marquey se défilant devant son devoir », avait-il dit un soir à Ameline.

Dans un accès de rage indescriptible, elle l'avait prié de se taire. Mais il avait résisté à cette colère, clamant :

« Notre Savin nous reviendra dans quelques mois, comme Alexandre après la débâcle de Sedan. Pourquoi se faire un monde de toute cette affaire ?

— Va donc parler de ça avec Gémo et Domergue ! Et laisse-moi penser ce que je veux. »

On ne sut quelle sorte de plan les renardes mirent en branle, tellement leurs palabres s'entouraient de secret. Mais, ce jeudi 3 décembre 1914, elles prirent ensemble la route de Brive. L'ambiance dans la voiture de Loriot était plutôt réfléchie et morose, contrairement à ce qu'elle avait été aux temps heureux de leurs escapades.

A un moment, Pierrette voulut plaisanter sur une guinguette au bord de la Corrèze, où elle se rendait pour des rendez-vous galants ; Ameline tourna la tête de côté.

C'étaient des horreurs qu'elle ne voulait pas entendre, comme si la vie allait s'interrompre, pour elle, dans quelques semaines, à l'instant où l'Etincelle meyssenacoise jouerait *Le Chant du départ* pour accompagner les appelés au train de onze heures.

S'il le faut, je le prendrai ce train-là, jusqu'au bout... s'était-elle promis, un jour que Maxence lui avait affirmé que le départ de Savin était inéluctable. La réflexion plutôt saugrenue de sa femme avait amusé Marquey. « Crois-tu que les mères sont admises dans le casernement auprès de leurs fils ? Ça serait cocasse et ridicule. » Elle avait répliqué : « Il le faudrait bien, que toutes les mères se mettent en marche et disent non... Les mères françaises et les mères allemandes réunies. »

La voiture se gara dans le milieu de l'après-midi à proximité de l'hôtel Cotton. Pierrette et Ameline se tenant par le bras traversèrent la terrasse, escaladèrent les quelques marches qui donnaient sur le vestibule d'entrée.

— J'ai les jambes en coton, déplora Ameline. Il faudrait m'y porter, ma chère.

Elle chercha un siège en attendant que le groom vînt les accueillir. Il y avait là assez de banquettes confortables pour se poser. Quelques couples faisaient les cent pas sur les tapis moelleux, au milieu des boiseries luisantes d'encaustique et des cuivres rutilants.

— Je joue ma dernière carte, murmura Ameline à l'oreille de son amie.

— C'est peut-être celle que nous aurions dû extraire du jeu avant toutes les autres, répondit Pierrette.

Pour la circonstance, les renardes s'étaient vêtues en tailleur, bleu pour Ameline et rose pour Pierrette. Les coupes en étaient identiques, au point qu'on eût pu penser qu'ils sortaient de la boutique du même tailleur. L'une brune, l'autre blonde, le visage fardé, il semblait qu'elles recommençaient leur histoire au point de départ. Plus renardes que jamais, se promirent-elles d'un clin d'œil complice.

Le groom les invita à prendre l'ascenseur. Au premier étage, il les précéda jusqu'à la porte de la suite 17. Le garçon d'étage sonna et ouvrit.

— Les dames que vous attendiez, monsieur ! annonça-t-il avant de s'effacer.

Pierrette entra la première, d'un pas assuré. Puis Ameline, hésitante, le regard sur la pointe de ses chaussures.

Eugène Castillac se tenait au centre du petit bureau attenant au salon et à la chambre. Il leur fit signe d'avancer d'un geste large, puis se recula pour admirer ses visiteuses. Pierrette embraya d'emblée :

— Tu ne m'en veux pas d'avoir accompagné mon amie ? Sans moi, je crois qu'elle n'aurait pas osé venir...

L'ingénieur hocha la tête avec un sourire las. Les années avaient buriné ce beau visage empreint de douceur et de sérénité. Il portait encore un de ses costumes de grand voyageur en style anglais qui lui allaient si bien. Eugène s'approcha d'Ameline et, pieds joints, s'inclina pour lui faire le baisemain. Cette fois, elle ne la retira pas promptement, comme elle l'avait fait si souvent. Castillac commit un sourire vague en tournant légèrement la tête de côté pour ne pas se laisser prendre dans le regard fixé sur lui. En une fraction de seconde il avait vu ce qu'il y avait à entendre, une trouble soumission. Et rien ne lui répugnait plus que de laisser imaginer qu'il goûterait cette seconde.

Chacun prit place dans un fauteuil de satin rouge. Il y eut un échange de regards croisés. Ameline se sentait sans forces, au bout de son courage. Les longs jours d'attente avaient creusé ses joues, mais le fard dissimulait assez bien la fine coloration grise de ses paupières. Un peu de bleu sous le regard, de rose sur les joues, apportant l'éclat nécessaire à sa beauté.

— Je rentre juste de Tunisie, commença Castillac, après un bref passage par Istanbul. Le président Poincaré m'avait chargé d'une mission. J'ai rempli mes bons offices. Hélas, notre gouvernement a d'autres chats à fouetter. Et les affaires coloniales sont mises sous le boisseau. Hier, j'étais au quai d'Orsay, où j'ai remis mes conclusions. Je me suis entretenu dix minutes avec Poincaré, entre deux portes. Et voilà, je rentre en Corrèze. Ah, la Corrèze. C'est vous, ma Corrèze bien-aimée. Les plus belles femmes ! Quelle chance, elles sont devant moi, dans cet hôtel sinistre qui ressemble à une folie basque !

Homme solitaire, Castillac aimait à se parler à lui-même à haute voix, à exprimer ses sentiments, à caresser ses souvenirs. La vie est une aubaine pour ceux qui savent vieillir, hors la rancœur et l'amertume qui nous privent des plaisirs du temps qui passe.

— Tu es un charmeur, Eugène. Mais nous ne serons pas aussi gaies et légères aujourd'hui que tu le souhaiterais. Nous voudrions te parler de choses graves.

Il se prit à hocher la tête, résigné à l'ordre des temps nouveaux.

— La guerre, bien sûr. L'affreuse guerre que nous n'aurons su éviter. Pourquoi nous rendrait-elle hostiles à nous-mêmes ? Pourquoi nous priverait-elle de légèreté et d'insouciance ?

A ce moment, le garçon d'étage sonna à la porte. Il apportait sur un plateau une bouteille de champagne et trois coupes de cristal. Il les posa sur un guéridon, vérifia que tout était en ordre et attendit un signe de Castillac pour se retirer.

Croisant les doigts pour meubler le silence qui se dessinait autour de ses visiteuses, Eugène fixait la lumière blanche du dehors filtrant par les rideaux de mousseline.

— Chère Ameline, la dernière fois que nous nous sommes vus, c'était lors de la visite du président de la République à l'auberge des Diligences...

Pierrette sursauta et poussa un cri.

— C'était donc vrai, cette histoire ?

Castillac se mit à rire.

— Nous avons fait un repas de princes. Soufflé et bécasses rôties à la truffe.

— Pourquoi toutes ces cachotteries ? déplora Pierrette. Pour une fois qu'il se passait quelque chose à Meyssenac...

Castillac alla prendre la bouteille de champagne dans son seau argenté, remplit les coupes et les servit. En tendant celle d'Ameline, il lui effleura les doigts. Elle le fixa d'un air triste. Elle s'ennuie, pensa-t-il, comme je la comprends ! Ce que les hommes sont cruels ! Il pensa encore une fois à *Don Giovanni*, à l'air qui lui trottait dans la tête depuis le début de la journée. Les opéras, les théâtres, tout est clos pour cause de guerre, songea-t-il. Pourtant, Paris a envie de s'amuser, et on l'en prive pour de mauvaises raisons, comme si la souffrance du front devait éteindre le goût de vivre...

— Je me suis laissé dire que votre fils désirait vous prêter la main à l'auberge, dit Castillac en se tournant vers Ameline. Sans doute en ferez-vous un grand cuisinier, je n'en doute pas.

— En effet, ajouta Ameline, mais nos projets sont contrariés...

— Encore la guerre ! s'écria Eugène. Décidément. Mais cela ne durera qu'un temps. Elle finira par s'arrêter, lorsque les énergies se seront épuisées et que les diplomates s'assoiront autour d'une table. Vous verrez. Ça finira par un traité. Ni vaincu, ni vainqueur. Ce sont les guerres idéales.

— Pour l'heure, on mobilise, affirma Ameline. Et mon Savin fait partie du prochain convoi.

Castillac goûta au champagne et le jugea frappé à souhait. Pierrette hésita, puis finit par y tremper ses lèvres. Ameline tenait sa coupe devant elle, observant les bulles scintillantes sur le cristal. Je ne boirai pas tant que... se jura-t-elle. Après tout, je ne suis pas venue ici pour boire du champagne et faire la causette à monsieur Castillac.

— Inférieur au Roederer, tout de même, reconnut-il.

— Tu es insupportable, Eugène, dit Pierrette.

L'homme la contemplait avec amusement.

— Nous parlions de votre petit Savin. Un garçon doux, aimable, bien élevé, repartit Castillac en caressant du regard la frêle silhouette d'Ameline.

Le visage blême, elle n'osait tourner les yeux vers lui. Au moins, le député, pensait-elle, il a eu le courage de son sermon républicain. Monsieur Castillac aime à jouer au chat et à la souris. Quel plaisir malsain...

Elle se leva et alla poser sa coupe sur le guéridon. Pierrette se leva aussi, pour prévenir quelque réaction intempestive.

— Eugène, qu'as-tu décidé ?

Il montra un visage étonné.

— Je ferai ce qu'il convient de faire entre gens intelligents, répondit-il. C'est tout. Ma vie entière en témoigne. Je suis l'homme le plus compréhensif du monde. Les passions et les engouements du moment ne m'atteignent guère. Les politiques tout autant que les militaires m'horripilent, encore plus en temps de guerre, à se rejeter la responsabilité les uns sur les autres...

A cette seconde, Ameline poussa un cri et s'effondra dans les bras de son amie. Eugène se porta vers elle pour lui soutenir la tête. Il l'aida à se redresser, la mena au fauteuil, lui tendit sa coupe.

— Buvez cette potion magique, ordonna Castillac, maintenant que l'émotion est passée.

— Tu es un ange, Eugène. Car nous n'arrivions à rien. Le maire, le député... une horreur, confirma Pierrette.

Castillac se tenait auprès d'Ameline, sa main lui caressant la joue doucement.

— Je vous ai fait peur à ce point? Je n'en reviens pas. Comment pourrais-je vous refuser quoi que ce soit, Ameline ? Vous connaissez mes sentiments à votre égard. Pourquoi voudriez-vous qu'ils aient changé ? Je suis convaincu que votre petit Savin n'a rien à faire au front. Un soldat de plus ou de moins ne changera pas le cours du conflit. Il est doué pour la cuisine Soit. Nous le verserons dans un service auxiliaire à Paris. Voilà tout. Il préparera de bons repas aux généraux. Peut-être pas votre excellent soufflé. Mais je ne doute pas qu'il remplisse son rôle à merveille. Son affectation lui sera signifiée dans une semaine. Il prendra son service vers le milieu de l'année prochaine. Ni trop tôt ni trop tard.

Dès son retour à l'auberge, Ameline fit appeler son fils et lui annonça la nouvelle. Ils tombèrent dans les bras l'un de l'autre. Elle le serra longtemps contre son cœur, ce fils adoré pour lequel elle s'était battue comme une louve.

— Tu es le miraculé du jeudi 3 décembre 1914, lui dit-elle. Désormais, tu seras pour moi Jeudi-Savin.

Le garçon trouva l'idée de sa mère épatante, et sans plus attendre il décida d'écrire à sa sœur. Une lettre brève et enflammée. Les meilleures, celles où l'encre se décolore dans les larmes. Puis il rejoignit Agathe à la grange Baraduc, pour y poursuivre son métier d'homme.

Eugène Castillac devint un habitué de l'auberge des Diligences. Pour le remercier de ses bons offices, Ameline lui attribua une chambre permanente. Un matin, l'ingénieur lui apprit que le peintre Valerio avait été tué au fort de Vaux.

— Vous auriez pu faire quelque chose pour lui ? demanda Ameline, du reproche dans la voix.

— Bien sûr, répondit Eugène. Mais on ne peut rien contre les volontaires.

L'ingénieur ramena aux Diligences le fameux portrait de *Faustine à l'ombrelle*. Castillac avait acheté le tableau à Paris, dans l'espoir, sans doute, de l'offrir un jour à Ameline. Elle fut si émue, comme savent l'être les femmes passionnées, qu'elle tomba dans les bras de son sauveur.

Au printemps 1915, Eugène connut le bonheur qu'il avait tant espéré : Ameline devint sa maîtresse. Ce fut somme toute une belle histoire d'amour, qui ne dura que quelques années car l'ingénieur n'était plus si jeune.

Si Maxence ne sut jamais le fond de l'histoire concernant Savin, il soupçonna néanmoins que Castillac était devenu l'amant de sa femme. Mais le malheureux s'était choisi une autre maîtresse, et celle-ci finit par l'emporter dans les profondeurs de sa cave.

Jeudi-Savin épousa Agathe à la démobilisation de 1918. On fêta cette année-là Noël et le mariage. Ameline prépara le festin. Il fut divin, avec au menu le soufflé qui avait fait sa renommée, mais aussi les bécasses aux truffes Poincaré.

PRODUCTION JEANNINE BALLAND

Romans « Terres de France »

Jean Anglade
Un parrain de cendre
Le Jardin de Mercure
Y a pas d'bon Dieu
La Soupe à la fourchette
Un lit d'aubépine
La Maîtresse au piquet
Le Saintier
Le Grillon vert
La Fille aux orages
Un souper de neige
Les Puysatiers
Dans le secret des roseaux
La Rose et le Lilas
Avec le temps...
L'Ecureuil des vignes
Une étrange entreprise
Le Temps et la Paille
Les Ventres jaunes
Le Semeur d'alphabets
La Bonne Rosée
Un cœur étranger
Les Permissions de mai
Sylvie Anne
Mélie de Sept-Vents
Le Secret des chênes
La Couze
Ciel d'orage sur Donzenac
La Maîtresse du corroyeur
Un horloger bien tranquille
Un été à Vignols
La Lavandière de Saint-Léger
L'Orpheline de Meyssac
Jean-Jacques Antier
Tempête sur Armen
La Fille du carillonneur
Marie-Paul Armand
Le Vent de la haine
Louise
Benoît
La Maîtresse d'école
La Cense aux alouettes
L'Enfance perdue
Un bouquet de dentelle
Au bonheur du matin
Le Cri du héron
Le Pain rouge
La Poussière des corons
Nouvelles du Nord
La Courée
Victor Bastien
Retour au Letsing
Henriette Bernier
L'Enfant de l'autre
L'Or blanc des pâturages
L'Enfant de la dernière chance
Le Choix de Pauline
La Petite Louison
Petite Mère
Françoise Bourdon
La Forge au Loup
La Cour aux paons
Le Bois de lune
Le Maître ardoisier
Les Tisserands de la Licorne
Le Vent de l'aube
Les Chemins de garance
La Figuière en héritage
La Nuit de l'amandier
Patrick Breuzé
Le Silence des glaces
La Grande Avalanche
La Malpeur
Nathalie de Broc
Le Patriarche du Bélon
La Dame des Forges
La Tresse de Jeanne
Loin de la rivière
La Rivière retrouvée
Annie Bruel
Le Mas des oliviers
Les Géants de pierre
Marie-Marseille
Michel Caffier
Le Hameau des mirabelliers
La Péniche Saint-Nicolas

Les Enfants du Flot
La Berline du roi Stanislas
La Plume d'or du drapier
L'Héritage du mirabellier
Marghareta la huguenote
Jean-Pierre Chabrol
La Banquise
Claire Chazal
L'Institutrice
Didier Cornaille
Les Labours d'hiver
Les Terres abandonnées
Etrangers à la terre
L'Héritage de Ludovic Grollier
L'Alambic
Georges Coulonges
Les Terres gelées
La Fête des écoles
La Madelon de l'an 40
L'Enfant sous les étoiles
Les Flammes de la Liberté
Ma communale avait raison
Les blés deviennent paille
L'Eté du grand bonheur
Des amants de porcelaine
Le Pays des tomates plates
La Terre et le Moulin
Les Sabots de Paris
Les Sabots d'Angèle
La Liberté sur la montagne
Les Boulets rouges de la Commune
Pause-Café
Anne Courtillé
Les Dames de Clermont
Florine
Dieu le veult
Les Messieurs de Clermont
L'Arbre des dames
Le Secret du chat-huant
L'Orfèvre de Saint-Séverin
La Chambre aux pipistrelles
Paul Couturiau
En passant par la Lorraine
Annie Degroote
La Kermesse du diable
Le Cœur en Flandre
L'Oubliée de Salperwick
Les Filles du Houtland
Le Moulin de la Dérobade
Les Silences du maître drapier
Le Colporteur d'étoiles

La Splendeur des Vaneyck
Les Amants de la petite reine
Un palais dans les dunes
Renelde, fille des Flandres
Alain Dubos
Les Seigneurs de la haute lande
La Palombe noire
La Sève et la Cendre
Le Secret du docteur Lescat
Constance et la Ville d'Hiver
Marie-Bernadette Dupuy
L'Orpheline du bois des Loups
Les Enfants du Pas du Loup
La Demoiselle des Bories
Le Chant de l'Océan
Le Moulin du Loup
Le Chemin des Falaises
Elise Fischer
Trois Reines pour une couronne
Les Alliances de cristal
Mystérieuse Manon
Le Soleil des mineurs
Les cigognes savaient
Confession d'Adrien le colporteur
Le Secret du pressoir
Laurence Fritsch
La Faïencière de Saint-Jean
Alain Gandy
Adieu capitaine
Un sombre été à Chaluzac
L'Enigme de Ravejouls
Les Frères Delgayroux
Les Corneilles de Toulonjac
L'Affaire Combes
Les Polonaises de Cransac
Le Nœud d'anguilles
L'Agence Combes et Cie
Suicide sans préméditation
Fatale Randonnée
Une famille assassinée
Le piège se referme
Gérard Georges
La Promesse d'un jour d'été
Les Bœufs de la Saint-Jean
L'Ecole en héritage
Le Piocheur des terres gelées
Les Amants du chanvre
La Demoiselle aux fleurs sauvages
Jeanne la brodeuse au fil d'or

Denis Humbert
La Malvialle
Un si joli village
La Rouvraie
L'Arbre à poules
Les Demi-Frères
La Dernière Vague
Yves Jacob
Marie sans terre
Les Anges maudits de Tourlaville
Les blés seront coupés
Une mère en partage
Un homme bien tranquille
Hervé Jaouen
Que ma terre demeure
Au-dessous du calvaire
Les Ciels de la baie d'Audierne
Les Filles de Roz-Kelenn
Michel Jeury
Au cabaret des oiseaux
Marie Kuhlmann
Le Puits Amélie
Passeurs d'ombre
Guillemette de La Borie
Les Dames de Tarnhac
Le Marchand de Bergerac
La Cousette de Commagnac
Jean-Pierre Leclerc
Les Années de pierre
La Rouge Batelière
L'Eau et les Jours
Les Sentinelles du printemps
Un amour naguère
Julien ou l'Impossible Rêve
A l'heure de la première étoile
Les Héritiers de Font-Alagé
Hélène Legrais
Le Destin des jumeaux Fabrègues
La Transbordeuse d'oranges
Les Herbes de la Saint-Jean
Les Enfants d'Elisabeth
Les Deux Vies d'Anna
Les Ombres du pays de la Mée
Eric Le Nabour
Les Ombres de Kervadec
Louis-Jacques Liandier
Les Gens de Bois-sur-Lyre
Les Racines de l'espérance
Jean-Paul Malaval
Le Domaine de Rocheveyre
Les Vignerons de Chantegrêle

Jours de colère à Malpertuis
Quai des Chartrons
Les Compagnons de Maletaverne
Le Carnaval des loups
Les Césarines
Grand-mère Antonia
Une maison dans les arbres
Une reine de trop
Une famille française
Le Crépuscule des patriarches
La Rosée blanche
L'Homme qui rêvait d'un village
Dominique Marny
A l'ombre des amandiers
La Rose des Vents
Et tout me parle de vous
Jouez cœur et gagnez
Pascal Martin
Le Trésor du Magounia
Le Bonsaï de Brocéliande
Les Fantômes du mur païen
La Malédiction de Tévennec
L'Archange du Médoc
Louis Muron
Le Chant des canuts
Henry Noullet
La Falourde
La Destalounade
Bonencontre
Le Destin de Bérengère Fayol
Le Mensonge d'Adeline
L'Evadé de Salvetat
Les Sortilèges d'Agnès d'Ayrac
Le Dernier Train de Salignac
Michel Peyramaure
Un château rose en Corrèze
Les Grandes Falaises
Frédéric Pons
Les Troupeaux du diable
Les Soleils de l'Adour
Passeurs de nuit
Jean Siccardi
Le Bois des Malines
Les Roses rouges de décembre
Le Bâtisseur de chapelles
Le Moulin de Siagne
Un parfum de rose
La Symphonie des loups
La Cour de récré
Les Hauts de Cabrières
Les Brumes du Mercantour

Bernard Simonay
La Fille de la pierre
La Louve de Cornouaille
Jean-Michel Thibaux
La Bastide blanche
La Fille de la garrigue
La Colère du mistral
L'Homme qui habillait les mariées
La Gasparine
L'Or des collines
Le Chanteur de sérénades
La Pénitente
L'Enfant du mistral
Jean-Max Tixier
Le Crime des Hautes Terres
La Fiancée du santonnier
Le Maître des roseaux
Marion des salins
Le Mas des terres rouges
L'Aîné des Gallian

L'Ombre de la Sainte-Victoire
Brigitte Varel
Un village pourtant si tranquille
Les Yeux de Manon
Emma
L'Enfant traqué
Le Chemin de Jean
L'Enfant du Trièves
Le Déshonneur d'un père
Blessure d'enfance
Mémoire enfouie
Louis-Olivier Vitté
La Rivière engloutie
L'Enfant des terres sauvages
L'Inconnue de la Maison-Haute
Colette Vlérick
La Fille du goémonier
Le Brodeur de Pont-l'Abbé
La Marée du soir
Le Blé noir

Polars de France

Alain Gandy
Un week-end meurtrier
Hélène Legrais
La Croix des outrages

Pascal Martin
La Traque des maîtres flamands
L'Ogre des Landes
Jean-Max Tixier
Le Juge de paix

Romans

Sylvie Anne
L'Appel de la pampa
Jean-Jacques Antier
Marie-Galante, La Liberté ou la Mort
La Dame du Grand-Mât
Le Sixième Condamné de l'Espérance
Erwan Bergot
Les Marches vers la gloire
Sud lointain
   tome I *Le Courrier de Saïgon*
   tome II *La Rivière des parfums*
   tome III *Le Maître de Bao-Tan*
Rendez-vous à Vera-Cruz
Mourir au Laos

Jean Bertolino
Chaman
Fura-Tena
Jean-Baptiste Bester
Bois d'ébène
A l'heure où dorment les fauves
Michel Caffier
Le Découvreur du Mississippi
Anne Courtillé
Le Mosaïste de Constantinople
Paul Couturiau
Le Paravent de soie rouge
Le Paravent déchiré
L'Inconnue de Saigon

Les Amants du fleuve Rouge
Le Pianiste de La Nouvelle-Orléans
Les Brumes de San Francisco
Paradis perdu
Cent Ans avant de nous séparer
Comme un parfum d'ylang-ylang
Annie Degroote
L'Etrangère de Saint-Pétersbourg
Alain Dubos
Acadie, terre promise
Retour en Acadie
La Plantation de Bois-Joli
La Baie des maudits
Elise Fischer
L'Enfant perdu des Philippines
Hubert Huertas
Nous jouerons quand même ensemble
La Passagère de la « Struma »
L'Orque de Magellan
Terminus Pondichéry
Denis Humbert
Un été d'illusions
Gérard A. Jaeger
Pour l'amour de Blanche
Hervé Jaouen
L'Adieu au Connemara
Le Testament des McGovern
Suite irlandaise
Diane Lacombe
L'Hermine de Mallaig
La Châtelaine de Mallaig
Sorcha de Mallaig
Eric Le Nabour
Orages sur Calcutta
Les Démons de Shanghai
Les Jardins d'Istanbul

Sonia Marmen
La Vallée des larmes
La Saison des corbeaux
La Terre des conquêtes
La Rivière des promesses
Dominique Marny
Du côté de Pondichéry
Les Nuits du Caire
Cap Malabata
Mes nuits ne sont pas les vôtres
Du côté de Bombay
Juliette Morillot
Les Orchidées rouges de Shanghai
Michel Peyramaure
Le Roman de Catherine de Médicis
Le Pays du Bel Espoir
Les Fleuves de Babylone
Les Tambours sauvages
Le Temps des moussons
Les Roses noires de Saint-Domingue
La Porte du non-retour
Les Prisonniers de Cabrera
Bernard Simonay
Les Tigres de Tasmanie
La Dame d'Australie
Princesse maorie
L'Appel de l'Orient
Jean-Michel Thibaux
Le Roman de Cléopâtre
La Fille de Panamá
Tempête sur Panamá
La Pyramide perdue
La Cinquième Courtisane
La Danseuse sacrée
Colette Vlérick
Le Domaine du belvédère

Cet ouvrage a été imprimé en France par

C P I
Bussière

à Saint-Amand-Montrond (Cher)
en juin 2009

Composition et mise en pages : FACOMPO, LISIEUX

N° d'édition : 7733/02. — N° d'impression : 091821/4.
Dépôt légal : juin 2009.
Suite du premier tirage.